朝鮮刊本 劉向 說苑의
복원과 문헌 연구 下

본 저서는 2016년 대한민국 교육부와 한국연구재단의 지원을 받아 수행된 연구결과임.
(NRF-2016S1A5A2A03925653)

경희대학교 글로벌 인문학술원 동아시아 서지문헌 연구소 서지문헌 연구총서 03

朝鮮刊本 劉向 說苑의 복원과 문헌 연구 下

閔寬東
劉承炫 共著

學古房

연구제목	국내 고전문헌의 목록화와 복원
과제번호	NRF-2016S1A5A2A03925653
연구기간	2016.11.01. ~ 2019.10.31.
일반공동연구 지원사업 연구진	책임연구원 : 閔寬東 공동연구원 : 鄭榮豪, 朴鍾宇 전임연구원 : 劉僖俊, 劉承炫 연구보조원 : 裵珏桯, 玉珠

▌머리말

　본서는 한국연구재단 일반공동연구 지원사업 과제인《국내 고전문헌의 목록화와 복원》(2016년 11월 01일~2019년 10월 31일 / 3년 과제)의 일환으로 나온 책이다. 본 연구 프로젝트는 크게 발굴부분과 복원부분으로 나누어 연구되었다

• 발굴 작업

　현재 국내의 국립도서관이나 대학의 중앙도서관에 소장된 文·史·哲 古書들은 대부분 정리되어 목록화 되어있다. 또 일부 사찰이나 서원 및 개별 문중 古書들도 지방 자치단체의 후원에 힘입어 지역별로 전체 목록을 정리하여 출간되고 있다. 그러나 個人所藏家나 개별 門中 및 一部 書院의 古書들은 아직도 해제작업은 물론 목록화 작업조차도 미비한 채 그대로 방치되어있는 상황이다.

　본 연구팀은 이러한 곳 가운데 비교적 많은 고문헌을 소장하고 있는 안동의 군자마을(광산 김씨, 後彫堂), 봉화의 닭실마을(안동 권씨, 冲齋博物館), 경주의 옥산서원을 선정하여 그 古書들을 목록화하고 古書에 대한 해제집을 발간하는 작업을 계획하였고, 현재는 해당 저서들이 모두 출간되었다.

　　* 안동 군자마을(광산 김씨) 古書目錄 및 解題 (1년차)
　　* 봉화 닭실마을(안동 권씨) 古書目錄 및 解題 (2년차)
　　* 경주 옥산서원 古書目錄 및 解題 (3년차)

　이러한 작업으로 만들어진 책자는 각 문중이나 서원에서 서지문헌에 대한 연구는 물론 홍보 자료로 활용할 수 있기에 이에 따른 시너지 효과도 기대할 수 있다.

• 복원 작업

　조선시대 출판본 가운데는 현재 중국에 남아있는 판본보다도 더 오래전에 간행되었거나 서

지문헌학적 가치가 있는 희귀본 판본들이 상당수 있다. 본 연구팀은 이러한 조선간본을 위주로 복원 대상을 선정하였다. 이러한 작업이 완료되면 국내의 학술연구에도 많은 기여가 될 뿐만 아니라 중국과 일본 등지에서도 우리 古書에 대한 연구가 활발히 진행될 것으로 사료된다. 작품의 목록은 다음과 같다.

1) 劉向《新序》　　　　　　　　2) 劉向《說苑》
3) 段成式《酉陽雜俎》　　　　　4) 陳霆《兩山墨談》
5) 何良俊《世說新語補》　　　　6) 李紹文《皇明世說新語》
7) 조선편집출판본 :《世說新語姓彙韻分》
8) 國立中央圖書館 所藏 한글 飜譯筆寫本《한담쇼하록》《閒談消夏錄》)

이러한 판본들의 복원은 당시 국내에서 이런 작품들이 간행의 저본이 되었는지 또 원래 중국 판본과의 비교연구까지 할 수 있는 기회를 제공해 준다. 또한 중국이나 일본 등지에서 서지문헌에 대한 비교연구가 활발히 진행될 것으로 기대한다.

본 프로젝트의 또 하나의 결실이 바로《朝鮮刊本 劉向 說苑의 복원과 문헌 연구》이다. 본서는 총 2권(上・下)으로 구성하였고, 각 권은 3부로 구성하였다.

第1部　劉向의《說苑》에 대한 국내의 유입과 수용을 소개하였고, 또한 조선간본《說苑》에 대한 서지문헌학적 가치와 조선출판의 意義에 대하여 집중적으로 분석하여 소개하였다. 그리고 조선간본의 원문에서 발견된 이체자들을 정리하여 부록으로 첨부하였다.

第2部　조선간본 劉向《說苑》의 원문을 저본으로 欽定四庫全書本과 向宗魯가 校證한『說苑校證』과 정밀한 대조작업을 하였다. 여기에서 발견되는 異體字 및 판본의 오류를 모두 각주로 처리하여 바로 잡았고 원문을 최대한 원형에 가깝게 복원시키는 데 주력하였다.

第3部　조선간본 劉向《說苑》의 원판을 影印하여 실었다. 안동 군자마을의 후조당 판본을 위주로 복원하였고 각 판본마다 보존 상태가 좋지 못한 것은 다른 소장처의 판본을 이용하여 최초의 출판 형태와 유사하게 복원하였다.

 또한 본 연구팀이 주목하는 중국 고전문헌의 조선출판본 현황 연구는 단순한 판본 복원작업이 아니라 해제와 주석까지 곁들여 분석하는 작업이기에 이러한 작업이 완료되면, 우리의 고전문헌 연구에 상당히 寄與할 것이라 확신하며 아울러 국문학, 한문학, 중문학자들의 비교문학적 연구에도 귀중한 자료가 되기를 희망한다.

 이번에도 흔쾌히 출간에 협조해 주신 하운근 학고방 사장님을 비롯한 전 직원 여러분께 감사를 드리며, 원고정리 및 교정에 도움을 준 배우정과 본서 제3부의 사진 원본을 편집한 옥주에게 감사의 뜻을 전한다.

2020년 01월 01일

민관동·유승현

■ 일러두기

1. 본서는 조선에서 1492년경에 初刊되고 이후에 原板을 補刻하여 再刊된 조선간본 중 완정본을 소장한 후조당 소장본을 저본으로 삼았다. 이외에 第一冊의 경우 고려대·충재박물관 소장본을 참고하였고, 第二冊의 경우 국립중앙도서관·고려대 소장본을 참고하였으며, 第三冊의 경우 고려대·영남대 소장본을 참고하였고, 第四冊의 경우 영남대 소장본을 참고하였다. 조선간본의 판식은 다음과 같다. 朝鮮木版本, 有界, 四周雙邊(補刻한 판본은 四周單邊), 11行 18字(부분적으로 字數不定), 註雙行, 內向黑魚尾, 楮紙.

2. 본서는 제1부에서 해제를 통해 현존판본의 소장상황과 서지·문헌적 특징을 소개하였고, 판본에 등장하는 이체자의 목록을 참고자료로 실었다. 제2부에서는 조선간본 원문에 주를 달아 판본의 특징을 상술하였다. 제3부는 현존판본들 중 인쇄상태가 양호한 부분들을 편집하여 완정한 원문으로 복원하여 影印하였다.

3. 조선간본과 欽定四庫全書本의 대조 작업을 통해 서로 다른 글자에는 주석을 달았으며 오류가 있는 경우 주석에서 밝혔다. 이때 오류를 판단하는 기준으로 삼은 현대의 저작은 다음과 같다. 劉向 撰, 向宗魯 校證, 《說苑校證》, 北京 : 中華書局, 1987(2017 重印)과 劉向 撰, 林東錫 譯註, 《설원1~5》, 동서문화사, 2009 그리고 劉向 原著, 王鍈·王天海 譯註, 『說苑全譯』, 貴州人民出版社, 1991.

4. 본문은 조선간본을 최대한 원형 그대로 복원하는 것을 기준으로 삼았으며, 원래의 판식과 글자 등을 그대로 살리려고 노력하였다. 조선간본에는 현대에서 사용하지 않는 많은 이체자들이 출현하는데, 필자가 'GlyphWiki(http : //ko.glyphwiki.org/)'에서 직접 만들어서 사용하였다.

5. 저본의 쪽수는 해당 면의 마지막 부분에 {第○面}의 형식으로 첨가하였다. 그리고 원문에 달린 雙行의 작은 글자의 주석까지 저본에 가깝게 구성하였다. 또한 字數 不定한 부분은 주석을 달아 구체적으로 밝혔다.

6. 俗子와 이체자는 저본의 형태 그대로 표기하였으며 주석을 통해 밝혔다. 각 卷마다 처음 나오는 이체자는 모두 주석을 달았다.

7. 본문에 첨가된 문장부호와 구두점은 劉向 撰, 向宗魯 校證, 《說苑校證》, 北京 : 中華書局, 1987(2017 重印)을 참고하였으며 현대중국어의 용법을 따랐다.

8. 본문에서 등장하는 부호는 다음의 용도로 사용하였다.
   〖 〗 : 1행이 18자가 아닌 경우 字數를 밝히기 위해 행수를 표시
   □ : 저본의 빈칸을 표시
   ■ : 저본의 검은 빈칸을 표시

┃목차

10

第三部 朝鮮刊本 劉向 《說苑》의 原版本

第一部

朝鮮刊本 劉向 《說苑》의 解題와 異體字 目錄

제1장 《說苑》의 국내 수용과 朝鮮刊本 《劉向說苑》*

　劉向(BC 77(?)~BC 6)은 先秦으로부터 西漢에 이르기까지 40여 종의 서적을 대상으로 관련 내용을 수집하여 上古時代부터 漢代에 이르기까지 역사적 일화와 더불어 다양한 이야기로 이루어진 《說苑》을 편찬하였다.1) 北宋 初에는 殘卷 5卷만 남아 있었으나 曾鞏(1019~1083)이 輯補하여 20권(君道·臣術·建本·立節·貴德·復恩·政理·尊賢·正諫·法誡·善說·奉使·權謀·至公·指武·談叢·雜言·辨物·修文·反質) 639장으로 복원하였다.2)

　《說苑》의 중국간본으로는 宋代에 北宋刊本(11行 20字)이 있고, 南宋 咸淳元年(1265) 鎮江府學刊本(9行 18字)이 있다. 그리고 元代에는 宋末元初의 官刻本(11行 20字)이 있고, 大德年間(1295~1307)의 民間刊本(11行 20字)이 있으며, 麻沙小字本(11行 18字)이 있다. 또 明代에는 《新序》와 《說苑》의 合刊本이 등장하는데, 洪武年間 刊本(10行 19字)이 있고, 嘉靖 26年(1547) 何良俊의 刊本(10行 20字)이 있으며, 嘉靖 38年(1559) 楊美益의 《劉氏二書》本(11行 18字)과 萬曆 20年(1592) 程榮의 《漢魏叢書》本(9行 20字) 등이 있다.3) 그리고 淸代에는 明鈔本을 영인한 四部叢刊本과 四庫全書本 등이 있다.4)

　필자는 《說苑》의 국내 수용을 신라시대부터 살펴보았는데, 이 당시에는 중국에서도 《說苑》이 출간되기 이전이지만 《說苑》에 나온 이야기를 인용한 기록 《三國遺事》와 《三國史記》에 보인다. 특히 崔致遠은 《說苑》의 이야기를 6차례나 典故로 사용하였는데, 唐나라에 유학하였기 때문에 《說苑》을 열람하였을 가능성이 높다. 고려시대는 《說苑》이 중국에서 출간된 이후인데, 중앙정부가 《說苑》을 소장하고 있었음을 증명할 기록들이 존재하며, 문인들은 자신의 저술에서 《說苑》의 관련내용을 典故로 사용하기도 하였다. 조선에 들어와서는 《說苑》의 국내 수용에 있어 획기적인 사건인 朝鮮刊本 출간이 1492년경에 이루어진다. 朝鮮刊本 출간 이전에는 수용이 제한적이었으나, 그 이후에는 군주와 지식인들에게 광범위한 수용이 이루어진다.

---

* 이 논문은 2020년 《중국문화연구》 제47집에 투고된 유승현·민관동의 논문을 수정 보완하여 작성한 것이다.
 1) 權娥麟, 〈《說苑》〈敍錄〉을 통해 본 《說苑》의 성격 고찰〉, 《中國文學硏究》제55집, 2014. 29쪽.
 2) 劉向 撰, 林東錫 譯註, 《설원1》, 동서문화사, 2009. 이 저서의 '해제' 참조. 저서의 해제 부분에는 쪽수가 명기되어있지 않다.
 3) 姚娟, 〈《新序》·《說苑》文獻硏究〉, 華中師範大學 博士學位論文, 2009. 28~30쪽 참조.
 4) 劉向 撰, 向宗魯 校證, 《說苑校證》, 北京 : 中華書局, 1987(2017 重印). 2쪽과 劉向 原著, 王鍈·王天海 譯註, 《說苑全譯》, 貴州人民出版社, 1991. 8~9쪽 참조.

朝鮮刊本《說苑》의 실물은 閔寬東이 최초로 발굴하여 학계에 보고하였으며, 출판의 목적과 의의를 제시하였다.[5] 필자는 이후에 다른 판본들을 더 찾아내어 현존하는 朝鮮刊本《說苑》에 대한 연구를 진행하였으며, 원본 전체를 검토하여 朝鮮刊本의 특징을 확인할 수 있었다. 결론부터 말하자면, 朝鮮刊本《說苑》은 初刊 이후에도 여러 차례 간행되었는데, 후대에는 '初刻'한 목판의 훼손된 면들을 '補刻'하여 간행하기도 하였다. 이외의 朝鮮刊本의 특징에 대한 내용은 본문에서 구체적으로 고찰해 보고자 한다. 이를 통해 조선의 출판역사를 연구하는 데에도 기여할 수 있을 것으로 기대한다.

제1절 《說苑》의 국내 수용

1) 신라의 《說苑》 수용

신라시대에는 《說苑》의 서명을 직접 거론한 기록은 찾을 수 없다. 다만 《說苑》에 나온 이야기를 인용한 기록은 몇 가지가 있는데, 《三國遺事》에는 그것이 단 한 번 등장한다.

상여를 바라보며 장송곡을 듣는 이들은 마치 부모를 잃은 듯하였다. 모두들 말하기를, "介子推가 다리 살을 벤 것이 苦節에 비할 수 없고 …… 불심을 이룬 聖者다"고 하였다.[6]

위의 기록은 異次頓(506~527)이 신라의 최초 사찰 건립과 관련하여 법흥왕에게 처형당한 후의 상황이다. 이차돈의 처형 직후 인용문에서는 생략한 여러 異蹟이 나타났고, 그의 장례를 지켜보던 사람들이 한 이야기에 《說苑》의 이야기가 나온다. '개자추가 다리에 살을 벤 것'이 그것인데, 《說苑》卷六〈復恩〉에 나오는 이야기이다.[7] 《三國遺事》의 인용문을 사실로 받아들인다면, 신라시대 사람들이 개자추의 이야기를 알고 있었고 700여년이 지난 후의 一然

---

5) 閔寬東, 〈조선 출판본 《新序》와 《說苑》 연구〉, 《中國語文論譯叢刊》제29집, 2011.

6) 《三國遺事》卷第三 興法第三〈原宗興法 厭髑滅身〉, 한국사 데이터베이스에서 인용.(http://db.history.go.kr/). 이하에서 《三國史記》를 인용할 때도 '한국사데이터베이스'를 이용하였으며, 이에 대해서는 따로 주를 달지 않는다.

7) 용이 곤궁에 빠져 천하를 주유할 때 다섯 마리의 뱀이 뒤따랐는데, 그 용이 먹을 것이 없자 뱀 한 마리가 자기 살을 베어주었다고 한다. 이 뱀이 바로 개자추라는 전설이 있다. 劉向 撰, 林東錫 譯註, 《설원2》, 동서문화사, 2009. 578쪽.

(1206~1289)이 그것을 기록했다고 할 수 있다. 이하에서 논증하겠지만 一然이 산 고려시대에
는 이미《說苑》이 유입된 것은 확정할 수 있다. 하지만 위의 인용문을 근거로 신라시대에《說
苑》이 유입된 것을 확정하기에는 미흡하다. 게다가 장례를 지켜보던 사람들이《說苑》에 나온
이야기를 말했다고 해서《說苑》을 읽었다고 단정할 수는 없다. 개자추 전설은《說苑》의 독서
를 통해서만 수용이 가능한 것이 아니라 구전을 통해서도 가능하기 때문이다.

《三國史記》에는《說苑》에 나온 이야기를 인용한 기록이 네 차례 등장한다.〈炤知 麻立干
二十二年秋九月〉의 기록에 의하면, 소지왕이 재위 22년(500)에 미복차림으로 처녀를 만나러
가다가 古陀郡(상주 고창군)을 지나가는 길에 어느 할머니의 집에 묵게 된다. 이때 소지왕이

"지금 사람들은 국왕을 어떤 군주로 생각합니까?"라 하니, 할머니가 대답했다. "많은 사람
들이 성인으로 여기지만 저만은 그것이 의심스럽습니다. 왜냐하면 제가 왕이 捺已(영천군)
의 여자와 침석에 들러 여러 번 미복차림으로 온다고 들었기 때문입니다. 무릇 '용이 고기의
옷을 입으면 어부에게 잡히는 법'입니다.(이하 생략)"(《三國史記》卷第三 新羅本紀 第三)

노파의 대답에서 인용한 '용이 고기의 옷을 입으면 어부에게 잡히는 법'은《說苑》卷九〈正
諫〉에 나온다. 이 인용문도 金富軾(1075~1151)이 사건이 일어난 후 600여년이 지나서 기록한
것이다.《三國遺事》의 기록과 마찬가지로《說苑》을 인용한 할머니는 불특정한 민간인이다.
문맹 여부를 떠나서 민간인이 인쇄본이 존재하지 않던 신라시대에《說苑》텍스트를 구해 읽었
다고 보기는 힘들다. 위의 인용문을 사실로 인정한다면, 신라시대에도《說苑》의 단편적인 이
야기들은 구전을 통해 민간에서 수용되었다고 할 수 있다.

《三國史記》에 나온 나머지 3가지 기록을 시대 순으로 살펴본다. 먼저〈金庾信 上〉을 보면,
642년에 金庾信(595~673)이 출병하는 병사들에게 한 연설에서《說苑》卷十五〈指武〉의 내용을
인용한다.(《三國史記》卷第四十一 列傳 第一)〈文武王 九年春二月二十一日〉을 보면, 669년
에 文武王(?~681)이 교서를 내려 사면을 명령하는데,《說苑》卷一〈君道〉에 나온 이야기를 인
용한다.(《三國史記》卷第六 新羅本紀 第六) 그리고〈文武王 十一年秋七月二十六日〉을 보면,
671년에 당나라 장군 薛仁貴(613~683)가 신라군이 당나라군을 축출하기 위한 공격을 감행하
는 것에 대해 항의서한을 보내는데,《說苑》卷九〈正諫〉에 나온 이야기를 인용한다.(《三國史
記》卷第七 新羅本紀 第七) 마지막의 설인귀는 당나라 사람이므로 이하에서는 논외로 한다.

여기서는 앞서 인용한 신라의 민간인들과는 신분이 다른 고위 장교와 왕이《說苑》을 인용하
였다. 이들은 민간인들보다《說苑》텍스트를 구해 읽었을 가능성이 높지만 그것을 단정할 수

는 없다. 김유신의 연설 내용에서《說苑》을 인용했다는 부분의 원문과 그에 해당하는《說苑》
의 내용은 다음과 같다.

> 夫一人致死, 當百人, 百人致死, 當千人, 千人致死, 當萬人, 則可以橫行天下. (《三國史記》)
> 故一人必死, 十人弗能待也. 十人必死, 百人弗能待也. 百人必死, 千人不能待也. 千人
> 必死, 萬人弗能待也. 萬人必死, 橫行乎天下. (《說苑》)

　이상 두 인용문의 내용은 비슷하지만 원문을 비교하면《說苑》을 직접 인용한 것 같지는 않
고, 또한 김유신이《說苑》을 읽지 않았더라도 말할 수 있는 내용이다. 그러므로 위의 기록을
통해 신라시대에《說苑》의 실제 텍스트가 유입되어 수용되었음은 단정할 수 없다.
　그런데 崔致遠(857~?)은《說苑》을 직접 인용하지는 않았지만 자신의 글에서 관련내용을 6
차례나 사용하였다.

저자	출전	작품	《說苑》 편명
崔致遠	《桂苑筆耕集》卷10	〈幽州李可擧太保 第二〉	卷12〈奉使〉
	《桂苑筆耕集》卷15	〈應天節齋詞〉	卷1〈君道〉
	《桂苑筆耕集》卷16	〈築羊馬城祭土地文〉	卷10〈敬愼〉
	《桂苑筆耕集》卷18	〈謝櫻桃狀〉	卷18〈辨物〉
	《孤雲集》卷3	〈大嵩福寺碑銘 竝序〉	卷1〈君道〉
	《孤雲集》卷3	〈智證和尙碑銘 竝序〉	卷7〈政理〉

　崔致遠이 저술하면서 이렇게《說苑》의 관련내용을 여러 곳에서 취한 것을 보면《說苑》을
열람했을 가능성이 높다. 또한《新序》의 경우에도 崔致遠은 자신의 글에서 관련내용을 4차례
나 사용하였다.[8] 그래서 필자는 이를 통해 崔致遠이《新序》를 열람하였음을 확정할 수 있다
고 하였다. '崔致遠은 12세 때 唐으로 유학을 떠나 18세에 장원급제하고 그 후 10여 년간 唐의
정부 관료로 활동하였기 때문에 중국에서 직접《新序》를 열람할 수는 있었을 것이다. 그런데
唐代에는 간행본이 존재하지 않았고 필사본만 존재하였기 때문에 이런 상황에서 崔致遠이
귀국할 때 필사본《新序》를 국내로 가져왔을 가능성은 높지 않다.'[9]《說苑》에 대해서도 동일

---

8) 崔致遠,《桂苑筆耕集》제15권,〈黃籙齋詞〉·《桂苑筆耕集》제17권,〈謝職狀〉·《孤雲集》제1권,〈善安住院
　壁記〉·《孤雲集》제2권,〈無染和尙碑銘 竝序 奉敎撰 下同〉. 한국고전종합DB(http://db.itkc.or.kr/) 참조.

한 논리를 펼 수는 있지만, 지금 재고해보면 《說苑》을 열람했음을 단정할 수는 없을 것 같다. 崔致遠이 《說苑》과 《新序》 모두를 열람했을 가능성은 상당히 높지만, 국내나 당나라에서 구전에 의해 수용했을 가능성도 배제할 수는 없기 때문이다. 신라시대에는 崔致遠의 경우를 제외하고는 《說苑》이 직접 수용되었다기보다는 《說苑》에 수록된 이야기들이 국내 유입된 것으로 보인다.

2) 고려의 《說苑》 수용

고려시대에는 《說苑》이라는 서명한 직접 거론한 史實이 《高麗史》에 3차례 등장하는데, 그 중 가장 이른 기록부터 살펴본다.

> 왕이 교서를 내려 칭찬하여 이르기를, "짐이 등극한 뒤로부터 盛業을 이룩할 것을 생각하여 …… 右補闕 兼 起居注 金審言이 올린 封事 2조를 살펴보았다. …… 《說苑》의 六正·六邪에 관한 글을 살펴보니 이르기를 …… 라고 하였습니다. …… 요청하건대 〈6정·6사문〉과 〈자사6조〉를, 有司에게 맡겨, 2경·6관·여러 署와 局 및 12道의 州縣 관청의 堂壁에 각각 그 글을 써 붙이게 하여, 출입하면서 살펴보아 귀감으로 삼게 하십시오.'라고 하였다. …… 상소한 글이 이와 같으니, 내가 이를 심히 가상히 여긴다. 그대는 마음으로 국정을 보좌하고, 뜻으로 시국을 바로잡으려고 正과 邪의 두 이치를 기록하여 내 마음[襟懷]을 깨우쳐 주었다. 중앙과 지방의 여러 관청들로 하여금 이를 권선징악으로 삼게 하리니, 內史門下에 내려 보내 모든 관청에 반포하여서, 아뢴 글에 의거하여 시행하도록 할 것이다."라고 하였다.[10]

인용문은 金審言(?~1018)이 高麗 成宗(재위 : 981~997) 9년(990)에 소를 올려 劉向의 《說苑》의 〈臣術〉편에 있는 六正·六邪와 《漢書》에 있는 刺史六條를 써서 벽에다 붙여 놓고 귀감으로 삼을 것을 제청하자, 왕이 포상을 내리고 그대로 시행하였다는 기록이다. 인용문에서는 신라시대의 것들과는 다르게 그 내용의 출전이 《說苑》이라는 것을 밝히고 있다. 인용문에서는 그 구체적인 내용을 생략하였는데, 《高麗史》와 《說苑》 원문을 모두 비교해본다. 그 내용이

---

9) 劉承炫·閔寬東, 〈朝鮮刊本 《劉向新序》의 서지·문헌 연구〉, 《비교문화연구》제51집, 2018. 259쪽.
10) 《高麗史》 卷93〈列傳〉卷6, 한국사데이터베이스(http://db.history.go.kr/)에서 인용. 이하에서 《高麗史》를 인용할 때도 '한국사데이터베이스'를 이용하였으며, 이에 대해서는 따로 주를 달지 않는다.

길어서《說苑》의 원문을 제시하고《高麗史》의 원문은 밑줄 친 부분을 제외한 것이다. '( )'의
괄호는《說苑》과 다른《高麗史》의 글자이며, 또한 '[ ]'의 괄호는《說苑》에는 없고《高麗史》
에만 있는 내용이다.

　　　[夫]人臣之術, 順從而復命, 無所敢專, 義不苟合, 位不苟尊, 必有益於國, 必有補於君,
　　故其身尊而子孫保之. 故人臣之行有六正六邪, 行六正則榮, 犯六邪則辱. 夫榮辱者, 禍福
　　之門也. 何謂六正六邪？六正者：一曰萌芽未動, 形兆未見, 昭(明)然獨見存亡之幾(機),
　　得失之要, 預禁乎未然之前, 使主超然立乎(于)顯榮之處, 天下稱孝焉, 如此者, 聖臣也. 二
　　曰虛心白意, 進善通道, 勉主以禮誼(義), 諭主以長策, 將順其美, 匡救其惡, 功成事立, 歸
　　善於君, 不敢獨伐其勞, 如此者, 良臣也. 三曰卑身賤體, 夙興夜寐, 進賢不解(懈), 數稱於
　　往古之行事, 以厲主意, 庶幾有益, 以安國家社稷宗廟, 如此者, 忠臣也. 四曰明察幽, 見成
　　敗, 早防而救之, 引而復之, 塞其間, 絕其源, 轉禍以爲福, 使君終以無憂, 如此者, 智臣也.
　　五曰守文奉法, 任官職事, 辭祿讓賜, 不受贈遺, 衣服端齊, 飲食節儉, 如此者, 貞臣也. 六
　　曰國家昏亂, 所爲不道(諛), 然而敢犯主之[嚴]顏, 面言君之過失, 不辭其誅, 身死國安, 不
　　悔所行, 如此者, 直臣也. 是爲六正也. [何謂六邪？]六邪者：一曰安官貪祿, 營於私家, 不
　　務公事, 懷其智, 藏其能, 主饑於論, 渴於策, 猶不肯盡節, 容容乎與世沈浮上下, 左右觀望,
　　如此者, 具臣也. 二曰主所言皆曰善, 主所爲皆曰可(好), 隱而求主之所好即(而)進之, 以快
　　主之耳目, 偸合苟容, 與主爲樂, 不顧其後害, 如此者, 諛臣也. 三曰中實頗險(陰詖), 外貌
　　小謹(勤), 巧言令色, 又心(妬善)嫉賢, 所欲進則明其美而隱其惡, 所欲退則明其過而匿其
　　美, 使主妄行過任, 賞罰不當, 號令不行, 如此者, 姦臣也. 四曰智足以飾非, 辯足以行說,
　　反言易辭而成文章, 內離骨肉之親, 外妬(構)亂[於]朝廷, 如此者, 讒臣也. 五曰專權擅勢,
　　持抔國事以爲輕重, 私門成黨, 以富其家, 又復增加威勢, 擅矯主命, 以自貴顯, 如此者, 賊
　　臣也. 六曰諂主以[佞]邪, 墜(陷)主[於]不義, 朋黨比周, 以蔽主明, 入則辯言好辭, 出則更復
　　異其言語, 使白黑無別, 是非無間, 伺侯可推, 而因附然, 使主惡布於境內, 聞於四鄰, 如此
　　者, 亡國之臣也, 是謂六邪. 賢臣處六正之道, 不行六邪之術, 故上安而下治(理). 生則見
　　樂, 死則見思, 此人臣之術也.[11]

《高麗史》의 내용은《說苑》원문에서 빠진 부분들이 있지만, 그 나머지 부분들은 字句조차

---

11)《說苑校證》(劉向 撰, 向宗魯 校證,《說苑校證》, 北京：中華書局, 1987(2017 重印), 34~36쪽. 인용문의 내
　　용과 표점부호는 모두 이 책을 따랐다.

거의 일치하며 다른 글자들만 몇 군데 보인다. 앞에서 인용한 金庾信의 연설 내용은《說苑》과 유사하지만 상호간에 字句는 일치하지는 않는다. 그러나 위에 인용한《高麗史》의 내용은 김유신의 연설과는 전혀 다르게 실제로《說苑》텍스트를 참고하여 기록한 것으로 볼 수 있다. 《高麗史》는 고려의 사실에 대한 기록이지만 이것이 편찬된 것은 고려시대가 아니라 조선시대이기 때문에 조선의 사관이《說苑》의 원문을 근거로 위의 내용을 기록했을 가능성도 있다. 그러나 金審言이《說苑》텍스트를 소장하였거나 빌려서라도 '六正 · 六邪'의 내용을 그것에서 베껴 임금에게 올렸음은 확실하다. 또한 성종이 그 내용을 중앙과 지방의 여러 관청에 써 붙이도록 하였으므로, 내용을 베껴 쓸《說苑》텍스트를 왕실이나 중앙관청에서 소장하고 있었음도 확증할 수 있다. 이를 뒷받침할 기록을 이어서 살펴본다.

德宗 初에 최충이 右散奇常侍 同知中樞院事로 옮겼는데, 왕에게 奏文을 올리기를, "成宗 때, 중앙과 지방의 여러 관청 벽에,《說苑》의〈6正 · 6邪〉의 글과 漢〈刺史6條〉의 令을 써 붙였는데, 지금은 이미 오랜 세월이 지났습니다. 마땅히 다시 그것을 써 붙여서, 관직에 있는 사람들로 하여금, 삼가고 힘쓸 바를 알게 하소서."라고 하니, 왕이 그것을 따랐다.(《高麗史》卷95〈列傳〉卷8)

인용문에서 고려 德宗(재위 : 1031~1034) 初에 崔冲(984~1068)이 쓴 주문을 보면, 성종이 내린 명령이 실제로 실행되었음을 확인할 수 있다. 또한 세월이 오래되었으니 다시 써 붙이길 요청하였고 덕종이 그대로 따랐다는 것을 보면, 정부에서 다시《說苑》의 '六正 · 六邪'를 베껴써서 붙였음을 확인할 수 있다. 이 두 가지 기록에 근거하면, 고려 成宗 年間(981~997)에는 이미《說苑》이 국내에 유입되어 관료들이 볼 수 있었고 중앙정부에서도 이 책을 소장하고 있었으며, 또한 이와 같은 상황이 40여년이 지난 덕종 연간에도 이어지고 있었다고 할 수 있다.

덕종 이후 60여년이 지나서《高麗史》宣祖 8년(1091) 6월 18일의 내용에서 고려정부에서《說苑》을 소장하고 있었다는 기록을 찾을 수 있다.

宋에서 李資義 등이 돌아와 아뢰어 말하기를, "황제께서 우리나라에 선본(善本)인 책이 많다는 말을 듣고는, 館伴에게 명하여 구하고자 하는 책의 목록을 써 주었습니다. 그것을 주며 말씀하시기를, '드디어 비록 卷第가 부족한 것이 있더라도 역시 마땅히 傳寫하여 더해서 오라.'라고 하였습니다."라고 하였다.(《高麗史》卷10〈世家〉卷10, 宣宗8年 6月)

1. 이어지는 내용에서는 127종의 서목이 나오는데 거기에 '《說苑》20卷'이란 서명이 보인다. 《高麗史》의 이 기록을 통해 고려 정부가 1091년경에 《說苑》을 소장하고 있었음을 확인할 수 있다.[12] 이로부터 4년 뒤에 숙종(재위 : 1095~1105)이 즉위하게 되는데, '고려의 국가 장서가 완벽하게 갖추어진 것은 숙종대로' '숙종은 文德殿에 가서 祕藏 서적들을 열람하고, 그중 완질인 것은 문덕전과 長齡殿의 御書房·祕書閣에 나누어 소장하고 남은 것은 신하들에게 하사했다.' '이외에도 《高麗圖經》에 의하면, 1123년 당시 국자감의 淸讌閣에는 수만 권의 서적이 있었다고 한다.'[13] 이와 관련된 소장목록은 기록이 남아있지 않지만, 고려정부가 1091년경에 소장하고 있던 《說苑》은 후대까지 소장하고 있었을 가능성이 높다. 또한 신하들에게 하사했다는 목록도 남아있지 않지만, 그때 《說苑》이 반사되었을 가능성도 배제할 수는 없다.

2. 이때 고려정부는 송나라에 실제로 《說苑》 텍스트를 보낸 것 같다.

> 劉向의 《說苑》 20편 가운데 〈反質〉 한 권이 빠져 있는데, 曾鞏이 〈修文〉을 나누어 상권과 하권으로 만들었다. 그 뒤에 고려에서 한 권을 올렸으므로 드디어 증공이 교정해서 만든 책을 채워 넣을 수가 있었다.[雙行의 小字注] '《玉海》. 살펴보건대, 陸游의 《說苑》 발문에도 이 일이 실려 있는데, 李德芻가 이른 바라고 하였다.'(韓致奫, 《海東繹史》권44 〈藝文志〉3의 〈中國書目〉)

인용문에서는 고려정부 소장본이 송나라에 들어가서 《說苑》이 완정한 면모를 갖추게 되었다고 하였다. 그리고 원문에 달린 주석에서 韓致奫(1765~1814)은 해당내용을 王應麟(1223~1296)이 편찬한 類書인 《玉海》에서 인용하였다고 밝히고 있다. 그리고 '陸游의 《說苑》 발문'이란 것은 《渭南集》에 실린 글[14]로 송나라 문인인 李德芻의 말을 인용한 것이다. 어쨌든 고려정부 소장본이 송나라에 유입되어 《說苑》의 완정한 판본을 만드는 데 이바지했음을 밝히고 있다.

《高麗史》의 역사적 기록 이외에도 고려의 문인들은 자신의 저술에서 《說苑》의 관련내용을

12) 이상의 내용은 閔寬東의 연구를 참고하여 필자가 구체적으로 논증한 것인데, 그는 위의 '六正·六邪'의 관련내용을 조선왕조실록의 《인조실록》에서 인용하였으나 필자는 《高麗史》를 이용하였음을 밝혀둔다. 閔寬東, 〈조선 출판본 《新序》와 《說苑》 연구〉, 《中國語文論譯叢刊》제29집, 2011. 156~158쪽 참조.
13) 강명관, 《조선시대 책과 지식의 역사》, 천년의상상, 2014, 52쪽과 405쪽 교차 인용.
14) 그 원문과 관련내용은 다음 저저의 '해제'를 참조. 劉向 撰, 林東錫 譯註, 《설원1》, 동서문화사, 2009.

여러 곳에서 취하였다.

저자	출전	작품	《說苑》편명
金富軾	《東文選》卷34	〈謝許謁大明殿御容表〉	卷16〈談叢〉
李奎報	《東國李相國文集》卷1,《東文選》卷1	〈放蟬賦〉	卷9〈正諫〉
	《東國李相國文集》卷5	〈次韻吳東閣世文呈誥院諸學士三百韻詩〉	卷3〈建本〉
	《東國李相國文集》卷12	〈相磨木 俗云磨友木也〉	卷3〈建本〉
李齊賢	《益齋集》卷2,	〈函關行〉	卷11〈善說〉
李穀	《稼亭集》卷7	〈乃翁說 送裵君允堅東歸〉	卷7〈政理〉
	《稼亭集》卷8	〈代言官請罷取童女書〉	卷5〈貴德〉
	《稼亭集》卷15	〈次韻題李僧統詩卷〉	卷10〈敬愼〉
	《稼亭集》卷18	〈齒痛〉	卷10〈敬愼〉
	《稼亭集》卷18	〈梅花 同白和父作 用東坡韻〉	卷12〈奉使〉
	《稼亭集》卷20	〈次鄭仲孚蔚州八詠 巫山一段雲〉	卷10〈敬愼〉
白文寶	《淡庵逸集》卷1	〈同李中父作梅花聯句用東坡韻〉	卷12〈奉使〉
李穡	《牧隱集》卷6	〈息機〉	卷10〈敬愼〉
	《牧隱集》卷11	〈歸歟行〉	卷9〈正諫〉
	《牧隱集》卷12	〈自詠 三首〉	卷10〈敬愼〉
	《牧隱集》卷27	〈漫興 三首〉	卷5〈貴德〉
	《牧隱集》卷30	〈證覺寺西樓〉	卷10〈敬愼〉
李崇仁	《陶隱集》卷2	〈金仲權落職以詩慰解〉	卷17〈雜言〉
	《陶隱集》卷4	〈送李慕之赴淸州牧詩序〉	卷10〈敬愼〉
	《陶隱集》卷5	〈請承襲表〉	卷5〈貴德〉
權近	《東文選》卷22	〈卽事〉	卷9〈正諫〉
	《東文選》卷29	〈王后哀冊〉	卷10〈敬愼〉
	《陽村集》卷2	〈宿禪月寺〉	卷11〈善說〉
林宗庇	《東文選》卷45	〈上座主權學士謝及第啓 適〉	卷10〈敬愼〉

위의 문인들은 모두 고려 정부가 《說苑》을 소장하고 있었음을 확정할 수 있는 1091년경에 이후에 활동하였다. 金富軾(1075~1151)의 경우 출생연도는 이 시기보다 이르지만 1096년(숙종 1)에 과거에 급제하여 중앙정계에 진출하였다. 李奎報(1168~1241)·李齊賢(1287~1367)·

李穀(1298~1351)·白文寶(1303~1374)·李穡(1328~1396)·李崇仁(1347~1392)·權近
(1352~1409)·林宗庇(미상)[15] 모두 중앙관료를 역임하였다. 이들이 중앙관료로 활동할 때는
중앙정부가 《說苑》을 소장하고 있었기 때문에 《說苑》을 열람할 수 있는 가능성은 높다. 또한
이들 중에 이제현은 1314년(忠肅王 1) 上王인 忠宣王의 부름을 받아 원나라의 수도 燕京에
가서 萬卷堂에 머물면서 원나라의 문인들과 교류하였고, 이곡도 원나라에 들어가 1332년(충숙
왕 복위 1) 征東省 향시에 수석으로 선발되었고, 또한 이색도 1348년(충목왕 4) 원나라에 가서
國子監의 生員이 된 이후 원나라의 과거에 합격하였으며, 이들 세 명 모두 여러 차례 고려와
원나라를 왕래하면서 두 나라의 벼슬을 두루 역임하였다. 이숭인은 사신으로 원나라에 다녀온
적이 있는데, 이들은 고려에서뿐만 아니라 원나라에서 《說苑》을 열람했을 수도 있다.

　고려시대에는 신라와는 달리 중국에서 인쇄된 《說苑》이 유입되었으며 이를 중앙정부가 소
장하고 있음을 확정할 수 있다. 최소한 중앙관료들은 이 책을 열람할 수 있었을 것이며, 또한
원나라에 파견된 관료들은 현지에서 《說苑》을 열람할 수도 있었을 것이다. 하지만 실제로 관
료들이 《說苑》을 열람한 직접적인 기록은 남아있지 않기 때문에 간접 인용한 것을 근거로 열
람했을 가능성이 높음을 추론할 수 있을 뿐이다.

3) 조선의 《說苑》 수용

　조선시대에 들어와서는 《說苑》의 관련 기록이 고려시대에 비해 대폭 증가한다. 한국고전종
합DB를 검색하면, 국가기록인 《조선왕조실록》에는 40차례, 《승정원일기》에는 35차례, 《일성
록》에는 10차례가 등장하고, 개인문집 등에는 300여 차례가 등장한다. 이상의 국가기록과 문
인들의 개인저술에서는 《說苑》의 書名을 직접 언급한 내용도 있고 《說苑》의 내용을 典故의
형식으로 취하기도 하였다.

　먼저 《조선왕조실록》에 《說苑》의 서명을 직접 언급한 역사적 사실부터 살펴본다.

　　　史官 金尙直게 명하여 忠州史庫의 서적을 가져다 바치게 하였는데, …… 劉向 《說苑》
　　　…… 등의 책이었다. 또 명하였다. "《神秘集》은 펴보지 못하게 하고 따로 봉하여 올리라." 임

---

15) 林宗庇의 생졸년은 여러 경로로 검색했으나 찾을 수 없었지만, 〈廣智大禪師之印墓誌銘〉을 1158년(의종
　　12)에 썼기 때문에 활동연대는 이 즈음일 것이다. 또한 林宗庇의 조카인 林椿을 검색하면 큰아버지인 林宗
　　庇가 한림원학사를 지냈다고 하였으므로 중앙관료를 역임한 것은 확정할 수 있다.

금이 그 책을 보고 말하기를, "이 책에 실린 것은 모두 怪誕하고 不經한 說들이다." 하고, 代言 柳思訥에게 명하여 이를 불사르게 하고, 그 나머지는 春秋館에 내려 간직하게 하였다.[16]

생략한 부분에는 충주사고에서 올린 책들이 《說苑》을 포함하여 모두 33종이 등장한다. '충주사고는 1390년(공양왕 2)부터 임진왜란이 일어나는 1592년까지 약 200년 동안 고려의 중요 전적과 조선 전기의 역대 실록 그리고 중요한 서책과 문서를 보관하던 창고의 하나였다. 1227년(고종 14) 9월에 해인사에 설치된 고려의 外史庫가 몽고군의 침입과 왜구의 난입으로 여러 곳으로 옮겨졌다. 1381년(우왕 7) 7월에 충주 開天寺로 옮겨져 약 2년간 있었다. 이것은 1383년(우왕 9) 竹州(안성) 七長寺로 옮겨가고, 약 7년 뒤인 1390년(공양왕 2) 12월 다시 충주 開天寺로 옮겨 약 30년간 존치되었다가 충주읍성 안으로 옮겨졌다.'[17] 인용문은 조선 태종 12년의 일이지만 그곳에 보관된 《說苑》은 조선시대 수집한 것이 아니라 고려시대부터 보관된 것으로 볼 수 있다. 이 고려정부 소장본 《說苑》은 조선정부의 춘추관으로 이관되어 조선정부의 소장본이 되는데, 이 소장본에 대한 이후의 행방을 추정할 수 있는 기록이 남아 있다.

세조 때에 이르러 《吳越春秋》의 편찬과정에서 세조가 《說苑》을 참고하라는 명령이 내려진다.

주상 전하는 臣 아무개(某)를 불러 이르기를, "…… 范曄의 저작인 《後漢書》를 주로 삼고, 《左傳》·《國語》·《戰國策》과 劉向의 《說苑》등의 책을 일일이 참고해서 …… 이제 마땅히 다시 교정을 더하고 또한 注解를 붙이라."하셨다. 신이 신숙주 등과 더불어 삼가 지시를 받들고 몇 달 만에 겨우 완성하여 올리니 책 이름을 내리시고 또 신에게 명하여 서문을 쓰라고 하였다.[18]

인용문에서는 崔恒(1409~1474)이 세조의 명을 받아 신숙주와 더불어 《吳越春秋》를 교정하고 주석을 달았고, 자신이 서문을 썼음을 밝히고 있다. 또한 세조는 《說苑》을 특정하여 참고하라는 명령을 내리는데, 여기서 두 가지 사실을 확정할 수 있다. 첫째는 세조가 《說苑》을 읽은

---

16) 《朝鮮王朝實錄》 태종 12년(1412) 8월 7일, 한국고전DB(http://db.itkc.or.kr/)에서 인용.
　　이하에서 《朝鮮王朝實錄》을 인용할 때도 '한국고전종합DB'를 이용하였으며, 이에 대해서는 따로 주를 달지 않는다.
17) 한국학중앙연구원, 디지털충주문화전자대전에서 인용.(http://chungju.grandculture.net/)
18) 崔恒, 〈吳越春秋序〉, 《東文選》권95, 한국고전종합DB(http://db.itkc.or.kr/)에서 인용. 이 글은 최항의 개인문집인 《太虛亭集》에도 실려 있다. 또한 《吳越春秋》의 편찬과정에 대한 내용은 다음 논문을 참조. 劉僖俊·閔寬東, 〈《吳越春秋》의 국내유입과 번역 및 수용양상〉, 《中國小說論叢》제36집, 2012. 10~13쪽.

후 거기에 참고할 내용이 있음을 알고 있었다는 것이고, 둘째는 왕명을 받은 신하가 참고할 《說苑》을 열람할 수 있었다는 것이다. 이 두 가지는 조선정부가 《說苑》을 소장하고 있었다는 명백한 증거이다. 이때의 정부소장본이 충주사고로부터 춘추관으로 이관된 원래의 고려정부 소장본인지 조선정부가 새로 수집한 것인지는 확정할 수 없지만, 전자일 가능성이 높으며 최소한 그 가능성은 배제할 수 없다.

이후 《조선왕조실록》 中 《說苑》에 대한 기록은 성종 때에 이르러 여러 차례 등장한다.

> 左議政 韓明澮가 … 劉向의 《說苑》 … 각 1帙 … 을 올리고(성종 6년(1475) 6월 5일)
> 禮曹에서 傳旨하기를, "이제 內外의 諸司의 청사 壁에 《說苑》의 六正과 六邪의 文을 써서 게시하여 자리에 있는 자로 하여금 경계하여 힘쓸 바를 알게 하라."하였다.(성종 6년 (1475) 12월 25일)
> 正朝使 漢城府右尹 李克基와 副使 大護軍 韓忠仁이 와서 復命하고, 이어서 … 《劉向 說苑》…을 진상하면서 아뢰기를……(성종 13년(1482) 3월 8일)

첫 번째 인용문에서는 한명회가 바친 《說苑》은 '명나라에 가는 조공사 편에 부탁하여 구입한 것으로 추정된다.'[19] 두 번째 인용문은 6개월 후의 일로 고려시대와 같이 《說苑》의 六正·六邪를 써 붙이도록 하는 내용인데, 이때 베껴 쓴 판본이 정부소장본인지 한명회가 바친 책인지는 알 수 없다. 마지막 세 번째 인용문의 《說苑》은 사신이 중국에서 구입해서 임금에게 바친 판본이다. 그런데 1482년의 세 번째 인용문을 마지막으로 조선왕조실록에는 《說苑》을 임금에게 진상했다는 기록은 등장하지 않는다. 왜냐하면 《說苑》의 국내 수용과정에서 획기적인 사건이 발생하기 때문인 것 같다.

> 吏曹判書 李克墩이 와서 아뢰기를, "《太平通載》·《補閑集》 등의 책은 전에 監司로 있을 때 이미 印刊하였고, 劉向의 《說苑》·《新序》는 文藝에 관계되는 바가 있을 뿐만 아니라, 또한 帝王의 治道에도 관계되며, 《酉陽雜俎》가 비록 不經한 말이 섞여 있다 하나 또한 널리 보는 사람들이 마땅히 涉獵하는 바이므로, 신이 刊行하게 하였습니다. 그리고 前日에도 諸道에 새로 간행한 書冊을 進上하라는 명령이 있었기 때문에 進封하였을 뿐입니다." (성종 24년(1493) 12월 29일)

---

19) 閔寬東, 〈조선 출판본 《新序》와 《說苑》 연구〉, 《中國語文論譯叢刊》제29집, 2011. 160쪽.

　　1492년 李克墩(1435~1503)이 경상감사로 재직하면서 《太平通載》와 《酉陽雜俎》 등의 책을 간행하였는데, 이듬해에 이 일 때문에 金諶 등에 의해 탄핵 당한다. 위의 인용문은 李克墩이 성종에게 해당서적을 간행한 이유와 경위를 밝히면서 탄핵의 부당함을 변론하는 내용이다. 이 탄핵사건의 과정과 정치적 대립 관계 등은 차치하고,[20] 확정할 수 있는 것은 李克墩이 1492년경에 《說苑》을 간행하도록 하였다는 사실이다. 이전까지 고려시대부터 중국 판본만 수용의 대상이 되었었는데, 이제는 朝鮮刊本 《說苑》이 이를 전면적으로 대체하게 된다.

　　중국 판본의 수입과 독서할 수 있는 기회를 가진 인물들은 제한적일 수밖에 없었지만, 朝鮮刊本의 출현은 이를 대폭 확대하게 된다. '목판은 일단 한번 새겨놓으면 잘 보존했다가 새로운 수용가 생길 때마다 종이와 먹 그리고 노동력만 있다면 얼마든지 동일한 텍스트를 복제해낼 수 있다.'[21] 실제로 1492년 이전의 《說苑》 관련 기록은 이후에 비해 적은 것이 사실이다. 관련 기록이 300여 차례 검색되는 한국고전종합DB에서 徐居正(1420~1488)의 《四佳集》에 6차례, 李承召(1422~1484)의 《三灘集》에 1차례, 金宗直(1431~1492)의 《佔畢齋集》에 6차례, 南孝溫(1454~1492)의 《秋江集》에 1차례가 등장한다. 이것들이 전체에서 차지하는 비중은 매우 낮기 때문에 朝鮮刊本 《說苑》의 출판 이전에 조선 문인들의 《說苑》 수용은 제한적이었다고 할 수 있다. 朝鮮刊本의 출판 이후 특히 16세기 이후에는 《說苑》의 관련기록은 대폭 증가한다. 이는 朝鮮刊本 《說苑》이 문인들에게 대량으로 공급되었음을 증명하는 것이다.

　　朝鮮刊本 《說苑》의 출판 이전에는 《說苑》이라는 서명을 밝히고 해당내용을 직접 언급한 기록은 찾아볼 수 없었다. 그런데 성종은 '전교하기를, "劉向의 《說苑》에 이르기를, '별의 변고와 가뭄의 재해를 아무 일의 실수에서 말미암았다'……"(傳曰 : "予觀劉向 《說苑》云 : '星變旱災, 由於某事之失.'…")(성종 25년(1494) 5월 14일)이라고 말하였다. 직접인용으로 따옴표를 한 '星變旱災, 由於某事之失'이란 구절은 《說苑》 텍스트에서 찾을 수가 없기 때문에 직접인용의 문장부호는 오류이며,[22] 《說苑》 卷18 〈辨物〉에 '水災와 旱災는 천하의 음양이 일으키는 것이며 … 陰陽之失을 징벌하고 大逆을 질책하는 것'[23]이라고 한 내용을 가리키는 것으로 보인다. 그리고 번역문에는 원문의 '觀'에 대한 번역이 빠져있는데, '予觀劉向 《說苑》'은 '내가 劉向

20) 이에 대한 논의는 다음 저서를 참조. 鄭榮豪 · 閔寬東, 《朝鮮刊本 酉陽雜俎의 복원과 연구》, 학고방, 2018. 15~20쪽.

21) 강명관, 《조선시대 책과 지식의 역사》, 천년의상상, 2014, 105쪽.

22) 인용문의 번역과 원문은 모두 '한국고전종합DB'를 이용하였는데, 주석에서 해당내용에 대한 《說苑》의 출전을 밝히고 있지 않다.

23) 劉向 撰, 林東錫 譯註, 《설원5》, 동서문화사, 2009. 2110~2111쪽.

의 《說苑》을 보았다'라고 번역할 수 있다. 그러므로 인용문에서는 성종이 직접 《說苑》을 열람했음을 분명히 밝히고 있으며, 이하의 내용은 자신의 기억을 바탕으로 간추려 말한 것으로 보인다. 그런데 이때가 李克墩이 탄핵당한 이듬해로 성종이 본 판본은 李克墩이 바친 朝鮮刊本일 가능성이 높다.

朝鮮刊本 《說苑》이 나온 이후로 《조선왕조실록》에는 중국에서 《說苑》을 사다 바쳤다는 기록이 없으므로 朝鮮刊本이 그것을 대체했다고 볼 수 있다. 또한 연산군 집권기의 사간원의 상소를 시작으로 이후의 임금들까지 신하들의 상소문과 군신간의 논의 중에 《說苑》을 典故처럼 인용하는 경우가 《조선왕조실록》과 《승정원일기》에서 각각 30여 차례 등장한다. 이런 典故의 사용은 글쓴이나 독자 모두 그 내용 알고 있어야 하는데, 그 사용빈도는 朝鮮刊本 《說苑》의 출간 전과는 확연한 차이를 보인다. 이는 朝鮮刊本 《說苑》의 출현이 독자층을 대폭 확대했음을 증명한다.

여기서 《高麗史》에 처음 나온 《說苑》의 '六正·六邪'에 대한 조선시대의 기록은 적지 않다. 위에 언급한 성종 때의 것을 제외하고, 《조선왕조실록》에는 중종 32년 11월 8일, 인조 23년(1645) 10월 9일, 효종 4년(1653) 3월 6일, 효종 行狀, 현종 1년(1660) 9월 15일에 나온다. 또한 개인의 저술에는 李景奭(1595~1671)의 《白軒集》, 沈之漢(1596~1657)의 《滄洲集》, 尹拯(1629~1714)의 《明齋遺稿》, 李瀷(1681~1763)의 《星湖僿說》, 安鼎福(1712~1791)의 《東史綱目》과 《明齋遺稿》, 黃胤錫(1729~1791)의 《頤齋遺稿》 등에 보인다. 이에 대한 구체적인 내용은 생략하고 그 의미만 간추려본다. 조선정부에서는 이전 왕조를 모범사례 삼아 시행하였고, 문인들은 고려시대 역사적 사실 자체를 典故처럼 사용하였다. 여기서 특이한 것은 중종 때의 기록이다.

　　劉向이 지은 《說苑》의 臣術篇을 정원에 내리며 일렀다. "중종조 때에는 大寶箴을 써서 內殿에 걸어 놓고 待漏院記를 써서 外殿에 걸어 놓았었는데, 이는 위아래를 모두 警戒시키기 위해서였다. 《說苑》을 보니, 人臣에게 六正과 六邪가 있다고 했는데, 그 말이 아주 좋았다. 근래의 일을 가지고 볼 때 더욱 깊고 절실하다. 그것을 써서 새겨 대루원기와 함께 걸어 놓고 경계하는 도리를 보존하게 하라."(중종 32년(1537) 11월 8일)

중종의 교지 중에 '《說苑》을 보니'라고 밝혔으므로 중종이 《說苑》을 읽었음은 분명하고, 특이한 점은 《說苑》의 '臣術篇'을 내렸다는 것이다. '六正·六邪'와 관련하여 《說苑》의 편명을 명기한 것은 이것이 유일하다. '六正·六邪'는 《說苑》권2의 〈臣術〉篇에 나오지만, 이전과 이후의 어떤 기록도 편명을 언급한 것은 없다. 게다가 '〈臣術〉篇'을 내렸다고 명기한 것은 그

텍스트를 내렸다는 실제로 내렸다는 것이다. 현존하는 朝鮮刊本《說苑》 중에 인출연도를 확정할 수 있는 판본이 충재박물관 소장본인데, 이것의 인출연도가 中宗 26年(1531)이므로 중종이 재위 32년(1537)에 정원에게 내린《說苑》 텍스트는 朝鮮刊本임이 거의 확실하다. '六正 · 六邪'에 대한 논의는 여기서 접어놓고, 또한 현존하는 朝鮮刊本《說苑》에 대해서도 다음 장에서 詳論하기로 한다.

朝鮮刊本 간행 이후에는 문인들의 개인저술에서《說苑》의 書名을 직접 언급한 내용도 있고 《說苑》의 내용을 典故의 형식으로 취한 것이 대폭 증가한다. 이것들 중《說苑》의 서명을 밝히고 직접 인용한 것들에 대해만 간략하게 살펴본다.

曺好益(1545~1609)은《家禮考證》卷5의〈議昏〉에서는 禮法을 설명하는 근거로《說苑》을 인용하였고, 문집인《芝山集》에서는 3차례 典故로 간접 인용하였다.

安鼎福(1712~1791)의 경우 앞에서 언급한《東史綱目》의 '六正 · 六邪'에 관한 기록을 제외하고《東史綱目》附錄 下卷의〈遼東郡考〉에서 지리에 대한 참고자료로,《順菴集》권11의〈經書疑義〉에서는 '三歸'라는 용어를 설명하는 자료로 사용하였다.

李德懋(1741~1793)는《靑莊館全書》卷57〈盎葉記四〉에서 역사적 사실의 근거로《說苑》을 직접 인용하였고, 같은 책에서 3차례 典故로 간접 인용하였다.

尹愭(1741~1826)는《無名子集》第12册의〈井上閒話 五十一〉과〈峽裏閒話 二十四〉자기주장의 근거로《說苑》의 역사적 이야기를 직접 인용하였고, 같은 책에서 18차례나 典故로 간접 인용하였다.

丁若鏞(1762~1836)은《경세유표》권11의〈雜稅〉와《牧民心書》〈愛民〉제4조의〈哀喪〉에서는 《說苑》을 직접 인용하면서 제도에 대해 설명하는 근거로 사용하였다.

李圭景(1788~1863)은《五洲衍文長箋散稿》經史篇4에서는 '《說苑》에 "扈子가 이르기를《春秋》는 나라의 거울이다.' 했다."라는 말을 3차례나 인용하여 책이름을 설명하는 근거로 사용하였다. 그리고《五洲衍文長箋散稿》經史篇4의〈史籍雜說〉에서는 역사적 사실을 고증하기 위한 근거로 사용하였으며, 이 내용은 車天輅(1556~1615)의《五山說林草藁》에서도 동일하게 사용되었다. 또한《五洲衍文長箋散稿》經史篇5의〈論史〉에서는 '三韓의 始末'에 대해 논하면서 역시 역사적 사실을 고증하기 위한 근거로 사용하였다.

李裕元(1814~1888)《林下筆記》卷1의〈禮記〉에서 예법을 설명하면서《說苑》을 직접 인용하였고,〈評文〉에서는 '내가 制書의 초를 잡으면서《說苑》의 내용을 원용하였다.'라고 하여 저술의 근거로 삼았음을 밝히고 있으며,〈雜識〉에서 역사적 사실을 설명하는 근거로 간접 인용하였다.

李瀷(1681~1763)은 조선시대 문인들 중에서《說苑》을 가장 많이 직접 혹은 간접 인용한 인물이다. 《星湖僿說》에서는 16차례 《星湖全集》에는 2차례 직접 인용하였고, 典故로 사용한 간접 인용은 《星湖僿說》에는 7차례 《星湖全集》에는 9차례나 등장한다. 《星湖僿說》卷5 〈萬物門〉의 〈琴〉과 〈浮白〉에서는 용어에 대한 연원의 근거로, 卷9〈人事門〉의 〈經史誤字〉에서는 誤字의 유래를 설명하는 근거로, 卷19〈經史門〉의 〈張祿〉과 〈管子〉에서는 역사인물을 설명하는 근거로, 卷20〈經史門〉의 〈蟪蛄在耳〉에서는 '쓰르라미 소리'에 대해 논하면서, 卷21〈經史門〉의 〈鳲鳩詩〉에서는 세태풍자의 근거로, 卷22〈經史門〉의 〈朝服立阼〉에서는 귀신을 敬遠하는 근거로, 卷25〈經史門〉의 〈山戎〉에서는 역사적 사실을 논증하는 근거로, 卷26〈經史門〉의 〈逸書〉에서는 《書經》을 변증하는 근거로, 卷26〈經史門〉의 〈城隅〉에서는 '杞梁 아내의 일'(만리장성을 쌓는 남편을 찾아갔다가 그가 죽은 것을 알고서 울자 성벽이 무너졌다는 전설)에 대한 이야기를 예로 들면서, 卷29〈詩文門〉의 〈鶏鶒冠〉과 〈三歸〉에서는 각각 '鶏鶒冠'과 '三歸'라는 용어를 설명하면서, 卷29〈詩文門〉의 〈蔡威公〉이라는 역사인물을 설명하면서 《說苑》을 직접 인용하였다. 그리고 《星湖全集》卷28〈序〉의 〈答黃得甫〉에서는 '杞梁 아내의 일'을 예로 들면서, 卷54〈題跋〉의 〈跋樂律書〉에서는 '樂器'에 대해 논하면서 《說苑》을 직접 인용하였다.

정조(1752~1800, 재위 : 1776~1800)는 조선시대 왕들 중에서 《說苑》을 가장 많이 직접 혹은 간접 인용한 임금이다. 정조는 《日省錄》에서 비답이나 명령을 내리면서 《說苑》의 관련내용을 5차례 간접 인용하였고, 문집인 에서는 8차례 직접 인용하였으며 2차례 간접 인용하였다. 직접 인용만 살펴보면, 《弘齋全書》卷50 〈策問三〉의 〈論語〉, 卷51〈策問四〉의 〈春秋〉, 卷71〈經史講義八〉의 〈論語〉에서 2차례, 卷91〈經史講義二十八〉〈詩八〉의 〈文王之什〉, 卷92〈經史講義二十九〉〈詩九〉의 〈閔予小子之什〉, 卷106〈經史講義四十三〉〈總經一〉의 〈春秋〉, 卷182〈羣書標記四〉〈御定四〉의 〈周公書〉에서 각종 유가경전에 대해 논하면서 《說苑》을 직접 인용하면서 논거로 삼았다.

제2절 朝鮮刊本 《劉向說苑》

앞글에서 李克墩이 慶尙監司(慶尙道觀察使)로 재직할 때인 1492년경에 《說苑》을 간행하였다고 논술하였다. 성종도 간행 경위를 모르고 있었으므로 중앙정부의 명령에 의해 간행된 것은 아닌 것으로 보인다. 지방출판의 경우, '출판의 권한은 거의 관찰사에게 집중되었던 것으로 보인다.'[24] 그런데 李克墩이 임금의 승인도 받지 않고 정부소장본 《說苑》을 가져다가 그것을 저본으로 책판을 제작하지는 않았을 것이다. 그 저본은 집안에서 소장하고 있었던 것일 수도 있고, 지인에게 기증받았을 수도 있으며, 李克墩 자신이 입수했을 수도 있다. 李克墩은 1474년(성종 5)에 聖節使를 시작으로, 1476년에는 예조참판으로 奏請使가 되어 중궁 책봉에 대한 奏本을 가지고 명나라에 다녀왔으며, 1484년에도 正朝使로 명나라에 다녀왔다. 李克墩은 1492년경에 《說苑》을 간행하기 이전에 3차례나 명나라에 사신으로 다녀왔으므로, 이때 명나라에서 저본으로 사용할 《說苑》 판본을 구입했을 가능성이 높다. 그러나 이를 증명할 기록들은 찾을 수 없지만, 李克墩이 간행한 朝鮮刊本이 실존했음을 증명할 기록은 2군데에서 찾을 수 있다. 조선 전기 출판목록을 기록한 《攷事撮要》에는 安東에서 《說苑》을 출판하였다고 하였고, 《嶺南冊版記》에도 '劉向說苑, 壯紙二十二貼二張 墨三丁(安東郡)'25)이라고 하였는데 인쇄하는 데 소요되는 종이와 먹까지 구체적으로 기록하였다.

1) 朝鮮刊本의 현존 판본

朝鮮刊本 《劉向說苑》은 20권 4책으로 되어있는데, 第一冊은 〈君道〉·〈臣術〉·〈建本〉·〈立節〉·〈貴德〉, 第二冊은 〈復恩〉·〈政理〉·〈尊賢〉·〈正諫〉·〈敬愼〉, 第三冊은 〈善說〉·〈奉使〉·〈權謀〉·〈至公〉·〈指武〉, 第四冊은 〈談叢〉·〈雜言〉·〈辨物〉·〈修文〉·〈反質〉로 구성되어있다. 먼저 현존 판본의 목록을 표로 제시하는데, 版式事項에서 소장본들 모두 朝鮮木版本이고 紙質은 모두 楮紙이기 때문에 이 내용은 모두 생략하였다.

書名	版式事項	一般事項	所藏處	所藏番號	비고
劉向說苑	4卷 1冊(68張), 四周單邊, 半郭 : 18.7×14.6㎝, 11行 18字, 內向黑魚尾, 28×18.8㎝, 裝幀 : 黃色厚褙表紙, 土紅絲綴(改裝)	所藏 : 卷7~10	國立中央圖書館	[貴598, [일산貴3738-14(b 23738-14)	홈페이지에 원문 공개
劉向說苑	15卷 3冊, 四周雙邊, 半郭 : 18.7×14.9㎝, 有界, 11行 18字, 上下黑口, 內向黑魚尾, 26.9×17.8㎝	所藏 : 卷1~15	고려대학교	만송 貴 318 1~3	열람과 사진촬영 가능
劉向說苑	4冊(殘本), 四周雙邊, 半廓 : 18.8×14.9㎝, 有界, 11行 18字, 上下內向花紋魚尾	所藏 : 卷1~18	연세대학교	(귀)535	열람 가능

---

24) 강명관, 《조선시대 책과 지식의 역사》, 천년의 상상, 2014, 212쪽. 강명관은 관찰사의 결정에 따라 책판을 제작하는 경우가 허다하였다고 주장하면서, 필자가 앞에서 언급한 李克墩이 《유양잡조》와 《說苑》등을 간행하게 한 내용을 근거로 들었다.

25) 金致雨, 〈嶺南冊板記所藏 刊本의 分類別 傾向〉, 《書誌學硏究》제24집, 2002. 285쪽.

劉向說苑	10卷 2冊, 四周雙邊, 半廓: 18.5×14.7cm, 有界, 11行 18字, 注雙行, 上下大黑口, 上下內向黑魚尾, 23.8×17.3cm	所藏: 卷10~20	영남대학교	古152.21 劉向, 古152.21 劉向口	열람과 사진촬영 가능
劉向說苑	3冊, 四周雙邊, 半郭: 18.9×15cm, 有界, 11行 18字, 黑口, 內向黑魚尾, 24.2×18.2cm	所藏: 卷1~15	계명대학교	(귀) 812.081 劉向人-1~3	열람 가능
劉向說苑	1冊, 四周雙邊, 半郭: 18×14.8cm, 有界, 11行 18字, 大黑口, 內向黑魚尾, 26.6×18.5cm	識記: 嘉靖辛卯 孟夏 監司 任士鈞 所贈	奉化郡 冲齋博物館	보물 제896-10호	문화재청 홈페이지에 원문 공개
劉向說苑	15卷 3冊, 四周雙邊, 半郭: 19.5×14.9cm, 有界, 11行18字, 上下小黑口, 內向黑魚尾, 25.5×17.5cm	所藏: 卷1~15	성암고서 박물관	성암3-119~120	박물관 폐쇄
劉向說苑	5卷 1冊, 半郭: 14.7, 11行 18字, 黑口, 內向黑魚尾	所藏: 卷6~10	아단문고	無	현재 열람 불가
劉向說苑	20卷 4冊, 四周雙邊, 半郭: 18.7×14.9cm, 有界, 11行 18字, 註雙行, 內向一葉花紋魚尾, 26.9×17.8cm	所藏印: 先祖公家藏 書男富義 □□□	安東市 군자 마을 後彫堂	KS0432-1-04 -0039(현재 국학진흥원에 위탁 소장)	열람과 사진촬영 허가받음
劉向說苑	2卷 1冊, 四周雙邊, 半郭: 18.7×14.7cm, 有界, 10行 18字, 小黑口, 內向黑魚尾, 28.2×18.4cm		醴泉郡 李虎柱	韓國典籍綜合 調查目錄 第1輯	분실
劉向說苑	5卷 1冊(卷16~20), 四周雙邊, 半郭: 19.7×15.9cm, 有界, 11行 18字, 上下大黑口, 內向一二葉混入花紋魚尾, 25×18.9cm	所藏印: 五美洞印, 豊山金氏, 金憲在印	安東市 豊山邑 金直鉉	韓國典籍綜合 調查目錄 第1輯	분실

　朝鮮刊本 《劉向說苑》의 완질을 소장한 곳은 안동 군자마을 光山金氏 後彫堂이 유일하다. 국립중앙도서관은 제2책에서 卷6이 빠진 卷7~10만 소장하고 있고, 고려대는 제1~3책을 소장하고 있고, 연세대는 제1~3책과 제4책의 卷16~18을 소장하고 있고, 영남대는 제3~4책을 소장하고 있고, 계명대는 제1~3책을 소장하고 있고, 충재박물관은 제1책만 소장하고 있고, 성암고서박물관은 제1~3책을 소장하고 있고, 아단문고는 제2책만을 소장하고 있으며,[26] 개인소장자

---

26) 아단문고 사이트에서는 다음과 같이 밝히고 있어서 현재는 판본을 열람할 수 없다. '아단문고에서는 소장 자료를 더욱 안전하고 과학적으로 보존하고 관리하기 위해 2016년 9월 1일부터 서고의 정기 점검과 자료 보존 처리 사업을 진행합니다. 이 사업이 끝날 때까지 한시적으로 자료 열람 신청을 받을 수 없습니다.' (http://www.adanmungo.org/)

李虎柱과 金直鉉은 소장본을 분실한 상황이다. 版式事項에서 半郭은 판본간의 다소의 오차는 있지만 대략 18.5×15㎝내외이고, 또 四周雙邊에다 半葉 11行18字에 內向黑魚尾로 되어있다. 아래에서는 원문을 확인할 수 있는 판본에 대해 구체적으로 소개하고자 한다.

　第一冊의 경우, 고려대·충재박물관·후조당 소장본 모두 일실된 면이 없이 완정하다. 그런데 朝鮮刊本 중에 유일하게 인출연도를 확인할 수 있는 판본은 충재박물관 소장본이다. 이 판본은 '보물 제896-10호'로 지정되어 있고, 표지이면에는 '嘉靖辛卯 孟夏 監司 任士鈞 所贈'이란 識記가 있다. '嘉靖辛卯'는 中宗 26年(1531)이며, '任士鈞'은 任樞(1482~1534)인데 士鈞은 그의 자이다. 앞서 밝혔듯이 《攷事撮要》와 《嶺南冊版記》에 《說苑》의 책판을 안동에서 보유하고 있었는데, 任樞가 경상감사로 재직하면서 관할지인 안동에서 충재박물관 소장본을 인출하여 친분이 있던 權橃(1478~1548)에게 기증했을 것이다.[27] 이 판본은 20권 4책 중에 제1책(卷1~5)만 남아 있어 아쉽지만, 그 중요성은 다른 판본과 인쇄상태를 대조하여 인출의 선후관계를 파악할 수 있다는 데 있다.

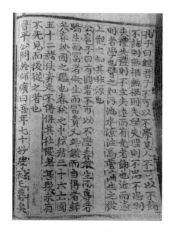  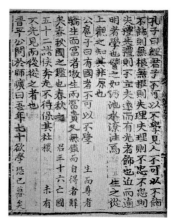

고려대 소장본　　　　　　충재박물관 소장본　　　　　　후조당 소장본

　위의 사진은 3종의 제1책의 제74면인데, 왼쪽부터 오른쪽으로 갈수록 인쇄상태가 나빠짐을 확인할 수 있다. 고려대 소장본은 비교적 완정하고, 충재박물관 소장본은 부분적으로 글자들이 깨져있고 특히 제6~9행의 아랫부분이 훼손정도가 심한 편이다. 후조당 소장본은 그 부분이

---

27) 이와 관련된 구체적인 논증은 다음 논문 참조. 劉承炫·閔寬東, 〈16세기 관료 權橃의 朝鮮·明刊本 수집 경로 탐색 - 충재박물관 소장 장서를 중심으로〉, 《동아시아고대학》제54집, 2019. 229~231쪽.

아예 글자들이 다 떨어져나가서, 계선을 새로 긋고 손으로 가필하기도 하였으나 채워놓지 못한 빈칸도 남아있다. 이런 상황은 제74면 이외에도 여러 곳에서 찾을 수 있는데, 고려대 소장본이 가장 먼저 인출되었고, 1531년에 인출된 충재박물관 소장본이 그 다음이며, 맨 마지막이 후조당 소장본임을 확정할 수 있다. 1492년경에 初刊된《劉向說苑》이 30년이 넘어선 충재박물관 소장본에 이르러서는 板木의 손상이 진행되고 있었으며, 그 후 후조당 소장본 인출 당시에는 板木이 더욱 손상되었음도 확인할 수 있다.

제2책의 경우, 인쇄상태는 국립중앙도서관과 고려대 소장본이 비슷하고, 후조당 소장본은 앞의 두 판본보다는 인쇄상태가 좋지 않다. 그런데 국립중앙도서관은 제2책에서 卷6이 모두 일실되어있고, 卷7~10만 남아있는데 이 중에서 제103면과 제126면이 일실되어있다. 제104면부터는 제본한 쪽의 아랫부분의 훼손이 시작되어 뒤로 갈수록 훼손이 심해진다. 고려대 소장본은 제154~158면이 모두 일실되어있으며 특이하게도 제3책의 제4면이 제2책의 마지막 면에 제본되어있다. 이에 비해 후조당 소장본은 일실된 면이 하나도 없이 완정하다.

제3책의 경우, 고려대 소장본은 제1면부터 제3면까지 일실되어있고, 맨 마지막 면인 제126면이 일실된 것을 제외하고는 나머지부분은 완정하다. 그리고 제4면은 제2책의 마지막 면에 붙어있어서 제3책은 제5면부터 제본되어있는데, 이는 제2책과 제3책을 모두 새로 장황하면서 발생한 상황으로 보인다. 영남대 소장본은 제98~99면, 제116~117면, 제126면이 일실되어있으며, 제49면부터 윗부분이 좀이 슨 것으로 보이는 훼손이 시작되어 뒤로 갈수록 훼손이 심해진다. 후조당 소장본은 일실된 부분이 없이 완정한데, 고려대와 영남대 소장본과는 다른 판면이 여러 면 존재하는데 그 중 제112면만 살펴본다.

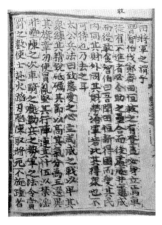 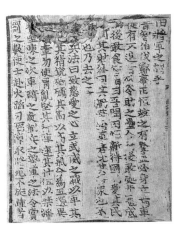 

고려대 소장본　　　　　영남대 소장본　　　　　후조당 소장본

앞에서 제1책의 사진을 대조하여 고려대 소장본이 후조당 소장본보다 이른 시기에 인출되었다고 하였는데, 제3책의 경우도 마찬가지이다. 하지만 이번 사진을 보면 고려대 소장본은 아랫부분의 글자들 위에 덧칠을 해놓았고, 영남대 소장본은 그 부분의 글자들이 깨져있다. 두 판본에 비해 인출 시기가 가장 늦은 후조당 소장본의 인쇄상태가 가장 양호하다. 그런데 사진을 대조하면, 고려대와 영남대 소장본은 해당면의 테두리가 '四周雙邊'으로 되어있는데, 후조당 소장본은 두 판본과는 다르게 테두리가 '四周單邊'으로 되어있다. 두 판본은 테두리는 다른 형태이지만 그 안의 판식은 모두 동일하다. 다른 점은 후조당 소장본은 고려대와 영남대 소장본에 비해 글자체가 날카롭게 되어있고 글자의 형태가 다른 것들도 있다는 점이다. 그러므로 후조당 소장본은 원판이 훼손되거나 혹은 일실되어 나중에 해당 면을 補刻한 '補刻本'이라고 할 수 있으며, 후조당 소장본에서 이렇게 보각한 면은 제35~38면 그리고 제105~112면이 있는데, 제3책의 총 12면이 테두리가 '四周單邊'으로 보각되어있다. 고려대와 영남대 소장본의 경우 이렇게 보각한 해당 면의 인쇄상태가 좋지 않으며 군데군데 글자들이 떨어져나가 있거나 뭉그러져있다. 그러나 보각한 면이 아닌 경우에는 고려대와 영남대 소장본의 인쇄상태가 후조당 소장본에 비해 양호하다.

제4책의 경우, 영남대 소장본은 제160부터 맨 마지막 면인 제166면까지 뒷부분의 7면이 모두 일실되어있고, 후조당 소장본은 제87~88면과 제147~148면이 일실되어있다. 영남대 소장본은 제3책과 다르게 좀이 슬어 훼손된 부분이 없다. 후조당 소장본은 글자가 심하게 뭉그러진 면들이 존재하지만 제3책처럼 보각한 면은 한 군데도 없다. 그런데 후조당 소장본에서 일실된 면인 제87~88면과 제147~148면이 원판 자체가 훼손되어 일실되었는지 아니면 완정하게 인출된 후에 보관 도중에 해당 면이 일실되었는지 현재로서는 확인할 수 없다.

2) 朝鮮刊本의 판식과 문헌의 특징

(1) 문단 형식

朝鮮刊本 《說苑》은 卷首題인 〈劉向說苑序〉로 시작하는데, 들여쓰기를 하지 않고 제1면의 제1행에서 시작된다. 제2행의 제8자부터 '南豐曾鞏集'이라고 썼으며 다섯 글자는 각각 한 글자씩 띄었다. 제3행에서는 '序文'이 시작되고 역시 들여쓰기를 하지 않았다. 이 내용은 제3면의 제6행까지 이어지고, 제7행에는 '目錄'이 나오는데 한 글자를 들여 썼다. 제8행부터는 실제 목록이 두 글자를 들여 쓰고 1행에 2개씩 들어있으며 제4면 제6행까지 이어진다. 제7행 제1자부터는 劉向이 쓴 敍錄이 다음 면인 제5면 제2행까지 이어지고, 나머지 9행은 빈칸으로 되어있

다. 그리고 그 다음 면인 제6면에는 아무 내용도 없이 계선만 인쇄되어있다. 이하에서도 각 권은 모두 홀수 면에서 시작하기 때문에 홀수 면에서 내용이 끝나면 그 다음의 짝수 면 한 면은 모두 비워두었다.

제1책의 경우, 〈劉向說苑卷第一〉은 〈劉向說苑序〉의 다음에 이어지는데, 쪽수의 셈은 처음부터 다시 시작한다. 제1면의 제목은 제1행에 들여쓰기를 하지 않고 인쇄되어있고, 제2행에서는 두 글자를 들여 쓰고 나서 〈君道〉라는 제목이 인쇄되어있으며, 제3행부터는 들여쓰기를 하지 않고 본문이 시작된다. 이하에서 각 권의 卷首는 모두 이런 형식으로 되어있기 때문에 다시 언급하지 않는다. 〈劉向說苑卷第一〉의 본문은 제34면 제10행에서 끝나고, 맨 마지막 행인 제11행에는 卷尾의 제목인 〈劉向新序卷第一〉이 인쇄되어있다.

〈劉向說苑卷第二〉는 제35면에서 시작하여 제60면 제1행에서 글이 끝나고, 나머지 9행은 빈칸으로 되어있으며 맨 마지막 행인 제11행에는 〈劉向新序卷第二〉가 인쇄되어있다. 이하에서 각 권의 卷尾는 모두 이런 형식으로 되어있기 때문에 다시 언급하지 않는다.

〈劉向說苑卷第三〉은 제61면에서 시작하여 제82면의 제2행에서 글이 끝난다.

〈劉向說苑卷第四〉는 제83면에서 시작하여 제103면의 제10행에서 글이 끝난다. 각 권은 홀수 면에서 시작하기 때문에 짝수 면인 제104면은 11행으로 된 계선만 인쇄되어있다.

〈劉向說苑卷第五〉는 제105면에서 시작하여 제128면의 9행에서 글이 끝난다.

제2책의 경우, 〈劉向說苑卷第六〉은 제1면에서 다시 시작하여 제21면의 제9행에서 글이 끝나고, 다음 면인 제22면은 계선만 인쇄되어있다.

〈劉向說苑卷第七〉은 제23면에서 시작하여 제55면의 제8행에서 글이 끝나고, 다음 면인 제56면은 계선만 인쇄되어있다.

〈劉向說苑卷第八〉은 제57면에서 시작하여 제93면의 제1행에서 글이 끝나고, 다음 면인 제94면은 11행이 아닌 8행으로 된 계선만 인쇄되어있다.

〈劉向說苑卷第九〉는 제95면에서 시작하여 제127면의 제9행에서 글이 끝나고, 다음 면인 제128면은 11행이 아닌 9행으로 된 계선만 인쇄되어있다.

〈劉向說苑卷第十〉은 제129면에서 시작하여 제157면의 제11행에서 글이 끝난다. 그리고 제158면은 계선이 11행이 아닌 10행으로 되어있으며, 卷尾의 제목은 맨 마지막 행이 아닌 제4행에 인쇄되어있다.

제3책의 경우, 〈劉向說苑卷第十一〉은 제1면에서 다시 시작하여 제26면의 제6행에서 글이 끝난다.

〈劉向說苑卷第十二〉는 제27면에서 시작하여 제48면의 제1행에서 글이 끝난다.

〈劉向說苑卷第十三〉은 제49면에서 시작하여 제81면의 제5행에서 글이 끝나고, 다음 면인 제82면은 계선만 인쇄되어있다.

〈劉向說苑卷第十四〉는 제83면에서 시작하여 제103면의 제8행에서 글이 끝나고, 다음 면인 제104면은 계선만 인쇄되어있다.

〈劉向說苑卷第十五〉는 제105면에서 시작하여 제128면의 제4행에서 글이 끝난다. 그런데 이번 권의 卷首題가 고려대와 영남대 소장본은 글자의 일부가 떨어져나간 '卷十三'으로 되어 있고, 후조당 소장본은 해당 면을 補刻하였는데 '卷十三'으로 되어있다. 원판본의 '卷十三'과 補刻本의 '卷十三' 모두 '第十五'의 오류인데, 보각본도 원판본의 오류를 그대로 답습하였다. 고려대와 영남대 소장본은 맨 마지막 면인 제126면이 일실되어있는데, 후조당 소장본의 卷尾 題는 卷首題와는 다르게 '卷第十五'로 제대로 되어있다.

제4책의 경우, 〈劉向說苑卷第十六〉은 제1면에서 다시 시작하여 제26면의 제4행에서 글이 끝난다.

〈劉向說苑卷第十七〉은 제27면에서 시작하여 제61면의 제8행에서 글이 끝나고, 다음 면인 제62면은 계선만 인쇄되어있다.

〈劉向說苑卷第十八〉은 제63면에서 시작하여 제98면의 제4행에서 글이 끝난다.

〈劉向說苑卷第十九〉는 제99면에서 시작하여 제139면의 제6행에서 글이 끝나고, 다음 면인 제140면은 계선만 인쇄되어있다.

〈劉向說苑卷第二十〉은 제141면에서 시작하여 제165면의 제3행에서 글이 끝나고, 다음 면인 제166면은 계선만 인쇄되어있다.

(2) 字數 不定

위에서 제시한 모든 목록에는 字數가 '11行 18字'로 되어있으나, 실제 판본에는 '18字'가 아닌 곳들이 여러 군데 등장한다. 字數가 不定한 해당 面과 해당 行의 字數를 아래에 표로 제시한다.

제1책					
面數	行數	字數	面數	行數	字數
제11면	제5행	19자	제36면	제9행	19자
제23면	제11행	19자	제72면	제4행	19자
제2책					
面數	行數	字數	面數	行數	字數

제9면	제3행	19자	제42면	제8행	17자
제14면	제6행	19자	제42면	제9행	19자
제14면	제7행	19자	제42면	제10행	20자
제14면	제8행	19자	제42면	제11행	21자
제42면	제2행	19자	제46면	제10행	19자
제42면	제3행	19자	제76면	제3행	19자
제42면	제4행	19자	제109면	제4행	19자
제42면	제5행	19자	제131면	제8행	19자
제42면	제6행	19자			
제3책					
面數	**行數**	**字數**	**面數**	**行數**	**字數**
제28면	제7행	16자	제71면	제2행	20자
제52면	제8행	17자	제75면	제8행	19자
제55면	제7행	20자	제75면	제9행	19자
제69면	제11행	19자	제75면	제10행	19자
제70면	제1행	19자	제75면	제11행	19자
제70면	제2행	19자	제84면	제11행	19자
제71면	제1행	20자			
제4책					
面數		**行數**		**字數**	
제86면		제5행		19자	

字數가 부정한 경우는 제1책에 4차례, 제2책에 17차례, 제3책에 13차례, 제4책에는 단 1차례가 나온다. 字數는 대체로 한 글자 정도의 차이를 보이지만, 두 글자가 많거나 적은 경우도 있고, 세 글자가 많은 경우도 한 차례 나온다.

(3) 雙行의 小字註

朝鮮刊本에는 원문에 雙行의 작은 글자로 된 주석이 달린 부분이 있는데, 제1책과 제3책에는 없으며, 제2책과 제4책에는 몇 군데 나온다. 완정본을 소장한 후조당의 경우를 제외하고는 어떤 소장처도 위에 제시한 목록에서 '註雙行'이라고 명기한 곳이 없다. 제2책과 제4책을 소장한 소장처의 경우 '註雙行'이라고 명기하지 않은 것은 목록작성자가 간과한 것으로 보인다.

제2책의 경우, 제60면의 제11행에는 '將乞師於楚以取全耳[或作身]'라는 구절이 있는데, 괄호 안의 내용이 제15~16자 해당하는 부분에 雙行의 작은 글자로 인쇄되어있다. 이것은 원문의 '耳'에 달린 주석으로 '耳'를 '身'으로 되어있기도 하다는 내용이다. 그런데 해당 구절은 '초나라에 군사를 요청하여 보전할 수 있을 따름이다.'[28]라고 번역할 수 있기 때문에 '耳'는 단정을 나타내는 종결사로 쓰인 것이다. 그래서 《說苑校證》에서는 舊本 주석의 '或作身'은 오류라고 하였는데, 舊本이 어떤 판본인지는 밝히고 있지 않다.[29] 이하에서는 구절에 대한 번역과 해당하는 주석의 내용은 모두 생략한다.

제102면의 제1행에는 '取皇太后遷之于頣陽宮[一本作械陽]'이라는 구절이 있는데, 괄호 안의 雙行의 小字註가 제14~16자에 해당하는 부분에 인쇄되어있다. 이것은 원문의 '頣陽'에 대한 주석으로 '頣陽'을 '械陽'으로 되어있기도 하다는 것인데, 바로 다음이 아닌 '宮' 다음에 주석을 달았다.

제106면의 제6행에는 '又危[一作色]加諸寡人'이라는 구절이 있는데, 괄호 안의 雙行의 小字註가 제13~14자에 해당하는 부분에 인쇄되어있다. 이것은 원문의 '危'에 해당하는 주석으로 그 글자가 '色'으로 되어있기도 하다는 것이다.

제110면의 제2행에는 '得舟[一作丹]之姬'라는 구절이 있는데, 괄호 안의 雙行의 小字註가 제6~7자에 해당하는 부분에 인쇄되어있다. 이것은 원문의 '舟'에 대한 주석으로 그 글자가 '丹'으로 되어있기도 하다는 것이다.

제116면의 제9~10행에 걸쳐 '越王勾踐乃以兵五千人[一作入]棲於會稽山上'이라는 구절이 있는데, 괄호 안의 雙行의 小字註가 제9~10자에 해당하는 부분에 인쇄되어있다. 이것은 원문의 '人'에 해당하는 주석으로 그 글자가 '入'으로 되어있기도 하다는 것이다.

제4책의 경우, 제107면의 제11행에 '曰左右之[一作大]路寢'이라는 구절이 있는데, 괄호 안의 雙行의 小字註가 제15자에 해당하는 부분에 인쇄되어있다. 이것은 원문의 '之'에 해당하는 주석으로 그 글자가 '大'로 되어있기도 하다는 것이다.

제108면의 제4행에 '鬱者百[一作香]草之本也'라는 구절이 있는데, 괄호 안의 雙行의 小字註가 제10자에 해당하는 부분에 인쇄되어있다. 이것은 원문의 '百'에 해당하는 주석으로 그 글자가 '香'으로 되어있기도 하다는 것이다.

제158면의 제4행에 '仲孫它[一本作忌]憝而退'라는 구절이 있는데, 괄호 안의 雙行의 小字註가 제4자에 해당하는 부분에 인쇄되어있다. 이것은 원문의 '它'에 해당하는 주석으로 그 글자가 '己'로 되어있기도 하다는 것이다.

제2책에서는 세 글자의 小字註가 두 글자에 걸쳐 있어서 小字註의 글자 사이의 공간이 넓

---

28) 劉向 撰, 林東錫 譯註, 《說苑》2, 동서문화사, 2009. 779쪽.
29) 劉向 撰, 向宗魯 校證, 《說苑校證》, 北京 : 中華書局, 1987(2017 重印). 176쪽.

지만, 제4책에서는 그것이 한 글자에 달려있어서 그 공간이 좁다.

　漢代에 편찬된《說苑》은 중국에서 출간되기 이전인 신라시대의 역사기록인《三國遺事》와《三國史記》에 몇 가지 역사이야기가 등장한다. 하지만 이는《說苑》이 직접 수용되었다기보다는《說苑》에 수록된 이야기들이 구전 등의 방법으로 국내 유입된 것으로 보인다. 그리고 崔致遠은《說苑》의 이야기를 6차례나 典故로 사용하였는데, 唐나라에 유학하였기 때문에《說苑》을 열람하였을 것으로 보인다. 고려시대는《說苑》이 중국에서 출간된 이후인데, 고려정부가《說苑》을 소장하고 있었음을 증명할 기록들이《高麗史》에 3차례 나온다. 또한 고려의 문인들은 자신의 저술에서《說苑》의 관련내용을 典故로 사용하였다. 조선에 들어와서는《說苑》의 국내 수용에 있어 획기적인 사건인 朝鮮刊本 출간이 李克墩에 의해 1492년경에 이루어진다. 朝鮮刊本 출간 이전에는 수용이 제한적이었으나, 그 이후에는 군주와 지식인들에게 광범위한 수용이 이루어지는데,《說苑》의 書名을 직접 언급한 것과《說苑》의 내용을 典故의 형식으로 취한 것이 대폭 증가한다.

　현존하는 朝鮮刊本《說苑》의 경우 필자가 원문을 입수한 판본은 국립중앙도서관·고려대·영남대·충재박물관·후조당 소장본이다. 완질을 소장한 곳은 안동 군자마을 後彫堂이 유일하다. 국립중앙도서관은 제2책에서 卷6이 빠진 卷7~10만 소장하고 있고, 고려대는 제1~3책을 소장하고 있고, 영남대는 제3~4책을 소장하고 있고, 충재박물관은 제1책만 소장하고 있다. 이들 판본을 검토한 결과, 朝鮮刊本은 初刊 이후에도 여러 차례 간행되었으며, 후대에 인출된 '初刻'한 목판의 훼손된 면들 중 제35~38면과 제105~112면을 '補刻'하여 간행하기도 하였다. 이어서 판본의 특징의 특징을 살펴보았는데, 문단형식과 쪽수를 밝히고, '18字'가 아닌 곳들과 雙行의 小字註가 나오는 부분을 찾아내어 제시하였다.

제2장 異體字 目錄

정자	이체자	정자	이체자	정자	이체자
	ㄱ	羌	羌	儉	儉
假	假	講	講	劍	劔 劒 劍
暇	暇	釭	釭	黔	黔 黔
猳	猳	皆	皆 皆 皆	劫	刼 刦 刧
卻	卻	喈	喈	揭	揭
慤	慤	改	攺	萬	萬 冪 冪
覺	覺	漑	漑 漑	擊	擊 擊 擊 擊 擊 擊
幹	幹	慨	慨 槩 槩	堅	堅 堅
衎	衎	開	開	潔	潔 潔 潔 潔
諫	諫	羹	羹 羹	決	決
曷	曷 曷	鏗	鏗	缺	缺 缺
渴	渴	舉	擧 擧 擧 擧 擧 擧	兼	兼 兼 兼 兼
褐	褐	據	攄 攄 攄 攄	謙	謙 謙
竭	竭	遽	遽 遽 遽 遽 遽 遽	京	京
碣	碣	蘧	蘧	鏡	鏡
葛	葛	虞	虞	卿	卿 卿 卿 卿
監	監 監 監 監 監 監	袪	袪	傾	傾 傾
感	感	莒	莒 莒	競	競
歛	歛	懲	偲	徑	徑 徑
鑑	鑑 鑑	虔	虔 虔	勁	勁
福	襧	乞	乞	經	經
强	強 強 强	桀	桀 桀	輕	輕 輕

정자	이체자	정자	이체자	정자	이체자
磬	磬 磬	皐	皐 皐 皋 皐 皐 皐	郭	郭 郭
警	警	翱	翱 翶	槨	槨 槨
黥	黥	谷	谷	廓	廓
係	係	穀	穀 穀 穀 穀 穀 穀 穀	鞹	鞹
契	契	縠	縠	冠	冠 冠 冠 冠 冠
稽	稽 稽 稽 稽 稽 稽	觳	觳 觳	寬	寬
戒	戒 戒	哭	哭	觀	觀
堦	堦	嚳	嚳	館	舘 舘
階	階	髡	髡	關	關 關 關
繼	継 繼 継 縬	骨	骨	匡	㤲 匡 㐅 匡 匡
繫	繋 繋	功	功	筐	筐
孤	孤 孤 孤	恭	恭	廣	廣 廣
咼	咼	恐	恐 恐 恐	曠	曠
故	故	蚣	蚣	乖	乖
鼓	鼓 皷	鞏	鞏	怪	怪 恠
股	股	贛	贛	塊	塊 塊 塊
殺	殺 殺	瓜	瓜 瓜	媿	媿 媿
高	/高	寡	寡 寡 寡 寡	槐	槐
槀	槀 槗	裹	裹	愧	愧 愧
膏	膏	過	過	魁	魁 魁
瞽	瞽	夸	夸	瑰	瑰
顧	顧 顧	誇	誇 誇	壞	壞 壞 壞 壞 壞 壞
剮	剮 剮 剮 剮	髁	髁	號	號 號 號 號
袴	袴 袴 袴			膠	膠
				矯	矯

정자	이체자	정자	이체자	정자	이체자
礄	蹻	蘡	蘡	克	克
敎	教 敎	國	國 國	棘	棘
久	久	群	羣 羣	亟	亟 亟
樞	框 框	弓	弓	極	極 極 極
臼	臼	宮	宮	戟	戟
仇	仇	窮	窮	隙	隙
究	究	權	權	劇	劇 劇
寇	寇 冦 冦 寇	厥	厭 厭	僅	僅 僅
苟	苟 苟 笱	橛	橛	勤	勤 勤
構	構 構	闕	闕 闕 闕 闕 闕	謹	謹 謹
溝	溝	蹶	蹷 蹷 蹶	饉	饉 饉
驅	驅 歐	潰	潰	殣	殣 殣
歐	歐 歐	饋	餽	筋	筋
矩	矩	軌	軌	今	亽 仐 仐　仐 仐 仐 仐 仐
舊	舊 舊 舊 舊 舊	鬼	鬼 鬼	金	金
求	求	劇	劇	禁	禁
救	救	歸	歸 歸 歸 歸 歸 歸　歸 歸	衿	衿 衿
裘	裘			襟	襟
瞉	瞉	揆	揆	錦	錦
具	具	珪	珪	矜	矜
俱	俱	糾	糾 糾 糾	琴	琴 琴
瞉	瞉 瞉 瞉	規	規	禽	禽 禽 禽
龜	龜 龜 龜 龜 龜 龜　龜 龜 龜 龜 龜	箘	箘	擒	擒
屨	屨	麖	麖	急	急
		橘	橘		

정자	이체자	정자	이체자	정자	이체자
肯	肎 肯	饑	饑 饑 饑 饑 饑	濫	濫 濫
起	起	飢	飢 飢	藍	藍 藍 藍
杞	杞	冀	冀 冀 冀	臘	臘
紀	紀 紀	驥	驥 驥 驥 驥 驥	曩	曩
記	記 記	器	器 器 器 器 器	囊	囊 囊 囊
忌	忌	耆	耆	內	内
踦	踦 踦	嗜	嗜	奈	奈 奈
跽	跽	羈	羈 羈	迺	迺 迺
期	朞	羈	羈 羈	怒	怒
弃	弃	夔	夔	年	秊
棄	棄	夔	夔	念	念
奇	奇	既	既 既 既 既 既 既	甯	甯 甯 甯 甯 甯
寄	寄	吉	吉	寧	寍 寍 寧 寧 寕 寧
綺	綺	ㄴ		佞	侫
陭	陭	諾	諾 諾 諾 諾 諾	嫽	嫽
踦	踦	難	難 難 難 難 難 難	魯	魯
錡	錡	闌	闌	盧	盧
騎	騎	爛	爛	祿	禄 禄
齮	齮	蘭	蘭	綠	緑
幾	幾 幾 幾 幾 / 幾 幾 幾 幾	亂	亂 亂	錄	録
				騄	騄
機	機 機 機 機 機			論	論
禨	禨			農	農 農
璣	璣 璣	暖	煖	寵	寵
譏	譏	男	男	礱	礲 礲

정자	이체자	정자	이체자	정자	이체자
聾	聾 聾 聾	祖	祖	度	度
籠	籠	亶	亶	陶	陶 陶 陶 陶
腦	腦 腦	檀	檀 檀	圖	圖 圖 圖 圖 圖
漏	漏 漏	壇	壇 壇	蹈	蹈
婁	婁	搏	搏 搏	檮	檮
樓	樓	獺	獺	禱	禱
屢	屢	達	達	銚	銚
縷	縷	譚	譚 譚 譚	毒	毒 毒
螻	螻	膽	膽	簞	蕑
蔞	蔞	答	荅 荅	贖	贖
鏤	鏤	黨	黨	兜	兠
廩	廩 廩 廩	儻	儻	蠱	蠱 蠱 蠱
懍	懍	代	代	敦	敦
能	骺 能 能	臺	基 基	頓	頉 頓
尼	尻	帶	带 帶 带	東	柬
泥	泥	對	對 對	臀	臂
溺	溺 溺 溺	戴	戴	登	登 登 登
	ㄷ	貸	貸	等	苐
丹	丹 丹 丹 丹	德	德	滕	滕
段	叚 叚 段 叚	徒	徒		ㄹ
鍛	鍛	盜	盜	卵	夘 夘 卵
單	単 單 単	途	途	欒	欒
鄲	鄲	塗	塗 塗	覽	覽 覽 覽 覽
斷	斷 斷 斷	逃	迯 迯	郎	郞
溥	溥	跳	跳 跳	螂	蜋

정자	이체자	정자	이체자	정자	이체자
兩	两 兩	虜	虜	陵	陵
梁	梁	賴	頼	裏	裏 裏
呂	呂	隴	隴 隴	鰲	鰲 鰲 鰲 鰲
閭	閭	廖	廖 廖	鯉	鯉
蠡	蠡	潦	潦	履	履 履
黎	黎	遼	遼	罹	罹 罹
藜	藜 藜 藜	龍	龍 龍 龍 龍 龍	贏	贏
麗	麗 麗	螻	螻	鄰	隣
酈	酈	類	類 類		■
驪	驪 驪	柳	柳	馬	馬
礪	礪	流	流	莫	莫
慮	慮	旒	旒	幕	幕
廬	廬 廬	留	留	嫚	嫚
歷	歷 歷	溜	溜	慢	慢
煉	煉	劉	劉	滿	滿 滿 滿 滿 滿 滿 滿 滿 滿 滿 滿 滿
練	練	勠	勠		
鍊	鍊	謬	謬 謬 謬	輓	輓 輓
列	列	僇	僇	亡	亡 亡 亡 亡
廉	廉 廉 廉 廉 廉 廉	戮	戮	罔	罔 罔
斂	歛 歛	侖	侖	忘	忘 忘
獵	獵 獵 獵	崙	崙	網	絪 網 網
躐	躐	律	律	望	望 望 望
令	令	隆	隆 隆	盲	肓
靈	靈 靈 靈	勒	勒 勒	莽	莽 莽
禮	禮	懍	懍	每	每

정자	이체자	정자	이체자	정자	이체자
媒	媒	侮	侮 侮	黽	黽 黽 黽 黽 黽 黽 黽 黽 黽 黽 黽
寐	寐 寐	貌	貌 貌	敏	敏 敏
盟	盟 盟	穆	穆 穆 穆 穆 穆 穆	閔	閔
虻	䖟 䖟			密	密 密
面	靣	沒	没 没	蜜	蜜
眄	眄	歿	歿		ㅂ
綿	緜	矇	矇	博	博 博
冕	冕	蒙	蒙 蒙 蒙 蒙 蒙	愽	愽 愽
滅	㵾 滅 滅 滅	夢	夢 夢	搏	搏 搏
蔑	蔑	昴	昴	薄	薄 薄 薄 薄
名	名	茆	茆	縛	縛 縛
明	眀	武	武 武 武	樸	樸
命	命 命	務	務 務	駁	駮
冥	冥 冥 冥 冥 冥	茂	茂 茂 茂 茂 茂	反	反
螟	螟	繆	繆 繆	飯	飰
鳴	鳴	撫	撫	般	般 般
袂	袂	墨	墨	盤	盤 盤 盤
冒	冐	默	默	蟠	蟠
母	毋 毋 毋 毋	嘿	嘿	發	發 發 發 發 發 發 發 發
茅	茅	美	美 美		
暮	暮	微	微 微 微 微 微 微 微	勃	㪍
慕	慕			拔	拔 拔 拔
某	某	芈	芈 芈 芈	枝	枝
謀	謀 謀 謀	民	民	芨	芨
歆	歆	岷	岷		

정자	이체자	정자	이체자	정자	이체자
髮	髮 髮 髪 髮 髪 髮	璧	璧 辟	服	服
方	方	甌	甌	復	復 復 復
邦	邦	邊	邊 邊 邉	腹	腹
尨	厐	籩	籩 籩 籩	複	複
龐	龐	變	變	本	夲
傍	傷 傷	辨	辨 辨	鋒	鋒
謗	誇 誇	辯	辯 辯	逢	逢 逢
拜	拜	駢	駢 駢	蓬	蓬 蓬
背	背 背	別	別	贈	賵
配	配	鷩	鷩	賻	賻
帛	帛	鼈	鼈 鼈 鼈 鼈 鼈	鳳	鳳
魄	魄			父	父 父
番	番	幷	并 幷	斧	斧
燔	燔	瓶	瓶	傅	傅 傅
藩	藩	兵	乒 兵	溥	溥
膰	膰	步	步 步	缶	缶
飜	飜	報	報 報	富	冨
繁	繁	甫	甫	負	負 負
罰	罰	輔	輔	蕡	蕡
凡	凡 凡 凡 凢	補	補 補	膚	膚
汎	汎	褓	褓	梟	梟 梟
伐	伐	寶	寶	腐	腐 腐
辟	辟 辟	伏	伏	符	苻
僻	僻	僕	僕	賦	賦
壁	壁	濮	濮	北	北 北 北

정자	이체자	정자	이체자	정자	이체자
鞞	鞞	備	備 俻	辭	辭 辤 辞 辭 辭 辭 辭
分	分 尒 尒	聶	聶		
汾	汾	貧	貧		
忿	忿	賓	賓		
奮	奮 奮	償	償	射	射
奔	犇	嬪	嬪	蛇	虵 蛇
貢	貢	濱	濵	寫	寫 寫
積	積	殯	殯	躧	躧
蚡	螶	臏	臏	鏟	剗 剗
糞	糞	髕	髕 髕	殺	殺 殺 殺 殺 殺 殺 殺
不	不	鬢	鬢		
絨	絨 絨	騁	騁	參	叅
黻	黻	**人**		舀	甭 甭
朋	朋	使	俟 使	鍾	鍾
崩	崩	俟	俟	嘗	嘗 嘗 嘗
匕	匕 匕 匕	私	私	傷	傷 傷
比	比 比	四	囧	殤	殤
妃	妃 妃	絲	絲 絲	觴	觴 觴
卑	甲	死	死 死 死	象	象 象 象 象
俾	伻	師	師 師	像	像 像
脾	脾	舍	舍 舍	爽	爽
裨	裨 裨	捨	捨	喪	喪
畀	畀	虒	虒	翔	翔
淠	淠	詐	詐	商	商 商 商
鄙	鄙 鄙 鄙 鄙	賜	賜 賜 賜	色	色

정자	이체자	정자	이체자	정자	이체자
嗇	嗇	洩	洩	蕭	蕭 蕭 蕭
眚	眚	纖	纖	搔	搔 搔 搔
西	西	涉	涉 涉	銷	銷
徐	徐	鞢	鞢	騷	騷
庶	庶 庶 庻 庻	成	戌	屬	屬 屬 属
序	序	盛	盛	凔	殮 殮
抒	抒	聲	聲 聲	孫	孫
敍	叙	攝	撮 撮	損	損
黍	黍 柔	懾	懾	率	率
舒	舒	世	世 世 世 世 世 世 丗 世	誦	誦 誦
鼠	鼠	歲	歲 岁 崴	灑	灑 洒 洒
昔	昔	勢	勢 势	衰	衰 衰
席	席	稅	稅 稅	壽	壽 壽
釋	釋 釋	召	名 召	守	守
宣	宣	沼	沼	收	收 收 収
善	善 善 善	昭	昭	首	首 首
船	船 舡	紹	紹	修	脩 脩 脩 修
綫	綫	所	所 所	須	湏
禪	禪	燒	燒	雛	雛
蟬	蟬	疏	疏 跣	數	數
選	選	疎	疎	藪	藪
說	說 說 說 說	蔬	蔬 蔬	蒐	蒐
設	設 設 設 設	艘	艘	樹	樹 尌 樹
蝶	蝶	笑	笑 笑 咲	垂	垂
挈	挈			倕	倕

정자	이체자	정자	이체자	정자	이체자
睡	睡	習	習	諤	諤 諤
袖	袖	升	升	鴈	鴈
襜	襜	乘	乘 乘 乘 乘	岸	岸
竪	竪	承	承	顔	顔 顔
叟	叟	繩	繩 繩 繩 繩	鞍	鞍 鞍
搜	搜	時	時	謁	謁
蒐	蒐 蒐	是	是	遏	遏
暝	暝	屍	屍	巖	巖
腹	腹	弒	弒 弒 弒 弒	黯	黯
繡	綉	試	試	昂	昂 昂
隨	随	植	植	鞅	鞅 鞅
髓	髓 髓 髓	殖	殖 殖 殖	艾	艾
獸	獸	飾	飾 餙 餝	藹	藹
叔	叔 叔 叔	蝕	蝕	隘	隘
宿	宿	晨	晨 晨	腋	腋
埶	埶 埶	身	身 身	野	野
熟	熟 熟	辛	幸 辛 辛	若	若 若 若 若 岩 若 峇
肅	肅	慎	慎 慎 慎 慎 慎 慎		
淳	淳	室	室	弱	弱 弱 弱
屑	屑 屑	審	審	躍	躍
巡	巡	尋	尋 尋	侖	侖
術	術	鷟	鷟 鷟 鷟	陽	陽 陽 陽
膝	膝 膝	○		揚	揚 揚
襲	襲 襲 襲 襲 襲 襲 襲 襲 襲 襲 襲	嶽	嶽	楊	楊 楊
		惡	悪 悪	襄	襄 襄

정자	이체자	정자	이체자	정자	이체자
壤	壤	逆	逆 逆	鹽	鹽
攘	攘	緣	緣	葉	葉 葉 葉
禳	禳	燕	燕 燕	倢	倢
讓	讓	尭	尭 尭	永	永 永
羊	羍	損	損	盈	盈 盈 盈 盈
養	養 養	悁	悁	楹	楹
魚	魚	涓	涓	嬴	嬴 嬴 嬴
御	御 御 御 御 御 御 御	捐	捐	曳	曳
禦	禦	椽	椽	拽	拽
焉	焉 焉 焉 焉 焉 焉	掾	掾	倪	倪
鄢	鄢	然	然 然 然	鯢	鯢
鼴	鼴	淵	淵 淵 淵 淵 淵	詣	詣
孼	孼	衍	衍	羿	羿
業	業 業	延	延	穢	穢 穢
予	予	緣	緣 緣	銳	銳 銳 銳
與	與 與 與 與 與	蜎	蜎	豫	豫 豫 豫 豫 豫 豫 豫 豫
歟	歟	列	列		
舉	舉	悅	悅 悅	隸	隸
余	余	熱	熱 熱 熱 熱	瞖	瞖
餘	餘	染	染	藝	藝
易	易 易 易 易 易 易 易 易 聚	冉	冉 冄	瘞	瘞
		閻	閻 閻	睿	睿
		厭	厭	污	污 汙
役	役 役	靨	靨	吳	吳 吳 吳 吳 吳 吳 吳 吳 吳 吳
域	域 域	塩	塩		

정자	이체자	정자	이체자	정자	이체자
娛	娛	僥	僥	霣	霣
誤	誤 誤	撓	撓 撓	殞	殞
敖	敖	繞	繞	隕	隕
溫	温	蕘	蕘	鬱	欝
慍	慍	饒	饒 饒 饒	熊	熊
縕	緼	遶	遶	原	原 原
蘊	蘊	繚	繚	源	源
甕	甕 甕 甕	曜	曜	願	願 顧 愿 愿 願
瓦	尢 瓦 无	窈	窈		
臥	卧 卧	欲	欲 欲	冤	寃
畾	畾 畾	辱	辱 辱 辱 辱	苑	苑
宛	宛	蓐	蓐	怨	怨 怨
婉	婉	褥	褥	員	負
外	外	用	用 用	圓	圓
巍	巍 巍	勇	勇 勇 勇 勇	遠	遠 遠 遠
隗	隗 隗	容	容	園	園
夭	夭	庸	庸 庸	袁	表 表
妖	妖	尤	尢	猿	猿
徭	徭 傜 傜	友	友	轅	轅 轅
搖	搖 搖 搖 搖 搖	羽	羽	黿	黿 黿 黿 黿
瑤	瑤 瑤 瑤	隅	隅	幃	幃
遙	遙 遙 遙	郵	郵	圍	圍
繇	繇	雨	雨 雨 雨	衛	衞
謠	謡	虞	虞 虞 虞 虞 虞 虞 虞 虞 虞 虞 虞	魏	魏 魏
堯	堯 堯 堯 堯 堯			尉	尉

정자	이체자	정자	이체자	정자	이체자
爲	为	殷	殷 殷 殷 殷 殷 殷 殷 殷 殷	邇	邇
骰	骰	恩	恩	異	異
劉	劉	隱	隐 隐 隐 隐	耳	耳
幼	幻	吟	吟 吟	貳	貳 貳
有	有	淫	滛 滛 滛 滛 滛 婬 媱	頤	頤 頤
游	游			翼	翼 翼 翼 翼
遊	遊 遊	陰	陰	益	益
愈	愈	蔭	蔭	匿	匿 匿
逌	逌 逌 逌	邑	邑	刃	刃 刄 刃
臾	史 臾	宜	冝 冝 宜 冝	仞	仞 仞 仞
庾	庾	毅	毅 毅 毅 毅	忍	忍 忍
腴	腴 腴 腴	矣	矣 矣 矣 矢 矢 矣	因	因
諛	諛 諛	倚	倚	姻	姻
羑	羑	衣	衤 衣	茵	茵
裕	裕 裕	疑	疑 疑 疑 疑 疑 疑 疑 疑 疑 疑 疑 疑 疑 疑 疑 疑	逸	逸
濡	濡			袵	袵 袵
窳	窳			臨	臨 臨 臨 臨
蕤	蕤				ㅈ
酉	酉 酉	擬	擬	者	者 者 者
鼬	鼬	義	義 義	炙	炙
倫	倫	醫	醫 醫 醫	煮	煑
允	允	以	㠯 以 㕥	剌	剌
潤	潤	夷	夷 夷 夷 売	姊	姉
隆	隆 隆	尔	尔	疵	疵
融	融 融	爾	爾 爾	訾	訾

정자	이체자	정자	이체자	정자	이체자
爵	爵 爵	狀	狀	塼	塼
棧	棧	梓	梓	轉	轉 轉
殘	殘	哉	哉 哉 烖	戰	戰 戰
岑	岑	再	再 再 再 再	錢	錢 錢 錢
蠶	蠶 蠶 蠶 蠶	齋	齋	旃	旃 旃
燖	燖	齎	齎	殿	殿
雜	雜 雜	宰	宰 宰	顫	顫 顫 顫
章	章 章	災	菑	鸇	鸇 鸇 鸇
障	鄣 障	底	底	切	切 切 切
場	場 場 塲 塲 塲	抵	抵	摺	摺
腸	腸 腸	邸	邸	節	節 節 節 節
丈	丈	樗	樗	竊	竊 竊 竊 竊 竊 竊 竊 竊 竊 竊 竊
杖	杖	菹	菹		
臧	臧 臧	適	適 適	定	㝎
藏	蔵 蔵 蔵 藏 藏 藏	謫	謫	亭	亭
墙	墙 墻 墻 墻	翟	翟	停	停
牆	牆	羅	羅 羅	鼎	鼎 鼎 鼎
將	將 将 將 將 将 将	敵	敵 敵 敵	廷	廷 廷
壯	壯	填	填 填 填	庭	庭
莊	莊 荘 莊	巔	巔 巔	霆	霆
裝	裝 装	顛	顛 顛 顚 顚 顚	鋌	鋌
漿	浆	剪	翦 鬋	淨	浄 淨 净
葬	葬 葬 葬 葵 葵 葵 葬 葬	餰	餰	祭	祭 祭 祭
		專	專 専	際	際 際
粧	粧	傳	傳 傳	弟	弟 弟

정자	이체자	정자	이체자	정자	이체자
悌	悌	嵸	嵸 嵸 嵸	指	指 指
梯	梯	縱	縱 縱	脂	脂
苐	苐	左	左	祇	祇
第	第	舟	舟 舟 舟	秖	秖
齊	齊 齊	周	周	砥	砥
劑	劑	酒	酒 酒	胝	胝
濟	濟 濟	廚	厨 厨	阯	阯
躋	躋	躕	躕	遲	遲 遲 遲
霽	霽	走	走 走	直	直 直
吊	帠 帠	籌	籌	眞	真 真 真
俎	俎	疇	疇	瞋	瞋
照	照	鑄	鑄	鎭	鎭
詔	詔	鬻	鬻	珍	珎 珎
助	助 助	魏	魏 魏	診	診 診
漕	漕	罇	罇 罇	秦	秦
蚤	蚤 蚤	衆	衆 衆 衆 衆	晉	晉 晋 晉
鳥	鳥 鳥 鳥 鳥	即	即	辰	辰 辰 辰
棗	棗	櫛	櫛	振	振 振
竈	竈 竈 竈 竈 竈 竈 竈	曾	曽 曾 曽 曾	賑	賑
足	足	增	增 增	塵	塵
族	族	憎	憎 憎	震	震 震 震
尊	尊	繒	繒 繒	盡	盡 盡 盡
卒	卒	贈	贈 贈	執	執 執
從	從 從 從 從 從	矰	矰 矰	徵	徵
		甑	甑	懲	懲

정자	이체자	정자	이체자	정자	이체자
ㅊ		策	策 筞	毚	毚
且	且 且	妻	妻	逮	逮
此	此 此	處	處 處 處 處 處 處 處	體	體 體 躰
次	次 次			初	初
遮	遮	撫	撫	招	招
斳	斳 斳 斳	惕	愓	超	趂 趂
錯	錯	脊	脊	草	草
鑿	鑿 鑿 鑿 鑿 鑿	戚	戚 戚 戚	楚	楚
篡	篡	千	千	冢	冢
贊	賛	擅	擅 擅 擅 擅 擅 擅 擅 擅	塚	塚
鑽	鑽			摠	摠
餐	餐 湌	淺	淺	聰	聰 聰
竄	竄	賤	賤 賤 賎 賎	寵	寵
察	察 察 察 察 察 察	踐	踐 踐	叢	叢 叢
叄	叅	薦	薦	蕞	蕞
櫼	櫼	鐵	鈇	榱	榱
慼	慼	諂	諂 諂	崒	崒
譖	譛	詹	詹 詹	最	最
讒	讒 讒 讒 讒 讒	瞻	瞻	追	追
黿	黿 黿	襜	襜 裧	錐	錐
倉	舍 舍	輒	輒 輙	瘳	瘳
㼜	㼜 㼜	喋	喋	箒	帚
暢	暢 暢	聽	聽 聽 聽 聽 聽 聽 聽 聽 聽	醜	醜 醜
采	采			趨	趍 趍 趍 趍
蔡	蔡 蔡 蔡	涕	浨	搥	搥

정자	이체자	정자	이체자	정자	이체자
簉	簉	觶	觶	蕩	蕩 蕩
麤	麁	親	親	碭	碭
築	築 築 築 築 築	漆	漆 漆 漆	兌	兊 兌
畜	畜	侵	侵	殆	殆
黜	黜	寢	寢	泰	泰
衷	衷	枕	枕	態	態
充	充	沈	沉 沉 沈	澤	澤 澤 澤 澤 澤
虫	虫			擇	擇 擇
就	就 就	稱	稱 稱 稱 稱 稱 稱 稱	土	圡 土
翠	翠			兔	免 兔
醉	醉	**ㅌ**		痛	痛
取	耴 耴 耴	唾	唾	通	通
娶	娶 娶	墮	墮	統	統
趣	趣 趣	鼉	鼉 鼉 鼉	投	投 投 投
聚	聚 聚	啄	啄	鬪	鬪
驟	驟	琢	琢	鬭	鬭
昃	昃	擢	擢	慝	慝
蚩	蚩 蚩	嘽	嘽		
致	致 致	彈	弹 彈 彈	**ㅍ**	
恥	耻	殫	殫 殫	派	泒
齒	歯	歎	歎 歎 歎 歎	播	播
置	置	奪	奪	罷	罷
鴟	鴟	脫	脫 脫	霸	覇 覇 覇 覇 霸 霸 霸 霸 霸 霸
勅	勑	耽	耽		
寘	寘	貪	貪 貪 貪	烹	烹
		湯	湯 湯	偏	偏

정자	이체자	정자	이체자	정자	이체자
徧	徧	虐	虐 虐 虐 虐 虐 虐 虐	翩	翩 翩
編	編 編			行	行
褊	褊 褊 褊	瘧	瘧	幸	幸 羍 幸 幸 幸
篇	篇	鏗	鏗 鏗 鏗	倖	倖
遍	遍	鶴	鶴 鶴	享	享
廢	廢 廢 廢 廢 廢 廢	寒	寒	鄉	鄉 鄉
		韓	韓	嚮	嚮
幣	幣	漢	漢 漢 漢 漢 漢	響	響
弊	弊 弊 弊	捍	捍	饗	饗
哺	哺	割	割	虛	虐 虐 虛 虛 虛 虛
褒	褒	啥	啥	虗	虗
袍	袍	檻	檻	墟	墟 墟 墟
暴	暴 暴 暴	陷	陷 陷	軒	軒
曝	曝	銜	銜	獻	獻 獻 獻 獻 獻 獻
飄	飄	恒	恒		
風	風	偕	偕	憲	憲 憲
被	被	諧	諧	歇	歇
避	避 避 避	海	海 海 海 海	險	險
必	必 必	害	害	驗	驗
畢	畢	解	解 解 解	革	革 革 革 革 革 革
韠	韠	嶰	嶰	賢	賢 賢 賢
ㅎ		懈	懈 懈 懈	縣	縣 縣
瑕	瑕	邂	邂	懸	懸
霞	霞	蟹	蟹	絜	絜
學	學 學 學 學 學	骸	骸	穴	宂 宂

정자	이체자	정자	이체자	정자	이체자
協	恊	或	或 或 或 或	悔	悔 悔
荊	荆 荆	惑	惑	誨	誨 誨
形	形 形 形	魂	魂	懷	懷 懷 懷 懷
瓶	瓶	昏	昏	獲	獲
衡	衝	惛	惛 惛	橫	橫
亨	亨	化	化	嚻	嚻
馨	馨	禍	禍 禍 禍	殽	殽
兮	兮	華	華	厚	厚 厚
惠	惠 惠 惠	懽	懽	侯	俟 俟 俟 俟 侯 侯 俟 俟 俟 矦
蟪	蟪	攫	攫		
戶	户 戸	丸	丸	候	俟 候 候
壺	壷 壺	桓	桓 栢	喉	唉 喉
昊	具	歡	懽	朽	朽
狐	狐 狐 狐	圜	圜	猴	猴
弧	弧 弧	環	環 環	熏	熏
瓠	瓠 瓠	還	還 還	勳	勳
嗥	嘷	宦	宦	燻	燻
虎	虎 虎 虎	滑	滑	薰	薰
號	號 號 號	驩	驩	纁	纁
毫	毫	鰥	鰥 鰥	巍	巍 巍 巍
豪	豪	黃	黃 黃	毀	毀 毀 毀 毀 毀 毀 毀 毀
縞	縞	荒	荒 荒		
蒿	蒿	回	囬 囘	喙	喙
護	護	會	會	虧	虧 虧 虧 虧 虧
鎬	鎬	鄶	鄶	携	携

정자	이체자
艣	艣
隳	隳 隳
凶	凶
匈	匈
胸	胸
胷	胷
黑	黒
黌	黌 黌
酖	酖 酖
翁	翁
闈	闈
興	興 興 興 興 興
戲	戲 戲 戲 戲
姬	姬 姬 姬 姬 姬
熙	熙 熙 熙
犧	犧
義	義
胖	胖 胖

第二部
朝鮮刊本 劉向《說苑》의 原文과 註釋

《第三冊》

劉向說苑卷第十一

善說

孫卿[1]曰:「夫談說[2]之術[3], 齊[4]莊[5]以立之, 端誠以處之, 堅[6]強以持之, 譬稱以諭之, 分別以明之, 歡欣憤滿以送之, 寶[7]之珍之, 貴之神之, 如是則說常無不行矣[8]。」夫是之謂骹[9]貴其所貴。《傳[10]》曰:「唯君子為能貴其所貴也。」《詩》云:「無易由言, 無曰苟矣。」鬼[11]谷子曰:「人之不善而骹矯之者, 難矣。說[12]之不行, 言之不從者, 其辯之不明也。既明而不行者, 持之不固也。既固而不行者, 未中其心之所善也。辯之明之, 持之固之, 又中其人之所善, 其言神而{第1面}[13]珍, 白而分, 能入於人之心, 如此而說不行者, 天下未嘗聞也。此之謂善說。」子貢曰:「出言陳辭[14], 身之得失, 國之安危也。」《詩》云:「辭之繹矣, 民之莫矣。」夫辭者人之所以自通也。主父偃曰:「人而無辭, 安所用之。」昔子産脩其

---

1) 卿의 이체자. 왼쪽의 '夕'의 형태가 '夕'의 형태로 되어있고 가운데 부분의 '皀'의 형태가 '艮'의 형태로 되어있다.
2) 說의 이체자. 오른쪽부분의 '兌'가 '兊'의 형태로 되어있다.
3) 術의 이체자. 가운데부분의 '朮'이 위쪽의 'ㅏ'이 빠진 '木'으로 되어있다.
4) 齊의 이체자. 'ㅗ'의 아래에서 가운데부분의 'ㅏ'가 '了'의 형태로 되어있다.
5) 莊의 이체자. 머리 '艹' 아래 왼쪽부분의 '爿'이 'ㅐ'의 형태로 되어있다.
6) 堅의 이체자. 윗부분 왼쪽의 '臣'이 '目'의 형태로 되어있다.
7) 寶의 이체자. 'ㅗ'의 아랫부분 오른쪽의 '缶'가 '尒'로 되어있다.
8) 矣의 이체자. 'ㅿ'의 아랫부분의 '矢'가 '夫'의 형태로 되어있다.
9) 能의 이체자. 오른쪽부분의 '皀'의 형태가 '去'의 형태로 되어있다. 이번 단락의 아래에서는 정자와 이체자를 혼용하였다.
10) 傳의 이체자. 오른쪽 윗부분의 '重'의 형태가 '宙'의 형태로 되어있다.
11) 鬼의 이체자. 맨 위의 'ノ'이 빠진 형태로 되어있다.
12) 說의 이체자. 오른쪽부분의 '兌'가 '兊'의 형태로 되어있다. 제목과 이번 단락의 앞에서는 다른 형태의 이체자 '説'을 사용하였는데, 이번 단락의 뒤에서는 두 가지 이체자를 혼용하였다.
13) 고려대 소장본은 제1면부터 제3면까지 일실되어있고, 영남대 소장본은 제1행을 제외한 왼쪽 윗부분의 반 이상이 떨어져나가 있으며, 후조당 소장본은 위와 아래 2자를 제외하고 모든 행(제1~11행)의 가운데 부분이 글자들이 심하게 뭉그러져있어서 해독할 수 없는 상태이다.
14) 辭의 이체자. 왼쪽부분의 '𤔔'가 '𤲹'의 형태로 되어있으며, 우부방의 '辛'이 아랫부분에 가로획 하나가 더 있는 '𨖫'의 형태로 되어있다.

辭, 而趙武致其敬。王孫滿[15]明其言, 而楚莊以慙。蘇秦行其說, 而六國以安。
蒯通陳說, 而身得以全。夫辭者乃所以尊君、重身、安國、全性者也。故辭不可
不脩, 而說不可不善。

　趙使人謂魏[16]王曰：「爲[17]我殺[18]范痤, 吾請獻七十里之地。」魏王曰：「諾。」
使吏捕之, 圍而未殺。痤自上屋{第2面}[19]騎[20]危, 謂使者[21]曰：「與其以死痤市,
不如以生痤市。有如痤死, 趙不與王地則王奈何？故不若與定割地, 然後殺痤。」
魏王曰：「善。」痤因上書信陵[22]君曰：「痤故魏之免相也。趙以地殺痤而魏王聽[23]
之, 有如強秦亦將襲趙之欲, 則君且奈何？」信陵君言於王而出之。

　吳人入荊, 名[24]陳懷公。懷[25]公名國人曰：「欲與荊者左, 欲與吳者右。」逢滑
當公而進曰：「吳未有福, 荊未有禍。」公曰：「國勝君出, 非禍而奚？」對[26]曰：

---

15) 滿의 이체자. 오른쪽 윗부분의 '廿'이 '⺍'의 형태로 되어있고 그 아랫부분의 '兩'이 '用'의 형태로
　　되어있다.
16) 魏의 이체자. 오른쪽부분의 '鬼'가 맨 위의 'ㆍ'이 빠진 '鬼'의 형태로 되어있다. 제1책(권1~5)과
　　제2책(권6~10)에서는 주로 이체자 '魏'를 사용하였는데, 이번 단락에서는 모두 이 이체자를 사용
　　하였다.
17) 판본 전체적으로 '爲'를 주로 사용하였고 제3책의 경우도 '爲'를 주로 사용하였지만, 간혹 '爲'도
　　혼용하였다. 제3책의 경우 이에 대해서는 이하에서 따로 주를 달지 않는다.
18) 殺의 이체자. 우부방의 '殳'가 '⺙'의 형태로 되어있다. 이번 단락의 아래에서는 정자와 이 이체자
　　를 혼용하였다.
19) 이번 제2면의 경우, 영남대 소장본은 제10과 제11행을 제외한 오른쪽 윗부분의 반 이상이 떨어져
　　나가 있고, 후조당 소장본은 제1행부터 제5행의 가운데 부분의 글자들이 뭉그러져있어서 일부분
　　해독할 수 없는 글자들이 있다.
20) 騎의 이체자. 오른쪽부분의 '奇'가 '竒'의 형태로 되어있다.
21) 者의 이체자. 윗부분의 '土'의 형태가 '上'의 형태로 되어있다.
22) 陵의 이체자. 오른쪽부분의 '夌'이 '麦'의 형태로 되어있다. 이번 단락 아래에서는 정자를 사용하
　　였다.
23) 聽의 이체자. 왼쪽부분 '耳'의 아래 '王'이 빠져있으며, 오른쪽부분의 '悳'의 형태가 가운데 가로획
　　이 빠진 '悳'의 형태로 되어있다.
24) 名의 이체자. 윗부분의 '刀'가 '⺈'의 형태로 되어있다.
25) 懷의 이체자. 오른쪽 가운데부분의 '土'의 형태가 빠져있으며, 그 아랫부분이 '衣'의 형태로 되어
　　있다.
26) 對의 이체자. 왼쪽부분의 '丵'의 형태가 '䒑'의 형태로 되어있다.

「小國有是猶復, 而况大國乎？楚雖無德[27], 亦不斬艾[28]其民。吳日弊兵, 暴[29]骨如莽[30], 未見德焉[31]？天其或者正訓{第3面}荆也。禍之適吳, 何日之有？」陳佚[32]從之。

桓公立仲父, 致大夫曰：「**善**吾者, 入門而右；不**善**吾者, 入門而左。」有中門而立者, 桓公問焉[33]。對曰：「管子之知, 可與謀[34]天下, 其強可與取天下。君恃其信乎？内政委焉[35], 外事斷焉。驅民而歸[36]之, 是亦可奪也。」桓公曰：「**善**。」乃謂管仲：「政則卒歸扵子矣。政之所[37]不及, 唯子是匡[38]。」管仲故**築**[39]三歸之臺, 以自傷於民。

齊宣王出獵[40]於社山, 社山父老十三人相與勞王。王曰：「父老苦矣！」謂左右：「賜[41]父老田不租。」父老皆[42]拜, 閭丘先生不拜。王曰：「父老以為少耶？」謂左{第4面}[43]右：「復賜父老無俗[44]役[45]。」父老皆拜, 閭丘先生又不拜。王曰：

---

27) 德의 이체자. 오른쪽부분의 '悳'의 형태가 가운데 가로획이 빠진 '悳'의 형태로 되어있다.

28) 艾의 이체자. 머리 '艹' 아랫부분의 '乂'가 '又'의 형태로 되어있다.

29) 暴의 이체자. 윗부분이 '異'의 형태로 되어있고, 발의 '氺'가 '小'으로 되어있다.

30) 莽의 이체자. 가운데부분의 '犬'이 '穴'의 형태로 되어있고, 머리의 '艹'의 형태가 그것의 바로 위에 붙어있다.

31) 焉의 이체자. 윗부분의 '正'이 '丠'의 형태로 되어있다.

32) 佚의 이체자. 오른쪽 윗부분의 'ユ'의 형태가 'ㅗ'의 형태로 되어있고 그 아랫부분의 '矢'가 '夫'의 형태로 되어있다.

33) 焉의 이체자. 앞 단락에서 사용한 이체자 '焉'과는 다르게 윗부분의 '正'이 '丠'의 형태로 되어있다.

34) 謀의 이체자. 오른쪽부분의 '某'가 '某'의 형태로 되어있다.

35) 焉의 이체자. 이번 단락의 앞에서 사용한 이체자 '焉'과는 다르게 윗부분의 '正'이 '丘'의 형태로 되어있다. 이번 단락의 아래에서는 앞에서 사용한 이체자 '焉'을 사용하였다.

36) 歸의 이체자. 왼쪽 맨 윗부분의 'ノ'이 빠져있다.

37) 所의 이체자.

38) 匡의 이체자. 부수 '匚'의 윗부분에 'ㆍ'이 첨가되어있고 맨 아래 가로획은 빠져있다.

39) 築의 이체자. '竹' 아래 오른쪽부분의 '凡'이 'ㆍ'이 빠진 '几'의 형태로 되어있다.

40) 獵의 이체자. 오른쪽부분의 '巤'이 '巤'의 형태로 되어있다.

41) 賜의 이체자. 오른쪽부분의 '易'이 '易'의 형태로 되어있다. 이번 단락의 아래에서는 이 이체자와 정자를 혼용하였다.

42) 皆의 이체자. 아랫부분의 '白'이 '日'로 되어있다.

「拜者去，不拜者前。」曰：「寡[46]人今日来觀，父老幸[47]而勞之，故賜父老田不租。父老皆拜，先生獨不拜，寡人自以為少，故賜老無傜[48]役。父老皆拜，先生又獨不拜，寡人得無有過乎？」閭丘先生對曰：「惟聞大王来遊，所以為勞大王，望得壽[49]於大王，望得冨[50]於大王，望得貴扵[51]大王。」王曰：「天殺生有時，非寡人所得與也，無以壽先生。倉廩雖實，以備菑害，無以冨先生。大官無鈌[52]，小官卑[53]賤[54]，無以貴先生。」閭丘先生對曰：「此[55]非人臣所敢望也。願大王選良冨家子有脩行者以為吏，平**{第5面}**其法度，如此，臣少可以得壽焉。春秋冬夏，振[56]之以時，無煩擾百姓，如是，臣可少得以冨焉。願大王出令，令少者敬長，長者敬老，如是，臣可少得以貴焉。今[57]大王幸賜臣[58]田不租，然則倉廩將虚也。

---

43) 고려대학교 소장본은 제3책의 이번 면인 제4면이 제2책의 제154면에 제본되어있다.

44) 傜의 이체자. 좌부변의 '彳'이 '亻'의 형태로 되어있고, 오른쪽 윗부분의 '夕'의 형태가 '爫'의 형태로 되어있으며 그 아랫부분의 '缶'가 '缶'의 형태로 되어있다.

45) 役의 이체자. 오른쪽부분의 '殳'가 '殳'의 형태로 되어있다. 이번 단락의 아래에서는 정자를 사용하였다.

46) 寡의 이체자. 발의 '刀'가 '力'으로 되어있다.

47) 幸의 이체자. 아랫부분의 '干'의 형태가 '羊'의 형태로 되어있다.

48) 傜의 이체자. 이번 단락의 앞에서 사용한 이체자 '傜'와는 다르게 좌부변의 '彳'이 제대로 되어있고, 오른쪽 부분의 형태는 동일하다.

49) 壽의 이체자. 윗부분의 '士'의 형태가 '圭'의 형태로 되어있고, 가운데 부분의 '工'이 '口'의 형태로 되어있다.

50) 富의 이체자. 머리의 '宀'이 '冖'의 형태로 되어있다.

51) 於의 이체자. 좌부변의 '方'이 '扌'의 형태로 되어있다. 이번 단락의 앞에서는 3번 모두 정자를 사용하였는데, 여기서는 이체자를 사용하였다.

52) 缺의 이체자. 좌부변의 '缶'가 '缶'의 형태로 되어있다.

53) 卑의 이체자. 맨 윗부분의 '丿'이 빠져있다.

54) 賤의 이체자. 오른쪽의 '戔'이 윗부분은 그대로 '戈'로 되어있고 아랫부분 '戈'에 '丶'이 빠진 '戋'의 형태로 되어있다.

55) 此의 이체자. 좌부변의 '止'가 '山'의 형태로 되어있다. 이번 단락의 아래에서는 정자 1번 이체자 1번을 사용하였다.

56) 振의 이체자. 오른쪽부분의 辰'이 '辰'의 형태로 되어있다.

57) 今의 이체자. 머리 '人' 아랫부분의 '一'이 '丶'의 형태로 되어있고, 그 아랫부분의 '㇇'의 형태가 '丅'의 형태로 되어있다.

賜臣無徭役，然則官府無使焉。此固非人臣之所敢望也。」齊王曰：「善！願59)請
先生為相。」

　　孝武皇帝時，汾陰60)得寶鼎61)而獻之於甘泉宮。群臣賀上壽曰：「陛下得周
鼎。」侍中虞丘壽62)王獨曰：「非周鼎。」上聞之，召而問曰：「朕得周鼎，群臣皆以
為周鼎，而壽王獨以為非，何也？壽王有說則生，無說則死。」對曰：「臣壽王安敢
無說？臣聞夫周德{第6面}始産于后稷，長於公劉，大於大王，成於文、武，顯於
周公。德澤上洞天，下漏泉，無所不通。上天報應，鼎為周出，故名曰周鼎。今漢
自高祖繼63)周，亦昭德顯行，布恩施惠，六合和同，至陛下之身愈盛，天瑞並至，
徵64)祥畢65)見。昔始皇帝親出鼎於彭城而不能得。天昭有德，寶鼎自至，此天之
所以予漢，乃漢鼎，非周鼎也！」上曰：「善！」群臣皆稱：「萬歲66)！」是日，賜虞
丘壽王黃金十斤。

　　晉67)獻68)公之時，東郭民有祖朝者，上書獻公曰：「草茅臣東郭民祖朝，願請
聞國家之計。」獻公使使出告之曰：「肉食者已慮69)之矣，藿食者尚何與焉？」{第7
面}祖朝對曰：「大王獨不聞古之將曰桓司馬者，朝朝其君，舉而晏。御呼車，驂
亦呼車。御肘其驂曰：『子何越云為乎？何為藉呼車？』驂謂其御曰：『當呼者

---

58) 幸의 이체자. 맨 아래 가로획 하나가 첨가되어있다.
59) 願의 이체자. 왼쪽부분의 '原'이 '原'의 형태로 되어있다. 이번 단락의 위에서는 모두 정자를
　　사용하였는데 여기서는 이체자를 사용하였다.
60) 陰의 이체자. 오른쪽부분의 '侌'이 '套'의 형태로 되어있다.
61) 鼎의 이체자. 아랫부분의 '鼎'의 형태가 '卅'의 형태로 되어있으며 '目'을 감싸지 않고 아랫부분에
　　놓여 있다.
62) 壽의 이체자. 앞 단락에서 사용한 이체자 '壽'와는 다르게 가운데 부분의 '工'이 '口'의 형태로
　　되어있고, 그 가운데 세로획이 윗부분 모두를 관통하고 있다.
63) 繼의 이체자. 오른쪽부분의 '䊃'의 형태가 '㡭'의 형태로 되어있다.
64) 徵의 이체자. 가운데부분의 '山'과 '王'의 사이에 가로획 '一'이 빠져있다.
65) 畢의 이체자. 맨 아래의 가로획 하나가 빠져있다.
66) 歲의 이체자. 머리의 '止'가 '山'의 형태로 되어있다.
67) 晉의 이체자. 윗부분의 '㢺'의 형태가 '吅'의 형태로 되어있다.
68) 獻의 이체자. 왼쪽 아랫부분의 '鬲'이 '鬲'의 형태로 되어있다.
69) 慮의 이체자. 윗부분의 '虍'가 '严'의 형태로 되어있다.

呼, 乃吾事也。子當御正子之轡銜耳。子今不正轡銜, 使馬卒然驚, 妄轢道中行人。必逢[70]大敵, 下車免劍[71], 涉[72]血履[73]肝者, 固吾事也。子寧[74]骹辟子之轡, 下佐我乎？其禍亦及吾身, 與有深憂, 吾安得無呼車哉？』今大王曰：『食肉者已慮之矣, 藿食者尚何與焉？』設使食肉者一旦失計於廟堂之上[75], 若臣等藿食者, 寧[76]得無肝膽[77]塗地於中原[78]之野與？其禍亦及臣之身, 臣與有其憂深。臣安{第8面}得無與國家之計乎？」獻公召而見之, 三日, 與語, 無復憂者, 乃立以為師也。

客謂**梁**[79]王曰：「惠[80]子之言事也**善**譬, 王使無譬, 則不能言矣。」王曰：「諾[81]。」明日見, 謂惠子曰：「願先生言事則直言耳, 無譬也。」惠子曰：「今有人於此而不知彈者, 曰：『彈之狀何若？』應曰：『彈之狀如彈。』則諭乎？」王曰：「未諭也。」「於是更應曰：『彈之狀如弓而以竹為[82]弦。』則知乎？」王曰：「可知矣。」惠子曰：「夫說者, 固以其所知, 諭其所不知, 而使人知之。今王曰『無譬』則不可矣。」王曰：「**善**。」

孟嘗[83]君寄[84]客於齊王, 三年而不見用, 故客反謂{第9面}孟嘗君曰：「君之

---

70) 逢의 이체자. 오른쪽 아랫부분의 '丰'의 형태가 '丯'의 형태로 되어있다.

71) 劍의 이체자. 우부방의 'リ'가 '刄'의 형태로 되어있다.

72) 涉의 이체자. 오른쪽 아랫부분의 '少'의 형태가 '少'의 형태로 되어있다.

73) 履의 이체자. '尸'의 아랫부분 왼쪽의 '彳'이 'ㅓ'의 형태로 되어있다.

74) 寧의 이체자. 가운데부분의 '皿'이 '罒'의 형태로 되어있다.

75) 上의 이체자. 윗부분 오른쪽의 가로획이 빠져있다. 필자는 후조당 판본을 먼저 검토했기 때문에 훼손 가능성을 의심했지만, 고려대·영남대·후조당 소장본 모두 이 이체자로 되어있다.

76) 寧의 이체자. 앞에서 사용한 이체자 '寧'과는 다르게 아랫부분의 '罒'의 형태가 '罒'의 형태로 되어있다.

77) 膽의 이체자. 오른쪽부분의 '詹'이 '脩'의 형태로 되어있다.

78) 原의 이체자. '厂' 안쪽 윗부분의 '白'이 '日'의 형태로 되어있다.

79) 梁의 이체자. 윗부분 오른쪽의 '刅'의 형태가 '刃'의 형태로 되어있다.

80) 惠의 이체자. 윗부분의 '叀'의 형태가 '宙'의 형태로 되어있다.

81) 諾의 이체자. 오른쪽부분의 '若'이 '㣺'의 형태로 되어있다.

82) 為의 이체자. 발의 '灬'가 '一'의 형태로 되어있다.

83) 嘗의 이체자. 아랫부분의 '旨'가 '甘'의 형태로 되어있다.

84) 寄의 이체자. 머리 '宀' 아랫부분의 '奇'가 '竒'의 형태로 되어있다.

寄臣也，三年而不見用，不知臣之罪也？君之過也？」孟嘗君曰：「寡人聞之，
縷[85]因針而入，不因針而急。嫁女因媒[86]而成，不因媒而親。夫子之材必薄[87]
義，尚何怨[88]乎寡人哉？」客曰：「不然！臣聞周氏之譽[89]，韓氏之廬，天下疾狗
也。見菟[90]而指[91]属[92]，則無失菟矣。望見而放狗也，則累世不能得菟矣！狗非
不能，属之者罪也。」孟嘗君曰：「不然！昔華舟、杞[93]**梁**戰[94]而死，其妻悲之，向
城而哭，隅為之崩，城為之阤。君子誠能刑於内，則物應於外矣。夫土壤且可為
忠，况有食穀[95]之君乎？」客曰：「不然！臣見鷦鷯巢於葦苕，著之髮[96]毛，建
之，女工不{第10面}能為也，可謂完堅矣。大風至，則苕折卵[97]破子死者，何也？
其所託者使然[98]也。且夫狐者，人之所攻也。鼠[99]者，人之所燻也。臣未嘗見稷

---

85) 縷의 이체자. 오른쪽부분의 '婁'가 '婁'의 형태로 되어있다.

86) 媒의 이체자. 오른쪽부분의 '某'가 '某'의 형태로 되어있다.

87) 薄의 이체자. 머리 '艹' 아래 오른쪽부분의 '尃'가 '尃'의 형태로 되어있다.

88) 怨의 이체자. 윗부분 오른쪽의 '巳'이 '匕'의 형태로 되어있다.

89) 譽의 이체자. 윗부분의 '與'의 형태가 '與'의 형태로 되어있다.

90) 欽定四庫全書本은 조선간본과 다르게 '兔'로 되어있고, 《說苑校證》·《說苑全譯》·《설원3》
에서도 모두 '兔'로 되어있다. 《說苑校證》에서는 宋本과 明鈔本 등에는 '菟'로 되어있다고
하였다.(劉向 撰, 向宗魯 校證, 《說苑校證》, 北京:中華書局, 1987(2017 重印), 272쪽) 조선
간본의 '菟'는 '새삼' 혹은 '새삼과의 한해살이 기생 식물'이란 뜻도 있지만, 또한 '兔'와 同字이기
때문에 오자가 아니며 이번 단락의 아래의 '菟'는 모두 이와 같다.

91) 指의 이체자. 오른쪽 윗부분의 '匕'가 '上'의 형태로 되어있다.

92) 屬의 이체자. '尸' 아랫부분이 '禹'의 형태로 되어있다.

93) 杞의 이체자. 오른쪽부분의 '己'가 '巳'의 형태로 되어있다.

94) 戰의 이체자. 왼쪽부분의 '單'이 '單'의 형태로 되어있다.

95) 穀의 이체자. 왼쪽 아랫부분의 '禾' 위에 가로획이 빠져있다.

96) 髮의 이체자. 아랫부분의 '犮'이 '火'의 형태로 되어있다.

97) 卵의 이체자. 왼쪽부분의 '夘'의 형태가 '夕'의 형태로 되어있고, 오른쪽부분의 '卩'의 형태는
'刂'의 형태로 되어있다.

98) 然의 이체자. 윗부분 오른쪽의 '犬'이 '丶'이 빠진 '大'의 형태로 되어있다. 이번 단락의 아래에서
는 정자를 사용하였기 때문에 필자는 판목의 훼손을 의심하였으나, 고려대와 영남대 소장본
모두 이 이체자로 되어있다. 후조당 소장본은 이번 면의 판 전체가 뭉그러져있어서 본 글자는
판독할 수 없다.

99) 鼠의 이체자. '臼'의 아랫부분이 '用'의 형태로 되어있다.

狐見攻, 社鼠見燻也, 何則？所託者然也。」於是孟嘗君復属之齊, 齊王使為相。

陳子說**梁**王, **梁**王說而疑100)之曰：「子何為去陳侯之國, 而教小國之孤於屾乎？」陳子曰：「夫**善**亦有道, 而遇亦有時。昔傅101)說衣褐102)帶103)劒, 而築104)於秕傅之城, 武丁夕夢105)且106)得之, 時王也。甯戚飯牛康衢, 擊車輻而歌, 顧見桓公得之, 時霸也。百里奚自賣五羊之皮, 為秦人虜, 穆107)公得之, 時強也。論若108){第11面}三子之行, 未得為孔子駿徒也。今孔子**経**109)營天下, 南有陳、蔡110)之阨, 而比111)干景公, 三坐而五立, 未嘗離也。孔子之時不行, 而景公之時怠也。以孔子之聖, 不能以時行, 說之怠, 亦獨骸112)如之何乎？」

林既衣韋衣, 而朝齊景公。齊景公曰：「屾君子之服也？小人之服也？」林既逡巡而作色曰：「夫服事何足以端士行乎？昔者, 荆為長劒危冠, 令尹子西出焉。齊短衣而遂傑113)之冠, 管仲、隰朋出焉。越文身鬋髮, 范蠡114)、大夫種出焉。西戎左衽115)而椎結, 由余亦出焉。即如君言, 衣狗裘116)者當犬吠, 衣羊裘者當

---

100) 疑의 이체자. 왼쪽 윗부분의 'ヒ'가 '上'의 형태로 되어있고 아랫부분의 '矢'가 '天'의 형태로 되어있다.
101) 傅의 이체자. 오른쪽 윗부분의 '甫'가 '宙'의 형태로 되어있다.
102) 褐의 이체자. 좌부변의 '衤'가 'ネ'의 형태로 되어있으며, '曷'이 '㬭'의 형태로 되어있다.
103) 帶의 이체자. 윗부분 '卌'의 형태가 '丗'의 형태로 되어있다.
104) 築의 이체자. '竹' 아래 오른쪽부분의 '凡'이 'ヽ'이 빠진 '几'의 형태로 되어있다.
105) 夢의 俗字. 윗부분의 '艹'가 '去'의 형태로 되어있다.
106) 旦의 이체자. '且'는 '旦'과 다른 글자이지만 여기서는 오자가 아니라 '旦'의 이체자로 사용한 것으로 보인다.
107) 穆의 이체자. 오른쪽 가운데부분의 '小'가 '厂'의 형태로 되어있다
108) 若의 이체자. 머리의 '艹'가 '亠'의 형태로 되어있고, 그 아랫부분의 '右'가 '右'의 형태로 되어 있다.
109) 經의 이체자. 오른쪽부분의 '巠'이 '𡉉'의 형태로 되어있다.
110) 蔡의 이체자. 머리 '艹' 아래 '癶'의 형태가 '卝'의 형태로 되어있다.
111) 北의 이체자. 왼쪽부분의 '⺬'의 형태가 '土'의 형태로 되어있다.
112) 能의 이체자. 오른쪽부분의 '𠃌'의 형태가 '去'의 형태로 되어있다. 이번 단락의 앞에서는 정자를 사용하였는데, 여기서는 이체자를 사용하였다.
113) 傑의 이체자. 오른쪽 윗부분의 '世'가 '丗'의 형태로 되어있다.
114) 蠡의 이체자. 맨 윗부분의 '彑'가 'ㅋ'의 형태로 되어있다.

羊鳴, 且君衣狐[117]裘而朝, 意者得無為變{第12面}乎？」景公曰：「子貞[118]為勇
悍矣！今未嘗見子之奇[119]辯[120]也。一鄰之鬪也, 千乘[121]之勝也。」林旣曰：「不
知君之所謂者何也？夫登高臨危, 而目不眴, 而足不陵者, 此工匠之勇悍也。入
深淵[122], 刺[123]蛟龍, 抱黿鼉而出者, 此漁夫之勇悍也。入深山, 刺虎豹, 抱熊羆
而出者, 此獵夫之勇悍也。不難斷頭裂腹, 暴[124]骨流血中野者, 此武夫之勇悍
也。今[125]臣居廣廷, 作色端辯, 以犯主君之怒, 前雖有乘[126]軒之賞, 未為之動
也。後雖有斧質之威, 未為之恐也。此旣之所以為勇悍也。」

　魏文侯[127]與大夫飲酒, 使公乘不仁為觴[128]政, 曰：「飲{第13面}不嚼者, 浮
以大白。」文侯[129]飲而不盡嚼, 公乘不仁舉白浮君。君視而不應。侍者曰：「不仁
退！君已醉矣。」公乘不仁曰：「《周書》曰：『前車覆, 後車戒。』盖言其危。為人臣
者不易[130], 為君亦不易。今君已設令, 令不行, 可乎？」君曰：「善！」舉白而

---

115) 衻의 이체자. 좌부변의 ‘礻’가 ‘礻’의 형태로 되어있다.
116) 裘의 이체자. 윗부분의 ‘求’에 ‘丶’이 빠져있다.
117) 狐의 이체자. 오른쪽부분의 ‘瓜’가 가운데 아랫부분에 ‘丶’이 빠진 ‘爪’의 형태로 되어있다.
118) 眞의 이체자. 윗부분의 ‘匕’가 ‘上’의 형태로 되어있고 아랫부분은 ‘具’의 형태로 되어있다.
119) 奇의 이체자. 머리의 ‘大’가 ‘𠆢’으로 되어있다.
120) 辯의 이체자. ‘言’의 양쪽 옆에 있는 ‘辛’이 아랫부분에 가로획 하나가 더 있는 ‘𨑏’의 형태로 되어있다.
121) 乘의 이체자. 가운데부분의 ‘北’이 ‘卝’의 형태로 되어있다.
122) 淵의 이체자. 오른쪽부분의 ‘㳕’이 ‘𠆢’의 형태로 되어있다.
123) 刺의 이체자. 왼쪽부분의 ‘朿’의 형태가 ‘束’의 형태로 되어있다.
124) 暴의 이체자. 발의 ‘氺’가 ‘小’의 형태로 되어있다.
125) 今의 이체자. 머리 ‘人’ 아랫부분의 ‘一’이 ‘丶’의 형태로 되어있고, 그 아랫부분의 ‘𠃌’의 형태가 ‘乛’의 형태로 되어있다.
126) 乘의 이체자. 이번 단락의 앞에서 사용한 이체자 ‘乘’과는 다르게 가운데부분의 ‘北’이 ‘比’의 형태로 되어있다.
127) 侯의 이체자. 오른쪽아랫부분의 ‘矢’가 ‘夫’의 형태로 되어있다.
128) 觴의 이체자. 오른쪽 아랫부분의 ‘昜’이 ‘𣊻’의 형태로 되어있다.
129) 侯의 이체자. 오른쪽 윗부분의 ‘ㄱ’의 형태가 ‘亠’의 형태로 되어있고 그 아랫부분의 ‘矢’가 ‘夫’의 형태로 되어있다.
130) 易의 이체자. 머리의 ‘日’이 ‘月’의 형태로 되어있고 아랫부분의 ‘勿’ 위에 바로 붙어 있다.

飲，飲畢，曰：「以公乘不仁為上客。」

襄成君始封之日，衣翠衣，帶玉劍，履縞舄，立於游水之上。大夫擁鐘錘，縣令執枹號令，呼：「誰能渡王者於是也？」楚大夫莊辛，過而說之，遂造託而拜謁，起立曰：「臣願把君之手，其可乎？」襄成君忿作色而不言。

莊辛遷延盥手而稱曰：「君獨不聞夫鄂君子皙之泛舟於新波之中也？乘青翰之舟，極䓋芘，張翠盖而擒犀尾，班麗裍衽，會鐘鼓之音畢，榜枻越人擁楫而歌，歌辭曰：『濫兮抃草濫予昌枑澤予昌州州䭂州焉乎秦胥胥縵予乎昭澶秦踰滲惿隨河湖。』鄂君子皙曰：『吾不知越歌，子試為我楚說之。』於是乃召越譯，乃楚說之曰：『今夕何夕兮搴中洲流，今日何日兮得與王子同舟。蒙羞被好兮不訾詬恥，心幾頑而不絕兮知得王子。山有木兮木有枝，心說君兮君不知。』於是鄂君子皙乃揄脩袂，行而擁之，舉繡被而覆之。

鄂君子皙親楚王母弟也。官為令尹，爵為執珪，一榜枻越人猶得交歡盡意焉。今君何以踰於鄂君子皙？臣獨何以不若榜枻之人？願把君之手，其不可何也？」襄成君乃奉手而進之，曰：「吾少之時，亦嘗以色稱於長者矣。未嘗遇僇如此之卒也。自今以後，願以壯少之禮謹受命。」

雍門子周以琴見乎孟嘗君。孟嘗君曰：「先生鼓琴，亦能令文悲乎？」雍門子周曰：「臣何獨能令足下悲哉？臣之所能令悲者，有先貴而後賤，先富而後貧者也。不若身材高妙，適遭暴亂，無道之主，妄加不道之理焉。不若處勢隱絕，不及四鄰，詘折儐厭，襲於窮巷，無所告愬。不若交歡相愛，無怨而生離，遠赴絕國，無復相見之時。不若少失二親，兄弟別離，家室不足，憂蹙盈匈。當是之時也，固不可以聞飛鳥疾風之聲，窮窮焉固無樂已。凡若是者，臣一為之徽膠援琴而長太息，則流涕沾衿矣。今若足下，千乘之君也，居則廣廈邃房，下羅帷，來清風，倡優侏儒處前迭進而諂諛。燕則鬥象棋而舞鄭女，激楚之切風，練色以淫目，流聲以虞耳。水游則連方舟，載羽旗，鼓吹乎不測之淵。野游則馳騁弋獵乎平原廣囿，格猛獸。入則撞鐘擊鼓乎深宮之中。方此之時，視天地曾不若一指，忘死與生，雖有善琴者，固未能令足下悲也。」孟嘗君曰：「否，否！文固以為不然。」雍門子周曰：「然臣之所為足下悲者一事也。夫聲敵帝而困秦者君也。

連五國之約, 南面而伐楚者又君也。天下未嘗無事, 不從則橫, 從成則楚王, 橫成則秦帝。楚王秦帝, 必報讎於薛矣。夫以秦、楚之強而報讎於弱薛, 譬之猶摩蕭斧而伐朝菌也, 必不留行矣。天下有識之士, 無不為足下寒心酸鼻者。千秋萬歲後, 廟堂必不血食矣。高臺既以壞, 曲池既以漸, 墳墓既以下而青廷矣。嬰兒豎子樵採薪蕘者, 蹢躅其足而歌其上, 衆人見之, 無不愀焉為足下悲之, 曰:『夫以孟嘗君尊貴, 乃可使若此乎?』於是孟嘗君泫然泣涕, 承睫而未殞。雍門子周引琴而鼓之, 徐動宮徵, 微揮羽角, 切終而成曲。孟嘗君涕浪汗增, 欷而就之曰:「先生之鼓琴, 令文立若破國亡邑之人也。」[131]

蘧[132]伯玉使至楚, 逢公子晳濮水之上。子晳接草而待, 曰:「敢問上客將何之?」蘧伯玉為之軾車。公子晳曰:「吾聞上士可以託色, 中士可以託辭[133], 下士[134]可以託財。三者固可得而託耶?」蘧伯玉曰:「謹[135]受命。」蘧伯玉見楚王, 使事畢, 坐談語, 從容言至{第14面}於士。楚王曰:「何國最多士?」蘧伯玉曰:「楚最多士。」楚王大說。蘧伯玉曰:「楚最多士, 而楚不能用。」王造然曰:「是何言也?」蘧伯玉曰:「伍子胥生於楚, 逃之吳。吳受而相之, 發[136]兵攻楚, 堕[137]平王之墓。伍子胥生於楚, 吳善用之。釁[138]蚠黃生於楚, 走之晉, 治七十二縣,

---

131) 이 두 단락은 조선간본에서 누락된 부분인데, 欽定四庫全書本을 근거로 첨가하였으며《說苑校證》(劉向 撰, 向宗魯 校證,《說苑校證》, 北京:中華書局, 1987(2017 重印), 277~282쪽)도 참고하였다.

132) 蘧의 이체자. 오른쪽 '艹' 아랫부분의 '虍'가 '严'의 형태로 되어있다.

133) 辭의 이체자. 왼쪽부분의 '𤔲'가 '𤔲'의 형태로 되어있으며, 우부방의 '辛'이 아랫부분에 가로획 하나가 더 있는 '辛'의 형태로 되어있다.

134) 고려대 소장본은 '士'로 되어있으나 영남대와 후조당 소장본은 '七'의 형태로 되어있다. 원래 '士'가 맞고 '七'의 형태는 판목이 훼손되어 왼쪽 아랫부분의 가로획 일부가 떨어져나간 것으로 보인다.

135) 謹의 이체자. 오른쪽부분 '菫'이 윗부분의 '廿'이 '艹'의 형태로 되어있고 그 아랫부분에는 가로획 하나가 빠진 '堇'의 형태로 되어있다.

136) 發의 이체자. 머리 '癶' 아랫부분 오른쪽의 '殳'가 '夂'의 형태로 되어있다.

137) 墮의 이체자. 윗부분 오른쪽의 '肩'의 형태가 '有'의 형태로 되어있다.

138) 釁의 이체자. 윗부분 가운데의 '同'의 형태가 '月'의 형태로 되어있고, 가운데부분의 '酉'가 '百'

道不拾遺，民不妄得，城郭不閉，國無盜賊，蝱黃生於楚，而晉善用之。今者臣之來，逢公子晳濮水之上，辭[139]言『上士可以託色，中士可以託辭[140]，下士可以託財。三言者固可得而託身耶？』又不知公子晳將何治也。」於是楚王發使一駟，副使二乘，追公子晳濮水之上。子晳還重於{第15面}楚，蘧伯玉之力也。故《詩》曰：「誰能亨[141]魚，漑之釜鬵[142]，孰[143]將西[144]歸[145]，懷之好音。」此之謂也。物之相得，固微[146]甚矣。

叔向之弟羊舌虎善樂達[147]，達有罪於晉，晉誅羊舌虎，叔向為之奴。既而祁奚曰：「吾聞小人得位，不爭不義，君子所憂，不救[148]不祥。」乃往見范桓子而說之曰：「聞善為國者，賞不過，刑不濫。賞過則懼及淫[149]人，刑濫則懼及君子。與不幸[150]而過，寧過而賞淫人，無過而刑君子。故堯[151]之刑也，殛[152]鯀於羽山

의 형태로 되어있으며, 맨 아랫부분의 '刀'가 '力'의 형태로 되어있다.

139) 辭의 이체자. 왼쪽부분의 '𤔔'가 '𤕰'의 형태로 되어있으며, 우부방의 '辛'이 아랫부분에 가로획 하나가 더 있는 '辛'의 형태로 되어있다.

140) 辭의 이체자. 왼쪽부분의 '𤔔'가 '𤕰'의 형태로 되어있으며, 우부방의 '辛'이 아랫부분에 가로획 하나가 더 있는 '辛'의 형태로 되어있다. 이번 단락의 앞에서는 이체자 '辭'와 '辭'를 각각 1번씩 사용하였는데, 여기서는 또 다른 형태의 이체자를 사용하였다.

141) 亨의 이체자. 윗부분의 '古'의 형태가 '亩'의 형태로 되어있다. 그런데 欽定四庫全書本은 조선간본과 다르게 '烹'으로 되어있고, 《說苑全譯》과 《설원3》에서도 모두 '烹'으로 되어있다. 《說苑校證》에서는 '이전에는 "烹"으로 되어있었으나, 俗字이고 宋本을 따라 고쳤다'라고 하였다.(劉向 撰, 向宗魯 校證, 《說苑校證》, 北京:中華書局, 1987(2017 重印), 283쪽) 조선간본의 '亨'도 '烹'과 같이 '삶다'라는 의미가 있기 때문에 오자가 아니다.

142) 鬵의 이체자. 윗부분의 '兟'이 '兟'의 형태로 되어있고, 아랫부분의 '鬲'이 '鬲'의 형태로 되어 있다.

143) 孰의 이체자. 왼쪽부분의 '享'이 '享'의 형태로 되어있다.

144) 西의 이체자. '口'위의 '兀'의 형태가 'ㅠ'의 형태로 되어있으며, 양쪽의 세로획이 '口'의 맨 아랫부분에 붙어 있다.

145) 歸의 이체자. 왼쪽 맨 윗부분의 '㇀'이 빠져있고, 아랫부분의 '止'가 '乚'의 형태로 되어있다.

146) 微의 이체자. 가운데 아랫부분의 '几'의 형태가 '干'의 형태로 되어있다.

147) 達의 이체자. '辶' 윗부분의 '幸'이 '幸'의 형태로 되어있다.

148) 救의 이체자. 왼쪽의 '求'에서 윗부분의 '丶'이 빠져있다.

149) 淫의 이체자. 오른쪽 아랫부분의 '壬'이 '缶'의 형태로 되어있다.

150) 幸의 이체자. 아랫부분의 '羊'의 형태가 '羊'의 형태로 되어있다.

而用禹。周之刑也，僇管、蔡而相周公，不濫刑也。」桓子乃命吏出叔[153]向。救人
之患者，行危苦{第16面}而不避煩辱[154]，猶不能免。今祁奚論先王之德，而叔向
得免焉，學豈可已哉？

　　張禄[155]掌門見孟嘗[156]君曰：「衣新而不舊[157]，倉庾[158]盈[159]而不虛，為之有
道，君亦知之乎？」孟嘗君曰：「衣新而不舊，則是脩也。倉庾盈[160]而不虛，則是
富也。為之奈何？其說可得聞乎？」張禄曰：「願君貴則舉賢，富則振貧，若是則
衣新而不舊，倉庾盈而不虛矣。」孟嘗[161]君以其言為然[162]，說其意，辯其辭，明日
使人奉黃金百斤，文織百純，進之張先生。先生辭而不受。後先生復見孟嘗君。
孟嘗君曰：「前先生幸教文曰：『衣新而不舊，倉庾盈而不虛，為之有說{第17
面}，汝亦知之乎？』文竊[163]說教，故使人奉黃金百斤，文織百純，進之先生，以

---

151) 堯의 이체자. 아랫부분의 ‘兀’이 ‘几’의 형태로 되어있다.

152) 殛의 이체자. 오른쪽 가운데부분의 ‘丂’가 ‘了’의 형태로 되어있다.

153) 叔의 이체자. 왼쪽 윗부분의 ‘上’이 ‘⊥’의 형태로 되어있다. 이번 단락의 앞에서는 모두 정자를
　　사용하였는데 여기서는 이체자를 사용하였다. 고려대와 영남대 소장본은 모두 위의 이체자로
　　되어있고, 후조당 소장본은 글자가 뭉그러져 판독하기 힘들다. 그래서 필자는 판목이 훼손된
　　것으로 의심하였지만 단정할 수는 없다.

154) 辱의 이체자. 윗부분의 ‘辰’이 ‘辰’의 형태로 되어있다.

155) 祿의 이체자. 오른쪽부분의 ‘彔’이 ‘彔’의 형태로 되어있다.

156) 嘗의 이체자. 가운데부분의 ‘匕’가 ‘ㄴ’의 형태로 되어있다.

157) 舊의 이체자. ‘++’ 아랫부분에 ‘叩’의 형태가 첨가되어있다. 이번 단락의 아래에서는 모두 이
　　이체자를 사용하였고, 정자는 마지막에 1번만 사용하였다.

158) 庾의 이체자. ‘广’ 아랫부분의 ‘臾’가 ‘史’의 형태로 되어있다.

159) 盈의 이체자. 윗부분 ‘乃’ 안의 ‘又’의 형태가 ‘夕’의 형태로 되어있다.

160) 盈의 이체자. 이번 단락의 앞에서 사용한 이체자 ‘盈’과는 다르게 윗부분 ‘乃’ 안의 ‘又’의
　　형태가 ‘夂’의 형태로 되어있다. 이번 단락의 아래에서는 이 이체자와 앞에서 사용한 이체자를
　　혼용하였다.

161) 嘗의 이체자. 아랫부분의 ‘旨’가 ‘甘’의 형태로 되어있다. 이번 단락의 앞과 뒤에서는 모두
　　앞에서 사용한 이체자 ‘嘗’을 사용하였고, 이 이체자는 아래에서 1번만 더 사용하였다.

162) 然의 이체자. 윗부분 오른쪽의 ‘犬’이 ‘ㆍ’이 빠진 ‘大’의 형태로 되어있다. 이번 단락의 아래에서
　　는 정자를 사용하였기 때문에 필자는 판목의 훼손을 의심하였으나, 고려대와 영남대 소장본
　　모두 이 이체자로 되어있고 후조당 소장본은 이번 면의 판 전체가 뭉그러져있어서 본 글자는
　　판독할 수 없다.

補[164]門内之不贍者, 先生曷[165]為辭而不受乎? 」張禄曰:「君將掘君之偶錢[166], 發君之庾粟以補士, 則衣弊履穿而不贍耳。何暇衣新而不舊, 倉庾盈而不虛乎? 」孟嘗君曰:「然則為之奈何? 」張禄曰:「夫秦者, 四塞國也。遊宦者不得入焉。願君為吾[167]丈尺之書, 寄我與秦王。我往[168]而遇乎, 固君之入也。往而不遇乎, 雖人求間謀, 固不遇臣矣。」孟嘗君曰:「敬聞命矣。」因為之書, 寄之秦王, 往而大遇。謂秦王曰:「自禄之來入大王之境, 田疇[169]益辟, 吏民益治。然而大王有一不得者**{第18面}**, 大王知之乎? 」王曰:「不知。」曰:「夫山東有相所謂孟嘗君者, 其人賢人, 天下無急則已, 有急則能收天下英乂雄俊之士, 與之合交連友者, 疑獨此耳。然則大王胡不為我友之乎? 」秦王曰:「敬受命。」奉千金以遺孟嘗君。孟嘗君輟食察[170]之而寤曰:「此張生之所謂衣新而不舊, 倉庾盈而不虛者也。」

莊周貧者, 往貸粟於魏, 文侯曰:「待吾邑粟之來而獻之。」周曰:「乃今[171]者

---

163) 竊의 이체자. 머리의 '穴' 아래 왼쪽부분의 '釆'이 '耒'의 형태로 되어있고, 그 오른쪽부분의 '禼'의 형태가 '禼'의 형태로 되어있다.

164) 補의 이체자. 좌부변의 '衤'가 'ネ'의 형태로 되어있고, 오른쪽부분의 '甫'가 윗부분에 '丶'이 빠진 '甫'의 형태로 되어있다. 판본 전체적으로 이 이체자를 거의 사용하지 않았기 때문에 필자는 판목의 훼손을 의심하였으나, 이번 단락의 아래에서도 동일한 이체자를 사용하였기 때문에 판목이 훼손된 것은 아닌 것 같다. 고려대와 영남대 소장본 모두 이 이체자로 되어있고 후조당 소장본은 이번 면의 판 전체가 뭉그러져있어서 본 글자는 판독할 수 없다.

165) 曷의 이체자. 아랫부분의 '匃'가 '匂'의 형태로 되어있다.

166) 錢의 이체자. 오른쪽의 '戔'이 윗부분은 그대로 '戈'로 되어있고 아랫부분 '戈'에 '丶'이 빠진 '戋'의 형태로 되어있다.

167) 欽定四庫全書本은 조선간본과 다르게 '吾' 뒤에 '爲'가 첨가되어있고, 《說苑校證》·《說苑全譯》·《설원3》에서도 모두 '爲'가 첨가되어있다. 이 문장 전체는 '願君爲吾爲丈尺之書'로 '원컨대 귀하께서 저를 위하여 장문의 편지를 써주시오.'(劉向 撰, 林東錫 譯註, 《설원3》, 동서문화사, 2009. 1216쪽)라는 의미이다. '爲'가 없다면 주어와 목적어 사이에 동사가 없기 때문에 완정한 문장이 아니므로 조선간본에 '爲'가 없는 것은 오류이며 '爲'는 탈자이다.

168) 往의 俗字. 오른쪽부분의 '主'가 '生'의 형태로 되어있다.

169) 疇의 이체자. 오른쪽부분의 '壽'가 '壽'의 형태로 되어있다.

170) 察의 이체자. 머리 '宀' 아랫부분의 '祭'의 형태가 '癶'의 형태로 되어있다.

171) 今의 이체자. 판본 전체적으로 자주 사용한 이체자 '수'과는 다르게 아랫부분의 '㇇'의 형태만

周之來, 見道傍牛蹄中有鮒魚焉, 大息謂周曰：『我尚可活也。』周曰：『須我爲汝南見楚王, 決江、淮以溉汝。』鮒魚曰：『**今**吾命在**{第19面}**盆甕[172]之中耳。乃為我見楚王, 決江、淮以溉我, 汝則求我枯魚之肆矣。』**今**周以貧故来貸粟, 而曰『須我邑粟來也而賜臣』, 即來, 亦求臣傭肆矣。」文侯於是乃发[173]粟百鍾, 送之莊周之室。

晋平公問叔向曰：「歲[174]饑[175]民疫, 翟[176]人攻我, 我將若何？」對曰：「歲饑來年而反矣, 疾疫將止矣, 翟人不足患也。」公曰：「患有大於屾者乎？」對曰：「夫大臣重禄而不極諫[177], 近臣畏罪而不敢言, 左右顧寵於小官而君不知。此誠患之大者也。」公曰：「**善**。」於是令國[178]中曰：「**欲**[179]有諫者為隱[180], 左右言及國吏, 罪。」

趙簡子攻陶[181], 有二人先登, 死扵城上。簡子欲得**{第20面}**之, 陶[182]君不與。承盆疽謂陶[183]君曰：「簡子將掘君之墓, 以與君之百姓市曰：『踰邑梯[184]城者

'丁'의 형태로 되어있다.

172) 甕의 이체자. 발의 '瓦'가 '无'의 형태로 되어있다.

173) 發의 이체자. 앞 단락에서 사용한 이체자 '發'과는 다르게 머리의 '癶'이 '业'의 형태로 되어있고, 아랫부분 오른쪽의 '殳'가 '攵'의 형태로 되어있다.

174) 歲의 이체자. 머리의 '止'가 '山'의 형태로 되어있다. 이번 단락의 아래에서는 정자를 사용하였다.

175) 饑의 이체자. 오른쪽부분의 '幾'가 아랫부분 왼쪽의 '人'의 형태가 '夕'의 형태로 되어있고, 그 오른쪽부분에는 'ノ'의 획이 빠진 '戋'의 형태로 되어있다.

176) 翟의 이체자. 머리의 '羽'가 '习'의 형태로 되어있다.

177) 諫의 이체자. 오른쪽부분의 '柬'의 형태가 '東'의 형태로 되어있다.

178) 國의 이체자. '囗' 안의 '或'이 '戜'의 형태로 되어있다. 이번 단락의 아래에서는 정자를 사용하였다.

179) 欲의 이체자. 왼쪽부분의 '谷'이 '刍'의 형태로 되어있다.

180) 隱의 이체자. 오른쪽 윗부분의 '爫'의 형태가 '下'의 형태로 되어있다.

181) 陶의 이체자. 오른쪽부분의 '勹' 안의 '缶'가 '疋'의 형태로 되어있다.

182) 陶의 이체자. 오른쪽부분의 '勹' 안의 '缶'가 '疋'의 형태로 되어있다.

183) 陶의 이체자. 오른쪽부분의 '勹' 안의 '缶'가 '疋'의 형태로 되어있다. 이번 단락의 앞에서 사용한 이체자 '陶'와 '陶'와는 다른데, 이번 단락의 아래에서는 여기서 사용한 이체자를 사용하였다.

184) 梯의 이체자. 오른쪽부분의 '弟'가 '弟'의 형태로 되어있다.

將舍之, 不者將掘其墓, 朽185)者揚其灰, 未朽者辜其尸。」陶君懼, 請効186)二人之尸以為和。

子貢見太宰嚭, 太宰嚭問曰：「孔子何如？」對曰：「臣不足以知之。」太宰曰：「子不知, 何以事之？」對曰：「惟不知, 故事之。夫子其猶大山林也, 百姓各足其材焉。」太宰嚭曰：「子增夫187)子乎？」對曰：「夫子不可增也。夫賜其猶一累壤188)也, 以一累壤增大山, 不益其高, 且為不知。」太宰嚭曰：「然則子有所酌也。」對曰：「天下有大樽而子獨不酌焉, 不識誰之罪也。」{第21面}

趙簡子問子貢曰：「孔子為人何如？」子貢對曰：「賜不能識也。」簡子不說曰：「夫子事孔子數189)十年, 終業而去之, 寡人問子, 子曰『不能識』, 何也？」子貢曰：「賜譬渴190)者之飲江海, 知足而已。孔子猶江海也, 賜則奚足以識之。」簡子曰：「善哉！子貢之言也。」

齊景公謂子貢曰：「子誰師？」曰：「臣師仲尼。」公曰：「仲尼賢乎？」對曰：「賢。」公曰：「其賢何若？」對曰：「不知也。」公曰：「子知其賢, 而不知其奚若, 可乎？」對曰：「今謂天高, 無少長愚智皆知高191)。高幾192)何？皆曰不知也。是以知仲尼之賢而不知其奚若。」

趙襄子謂仲尼曰：「先生委質以見人主, 七十君{第22面}矣, 而無所通, 不識, 世無明君乎？意先生之道, 固不通乎？」仲尼不對。異193)日, 襄子見子路,

---

185) 朽의 이체자. 오른쪽부분의 '丂'가 '亐'의 형태로 되어있다.

186) 效의 俗字. 우부방의 '攵'이 '力'의 형태로 되어있다.

187) 增의 이체자. 오른쪽부분의 '曾'이 '曽'의 형태로 되어있다.

188) 壤의 이체자. 오른쪽부분 '亠'의 아래 '吅'가 '厸'의 형태로 되어있다. 이번 단락의 아래에서는 정자를 사용하였다.

189) 數의 이체자. 왼쪽부분의 '婁'가 '娄'의 형태로 되어있다.

190) 渴의 이체자. 오른쪽부분의 '曷'이 '曷'의 형태로 되어있다.

191) 高의 이체자. 윗부분의 '古'의 형태가 '甘'의 형태로 되어있다. 이번 단락의 앞에서는 정자를 사용하였는데, 여기와 이번 단락의 뒤에서는 이체자를 사용하였다.

192) 幾의 이체자. 아랫부분 왼쪽의 '人'의 형태가 '勹'의 형태로 되어있고, 아랫부분의 오른쪽에 '丶'과 '丿'이 빠져있다.

193) 異의 이체자. 아랫부분의 '共'의 가운데에 세로획 하나가 첨가된 '共'의 형태로 되어있다.

曰：「嘗問先生以道，先生不對。知而不對則隱194)也，隱則安得爲仁？若信不知，安得爲聖？」子路曰：「建天下之鳴鍾，而撞之以挺，豈餚發其聲乎哉？君問先生，無乃猶以挺撞乎？」

衛將軍文子問子貢曰：「季文子三窮而三通，何也？」子貢曰：「其窮事賢，其通195)舉窮，其富分貧，其貴禮賤。窮以事賢則不悔，通而舉窮則忠於朋友，富而分貧則宗族196)親之。貴而禮賤則百姓戴之。其得之，固道也。失之，命也。」曰：「失而不得者，何也{第23面}？」曰：「其窮不事賢，其通不舉窮，其富不分貧，其貴不禮賤。其得之，命也。其失之，固道也。」

子路問於孔子曰：「管仲何如人也？」子曰：「大人也。」子路曰：「昔者管子說襄公，襄公不說，是不辯也。欲立公子糾197)而不能，是無能也。家殘於齊而無憂色，是不慈也。桎梏而居檻車中無慙色，是無愧也。事所射之君，是不貞也。召忽死之，管子不死，是無仁也。夫子何以大之？」子曰：「管仲說襄公，襄公不說，管子非不辯也，襄公不知說也。欲立子糾而不能，非無能也，不遇時也。家殘於齊而無憂色，非不慈也，知命也。桎梏居檻車而無慙{第24面}色，非無愧也，自裁也。事所射之君，非不貞也，知權也。召忽死之，管子不死，非無仁也。召忽者，人臣之材也，不死則三軍之虜198)也。死之則名聞天下，夫何爲不死哉？管子者，天子之佐，諸侯之相也，死之則不免爲溝199)中之瘠。不死則功復用於天下，夫何爲死之哉？由，汝不知也。」

晉平公問於師曠曰：「咎犯與趙襄200)孰賢？」對曰：「陽處父欲臣文公，因咎

---

194) 隱의 이체자. 오른쪽 윗부분의 '彐'의 형태가 '正'의 형태로 되어있다.
195) 通의 이체자. 오른쪽 윗부분의 'マ'의 형태가 'コ'의 형태로 되어있다. 이번 단락의 앞에서는 정자를 사용하였고, 뒤에서는 이체자와 정자를 각각 1번씩 사용하였다.
196) 族의 이체자. 오른쪽 아랫부분의 '矢'가 '夫'의 형태로 되어있다.
197) 糾의 이체자. 오른쪽부분의 'ㄴ'가 '斗'의 형태로 되어있다.
198) 虜의 이체자. 머리의 '虍'가 '严'의 형태로 되어있다.
199) 溝의 이체자. 오른쪽 아랫부분의 '冉'이 '丮'의 형태로 되어있다.
200) 欽定四庫全書本은 조선간본과 다르게 '衰'로 되어있고,《說苑校證》·《說苑全譯》·《설원3》에서도 모두 '衰'로 되어있다. '趙衰'는 晉 文公을 보좌하여 큰 공을 세웠다.(劉向 撰, 林東錫 譯註,《설원3》, 동서문화사, 2009. 1242쪽. 劉向 原著, 王鍈·王天海 譯註,《說苑全

犯三年不達[201], 因趙襄三日而達。智不知其士衆, 不智也。知而不言, 不忠也。欲言之而不敢, 無勇也。言之而不聽[202], 不賢也。」

　　趙簡子問於成摶[203]曰 :「吾聞夫羊殖者, 賢大夫也{第25面}, 是行奚然？」對曰 :「臣摶不知也。」簡子曰 :「吾聞之, 子與友親。子而不知, 何也？」摶曰 :「其為人也數變, 其十五年也, 廉[204]以不匿其過。其二十也, 仁以喜義。其三十也, 為晉中軍尉, 勇以喜仁。其年五十也, 為邊[205]城將, 遠者復親。今臣不見五年矣。恐其變, 是以不敢知。」■[206]子曰 :「果賢大夫也, 每變益上矣。」

劉[207]向說苑卷第十[208]{第26面}[209]

譯》, 貴州人民出版社, 1991. 502쪽) 그래서 조선간본의 '襄'은 오자이고, 이번 단락의 뒤에서도 이체자 '襄'이 나오는데 역시 오자이다.

201) 達의 이체자. '辶' 윗부분의 '幸'이 '幸'의 형태로 되어있다.

202) 聽의 이체자. '耳'의 아래 '王'이 '士'의 형태로 되어있으며, 오른쪽부분의 '悳'의 형태가 가운데 가로획이 빠진 '悳'의 형태로 되어있다.

203) 摶의 이체자. 오른쪽부분의 '專'이 '專'의 형태로 되어있다.

204) 廉의 이체자. '广' 안의 '兼'에서 맨 아랫부분이 '灬'의 형태로 되어있다.

205) 邊의 이체자. '辶' 안의 윗부분 '自'가 '白'의 형태로 되어있고, 그 맨 아랫부분의 '方'이 'ロ'의 형태로 되어있다.

206) 고려대·영남대·후조당 소장본 모두 검은 빈칸(■)으로 되어있는데, 欽定四庫全書本·《說苑校證》·《說苑全譯》·《설원3》에는 모두 '簡'로 되어있다.

207) 劉의 이체자. 왼쪽 윗부분이 '卯'의 형태로 되어있다.

208) 원래는 '劉向說苑卷第十一'이라고 해야 하지만 '一'이 탈자이다. 고려대·영남대·후조당 소장본 모두 '一'이 탈자인데, 원래 '十一'로 되어 있던 것이 판목이 훼손되어 떨어져나간 것인지 확정할 수 없어 보인다.

209) 이 卷尾의 제목은 마지막 제11행에 해당한다. 이번 면은 제6행에서 글이 끝나고, 나머지 4행은 빈칸으로 되어있다.

劉向說苑卷第十二

奉使

《春秋》之辭[210], 有相反者四：旣曰大夫無遂事, 不得擅[211]生事矣。又曰出境可以安社稷, 利國家者, 則專之可也。旣曰大夫以君命出, 進退在大夫矣。又曰以君命出, 聞喪[212]徐行而不反者, 何也？曰此義者各止其科, 不轉移也。不得擅[213]生事者, 謂平生常經也。專之可者, 謂救[214]危除患也。進退在大夫者, 謂將帥用兵也。徐行而不反者, 謂出使道聞君親之喪也。公子子結擅生事,《春秋》不非, 以為救莊[215]公危也。公子遂擅生事,《春秋》譏[216]之, 以爲{**第27面**}僖公無危事也。故君有危而不專救, 是不忠也。君無危而擅[217]生事, 是不臣也。《傳》曰：『《詩》無通故,《易》無通[218]吉,《春秋》無通義。』此之謂也。」

趙王遣使者之楚, 方鼓瑟而遣之, 誡之曰：「必如吾言。」使者曰：「王之鼓瑟, 未嘗悲若此[219]也！」王曰：「宮商[220]固方調矣！」使者曰：「調則何不書其柱

---

210) 辭의 이체자. 왼쪽부분의 '䆠'가 '䆗'의 형태로 되어있으며, 우부방의 '辛'이 아랫부분에 가로획 하나가 더 있는 '䇂'의 형태로 되어있다.

211) 擅의 이체자. 오른쪽 윗부분의 '㐭'이 '面'의 형태로 되어있고, 그 아랫부분의 '旦'이 '㘓'의 형태로 되어있다.

212) 喪의 이체자. 가운데부분의 '吅'가 '从'의 형태로 되어있다. 이번 단락의 아래에서는 정자를 사용하였다.

213) 擅의 이체자. 오른쪽 윗부분의 '㐭'이 '面'의 형태로 되어있고, 그 아랫부분의 '旦'이 '且'의 형태로 되어있다.

214) 救의 이체자. 왼쪽의 '求'에서 윗부분의 '�丶'이 빠져있다.

215) 莊의 이체자. 머리 '⺿' 아래 왼쪽부분의 '爿'이 '丬'의 형태로 되어있다.

216) 譏의 이체자. 오른쪽부분의 '幾'가 아랫부분 왼쪽의 '人'의 형태가 'ㄅ'의 형태로 되어있고, 그 오른쪽부분에는 '�丶'과 'ノ'이 빠진 '戋'의 형태로 되어있다.

217) 擅의 이체자. 이번 단락의 앞에서 사용한 이체자 '擅'과 '擅'과는 다르게 오른쪽 윗부분의 '㐭'이 그대로 되어있고, 그 아랫부분의 '旦'만 '㘓'의 형태로 되어있다.

218) 通의 이체자. 오른쪽 윗부분의 'ㄱ'의 형태가 'ㄱ'의 형태로 되어있다. 이번 단락의 앞에서는 정자를 사용하였고, 뒤에서는 이 이체자를 사용하였다.

219) 此의 이체자. 좌부변의 '止'가 '山'의 형태로 되어있다.

220) 商의 이체자. 맨 아랫부분에 가로획 '一'이 첨가되어있다. 이번 단락의 앞에서는 정자를 사용하였기 때문에 필자는 가필임을 의심했지만, 고려대 · 영남대 · 후조당 소장본 모두 이 이체자로

耶？」王曰：「〖天有燥濕, 絃有緩急, 宮商移徙不可知, 是〗221)以不書。」使者曰：「明君之使人也, 任之以事, 不制以辭222), 遭吉則賀之, 凶則吊之。今楚、趙相去千有餘里, 吉凶223)憂患不可豫224)知, 猶柱之不可書也。《詩》云：『莘莘征夫, 每懷225)靡及。』」楚莊王擧兵伐宋, 宋告〖第28面〗急, 晉景公欲發226)兵救宋, 伯宗諫曰：「天方開楚, 未可伐也。」乃求壯士, 得霍人解227)揚, 字子虎, 徃命宋毋降。道過鄭, 鄭新與楚親, 乃執解揚而獻228)之楚。楚王厚賜, 與約, 使反其言, 令宋趣降。三要, 解揚乃許。於是楚乘揚以樓229)車, 令呼宋使降。遂倍楚約而致其晉君命曰：「晉方悉國兵以救宋, 宋雖急, 慎毋降楚, 晉兵今至矣。」楚莊王大怒, 将230)烹之。解揚曰：「君能制命爲義, 臣能承命爲信。受吾君命以出, 雖死無二。」王曰：「汝之許我, 已而倍之, 其信安在？」解揚曰：「死以許王, 欲以成吾君命, 臣不恨也。」顧謂楚君曰：「爲人臣無忘盡忠而得死者〖第29面〗。」楚王諸弟231)皆諫王赦之。於是莊王卒赦解揚而歸232)之。晉爵之爲上卿233), 故後世言「霍虎」。

되어있다.

221) ‘〖~〗’ 이 부호는 한 행을 뜻한다. 본 판본은 1행에 18자로 되어있는데, ‘〖~〗’로 표시한 이번 면(제28면)의 제7행은 두 글자가 적은 16자로 되어있다.

222) 辭의 이체자. 왼쪽부분의 ‘𤔔’가 ‘𥸨’의 형태로 되어있으며, 우부방의 ‘辛’이 아랫부분에 가로획 하나가 더 있는 ‘𨐅’의 형태로 되어있다.

223) 凶의 속자. 윗부분에 ‘亠’의 형태가 첨가되어있다. 이번 단락의 앞에서는 정자를 사용하였으나 여기서는 이체자를 사용하였다.

224) 豫의 이체자. 오른쪽 가운데부분의 ‘口’의 형태가 ‘皿’의 형태로 되어있다.

225) 懷의 이체자. 오른쪽 가운데부분의 ‘𡈼’의 형태가 빠져있으며, 그 아랫부분이 ‘衣’의 형태로 되어있다.

226) 發의 이체자. 머리의 ‘癶’이 ‘业’의 형태로 되어있고, 아랫부분 오른쪽의 ‘殳’가 ‘攵’의 형태로 되어있다.

227) 解의 이체자. 오른쪽부분이 ‘羊’의 형태로 되어있다. 이번 단락의 아래에서는 모두 정자를 사용하였다.

228) 獻의 이체자. 왼쪽 아랫부분의 ‘鬲’이 ‘𧰰’의 형태로 되어있다.

229) 樓의 이체자. 오른쪽부분의 ‘婁’가 ‘㜝’의 형태로 되어있다.

230) 將의 이체자. 왼쪽부분의 ‘爿’이 ‘丬’의 형태로 되어있고, 오른쪽 윗부분의 ‘夕’의 형태가 ‘⺈’의 형태로 되어있다.

231) 弟의 이체자. 윗부분의 ‘丷’의 형태가 ‘八’의 형태로 되어있다.

秦王以五百里地易鄢陵, 鄢陵君辭而不受, 使唐且謝秦王。秦王曰：
「秦破韓滅魏, 鄢陵君獨以五十里地存者, 吾豈畏其威哉？吾多其義耳。今
寡人以十倍之地易之, 鄢陵君辭而不受, 是輕寡人也。」唐且避席對曰：「非
如此也。夫不以利害為趣者, 鄢陵君也。夫鄢陵君受地於先君而守之。雖
復千里不得當, 豈獨五百里哉？」秦王忿然作色, 怒曰：「公亦曾見天子之
怒乎？」唐且曰：「主臣未曾見也。」秦王曰：「天子一怒, 伏屍百萬, 流血千
里。」唐且曰：「大王亦嘗見夫布衣韋帶之士怒乎？」秦王曰：「布衣韋帶之
士怒也, 解冠徒跣, 以頸顙地耳。何難知者！」唐且曰：「此乃匹夫愚人之
怒耳, 非布衣韋帶之士怒也。夫專諸刺王僚, 彗星襲月, 奔星晝出。要離
刺王子慶忌, 蒼隼擊於臺上。聶政刺韓王之季父, 白虹貫日。此三人皆布
衣韋帶之士怒矣。與臣將四, 士含怒未發, 撋厲於天。士無怒即已, 一怒,
伏屍二人, 流血五步。」即案其匕首, 起視秦王曰：「今將是矣。」秦王變色長
跪曰：「先生就坐, 寡人喻矣。秦破韓滅魏, 鄢陵獨以五十里地存者, 徒用
先生之故耳。」[234]

齊攻魯, 子貢見哀公, 請求救於吳。公曰：「奚先君**寶**[235]之用？」子貢曰：
「使吳責吾**寶**而與我師, 是不可恃也。」於是以楊幹[236]麻筋[237]之弓六往。子貢謂吳
王曰：「齊為無道, 欲使周公之後不血食。且魯賦五百, 邾賦三百, 不識以此益
齊, 吳之利與？非與？」吳王懼, 乃興[238]師救魯。諸侯[239]曰：「齊伐周公之後,

---

232) 歸의 이체자. 왼쪽 맨 윗부분의 'ㅡ'이 빠져있고, 아랫부분의 '止'가 'ㄴ'의 형태로 되어있다.
233) 卿의 이체자. 왼쪽의 '夕'의 형태가 '夕'의 형태로 되어있고 가운데 부분의 '皀'의 형태가 'ㅌ'의
　　형태로 되어있다.
234) 이 단락은 조선간본에서 누락된 부분인데, 欽定四庫全書本을 근거로 첨가하였으며,《說苑校
　　證》(劉向 撰, 向宗魯 校證,《說苑校證》, 北京:中華書局, 1987(2017 重印), 294~295쪽)도
　　참고하였다.
235) 寶의 이체자. 'ㅗ'의 아랫부분 오른쪽의 '缶'가 '尒'로 되어있다.
236) 幹의 이체자. 오른쪽 아랫부분의 '干'이 '午'의 형태로 되어있다.
237) 筋의 이체자. 'ㅆ'의 아랫부분 왼쪽의 '月'이 '角'의 형태로 되어있다.
238) 興의 이체자. 윗부분 가운데의 '同'의 형태가 '冋'의 형태로 되어있다.
239) 侯의 이체자. 오른쪽 윗부분의 'ㄱ'의 형태가 'ㅡ'의 형태로 되어있고 오른쪽 아랫부분의 '矢'가

而吳救之。」遂朝於吳。

魏文侯封太子擊[240]於中山，三年，使不徃来。舍人趙倉唐進稱曰：「為人子，三年不聞父問，不可謂{第30面}孝。為人父，三年不問子，不可謂慈。君何不遣人使大國乎？」太子曰：「願[241]之久[242]矣。未得可使者。」倉唐曰：「臣願奉使，侯何嗜[243]好？」太子曰：「侯嗜晨[244]鳬，好北犬。」於是乃遣倉唐緤[245]北犬，奉晨鳬，獻於文侯。倉唐至，上謁[246]曰：「孽子擊[247]之使者，不敢當大夫之朝，請以燕間[248]，奉晨鳬敬獻庖厨[249]，緤北犬敬上涓[250]人。」文侯悅[251]曰：「擊愛我，知吾所嗜，知吾所好。」召倉唐而見之，曰：「擊無恙乎？」倉唐曰：「唯，唯。」如是者三，乃曰：「君出太子而封之國，君名之，非禮也。」文侯怵然為之變容，問曰：「子之君無恙乎？」倉唐曰：「臣来時，拜送書於庭[252]。」文侯顧指[253]左右，曰：「子之君長孰{第31面}與是？」倉唐曰：「禮，擬[254]人必於其倫。諸侯無偶，無所

‘夫’의 형태로 되어있다. 이번 단락의 아래에서는 이 이체자와 또 다른 형태의 이체자 그리고 정자를 혼용하였다.

240) 擊의 이체자. 윗부분 오른쪽의 ‘殳’가 ‘夊’의 형태로 되어있다.

241) 願의 이체자. 왼쪽부분의 ‘原’이 ‘原’의 형태로 되어있다.

242) 久의 이체자.

243) 嗜의 이체자. 오른쪽 아랫부분의 ‘日’이 ‘目’의 형태로 되어있다.

244) 晨의 이체자. 아랫부분의 ‘辰’이 ‘辰’의 형태로 되어있다.

245) 緤의 이체자. 오른쪽 윗부분의 ‘世’가 ‘丗’의 형태로 되어있다.

246) 謁의 이체자. 오른쪽부분의 ‘曷’이 ‘曷’의 형태로 되어있다.

247) 擊의 이체자. 윗부분 오른쪽의 ‘殳’가 ‘殳’의 형태로 되어있다. 이번 단락의 아래에서는 앞에서 사용한 이체자 ‘擊’과 이 이체자를 혼용하였다.

248) 欽定四庫全書本은 조선간본과 다르게 ‘閒’으로 되어있고,《說苑校證》과《설원3》에도 모두 ‘閒’으로 되어있으며《說苑全譯》에는 ‘閑’으로 되어있다. 조선간본의 ‘間’은 ‘閒’의 속자로도 쓰기 때문에 오자는 아니다.

249) 厨의 이체자. ‘广’이 ‘厂’의 형태로 되어있고, 그 안의 왼쪽 윗부분의 ‘土’가 ‘一’의 형태로 되어있다.

250) 涓의 이체자. 오른쪽 윗부분의 ‘口’가 ‘ㅿ’의 형태로 되어있다.

251) 悅의 이체자. 오른쪽부분의 ‘兌’가 ‘兊’의 형태로 되어있다.

252) 庭의 이체자. ‘广’ 안의 ‘廷’에서 ‘廴’ 위의 ‘壬’이 ‘手’의 형태로 되어있다.

253) 指의 이체자. 오른쪽 윗부분의 ‘匕’가 ‘上’의 형태로 되어있다.

254) 擬의 이체자. 가운데 윗부분의 ‘匕’가 ‘上’의 형태로 되어있고 아랫부분의 ‘矢’가 ‘天’의 형태로

擬之。」曰：「長大孰與寡人。」倉唐曰：「君賜之外府之裘²⁵⁵⁾, 則袪勝之。賜之斥帶²⁵⁶⁾, 則不更其造。」文侯曰：「子之君何業？」倉唐曰：「業詩。」文侯²⁵⁷⁾曰：「於詩何好？」倉唐曰：「好〈晨風〉、〈黍²⁵⁸⁾離〉。」文侯自讀〈晨風〉曰：「鴥彼晨風, 鬱²⁵⁹⁾彼北林, 未見君子, 憂心欽欽。如何如何, 忘我實多。」文侯曰：「子之君以我忘之乎？」倉唐曰：「不敢, 時思耳。」文侯復讀〈黍離〉曰：「彼黍離離, 彼稷之苗, 行邁靡靡, 中心搖²⁶⁰⁾搖。知我者謂我心憂, 不知我者謂我何求？悠悠蒼天, 此何人哉？」文侯曰：「子之君怨乎？」倉唐曰：「不敢, 時思耳。」文侯於是遣倉唐賜{第32面}太子衣一襲, 勑²⁶¹⁾倉唐以雞鳴時至。太子起²⁶²⁾拜受賜, 發篋, 視衣, 盡顛²⁶³⁾倒。太子曰：「趣早駕, 君侯²⁶⁴⁾召擊也。」倉唐曰：「臣来時不受命。」太子曰：「君侯賜擊衣, 不以為寒也。欲召擊, 無誰與謀²⁶⁵⁾, 故勑子以雞鳴時至。《詩》曰：『東方未明, 顛倒衣裳, 顛之倒之, 自公召之。』」遂西至謁文侯。大喜, 乃置酒而稱曰：「夫遠賢而近所愛, 非社稷之長策²⁶⁶⁾也。」乃出少子摯, 封中山,

---

되어있으며, 오른쪽부분의 '辵'의 형태가 '辷'의 형태로 되어있다.
255) 裘의 이체자. 윗부분의 '求'에 'ㆍ'이 빠져있다.
256) 帶의 이체자. 윗부분 '卅'의 형태가 '卋'의 형태로 되어있다.
257) 侯의 이체자. 이번 단락의 앞에서 사용한 '俟'와 다르게 오른쪽 윗부분의 'コ'의 형태가 그대로 되어있고 오른쪽 아랫부분의 '矢'가 '夫'의 형태로 되어있다. 이번 단락의 아래에서는 두 가지 이체자와 정자를 혼용하였다.
258) 黍의 이체자. 맨 아랫부분의 '氺'가 '小'의 형태로 되어있다.
259) 欽定四庫全書本은 조선간본과 다르게 '鬱'로 되어있고,《說苑校證》과《설원3》에도 모두 '鬱'로 되어있으며《說苑全譯》에는 간체자 '郁'로 되어있다. 조선간본의 '欝'도 '鬱'과 마찬가지로 '울창하다'라는 뜻이기 때문에 오자는 아니다.
260) 搖의 이체자. 오른쪽 윗부분의 '夕'의 형태가 '⺈'의 형태로 되어있고 아랫부분의 '缶'가 '舌'의 형태로 되어있다.
261) 勑의 이체자. 왼쪽부분의 '來'가 속자인 '来'의 형태로 되어있다.
262) 起의 이체자. 오른쪽부분의 '己'가 '巳'의 형태로 되어있다.
263) 顛의 이체자. 왼쪽부분의 '眞'이 '真'의 형태로 되어있다.
264) 侯의 이체자. 오른쪽 윗부분의 'コ'의 형태가 '厶'의 형태로 되어있고, 오른쪽 아랫부분의 '矢'가 '大'의 형태로 되어있다. 이 이체자는 판본 전체적으로 거의 사용하지 않았고, 이번 단락에서도 여기서만 사용하였다.
265) 謀의 이체자. 오른쪽부분의 '某'가 '某'의 형태로 되어있다.

而復太子擊。故曰:「欲知其子視其友。欲知其君視其所使。」趙倉**唐**一使, 而文
侯為慈父, 而擊為孝子。太子乃稱:「《詩》曰:『凰[267]凰于飛, 噦噦其羽, 亦集爰
止, 藹藹王多吉士, 維君子使, 媚于天子。』{**第33面**}舍人之謂也。」

楚莊王欲伐晉, 使豚尹觀焉。反, 曰:「不可伐也。其憂在上, 其樂在下。且
賢臣在焉, 曰沈駒。」明年, 又使豚尹觀, 反, 曰:「可矣。**初**[268]之賢人死矣。諂
諛[269]多在君之廬[270]者, 其君好樂而無禮, 其下危處以怨上。上下離心, 興[271]師
伐之, 其民必先反。」莊王從之, 果如其言矣[272]。

梁王贅其群臣而議其過, 任座進諫曰:「主君國廣以大, 民堅而衆, 國中無賢
人辯[273]士, 奈何?」王曰:「寡人國小以狹, 民弱臣少, 寡人獨治之, 安所用賢人
辯士乎?」任座曰:「不然!昔者齊無故起兵{**第34面**}攻魯, 魯君患之, 召其相
曰:『為之奈何?』相對曰:『夫柳[274]下惠少好學, 長而嘉智, 主君試召使於齊。』
魯君曰:『吾千乘主也, 身自使於齊, 齊不聽[275]。夫柳下惠特布衣韋帶之士也,
使之又何益乎?』相對曰:『臣聞之, 乞火不得, 不望其炮矣。今使柳下惠於齊,
縱不解於齊兵, 終不愈益攻於魯矣。』魯君乃曰:『然乎?』相即使人召柳下惠,
來, 入門, 袪衣不趨[276]。魯君避席而立, 曰:『寡人所謂飢而求黍稷, 渴[277]而穿

---

266) 策의 이체자. 머리 '⺮' 아래의 '朿'가 '束'의 형태로 되어있다.
267) 欽定四庫全書本은 조선간본과 다르게 '鳳'으로 되어있고,《說苑校證》과《설원3》에도 모두
'鳳'으로 되어있으며《說苑全譯》에는 간체자 '凤'으로 되어있다. 여기서는 '鳳凰' 혹은 '鳳皇'
이라고 해야 하기 때문에 조선간본의 '凰凰'은 오자이다.
268) 初의 이체자. 좌부변의 '衤'가 '礻'의 형태로 되어있다.
269) 諛의 이체자. 오른쪽부분의 '臾'가 '史'의 형태로 되어있다.
270) 廬의 이체자. '广' 아랫부분의 '虍'가 '严'의 형태로 되어있다.
271) 興의 이체자. 윗부분 가운데의 '同'의 형태가 '目'의 형태로 되어있다.
272) 矣의 이체자. 'ム'의 아랫부분의 '矢'가 '天'의 형태로 되어있다. 이번 단락의 앞에서는 정자를
사용하였는데 여기서는 판본 전체적으로 거의 사용하지 않는 이체자를 사용하였다.
273) 辯의 이체자. 오른쪽 '辛'이 아랫부분에 가로획 하나가 더 있는 '辜'의 형태로 되어있다.
274) 柳의 이체자. 가운데부분의 '夘'의 형태가 '夕'의 형태로 되어있다.
275) 聽의 이체자. '耳'의 아래 '王'이 '士'의 형태로 되어있으며, 오른쪽부분의 '悳'의 형태가 가운데
가로획이 빠진 '悳'의 형태로 되어있다.
276) 趨의 이체자. 왼쪽부분의 '走'가 '赱'의 형태로 되어있으며, 오른쪽부분의 '芻'가 '昌'의 형태로

井者, 未嘗骹以歡喜見子。수國事急, 百姓恐[277)]懼, 願藉子大夫使齊。』柳下惠曰：『諾。』乃東見齊侯。齊侯曰：『魯君將懼乎？』柳下惠曰：『臣君不懼。』齊侯 **{第35面}**[279)]忿然怒曰：『吾望而魯城, 芒若類[280)]失亡國, 百姓犮屋伐木以救城郭[281)], 吾視若魯君類吾國。子曰不懼, 何也？』柳下惠曰：『臣之君所以不懼者, 以其先人出周, 封於魯。君之先君亦出周, 封於齊。相與出周南門, 刿[282)]羊而約曰：「自後子孫敢有相攻者, 令其罪若此刿羊矣。」臣之君固以刿羊不懼矣, 不然, 百姓非不急也。』齊侯乃解兵三百里。夫柳下惠特布衣韋帶之士, 至解齊釋魯之難, 奈何無賢士聖人乎？」

陸賈從高[283)]祖定天下, 名為有口辯[284)]士, 居左[285)]右, 常使諸侯。及高祖時, 中國初定, 尉佗平南越[286)], 因王 **{第36面}**之。高祖使陸賈賜尉佗印, 為南越王。陸生至, 尉佗椎結箕踞見陸生。陸生因說佗曰：「足下中國人, 親戚昆弟墳

되어있다.

277) 渴의 이체자. 오른쪽부분의 '曷'이 '曷'의 형태로 되어있다.

278) 恐의 이체자. 윗부분 오른쪽의 '凡'이 안쪽의 'ヽ'이 빠진 '几'의 형태로 되어있다.

279) 고려대 소장본은 이번 면인 제35면부터 제38면까지 군데군데 글자들이 뭉그러져있고, 영남대 소장본은 고려대 소장본에 비해 그 정도가 심하다. 그런데 후조당 소장본은 제3책의 인쇄상태가 매우 나쁜데, 제35면부터 제38면까지 총 4면을 아예 새롭게 판각하여서 인쇄상태는 매우 양호하다. 고려대와 영남대 소장본은 해당면의 테두리가 '四周雙邊'으로 되어있는데, 후조당 소장본은 두 판본과는 다르게 테두리가 '四周單邊'으로 되어있다. 두 판본은 테두리는 다른 형태이지만 그 안의 판식은 모두 동일하다. 다른 점은 후조당 소장본은 고려대와 영남대 소장본에 비해 글자체가 날카롭게 되어있고 글자의 형태가 다른 것들도 있다는 점이다. 이에 대해서는 주를 달아 밝힌다. 결론적으로는 후조당 소장본은 고려대와 영남대 소장본을 찍은 원판이 훼손되거나 혹은 일실되어 나중에 補刻한 것이다.

280) 類의 이체자. 왼쪽 아랫부분의 '犬'이 '大'의 형태로 되어있다.

281) 郭의 이체자. 왼쪽부분의 '享'이 '享'의 형태로 되어있다.

282) 刿의 이체자. 왼쪽 아랫부분의 '丂'가 '丂'의 형태로 되어있다.

283) 高의 이체자. 윗부분의 '呙'의 형태가 '肙'의 형태로 되어있다.

284) 辯의 이체자. 앞 단락에서 사용한 '辯'과는 다르게 '言'의 양쪽 옆에 있는 '辛'이 아랫부분에 가로획 하나가 더 있는 '辛'의 형태로 되어있다.

285) 고려대와 영남대 소장본은 정자로 되어있는데, 후조당 소장본은 아랫부분의 '工'이 '二'의 형태로 된 '左'로 되어있다.

286) 고려대와 영남대 소장본은 정자로 되어있는데, 후조당 소장본은 검은 빈칸(■)으로 되어있다.

墓在真定。今足下弃[287]反天性, 捐[288]冠帶, 欲以區區之越與天子抗衡[289]為敵
國, 禍且及身矣。且夫秦失其政, 諸侯豪傑並起, 惟漢王先入關[290], 據[291]咸陽,
項籍倍約, 自立為西楚霸[292]王, 諸侯皆[293]屬[294], 可謂至彊[295]。然漢王起巴蜀,
鞭笞天下, 刦諸侯, 遂誅項羽, 滅[296]之。五年之間, 海内平定, 此非人力, 天之
所建也。天子聞君王王南越, 不助天下誅暴[297]逆, 將相欲移兵而誅王, 天子憐百
姓新勞苦, 且休之, 遣臣授君王印, 剖符[298]通使。君王宜[299]**{第37面}**郊迎, 北
面[300]稱臣, 乃欲以新造未集之越, 屈彊於此。漢誠聞之, 掘燒[301]君王先人家[302]

---

287) 棄의 俗字. '去'의 아랫부분이 '廾'의 형태로 되어있다.

288) 捐의 이체자. 오른쪽 윗부분의 '口'가 'ム'의 형태로 되어있다.

289) 衡의 이체자. 가운데부분의 '奐'가 '魚'의 형태로 되어있다.

290) 關의 이체자. '門' 안의 '絲'의 형태가 '幷'의 형태로 되어있다.

291) 據의 이체자. 오른쪽 아랫부분의 '豕'이 '勿'의 형태로 되어있다. 후조당 소장본은 좌부변이
'禾'로 되어있고 오른쪽부분은 알 수 없는 형태로 되어있다.

292) 霸의 이체자. 아랫부분 왼쪽의 '革'이 '手'의 형태로 되어있다. 고려대와 영남대 소장본은 그
부분이 뭉그러져 있어서 판독할 수 없어서 후조당 소장본의 글자를 사용하였다.

293) 皆의 이체자. 아랫부분의 '白'이 '日'로 되어있다. 후조당 소장본은 윗부분 왼쪽이 '工'으로
된 이체자 '皆'로 되어있다.

294) 屬의 이체자. '尸' 아랫부분이 '禹'의 형태로 되어있다.

295) 欽定四庫全書本은 조선간본과 다르게 '彊'으로 되어있고, 《說苑校證》과 《설원3》에도 모두
'彊'으로 되어있으며 《說苑全譯》에는 '强'으로 되어있다. '彊'과 '强'은 같은 뜻이고 여기서는
'강하다'라는 의미이기 때문에 조선간본의 '彊(지경)'은 오자이다.

296) 후조당 소장본은 오른쪽부분 '戌'에서 오른쪽 윗부분의 'ヽ'이 빠져있고 그 안의 '灭'이 '火'의
형태로 된 '滅'로 되어있다.

297) 暴의 이체자. 발의 '氺'가 '小'의 형태로 되어있다. 이번 단락의 아래에서는 다른 형태의 이체자
를 사용하였다.

298) 欽定四庫全書本은 조선간본과 다르게 '符'로 되어있고, 《說苑校證》·《설원3》·《說苑全
譯》에도 모두 '符'로 되어있다. 여기서 '符'는 '符節'(劉向 撰, 林東錫 譯註, 《설원3》, 동서문
화사, 2009. 1280쪽) '符信'(劉向 原著, 王鍈·王天海 譯註, 《說苑全譯》, 貴州人民出版
社, 1991. 522쪽)이라는 뜻이기 때문에 조선간본의 '苻(귀목풀)'는 오자이다.

299) 宜의 이체자. 머리의 '宀'이 '冖'의 형태로 되어있다. 후조당 소장본은 아랫부분의 '且'가 '旦'의
형태로 된 '冝'로 되어있다.

300) 面의 이체자. 맨 윗부분 'ノ'의 아랫부분의 '囬'가 '回'의 형태로 되어있다.

301) 燒의 이체자. 오른쪽 윗부분의 '垚'에서 윗부분이 '十'으로 되어있고 그 아랫부분이 '卄'의 형태

墓, 夷種宗族, 使一偏將將十萬衆臨越, 越則殺王以降漢, 如反覆手耳。」於是尉佗乃蹶然起坐, 謝陸生曰：「居蠻夷中久, 殊失禮義。」因問陸生曰：「我孰303)與蕭何、曹參、韓信賢？」陸生曰：「王似賢。」復問：「我孰與皇帝賢？」陸生曰：「皇帝起豐、沛, 討304)暴305)秦, 誅强楚, 為天下興利除害, 繼五帝、三王之業, 統理中國, 中國之人以億計, 地方萬里, 居天下之膏306)腴307), 人衆車輿, 萬物殷308)富, 政由一家, 自天地剖判, 未嘗有也。**今王衆不過數十萬**, 皆蠻夷, 蹄309)嶇山海之間, 譬若漢{**第38面**}310)一郡, 何可乃比於漢王？」尉佗大笑311)曰：「吾不起中國, 故王此, 使我居中國, 何遽312)不若漢。」乃大悦陸生, 與留飲**數**月。曰：「越

로 되어있으며, 맨 아랫부분의 ‘兀’이 ‘儿’의 형태로 되어있다.

302) 欽定四庫全書本은 조선간본과 다르게 ‘冢’으로 되어있고,《說苑校證》·《설원3》·《說苑全譯》에도 모두 ‘冢’으로 되어있다. 여기서는 ‘塚墓’라는 의미이고, 조선간본의 ‘家’는 ‘冢’의 오자로 보이지만 ‘家墓’도 뜻은 통한다.

303) 영남대 소장본은 글자가 뭉그러져 있어서 정확히 판독할 수 없고, 고려대 소장본은 가필하여 정자를 만들어 놓았고, 후조당 소장본은 이체자 ‘孰’으로 되어있다. 그런데 후조당 소장본은 이번 단락의 아래에서는 정자를 사용하였다.

304) 영남대 소장본은 글자가 떨어져나가 ‘計’자처럼 보이고, 고려대 소장본은 가필하여 ‘誅’자를 만들어놓았는데, 후조당 소장본은 ‘討’로 되어있으며 이 글자가 맞기 때문에 이를 따랐다.

305) 暴의 이체자. 윗부분이 ‘異’의 형태로 되어있고, 발의 ‘氺’가 ‘小’으로 되어있다.

306) 고려대와 영남대 소장본은 정자로 되어있는데, 후조당 소장본은 윗부분의 ‘高’가 ‘髙’의 형태로 된 ‘膏’로 되어있다.

307) 腴의 이체자. 오른쪽부분의 ‘臾’가 ‘史’의 형태로 되어있다.

308) 고려대와 영남대 소장본은 정자로 되어있는데, 후조당 소장본은 우부방의 ‘殳’가 ‘殳’의 형태로 된 ‘殷’으로 되어있다.

309) 蹄의 이체자. 오른쪽부분의 ‘奇’가 ‘竒’의 형태로 되어있다. 고려대와 영남대 소장본은 모두 이 이체자로 되어있는데, 후조당 소장본은 좌부변의 ‘𧾷’이 ‘𤴡’의 형태로 된 이체자 ‘蹄’로 되어있다.

310) 앞에서 밝혔듯이 고려대와 영남대 소장본은 初刻本이고, 후조당 소장본은 제35면부터 이번 면인 제38면까지 새로 판각한 補刻本이다. 후조당 소장본은 제39면부터도 판목이 뭉그러져있어 글자를 판독하기 어렵지만 補刻하지는 않았다. 그래서 가필하여놓은 부분이 있는데 어떤 곳은 고려대와 영남대 소장본과는 다른 글자들을 써놓았으나 이에 대해서는 따로 주를 달지 않는다.

311) 笑의 이체자. 아랫부분의 ‘夭’가 ‘大’의 형태로 되어있다.

312) 遽의 이체자. 오른쪽 윗부분의 ‘虍’가 ‘严’의 형태로 되어있다.

中無足與語, 至生来, 令我日聞所不聞。」賜陸生橐中裝313), 直千金, 佗送亦千金。
 陸生拜314)尉佗為南越王, 令稱臣, 奉漢約。歸報, 高祖大悅, 拜為太中大夫。

　　晉、楚之君相與為好, 會315)於宛丘之上。宋使人伻之。晉316)、楚大夫曰：
「趣以見天子禮見於吾君, 我為見子焉。」使者曰：「冠雖獘317), 宜加其上。履雖
新, 宜居其下。周室雖微, 諸侯未之詁易也。師升宋城, 臣猶不更臣之服也。」揖
而去之。諸大夫瞿然, 遂以[第39面]諸侯之禮見之。

　　越使諸發執一枝梅以遺梁王, 梁王之臣曰韓子, 顧318)謂左右曰：「惡有以一
枝梅以遺列國之君者乎？請為二三子憗之。」出謂諸發曰：「大王有命, 客冠則以
禮見, 不冠則否。」諸發曰：「彼越亦天子之封也。不得冀、兗319)之州, 乃處海垂
之320)際321), 屏外322)蕃以為居, 而蛟龍又與我爭焉。是以剪髮323)文身, 爛324)然
成章325), 以像326)龍子者, 將避327)水神也。今大國其命, 冠則見以禮, 不冠則否。

---

313) 裝의 이체자. '衣' 위의 왼쪽부분의 'ㅂ'이 'ㅑ'의 형태로 되어있다.

314) 拜의 이체자. 오른쪽부분의 맨 아래에 'ヽ'이 첨가되어있다.

315) 會의 이체자. 가운데부분의 '⿱'의 형태가 '宙'의 형태로 되어있다.

316) 晉의 이체자. 윗부분의 '㙘'의 형태가 'ㅍㅍ'의 형태로 되어있다. 이번 단락의 앞에서는 정자를
　　사용하였는데 여기서는 이체자를 사용하였다.

317) 獘와 同字. 발의 '犬'이 '大'의 형태로 되어있다. 그런데 欽定四庫全書本은 조선간본과 다르게
　　'敝'로 되어있고, 《說苑校證》·《설원3》·《說苑全譯》에도 모두 '敝'로 되어있다. 여기서 '敝'
　　는 '해지다'라는 뜻이고, 조선간본의 '獘(弊)'도 '해지다'라는 뜻이기 때문에 오자는 아니다.

318) 顧의 이체자. 왼쪽 윗부분의 '戶'가 'ヽ'이 빠진 '尸'의 형태로 되어있다.

319) 兗의 이체자. 'ㅗ'의 아랫부분의 '兌'가 '㕙'의 형태로 되어있다.

320) 垂의 이체자. 맨 아랫부분의 가로획 '一'이 'ㄴ|'의 형태로 되어있다.

321) 際의 이체자. 오른쪽 윗부분의 '癶'의 형태가 '癶'의 형태로 되어있다.

322) 外의 이체자. 좌부변의 '夕'이 'ヽ'이 빠진 'ⱀ'의 형태로 되어있다. 고려대와 영남대 소장본은
　　모두 이 형태로 되어있고, 후조당 소장본은 가필하여 정자로 만들어놓았다. 그런데 판본 전체적
　　으로 이 이체자를 거의 사용하지 않았기 때문에 원래 정자로 되어있던 것에서 'ヽ'이 떨어져나간
　　것인지 이체자로 사용한 것인지 확정하기 어렵다.

323) 髮의 이체자. 아랫부분의 '犮'이 '大'의 형태로 되어있으며, 그것이 오른쪽 아래 붙어있다.

324) 爛의 이체자. 오른쪽부분 '門' 안의 '柬'이 '東'의 형태로 되어있다.

325) 章의 이체자. 머리 '立'의 아랫부분의 '早'가 '甲'의 형태로 되어있다.

326) 像의 이체자. 오른쪽 윗부분의 '⿰'의 형태가 '⿰'의 형태로 되어있다.

327) 避의 이체자. 맨 오른쪽부분의 '辛'이 아랫부분에 가로획 하나가 더 있는 '䇂'의 형태로 되어

假令大國之使，時過獘邑，**獘**邑之君亦有命矣。曰：『客必翦髮328)文身，然後見之。』於大國何如？意而安之，願假329)冠以見。意如不{**第40面**}安，願無變國俗。」**梁**王聞之，披衣出以見諸敠。令逐韓子。《詩》云：「維君子使，媚于天子。」若330)此之謂也。

晏子使吳，吳王謂行人曰：「吾聞晏嬰蓋北方之辯於辭，習331)於禮者也。」命儐332)者：「客見則稱天子。」明日，晏子有事，行人曰：「天子請見。」晏子憱然者三，曰：「臣受命**獘**邑之君，將使於吳王之所，不佞333)而迷惑入于天子之朝，敢問吳王惡乎存？」然後吳王曰：「夫差請見。」見以諸侯之禮。

晏子使吳，吳王曰：「寡人得寄僻陋蠻夷之鄉，希見教君子之行，請私而毋為罪！」晏子憱然避位矣。王曰：「吾聞齊君蓋賊以慢，野以暴，吾子容焉，何甚也？」晏子逡巡而對曰：「臣聞之，微事不通，麤事不能者必勞。大事不得，小事不為者必貧。大者不能致人，小者不能至人之門者必困。此臣之所以仕也。如臣，豈能以道食人者哉？」晏子出，王笑曰：「今日吾譏晏子也，猶倮而訾高橛者。」334)

景公使晏子使於楚，楚王進橘335)置削，晏子不剖而弁336)食之。楚王曰：「橘

있다.

328) 髮의 이체자. 이번 단락의 앞에서 사용한 이체자 '髮'과는 다르게 아랫부분의 '犮'이 '火'의 형태로 되어있다.

329) 假의 이체자. 오른쪽부분의 '叚'의 형태가 '叚'의 형태로 되어있다. 이번 단락의 앞에서는 정자를 사용하였는데, 여기서는 이체자를 사용하였다.

330) 若의 이체자. 머리의 '++'가 '艹'의 형태로 되어있고 아랫부분의 '右'가 '石'의 형태로 되어있으며, 머리의 '艹'의 형태가 아랫부분의 '石'에 붙어 있다.

331) 習의 이체자. 머리의 '羽'가 '羽'의 형태로 되어있으며, 아랫부분의 '白'이 '日'로 되어있다.

332) 儐의 이체자. 오른쪽 가운데부분의 '少'의 형태가 '尸'의 형태로 되어있다.

333) 佞의 속자. 오른쪽 윗부분의 '二'가 '亡'의 형태로 되어있다.

334) 이 단락은 조선간본에서 누락된 부분인데, 欽定四庫全書本을 근거로 첨가하였으며, 《說苑校證》(劉向 撰, 向宗魯 校證, 《說苑校證》, 北京:中華書局, 1987(2017 重印), 304쪽)도 참고하였다.

335) 橘의 이체자. 오른쪽 윗부분의 'マ'의 형태가 'ㄱ'의 형태로 되어있다. 이번 단락의 뒤에서는 이체자와 정자를 각각 1번씩 사용하였다.

當去剖。」晏子對曰：「臣聞之，賜人主前者，瓜[337]桃不削，橘柚不剖。今萬乘無教**{第41面}**，臣不敢剖，然臣非不知也。」

晏子將使荊，荊王聞之，謂左右曰：「晏子賢人也，今方来，欲[338]辱之，何以也？」左右對曰：「為其来也，臣請縛[339]一人過王而行。」於是荊王與晏子立語。有縛一人，過王而行。王曰：「何為者也？」對曰：「齊人也。」王曰：「何坐？」曰：「坐盜。」王曰：「齊人固盜乎？」晏子反顧之曰：「江南有橘，齊王使人取之而樹之於江北，生不為橘，乃為枳，所以然者何？其土地使之然也。今齊人居齊不盜，来之荊而盜，得無土地使之然乎？」荊王曰：「吾欲傷子，而反自中也。」

晏子使楚。晏子短，楚人為小門於大門之側而**{第42面}**延晏子。晏子不入，曰：「使至狗國者従狗門入。今臣使楚，不當従[340]此門。」儐者更従大門入，見楚王。王曰：「齊無人耶？」晏子對曰：「齊之臨淄三百閭，張袂成帷，揮汗成雨。比肩繼踵而在，何為無人？」王曰：「然則何為使子？」晏子對曰：「齊命使各有所主。其賢者使賢主，不肖者使不肖主。嬰最不肖，故宜使楚耳。」

秦、楚斀[341]兵，秦王使人使楚，楚王使人戲之曰：「子來亦卜之乎？」對曰：「然！」「卜之謂何？」對曰：「吉。」楚人曰：「噫！甚矣！子之國無良龜[342]也。王方殺子以釁[343]鍾，其吉如何？」使者曰：「秦、楚斀[344]兵，吾王使我先窺。我矨

---

336) 并의 이체자. 윗부분의 '丷'의 형태가 '八'의 형태로 되어있다.

337) 瓜의 이체자. 가운데 아랫부분에 '㇔'이 빠져있다.

338) 欲의 이체자. 왼쪽부분의 '谷'이 '昚'의 형태로 되어있다. 이번 단락의 아래에서는 정자를 사용하였다.

339) 欽定四庫全書本은 조선간본과 다르게 '縛'으로 되어있고,《說苑校證》과《설원3》도 '縛'으로 되어있으며《說苑全譯》에도 간체자 '缚'으로 되어있다. 여기서는 '묶다'라는 뜻이기 때문에 '縛'이 맞고 조선간본의 '縛'은 '희다' 혹은 '감다'라는 뜻이기 때문에 뜻이 잘 통하지 않는다. 그런데 조선간본의 '縛'은 여기서 '縛'의 이체자로 쓴 것으로 보인다. 이번 단락의 아래에서도 이와 동일하다.

340) 従의 이체자. 오른쪽부분의 '㐶'의 형태가 '㐱'의 형태로 되어있다.

341) 斀의 이체자. 오른쪽부분의 '殳'가 '旻'의 형태로 되어있다.

342) 龜의 이체자. 가운데부분의 '㡀'의 형태가 '㡰'의 형태로 되어있고, 오른쪽부분의 '刃'의 형태가 '貝'의 형태로 되어있다.

343) 釁의 이체자. 윗부분 가운데의 '同'의 형태가 '月'의 형태로 되어있고, 가운데부분의 '酉'가 '百'

{第43面}而不還，則吾王知警戒，整齊兵以俻[345]楚，是吾所謂吉也。且使死者而無知也，又何釁於鍾？死者而有知也，吾豈錯秦相楚哉？我將使楚之鍾鼓無聲，鍾鼓無聲則將無以整齊其士卒而理君軍。夫殺人之使，絶人之謀，非古之通議也。子大夫試孰計之。」使者以報楚王，楚王赦之。此之謂造命。

楚使使聘於齊，齊王饗之梧宮。使者曰：「大哉梧乎！」王曰：「江漢之魚呑舟，大國之樹必巨，使何怪[346]焉！」使者曰：「昔燕攻齊，遵雒路，渡濟橋，焚雍門，擊齊左而虛其右，王歜絶頸而死於杜山。公孫差**{第44面}**格死於龍門，飲馬乎淄、澠，定**獲**乎琅邪，王與大[347]后奔于莒，逃於城陽之山，當此之時，則梧之大何如乎？」王曰：「陳先生對之。」陳子曰：「臣不如刀教。」王曰：「刀先生應之。」刀教曰：「使者問梧之年耶？昔者，荆平王為無道，加諸申氏，殺子胥父與其兄。子胥被髮乞[348]食於吳，闔廬[349]以為將相。三年，將吳兵，復讎乎楚，戰[350]勝乎柏舉，級頭百萬，囊[351]瓦[352]奔鄭，王保於随[353]。引師入郢，軍雲行乎郢之都。子胥親射宮門，掘平王冢，笞其墳，**數**以其罪。曰：『吾先人無罪而子殺之。』士卒人加百焉，然後止。當若此時，梧可以為其柎矣。」**{第45面}**

蔡[354]使師強、王堅使於楚。楚王聞之，曰：「人名多章章者，獨為師彊[355]、

의 형태로 되어있으며, 맨 아랫부분의 '刀'가 '力'의 형태로 되어있다.

344) 轂의 이체자. 이번 단락의 앞에서 사용한 이체자 '轂'과는 다르게 오른쪽부분의 '殳'가 '殳'의 형태로 되어있다.

345) 備의 이체자. 오른쪽부분의 '𤰈'의 형태가 'del'의 형태로 되어있다.

346) 怪의 이체자. 오른쪽 윗부분의 '又'가 '㇀'이 첨가된 '叉'의 형태로 되어있다.

347) 欽定四庫全書本은 조선간본과 다르게 '太'로 되어있고, 《說苑校證》·《설원3》·《說苑全譯》에도 모두 '太'로 되어있다. 여기서는 '왕비'이기 때문에 '太后'가 맞고 '大后'는 오자이다. 필자는 판본이 훼손되어 '丶'이 빠진 것으로 의심하였으나 고려대·영남대·후조당 소장본 모두 '大'로 되어있다.

348) 乞의 이체자. 윗부분의 '𠂉'의 형태가 '卜'의 형태로 되어있다.

349) 廬의 이체자. '广' 아랫부분의 '虍'가 '声'의 형태로 되어있다.

350) 戰의 이체자. 왼쪽부분의 '單'이 '单'의 형태로 되어있다.

351) 囊의 이체자. 가운데부분의 '吅'의 형태가 '从'의 형태로 되어있다.

352) 瓦의 이체자.

353) 隨의 略字. 오른쪽부분 '辶' 위의 '育'의 형태가 '有'의 형태로 되어있다.

王堅乎？」超見之, 無以次, 視其人狀, 疑[356]其名而醜[357]其聲, 又惡其形。楚王大怒曰：「夳蔡無人乎？國可伐也。有人不遣乎？國可伐也。端以此誠寡人乎？國可伐也。」故发二使見三謀伐者, 蔡也。

趙簡子將襲衛, 使史黶[358]徃視之, 期以一月, 六日[359]而後反。簡子曰：「何其久也？」黶曰：「謀利而得害, 由不察也。夳蘧伯玉為相, 史鰌佐焉, 孔子為客, 子貢使令於君前甚聴[360]。《易》曰：『渙其群, 元吉。』渙者賢也, 群者象[361]也。元者吉之始也。『渙其群元吉』者, 其{第46面}佐多賢矣。」簡子按兵而不動耳。

魏文侯使舍人毋擇, 獻鵠於齊侯。毋擇行道失之, 徒獻空籠, 見齊侯曰：「寡

---

354) 蔡의 이체자. 머리 '艹' 아래 'ダ'의 형태가 'ガ'의 형태로 되어있다.

355) 欽定四庫全書本은 조선간본과 다르게 '强'으로 되어있고,《說苑校證》·《설원3》·《說苑全譯》에도 모두 '强'으로 되어있다. 여기서 '師强'은 '"군사가 강하다"는 뜻을 사람 이름에 붙인 것'(劉向 撰, 林東錫 譯註,《설원3》, 동서문화사, 2009. 1311쪽)이다. 그런데 조선간본의 '彊'도 '强'과 같은 뜻이기 때문에 오자는 아니지만, 이번 단락의 앞에서는 '師强'이라고 하였고 여기서는 '師彊'이라고 하였다.

356) 疑의 이체자. 왼쪽 아랫부분의 '矢'가 '天'의 형태로 되어있으며, 오른쪽부분의 '疋'이 '疋'의 형태로 되어있다.

357) 醜의 이체자. 오른쪽부분의 '鬼'가 맨 위의 'ノ'이 빠진 '鬼'의 형태로 되어있다.

358) 黶의 이체자. 왼쪽부분의 '黑'이 '黒'의 형태로 되어있고, 그 아랫부분의 '灬'의 형태가 오른쪽부분의 '音'을 포함한 글자 전체 아래 있다.

359) 欽定四庫全書本은 조선간본과 동일하게 '日'로 되어있고,《說苑校證》·《설원3》·《說苑全譯》에는 조선간본과 다르게 모두 '月'로 되어있다. 여기서는 '한 달을 기약하였으나 여섯 달이 지나서 돌아왔다.'라는 뜻이기 때문에 '日'은 '月'의 誤記이다.(劉向 撰, 向宗魯 校證,《說苑校證》, 北京:中華書局, 1987(2017 重印), 309쪽. 劉向 撰, 林東錫 譯註,《설원3》, 동서문화사, 2009. 1313쪽. 劉向 原著, 王鍈·王天海 譯註,《說苑全譯》, 貴州人民出版社, 1991. 536쪽)

360) 聴의 이체자. 왼쪽부분 '耳'의 아래 '王'이 빠져있으며, 오른쪽부분의 '悳'의 형태가 가운데 가로획이 빠진 '悳'의 형태로 되어있다.

361) 象의 이체자. 윗부분의 '午'의 형태가 '刍'의 형태로 되어있다. 그런데 欽定四庫全書本은 조선간본과 동일하게 '象'으로 되어있고,《說苑校證》·《설원3》·《說苑全譯》에는 조선간본과 다르게 모두 '衆'으로 되어있다. 여기서는 '많다'라는 뜻이기 때문에 '象'은 '衆'의 誤記이다.(劉向 撰, 向宗魯 校證,《說苑校證》, 北京:中華書局, 1987(2017 重印), 309쪽. 劉向 撰, 林東錫 譯註,《설원3》, 동서문화사, 2009. 1313쪽. 劉向 原著, 王鍈·王天海 譯註,《說苑全譯》, 貴州人民出版社, 1991. 536쪽)

君使臣毋擇獻鵠，道飢渴[362]，臣出而飲食之，而鵠飛冲天，遂不復反。念[363]思非無錢以買鵠也，惡有為其君使輕易其幣者乎？念思非不能拔[364]劍刎頭，腐肉暴骨於中野[365]也，為吾君貴鵠而賤[366]士也。念思非敢走陳、蔡之間也，惡絕兩[367]君之使。故不敢愛身逃死，來獻空籠，唯主君斧質之誅。」齊侯大悅曰：「寡人今者得茲言三，賢於鵠遠[368]矣。寡人有都郊地百里，願獻大夫以為湯沐邑。」毋擇對曰：「惡有為其君**{第47面}**使而輕[369]易其幣，而利諸侯之地乎？」遂出不反。

劉向說苑卷第十二**{第48面}**[370]

---

362) 渴의 이체자. 오른쪽부분의 '曷'이 '曷'의 형태로 되어있다.

363) 念의 이체자. 윗부분의 '今'이 '亼'의 형태로 되어있다.

364) 拔의 이체자. 오른쪽부분의 '犮'이 '犮'의 형태로 되어있다.

365) 野의 이체자. 오른쪽 윗부분의 'マ'의 형태가 'コ'의 형태로 되어있다.

366) 賤의 이체자. 오른쪽의 '戔'이 윗부분은 그대로 '戈'로 되어있고 아랫부분 '戈'에 '丶'이 빠진 '戔'의 형태로 되어있다.

367) 兩의 이체자. 바깥부분 '巿'의 안쪽의 '入'이 '人'의 형태로 되어있으며 그것의 윗부분이 '巿'의 밖으로 튀어나와 있다.

368) 遠의 이체자. 판본 전체적으로 자주 사용하는 이체자 '遠'과는 다르게 오른쪽 아랫부분의 '𧘇'의 형태가 '衣'의 형태로 되어있다.

369) 輕의 이체자. 오른쪽부분의 '巠'이 '坙'의 형태로 되어있다. 이번 단락의 앞에서는 정자를 사용하였으나, 여기서는 이체자를 사용하였다.

370) 이 卷尾의 제목은 마지막 제11행에 해당한다. 이번 면은 제1행에서 글이 끝나고, 나머지 9행은 빈칸으로 되어있다.

劉向說苑卷第十三

權謀

聖王之舉事，必先諦之於謀[371]慮[372]，而後考之於蓍龜[373]。白屋之士，皆關[374]其謀。芻蕘[375]之役，咸盡其心。故萬舉而無遺籌[376]失策[377]。《傳[378]》曰：「衆人之智，可以測天。兼[379]聽[380]獨斷[381]，惟在一人。」此大謀之術[382]也。謀有二端，上謀知命，其次知事。知命者預見存亡禍福之原[383]，早知盛衰廢[384]與[385]之始，防事之未萌，避難於無形。若此人者，居亂[386]世則不害於其身，在乎太平之世則必得天下之權。彼知事者亦尚矣，見事而知得失成敗之分，而究[387]其所終極，故無敗業**{第49面}**廢功。孔子曰：「可與適道，未可與權也。」夫非知命知事

---

371) 謀의 이체자. 오른쪽부분의 '某'가 '某'의 형태로 되어있다.

372) 慮의 이체자. 윗부분의 '虍'가 '声'의 형태로 되어있다.

373) 龜의 이체자. 가운데부분의 '龟'의 형태가 '色'의 형태로 되어있고, 오른쪽부분의 '彐'의 형태가 '目'의 형태로 되어있다.

374) 關의 이체자. '門' 안의 '䜌'의 형태가 '絲'의 형태로 되어있다.

375) 蕘의 이체자. 머리 '++' 아랫부분의 '堯'가 '尭'의 형태로 되어있다.

376) 籌의 이체자. 머리 '⺮' 아래 '壽'가 '壽'의 형태로 되어있다.

377) 策의 이체자. 머리 '⺮' 아래의 '朿'가 '束'의 형태로 되어있다.

378) 傳의 이체자. 오른쪽 윗부분의 '叀'의 형태가 '亩'의 형태로 되어있다.

379) 兼의 이체자. 맨 아랫부분이 '灬'의 형태로 되어있다.

380) 聽의 이체자. 왼쪽부분 '耳'의 아래 '王'이 빠져있으며, 오른쪽부분의 '悳'의 형태가 가운데 가로획이 빠진 '恴'의 형태로 되어있다.

381) 斷의 이체자. 왼쪽부분의 '㡭'의 형태가 '䒭'의 형태로 되어있다.

382) 術의 이체자. 가운데부분의 '朮'이 위쪽의 '丶'이 빠진 '木'으로 되어있다.

383) 原의 이체자. '厂' 안쪽 윗부분의 '白'이 '日'의 형태로 되어있다.

384) 廢의 이체자. '广' 아래 '癶'이 '业'의 형태로 되어 있고, 그 아래 오른쪽부분의 '殳'가 '攵'의 형태로 되어있다.

385) 欽定四庫全書本은 조선간본과 다르게 '興'으로 되어있고, 《說苑校證》과 《설원3》에도 모두 '興'으로 되어있으며 《說苑全譯》에는 간체자 '兴'으로 되어있다. 여기서는 '흥하다'라는 뜻이기 때문에 조선간본의 '與'는 오자이다.

386) 亂의 이체자. 왼쪽부분의 '𤔔'의 형태가 '𤕫'의 형태로 되어있다.

387) 究의 이체자. 머리 '穴' 아랫부분의 '九'가 '丸'의 형태로 되어있다.

者，孰[388]能得[389]權謀之術？夫權謀有正有邪。君子之權謀正，小人之權謀邪。夫正者其權謀公，故其為百姓盡心也誠。彼邪者好私尚利，故其為百姓也詐。夫詐則亂，誠則平，是故堯[390]之九臣誠而能興[391]於朝，其四臣詐而誅於野。誠者隆至後世，詐者當身而滅。知命知事而能於權謀者，必察[392]誠詐之原而以處身焉，則是亦權謀之術也。夫知者舉事也，滿[393]則慮謙[394]，平則慮險，安則慮危，曲則慮直。由重其豫[395]，惟恐[396]不及，是以百舉而不陷也。**{第50面}**

楊子曰：「事之可以之貧，可以之富[397]者，其傷行者也。事之可以之生，可以之死者，其傷勇者也。」僕[398]子曰：「楊子智而不知命，故其知多疑[399]。語曰：『知命者不惑。』晏嬰是也。」

---

388) 孰의 이체자. 왼쪽부분의 '享'이 '享'의 형태로 되어있고, 오른쪽부분의 '丸'이 '九'의 형태로 되어있다.

389) 欽定四庫全書本은 조선간본과 다르게 '行'으로 되어있고《說苑校證》과《說苑全譯》에도 '行'으로 되어있는데,《설원3》에는 조선간본과 동일하게 '得'으로 되어있다. 여기서는 '行'은 '실행하다'(劉向 原著, 王鍈·王天海 譯註,《說苑全譯》, 貴州人民出版社, 1991. 541쪽)라는 뜻이고, '得'은 '얻다'(劉向 撰, 林東錫 譯註,《설원3》, 동서문화사, 2009. 1321쪽)라는 뜻이기 때문에 조선간본의 '得'도 뜻이 통한다.

390) 堯의 이체자. 아랫부분의 '兀'이 '几'의 형태로 되어있다.

391) 興의 이체자. 윗부분 가운데의 '同'의 형태가 '月'의 형태로 되어있다.

392) 察의 이체자. 머리 '宀' 아랫부분의 '癶'의 형태가 '夗'의 형태로 되어있다.

393) 滿의 이체자. 오른쪽 윗부분의 '廿'이 '业'의 형태로 되어있고 그 아랫부분의 '兩'이 '㒳'의 형태로 되어있다.

394) 謙의 이체자. 오른쪽부분의 '兼'이 '兼'의 형태로 되어있다. 그런데 欽定四庫全書本은 조선간본과 다르게 '溢'로 되어있고《설원3》과《說苑全譯》에도 '溢'로 되어있는데,《說苑校證》에는 조선간본과 동일하게 '謙'으로 되어있다. 여기서는 '溢'은 '넘치다'(劉向 原著, 王鍈·王天海 譯註,《說苑全譯》, 貴州人民出版社, 1991. 541쪽)라는 뜻이고, '謙'은 '모자라다'(劉向 撰, 向宗魯 校證,《說苑校證》, 北京:中華書局, 1987(2017 重印), 312쪽)라는 뜻이기 때문에 조선간본의 '謙'도 뜻이 통한다.

395) 豫의 이체자. 오른쪽 윗부분의 '⺈'의 형태가 '𠂊'의 형태로 되어있다.

396) 恐의 이체자. 윗부분 오른쪽의 '凡'이 안쪽의 '丶'이 빠진 '几'의 형태로 되어있다.

397) 富의 이체자. 머리의 '宀'이 '冖'의 형태로 되어있다.

398) 僕의 이체자. 오른쪽부분의 '菐'이 '業'의 형태로 되어있다.

399) 疑의 이체자. 왼쪽 윗부분의 '匕'가 '上'의 형태로 되어있다.

趙簡子曰：「晉有澤鳴、犢犨，魯有孔丘，吾殺屮三人，則天下可圖也。」於是乃召澤[400]鳴、犢犨，任之以政而殺之。使人聘孔子於魯。孔子至河，臨水而觀，曰：「美哉水！洋洋乎！丘之不濟於屮，命也夫！」子路趨進曰：「敢問奚謂也？」孔子曰：「夫澤鳴、犢犨，晉國[401]之賢大夫也。趙簡子之未得志也，與之同聞見，及其得志也，殺之而後従[402]政。故丘聞之，劀[403]胎{第51面}焚夭，則麒麟不至。乾澤而漁，蛟龍不遊。覆巢毁卯[404]，則鳳凰不翔。丘聞之，君子重傷其類[405]者也。」

孔子與齊景公坐。左右白曰：「周使来，言周廟燔。」齊景公出，問曰：「何廟也？」孔子曰：「是釐[406]王廟也。」景公曰：「何以知之？」孔子曰：「《詩》云：『皇皇上帝，其命不忒。天之與人，必報有德。』禍亦如之。夫釐王變文、武之制而作玄黃，宮室輿馬奢侈，不可振[407]也。故『天殃其廟，是以知之。」景公曰：「天何不殃其身』[408]？」曰：「天以文王之故也。若殃其身，文王之祀，無乃絶乎？故殃其廟以章其過也。」左右入報曰：「周釐王廟也。」景公大驚，起[409]，再拜曰：「善哉！聖人之智，豈{第52面}不大乎！」

齊桓公與管仲謀伐莒，謀未發而聞于國。桓公怪之，以問管仲。管仲曰：「國必有聖人也。」桓公歎曰：「歐！日之役者，有執柘杵而上視者，意其是耶！」乃令復役，無得相代。少焉，東郭垂[410]至。管仲曰：「屮必是也。」乃令儐[411]者延而進

---

400) 澤의 이체자. 오른쪽 아랫부분의 '幸'이 '羍'의 형태로 되어있다. 이번 단락의 앞과 뒤에서는 정자를 모두 사용하였는데 여기서만 이체자를 사용하였다.

401) 晉의 이체자. 윗부분의 '㐰'의 형태가 '皿'의 형태로 되어있다. 이번 단락의 앞에서는 정자를 사용하였는데 여기서는 이체자를 사용하였다.

402) 從의 이체자. 오른쪽부분의 '㣫'의 형태가 '芝'의 형태로 되어있다.

403) 劀의 이체자. 왼쪽 윗부분의 '大'가 '夬'의 형태로 되어있다.

404) 卵의 이체자. 왼쪽부분의 '㔾'의 형태가 '夕'의 형태로 되어있다.

405) 類의 이체자. 왼쪽 아랫부분의 '犬'이 'ㆍ'이 빠진 '大'의 형태로 되어있다.

406) 釐의 이체자. 윗부분 왼쪽의 '未'가 '牙'의 형태로 되어있다.

407) 振의 이체자. 오른쪽부분의 辰'이 '辰'의 형태로 되어있다.

408) '〖~〗' 이 부호는 한 행을 뜻한다. 본 판본은 1행에 18자로 되어있는데, '〖~〗'로 표시한 이번 면(제52면)의 제8행은 한 글자가 적은 17자로 되어있다.

409) 起의 이체자. 오른쪽부분의 '己'가 '巳'의 형태로 되어있다.

之，分級而立。管仲曰：「子言伐莒者也？」對曰：「然。」管仲曰：「我不言伐莒，子何故言伐莒？」對曰：「臣聞君子善謀，小人善意。臣竊[412]意之也。」管仲曰：「我不言伐莒，子何以意之？」對曰：「臣聞君子有三色。優然喜樂者，鍾皷[413]之色。愀然清静者，縗絰之色。勃然充滿者，此兵革之色{第53面}也。日者，臣望君之在臺上也，勃然充滿，此兵革之色也。君吁而不吟[414]，所言者莒也，君舉臂而指[415]，所當者莒也。臣竊[416]慮小諸侯之未服者，其惟莒乎？臣故言之。」君子曰：「凡[417]耳之聞以聲也。今不聞其聲而以其容與臂，是東郭垂不以耳聽而聞也。桓公、管仲雖善謀，不能隱[418]。聖人之聽於無聲，視於無形，東郭垂有之矣。故桓公乃尊禄[419]而禮之。」

晉太史屠餘見晉國之亂，見晉平公之驕而無德義也，以其國法歸[420]周。周威公見而問焉，曰：「天下之國，其孰先亡？」對曰：「晉先亡。」威公問其說。對曰：「臣不敢直言，示晉公以天妖，日月星辰[421]之行{第54面}多不當。曰：『是何能然？』示以人事多義，百姓多怨[422]。曰：『是何傷？』示以鄰國不服，賢良不興，曰：『是何害？』是不知所以存，所以亡，故臣曰晉先亡。」居三年，晉果亡。威公

---

410) 垂의 이체자. 맨 아랫부분의 가로획 '一'이 '凵'의 형태로 되어있다.

411) 儐의 이체자. 오른쪽 가운데부분의 '少'의 형태가 '尸'의 형태로 되어있다.

412) 竊의 이체자. 머리의 '穴'이 '宀'의 형태로 되어있고, 그 아래 왼쪽부분의 '釆'이 '耒'의 형태로 되어있으며 그 오른쪽부분의 '禼'의 형태가 '离'의 형태로 되어있다.

413) 鼓의 이체자. 오른쪽부분의 '支'가 '皮'의 형태로 되어있다.

414) 吟의 이체자. 오른쪽부분의 '今'이 '令'의 형태로 되어있다.

415) 指의 이체자. 오른쪽 윗부분의 '匕'가 '上'의 형태로 되어있다.

416) 竊의 이체자. 이번 단락의 앞에서 사용한 이체자 '竊'과는 다르게 머리의 '穴' 아래 왼쪽부분의 '釆'이 '耒'의 형태로 되어있고, 그 오른쪽부분의 '禼'의 형태가 '离'의 형태로 되어있다.

417) 凡의 이체자. '几' 안쪽의 '丶'이 직선 형태로 되어있으며 그 가로획이 오른쪽 '乁'획의 밖으로 삐져나와 있다.

418) 隱의 이체자. 오른쪽 윗부분의 '爫'의 형태가 '下'의 형태로 되어있다.

419) 祿의 이체자. 오른쪽부분의 '彔'이 '录'의 형태로 되어있다.

420) 歸의 이체자. 왼쪽 맨 윗부분의 '丿'이 빠져있고, 아랫부분의 '止'가 '乚'의 형태로 되어있다.

421) 辰의 이체자.

422) 怨의 이체자. 윗부분 오른쪽의 '㔾'이 '匕'의 형태로 되어있다.

又見屠餘而問焉, 曰:「孰次之?」對曰:「中山次之。」威公問其故。對曰:「天生民, 令有辨。有辨, 人之義也。所以異[423]於禽獸麋鹿也, 君臣上〖下所以立也。中山之俗, 以晝為夜, 以夜繼[424]日, 男女切[425]〗[426]踦[427], 固無休息。滛[428]昏[429]康樂, 歌謳好悲。其主弗知惡, 此亡國之風也。臣故曰中山次之。」居二年, 中山果亡。威公又見屠餘而問曰:「孰次之?」屠餘不對。威公固請。屠餘曰:「君次之。」威公懼, 求國之長者{第55面}, 得錡疇[430]、田邑而禮之, 又得史理、趙巽以為諫[431]臣, 去苛令三十九物, 以告屠餘。屠餘曰:「其尚終君之身。臣聞國之興[432]也, 天遺之賢人, 與之極[433]諫之士。國之亡也, 天與之亂人與善諛[434]者。」威公薨[435], 九月不得葬[436]。周乃分而為二, 故有道者言, 不可不重也。

　　齊侯問於晏子曰:「當今之時, 諸侯孰危?」對曰:「莒其亡乎!」公曰:「奚故?」對曰:「地侵於齊, 貨竭於晉, 是以亡也。」

　　智伯從[437]韓、魏之兵以攻趙, 圍晉陽之城而溉之, 城不沒[438]者三板。絺疵

---

423) 異의 이체자. 아랫부분의 '共'의 가운데에 세로획 하나가 첨가된 '共'의 형태로 되어있다.

424) 繼의 이체자. 오른쪽부분의 '䜌'의 형태가 '㡭'의 형태로 되어있다.

425) 切의 이체자. 왼쪽부분의 '七'의 형태가 '土'의 형태로 되어있다.

426) '〖~〗' 이 부호는 한 행을 뜻한다. 본 판본은 1행에 18자로 되어있는데, '〖~〗'로 표시한 제7행은 두 글자가 많은 20자로 되어있다.

427) 踦의 이체자. 오른쪽부분의 '奇'가 '竒'의 형태로 되어있다. 이번 단락의 아래의 '錡'도 오른쪽부분이 '竒'의 형태로 된 '錡'를 사용하였다.

428) 滛의 이체자. 오른쪽 아랫부분의 '壬'이 '舌'의 형태로 되어있다.

429) 昏의 이체자. 윗부분의 '氏'가 '民'의 이체자인 '民'의 형태로 되어있다.

430) 疇의 이체자. 오른쪽부분의 '壽'가 '壽'의 형태로 되어있다.

431) 諫의 이체자. 오른쪽부분의 '柬'의 형태가 '東'의 형태로 되어있다.

432) 興의 이체자. 이번 단락의 앞에서 사용한 이체자 '興'과는 다르게 윗부분 가운데의 '同'의 형태가 '目'의 형태로 되어있다.

433) 極의 이체자. 오른쪽 가운데부분의 '丂'가 '了'의 형태로 되어있다.

434) 諛의 이체자. 오른쪽부분의 '臾'가 '史'의 형태로 되어있다.

435) 薨의 이체자. 아랫부분의 '死'가 판본 전체적으로 자주 사용하는 이체자 '死'의 형태로 되어있다.

436) 葬의 이체자. 가운데부분의 '死'가 '㐹'의 형태로 되어있고, 그 아랫부분의 '廾'이 '大'의 형태로 되어있다.

437) 從의 이체자. 오른쪽 아랫부분의 '㐺'의 형태가 '疋'의 형태로 되어있다.

謂智伯曰：「韓、魏之君必反{第56面}矣。」智伯曰：「何以知之？」對曰：「夫勝趙而三分其地，今城未没者三板，臼竈[439]生黿[440]，人馬相食，城降有日矣。而韓、魏之君無喜志而有憂色，是非反何也？」明日，智伯謂韓、魏之君曰：「疵言君之反也。」韓、魏之君曰：「必勝趙而三分其地，今城將勝矣。夫二家雖愚，不弃[441]美利而偝約為難不可成之事，其勢[442]可見也。是疵必為趙說君，且使君疑[443]二主之心，而鮮[444]於攻趙也。今君聽[445]讒[446]臣之言而離二主之交，為君惜之。」智伯出，欲殺絺疵，絺疵逃。韓、魏之君果反。

　　魯公索氏將祭而亡其牲。孔子聞之，曰：「公索氏{第57面}比及三年，必亡矣。」後一年而亡。弟[447]子問曰：「昔公索氏亡牲，夫子曰：『比及三年，必亡矣。』今期年而亡。夫子何以知其將亡也？」孔子曰：「祭之為言索也。索也者盡也，乃孝子所以自盡於親也。至祭而亡其牲，則餘所亡者多矣。吾以此知其將亡也。」

　　蔡[448]侯、宋公、鄭伯朝於晋。蔡侯[449]謂叔向曰：「子亦奚以語我？」對曰：「蔡言地計衆，不若宋、鄭。其車馬衣裘侈於二國。諸侯其有圖[450]蔡者乎？」處期

---

438) 没의 이체자. 오른쪽부분의 '殳'가 '殳'의 형태로 되어있다. 이번 단락의 아래에서는 정자를 사용하였다.

439) 竈의 이체자. 아랫부분의 '黽'이 '黽'의 형태로 되어있다.

440) 黿의 이체자. 아랫부분의 '黽'이 '黽'의 형태로 되어있다.

441) 棄의 俗字. 윗부분 '厶'의 아랫부분이 '卄'의 형태로 되어있다.

442) 勢의 이체자. 윗부분 왼쪽의 '坴'이 '幸'의 형태로 되어있다.

443) 疑의 이체자. 왼쪽 윗부분의 'ヒ'가 '上'의 형태로 되어있고 그 아랫부분의 '矢'가 '天'의 형태로 되어있으며, 오른쪽부분의 '疋'의 형태가 '疋'의 형태로 되어있다.

444) 解의 이체자. 오른쪽부분이 '羊'의 형태로 되어있다.

445) 聽의 이체자. 왼쪽부분 '耳'가 '耳'의 형태로 되어있으며, 오른쪽부분의 '悳'의 형태가 가운데 가로획이 빠진 '悳'의 형태로 되어있다.

446) 讒의 이체자. 오른쪽 윗부분의 '毚'이 '免'의 형태로 되어있으며, 그 아랫부분의 '兔'도 '免'의 형태로 되어있다.

447) 弟의 이체자. 윗부분의 'ㆍ'의 형태가 '八'의 형태로 되어있다.

448) 蔡의 이체자. 머리 '艹' 아래 '癶'의 형태가 '癶'의 형태로 되어있다.

449) 侯의 이체자. 오른쪽 아랫부분의 '矢'가 '夫'의 형태로 되어있다. 이번 단락의 앞에서는 정자를 사용하였는데, 여기와 뒤에서는 이 이체자를 사용하였다.

450) 圖의 이체자. '囗' 안의 아랫부분의 '回'가 '囬'의 형태로 되어있다.

年, 荊伐蔡而殘之。

白圭之中山, 中山王欲留之, 固辭而去。又之齊{第58面}, 齊王亦欲留之, 又辭而去, 人問其辭。白圭曰：「二國將亡矣。所學者國有五盡, 故莫之必忠, 則言盡矣。莫之必譽, 則名盡矣。莫之必愛, 則親盡矣。行者無粮糧, 居者無食, 則財盡矣。不能用人, 又不能自用, 則功盡矣。國有此五者, 毋幸必亡。中山與齊皆當此。」若使中山之與齊也, 聞五盡而更之, 則必不亡也。其患在不聞也, 雖聞又不信也。然則人主之務[451]在乎**善聽**[452]而已矣。

下蔡威公閉門而哭, 三日三夜, 泣盡而繼以血。旁鄰窺墻而問之曰：「子何故而哭, 悲若此乎？」對曰：「吾國且亡。」曰：「何以知也？」應之曰：「吾聞病之將{第59面}死也, 不可為良醫。國之將亡也, 不可為計謀。吾**數**諫吾君, 吾君不用, 是以知國之將亡也。」於是窺墻者聞其言, 則舉宗而去之於楚。居**數**年, 楚王果舉兵伐蔡。窺墻者為司馬, 將兵而往, 來虜甚衆。問曰：「得無有昆弟故人乎？」見威公縛[453]在虜中, 問曰：「若何以至於此？」應曰：「吾何以不至於此？且吾聞之也, 言之者行之役也, 行之者言之主也。汝能行, 我能言, 汝為主, 我為役。吾亦何以不至於此哉？」窺墻者乃言之於楚王, 遂解其縛, 與俱之楚。故曰：「能言者未必能行, 能行者未必能言。」{第60面}

管仲有疾, 桓公往問之曰：「仲父若弃寡人, 竪刁可使從政乎？」對曰：「不可。竪刁自刑以求[454]入君, 其身之忍, 將何有於君？」公曰：「然則易牙可乎？」對曰：「易牙鮮其子以食君。其子之忍, 將何有於君？若用之, 必為諸侯笑[455]。」

---

451) 務의 이체자. 왼쪽 윗부분의 'マ'의 형태가 'コ'의 형태로 되어있다.

452) 聽의 이체자. '耳'의 아래 '王'이 '土'의 형태로 되어있으며, 오른쪽부분의 '悳'의 형태가 가운데 가로획이 빠진 '悳'의 형태로 되어있다.

453) 欽定四庫全書本은 조선간본과 다르게 '縛'으로 되어있고,《說苑校證》과《설원3》도 '縛'으로 되어있으며《說苑全譯》에도 간체자 '缚'으로 되어있다. 여기서는 '묶다'라는 뜻이기 때문에 '縛'이 맞고 조선간본의 '縛'은 '희다' 혹은 '감다'라는 뜻이기 때문에 뜻이 잘 통하지 않는다. 그런데 조선간본의 '縛'은 여기서 '縛'의 이체자로 쓴 것으로 보인다. 이번 단락의 아래에서도 이와 동일하다.

454) 求의 이체자. 오른쪽 윗부분의 'ヽ'이 빠져있다.

455) 笑의 이체자. 아랫부분의 '夭'가 '犬'의 형태로 되어있다.

及桓公歿, 竪[456]刁、易牙乃作難。桓公死六十日, 蟲出於戶而不收。

石乞侍坐於屈建, 屈建曰：「白公其為亂[457]乎？」石乞曰：「是何言也？白公至於室無營, 所下士者三人, 與己相若臣者五人, 所與同衣食者千人。白公之行若此, 何故為亂？」屈建曰：「此建之所謂亂也。以君子行則可, 於國家行過禮則國家疑[458]之, 且**{第61面}**苟不難下其臣, 必不難高其君矣。建是以知夫子將為亂[459]也。」處十月, 白公果為亂。

韓昭侯造作高門。屈宜[460]咎曰：「昭侯不出比[461]門。」曰：「何也？」曰：「不時。吾所謂不時者, 非時日也, 人固有利不利。昭侯嘗[462]利矣, 不作高門。往年秦拔[463]宜陽, 明年大旱民饑[464], 不以此時恤民之急也, 而顧反益奢, 此[465]所謂福不重至, 禍必重来者也！」高[466]門成, 昭侯卒, 竟不出此門。

田子顏自大術至乎平陵城下, 見人子問其父, 見人父問其子。田子方曰：「其

---

456) 竪의 이체자. 윗부분 왼쪽의 '臣'이 '目'의 형태로 되어있다. 이번 단락의 앞에서는 2번 모두 정자를 사용하였는데 여기서는 이체자를 사용하였다.

457) 亂의 이체자. 왼쪽부분의 '𤔔'의 형태가 '𠬪'의 형태로 되어있다.

458) 疑의 이체자. 왼쪽 윗부분의 '匕'가 '止'의 형태로 되어있고 아랫부분의 '矢'가 '天'의 형태로 되어있다.

459) 亂의 이체자. 왼쪽부분의 '𤔔'의 형태가 '𠬪'의 형태로 되어있다. 이번 단락의 앞에서는 3번 모두 다른 형태의 이체자 '亂'을 사용하였는데 여기서와 뒤에서는 이 이체자를 사용하였다.

460) 宜의 이체자. 머리의 '宀'이 '冖'의 형태로 되어있다.

461) 欽定四庫全書本은 조선간본과 다르게 '此'로 되어있고, 《說苑校證》·《설원3》·《說苑全譯》에도 모두 '此'로 되어있다. 여기서는 '이런'이라는 뜻이기 때문에 '此'가 맞고 조선간본의 '比'는 오자이다. 필자는 판목이 훼손된 것으로 의심하였으나 고려대와 영남대 소장본은 모두 '比'로 되어있고 후조당 소장본은 이번 면 전체의 인쇄상태가 안 좋아서 판독할 수 없다.

462) 嘗의 이체자. 아랫부분의 '旨'가 '甘'의 형태로 되어있다.

463) 拔의 이체자. 오른쪽부분의 '犮'이 '叐'의 형태로 되어있다.

464) 饑의 이체자. 오른쪽부분의 '幾'가 아랫부분 왼쪽의 '人'의 형태가 '勹'의 형태로 되어있고, 그 오른쪽부분에는 '丶'과 '丿'의 획이 빠진 '幾'의 형태로 되어있다.

465) 此의 이체자. 좌부변의 '止'가 '山'의 형태로 되어있다. 이번 단락의 앞과 뒤에서는 모두 정자를 사용하였는데 여기서만 이체자를 사용하였다.

466) 高의 이체자. 윗부분의 '古'의 형태가 '亩'의 형태로 되어있다. 이번 단락의 앞에서는 정자를 사용하였는데 여기서는 이체자를 사용하였다.

以平陵反乎？吾聞行於内，然後施於外。外子顏欲使其衆甚矣。」後果{第62面}以平陵叛。

　　晉人已勝智氏，歸而繕甲砥兵。楚王恐，召⁴⁶⁷⁾**梁**公弘曰：「晉人已勝智氏矣。歸而繕甲兵，其以我爲事乎？」**梁**公曰：「不患，害其在吳乎？夫吳君恤民而同其勞，使其民重上之令而人輕⁴⁶⁸⁾其死，以從上使。如虞之戰⁴⁶⁹⁾，臣登山以望之，見其用百姓之信必也。勿已乎，其備之若何？」不聽。明年，闔廬⁴⁷⁰⁾襲郢。

　　楚莊王欲伐陳，使人視之。使者曰：「陳不可伐也。」莊王曰：「何故？」對曰：「其城郭高，溝⁴⁷¹⁾壑⁴⁷²⁾深，蓄積多，其國寧也。」王曰：「陳可伐也。夫陳，小國也，而蓄積多，蓄積多則賦斂⁴⁷³⁾重，賦斂重則民怨上矣。城郭高{第63面}，溝壑深，則民力罷矣。」興兵伐之，遂取陳。

　　石益謂孫伯曰：「吳將亡矣，吾子亦知之乎？」孫伯曰：「晚矣，子之知之也。吾何爲不知？」石益曰：「然則子何不以諫？」孫伯曰：「昔桀罪諫者，紂焚聖人，剖王子比干之心。袁⁴⁷⁴⁾氏之婦，絡而失其紀⁴⁷⁵⁾，其妾告之，怒，弃之。夫亡者豈斯人知其過哉？」

　　孝宣皇帝之時，霍氏奢靡，茂陵徐先生曰：「霍氏必⁴⁷⁶⁾亡。夫在人之右而

---

467) 召의 이체자. 윗부분의 ‘刀’가 ‘力’의 형태로 되어있다. 이 이체자는 판본 전체적으로 거의 사용하지 않아서 필자는 가필을 의심하였으나, 고려대・영남대・후조당 소장본 모두 이 이체자로 되어있다.

468) 輕의 이체자. 오른쪽부분의 ‘巠’이 ‘平’의 형태로 되어있다.

469) 戰의 이체자. 왼쪽부분의 ‘單’이 ‘單’의 형태로 되어있다.

470) 廬의 이체자. ‘广’ 아랫부분의 ‘虍’가 ‘严’의 형태로 되어있다.

471) 溝의 이체자. 오른쪽 아랫부분의 ‘冉’이 ‘丹’의 형태로 되어있다.

472) 壑의 이체자. 윗부분 왼쪽의 ‘睿’가 ‘㝉’의 형태로 되어있다.

473) 欽定四庫全書本은 조선간본과 다르게 ‘斂’으로 되어있고,《說苑校證》・《說苑全譯》・《설원3》에도 모두 ‘斂’으로 되어있다. 조선간본의 ‘斂’은 ‘바라다’라는 의미이지만, 여기서는 오자가 아니라 ‘斂’의 이체자로 사용한 것으로 보인다. 이번 단락의 아래에서도 이와 동일하다.

474) 袁의 이체자. ‘土’의 아랫부분의 ‘哀’의 형태가 ‘𧘇’의 형태로 되어있다.

475) 紀의 이체자. 오른쪽부분의 ‘己’가 ‘已’의 형태로 되어있다.

476) 必의 이체자. 오른쪽 윗부분에 ‘丶’이 첨가되어있다. 이 이체자는 판본 전체적으로 거의 사용하지 않아서 필자는 가필을 의심하였으나, 고려대・영남대・후조당 소장본 모두 이 이체자로

奢, 亡之道也。孔子曰：『奢則不遜。』夫不遜者必侮上, 侮上者, 逆之道也。出人之右, 人必害之。今霍氏秉權, 天下之人, 疾害之者多矣。夫天下害之, 而又以逆道行之, 不亡何{第64面}待？」乃上書言：「霍氏奢靡。陛下即愛之, 宜以時抑制, 無使[477]至於亡。」書三上, 輒報聞。其後霍氏果滅。董忠等以其功封。人有為徐先生上書, 曰：「臣聞客有過主人者, 見竈[478]直堗, 傍有積薪。客謂主人曰：『曲其堗, 遠其積薪, 不者將有火患。』主人嘿[479]然不應, 居無幾何, 家果失火。鄉聚里中人哀而救之, 火幸息。於是殺牛置酒, 燔髮灼爛者在上行, 餘各用功次坐, 而反不錄[480]言曲堗者。向使主人聽[481]客之言, 不費牛酒, 終無火患。今茂陵[482]徐福數上書言霍氏且有變, 宜防絶之。向使福說得行, 則無裂地圡[483]爵之費, 而國安平自如。今往事既{第65面}已, 而福獨不得與其功。惟陛下察客徙薪曲堗之策[484], 而使居燔髮灼爛之右。」書奏, 上使人賜徐福帛十匹, 拜為郎。

　齊桓公將伐山戎、孤[485]竹, 使人請助於魯。魯君進羣[486]臣而謀, 皆曰：「師行數千里, 入蠻夷之地, 必不反矣。」於是魯許助之而不行。齊已伐山戎、孤竹, 而欲移兵於魯。管仲曰：「不可。諸侯未親, 今又伐遠而還[487]誅近鄰, 鄰國不

　　되어있다. 이번 단락의 아래에서는 정자를 사용하였다.
477) 使의 이체자.
478) 竈의 이체자. 아랫부분의 '黽'이 '䵷'의 형태로 되어있다.
479) 嘿의 이체자. 오른쪽부분의 '黑'이 '黒'의 형태로 되어있다.
480) 錄의 이체자. 오른쪽부분의 '彔'이 '录'의 형태로 되어있다.
481) 聽의 이체자. '耳'의 아래 '王'이 '⊥'의 형태로 되어있으며, 오른쪽부분의 '悳'의 형태가 가운데 가로획이 빠진 '悳'의 형태로 되어있다.
482) 陵의 이체자. 오른쪽부분의 '夌'이 '麦'의 형태로 되어있다.
483) 欽定四庫全書本은 조선간본과 다르게 '出'로 되어있고,《說苑校證》·《說苑全譯》·《설원3》에도 모두 '出'로 되어있다. 조선간본의 '圡'는《說文解字》와《康熙字典》에는 나오지 않는데,《說文解字》에 의하면 '土'가 '만물을 토해내는 것'(許慎 撰, 段玉裁 注,《新添古音說文解字注》, 臺北:洪葉文化, 1999. 688쪽)이라고 하였으므로 '出'과 의미가 통한다. 그런데 조선간본의 '圡'가 '土'의 이체자로 쓴 것인지 '出'의 이체자로 쓴 것인지는 판단하기 어렵다.
484) 策의 이체자. 머리 '⺮' 아래의 '朿'가 '束'의 형태로 되어있다.
485) 孤의 이체자. 오른쪽부분의 '瓜'가 가운데 아랫부분에 '㇏'이 빠진 '爪'의 형태로 되어있다.
486) 羣의 이체자. 발의 '羊'이 '𦍌'의 형태로 되어있다.
487) 還의 이체자. 판본 전체적으로 자주 사용하는 이체자 '還'과는 다르게 오른쪽 아랫부분의 '𧗸'의

親, 非覇[488]王之道。君之所得山戎之寶[489]器[490]者, 中國之所鮮也, 不可以不進周公之廟乎?」桓公乃分山戎之寶, 獻[491]之周公之廟。明年, 起兵伐莒, 魯下令丁男悉發[492], 五尺童子{第66面}皆至。孔子曰 :「聖人轉禍為福, 報怨以德。」此之謂也。

中行文子出亡至邊[493], 從者曰 :「為此嗇夫者, 君人也, 胡不休焉[494], 且待後車者?」文子曰 :「異日吾好音, 此子遺吾琴, 吾好佩, 又遺吾玉。是不非吾過者也, 自容於我者也, 吾恐其以我求容也。」遂不入。後車入門, 文子問嗇夫之所在, 執而殺之。仲尼聞之曰 :「中行文子背道失義以亡其國, 然後得之, 猶活其身。」道不可遺也若此。

衛靈公襜[495]被[496]以與婦人游。子貢見公, 公曰 :「衛其亡乎?」對曰 :「昔者夏桀、殷紂不任其過, 故亡。成湯{第67面}、文、武知任其過, 故興, 衛奚其亡也?」

智伯請地於魏宣子, 宣子不予。任增[497]曰 :「何為不予?」宣子曰 :「彼無故而請地, 吾是以不予。」任增曰 :「彼無故而請地者, 無故而與之, 是重欲無厭也。彼喜, 必又請地於諸侯, 諸侯不與, 必怒而伐之。」宣子曰 :「善。」遂與地。智伯

형태가 '衣'의 형태로 되어있다.

488) 覇의 이체자. 아랫부분 왼쪽의 '革'이 '扌'의 형태로 되어있다.

489) 寶의 이체자. '宀'의 아랫부분 오른쪽의 '缶'가 '尔'로 되어있다.

490) 器의 이체자. 가운데부분의 '犬'이 '工'의 형태로 되어있다.

491) 獻의 이체자. 머리의 '虍'가 '匚'의 형태로 되어있고 그 아랫부분의 '鬲'이 '鬲'의 형태로 되어있다.

492) 發의 이체자. 머리의 '癶'이 '业'의 형태로 되어있고, 아랫부분 오른쪽의 '殳'가 '攵'의 형태로 되어있다.

493) 邊의 이체자. '辶' 안의 윗부분 '自'가 '白'의 형태로 되어있고, 그 맨 아랫부분의 '方'이 'ㅁ'의 형태로 되어있다.

494) 焉의 이체자. 윗부분의 '正'이 '匹'으로 되어있다.

495) 襜의 이체자. 좌부변의 '衤'가 '礻'의 형태로 되어있다. 조선간본의 '襜'은 원래 '수레의 휘장'이란 뜻이지만 여기서는 '襜'의 이체자로 쓰였다.

496) 被의 이체자. 좌부변의 '衤'가 '礻'의 형태로 되어있다.

497) 增의 이체자. 오른쪽부분의 '曾'이 '魯'의 형태로 되어있다.

喜, 又請地於趙, 趙不與, 智伯怒, 圍晉陽。韓、魏合趙而反智氏, 智氏遂滅。

楚莊498)王與晉戰, 勝之。懼諸侯之畏己也, 乃築499)為五伢之臺。臺成而觴
諸侯, 諸侯請約。莊王曰：「我薄德之人也。」諸侯請為觴, 乃仰而曰：「將將之
臺, 窅窅其謀。我言而不當, 諸侯伐之。」於是遠者來{第68面}朝, 近者入賓500)。

吳王夫差破越, 又將伐陳。楚大夫皆懼, 曰：「昔闔廬能用其衆, 故破我於
栢501)擧。今聞夫差又甚焉。」子西曰：「二三子恤不相睦也, 無患吳矣。昔闔廬食
不貳502)味, 處不重席, 擇不取費。在國, 天有災, 親503)戚乏困而供之。在軍, 食
熟者半而後食。其所嘗者, 卒乘必與504)焉。是以民不罷勞, 死知不曠。今夫差,
次有臺榭陂池焉, 宿有妃505)嬙嬪506)御焉。一日之行, 所欲必成, 玩好必從,
珍507)異是聚。夫差先自敗己, 焉能敗我？」

〖越破吳508), 請師於楚以伐晉。楚王與大夫皆懼, 將許〗509){第69面}〖之。左
史倚510)相曰：「此恐吾攻己, 故示我不病。請為長〗511)〖轂千乘, 卒三萬, 與分吳
地也。」莊王聽之, 遂取東國〗512)。

陽虎為難於魯, 走之齊, 請師攻魯, 齊侯許之。鮑文子曰：「不可也。陽虎欲

---

498) 莊의 이체자. '++' 아랫부분 오른쪽의 '士'가 '土'의 형태로 되어있다.

499) 築의 이체자. '竹' 아래 오른쪽부분의 '凡'이 '�丶'이 빠진 '几'의 형태로 되어있다.

500) 賓의 이체자. 머리 '宀'의 아랫부분의 '少'의 형태가 '尸'의 형태로 되어있다.

501) 柏의 속자. 오른쪽부분의 '白'이 '百'의 형태로 되어있다.

502) 貳의 이체자. 위부분의 '弋'이 '戈'의 형태로 되어있다.

503) 親의 이체자. 오른쪽부분의 '立' 아랫부분의 '木'이 '未'의 형태로 되어있다.

504) 與의 이체자. 몸통부분의 '貝'의 형태가 '㠯'의 형태로 되어있다.

505) 妃의 이체자. 오른쪽부분의 '己'가 '巳'의 형태로 되어있다.

506) 嬪의 이체자. 오른쪽부분의 '賓'이 '寳'의 형태로 되어있다.

507) 珍의 이체자. 오른쪽부분의 '㐱'이 '尓'의 형태로 되어있다.

508) 吳의 이체자. 아랫부분의 '夨'의 형태가 '亠'의 형태로 되어있다. 앞 단락에서는 이체자 '呉'를
사용하였는데 이번 단락의 여기와 아래에서는 모두 이 이체자를 사용하였다.

509) '〖~〗' 이 부호는 한 행을 뜻한다. 본 판본은 1행에 18자로 되어있는데, '〖~〗'로 표시한 이번
면(제69면)의 제11행은 한 글자가 많은 19자로 되어있다.

510) 倚의 이체자. 오른쪽부분의 '奇'가 '竒'의 형태로 되어있다.

511) '〖~〗'로 표시한 이번 면(제70면)의 제1행은 원래 字數보다 한 글자가 많은 19자로 되어있다.

512) '〖~〗'로 표시한 이번 면(제70면)의 제2행은 원래 字數보다 한 글자가 많은 19자로 되어있다.

齊師破。齊師破，大臣必多死，於是欲奮[513]其詐謀。夫虎有寵於季氏，而將殺季孫，以[514]不利魯國[515]，而容其求焉。今君富於季氏，而大於魯國，茲陽虎所欲傾覆也。魯免其疾，而君又收之，毋乃害乎？」齊君乃執之，免而奔晉。

湯欲伐桀。伊尹曰：「請阻乏貢職以觀其動。」桀怒，起九夷之師以伐之。伊尹曰：「未可。彼尚猶能起九夷之師，是罪在我也。」湯乃謝罪請服，復入貢**{第70面}**〖職。明年，又不供貢職。桀怒，起九夷之師，九夷[516]之師不〗[517]〖起。伊尹曰：「可矣。」湯乃興師，伐而殘之。遷桀南巢氏焉〗[518]。

武王伐紂，過隧斬岸，過水折舟，過谷發**梁**，過山焚萊，示民無返志也。至於有戎之隧，大風折旆。散宜生諫曰：「此其妖歟？」武王曰：「非也。天落兵也。」風霽而乘以大雨，水平地而嗇[519]。散宜生又諫曰：「此其妖歟？」武王曰：「非也，天洒[520]兵也。」卜而龜熸[521]。[522]散宜生又諫曰：「此其妖歟？」武王曰：「不利以禱祠，利以擊衆，是熸之已。」故武王順天地，犯三妖而禽紂於牧野，其所獨見者精也。

晉文公與荊人戰於城濮，君問於咎犯。咎犯對**{第71面}**曰：「服義之君，不足於信。服戰之君，不足於詐，詐之而已矣。」君問於雍季，雍季對曰：「焚林而田，得獸雖多，而明年無復也。乾澤而漁，得魚雖多，而明年無復也。詐猶可以偷利，而後無報[523]。」遂與荊軍戰，大敗之。及賞，先雍季而後咎犯。侍者[524]曰：

---

513) 奮의 이체자. 맨 아랫부분의 '田'이 '臼'의 형태로 되어있다.

514) 以의 이체자. 왼쪽부분이 '山'이 기울어진 형태로 되어있다.

515) 國의 이체자. '囗' 안의 '或'이 '戜'의 형태로 되어있다. 이번 단락의 아래에서는 정자를 사용하였다.

516) 夷의 이체자. 이번 단락의 앞에서는 정자 형태를 사용하였는데, 여기서는 이체자를 사용하였다.

517) '〖~〗' 이 부호는 한 행을 뜻한다. 본 판본은 1행에 18자로 되어있는데, '〖~〗'로 표시한 이번 면(제71면)의 제1행은 두 글자가 많은 20자로 되어있다.

518) '〖~〗'로 표시한 이번 면(제71면)의 제2행은 원래 字數보다 두 글자가 많은 20자로 되어있다.

519) 嗇의 이체자. 아랫부분의 '回'가 '囬'의 형태로 되어있다.

520) 灑의 속자. 오른쪽부분의 '麗'가 '西'의 형태로 되어있다.

521) 龜의 이체자. 가운데부분이 '电'의 형태로 되어있고, 그 오른쪽부분의 '㓁'의 형태가 '⺴'의 형태로 되어있다.

522) 熸의 이체자. 오른쪽부분의 '朁'이 '替'의 형태로 되어있다.

「城濮之戰，咎犯之謀也！」君曰：「雍季之言，百世之謀也。咎犯之言，一時之權也。寡人既行之矣。」

城濮之戰，文公謂咎犯曰：「吾卜戰而龜熸。我迎歲525)，彼背歲。彗星見，彼操其柄，我操其標。吾又夢與荊王搏526)，彼在上，我在下。吾欲無戰，子以為何如？」咎犯對曰：「卜戰龜熸，是荊人也。我迎歲，彼背{第72面}歲，彼去我從之也。彗星見，彼操其柄，我操其標，以掃則彼利，以擊則我利。君夢527)與荊王搏，彼在上，君在下，則君見天而荊王伏其罪也。且吾以宋、衛為主，齊、秦輔我，我合天道，獨以人事，固將勝之矣。」文公從之，荊人大敗。

越饑528)，句踐懼。四水進諫曰：「夫饑，越之福也。529)，而吳之禍也。夫吳國甚富530)而財有餘，其君好名而不思後患。若我卑531)辭532)重幣以請糴533)於吳，吳必與我。與我則吳可取也。」越王從之。吳將與之，子胥諫曰：「不可。夫吳、越接地鄰境，道易通，仇534)讎敵戰之國也。非吳有越，越必有吳矣。夫齊、晉不能越三{第73面}江五湖以亡吳、越，不如因而攻之，是吾先王闔廬之所以霸

---

523) 報의 이체자. 오른쪽 아랫부분의 '又'가 'く'의 형태로 되어있다. 이번 단락의 앞에서는 정자를 사용하였는데 여기서는 이체자를 사용하였다.

524) 者의 이체자. 윗부분의 '土'의 형태가 '上'의 형태로 되어있다.

525) 歲의 이체자. 머리의 '止'가 '山'의 형태로 되어있다.

526) 搏의 이체자. 오른쪽 윗부분의 '甫'가 '宙'의 형태로 되어있다.

527) 夢의 俗字. 윗부분의 '艹'가 '厺'의 형태로 되어있다. 이번 단락의 앞에서는 정자를 사용하였는데 여기서는 이체자를 사용하였다.

528) 饑의 이체자. 오른쪽부분의 '幾'가 아랫부분 왼쪽의 '人'의 형태가 'ㅅ'의 형태로 되어있고, 그 오른쪽부분에는 'ヽ'과 'ノ'의 획이 빠진 '戋'의 형태로 되어있다.

529) 조선간본은 구두점을 사용하지 않았으나 여기서는 '也' 아래 '。'의 형태가 첨가되어있다. 필자는 가필을 의심하였으나, 고려대·영남대·후조당 소장본 모두 구두점 '。'이 인쇄되어있다.

530) 富의 이체자. 머리의 '宀'이 '冖'의 형태로 되어있다.

531) 卑의 이체자. 맨 윗부분의 'ノ'이 빠져있다.

532) 辭의 이체자. 왼쪽부분의 '𤔲'가 '𤔲'의 형태로 되어있으며, 우부방의 '辛'이 아랫부분에 가로획 하나가 더 있는 '𨐋'의 형태로 되어있다.

533) 糴의 이체자. 왼쪽부분의 '𥤢'이 '釆'의 형태로 되어있고, 오른쪽 윗부분의 '羽'가 '𦍒'의 형태로 되어있다.

534) 仇의 이체자. 오른쪽부분의 '九'가 '丸'의 형태로 되어있다.

也。且夫饑，何哉？亦猶淵535)也。敗伐之事，誰國無有？君若不攻而輸之糴，則
利去而函536)至，財匱而民怨537)，悔無及也。」吳王曰：「吾聞義兵不服仁人，不以
餓饑而攻之，雖得十越，吾不為也。」遂與糴。三年，吳亦饑，請糴於越，越王不與
而攻之，遂破吳。

趙簡子使成何、涉538)他與衛靈539)公盟540)於剸澤541)。靈公未喋542)盟543)，成
何、涉他捘靈公之手而樽544)之，靈公怒，欲反趙。王孫商曰：「君欲反趙，不如
與百姓司545)惡之。」公曰：「若何？」對曰：「請命臣令於國曰：『有姑姊妹**{第74面}**
女者家一人質於趙。』百姓必怨，君因反之矣。」君曰：「**善**。」乃令之。三日遂徵546)
之，五日而令畢547)，國人巷哭548)。君乃召國大夫而謀曰：「趙爲無道，反之可

---

535) 淵의 이체자. 오른쪽부분의 '꿈'이 '꿈'의 형태로 되어있다.

536) 凶의 속자. 윗부분에 'ㅗ'의 형태가 첨가되어있다.

537) 怨의 이체자. 윗부분 오른쪽의 '巴'이 'ㄴ'의 형태로 되어있다.

538) 涉의 이체자. 오른쪽 아랫부분의 '少'의 형태가 '少'의 형태로 되어있다.

539) 靈의 이체자. 맨 아랫부분의 '巫'가 '王'의 형태로 되어있다.

540) 盟의 이체자. '皿'의 윗부분의 '明'이 '朋'의 형태로 되어있다.

541) 澤의 이체자. 오른쪽 아랫부분의 '幸'이 '幸'의 형태로 되어있다. 이번 단락의 앞과 뒤에서는
    정자를 사용하였는데 여기서만 이체자를 사용하였다.

542) 喋의 이체자. 오른쪽 윗부분의 '世'가 '世'의 형태로 되어있다.

543) 欽定四庫全書本과《설원3》은 조선간본과 동일하게 '盟'로 되어있으나,《說苑校證》과《說苑
    全譯》에는 모두 '血'로 되어있다.《說苑校證》에서는 舊本에는 '盟'으로 되어있으나 宋本 등
    을 따라 '血'로 고쳤다고 하였다.(劉向 撰, 向宗魯 校證,《說苑校證》, 北京:中華書局,
    1987(2017 重印), 333쪽)《說苑全譯》에서는 '喋血'은 '맹약을 맺을 때 입술에 희생물의 피를
    묻혀 진심을 표시하는 행위'(劉向 原著, 王鍈·王天海 譯註,《說苑全譯》, 貴州人民出版
    社, 1991. 577쪽)라고 하였다. 여기서는 조선간본의 '盟'보다 '血'이 맞는 것으로 보인다.

544) 欽定四庫全書本과 조선간본과 동일하게 '樽'으로 되어있으나,《說苑校證》과《說苑全譯》에
    는 '撙'으로 되어있으며《설원3》은 '捘'으로 되어있다. 여기서는 '잡아 누르다'라는 뜻이기 때문
    에 조선간본의 '樽'은 오자이다.

545) 欽定四庫全書本은 조선간본과 다르게 '同'으로 되어있고,《說苑校證》·《설원3》·《說苑全
    譯》에도 모두 '同'으로 되어있다. 여기서는 '함께'라는 뜻이기 때문에 '同'이 맞고 조선간본의
    '司'는 오자이다. 필자는 판목의 훼손을 의심하였으나, 고려대·영남대·후조당 소장본 모두
    '司'로 되어있다.

546) 徵의 이체자. 가운데부분의 '山'과 '王'의 사이에 가로획 'ㅡ'이 빠져있다.

乎？」大夫皆曰：「可。」乃出西門，閉東門。趙王聞之，縛涉他而斬之，以謝於衛。成河[549]走燕。子貢曰：「王孫商可謂**善**謀矣。憎人而能害之，有患而能處之，欲用民而能附之。一舉而三物俱[550]至，可謂**善**謀矣。」

　　〖楚成王贄諸属[551]諸侯，使魯君為僕，魯君致大夫而〗[552]〖謀曰：「我雖小，亦周之建國也。今成王以我為僕，可〗[553]〖乎？」大夫皆曰：「不可。」公儀休曰：「不可不聽，楚王身死〗[554]〖國亡，君之臣，乃君之有也。為民君也！」魯君遂為僕〗[555]。**｛第75面｝**

　　齊景公以其子妻闔廬，送諸郊，泣曰：「**余**死不汝見矣。」髙夢子曰：「齊貟[556]海而縣[557]山，縱不能全妝[558]天下，誰干我君？愛則勿行。」公曰：「**余**有齊國之固，不能以令諸侯，又不能聽，是生亂也。寡人聞之，不能令則莫若從。且夫呉[559]，若蜂蠆然，不弃毒於人則不靜，**余**恐弃毒於我也。」遂遣之。

　　齊欲妻鄭太子忽，太子忽辭，人問其故。太子曰：「人各有偶，齊大，非吾偶也。《詩》云：『自求多福。』在我而已矣。」後戎伐[560]齊，齊請師[561]于鄭。鄭太子忽

---

547) 畢의 이체자. 맨 아래의 가로획 하나가 빠져있다.

548) 哭의 이체자. 아랫부분의 '犬'이 'ヽ'이 빠진 '大'의 형태로 되어있다.

549) 欽定四庫全書本은 조선간본과 다르게 '何'로 되어있고, 《說苑校證》·《설원3》·《說苑全譯》에도 모두 '何'로 되어있다. 여기서 '成何'는 '趙簡子의 신하'(劉向 撰, 林東錫 譯註, 《설원3》, 동서문화사, 2009. 1415쪽)이고, 조선간본도 앞에서는 모두 '成何'라고 하였기 때문에 여기서 '河'는 오자이다.

550) 俱의 이체자. 오른쪽부분의 '具'가 '其'의 형태로 되어있다.

551) 屬의 약자. '尸' 아랫부분이 '禹'의 형태로 되어있다.

552) '〖~〗' 이 부호는 한 행을 뜻한다. 본 판본은 1행에 18자로 되어있는데, '〖~〗'로 표시한 이번 면(제75면)의 제8행은 한 글자가 많은 19자로 되어있다.

553) '〖~〗'로 표시한 이번 면(제75면)의 제9행은 원래 字數보다 한 글자가 많은 19자로 되어있다.

554) '〖~〗'로 표시한 이번 면(제75면)의 제10행은 원래 字數보다 한 글자가 많은 19자로 되어있다.

555) '〖~〗'로 표시한 이번 면(제75면)의 제11행은 원래 字數보다 한 글자가 많은 19자로 되어있다.

556) 負의 이체자. 윗부분의 '⺈'가 '刀'의 형태로 되어있다.

557) 縣의 이체자. 왼쪽부분의 '県'이 '景'의 형태로 되어있다.

558) 收의 이체자. 왼쪽부분의 '丩'가 '爿'의 형태로 되어있다.

559) 呉의 이체자. '矢'의 형태가 '夨'의 형태로 되어있다. 제13권에서는 거의 이체자 '呉'를 사용하였는데, 여기서는 다른 형태의 이체자를 사용하였다.

率師562)而救齊, 大敗戎師, 齊又欲妻之。太子固辭, 人問其故。對曰:「無事於齊, 吾猶不敢。今以君命救齊{第76面}之急, 受室563)以歸, 人其以我爲師婚乎?」終辭之。

　　孔子問漆564)雕馬人曰:「子事臧565)文仲、武仲、孺子容, 三大夫者孰爲賢?」漆雕馬人對曰:「臧氏家有龜566)焉567), 名曰蔡。文仲立, 三年爲一兆焉。武仲立, 三年爲二兆焉。孺子容立, 三年爲三兆焉, 馬人見之矣。若夫三大夫之賢不賢, 馬人不識也。」孔子曰:「君子哉!漆雕氏之子, 其言人之美也, 隱568)而顯。其言人之過也, 微569)而著。故智不能及, 明不能見, 得無數卜乎?」

　　　安陵纏以顏色美壯, 得幸於楚共王。江乙往見安陵纏, 曰:「子之先人豈有矢石之功於王乎?」曰:「無有。」江乙曰:「子之身豈亦有乎?」曰:「無有。」江乙曰:「子之貴何以至於此乎?」曰:「僕不知所以。」江乙曰:「吾聞之, 以財事人者, 財盡而交疏。以色事人者, 華落而愛衰。今子之華, 有時而落, 子何以長幸無解於王乎?」安陵纏曰:「臣年少愚陋, 願委質於先生。」江乙曰:「獨從爲殉可耳。」安陵纏曰:「敬聞命矣!」江乙去。居朞年, 逢安陵纏, 謂曰:「前日所諭子者, 通之於王乎?」曰:「未可也。」居朞年,

---

560) 伐의 이체자. 오른쪽부분의 '戈'에서 'ヽ'이 빠져있다. 필자는 판목이 훼손되었음을 의심하였으나, 고려대・영남대・후조당 소장본 모두 이 이체자로 되어있다.

561) 師의 이체자. 왼쪽 맨 윗부분의 'ㅡ'의 형태가 빠져있다.

562) 師의 이체자. 왼쪽부분이 '目'의 형태로 되어있다. 이번 단락의 위에서는 다른 형태의 이체자 '師'를 사용하였는데, 이번 단락의 아래에서는 여기서 쓴 이체자만 사용하였다.

563) 室의 이체자. '宀'의 아랫부분의 '至'가 '全'의 형태로 되어있다.

564) 漆의 이체자. 오른쪽 윗부분의 '夾'의 형태로 되어있고, 그 아랫부분의 '米'가 '小'의 형태로 되어있다.

565) 臧의 이체자. 가운데부분의 '臣'이 '目'의 형태로 되어있다.

566) 龜의 이체자. 가운데부분의 '黽'의 형태가 '黽'의 형태로 되어있고, 오른쪽부분의 '刈'의 형태가 '囟'의 형태로 되어있다.

567) 焉의 이체자. 윗부분의 '正'이 '匜'의 형태로 되어있다. 이번 단락의 아래에서는 정자와 이 이체자를 혼용하였다.

568) 隱의 이체자. 오른쪽 윗부분의 '妥'의 형태가 '下'의 형태로 되어있다.

569) 微의 이체자. 가운데 아랫부분의 '兀'의 형태가 '口'의 형태로 되어있다.

江乙復見安陵纏曰：「子豈諭王乎？」安陵纏曰：「臣未得王之間也。」江乙曰：「子出與王同車，入與王同坐。居三年，言未得王之間乎？，以吾之說未可耳。」不悅而去。其年，共王獵江渚之野，野火之起若雲蜺，虎狼之嗥若雷霆。有狂兕從南方來，正觸王左驂，王舉旌旄，而使善射者射之，一發，兕死車下。王大喜，拊手而笑，顧謂安陵纏曰：「吾萬歲之後，子將誰與斯樂乎？」安陵纏乃逡巡而却，泣下沾衿，抱王曰：「萬歲之後，臣將從為殉，安知樂此者誰？」於是共王乃封安陵纏於車下三百户。故曰：「江乙善謀，安陵纏知時。」570)

太子商臣怨令尹子上也。楚攻陳，晉救之，夾泜571)水而軍。陽處父知商臣之怨子上也，因謂子上{第77面}曰：「少却，吾涉而從子。」子上却。因令晉軍曰：「楚遁矣。」使人告商臣曰：「子上受晉賂而去之。」商臣訴之成王，成王遂殺之。

智伯欲襲衛，故遺之乘馬，先之一璧572)。衛君大悅，酌酒573)，諸大夫皆574)喜。南文子獨不喜，有憂色。衛君曰：「大國禮寡人，寡人故酌諸大夫酒。諸大夫皆喜，而子獨不喜，有憂色者，何也？」南文子曰：「無方之禮575)，無功之賞，禍之先也。我未有往，彼有以來，是以憂也。」於是衛君乃修**梁**津而擬576)**邊**577)城。

---

570) 이번 단락은 조선간본에서 누락된 부분인데, 欽定四庫全書本을 근거로 첨가하였으며《說苑校證》(劉向 撰, 向宗魯 校證,《說苑校證》, 北京:中華書局, 1987(2017 重印), 336~337쪽)도 참고하였다.

571) 欽定四庫全書本은 조선간본과 다르게 '泜'로 되어있고,《說苑校證》·《설원3》·《說苑全譯》에도 모두 '泜'로 되어있다. 여기서 '泜水'는 '滍水'로도 쓰며, 지금 이름은 '沙河'라는 뜻이기 때문에 '泜'는 오자이다. 그런데 조선간본의 '泜'는 오른쪽부분 맨 아래 'ヽ'이 빠져있어서 필자는 판목의 훼손을 의심하였으나, 고려대·영남대·후조당 소장본 모두 '泜'로 되어있다.

572) 璧의 이체자. 발의 '玉'이 '王'의 형태로 되어있다.

573) 酒의 이체자. 좌부변의 'ⅰ'가 'ⅰ'의 형태로 되어있다. 조선간본은 'ⅰ'와 'ⅰ'을 혼용하였지만, '酒'의 경우 판본 전체적으로 'ⅰ'을 사용하지 않았고, 이번 단락의 아래에서는 정자를 사용하였다. 그래서 필자는 판목이 훼손되었음을 의심하였으나, 고려대·영남대·후조당 소장본 모두 이 이체자로 되어있다.

574) 皆의 이체자. 윗부분의 '比'가 '北'의 형태로 되어있고, 아랫부분의 '白'이 '日'로 되어있다. 이번 단락의 아래에서는 판본 전체적으로 사용하는 이체자 '皆'를 사용하였다.

575) 禮의 이체자. 오른쪽 윗부분의 '曲'이 '曲'의 형태로 되어있다.

576) 擬의 이체자. 가운데 윗부분의 'ヒ'가 '上'의 형태로 되어있고 그 아랫부분의 '矢'가 '天'의 형태로

智伯聞衛兵在境上, 乃還。

智伯欲襲衛, 乃佯亡其太子顏, 使奔衛。南文子{**第78面**}曰:「太子顏之為其君子也, 甚愛。非有大罪也, 而亡之, 必有故! 然人亡而不受, 不祥。」使吏逆之, 曰:「車過五乘, 慎勿内也。」智伯聞之, 乃止。

叔向之殺578)萇弘也, **數**見萇弘於周, 因佯遺書曰:「萇弘謂叔向曰:『子起579)晉國之兵以攻周, 吾廢劉580)氏而立單581)氏。』」劉氏請之君曰:「此萇弘也。」乃殺582)之。

楚公子午使於秦, 秦囚之。其弟**獻**三百金於叔向, 叔向謂平公曰:「何不城壷丘?秦、楚患壷583)丘之城。茖秦恐而歸公子午, 以止吾城也, 君乃止, 難亦未構584), 楚必德君。」平公曰:「**善**。」乃城之。秦恐, 遂歸公子午, 使之晉, 晉人輟城。楚**獻**晉賦585)三百車。{**第79面**}

趙簡子使人以明白之乘六, 先以一璧586), 為遺於衛。衛叔文子曰:「見不意, 可以生故, 此小之所以事大也。今我未以往, 而簡子先以来, 必有故。」於是

되어있으며, 오른쪽부분의 '圼'이 '귾'의 형태로 되어있다.

577) 邊의 이체자. 'ⴆ' 안의 윗부분 '自'가 '白'의 형태로 되어있고, 그 맨 아랫부분의 '方'이 'ロ'의 형태로 되어있다.

578) 殺의 이체자. 왼쪽 윗부분의 '乂'의 형태가 '又'의 형태로 되어있고, 우부방의 '殳'가 '旻'의 형태로 되어있다.

579) 起의 이체자. 오른쪽부분의 '己'가 '巳'의 형태로 되어있다.

580) 劉의 이체자. 왼쪽 윗부분이 'ㅁㅁ'의 형태로 되어있다. 이번 단락의 아래에서는 정자를 사용하였다.

581) 單의 이체자. 아랫부분의 '甲'의 형태가 '甲'의 형태로 되어있다.

582) 殺의 이체자. 왼쪽 윗부분의 '乂'의 형태가 '又'의 형태로 되어있고, 우부방은 이번 단락의 앞에서 사용한 이체자 '殺'와는 다르게 정자 형태로 되어있다.

583) 壷의 이체자. 아랫부분의 '亞'가 '亜'의 형태로 되어있다.

584) 構의 이체자. 오른쪽 아랫부분의 '冉'이 '丹'의 형태로 되어있다.

585) 賦의 이체자. 오른쪽부분의 '武'가 '武'의 형태로 되어있다.

586) 璧의 이체자. 발의 '土'가 왼쪽 아랫부분에 붙어있고, 오른쪽부분의 '辛'이 '辛'의 형태로 되어있다. 그런데 欽定四庫全書本은 조선간본과 다르게 '璧(璧의 이체자)'으로 되어있고, 《說苑校證》·《설원3》·《說苑全譯》에도 모두 '璧'으로 되어있다. 여기서는 보물인 '옥'이라는 뜻이기 때문에 '璧'이 맞고 조선간본의 '璧(壁의 이체자)'은 오자이다.

斬林除圍, 聚斂蓄積, 而後遣使者。簡子曰:「吾舉也, 為不可知也。今既已知之矣, 乃輟圍衛也。」

鄭桓公將欲襲鄶[587], 先問鄶之辨[588]智果敢之士, 書其名姓, 擇鄶之良臣而與之, 為官爵之名而書之, 因為設壇於門外而埋之。釁[589]之以猳[590], 若盟狀。鄶君以為內難也, 盡殺其良臣。桓公因襲之, 遂取鄶。

鄭桓公東會[591]封於鄭, 暮舍於宋東之逆旅。逆旅**{第80面}**之叟[592]從外來, 曰:「客將焉[593]之?」曰:「會封於鄭。」逆旅之叟曰:「吾聞之, 時難[594]得而易失也。今客之寢安, 殆非封也。」鄭桓公聞之, 援轡自駕, 其僕接浙[595]而載之, 行十日夜而至。釐[596]何與之爭封, 故以鄭桓公之賢, 微逆旅之叟, 幾[597]不會封也。

> 晉文公伐衛, 入郭, 坐士令食, 曰:「今日必得大垣。」公子慮俛而笑之。文公曰:「奚笑?」對曰:「臣之妻歸, 臣送之, 反見桑者而助之。顧臣之妻則亦有送之者矣。」文公懼, 還師而歸。至國, 而貉人攻其地。[598]

587) 鄶의 이체자. 왼쪽부분의 '會'가 '會'의 형태로 되어있다.

588) 辨의 이체자. 양쪽 옆에 있는 '辛'이 아랫부분에 가로획 하나가 더 있는 '辛'의 형태로 되어있다.

589) 釁의 이체자. 윗부분 가운데의 '同'의 형태가 '月'의 형태로 되어있고, 가운데부분의 '酉'가 '百'의 형태로 되어있으며, 맨 아랫부분의 '刀'가 '力'의 형태로 되어있다.

590) 猳의 이체자. 오른쪽부분의 '叚'의 형태가 '叚'의 형태로 되어있다.

591) 會의 이체자. 가운데부분의 '囮'의 형태가 '面'의 형태로 되어있다.

592) 叟의 이체자. 윗부분의 '臼'의 형태가 '臼'의 형태로 되어있다.

593) 焉의 이체자. 윗부분의 '正'이 '正'의 형태로 되어있고, 아랫부분이 '焉'의 형태로 되어있다.

594) 難의 이체자. 왼쪽 윗부분의 '廿'이 '++'의 형태로 되어있고, 가운데부분의 '口'가 관통된 형태가 아니라 빈 형태로 되어있다.

595) 欽定四庫全書本은 조선간본과 다르게 '淅'으로 되어있고, 《說苑校證》·《설원3》·《說苑全譯》에도 모두 '淅'으로 되어있다. 여기서 '接淅'은 '씻은 쌀을 챙기다'(劉向 撰, 林東錫 譯註, 《설원3》, 동서문화사, 2009. 1443쪽)라는 뜻인데 즉 '쌀은 씻어놓았으나 밥을 지어 먹을 틈도 없이 급히 떠나는 것'(劉向 原著, 王鍈·王天海 譯註, 《說苑全譯》, 貴州人民出版社, 1991. 589쪽)을 의미하기 때문에 조선간본의 '浙'은 오자이다.

596) 釐의 이체자. 윗부분 왼쪽의 '未'가 '牙'의 형태로 되어있다.

597) 幾의 이체자. 아랫부분 왼쪽의 '人'의 형태가 'ㄅ'의 형태로 되어있고, 오른쪽 아랫부분의 '丶'과 'ノ'의 획이 모두 빠져있다.

598) 이번 단락은 조선간본에서 누락된 부분인데, 欽定四庫全書本을 근거로 첨가하였으며《說苑

劉向說苑卷第十三{第81面}599)

　　{第82面}600)

　　校證》(劉向 撰, 向宗魯 校證,《說苑校證》, 北京:中華書局, 1987(2017 重印), 341~342쪽)
도 참고하였다.
599) 이 卷尾의 제목은 마지막 제11행에 해당한다. 이번 면은 제5행에서 글이 끝나고, 나머지 5행은
　　빈칸으로 되어있다.
600) 제13권은 이전 면인 제81면에서 끝났는데, 각 권은 홀수 면에서 시작하기 때문에 짝수 면인
　　이번 제82면은 계선만 인쇄되어있고 한 면이 모두 비어 있다.

劉向說苑卷第十四

至公

《書》曰：「不偏[601]不黨[602]，王道蕩蕩。」言至公也。古有行大公者，帝堯[603]是也。貴為天子，富[604]有天下，得舜而傳之，不私於其子孫也。去天下若[605]遺躧[606]，於天下猶然，況其細於天下乎？非帝堯[607]孰[608]能行之？孔子曰：「巍巍乎！惟天為大，惟堯則之。」《易》曰：「無首，吉。」此蓋人君之公也。夫以公與天下，其德[609]大矣[610]。推之於此，刑之於彼，萬姓之所載，後世之所則也。彼人臣之公，治官事則不營私家，在公門則不言貨利，當公法則不阿親戚，奉公舉賢則不避仇[611]讎**{第83面}**，忠於事君，仁於利下，推之以恕道，行之以不黨，伊、呂是也。故顯名存於今，是之謂公。《詩》云：「周道如砥[612]，其直如矢。君子所履，小人所視。」此之謂也。夫公生明，偏生暗，端愨生達[613]，詐偽生塞，誠信生神，夸[614]誕生惑。此六者，君子之所慎也，而禹、桀之所以分也。《詩》云：「疾威上

---

601) 偏의 이체자. 오른쪽 윗부분의 '戶'의 형태가 '戸'의 형태로 되어있다. 조선간본은 판본 전체적으로 '戶'를 '户'의 형태로 사용하였으며, 이번 단락 아래에서는 '户'의 형태로 된 '偏'을 사용하였다.

602) 黨의 이체자. 아랫부분의 '黑'이 '黒'의 형태로 되어있다.

603) 堯의 이체자. 가운데 부분의 '土土'의 형태가 겹쳐진 '廿'의 형태로 되어있으며, 그 아랫부분의 '兀'이 '几'의 형태로 되어있다.

604) 富의 이체자. 머리의 '宀'이 '冖'의 형태로 되어있다.

605) 若의 이체자. 머리의 '艹' 아랫부분의 '右'가 '石'의 형태로 되어있고, 머리의 '艹'가 아랫부분의 '石'에 붙어 있다.

606) 躧의 이체자. 오른쪽 윗부분의 '丽'가 '丽'의 형태로 되어있다.

607) 堯의 이체자. 아랫부분의 '兀'이 '几'의 형태로 되어있다. 이번 단락의 앞과 뒤에서는 다른 형태의 이체자 '堯'를 사용하였다.

608) 孰의 이체자. 왼쪽부분의 '享'이 '享'의 형태로 되어있고, 오른쪽부분의 '丸'이 '九'의 형태로 되어있다.

609) 德의 이체자. 오른쪽부분의 '悳'의 형태가 가운데 가로획이 빠진 '悳'의 형태로 되어있다.

610) 矣의 이체자. '厶'의 아랫부분의 '矢'가 '夫'의 형태로 되어있다.

611) 仇의 이체자. 오른쪽부분의 '九'가 '丸'의 형태로 되어있다.

612) 砥의 이체자. 오른쪽부분의 '氐'가 '氏'의 형태로 되어있다.

613) 達의 이체자. '辶' 윗부분의 '幸'이 '幸'의 형태로 되어있다.

帝, 其命多僻。」言不公也。

　　吳王壽[615]夢[616]有四子, 長曰謁[617], 次曰餘祭[618], 次曰夷昧, 次曰季札, 號曰延陵季子, 最賢[619], 三兄皆知之。於〚是王壽夢薨[620], 謁以位讓[621]季子, 季子終不肯當, 謁乃〛[622]為約曰：「季子賢, 使國及季子, 則吳可以興[623]。」乃兄弟相繼[624], 飮食必祝曰：「使吾早死, 令國及季子。」謁 **{第84面}** 死, 餘祭[625]立。餘**祭**[626]死, 夷昧立。夷昧死, 次及季子。季子時使行, 不在。**庶**[627]兄僚曰：「我亦兄也。」乃自立為吳王。季子使還, 復事如故。謁子光曰：「以吾父之意, 則國當歸[628]季子, 以繼嗣之法, 則我適也, 當代之君。僚何為也？」於是乃使專諸刺[629]僚, 殺之, 以位讓季子。季子曰：「爾殺吾君, 吾受爾國, 則吾與爾為共篡也。爾殺吾兄, 吾又殺[630]汝, 則是昆弟父子相殺無已時也。」卒去之延陵, 終身不入吳。

---

614) 夸의 이체자. 아랫부분의 '亏'가 '夻'의 형태로 되어있다.

615) 壽의 이체자. 가운데 부분의 '工'이 'ロ'의 형태로 되어있고, 그 가운데 세로획이 윗부분 모두를 관통하고 있다.

616) 夢의 俗字. 윗부분의 '++'가 '厸'의 형태로 되어있다. 이번 단락의 아래에서는 정자를 사용하였다.

617) 謁의 이체자. 오른쪽부분의 '曷'이 '昬'의 형태로 되어있다.

618) 祭의 이체자. 윗부분의 '夕'의 형태가 '夕'의 형태로 되어있다.

619) 賢의 이체자. 윗부분 왼쪽의 '臣'이 '目'의 형태로 되어있다. 이번 단락의 아래에서는 정자를 사용하였다.

620) 薨의 이체자. 아랫부분의 '死'가 '夗'의 형태로 되어있다.

621) 讓의 이체자. 오른쪽부분 '亠'의 아랫부분 'ロロ'가 '厸'의 형태로 되어있다.

622) '〚~〛' 이 부호는 한 행을 뜻한다. 본 판본은 1행에 18자로 되어있는데, '〚~〛'로 표시한 이번 면(제69면)의 제11행은 한 글자가 많은 19자로 되어있다.

623) 興의 이체자. 윗부분 가운데의 '同'의 형태가 '月'의 형태로 되어있다.

624) 繼의 이체자. 오른쪽부분의 '㡭'의 형태가 '㡭'의 형태로 되어있다.

625) 祭의 이체자. 이번 단락의 앞에서 사용한 이체자 '祭'와는 다르게 윗부분의 '夕'의 형태가 '夕'의 형태로 되어있다.

626) 祭의 이체자. 이번 단락의 앞에서 사용한 이체자 '祭' · '祭'와는 다르게 윗부분의 '夕'의 형태가 '夕'의 형태로 되어있다.

627) 庶의 이체자. '广' 안의 윗부분의 '卄'이 '丗'의 형태로 되어있다.

628) 歸의 이체자. 왼쪽 맨 윗부분의 ' ㇇ '이 빠져있다.

629) 刺의 이체자. 왼쪽부분의 '朿'의 형태가 '束'의 형태로 되어있다.

君子以其不殺[630]為仁, 以其不取國為義。夫不以國私身, 揖[631]千乘[632]而不恨, 弃[633]尊位而無忿, 可以庶幾[634]矣。

諸侯之義死社稷, 太王委國而去, 何也？夫聖人{第85面}不欲強暴[635]侵陵百姓, 故使諸侠[636]死國守其民。太王有至仁之恩, 不忍戰百姓, 故事勳育、戎氏以犬馬珎[637]幣, 而伐不止。問其所欲者, 土地也。於是属[638]其羣[639]臣耆老而告之曰：「土地者, 所以養人也。不以所以養而害其養也, 吾將去之。」遂居岐山之下。邠人負[640]幻[641]扶老從之, 如歸父母。三遷而民五倍其初[642]者, 皆典[643]仁義, 趣上之事。君子守國安民, 非特鬪兵罷殺士衆而已。不私其身, 惟民足用保民, 盖所以去國之義也, 是謂至公耳。

辛櫟見魯穆[644]公曰：「周公不如大[645]公之賢也。」穆公曰：「子何以言之？」辛

---

630) 殺의 이체자. 우부방의 '殳'가 '旻'의 형태로 되어있다. 이번 단락의 앞과 뒤에서는 모두 정자를 사용하였는데, 여기서만 이체자를 사용하였다.

631) 揖의 이체자. 오른쪽 윗부분의 '口'가 'ㅿ'의 형태로 되어있다.

632) 乘의 이체자. 가운데부분의 '北'이 '芈'의 형태로 되어있다.

633) 棄의 俗字. 윗부분 '厽'의 아랫부분이 '卄'의 형태로 되어있다.

634) 幾의 이체자. 아랫부분 왼쪽의 '人'의 형태가 'ㄅ'의 형태로 되어있고, 오른쪽 아랫부분의 'ㆍ'과 'ノ'의 획이 모두 빠져있다.

635) 暴의 이체자. 발의 '氺'가 '小'의 형태로 되어있다.

636) 侯의 이체자. 오른쪽 윗부분의 'ㄱ'의 형태가 'ㅡ'의 형태로 되어있고 그 아랫부분의 '矢'가 '失'의 형태로 되어있다.

637) 珍의 이체자. 오른쪽부분의 '㐱'이 '尔'의 형태로 되어있다.

638) 屬의 이체자. '尸' 아랫부분이 '禹'의 형태로 되어있다.

639) 羣의 이체자. 발의 '羊'이 '芉'의 형태로 되어있다.

640) 負의 이체자. 윗부분의 'ㅅ'가 '刀'의 형태로 되어있다.

641) 幼의 이체자. 오른쪽부분의 '力'이 '刀'의 형태로 되어있다.

642) 初의 이체자. 좌부변의 '衤'가 '礻'의 형태로 되어있다.

643) 興의 이체자. 앞의 단락에서 사용한 이체자 '興'과는 다르게 윗부분 가운데의 '同'의 형태가 '目'의 형태로 되어있다.

644) 穆의 이체자. 오른쪽 가운데부분의 '小'가 'ㅡ'의 형태로 되어있다.

645) 欽定四庫全書本은 조선간본과 다르게 '太'로 되어있고,《說苑校證》·《설원3》·《說苑全譯》에도 모두 '太'로 되어있다. 여기서 '太公'은 '呂尙. 姜太公望 子牙'(劉向 撰, 林東錫 譯註,《설원3》, 동서문화사, 2009. 1465쪽)이기 때문에 '太公'이 맞고 조선간본의 '大公'은

櫟對曰:「周公擇地而封曲阜{第86面}, 太公擇地而封營丘。爵土等, 其地不若營
丘之美, 人民不如營丘之衆。不徒若是, 營丘又有天固。」穆公心慼, 不能應也。
辛櫟趨而出。南宮**邉**646)子入, 穆公具以辛櫟之言語南宮**邉**子。南宮**邉**子曰:「昔
周成王之卜居成周也。其命龜曰:『予一人兼有天下, 辟647)就百姓, 敢無中土
乎？使予有罪, 則四方伐之, 無難得也。』周公卜居曲阜, 其命龜648)曰:『作邑乎
山之陽, 賢則茂昌, 不賢則速亡。』季孫行父之戒其子也, 曰:『吾欲室之俠於
兩649)社之間也。使吾後世有不能事上者, 使其替之益速。』如是則曰:『賢則茂
昌, 不賢則速亡。』安在擇地而封哉{第87面}？或示有天固也？辛櫟之言, 小人
也, 子無復道也。」

　　秦始皇帝既吞天下, 乃召群臣而議曰:「古者五帝禪650)賢, 三王世繼, 孰651)
是？將為之。」博652)士七十人未對。鮑白令之對曰:「天下官, 則讓賢653)是也。天
下家, 則世繼是也。故五帝以天下為官, 三王以天下為家。」秦始皇帝仰天而歎
曰:「吾德出于五帝, 吾將官天下, 誰可使代我後者？」鮑白令之對曰:「陛下行
桀654)、紂之道, 欲為五帝之禪, 非陛下所能行也。」秦始皇帝大怒曰:「令之前！

　　　오자이다. 또한 이번 단락 아래에서는 조선간본도 '太公'이라고 되어있기 때문에, 필자는 판본
　　이 훼손되어 '丶'이 빠진 것으로 의심하였으나 고려대・영남대・후조당 소장본 모두 '大'로
　　되어있다.

646) 邊의 이체자. '辶' 안의 윗부분 '自'가 '白'의 형태로 되어있고, 그 맨 아랫부분의 '方'이 'ㅁ'의
　　형태로 되어있다.

647) 辟의 이체자. 우부방의 '辛'이 아랫부분에 가로획 하나가 더 있는 '辛'의 형태로 되어있다.

648) 龜의 이체자. 가운데부분의 '龟'의 형태가 '龟'의 형태로 되어있고, 오른쪽부분의 '刃'의 형태가
　　'図'의 형태로 되어있다.

649) 兩의 이체자. 바깥부분 '帀'의 안쪽의 '入'이 '人'의 형태로 되어있으며 그것의 윗부분이 '帀'의
　　밖으로 튀어나와 있다.

650) 禪의 이체자. 오른쪽부분의 '單'이 '單'의 형태로 되어있다.

651) 孰의 이체자. 왼쪽부분의 '享'이 '享'의 형태로 되어있고, 오른쪽부분의 '丸'이 '九'의 형태로
　　되어있다.

652) 博의 이체자. 오른쪽 윗부분의 '甫'가 '宙'의 형태로 되어있다.

653) 賢의 이체자. 윗부분 왼쪽의 '臣'이 '㠯'의 형태로 되어있다.

654) 桀의 이체자. 윗부분 왼쪽의 '夕'이 '夕'의 형태로 되어있다.

若何以言我行桀(655)、紂之道也？趣說之，不解則死。」令之對曰：「臣請說之，陛下築(656)臺于雲，宮殿五里，建千石之鍾，萬石{第88面}之虞(657)，婦女連百，倡優累千。與(658)作驪(659)山宮室，至雍相繼不絶。所以自奉者，殫天下，竭民力。偏(660)駮自私，不能以及人。陛下所謂自營僅(661)存之主也。何暇比德五帝，欲官天下哉？」始皇闇然無以應之，面(662)有慙色。久之，曰：「令之之言，乃令衆醜(663)我。」遂罷謀，無禪意也。齊景公嘗(664)賞賜及後宮(665)，文繡被(666)臺榭，菽粟食鳧鴈。出而見殣，謂晏子曰：「此何為死？」晏子對曰：「此餒而死。」公曰：「嘻！寡人之無德也，何甚矣！」晏子對曰：「君之德著而彰，何為無德也？」景公曰：「何謂也？」對曰：「君之德及後宮與臺榭，君之玩物，衣以文{第89面}繡，君之鳧鴈，食以菽粟，君之營內自樂，延及後宮之族(667)，何為其無德也？顧臣願(668)有請於君，由君之意，自樂之心，推而與百姓同之，則何殣之有？君不推

---

655) 桀의 이체자. 이번 단락의 앞에서 사용한 이체자 '桀'과는 다르게 윗부분 왼쪽의 '夕'이 'ㄥ'의 형태로 되어있다. 고려대와 영남대 소장본은 이번 면인 제88면은 글자들이 부분부분 깨져있어서 판목의 훼손이 의심되고, 후조당 소장본은 전체적으로 판이 뭉그러져있어서 해당 글자를 판독할 수 없다.

656) 築의 이체자. '竹' 아래 오른쪽부분의 '凡'이 'ヽ'이 빠진 '几'의 형태로 되어있다.

657) 虞의 이체자. '虍' 아래쪽 윗부분의 '吅'의 형태가 '业'의 형태로 되어있다.

658) 興의 이체자. 윗부분 가운데의 '同'의 형태가 '目'의 형태로 되어있다.

659) 驪의 이체자. 오른쪽 윗부분의 '丽'가 '皕'의 형태로 되어있다.

660) 偏의 이체자. 오른쪽 윗부분의 '戶'의 형태가 'ノ'이 빠진 '尸'의 형태로 되어있다.

661) 僅의 이체자. 오른쪽 윗부분의 '廿'이 '艹'의 형태로 되어있고, 그 아랫부분에는 가로획 하나가 빠진 형태로 되어있다.

662) 面의 이체자. 맨 윗부분 'ㄒ'의 아랫부분의 '囲'가 '回'의 형태로 되어있다.

663) 醜의 이체자. 오른쪽부분의 '鬼'가 맨 위의 'ノ'이 빠진 '鬼'의 형태로 되어있다.

664) 嘗의 이체자. 아랫부분의 '旨'가 '甘'의 형태로 되어있다.

665) 조선간본은 '呂'의 경우 판본 전체적으로 '吕'의 형태를 사용하였는데, 여기서는 '呂'를 그대로 사용하였다. 그런데 여기를 제외하고 이번 단락 아래에서는 '宮'과 '營' 모두 '吕'의 형태만 사용하였다.

666) 被의 이체자. 좌부변의 'ネ'가 'ネ'의 형태로 되어있다.

667) 族의 이체자. 오른쪽 아랫부분의 '矢'가 '夫'의 형태로 되어있다.

668) 願의 이체자. 왼쪽부분의 '原'이 '原'의 형태로 되어있다.

此, 而苟營內好私, 使財貨偏有所聚, 菽粟幣帛, 腐(669)於囷府, 惠不遍加于百姓, 公心不周乎國, 則桀、紂之所以亡也。夫士民之所以叛, 由偏之也。君如察(670)臣嬰之言, 推君之盛德, 公布之於天下, 則湯、武可爲也, 一殣何足恤哉?」

楚共王出獵(671)而遺其弓, 左右請求之。共王曰:「止, 楚人遺弓, 楚人得之, 又(672)何求焉?」仲尼聞之, 曰:「惜乎其不大, 亦曰『人遺弓, 人得之』而已, 何必楚也!」{第90面}仲尼所謂太(673)公也。

萬章問曰:「孔子於衛主雍睢, 於齊主寺人脊(674)環(675), 有諸?」孟子曰:「否!不然。好事者爲之也。於衛主顏讎由, 彌子之妻與子路之妻, 兄弟也。彌子謂子路曰:『孔子主我, 衛卿(676)可得也。』子路以告。孔子曰:『有命。』孔子進之以禮, 退之以義, 得之不得, 曰有命, 而主雍睢與寺人脊環, 是無命也。孔子不說於魯衛, 將適宋, 遭桓司馬, 將要而殺之, 微(677)服過宋, 是孔子嘗阨, 主司城貞子, 爲陳侯周臣。吾聞之, 觀近臣, 以其所爲之主;觀遠(678)臣, 以其所主。如孔子主雍睢與寺人脊環, 何以爲孔子乎?」{第91面}

---

669) 腐의 이체자. 발의 '肉'이 '內'의 형태로 되어있다.
670) 察의 이체자. 머리 '宀' 아랫부분의 '炊'의 형태가 '癶'의 형태로 되어있다.
671) 獵의 이체자. 오른쪽부분의 '巤'이 '巤'의 형태로 되어있다.
672) 欽定四庫全書本은 조선간본과 다르게 '又'로 되어있고,《說苑校證》·《說苑全譯》·《설원3》에도 모두 '又'로 되어있다. 조선간본의 '叉'는 '끼다'라는 의미이기 때문에 '又'의 오자이다. 필자는 가필을 의심하였으나 고려대와 영남대 소장본은 모두 '叉'로 되어있고, 후조당 소장본은 '又'로 되어있는데 판목의 훼손이 의심된다.
673) 欽定四庫全書本은 조선간본과 다르게 '大'로 되어있고,《說苑校證》·《說苑全譯》·《설원3》에도 모두 '大'로 되어있다. 여기서는 '크다'라는 의미이기 때문에 조선간본의 '太'도 뜻은 통한다.
674) 脊의 이체자. 윗부분의 '夫'의 형태가 '夫'의 형태로 되어있다.
675) 環의 이체자. 오른쪽 아랫부분의 '?'의 형태가 '?'의 형태로 되어있다.
676) 卿의 이체자. 왼쪽의 '夕'의 형태가 '夕'의 형태로 되어있고 가운데 부분의 '皀'의 형태가 '艮'의 형태로 되어있다.
677) 微의 이체자. 가운데 아랫부분의 '兀'의 형태가 '于'의 형태로 되어있다.
678) 遠의 이체자. '辶'의 윗부분에서 '土'의 아랫부분의 '?'의 형태가 '?'의 형태로 되어있다.

　　夫子行說七十諸俟，無定處，意欲使天下之民各得其所，而道不行。退而脩
《春秋》，采毫毛之**善**，貶纖[679]介之惡，人事浹，王道備，精和聖制，上通[680]於天
而麟至，此天之知夫子也。於是喟然而嘆曰：「天以至明為不可蔽乎？日何為而
食？地以至安為不可危乎？地何為而動？」天地而尚有動蔽，是故賢聖說於世而
不得行其道，故災異[681]並作也。夫子曰：「不怨天，不尤人，下學而上達[682]，知
我者其天乎！」

　　孔子生於亂[683]世，莫之能容也。故言行於君，澤加於民，然後仕。言不行於
君，澤不加於民則處。孔{**第92面**}子懷[684]天覆之心，挾仁聖之德，憫時俗之汙
泥，傷紀綱之廢[685]壞[686]，服重歷[687]遠，周流[688]應聘，乃俟[689]幸施道以子百姓，
而當世諸俟莫能任用。是以德積而不肆，大道屈而不伸，海內不蒙[690]其化，群生
不被其恩。故喟然歎曰：「而有用我者，則吾其為東周乎！」故孔子行說，非欲私
身，運德於一城，將欲舒之於天下，而建之於羣生者耳。

　　秦、晉戰[691]，交敵，秦使人謂晉將軍曰：「三軍之士皆未息，明[692]日請復

---

679) 纖의 이체자. 오른쪽 윗부분의 '丛'이 '土'의 형태로 되어있다.
680) 通의 이체자. 오른쪽 윗부분의 'マ'의 형태가 'コ'의 형태로 되어있다.
681) 異의 이체자. 아랫부분의 '共'이 가운데에 세로획 하나가 첨가된 '共'의 형태로 되어있다.
682) 達의 이체자. '辶' 윗부분의 '㐄'이 '幸'의 형태로 되어있다.
683) 亂의 이체자. 왼쪽부분의 '𤔔'의 형태가 '𤔔'의 형태로 되어있다.
684) 懷의 이체자. 오른쪽 가운데부분의 '土'의 형태가 빠져있으며, 그 아랫부분이 '衣'의 형태로
　　되어있다.
685) 廢의 이체자. '广' 아래 '癶'이 '业'의 형태로 되어 있고, 그 아래 오른쪽부분의 '殳'가 '攵'의
　　형태로 되어있다.
686) 壞의 이체자. 오른쪽 가운데부분의 '土'의 형태가 빠져있으며, 그 아랫부분은 '衣'의 형태로
　　되어있다.
687) 歷의 이체자. '厂'의 안쪽 윗부분의 '秝'이 '林'의 형태로 되어있다.
688) 流의 이체자. 오른쪽 윗부분의 '㐬'의 형태가 '𠫓'의 형태로 되어있다.
689) 俟의 이체자. 오른쪽 아랫부분의 '矢'가 '夫'의 형태로 되어있다.
690) 蒙의 이체자. 머리의 '⺾'가 '卝'의 형태로 되어있고, 그 아랫부분의 '冡'이 '家'의 형태로
　　되어있다.
691) 戰의 이체자. 왼쪽부분의 '單'이 '單'의 형태로 되어있다. 이번 단락의 아래에서는 정자를 사용하
　　였다.

戰。」史[693]騈曰：「使者目動而言肆，懼我，將遁矣。迫之河，必敗之。」趙盾曰：
「死傷未收而弃[694]之，不惠也。不待期而迫人於險，無勇[695]也。請待。」{第93面}
秦人夜遁。

　　子胥將之吳，辭[696]其友申包胥曰：「後三年，楚不亡，吾不見子矣！」申包胥
曰：「子其勉之！吾未可以助子，助子是伐宗廟也。止子是無以為友。雖然，子
亡之，我存之。」於是乎觀楚一存一亡也。後三年，吳師伐楚，昭王出走。申包胥
不受命，西[697]見秦伯曰：「吳無道，兵強人衆，將征天下，始於楚。寡君出走，居
雲夢。使下臣告急。」哀公曰：「諾，固將圖之。」申包胥不罷朝，立於秦庭[698]，晝夜
哭，七日七夜不絕聲。哀公曰：「有臣如此，可不救[699]乎？」興師救楚。吳人聞
之，引兵而還。昭王反，復欲封申包胥。申包胥{第94面}辭曰：「救亡非為名也，
功成受賜，是賣勇也。」辭不受，遂退隱[700]，終身不見。《詩》云：「凡民有喪，匍匐
救之。」

　　楚令尹虞丘子，復於莊王曰：「臣聞奉公行法，可以得榮，能淺[701]行薄[702]，
無望上位，不名仁智，無求顯榮，才之所不著，無當其處。臣為令尹十年矣，國

---

692) 明의 이체자. 좌부변의 ‘日’이 ‘目’의 형태로 되어있다.

693) 叟의 이체자. 부수 ‘臼’가 ‘曰’의 형태로 되어있으며 오른쪽 아래 ‘乀’획이 어긋나 있다.

694) 弃의 이체자. 윗부분의 ‘厶’의 형태가 ‘云’의 형태로 되어있다. 조선간본은 판본 전체적으로
　　이 형태의 이체자를 사용하지 않아서 판목의 훼손이 의심된다. 그런데 고려대와 후조당 소장본
　　은 모두 이 형태의 이체자로 되어있고, 영남대 소장본은 윗부분이 갉아 없어져 있어서 해당
　　글자는 일실되어있다.

695) 勇의 이체자. 윗부분의 ‘マ’의 형태가 ‘コ’의 형태로 되어있다.

696) 辭의 이체자. 왼쪽부분의 ‘𤔔’가 ‘𤔾’의 형태로 되어있으며, 우부방의 ‘辛’이 아랫부분에 가로획
　　하나가 더 있는 ‘𨐅’의 형태로 되어있다.

697) 西의 이체자. ‘囗’위의 ‘兀’의 형태가 ‘丌’의 형태로 되어있으며, 양쪽의 세로획이 ‘囗’의 맨
　　아랫부분에 붙어 있다.

698) 庭의 이체자. ‘广’ 안의 ‘廷’에서 ‘廴’ 위의 ‘壬’이 ‘手’의 형태로 되어있다.

699) 救의 이체자. 왼쪽의 ‘求’에서 윗부분의 ‘丶’이 빠져있다.

700) 隱의 이체자. 오른쪽 윗부분의 ‘爫’의 형태가 ‘正’의 형태로 되어있다.

701) 淺의 이체자. 오른쪽의 ‘㦮’이 윗부분은 그대로 ‘戈’로 되어있고 아랫부분 ‘戈’에 ‘丶’이 빠진
　　‘戋’의 형태로 되어있다.

702) 薄의 이체자. 머리 ‘++’ 아래 오른쪽부분의 ‘尃’가 ‘専’의 형태로 되어있다.

不加治, 獄訟不息, 處703)士不升, 滛704)禍不討, 久705)踐高位, 妨群賢路, 尸祿706)素飡707), 貪欲無厭, 臣之罪當稽708)於理。臣竊709)選國俊下里之士曰孫叔敖, 秀羸710)多能, 其性無欲, 君舉而授之政, 則國可使治, 而士民可使附。」莊王曰:「子輔寡人, 寡人得以長於中國, 令行於絕域, 遂霸711)諸侯, 非子如何？」虞712)丘子曰{第95面}:「久固祿位者, 貪也。不進賢達能者, 誣也。不讓以位者, 不廉713)也。不能三者, 不忠也。為人臣不忠, 君王又何以為忠？臣願固辭。」莊王從之, 賜虞714)子菜地三百, 號曰國老。以孫叔敖為令尹。少焉, 虞丘子家干法, 孫叔敖執而戮715)之。虞丘子憙, 入見於王曰:「臣言孫叔敖, 果可使持國政。奉國法而不黨, 施刑戮而不騀, 可謂公平。」莊王曰:「夫子之賜也已！」

趙宣子言韓獻716)子於晉717)侯曰:「其為人不黨, 治衆不亂, 臨死不恐。」晉侯

---

703) 處의 이체자. 머리의 '虍'가 '严'의 형태로 되어있다. 이번 단락의 앞에서는 정자를 사용하였으나 여기서는 이체자를 사용하였다.

704) 淫의 이체자. 오른쪽 아랫부분의 '壬'이 '舌'의 형태로 되어있다.

705) 久의 이체자.

706) 祿의 이체자. 오른쪽부분의 '彔'이 '录'의 형태로 되어있다.

707) 欽定四庫全書本은 조선간본과 다르게 '飱'으로 되어있고, 《說苑校證》과 《說苑全譯》은 '餐'으로 되어있으며, 《설원3》은 조선간본과 동일하게 '飡'으로 되어있다. 여기서 조선간본의 '飡'과 欽定四庫全書本의 '飱'은 같은 뜻이고, 《說苑校證》과 《說苑全譯》은 '餐'도 뜻은 통한다.

708) 稽의 이체자. 오른쪽 윗부분의 '尤'가 '九'의 형태로 되어있고, 그 아랫부분의 '匕'가 'ㅗ'의 형태로 되어있다.

709) 竊의 이체자. 머리의 '穴' 아래 왼쪽부분의 '釆'의 형태가 '耒'의 형태로 되어있고, 그 오른쪽부분의 '禼'의 형태가 '咼'의 형태로 되어있다.

710) 羸의 이체자. 윗부분 '亡'의 아랫부분의 '口'가 '罒'의 형태로 되어있다.

711) 霸의 이체자. 아랫부분 왼쪽의 '革'이 '㪗'의 형태로 되어있다.

712) 虞의 이체자. 머리의 '虍'가 '严'의 형태로 되어있고, 아랫부분의 '吳'가 '哭'의 형태로 되어있다. 이번 단락의 앞과 뒤에서는 모두 '吴'가 '呉'의 형태로 된 '虞'를 사용하였다.

713) 廉의 이체자. '广' 안의 '兼'에서 아랫부분이 '灬'의 형태로 되어있다.

714) 《說苑校證》과 《說苑全譯》은 '丘'가 있어서 '虞丘子'로 되어있으며, 欽定四庫全書本과 《설원3》은 조선간본과 동일하게 '丘'가 빠져있다. '虞丘子'는 인명이고 조선간본은 이번 단락의 앞과 뒤에서 모두 '虞丘子'로 되어있기 때문에 '丘'가 빠진 것은 오류이다.

715) 戮의 이체자. 왼쪽 윗부분의 '羽'가 '羽'의 형태로 되어있다.

716) 獻의 이체자. 왼쪽 아랫부분의 '鬲'이 '甫'의 형태로 되어있다.

以為中軍尉。河曲之役, 趙宣子之車干行, 韓獻子戮其僕。人皆曰：「韓獻子{第96面}必死矣！其主朝昇之, 而暮戮其僕, 誰能待之！」役罷, 趙宣子觴大夫, 爵三行, 曰：「二三子可以賀我。」二三子曰：「不知所賀。」宣子曰：「我言韓厥於君, 言之而不當, 必受其刑。今吾車失次而戮之僕718), 可謂不黨矣。是吾言當也。」二三子再拜稽719)首曰：「不惟晉國適享720)之, 乃唐叔是賴之, 敢不再拜稽首乎？」

　　晉文公問於咎犯曰：「誰可使為西河守者？」咎犯對曰：「虞子羔可也。」公曰：「非汝之讎也？」對曰：「君問可為守者, 非問臣之讎也。」721)羔見咎犯而謝之曰：「幸赦臣之過, 薦之於君, 得為西河守。」咎犯曰：「薦{第97面}子者公也, 怨子者私也。吾不以私事害公義。子其去矣, 顧吾射子也！」

　　楚文王伐鄧, 使王子革、王子靈共捃菜。二子出採, 見老丈722)人載畚, 乞焉, 不與, 搏723)而奪之。王聞之, 令皆拘二子, 將殺之。大夫辭曰：「取畚信有罪, 然殺之非其罪也, 君若何殺之？」言卒, 丈人造軍而言曰：「鄧為無道, 故伐之。今君公之子之搏而奪吾畚, 無道甚於鄧。」呼天而號, 君聞之, 群臣恐, 君見之, 曰：「討有罪而橫奪, 非所以禁暴724)也。恃力虐725)老, 非所以教幼也。愛子弃法, 非所以保國也。私二子, 滅三行, 非所以從政也。丈人舍之矣。」謝之{第98

---

717) 晉의 이체자. 윗부분의 '厸'의 형태가 '吅'의 형태로 되어있다. 이번 단락의 아래에서는 정자와 이체자를 각각 1번 씩 사용하였다.

718) 僕의 이체자. 오른쪽부분의 '丵'이 '業'의 형태로 되어있다.

719) 稽의 이체자. 오른쪽 윗부분의 '尤'가 '尢'의 형태로 되어있고 그 아랫부분의 '匕'가 'ㅗ'의 형태로 되어있다. 이번 단락의 아래에서는 앞에서 사용한 이체자 '稽'를 사용하였다.

720) 享의 이체자. 윗부분의 '㐭'의 형태가 '甶'의 형태로 되어있다.

721) 《說苑校證》과 《說苑全譯》은 '子'가 있어서 '子羔'로 되어있으며, 欽定四庫全書本과 《설원3》은 조선간본과 동일하게 '子'가 빠져있다. '子羔'는 인명이고 조선간본은 이번 단락의 앞에서 '子羔'이기 때문에 '子'가 빠진 것은 오류이다.

722) 丈의 이체자. 윗부분 오른쪽에 'ヽ'이 첨가되어있다. 이번 단락의 아래에서는 모두 정자를 사용하였다.

723) 搏의 이체자. 오른쪽 윗부분의 '甫'가 '宙'의 형태로 되어있다.

724) 暴의 이체자. 발의 '氺'가 '小'의 형태로 되어있다.

725) 虐의 이체자. 머리의 '虍'가 '严'의 형태로 되어있고 그 아랫부분은 'ㄷ'의 형태가 'ㅌ'의 형태로 되어있다.

面}726)軍門之外耳。

楚令尹子文之族有干法者, 廷理拘之, 聞其令尹之族也, 而釋之。子文召廷理而責之曰:「凡727)立廷理者, 將以司犯王令, 而察728)觸國法也。夫直士持法, 柔而不撓729), 剛而不折。今弃法而背令, 而釋犯法者, 是為理不端, 懷心不公也。豈吾營私之意也? 何廷理之駮於法也? 吾在上位以率士民, 士民或怨, 而吾不能免之於法。今吾族犯法甚明, 而使廷理因緣730)吾心而釋731)之, 是吾不公之心, 明著於國也。執一國之柄而以私聞, 與吾生不以義, 不若吾死也。」遂致其族人於廷理, 曰:「不是**{第99面}**732)刑也, 吾將死!」廷理懼, 遂刑其族人。成王聞之, 不及履而至于子文之室, 曰:「寡人幼少, 置理失其人, 以違夫子之意。」於是黜733)廷理而尊子文, 使及内政。國人聞之, 曰:「若令尹之公也, 吾黨何憂乎?」乃相與作歌曰:「子文之族, 犯國法程。廷理釋之, 子文不聽734)。恤顧怨萌, 方正公平。」

楚莊王有茅門者, 法曰:「群臣大夫, 諸公子入朝, 馬蹄蹂霤者735), 斬其輈而戮其御。」太子入朝, 馬蹄蹂霤。廷理斬其輈而戮其御。太子大怒, 入為王泣曰:「為我誅廷理。」王曰:「法者所以敬宗廟, 尊社稷, 故能立法從令, 尊敬社稷者,

---

726) 영남대학교 소장본의 경우 이번 면인 제98면이 일실되어있다.

727) 凡의 이체자. '几' 안쪽의 'ヽ'이 직선 형태로 되어있으며 그 가로획이 오른쪽 'ㄟ'획의 밖으로 삐져나와 있다.

728) 察의 이체자. 머리 '宀' 아랫부분의 'ㄨ'의 형태가 'ㄨ'의 형태로 되어있다.

729) 撓의 이체자. 오른쪽부분의 '堯'가 '尭'의 형태로 되어있다.

730) 緣의 이체자. 오른쪽부분의 '彖'이 '㣺'의 형태로 되어있다.

731) 釋의 이체자. 오른쪽 아랫부분의 '幸'이 '㚛'의 형태로 되어있다. 이번 단락의 앞과 뒤에서는 모두 정자를 사용하였는데 여기서만 이체자를 사용하였다.

732) 영남대학교 소장본의 경우 이전 면인 제98면에 이어 이번 면인 제99면도 일실되어있는데, 총 2면이 일실되어 있고 제100면부터는 제대로 남아있다.

733) 黜의 이체자. 좌부변의 '黑'이 '黒'의 형태로 되어있고, 오른쪽부분의 '出'이 'ㄍ'의 위에 있다.

734) 聽의 이체자. 왼쪽부분 '耳'의 아래 '王'이 빠져있으며, 오른쪽부분의 '悳'의 형태가 가운데 가로획이 빠진 '悳'의 형태로 되어있다.

735) 者의 이체자. 윗부분의 '土'의 형태가 '上'의 형태로 되어있다. 이번 단락의 앞과 뒤에서는 모두 정자를 사용하였고 여기서만 이체자를 사용하였다.

社稷之臣也。安{第100面}可以加誅？夫犯法廢令，不尊敬社稷，是臣弃君，下陵上也。臣弃君則主失威，下陵上則上位危。社稷不守，吾何以遺子？」太子乃還走避舍，再拜請死。

　　楚莊王之時，太子車立於茅門之内，少師慶逐之。太子怒，入謁王曰：「少師慶逐臣之車。」王曰：「舍之。老君在前而不踰，少君在後而不豫[736]，是國之寶[737]臣也。」

　　吳王闔廬為伍子胥興師，復讎於楚。子胥諫[738]曰：「諸侯不為匹夫興[739]師，且事君猶事父也，虧[740]君之義，復父之讎，臣不為也。」於是止。其後因事而後{第101面}復其父讎也。如子胥可謂不以公事趨私矣。

　　孔子為魯司寇[741]，聽[742]獄必師斷，敦[743]敦然皆立，然後君子進曰：「某[744]子以為何若？」某子以為云云。又曰：「某子以為何若？」某子曰云云。辯[745]矣，然後君子幾[746]當從某子云云乎？以君子之知，豈必待某子之云云，然後知所以斷獄哉？君子之敬讓也。文辭有可與人共之者，君子不獨有也。

　　子羔為衛政，刖人之足。衛之君臣亂，子羔走郭門，郭門閉，刖者守門，曰：「於彼有缺[747]！」子羔曰：「君子不踰。」曰：「於彼有竇。」子羔曰：「君子不遂。」

---

736) 豫의 이체자. 오른쪽 윗부분의 '유'의 형태가 '㐘'의 형태로 되어있다.

737) 寶의 이체자. '宀'의 아랫부분 오른쪽의 '缶'가 '尒'로 되어있다.

738) 諫의 이체자. 오른쪽부분의 '柬'의 형태가 '東'의 형태로 되어있다.

739) 興의 이체자. 이번 단락의 앞에서 사용한 이체자 '興'과는 다르게 윗부분 가운데의 '同'의 형태가 '目'의 형태로 되어있다.

740) 虧의 이체자. 왼쪽 윗부분의 '虍'가 '严'의 형태로 되어있다.

741) 寇의 이체자. 머리의 '宀' 아래 오른쪽부분의 '攴'이 '攵'의 형태로 되어있다.

742) 聽의 이체자. '耳'의 아래 '王'이 '⊥'의 형태로 되어있다.

743) 敦의 이체자. 왼쪽부분의 '享'이 '享'의 형태로 되어있다.

744) 某의 이체자. 윗부분의 '甘'이 '甘'의 형태로 되어있고, 밑의 '木'이 '禾'의 형태로 되어있다.

745) 辯의 이체자. '言'의 양쪽 옆에 있는 '辛'이 아랫부분에 가로획 하나가 더 있는 '辛'의 형태로 되어있다.

746) 幾의 이체자. 아랫부분 왼쪽의 '人'의 형태가 'ク'의 형태로 되어있고, 아랫부분의 오른쪽에 'ノ'의 획이 빠져있으며 'ヽ'이 그 부분에 찍혀있다.

747) 缺의 이체자. 좌부변의 '缶'가 '缶'의 형태로 되어있다.

曰：「於此有室。」子羔入，追者罷⁷⁴⁸⁾。子羔將去，謂刖者曰：「吾不骯{第102面}虧撌⁷⁴⁹⁾主之法令，而親刖子之足。吾在難中，此⁷⁵⁰⁾乃子之報怨⁷⁵¹⁾時也，何故逃我？」刖者曰：「斷足固我罪也，無可奈何。君之治臣也，傾側法令，先後臣以法，欲臣之免於法也，臣知之。獄決罪定，臨當論刑，君愀然不樂，見於顏色，臣又知之。君豈私臣哉？天生仁人之心，其固然也。此臣之所以脫君也。」孔子聞之，曰：「善爲吏者樹德，不善爲吏者樹怨。公行之也，其子羔之謂欤⁷⁵²⁾？」

劉向說苑卷第十四{第103面}⁷⁵³⁾

{第104面}⁷⁵⁴⁾

---

748) 罷의 이체자. 아랫부분의 ‘能’이 ‘骯’의 형태로 되어있다.

749) 損의 이체자. 오른쪽 윗부분의 ‘口’가 ‘厶’의 형태로 되어있다.

750) 此의 이체자. 오른쪽부분의 ‘匕’가 ‘乚’의 형태로 되어있다. 판본 전체적으로 이 형태의 이체자를 거의 사용하지 않았기 때문에 판목의 훼손을 의심하였으나, 고려대・영남대・후조당 소장본 모두 이 이체자로 되어있다.

751) 怨의 이체자. 윗부분 오른쪽의 ‘巳’이 ‘匕’의 형태로 되어있다.

752) 歟의 약자. 왼쪽부분의 ‘輿’가 ‘与’의 형태로 되어있다.

753) 이 卷尾의 제목은 마지막 제11행에 해당한다. 이번 면은 제8행에서 글이 끝나고, 나머지 2행은 빈칸으로 되어있다.

754) 제14권은 이전 면인 제103면에서 끝났는데, 각 권은 홀수 면에서 시작하기 때문에 짝수 면인 이번 제104면은 계선만 인쇄되어있고 한 면이 모두 비어 있다.

劉向說苑卷第十三⁷⁵⁵⁾

指⁷⁵⁶⁾武

《司馬法》曰:「國雖大, 好戰⁷⁵⁷⁾必亡。天下雖安, 忘戰必危。」《易》曰:「君子以除戎器, 戒不虞。」天⁷⁵⁸⁾兵不可玩, 玩則無威。兵不可廢, 廢則召寇⁷⁵⁹⁾。昔吳王夫差好戰而亡, 徐偃王無武亦滅。故明王之制國也, 上不玩兵, 下不廢武。《易》曰:「存不忘亡。」是以身安而國家可保也。

秦昭王中朝而歎曰:「夫楚劒⁷⁶⁰⁾利, 倡優拙。夫劒利則士多慓悍, 倡優拙則思慮遠也。吾恐⁷⁶¹⁾楚之謀⁷⁶²⁾秦也。」此謂當吉念⁷⁶³⁾凶⁷⁶⁴⁾, 而存不忘亡也, 卒以成霸⁷⁶⁵⁾{第105面}⁷⁶⁶⁾焉。

---

755) 이번 면인 제105면은 고려대와 영남대 소장본이 모두 글자들이 부분부분 떨어져나가 있으며, 고려대 소장본은 그런 글자들 위에 가필을 해놓았다. 그런데 후조당 소장본은 이번 면을 보각해 놓았는데 '三'으로 인쇄되어있다. 원래는 '卷十五'에 해당하므로 '三'은 '五'의 오자이다. 고려대와 영남대 소장본의 '三'의 형태는 판목이 훼손된 형태인데, '五'가 훼손된 형태인지 '三'이 훼손된 형태인지 판별하기 어렵다.

756) 指의 이체자. 오른쪽 윗부분의 '匕'가 '上'의 형태로 되어있다.

757) 戰의 이체자. 왼쪽부분의 '單'이 '單'의 형태로 되어있다.

758) 欽定四庫全書本은 조선간본과 다르게 '夫'로 되어있고,《說苑校證》·《說苑全譯》·《설원4》에도 모두 '夫'로 되어있다. 고려대 소장본은 가필하여 '夫'로 만들어놓았고, 영남대 소장본은 글자가 떨어져나가 판독이 불가하다. 補刻本인 후조당 소장본은 '天'으로 되어있는데, 발어사로 쓰인 '夫'의 오자이다. 본문은 후조당 소장본의 '天'을 따랐는데, 원판본도 오자인지 補刻本만 오자인지 여부는 판단하기 어렵다.

759) 寇의 이체자. 머리의 '宀' 아래 오른쪽부분의 '攴'이 '女'의 형태로 되어있다.

760) 劍의 이체자. 우부방의 '刂'가 '刄'의 형태로 되어있다.

761) 恐의 이체자. 윗부분 오른쪽의 '凡'이 안쪽의 'ヽ'이 빠진 '几'의 형태로 되어있다.

762) 謀의 이체자. 오른쪽부분의 '某'가 '某'의 형태로 되어있다.

763) 念의 이체자. 윗부분의 '今'이 '스'의 형태로 되어있다.

764) 凶의 속자. 윗부분에 '亠'의 형태가 첨가되어있다.

765) 覇의 이체자. 아랫부분 왼쪽의 '革'이 '扌'의 형태로 되어있다.

766) 앞의 주석에서 밝혔듯이, 고려대 소장본은 이번 면인 제105면부터 제112면까지 군데군데 글자들이 떨어져나가 있거나 뭉그러져있는데 어떤 글자들 위에는 가필을 해놓았다. 영남대 소장본도 고려대 소장본과 마찬가지로 군데군데 글자들이 떨어져나가 있지만 가필을 하지는 않아 원래 인쇄된 상태 그대로 되어있다. 그런데 후조당 소장본은 제3책의 인쇄상태가 매우 나쁜데,

王孫厲謂楚文王曰：「徐偃王好行仁義之道，漢東諸侯[767]三十二國盡服[768]矣！王若[769]不伐，楚必事徐。」王曰：「若信有道，不可伐也。」對曰：「大之伐小，強之伐弱，猶大魚之吞小魚也，若虎之食豚也。惡有其不得理？」文王遂興[770]師伐徐，殘[771]之。徐偃王將死[772]，曰：「吾賴於文德[773]，而不明武備，好行仁義之道，而不知詐人之心，以至於此。」夫古之王者[774]，其有備乎？

吳起[775]為苑守，行縣，適息，問屈宜[776]臼曰：「王不知起不肖，以為苑守，先生將何以教之？」屈公不對。居{第106面}一年，王以為令尹，行縣[777]，適息。問屈宜臼曰：「起問先生，先生不教。今[778]王不知起不肖，以為令尹，先生試觀起為之也。」屈公曰：「子將奈何？」吳[779]起曰：「將均楚國之爵，而平其祿[780]。

제105면부터 제112면까지는 총 8면을 아예 새롭게 판각하여서 인쇄상태는 매우 양호하다. 고려대와 영남대 소장본은 해당면의 테두리가 '四周雙邊'으로 되어있는데, 후조당 소장본은 두 판본과는 다르게 테두리가 '四周單邊'으로 되어있다. 두 판본은 테두리는 다른 형태이지만 그 안의 판식은 모두 동일하다. 후조당 소장본은 고려대와 영남대 소장본을 찍은 원판이 훼손되거나 혹은 일실되어 나중에 補刻한 것이다.

767) 侯의 이체자. 오른쪽 아랫부분의 '矢'가 '夫'의 형태로 되어있다.

768) 服의 이체자. 오른쪽 아랫부분의 '又'가 '〈'의 형태로 되어있다.

769) 若의 이체자. 머리의 '艹' 아랫부분의 '右'가 '石'의 형태로 되어있고, 머리의 '艹'가 아랫부분의 '石'에 붙어 있다.

770) 興의 이체자. 윗부분 가운데의 '同'의 형태가 '目'의 형태로 되어있다.

771) 殘의 이체자. 오른쪽의 '戔'이 윗부분은 그대로 '戈'로 되어있고 아랫부분 '戈'에 'ヽ'이 빠진 '𢧠'의 형태로 되어있다.

772) 死의 이체자. 오른쪽부분의 '匕'가 '巳'의 형태로 되어있다.

773) 德의 이체자. 오른쪽부분의 '悳'의 형태가 가운데 가로획이 빠진 '悳'의 형태로 되어있다.

774) 고려대 소장본은 가필하여 '者'로 만들어놓았고, 영남대 소장본은 글자가 떨어져났으나 '者'의 형태로 되어있고, 補刻本인 후조당 소장본은 이체자 '者'로 되어있다.

775) 起의 이체자. 오른쪽부분의 '己'가 '巳'의 형태로 되어있다.

776) 宜의 이체자. 머리의 '宀'이 '冖'의 형태로 되어있다.

777) 縣의 이체자. 왼쪽부분의 '県'이 '㬎'의 형태로 되어있다. 이번 단락의 앞에서는 정자를 사용하였는데, 여기서는 이체자를 사용하였다.

778) 今의 이체자. 맨 아랫부분의 '㇆'의 형태가 '丅'의 형태로 되어있다.

779) 吳의 이체자. 아랫부분의 '夨'의 형태가 '𠮷'의 형태로 되어있다. 이번 단락의 앞과 뒤에서는 모두 이체자 '吳'를 사용하였는데, 여기서만 이 이체자를 사용하였다. 그런데 補刻本인 후조당

掮[781]其有餘，而繼其不足。厲甲兵，以時爭於天下。」屈公曰：「吾聞昔善治國家者不變故，不易常。今子將均楚國之爵，而平其祿。掮其有餘，而繼其不足。是變其故而易其常也。且吾聞兵者凶器也，爭者逆德也。今[782]子陰[783]謀逆德，好用凶器，殆人所棄，逆之至也。淫[784]泆之事也，行者不利。且子用魯兵，不宜得志於齊[785]，而得志焉。子用魏[786]兵，不宜得志於秦，而得志焉。吾**{第107面}**聞之曰：『非禍人不能成禍。』吾固怪吾王之數[787]逆天道，至今無禍。嘻！且待夫子也。」吳起惕然曰：「尚可更乎？」屈公曰：「不可。」吳起曰：「起之為人謀。」屈公曰：「成刑之徒不可更已！子不如敦處而篤行之。楚國無貴于舉賢。」

《春秋》記國家存亡，以察[788]來世，雖有廣土衆民，堅甲利兵，盛[789]猛之將，士卒不親附，不可以戰勝取功。晉[790]侯獲於韓，楚子玉得臣敗於城濮。蔡不待敵而衆潰。故語曰：「文王不能使不附之民，先軫不能戰不教之卒，造父、王良不能以弊車不作之馬趨疾而致遠，羿[791]、逢[792]蒙[793]不能以枉矢弱弓射**{第108面}**遠

소장본은 '吳'로 되어있기 때문에 고려대와 영남대 소장본의 '昗'는 '吳'가 판목이 훼손되어 만들어진 형태로 볼 수 있다.

780) 祿의 이체자. 오른쪽부분의 '彔'이 '录'의 형태로 되어있다.

781) 捐의 이체자. 오른쪽 윗부분의 '口'가 '厶'의 형태로 되어있다.

782) 今의 이체자. 머리 '人' 아랫부분의 '一'이 '丶'의 형태로 되어있고, 그 아랫부분의 '㇆'의 형태가 '丅'의 형태로 되어있다. 여기서는 이번 단락의 앞에서 사용한 '今'과는 다른 형태의 이체자를 사용하였는데, 이번 단락 아래에서는 여기서 사용한 이체자를 사용하였다.

783) 陰의 이체자. 오른쪽부분의 '侌'이 '㑹'의 형태로 되어있다.

784) 淫의 이체자. 오른쪽 아랫부분의 '壬'이 '缶'의 형태로 되어있다.

785) 齊의 이체자. '亠'의 아래쪽 가운데부분의 'Y'가 '了'의 형태로 되어있다.

786) 魏의 이체자. 오른쪽부분의 '鬼'가 맨 위의 '丶'이 빠진 '鬼'의 형태로 되어있다.

787) 數의 이체자. 왼쪽부분의 '婁'가 '婁'의 형태로 되어있다.

788) 察의 이체자. 머리 '宀' 아랫부분의 '夕'의 형태가 '夂'의 형태로 되어있다. 고려대와 영남대 소장본은 글자가 뭉그러져 판독할 수 없어서 후조당 소장본을 따랐다.

789) 欽定四庫全書本과《說苑校證》·《說苑全譯》은 조선간본과 다르게 '威'로 되어있고,《설원 4》은 조선간본과 동일하게 '盛'으로 되어있다. 일반적으로는 '威猛'이란 단어를 사용하며 '盛猛'은 한 단어로 쓰지 않는다. 그런데 '盛猛'은 '뛰어나게 용맹하다'(劉向 撰, 林東錫 譯註,《설원 4》, 동서문화사, 2009. 1599쪽)로 번역할 수 있기 때문에 조선간본의 '盛'도 뜻이 통한다.

790) 晉의 이체자. 윗부분의 '䒑'의 형태가 '吅'의 형태로 되어있다.

中微794)。故強弱成敗之要, 在乎附士卒, 教習795)之而已。」

內治未得, 不可以正外, 本惠未襲796), 不可以制末。是以《春秋》先京師而後諸夏, 先諸華而後夷、狄。及周惠王, 以遭亂797)世, 繼先王之體, 而強楚稱王, 諸侯背叛, 欲申先王之命, 一統天下。不先廣養798)京師, 以及諸夏, 諸夏以及夷、狄, 內治未得, 忿則不料力, 權得失, 興兵而征強楚, 師大敗, 撵辱799)不行, 大為天下戮笑800)。幸逢齊桓公以得安尊。故內治未得, 不可以正外, 本惠801)未襲, 不可以制末。

將師受命者, 將率入, 軍吏畢802)入, 皆北面803)再拜稽804){第109面}首受命。天子南面而授之鉞, 東行, 西面而揖之, 示弗御也。故受命而出, 忘其國, 即戎, 忘其家, 聞枹鼓之聲805), 唯恐不勝, 忘其身, 故必死。必死不如樂死, 樂死不如甘死, 甘死不如義死, 義死不如視死如歸, 此之謂也。故一人必死, 十人弗能待也。十人必死, 百人弗能待也。百人必死, 千人不能待也。千人必死, 萬人弗能待也。萬人必死, 橫行乎天下, 令行禁止, 王者之師也。

田單806)為齊上將軍, 興807)師十萬, 將以攻翟, 往808)見魯仲連子。仲連子

---

791) 羿의 이체자. 머리의 '羽'가 '⺈'의 형태로 되어있다.
792) 逢의 이체자. 오른쪽 아랫부분의 '丰'의 형태가 '𰀀'의 형태로 되어있다.
793) 蒙의 이체자. 머리의 '艹'가 '⺍'의 형태로 되어있다.
794) 微의 이체자. 가운데 맨 아랫부분의 '几'의 형태가 '口'의 형태로 되어있다.
795) 習의 이체자. 머리의 '羽'가 '⺰'의 형태로 되어있으며, 아랫부분의 '白'이 '日'로 되어있다.
796) 襲의 이체자. 윗부분 오른쪽의 '㸦'의 형태가 '㫑'의 형태로 되어있다.
797) 亂의 이체자. 왼쪽부분의 '𤔔'의 형태가 '𣬁'의 형태로 되어있다.
798) 養의 이체자. 윗부분의 '䒑'의 형태가 '䒑'의 형태로 되어있다.
799) 辱의 이체자. 윗부분의 '辰'이 '辰'의 형태로 되어있다.
800) 笑의 이체자. 아랫부분의 '夭'가 '犬'의 형태로 되어있다.
801) 惠의 이체자. 윗부분의 '叀'의 형태가 '宙'의 형태로 되어있다. 이번 단락의 앞에서는 모두 정자를 사용하였는데, 여기서는 이체자를 사용하였다.
802) 畢의 이체자. 맨 아래의 가로획 하나가 빠져있다.
803) 面의 이체자. 맨 윗부분 'ブ'의 아랫부분의 '囲'가 '回'의 형태로 되어있다.
804) 稽의 이체자. 오른쪽 윗부분의 '尤'가 '九'의 형태로 되어있고 그 아랫부분의 '匕'가 '亠'의 형태로 되어있다.
805) 聲의 이체자. 윗부분 오른쪽의 '殳'가 '旻'의 형태로 되어있다.

曰:「將軍之攻翟, 必不能下矣!」田將軍曰:「單以五里之城, 十里之郭[809], 復齊之國, 何{第110面}為攻翟不能下?」去, 上車, 不與言。決攻翟, 三月而不能下。齊嬰兒謠[810]之曰:「大冠如箕, 長劒柱頤[811], 攻翟不能下, 壘於梧丘。」於是田將軍恐駭, 徃見仲連子曰:「先生何以知單之攻翟不能下也?」仲連子曰:「夫將軍在即墨[812]之時, 坐則織蕢, 立則杖[813]臿[814], 為士卒倡, 曰:『宗廟亡矣, 魂魄喪矣, 歸何黨矣。』故將有死之心, 士卒無生之氣。今將軍東有掖邑之封, 西有淄上之寶[815], 金銀黄帶[816], 馳騁乎淄、澠之間, 是以樂生而惡死也。」田將軍明日結髮[817], 徑立矢石之所, 乃引枹而鼓之, 翟人下之。故將者, 士之心也, 士者將之肢體也, 心猶與則肢體不用{第111面}, 田將軍之謂乎!

晋智伯伐鄭, 齊田恒救[818]之。有登盖必身立焉, 車徒有不進者必令助之。壘合而後敢處, 井竈[819]成而後敢食。智伯曰:「吾聞田恒新得國而愛其民, 内同其

---

806) 單의 이체자. 아랫부분의 '甲'의 형태가 '甩'의 형태로 되어있다.

807) 興의 이체자. 윗부분 가운데의 '同'의 형태가 '冃'의 형태로 되어있다. 본 글자는 영남대 소장본을 따랐는데, 고려대 소장본은 글자가 뭉그러져 판독할 수 없고, 補刻本인 후조당 소장본은 다른 형태의 이체자 '興'을 사용하였다.

808) 徃의 俗字. 오른쪽부분의 '主'가 '生'의 형태로 되어있다.

809) 郭의 이체자. 왼쪽부분의 '享'이 '亨'의 형태로 되어있다.

810) 謠의 이체자. 오른쪽 윗부분의 '夕'의 형태가 '⺈'의 형태로 되어있고 아랫부분의 '缶'가 '舌'의 형태로 되어있다.

811) 頤의 이체자. 가운데부분의 '臣'이 '目'의 형태로 되어있다.

812) 墨의 이체자. 윗부분의 '黑'이 '黒'의 형태로 되어있다.

813) 杖의 이체자. 오른쪽부분의 '丈'이 윗부분에 'ヽ'이 첨가된 '丈'의 형태로 되어있다.

814) 臿의 이체자. 가운데 세로획이 '臼'의 아랫부분 밖으로 튀어나와있다.

815) 寶의 이체자. '宀'의 아랫부분 오른쪽의 '缶'가 '尒'로 되어있다.

816) 帶의 이체자. 윗부분 '卌'의 형태가 '丗'의 형태로 되어있다.

817) 髮의 이체자. 아랫부분의 '犮'이 '火'의 형태로 되어있다. 본 글자는 고려대 소장본을 따랐는데, 영남대 소장본은 글자가 떨어져나가 정확한 형태를 판독할 수 없고, 補刻本인 후조당 소장본은 다른 형태의 이체자 '髮'을 사용하였다.

818) 救의 이체자. 왼쪽의 '求'에서 윗부분의 'ヽ'이 빠져있다.

819) 竈의 이체자. 아랫부분의 '黽'이 '㯼'의 형태로 되어있다. 고려대 소장본은 글자가 뭉그러져있고 영남대 소장본은 글자가 떨어져나가 있어서 판독할 수 없기 때문에 후조당 소장본을 따랐다.

財, 外同其勤[820]勞, 治軍若此, 其得衆也, 不可待也。」乃去之耳。

　　《太公兵法》曰：「致慈愛之心, 立武威之戰, 以甲[821]其衆。練[822]其精銳[823], 砥礪其節, 以高[824]其氣。分為五選, 異[825]其旗章[826], 勿使冒[827]亂[828]。堅其行陣, 連其什伍, 以禁淫非。壘陳之次, 車騎[829]之處, 勒兵之勢[830], 軍之法令, 賞罰之數。使士赴火蹈刃, 陷陳[831]取將, 死不旋踵者{**第112面**}[832], 多異於今將者也。」

　　孝昭皇帝時, 比軍監[833]御史為姦, 穿比門垣以為賈區。胡建守比軍尉, 貧無車馬, 常步[834], 與走卒起居, 所以慰愛走卒甚厚。建欲誅監御史, 乃約其走卒曰：「我欲與公有所誅, 吾言取之則取之。斬之則斬之。」於是當選士馬日, 護軍諸校列坐堂皇上, 監御史亦坐。建從走卒趨至堂下拜謁[835], 因上堂, 走卒皆上, 建

---

820) 勤의 이체자. 왼쪽부분 '堇'이 윗부분의 '廿'이 '卝'의 형태로 되어있고 그 아랫부분에는 가로획 하나가 빠진 '菫'의 형태로 되어있다.

821) 卑의 이체자. 맨 윗부분의 '丿'이 빠져있다.

822) 練의 이체자. 오른쪽부분의 '柬'이 '東'으로 되어있다.

823) 銳의 이체자. 오른쪽부분의 '兌'가 '兊'의 형태로 되어있다.

824) 高의 이체자. 윗부분의 '古'의 형태가 '甘'의 형태로 되어있다.

825) 異의 이체자. 아랫부분의 '共'의 가운데에 세로획 하나가 첨가된 '共'의 형태로 되어있다.

826) 章의 이체자. 머리 '立'의 아랫부분의 '早'가 '甲'의 형태로 되어있다.

827) 冒의 이체자. 아랫부분의 '目'이 '月'의 형태로 되어있다.

828) 亂의 이체자. 왼쪽부분의 '𤔔'의 형태가 '𤔲'의 형태로 되어있다.

829) 騎의 이체자. 오른쪽부분의 '奇'가 '竒'의 형태로 되어있다.

830) 勢의 이체자. 윗부분 왼쪽의 '坴'이 '幸'의 형태로 되어있다.

831) 欽定四庫全書本은 조선간본과 다르게 '陣'로 되어있고,《說苑校證》·《說苑全譯》·《설원 4》에도 모두 '陣'로 되어있다. 여기서는 '진영'이라는 의미이기 때문에 조선간본의 '陳'은 오자이다.

832) 앞의 주석에서 밝혔듯이, 후조당 소장본은 제105면부터 제112면까지는 총 8면을 새롭게 판각해 놓은 補刻本이다. 고려대와 영남대 소장본은 총 8면의 인쇄상태가 좋지 않지만 제113면부터는 비교적 깨끗하게 인쇄되어있다. 후조당 소장본은 제113면 이후에 제117면·제118면·제121면·제125면을 제외하고는 인쇄상태가 비교적 양호한 편이다.

833) 監의 이체자. 윗부분 오른쪽의 '𠂈'의 형태가 '𠃉'의 형태로 되어있다. 이번 단락의 아래에서는 정자를 사용하였다.

834) 步의 이체자. 아랫부분의 '少'의 형태가 '丶'이 첨가된 '少'의 형태로 되어있다.

跪指監御史曰：「取彼。」走卒前拽836)下堂。建曰：「斬之。」遂斬監御史, 護軍及諸校皆愕驚, 不知所以。建亦已有成奏在其懷837)。遂上奏以聞, 曰：「臣聞軍法, 立武以威衆, 誅惡以禁邪。今**{第113面}**北軍監御史公穿軍垣以求賈利, 買賣以與士市, 不立剛武之心, 勇838)猛之意, 以率先士大夫, 尤失理不公。臣聞黃帝《理法》曰：『罍壁已具, 行不由路, 謂之姦人, 姦人者殺。』臣謹以斬之, 昧死以聞。」制曰：「《司馬法》曰：『國容不入軍, 軍容不入國也。』建有何疑839)焉？」建由是名興, 後至渭城令, 死。至今渭城有其祠也。

　　魯石公劍, 迫則能840)應, 感則能動, 昀穆841)無窮, 變無形像842), 復柔委從, 如影與響843), 如厸之守戶, 如輪之逐馬, 響之應聲, 影之像形也。閶不及鞈, 呼不及吸, 足舉不及集。相離若蟬翼, 尙在肱北眉睫之**{第114面}**微, 曾844)不可以大息小, 以小況大。用兵之道, 其猶然乎？此善當敵者也。未及夫折衝於未形之前者, 揖讓845)乎廟堂之上, 而施惠乎百萬之民。故居則無變動, 戰則不血刃, 其湯、武之兵與！

　　孔子北遊846), 東上農847)山, 子路、子貢、顏淵848)從焉。孔子喟然歎曰：

---

835) 謁의 이체자. 오른쪽부분의 '曷'이 '昜'의 형태로 되어있다.
836) 拽의 이체자. 오른쪽부분의 '曳'가 윗부분에 'ヽ'이 첨가된 '曳'의 형태로 되어있다.
837) 懷의 이체자. 오른쪽 가운데부분의 '圡'의 형태가 빠져있으며, 그 아랫부분이 '衣'의 형태로 되어있다.
838) 勇의 이체자. 윗부분의 'マ'의 형태가 'コ'의 형태로 되어있다.
839) 疑의 이체자. 왼쪽 아랫부분의 '矢'가 '天'의 형태로 되어있다.
840) 能의 이체자. 오른쪽부분의 '틴'의 형태가 '去'의 형태로 되어있다. 이번 단락의 아래에서는 정자를 사용하였다.
841) 穆의 이체자. 오른쪽 가운데부분의 '小'가 '一'의 형태로 되어있다.
842) 像의 이체자. 오른쪽 윗부분의 '缶'의 형태가 '勹'의 형태로 되어있다.
843) 響의 이체자. 윗부분의 '鄕'이 '鄉'의 형태로 되어있다.
844) 曾의 이체자. 맨 윗부분의 '八'이 'ヽノ'의 형태로 되어있고, 그 아래 '囬'의 형태가 '田'의 형태로 되어있다.
845) 讓의 이체자. 오른쪽부분 '亠'의 아랫부분 '叩'가 '厸'의 형태로 되어있다.
846) 遊의 이체자. '辶' 위의 왼쪽부분의 '方'이 '扌'의 형태로 되어있다.
847) 農의 이체자. 아랫부분의 '辰'이 '辰'의 형태로 되어있다.
848) 淵의 이체자. 오른쪽부분의 '㸦'이 '丬'의 형태로 되어있다. 이번 단락 아래에서는 모두 정자를

「登[849]高望下, 使人心悲, 二三子者, 各言爾志。丘將聽[850]之。」子路曰:「願[851]得白羽若月, 赤羽若[852]日, 鍾鼓之音, 上聞乎天, 旌旗翩飜[853], 下蟠[854]於地。由且舉兵而擊[855]之, 必也攘地千里, 獨由能耳。使夫二子為我從焉!」孔子曰:「勇哉士乎!憤憤者乎!」子貢曰:「賜也, 願[856]齊、楚合戰於莽洋之野, 兩壘相當**{第115面}**, 旌旗相望, 塵埃相接, 接戰搆兵, 賜願著縞衣白冠[857], 陳說白刃之間, 解[858]兩國之患, 獨賜能耳。使夫二子者為我從焉!」孔子曰:「辯[859]哉士乎!僊僊者乎!」顔[860]淵獨不言。孔子曰:「回, 來!若獨何不願乎?」顔淵曰:「文武之事, 二子已言之, 回何敢與焉!」孔子曰:「若鄙[861]心不與焉, 弟[862]言

사용하였다.

849) 登의 이체자. 머리의 '癶'의 형태가 '癶'의 형태로 되어있다.

850) 聽의 이체자. '耳'의 아래 '王'이 '𠀆'의 형태로 되어있으며, 오른쪽부분의 '悳'의 형태가 가운데 가로획이 빠진 '悳'의 형태로 되어있다.

851) 願의 이체자. 왼쪽부분의 '原'이 '原'의 형태로 되어있다.

852) 若의 이체자. 머리의 '艹'가 '䒑'의 형태로 되어있고, 그 아랫부분의 '右'가 '右'의 형태로 되어있다. 이번 단락의 아래에서는 모두 앞에서 사용한 이체자 '若'만 사용하였다.

853) 飜의 이체자. 왼쪽부분의 '番'이 '畨'의 형태로 되어있다.

854) 蟠의 이체자. 오른쪽부분의 '番'이 '畨'의 형태로 되어있다.

855) 擊의 이체자. 윗부분 오른쪽의 '殳'가 '殳'의 형태로 되어있다.

856) 願의 이체자. 왼쪽부분의 '原'이 '原'의 형태로 되어있다. 이번 단락의 아래에서는 앞에서 사용한 이체자 '願'과 여기서 사용한 이체자 '願'을 혼용하였다.

857) 冠의 이체자. 머리 '冖' 아래 왼쪽부분의 '元'이 '示'의 형태로 되어있고, 그 오른쪽부분의 '寸'이 '𠃊'의 형태로 되어있다. 이번 단락의 아래에서는 정자를 사용하였다.

858) 解의 이체자. 오른쪽 아랫부분의 '牛'가 'キ'의 형태로 되어있다.

859) 辯의 이체자. '言'의 양쪽 옆에 있는 '辛'이 아랫부분에 가로획 하나가 더 있는 '𨐌'의 형태로 되어있다.

860) 顔의 이체자. 왼쪽 아랫부분의 '彡'이 '丷'의 형태로 되어있다. 이번 단락의 앞에서는 정자를 사용하였는데, 이번 단락의 아래에서는 이 이체자와 정자를 혼용하였다.

861) 鄙의 이체자. 왼쪽 윗부분의 '口'가 '厶'의 형태로 되어있다.

862) 欽定四庫全書本은 조선간본과 다르게 '第'로 되어있고, 《說苑校證》·《說苑全譯》·《설원4》에도 모두 '第'로 되어있다. 여기서 '第'는 '주저하지 말고'(劉向 原著, 王鍈·王天海 譯註, 《說苑全譯》, 貴州人民出版社, 1991. 640쪽)라는 뜻이기 때문에 조선간본의 '弟(弟)'는 오자이다.

之！」顏淵曰：「回聞鮑魚蘭863)芷不同篋而藏864)，堯、舜、桀865)、紂不同國而治。二子之言與回言異。回願得明王聖主而相之，使城郭866)不脩，溝池不越，鍛867)劒戟868)以為農器869)，使天下千歲870)無戰鬪之患。如屾871)則由何憤憤而擊，賜又何僛僛而使乎？」孔子曰：「羡872)哉德乎！姚姚者乎！」子路舉手{第116面}873)問曰：「願聞夫子之意。」孔子曰：「吾所願者，顏氏之計，吾願負874)衣冠而從顏氏子也。」

魯哀公問於仲尼曰：「吾欲小則守，大則攻，其道若何？」仲尼曰：「若朝廷有禮，上下有親，民之衆皆君之畜也，君將誰攻？若朝廷875)無禮，上下無親，民衆皆君之讎也，君將誰與守？」於是廢876)澤梁之禁，弛關市之征，以為民惠也。」

文王曰：「吾欲用兵，誰可伐？宻877)須氏疑878)於我，可先往伐。」管叔曰：「不可。其君天下之明君也，伐之不義。」太公望曰：「臣聞之，先王伐枉不伐順，伐嶮不伐易，伐過不伐不及。」文王曰：「善。」遂伐宻須氏，滅{第117面}879)之也。

---

863) 蘭의 이체자. 아랫부분 '門' 안의 '柬'이 '東'의 형태로 되어있다.
864) 藏의 이체자. 아랫부분 왼쪽의 '爿'의 형태가 빠져있고, '臣'이 '目'의 형태로 되어있다.
865) 桀의 이체자. 윗부분 왼쪽의 '夕'이 '歹'의 형태로 되어있다.
866) 郭의 이체자. 왼쪽부분의 '享'이 '享'의 형태로 되어있다.
867) 鍛의 이체자. 오른쪽부분의 '段'이 '叚'의 형태로 되어있다.
868) 戟의 이체자. 왼쪽부분의 '卓'의 형태가 '卓'의 형태로 되어있다.
869) 器의 이체자. 가운데부분의 '犬'이 '大'의 형태로 되어있다.
870) 歲의 이체자. 머리의 '止'가 '山'의 형태로 되어있다.
871) 此의 이체자. 좌부변의 '止'가 '山'의 형태로 되어있다.
872) 美의 이체자. 아랫부분의 '大'가 '火'의 형태로 되어있다.
873) 영남대학교 소장본의 경우 이번 면인 제116면이 일실되어있다.
874) 負의 이체자. 윗부분의 '⺈'가 '力'의 형태로 되어있다. 이번 단락에서 앞에서는 정자를 사용하였는데 여기와 뒤에서는 이체자를 사용하였다.
875) 廷의 이체자. '廴' 위의 '壬'이 '手'의 형태로 되어있다.
876) 廢의 이체자. 맨 아래 오른쪽부분의 '殳'가 '攵'의 형태로 되어있다.
877) 宻의 이체자. 가운데부분의 '必'이 '叉'의 형태로 되어있다.
878) 疑의 이체자. 왼쪽 윗부분의 '匕'가 '上'의 형태로 되어있고, 오른쪽부분의 '疋'의 형태가 '正'의 형태로 되어있다.
879) 영남대학교 소장본의 경우 이전 면인 제116면에 이어 이번 면인 제117면도 일실되어있는데,

　　武王將伐紂, 召太公望而問之, 曰：「吾欲不戰而知勝, 不卜而知吉, 使非其人, 為之有道乎？」太公對曰：「有道。王得眾人之心, 以圖不道, 則不戰而知勝矣。以賢伐不肖, 則不卜而知吉矣。彼害之, 我利之。雖非吾民, 可得而使也。」武王曰：「善。」乃召周公而問焉, 曰：「天下之圖事者, 皆以殷為天子, 以周為諸侯, 以諸侯攻天子, 勝之有道乎？」周公對曰：「殷信天子, 周信諸侯, 則無勝之道矣, 何可攻乎？」武王忿然曰：「汝言有說乎？」周公對曰：「臣聞之, 攻禮者為賊, 攻義者為殘, 失其民制為匹夫{第118面}。王攻其失民者也, 何攻天子乎？」武王曰：「善。」乃起眾舉師, 與殷⁸⁸⁰⁾戰於牧之野, 大敗殷⁸⁸¹⁾人。上堂見玉, 曰：「誰之玉也？」曰：「諸侯之玉。」即取而歸之於諸侯。天下聞之, 曰：「武王廉⁸⁸²⁾扵⁸⁸³⁾財矣。」入室見女, 曰：「誰之女也？」曰：「諸侯之女也。」即取而歸之於諸侯。天下聞之, 曰：「武王廉扵色也。」於是發巨橋之粟, 散鹿臺之財金錢以與士民, 黜⁸⁸⁴⁾其戰車而不乘, 弛其甲兵而弗用, 縱馬華山, 放牛桃林, 示不復用。天下聞者, 咸謂武王行義扵天下, 豈不大哉？

　　文王欲伐崇, 先宣言曰：「余聞崇侯虎蔑侮父兄, 不敬長老, 聽獄不中, 分財不均, 百姓力盡, 不得{第119面}衣食, 余將来征之, 唯為民。」乃伐崇, 令毋殺人, 毋壞⁸⁸⁵⁾室, 毋填井, 毋伐樹木, 毋動六畜, 有不如令者死無赦。崇人聞之, 因請降。

　　楚莊王伐陳, 吳救之, 雨十日十夜, 晴。左史倚⁸⁸⁶⁾相曰：「吳必夜至, 甲列壘

　　총 2면이 일실되어 있고 제118면부터는 제대로 남아있다.

880) 殷의 이체자. 왼쪽부분의 '月'의 형태가 'ʼ'의 형태로 되어있다.

881) 殷의 이체자. 이번 단락의 앞에서 사용한 이체자 '殷'와는 다르게 왼쪽부분의 '月'의 형태가 'ʼ'의 형태로 되어있다.

882) 廉의 이체자. '广' 안의 '兼'에서 아랫부분이 'ᐶ'의 형태로 되어있다.

883) 於의 이체자. 좌부변의 '方'이 'ʼ'의 형태로 되어있다. 이번 단락의 아래에서는 이 이체자와 정자를 혼용하였다.

884) 黜의 이체자. 좌부변의 '黑'이 '黒'의 형태로 되어있고, 오른쪽부분의 '出'이 'ᐶ'의 위에 있다.

885) 壞의 이체자. 오른쪽 가운데부분의 '士'의 형태가 빠져있으며, 그 아랫부분은 '衣'의 형태로 되어있다.

886) 倚의 이체자. 오른쪽부분의 '奇'가 '竒'의 형태로 되어있다.

壞, 彼必薄887)我, 何不行列鼓出待之。」吳師至楚, 見成陳而還。左史倚相曰：
「追之。吳行六十里而無功, 王罷卒寢。」果擊888)之, 大敗吳師。

齊桓公之時, 霖雨十旬。桓公欲伐漇陵, 其城之值雨也未合。管仲、隰朋以
卒徒造於門, 桓公曰：「徒衆何以為？」管仲對曰：「臣聞之, 雨則有事。夫漇{**第
120面**}陵不能雨, 臣請攻之。」公曰：「**善！**」遂興889)師伐之。既至, 大卒間外, 士
在內矣, 桓公曰：「其有聖人乎？」乃還旗而去之。

宋圍曹, 不拔890)。司馬子魚謂君曰：「文王伐崇, 崇軍其城, 三旬不降, 退而
修教, 復伐之, 因壘而降。今君德無乃有所891)闕892)乎？胡不退修德, 無闕而後
動。」

吳王闔廬與荊人戰於栢893)舉, 大勝之, 至於郢郊, 五敗荊人。闔廬之臣五人
進諫曰：「夫深入遠報, 非王之利也, 王其返乎？」五將鍥頭, 闔廬未之應, 五人
之頭墜於馬前。闔廬懼, 召伍子胥而問焉, 子胥曰：「五臣者懼也。夫五敗之人
者, 其懼甚矣{**第121面**}, 王姑少進。」遂入郢, 南至江, 坒894)至方城, 方三千里,
皆服於吳矣。

田成子常與宰我爭, 宰我夜伏卒, 將以攻田成子, 令於卒中曰：「不見旌節毋
起。」鴟夷子皮聞之, 告田成子。田成子因為旌節以起宰我之卒以攻之, 遂殘之也。

齊桓公坒伐山戎氏, 請兵於魯, 魯不與, 桓公怒, 將攻之。管仲曰：「不可,
我已刑坒方諸侯矣。今又攻魯, 無乃不可乎？魯必事楚, 是我一舉而失兩也。」桓

---

887) 薄의 이체자. 머리 '艹' 아래 오른쪽부분의 '尃'가 '專'의 형태로 되어있다.

888) 擊의 이체자. 윗부분 오른쪽의 '殳'가 '夊'의 형태로 되어있다.

889) 興의 이체자. 윗부분 가운데의 '同'의 형태가 '𦥑'의 형태로 되어있다.

890) 拔의 이체자. 오른쪽부분의 '犮'이 '犮'의 형태로 되어있다.

891) 所의 이체자.

892) 闕의 이체자. '門' 안의 왼쪽부분의 '屰'이 '丰'의 형태로 되어있고, 그 오른쪽부분의 '欠'이
'尺'의 형태로 되어있다.

893) 柏의 속자. 오른쪽부분의 '白'이 '百'의 형태로 되어있다. 欽定四庫全書本은 조선간본과 다르
게 '柏'으로 되어있고,《說苑校證》·《說苑全譯》·《설원4》에도 모두 '柏'으로 되어있다.

894) 北의 이체자. 왼쪽부분의 '⺈'의 형태가 '土'의 형태로 되어있고, 우부방의 '匕'가 '上'의 형태로
되어있다.

公曰:「**善**!」乃輟攻魯矣。

聖人之治天下也, 先文德而後武力。凡[895]武之興{**第122面**}, 為不服也。文化不攺[896], 然後加誅。夫下愚不移, 純德之所不舷化, 而後武力加焉。

昔堯誅四凶以**懲**[897]惡, 周公殺管蔡以弭亂, 子産殺鄧析以威侈, 孔子斬少正卯以變衆, 佞[898]賊之人而不誅, 亂之道也。《易》曰:「不威小, 不**懲**大, 此小人之福也。」

五帝三王教以仁義, 而天下變也, 孔子亦教以仁義, 而天下不従[899]者, 何也?昔明王有**絃**[900]冕以尊賢, 有斧鉞以誅惡, 故其賞至重, 而刑至深, 而天下變。孔子賢顏淵, 無以賞之, 賤孺悲, 無以罰之。故天下不從。是故道非權不立, 非**勢**不行, 是道{**第123面**}尊然後行。

孔子為魯司寇[901], 七日而誅少正卯於東觀之下。門人聞之, 趨而進, 至者不言, 其意皆一也。子貢後至, 趨而進曰:「夫少正卯者, 魯國之聞人矣!夫子始為政, 何以先誅之?」孔子曰:「賜也, 非爾所及也。夫王者之誅有五, 而盜竊[902]不與焉。一曰心辨而險, 二曰言偽而辯, 三曰行辟[903]而堅, 四曰志愚而愽[904], 五曰順非而澤。此五者皆有辨知聰[905]達[906]之名, 而非其真也, 苟行以偽, 則其知足

---

895) 凡의 이체자. '几' 안쪽의 'ヽ'이 직선 형태로 되어있으며 그 가로획이 오른쪽 'ㄟ'획의 밖으로 삐져나와 있다.

896) 攺의 이체자. 왼쪽부분의 '己'가 '巳'의 형태로 되어있다.

897) 懲의 이체자. 윗부분 가운데의 '山'과 '王'의 사이에 가로획 '一'이 빠져있다.

898) 佞의 이체자. 오른쪽 윗부분의 '二'의 형태가 'ㅗ'의 형태로 되어있다.

899) 從의 이체자. 오른쪽부분의 '㒸'의 형태가 '芝'의 형태로 되어있다.

900) 絃의 이체자. 오른쪽부분의 '犮'이 '犮'의 형태로 되어있다.

901) 寇의 이체자. 머리의 '宀'이 '一'의 형태로 되어있고, 그 오른쪽부분의 '攴'이 '女'의 형태로 되어있다.

902) 竊의 이체자. 머리의 '穴' 아래 왼쪽부분의 '釆'의 형태가 '耒'의 형태로 되어있고, 그 오른쪽부분의 '卨'의 형태가 '鬲'의 형태로 되어있다.

903) 辟의 이체자. 왼쪽부분의 '启'의 형태가 'ヽ'이 첨가된 '启'의 형태로 되어있다.

904) 愽의 이체자. 오른쪽 윗부분의 '甫'가 '宙'의 형태로 되어있다. 欽定四庫全書本에는 '博'으로 되어있다.

905) 聰의 이체자. 오른쪽 윗부분의 '囪'이 '図'의 형태로 되어있다.

以移衆, 強足以獨立, 此姦人之椎[907]也, 不可不誅。夫有五者之一, 則不免於誅。今少正卯兼[908]之, 是以先誅之{第124面}也。昔者湯誅蠋沐, 太公誅潘阯, 管仲誅史附里, 子産誅鄧析, 此五子未有不誅也。所謂誅之者, 非爲其晝則功盜, 暮則穿窬也, 皆傾覆之徒[909]也。此固君子之所疑[910], 愚者之所[911]惑也。《詩》云:『憂心悄悄, 慍于羣[912]小。』此之謂矣。」

齊人王斶[913]生見周公, 周公出見之, 曰:「先生遠辱, 何以敎之?」王斶生曰:「言內事者於內, 言外事者於外。今言內事乎?言外事乎?」周公導入。王斶生曰:「敬從布席。」周公不導坐, 王斶生曰:「言大事者坐, 言小事者倚。今言大事乎?言小事乎?」周公導坐, 王斶生坐。周公曰:「先生何以敎之?」王斶生曰{第125面}:「臣聞聖人不言而知, 非聖人者, 雖言不知。今欲言乎?無言乎?」周公俛念, 有頃不對。王斶生藉筆牘書之曰:「社稷且危。」傅[914]之於膺, 周公仰視見書曰:「唯唯!謹聞命矣。」明日誅管、蔡。

---

906) 達의 이체자. '辶' 윗부분의 '幸'이 '幸'의 형태로 되어있다.

907) 欽定四庫全書本은 조선간본과 다르게 '雄'으로 되어있고,《說苑校證》·《說苑全譯》·《설원4》에도 모두 '雄'으로 되어있다. 여기서는 '영웅'(劉向 撰, 林東錫 譯註,《설원4》, 동서문화사, 2009. 1652쪽) 혹은 '奸雄'(劉向 原著, 王鍈·王天海 譯註,《說苑全譯》, 貴州人民出版社, 1991. 653쪽)이라는 뜻이기 때문에 조선간본의 '椎'는 오자이다.

908) 兼의 이체자. 맨 아랫부분이 '灬'의 형태로 되어있다.

909) 徒의 이체자. 오른쪽부분의 '走'가 '초'의 형태로 되어있다.

910) 疑의 이체자. 왼쪽 윗부분의 '匕'가 '上'의 형태로 되어있다.

911) 所의 이체자. 이번 단락의 앞에서는 모두 정자를 사용하였는데, 여기서는 이체자를 사용하였다.

912) 羣의 이체자. 발의 '羊'이 '半'의 형태로 되어있다.

913) 滿의 이체자. 오른쪽 윗부분의 '廿'이 '艹'의 형태로 되어있고 그 아랫부분의 '兩'이 '用'의 형태로 되어있다.

914) 傅의 이체자. 오른쪽 윗부분의 '甫'가 '宙'의 형태로 되어있는데, 조선간본의 '傅'은 '傳'의 이체자로 쓰기도 한다. 欽定四庫全書本은 조선간본과 다르게 '傅'로 되어있고,《說苑校證》·《說苑全譯》·《설원4》에도 모두 '傅'로 되어있다. 여기서는 '붙이다'(劉向 撰, 林東錫 譯註,《설원4》, 동서문화사, 2009. 1656쪽. 劉向 原著, 王鍈·王天海 譯註,《說苑全譯》, 貴州人民出版社, 1991. 654쪽)라는 뜻이기 때문에 조선간본의 '傅'은 '傳'의 이체자가 아니라 '傅'의 이체자로 쓰인 것이다.

劉向說苑卷第十五{第126面}[915]

---

[915] 이 卷尾의 제목은 마지막 제11행에 해당한다. 이번 면은 제4행에서 글이 끝나고, 나머지 6행은 빈칸으로 되어있다. 앞의 주석에서 밝혔듯이, 이번 권의 卷首의 제목이 고려대와 영남대 소장본 '卷十三'으로 되어있고, 후조당 소장본은 '卷十三'으로 되어있다. 그런데 고려대와 영남대 소장본은 제일 마지막 면인 이번 면 제126면이 일실되어있고, 후조당 소장본은 '卷第十五'로 제대로 되어있다.

《第四冊》

劉1)向說苑卷第十六

談叢2)

王者知所以臨下而治衆, 則群臣畏服3)矣4)。知所以聽5)言受事, 則不蔽欺矣。知所以安利萬民, 則海内必定矣。知所以忠孝事上, 則臣子之行備矣。凢6)所以刼7)殺8)者, 不知道術9)以御10)其臣下也。凢吏勝其職則事治, 事治則利生。不勝其職則事亂11), 事亂則害成也。

百方之事, 萬變鋒出。或欲持虚, 或欲持實, 或好浮遊12), 或好誠必, 或行安舒, 或為飄疾。從此觀之, 天下不可一, 聖王臨13)天下而骰14)一之。**{第1面}**

意不並銳15), 事不兩隆16)。盛於彼者必衰於此, 長於左者必短於右。憙17)夜卧18)者不骰蚤19)起20)也。

---

1) 劉의 이체자. 왼쪽 윗부분이 '叩'의 형태로 되어있다.
2) 叢의 이체자. 가운데부분의 '羊'의 형태가 '王'의 형태로 되어있다.
3) 服의 이체자. 오른쪽 아랫부분의 '又'가 'く'의 형태로 되어있다.
4) 矣의 이체자. 'ㅿ'의 아랫부분의 '矢'가 '夫'의 형태로 되어있다.
5) 聽의 이체자. '耳'의 아래 '王'이 '土'의 형태로 되어있으며, 오른쪽부분의 '悳'의 형태가 가운데 가로획이 빠진 '悳'의 형태로 되어있다.
6) 凡의 이체자. '几' 안의 'ㆍ'이 안쪽이 아닌 위쪽에 붙어 있다.
7) 劫의 이체자. 우부방의 '力'이 '刄'의 형태로 되어있다.
8) 殺의 이체자. 우부방의 '殳'가 '夛'의 형태로 되어있다.
9) 術의 이체자. 가운데부분의 '朮'이 위쪽의 'ㆍ'이 빠진 '木'으로 되어있다.
10) 御의 이체자. 가운데부분의 '缶'의 형태가 '缶'의 형태로 되어있다.
11) 亂의 이체자. 왼쪽부분의 '𤔔'의 형태가 '𤔔'의 형태로 되어있다.
12) 遊의 이체자. '辶' 위의 왼쪽부분의 '方'이 '扌'가 되어있다.
13) 臨의 이체자. 왼쪽부분의 '臣'이 '目'의 형태로 되어있고, 오른쪽 윗부분의 '𠂉'의 형태가 'ㅗ'의 형태로 되어있다.
14) 能의 이체자. 오른쪽부분의 '匕'의 형태가 '去'의 형태로 되어있다.
15) 銳의 이체자. 오른쪽부분의 '兌'가 '兗'의 형태로 되어있다.
16) 隆의 이체자. 오른쪽 아랫부분의 '生'이 '舌'의 형태로 되어있다.
17) 欽定四庫全書本은 조선간본과 다르게 '喜'로 되어있고,《說苑校證》·《說苑全譯》·《설원4》에도 모두 '喜'로 되어있다. 조선간본의 '憙'와 欽定四庫全書本의 '喜'는 뜻이 같다.
18) 臥의 이체자. 왼쪽부분의 '臣'이 '目'의 형태로 되어있고, 오른쪽부분의 '人'이 '卜'의 형태로 되어

鸞設於鑣, 和設於軾。馬動而鸞鳴, 鸞鳴而和應, 行之節也。

不富無以為大, 不予無以合親。親踈²¹⁾則害, 失眾則敗。不教而誅謂之虐²²⁾, 不戒責成謂之暴²³⁾也。

夫水出於山而入於海, 稼生於田而藏²⁴⁾於廩。聖人見所生, 則知所歸²⁵⁾矣。

天道布順, 人事取予多, 藏不用, 是謂怨府。故物不可聚也。

一圍之木, 特²⁶⁾千鈞之屋, 五寸之鍵, 而制開闔。豈{第2面}材足任哉？蓋所居要也。

夫小快害義, 小慧害道, 小辨害治, 苟²⁷⁾心傷德, 太²⁸⁾政不險²⁹⁾。蛟龍³⁰⁾雖³¹⁾神, 不飢以白日去其倫。飄風雖疾, 不飢以陰³²⁾雨揚其塵³³⁾。

邑名勝母, 曾³⁴⁾子不入。水名盜泉, 孔子不飲, 醜³⁵⁾其聲³⁶⁾也。婦人之口, 可

있다.

19) 蚤의 이체자. 윗부분의 '叉'의 형태가 '又'의 형태로 되어있다.

20) 起의 이체자. 오른쪽부분의 '己'가 '巳'의 형태로 되어있다.

21) 疎의 이체자. 좌부변의 '疋'의 형태가 '⻊'의 형태로 되어있다.

22) 虐의 이체자. 머리의 '虍'가 '𠂆'의 형태로 되어있고 그 아랫부분은 '⺕'의 형태가 '⺋'의 형태로 되어있다.

23) 暴의 이체자. 발의 '氺'가 '小'의 형태로 되어있다.

24) 藏의 이체자. 아랫부분 왼쪽의 '爿'의 형태가 빠져있고, '臣'이 '𦥑'의 형태로 되어있다.

25) 歸의 이체자. 왼쪽 맨 윗부분의 'ノ'이 빠져있고, 아랫부분의 '止'가 '𠄌'의 형태로 되어있다.

26) 欽定四庫全書本은 조선간본과 다르게 '持'로 되어있고,《說苑校證》·《說苑全譯》·《설원4》에도 모두 '持'로 되어있다. 여기서는 '지탱하다'(劉向 撰, 林東錫 譯註,《설원4》, 동서문화사, 2009. 1668쪽)라는 의미이기 때문에 조선간본의 '特'은 오자이다.

27) 苟의 이체자. 머리의 '艹'가 '⺍'의 형태로 되어있다.

28) 欽定四庫全書本은 조선간본과 다르게 '大'로 되어있고,《說苑校證》·《說苑全譯》·《설원4》에도 모두 '大'로 되어있다. 여기서는 '크다'라는 의미이기 때문에 조선간본의 '太'는 '大'와 통한다.

29) 險의 이체자. 오른쪽 맨 아랫부분의 '从'이 '灬'의 형태로 되어있다.

30) 龍의 이체자. 오른쪽부분의 '㔾'의 형태가 '㠯'의 형태로 되어있다.

31) 雖의 이체자. 왼쪽 윗부분의 '口'가 '厶'의 형태로 되어있다.

32) 陰의 이체자. 오른쪽부분의 '侌'이 '㐬'의 형태로 되어있다.

33) 塵의 이체자. 가운데부분의 '比'가 '丛'의 형태로 되어있다.

34) 曾의 이체자. 맨 윗부분의 '八'이 '𠀎'의 형태로 되어있고 그 아래 '囧'의 형태가 '田'의 형태로

以出走，婦人之喙[37]，可以死[38]敗。

不修其身，求之於人，是謂失倫。不治其內，而修其外，是謂大廢。重載而危之，操策[39]而随[40]之，非所以為全也。

士橫道而偃，四支不掩，非士之過，有土之羞也。邦君将[41]昌，天遺其道。大夫将昌，天遺之士。庶[42]人**{第3面}**将昌，必有良子。

賢[43]師良友在其側，詩書禮樂陳於前，棄而為不善者，鮮矣。義士不欺心，仁人不害生。謀[44]泄則無功，計不設則事不成。賢士不事所非，不非所事。愚者行間而益固，鄙人飾詐而益野。聲無細而不聞，行無隠[45]而不明。至神無不化也，至賢無不移也。上不信，下不忠，上下不和，雖安必危。求以其道則無不得，為以其時則無不成。

時不至，不可強生也。事不究，不可強成也。貞良而亡，先人餘殃。猖蹷而活，先人餘烈。權取重，澤取長。才賢任軽[46]則有名，不肖任大，身死名廢。**{第4面}**

士不以利移，不爲患攺[47]，孝敬忠信之事立，雖死而不悔。智而用私[48]，不如

되어있다.

35) 醜의 이체자. 오른쪽부분의 '鬼'가 맨 위의 '丿'이 빠진 '鬼'의 형태로 되어있다.

36) 聲의 이체자. 윗부분 오른쪽의 '殳'가 '殳'의 형태로 되어있다.

37) 喙의 이체자. 오른쪽부분의 '彖'이 '豙'의 형태로 되어있다.

38) 死의 이체자. 오른쪽부분의 '匕'가 '巳'의 형태로 되어있다.

39) 策의 이체자. 머리 '⺮' 아래의 '朿'가 '束'의 형태로 되어있다.

40) 隨의 略字. 오른쪽부분 '辶' 위의 '育'의 형태가 '有'의 형태로 되어있다.

41) 將의 이체자. 왼쪽부분의 '爿'이 '丬'의 형태로 되어있고, 오른쪽 윗부분의 '夕'의 형태가 '爫'의 형태로 되어있다.

42) 庶의 이체자. '广' 안의 윗부분 '廿'이 '卄'의 형태로 되어있고, 그 아랫부분의 '灬'가 '从'의 형태로 되어있다.

43) 賢의 이체자. 윗부분 왼쪽의 '臣'이 '目'의 형태로 되어있다.

44) 謀의 이체자. 오른쪽부분의 '某'가 '某'의 형태로 되어있다.

45) 隱의 이체자. 오른쪽 맨 윗부분의 '爫'의 아래 '工'이 빠져있다.

46) 輕의 이체자. 오른쪽부분의 '巠'이 '圣'의 형태로 되어있다.

47) 改의 이체자. 왼쪽부분의 '己'가 '巳'의 형태로 되어있다.

愚而用公, 故曰巧偽不如拙誠。學問不倦, 所以治己也。教誨不厭, 所以治人也, 所以貴虛無者, 得以應變而合時也。冠雖故, 必加於首。履⁴⁹⁾雖新, 必關於足。上下有分, 不可相倍。一心可以事百君, 百心不可以事一君, 故曰：正而心又少而言。

萬物得其本者生, 百事得其道者成。道之所在, 天下歸之。德之所在, 天下貴之。仁之所在, 天下愛之。義之所在, 天下畏之。屋漏者民去之, 水淺⁵⁰⁾者魚逃之, 樹高者鳥宿之, 德**厚**⁵¹⁾者士趨之, 有禮{第5面}者民畏之, 忠信者士死之。衣雖弊, 行必修。頭雖亂, 言必治。時在應之, 為在因之。所伐而當, 其福五之。所伐不當, 其禍⁵²⁾十之。

必貴以賤為本, 必高以下為基。天將與之, 必先苦之。天將毀之, 必先累之。孝於父毋, 信於交友, 十步⁵³⁾之澤, 必有香草⁵⁴⁾。十室之邑, 必有忠士。草木秋死, 松栢⁵⁵⁾獨在。水浮萬物, 玉石留⁵⁶⁾止。飢渴⁵⁷⁾得食, 誰能不喜？賑⁵⁸⁾窮救⁵⁹⁾急, 何患無有？視其所以, 觀其所使, 斯可知已。乘⁶⁰⁾輿馬不勞致千里, 乘船楫不游⁶¹⁾絶江海。智莫大扵闕疑⁶²⁾, 行莫大於無悔也。制宅名子, 足以觀士。利不

---

48) 私의 이체자. 오른쪽 부분의 'ㅿ'가 'ㄥ'의 형태로 되어있다.

49) 履의 이체자. 'ㅌ'의 아랫부분 왼쪽의 'ㅓ'이 'ㅓ'의 형태로 되어있다.

50) 淺의 이체자. 오른쪽의 '戔'이 윗부분은 그대로 '戈'로 되어있고 아랫부분 '戈'에 '�丶'이 빠진 '戔'의 형태로 되어있다.

51) 厚의 이체자. 'ㄏ' 안의 윗부분의 '日'이 '白'의 형태로 되어있다.

52) 禍의 이체자. 판본 전체적으로 자주 사용하는 이체자 '禍'와는 다르게 오른쪽부분의 '咼'가 '咼'의 형태로 되어있다.

53) 步의 이체자. 아랫부분의 '少'의 형태가 '�丶'이 첨가된 '少'의 형태로 되어있다.

54) 草의 이체자. 머리의 '艹'가 '丷'의 형태로 되어있다. 이전 단락의 아래에서는 정자를 사용하였다.

55) 栢의 속자. 오른쪽부분의 '白'이 '百'의 형태로 되어있다. 欽定四庫全書本은 조선간본과 다르게 '柏'으로 되어있고, 《說苑校證》·《說苑全譯》·《설원4》에도 모두 '柏'으로 되어있다.

56) 留의 이체자. '田'의 윗부분이 '叩'의 형태로 되어있다.

57) 渴의 이체자. 오른쪽부분의 '曷'이 '曷'의 형태로 되어있다.

58) 賑의 이체자. 오른쪽부분의 '辰'이 '辰'의 형태로 되어있다.

59) 救의 이체자. 왼쪽의 '求'에서 윗부분의 '�丶'이 빠져있다.

60) 乘의 이체자. 가운데부분의 '北'이 '芈'의 형태로 되어있다.

61) 游의 이체자. 가운데부분의 '方'이 'ㅓ'의 형태로 되어있다.

兼[63]，賞不倍。忽忽之謀，不{第6面}可為也。惕惕之心，不可長也。

天與不取，反受其咎。時至不迎，反受其殃。天地無親，常與善人。天道有常，不為堯[64]存，不為桀亡。積善之家，必有餘慶。積惡之家，必有餘殃。一噎之故，絕穀[65]不食。一蹶[66]之故，却足不行。心如天地者明，行如繩[67]墨[68]者章[69]。

位高道大者從，事大道小者凶。言疑[70]者無犯，行疑[71]者無從。蠹[72]蝝[73]仆柱梁，蚊蝱走牛羊。

謁[74]問析辭[75]勿應，怪言虛說勿稱[76]。謀先事則昌，事先謀則亡。

無以滛[77]泆棄業，無以貧賤自輕，無以所好害身{第7面}，無以嗜[78]欲妨生，無以奢侈為名，無以貴富驕盈。喜怒不當，是謂不明，暴戾不得，反受其賊，怨生不報，禍生於福。

---

62) 疑의 이체자. 왼쪽 윗부분의 'ヒ'가 '上'의 형태로 되어있고 아랫부분의 '矢'가 '夫'의 형태로 되어있다.

63) 兼의 이체자. 맨 아랫부분이 '灬'의 형태로 되어있다.

64) 堯의 이체자. 아랫부분의 '兀'이 '几'의 형태로 되어있다.

65) 穀의 이체자. 왼쪽 아랫부분의 '禾' 위에 가로획이 없고 '禾'가 '米'로 되어있으며, 우부방의 '殳'가 '夂'의 형태로 되어있다.

66) 蹶의 이체자. 오른쪽부분 '厂' 안의 왼쪽부분의 '屮'이 '羊'의 형태로 되어있다.

67) 繩의 이체자. 오른쪽부분의 '黽'이 '黿'의 형태로 되어있다.

68) 墨의 이체자. 윗부분의 '黑'이 '黒'의 형태로 되어있다.

69) 章의 이체자. 머리 '立'의 아랫부분의 '早'가 '甲'의 형태로 되어있다.

70) 疑의 이체자. 왼쪽 윗부분의 'ヒ'가 '土'의 형태로 되어있고 아랫부분의 '矢'가 '夫'의 형태로 되어있다.

71) 疑의 이체자. 왼쪽 윗부분의 'ヒ'가 '土'의 형태로 되어있고 아랫부분의 '矢'가 '夫'의 형태로 되어있으며, 오른쪽부분의 '疋'의 형태가 '疋'의 형태로 되어있다.

72) 蠹의 이체자. 맨 윗부분의 '巿'의 형태가 '土'의 형태로 되어있다.

73) 蝝의 이체자. 오른쪽부분의 '彖'이 '豕'의 형태로 되어있다.

74) 謁의 이체자. 오른쪽부분의 '曷'이 '曷'의 형태로 되어있다.

75) 辭의 이체자. 왼쪽부분의 '𤔔'가 '𤔔'의 형태로 되어있으며, 우부방의 '辛'이 아랫부분에 가로획 하나가 더 있는 '辛'의 형태로 되어있다.

76) 稱의 이체자. 오른쪽부분의 '爯'이 '𪓑'의 형태로 되어있다.

77) 淫의 이체자. 오른쪽 아랫부분의 '壬'이 '舌'의 형태로 되어있다.

78) 嗜의 이체자. 오른쪽 아랫부분의 '日'이 '目'의 형태로 되어있다.

一言而非, 四馬不能追[79]。一言不急, 四馬不能及。順風而飛, 以助氣力。銜葭而翔, 以備矰[80]弋。

鏡以精明, 美惡自服。衡[81]平無私, 輕重自得。蓬生枲中, 不扶自直。白砂入泥[82], 與之皆黑。

時乎時乎！間不及謀。至時之極[83], 間不容息。勞而不休, 亦將自息。有而不施, 亦將自得。

無不為者, 無不能成也。無不欲者, 無不能得也。衆正之積, 福無不及也。衆邪之積, 禍無不逮[84]也。**{第8面}**

力勝貧, 謹[85]勝禍, 愼勝害, 戒勝災。為**善**者天報以德, 為不**善**者天報以禍。君子得時如水, 小人得時如火。謗道己者, 心之罪也。尊賢己者, 心之力也。心之得, 萬物不足為也。心之失, 獨心不能守也。子不孝, 非吾子也。交不信, 非吾友也。食其口而百節肥, 灌其本而枝葉茂[86]。本傷者枝槁, 根深者末厚。為**善**者得道, 為惡者失道。惡語不出口, 苟言不留耳。務偽不長, 喜虛不久[87]。義士不欺心, 廉士不妄取。以財為草, 以身為**寶**[88]。慈仁少小, 恭[89]敬耆老。犬吠不驚,

---

79) 追의 이체자. '辶' 윗부분의 '自'의 형태가 'ㅣ'이 빠진 '㠯'의 형태로 되어있다.

80) 矰의 이체자. 오른쪽부분의 '曾'이 '魯'의 형태로 되어있다.

81) 衡의 이체자. 가운데부분의 '奐'가 '魚'의 형태로 되어있다.

82) 泥의 이체자. 오른쪽부분의 '尼'가 '屁'의 형태로 되어있다.

83) 極의 이체자. 오른쪽 가운데부분의 '丂'가 '了'의 형태로 되어있다.

84) 欽定四庫全書本과《설원4》는 조선간본과 다르게 '見'으로 되어있는데, '見'은 '나타나다'(劉向 撰, 林東錫 譯註,《설원4》, 동서문화사, 2009. 1729쪽)라는 의미로 쓰였다.《說苑校證》과《說苑全譯》도 조선간본과 다르게 '逮'로 되어있는데, '逮'는 '도달하다'(劉向 原著, 王鍈·王天海 譯註,《說苑全譯》, 貴州人民出版社, 1991. 672쪽)라는 의미로 쓰였다. 그런데《說苑校證》에서는 宋本과 明鈔本 등에는 '逮'로 되어있다(劉向 撰, 向宗魯 校證,《說苑校證》, 北京: 中華書局, 1987(2017 重印), 272쪽)라고 하였다. 그러므로 조선간본의 '逮'은 '見'이 아니라 '逮'의 오자이거나 이체자인 것으로 보인다.

85) 謹의 이체자. 오른쪽부분 '堇'이 윗부분의 '廿'이 '艹'의 형태로 되어있고 그 아랫부분에는 가로획 하나가 빠진 '堇'의 형태로 되어있다.

86) 茂의 이체자. 머리 '++' 아랫부분의 '戊'가 '戈'의 형태로 되어있다.

87) 久의 이체자.

88) 寶의 이체자. '宀'의 아랫부분 오른쪽의 '缶'가 '尒'로 되어있다.

命曰金城。常避危殆, 命曰不悔。冨⁹⁰⁾必念⁹¹⁾貧, 壯必念老, 年雖幼⁹²⁾少, 慮⁹³⁾之必早。夫{第9面}有禮者相為死, 無禮者亦相為死。貴不與驕期, 驕自来。驕不與亡期, 亡自至。跛人日夜願⁹⁴⁾一起, 盲人不忘視。知者始於悟, 終於諧⁹⁵⁾。愚者始於樂, 終於哀。高山仰止, 景行行止。力雖不能, 心必務為。慎終如始, 常以為戒。戰⁹⁶⁾戰慄慄, 日慎其事。聖人之正, 莫如安静。賢者之治, 故與衆異⁹⁷⁾。

好稱人惡, 人亦道其惡。好憎⁹⁸⁾人者, 亦為人所⁹⁹⁾憎。衣食足, 知榮辱¹⁰⁰⁾。倉廩實, 知禮節。江河之溢, 不過三日。飄風暴雨, 須史¹⁰¹⁾而畢¹⁰²⁾。

福生於微¹⁰³⁾, 禍生於忽。日夜恐¹⁰⁴⁾懼, 唯恐不卒。

已雕已琢, 還¹⁰⁵⁾反於樸。物之相反, 復歸於本。循流¹⁰⁶⁾{第10面}而下, 易以至。倍風而馳, 易以遠。兵不豫¹⁰⁷⁾定, 無以待敵。計不先慮, 無以應卒。中不方, 名不章 ; 外不圜, 禍之門。直而不能¹⁰⁸⁾枉, 不可與大任 ; 方而不能圜, 不可

---

89) 恭의 이체자. 발의 '小'이 '氺'의 형태로 되어있다.

90) 富의 이체자. 머리의 'ᵁ'이 '一'의 형태로 되어있다.

91) 念의 이체자. 윗부분의 '今'이 'ᅀ'의 형태로 되어있다.

92) 幼의 이체자. 오른쪽부분의 '力'이 '刀'의 형태로 되어있다.

93) 慮의 이체자. 윗부분의 '虍'가 '严'의 형태로 되어있다.

94) 願의 이체자. 왼쪽부분의 '原'이 '原'의 형태로 되어있다.

95) 諧의 이체자. 오른쪽부분의 '皆'가 '皆'의 형태로 되어있다.

96) 戰의 이체자. 왼쪽부분의 '單'이 '單'의 형태로 되어있다. 바로 다음 글자는 정자를 사용하였다.

97) 異의 이체자. 아랫부분의 '共'의 가운데에 세로획 하나가 첨가된 '共'의 형태로 되어있다.

98) 憎의 이체자. 오른쪽부분의 '曾'이 '曽'의 형태로 되어있다.

99) 所의 이체자.

100) 辱의 이체자. 윗부분의 '辰'이 '辰'의 형태로 되어있다.

101) 臾의 이체자. 부수 '臼'가 '曰'의 형태로 되어있으며 오른쪽 아래 '乀'획이 어긋나 있다.

102) 畢의 이체자. 맨 아래의 가로획 하나가 빠져있다.

103) 微의 이체자. 가운데 아랫부분의 '兀'의 형태가 '干'의 형태로 되어있다.

104) 恐의 이체자. 윗부분 오른쪽의 '凡'이 '口'의 형태로 되어있다.

105) 還의 이체자. 판본 전체적으로 자주 사용하는 이체자 '還'과는 다르게 오른쪽 아랫부분의 '㖾'의 형태가 '糸'의 형태로 되어있다.

106) 流의 이체자. 오른쪽 윗부분의 '厷'의 형태가 '云'의 형태로 되어있다.

107) 豫의 이체자. 오른쪽 윗부분의 '龟'의 형태가 '龟'의 형태로 되어있다.

與長存。慎之於身, 無曰云云。狂夫之言, 聖人擇焉[109]。能忍恥者安, 能忍辱者存。脣[110]亡而齒寒, 河水崩, 其懷[111]在山。毒智者莫甚於酒, 留事者莫甚於樂, 毀廉[112]者莫甚扵色, 摧剛者反己於弱。冨在知足, 貴在求退。先憂事者後樂, 先憿事者後憂。福在受諫[113], 存之所由也。恭敬遜讓[114], 精廉無謗, 慈仁愛人, 必受其賞。諫之不聽, 後無與爭, 舉事不當, 為百姓謗。悔在於妄, 患在於先唱。

{第11面}

蒲且脩繳, 鳧鴈悲鳴。逢[115]蒙撫弓, 虎豹晨嘷[116]。河以委蛇故能遠, 山以凌遲故能高, 道以優遊故能化, 德以純厚故能豪。言人之**善**, 澤於膏沐。言人之惡, 痛扵矛戟[117]。為**善**不直, 必終其曲。為**醜**不釋, 必終其惡。

一死一生, 乃知交情。一貧一冨, 乃知交態。一貴一賤, 交情乃見。一浮一沒[118], 交情乃出。德義在前, 用[119]兵[120]在後。**初**[121]沐者必拭冠, 新浴者必振衣。敗軍之將, 不可言勇。亡國[122]之臣, 不可言智。

---

108) 能의 이체자. 오른쪽부분의 '佷'의 형태가 '长'의 형태로 되어있다. 이번 단락의 아래에서는 모두 정자를 사용하였다.

109) 焉의 이체자. 윗부분의 '正'이 '匹'의 형태로 되어있다.

110) 脣의 이체자. 윗부분의 '辰'이 '辰'의 형태로 되어있다.

111) 懷의 이체자. 오른쪽 가운데부분의 '⼟'의 형태가 빠져있으며, 그 아랫부분이 '衣'의 형태로 되어있다.

112) 廉의 이체자. '广' 안의 '兼'에서 아랫부분이 '灬'의 형태로 되어있다.

113) 諫의 이체자. 오른쪽부분의 '柬'의 형태가 '東'의 형태로 되어있다.

114) 讓의 이체자. 오른쪽부분 '亠'의 아랫부분 '吅'가 '厸'의 형태로 되어있다.

115) 逢의 이체자. 오른쪽 아랫부분의 '丰'의 형태가 '丰'의 형태로 되어있다.

116) 嘷의 속자. 오른쪽 윗부분의 '白'이 '自'의 형태가 되어있고, 그 아랫부분의 '大'가 '⼟'의 형태로 되어있다.

117) 戟의 이체자. 왼쪽부분의 '車'의 형태가 '卓'의 형태로 되어있다.

118) 没의 이체자. 오른쪽부분의 '殳'가 '旻'의 형태로 되어있다.

119) 用의 이체자. '冂' 안의 '⼟'의 형태가 '干'의 형태로 되어있다.

120) 兵의 이체자. 아랫부분의 '八'에서 왼쪽부분의 'ノ' 획이 빠져있다. 필자는 판목의 훼손을 의심하였으나, 영남대와 후조당 소장본 모두 이 이체자로 되어있다.

121) 初의 이체자. 좌부변의 'ネ'가 'ネ'로 되어있다.

122) 國의 이체자. '囗' 안의 '或'이 '戓'의 형태로 되어있다.

坎井無黿[123]鼊[124]者, 隘也。園中無脩[125]林者, 小也。小忠, 大忠之賊也。小利, 大利之殘也。自請絶易, 請人{第12面}絶難。水激則悍, 矢激則遠。人激於名, 不毀為聲。下士得官以死, 上士得官以生。禍福非從地中出, 非從天上來, 已自生之。

窮鄉[126]多曲學。小辯[127]害大知, 巧言使信廢[128], 小惠妨大義。不困在扵早慮, 不窮在扵早豫[129]。欲人勿知, 莫若勿為。欲人勿聞, 莫若勿言。

非所言勿言, 以避其患。非所為勿為, 以避其危。非所取勿取, 以避其詭。非所爭勿爭, 以避其聲。明者視於冥[130]冥, 謀於未形。聰[131]者聽於無聲, 慮者戒於未成。世之溷濁而我獨清, 衆人皆醉而我獨醒。{第13面}

乖[132]離之咎, 無不生也。毁敗之端, 從此興也。江河大串瀆[133]從蟻穴[134], 山以小阤而大崩。淫亂[135]之漸, 其變為興, 水火金木轉相勝。卑[136]而正者可增, 高[137]而倚[138]者且崩。直如矢者死, 直如繩者稱。

---

123) 黿의 이체자. 발의 '黽'이 '䶅'의 형태로 되어있다.
124) 鼊의 이체자. 발의 '黽'이 '䶅'의 형태로 되어있다.
125) 修의 이체자. 오른쪽 윗부분의 '夂'이 '宀'의 형태로 되어있고, 그 아랫부분이 '有'의 형태로 되어있다. 판본 전체적으로 '修'와 '脩'를 혼용하였는데, 여기서는 거의 사용하지 않는 이체자를 사용하였다.
126) 鄕의 이체자. 가운데부분의 '皀'이 '艮'의 형태로 되어있다.
127) 辯의 이체자. '言'의 양쪽 옆에 있는 '辛'이 아랫부분에 가로획 하나가 더 있는 '𨐌'의 형태로 되어있다.
128) 廢의 이체자. '广' 안쪽 '癶'의 아랫부분 오른쪽의 '殳'가 '夂'의 형태로 되어있다.
129) 豫의 이체자. 왼쪽 윗부분의 '乛'의 형태가 '그'의 형태로 되어있고, 오른쪽 윗부분의 '刍'의 형태가 '㣺'의 형태로 되어있다.
130) 冥의 이체자. 머리 '冖' 아랫부분의 '𠀇'이 '具'의 형태로 되어있다.
131) 聰의 이체자. 오른쪽 윗부분의 '囪'이 '囱'의 형태로 되어있다.
132) 乖의 이체자. 아랫부분의 '北'이 '𠧤'의 형태로 되어있다.
133) 瀆의 이체자. 오른쪽 윗부분의 '𮧴'의 형태가 '𡨄'의 형태로 되어있다. 필자는 판목의 훼손을 의심하였으나, 영남대와 후조당 소장본 모두 이 이체자로 되어있다.
134) 穴의 이체자. '宀' 아랫부분의 '八'이 '儿'의 형태로 되어있다.
135) 亂의 이체자. 왼쪽부분의 '𠮶'의 형태가 '𡆀'의 형태로 되어있다.
136) 卑의 이체자. 맨 윗부분의 '丿'이 빠져있다.

禍生於欲得, 福生於自禁。聖人以心導耳目, 小人以耳目導心。

為人上者, 患在不明。為人下者, 患在不忠。人知糞[139]田, 莫知糞心。端身正行, 全以至今[140]。見亡知存, 見霜知氷。

廣大在好利, 恭敬在事親。因時易以為仁, 因道易以達[141]人。營於利者多患, 輕諾者寡[142]信。**{第14面}**

欲賢者莫如下人, 貪財者莫如全身。財不如義高, **勢**[143]不如德尊。父不能愛無益之子, 君不能愛不軌[144]之民。君不能賞無功[145]之臣, 臣不能死無德之君。問**善**御者莫如馬, 問**善**治者莫如民。以甲為尊, 以屈為伸, 聖人所因, 上法於天。

君子行德以全其身, 小人行貪以亡其身。相勸以禮, 相強以仁。得道於身, 得譽於人。

知命者不怨[146]天, 知己者不怨人。人而不愛則不能仁, 佞[147]而不巧則不能信。言**善**毋及身, 言惡毋及人。上清而無欲, 則下正而民樸。來事可追也, 往[148]事不可及。無思慮之心則不達, 無談說之辭**{第15面}**則不樂。

善不可以偽来, 惡不可以辭去。近市無賈, 在田無野[149], **善**不逆旅。非仁義剛武, 無以定天下。

水倍源[150]則川竭[151], 人倍信則名不達。義勝患則吉, 患勝義則滅。五聖之

---

137) 高의 이체자. 윗부분의 '占'의 형태가 '甴'의 형태로 되어있다.

138) 倚의 이체자. 오른쪽부분의 '奇'가 '竒'의 형태로 되어있다.

139) 糞의 이체자. 머리 '米' 아랫부분의 '異'가 '異'의 형태로 되어있다.

140) 今의 이체자. 머리 '人' 아랫부분의 '一'이 'ヽ'의 형태로 되어있고, 그 아랫부분의 'ㄱ'의 형태가 'ㄒ'의 형태로 되어있다.

141) 達의 이체자. 'ⅰ_' 윗부분의 '幸'이 '幸'의 형태로 되어있다.

142) 寡의 이체자. 맨 아랫부분의 '刀'가 '力'의 형태로 되어있다.

143) 勢의 이체자. 윗부분 왼쪽의 '坴'이 '幸'의 형태로 되어있다.

144) 軌의 이체자. 오른쪽부분의 '九'가 '丸'의 형태로 되어있다.

145) 功의 이체자. 우부방의 '力'이 '刀'의 형태로 되어있다.

146) 怨의 이체자. 윗부분 오른쪽의 '㔾'이 'ヒ'의 형태로 되어있다.

147) 佞의 이체자. 오른쪽 윗부분의 '二'의 형태가 'ㅗ'의 형태로 되어있다.

148) 往의 俗字. 오른쪽부분의 '主'가 '生'의 형태로 되어있다.

149) 野의 이체자. 오른쪽 윗부분의 'マ'의 형태가 'ㄱ'의 형태로 되어있다.

謀, 不如逢時。辯智明慧, 不如遇世。有鄙心者, 不可授便**勢**。有愚質者, 不可予利噐152)。多易多敗, 多言多失。

冠履不同藏153), 賢不肖不同位。官尊者154)憂深, 禄155)多者責大。積德無細, 積怨無大, 多少必報, 固其**勢**也。

梟逢鳩。鳩曰:「子將安之?」梟曰:「我將東徙。」鳩曰:「何{第16面}故?」梟曰:「鄉人皆惡我鳴, 以故東徙。」鳩曰:「子能更鳴可矣, 不能更鳴, 東徙, 猶惡子之聲。」

聖人之衣也, 便體以安身, 其食也, 安於腹。適衣節食, 不聽156)口目。

曾157)子曰:「鷹鷙以山為甲, 而增巢其上。黿158)鼉159)魚鼈以淵為淺, 而穿宂其中。卒其所以得者, 餌也。君子苟不求利禄, 則不害其身。」

曾子曰:「狎甚則相簡也, 莊甚則不親。是故君子之狎, 足以交懽;莊, 足以成禮而已。」

曾子曰:「入是國也, 言信乎羣臣, 則留160)可也。忠行乎羣臣, 則仕可也。澤施乎百姓, 則安可也。」{第17面}

口者關161)也。舌者機162)也。出言不當, 四馬不能追也。口者關也。舌者兵

---

150) 源의 이체자. 오른쪽부분의 '原'이 '原'의 형태로 되어있다.
151) 竭의 이체자. 오른쪽부분의 '曷'이 '曷'의 형태로 되어있다.
152) 噐의 이체자. 가운데부분의 '犬'이 '工'의 형태로 되어있다.
153) 藏의 이체자. 머리의 '艹'가 '芔'의 형태로 되어있고, 아랫부분 왼쪽의 '丬'이 '丷'의 형태로 되어있고, 그 오른쪽의 '臣'이 '目'의 형태로 되어있다.
154) 者의 이체자. 윗부분의 '土'의 형태가 '上'의 형태로 되어있다.
155) 祿의 이체자. 오른쪽부분의 '彔'이 '彔'의 형태로 되어있다.
156) 聽의 이체자. 왼쪽부분 '耳'의 아래 '王'이 빠져있으며, 오른쪽부분의 '悳'의 형태가 가운데 가로획이 빠진 '悳'의 형태로 되어있다.
157) 曾의 이체자. 맨 윗부분의 '八'이 '𠆢'의 형태로 되어있고 그 아래 '罒'의 형태가 '田'의 형태로 되어있다.
158) 黿의 이체자. 발의 '電'이 '𪓝'의 형태로 되어있다.
159) 鼉의 이체자. 발의 '電'이 '𪓝'의 형태로 되어있다.
160) 留의 이체자. '田'의 윗부분이 '卯'의 형태로 되어있다.
161) 關의 이체자. '門' 안의 '𢇇'의 형태가 '絲'의 형태로 되어있다.

也。出言不當，反自傷也。言出於己，不可止於人。行發[163]於邇，不可止於遠。夫言行者君子之樞機，樞機之發[164]，榮辱之本也，可不愼乎？故蒯子羽曰：「言猶射也。栝既離弦，雖有所悔焉，不可從從[165]而追已。」《詩》曰：「白珪之玷，尚可磨也，斯言之玷，不可為也。」

蠋欲類[166]蠶，鱓欲類蛇。人見虵[167]蠋，莫不身灑[168]然[169]。女工脩蠶，漁者持鱓，不惡何也？欲得錢也。逐魚者濡，逐獸者趨。非樂之也，事之權也。

登[170]高使人欲望，臨[171]淵[172]使人欲窺，何也？處地然也**{第18面}**。御者使人恭，射者使人端，何也？其形便也。

民有五死，聖人能去其三，不能除其二。飢渴死者，可去也。凍寒死者，可去也。罹[173]五兵死者，可去也。壽[174]命死者，不可去也。癰疽死者，不可去也。飢渴死者，中不充[175]也。凍寒死者，外勝中也。罹五兵死者，德不忠也。壽命死

162) 機의 이체자. 오른쪽부분의 '幾'가 아랫부분 왼쪽의 '人'의 형태가 'ㄅ'의 형태로 되어있으며 그 오른쪽부분은 '丶'과 'ノ'의 획이 빠진 '幾'의 형태로 되어있다.

163) 發의 이체자. 머리 '癶' 아랫부분 오른쪽의 '殳'가 '攵'의 형태로 되어있다.

164) 發의 이체자. 머리의 '癶'이 '业'의 형태로 되어있고, 아랫부분 오른쪽의 '殳'가 '攵'의 형태로 되어있다. 여기서는 이번 단락의 앞에서 사용한 이체자 '發'과는 다른 형태의 이체자를 사용하였다.

165) 從의 이체자. 오른쪽부분의 '从'의 형태가 '䒑'의 형태로 되어있다.

166) 類의 이체자. 왼쪽 아랫부분의 '犬'이 '女'의 형태로 되어있다.

167) 蛇의 이체자. 오른쪽부분의 '它'가 '也'의 형태로 되어있다. 이번 단락의 앞에서는 정자를 사용하였는데 여기서는 이체자를 사용하였다.

168) 灑의 이체자. 오른쪽 윗부분의 '丽'가 '㎡'의 형태로 되어있다.

169) 然의 이체자. 윗부분 오른쪽의 '犬'이 '丶'이 빠진 '大'의 형태로 되어있다. 이번 단락의 아래에서는 정자를 사용하였기 때문에 필자는 판목의 훼손을 의심하였으나, 영남대와 후조당 소장본 모두 이 이체자로 되어있다.

170) 登의 이체자. 머리의 '癶'의 형태가 '夗'의 형태로 되어있다.

171) 臨의 이체자. 좌부변의 '臣'이 '目'의 형태로 되어있고, 오른쪽 윗부분의 '𠂉'의 형태가 '亠'의 형태로 되어있다.

172) 淵의 이체자. 오른쪽부분의 '𣶒'이 '𣶏'의 형태로 되어있다.

173) 罹의 이체자. 머리의 '罒'이 '穴'의 형태로 되어있다.

174) 壽의 이체자. 가운데 부분의 '工'이 '口'의 형태로 되어있고, 그 가운데 세로획이 윗부분 모두를 관통하고 있다.

者, 歲¹⁷⁶⁾數¹⁷⁷⁾終也。癰疽死者, 血氣窮也。故曰中不正, 外淫作。外淫作者, 多怨怪。多怨怪者, 疾病生。故清浄無為, 血氣乃平。

百行之本, 一言也。一言而適, 可以却敵。一言而得, 可以保國。響不能獨為聲, 影不能倍曲為直, 物必以其類¹⁷⁸⁾及, 故君子慎言出已。負石赴淵, 行{第19面}之難者也, 然申屠狄為之, 君子不貴之也。盗跖㐫¹⁷⁹⁾貪, 名如日月, 與舜禹並傳而不息, 而君子不貴。

君子有五耻。朝不坐, 燕不議, 君子耻之。居其位, 無其言, 君子耻之。有其言, 無其行, 君子耻之。既得之, 又失之, 君子耻之。地有餘而民不足, 君子耻之。

君子雖窮, 不處亡國之勢; 雖貧, 不受亂君之禄。尊乎亂世, 同乎暴君, 君子之耻也。衆人以毁形為耻, 君子以毁義¹⁸⁰⁾為辱。衆人重利, 廉士重名。

明君之制, 賞従¹⁸¹⁾重, 罰従輕。食人以壯為量, 事人{第20面}以老為程。

君子之言寡而實, 小人之言多而虚。君子之學也, 入於耳, 藏於心, 行之以身。君子之治也, 始於不足見, 終於不可及也。君子慮福弗及, 慮¹⁸²⁾禍百之。君子擇¹⁸³⁾人而取, 不擇人而與。君子實如虚, 有如無。

君子有其備則無事。君子不以愧食, 不以辱得。君子樂得其志, 小人樂得其

---

175) 充의 이체자. 'ㅗ'의 아랫부분의 '允'이 '兂'의 형태로 되어있다.

176) 歲의 이체자. 머리의 '止'가 '山'의 형태로 되어있다.

177) 數의 이체자. 왼쪽부분의 '婁'가 '婁'의 형태로 되어있다.

178) 類의 이체자. 왼쪽 아랫부분의 '犬'이 'ㆍ'이 빠진 '大'의 형태로 되어있다. 여기서는 앞의 단락에서 사용한 이체자 '類'와는 다른 형태의 이체자를 사용하였다.

179) 凶의 속자. 윗부분에 'ㅗ'의 형태가 첨가되어있다.

180) 義의 이체자. 윗부분의 'ㅆ'의 형태가 '八'의 형태로 되어있다.

181) 從의 이체자. 오른쪽부분의 '㐬'의 형태가 '芝'의 형태로 되어있다. 여기서는 앞의 단락에서 사용한 이체자 '徔'와는 다른 형태의 이체자를 사용하였다. 이번 단락의 뒤에서는 정자를 사용하였다.

182) 慮의 이체자. 윗부분의 '虍'가 '严'의 형태로 되어있다. 이번 단락의 앞에서는 정자를 사용하였는데, 여기서는 이체자를 사용하였다.

183) 擇의 이체자. 오른쪽 아랫부분의 '幸'이 '幸'의 형태로 되어있다. 이번 단락의 아래에서는 정자를 사용하였다.

事。君子不以其所[184]不愛, 及其所愛也。

君子有終身之憂, 而無一朝之患。順道而行, 循理而言, 喜不加易, 怒不加難[185]。【第21面】

君子之過, 猶日月之蝕[186]也, 何害於明？小人可也, 猶狗之吠盜, 狸之夜見, 何益於善？夫智者不妄為, 勇者不妄殺。

君子比義, 農夫比穀。事君不得進其言, 則辭其爵。不得行其義, 則辭其禄。人皆知取之為取也, 不知與之為取之。政有招[187]寇[188], 行有招耻, 弗為而自至, 天下未有。猛獸狐[189]疑[190], 不若蜂蠆之致毒也。高議而不可及, 不若卑論之有功也。

秦信同姓以王, 至其衰也, 非易同姓也, 而身死國亡。故王者之治天下, 在於行法, 不在於信同姓。【第22面】

高山之巔[191]無美木, 傷於多陽也。大樹之下無美草, 傷於多陰[192]也。

鍾子期死, 而伯牙絶絃破琴, 知世莫可為皷[193]也。惠[194]施卒, 而莊子深瞑[195]不言, 見世莫可與語也。

---

184) 所의 이체자. 좌부변의 '戶'가 '戸'의 형태로 되어있다. 이번 단락의 아래에서는 다른 형태의 '所'를 사용하였다.

185) 難의 이체자. 왼쪽 윗부분의 '廿'이 '卝'의 형태로 되어있다.

186) 蝕의 이체자. 우부방의 '虫'이 '虱'의 형태로 되어있다.

187) 招의 이체자. 오른쪽부분의 '召'가 '台'의 형태로 되어있다.

188) 寇의 이체자. 머리의 '宀'이 '冖'의 형태로 되어있고, 그 오른쪽부분의 '攴'이 '夂'의 형태로 되어있다.

189) 狐의 이체자. 오른쪽부분의 '瓜'가 '爪'의 형태로 되어있다.

190) 疑의 이체자. 왼쪽 아랫부분의 '矢'가 '天'의 형태로 되어있다.

191) 巔의 이체자. 머리 '山' 아랫부분 왼쪽의 '眞'이 '頁'의 형태로 되어있다. '眞'의 이체자 '真'에서 맨 윗부분이 없어서 필자는 판목의 훼손을 의심하였으나, 영남대와 후조당 소장본 모두 이 이체자로 되어있다.

192) 陰의 이체자. 오른쪽부분의 '侌'이 '套'의 형태로 되어있다.

193) 鼓의 이체자. 오른쪽부분의 '支'가 '皮'의 형태로 되어있다.

194) 惠의 이체자. 윗부분의 '叀'의 형태가 '宙'의 형태로 되어있다.

195) 欽定四庫全書本은 조선간본과 다르게 '瞑'으로 되어있고,《說苑校證》·《說苑全譯》·《설원4》도 조선간본과 다르게 '瞑'으로 되어있다. 여기서 '瞑'은 '명상하다'(劉向 撰, 林東錫 譯註,

侑身者智之府也, 愛施者仁之端也, 取予者義之符也, 耻辱者勇之決也, 立
名者行之極也。

進賢受上賞, 蔽賢蒙顯戮[196], 古之通義也。爵人於朝, 論人於市, 古之通法也。

道微而明, 淡而有功。非道而得, 非時而生, 是謂妄成。得而失之, 定而復傾。

福者禍之門也, 是者非之尊也, 治者亂之先也{第23面}。事無終始而患不及
者, 未之聞也。

枝無忘其根, 德無忘其報, 見利必念害身。故君子留精神, 寄[197]心於三者,
吉祥及子孫矣。

兩[198]髙不可重, 兩大不可容, 兩勢不可同, 兩貴不可雙。夫重、容、同、雙,
必爭其功, 故君子節嗜欲, 各守其足, 乃䏻長久。夫節欲而聽諫, 敬賢而勿慢,
使䏻而勿賤。為人君能行此三者, 其國必強大, 而民不去散矣。

黙無過言, 愨無過事。木馬不能行, 亦不費食。騏驥[199]日馳千里, 鞭策[200]不
去其背！

寸而度之, 至丈必差。銖而稱之, 至石必過。石稱{第24面}、丈[201]量, 徑而寡
失。簡絲[202]數米, 煩而不察。故大較易為智, 曲辯難為慧。

吞舟之魚, 蕩而失水, 制於螻[203]蟻者, 離其居也。猿[204]猴[205]失木, 禽於狐

《설원4》, 동서문화사, 2009. 1865쪽) 혹은 '자다(眠과 통한다)'(劉向 原著, 王鍈·王天海
譯註,《說苑全譯》, 貴州人民出版社, 1991. 698쪽)라는 의미이기 때문에 조선간본의 '暝'은
오자이다. 그런데 이 글자는 판목이 훼손되어 좌부변의 '目'에서 가로획이 빠져 '日'의 형태로
변한 것으로 보인다.

196) 戮의 이체자. 왼쪽 윗부분의 '羽'가 'ヨヨ'의 형태로 되어있다.
197) 寄의 이체자. 오른쪽부분의 '奇'가 '竒'의 형태로 되어있다.
198) 兩의 이체자. 바깥부분 '帀'의 안쪽의 '入'이 '人'의 형태로 되어있으며 그것의 윗부분이 '帀'의
   밖으로 튀어나와 있다.
199) 驥의 이체자. 오른쪽 아랫부분의 '異'가 '異'의 형태로 되어있다.
200) 策의 이체자. 머리 '竹' 아랫부분의 '垂'가 '垂'의 형태로 되어있다.
201) 丈의 이체자. 윗부분에 'ヽ'이 첨가되어있다. 이번 단락의 앞에서는 정자를 사용하였다.
202) 絲의 이체자. 아랫부분이 'ㅆㅆ'의 형태로 되어있다.
203) 螻의 이체자. 오른쪽부분의 '婁'가 '婁'의 형태로 되어있다.
204) 猿의 이체자. 오른쪽부분의 '袁'가 '表'의 형태로 되어있다.

貉者，非其處也。騰蚘遊霧而升，騰龍206)乘雲而舉，**猨**得木而挺，魚得水而驚，處地宜207)也。

君子博208)學，患其不習209)。既習之，患其不骹行之。既骹行之，患其不能以讓也。

君子不羞學，不羞問。問訊者知之本，**念**慮者知之道也。屮210)言貴因人知而加知之，不貴獨自用其知而知之。{第25面}

天地之道，極則反，滿211)則捐212)。五采曜213)眼，有時而渝；茂木豐草，有時而落。物有盛衰，安得自若。

民苦則不仁，勞則詐生，安平則教，危則謀，極則反，滿則捐。故君子弗滿214)弗極也。

劉向說苑卷第十六{第26面}215)

---

205) 猴의 이체자. 맨 오른쪽 아랫부분의 '矢'가 '夫'의 형태로 되어있다.

206) 龍의 이체자. 오른쪽부분의 '邑'의 형태가 '㠯'의 형태로 되어있다.

207) 宜의 이체자. 머리의 '宀'이 '冖'의 형태로 되어있다.

208) 博의 이체자. 오른쪽 윗부분의 '甫'가 '宙'의 형태로 되어있다. 欽定四庫全書本에는 '博'으로 되어있다.

209) 習의 이체자. 머리의 '羽'가 '卅'의 형태로 되어있으며, 아랫부분의 '白'이 '日'로 되어있다.

210) 此의 이체자. 좌부변의 '止'가 '屮'의 형태로 되어있다.

211) 滿의 이체자. 오른쪽 윗부분의 '廿'이 '业'의 형태로 되어있고 그 아랫부분의 '兩'이 '用'의 형태로 되어있다.

212) 捐의 이체자. 오른쪽 윗부분의 '口'가 'ㄥ'의 형태로 되어있다.

213) 曜의 이체자. 오른쪽 윗부분의 '羽'가 '卅'의 형태로 되어있다.

214) 滿의 이체자. 오른쪽 윗부분의 '廿'이 '卄'의 형태로 되어있고 그 아랫부분의 '兩'이 '用'의 형태로 되어있다. 여기서는 이번 단락의 앞에서 사용한 이체자 '滿'과는 다른 이체자를 사용하였다.

215) 이 卷尾의 제목은 마지막 제11행에 해당한다. 이번 면은 제4행에서 글이 끝나고, 나머지 6행은 빈칸으로 되어있다.

劉向說苑卷第十六[216)]

雜言

賢人君子者, 通[217)]乎盛衰之時, 明乎成敗之端, 察[218)]乎治亂[219)]之紀[220)], 審[221)]乎人情, 知所去就。故雖窮不處亡國[222)]之勢[223)], 雖貧不受汙君之禄[224)]。是以太公年七十而不自達[225)], 孫叔敖三去相而不自悔。何則？不強合非其人也。太公一合於周, 而侯七百歳[226)]。孫叔敖一合於楚, 而封十世。大夫種存亡越而覇句踐[227)], 賜死於前。李斯積功於秦, 而卒被五刑。盡忠憂君, 危身安國, 其功一也。或[228)]以封侯而不絶, 或以賜死而被刑, 所慕所由異[229)]也。故箕子棄國{第27面}而佯狂, 范蠡[230)]去越而易名, 智過去君弟[231)]而更姓, 皆[232)]見遠[233)]識微[234)],

---

216) 원래는 '七'로 되어있어야 하는데 판목이 훼손되어 글자의 아랫부분이 떨어져나간 것으로 보인다. 영남대 소장본은 위와 같이 되어있고, 후조당 소장본은 가필하여 '七'로 만들어놓았다.
217) 通의 이체자. 오른쪽 윗부분의 'マ'의 형태가 'コ'의 형태로 되어있다.
218) 察의 이체자. 머리 '宀' 아랫부분의 '夗'의 형태가 '欠'의 형태로 되어있다.
219) 亂의 이체자. 왼쪽부분의 '𤔔'의 형태가 '𠬪'의 형태로 되어있다.
220) 紀의 이체자. 오른쪽부분의 '己'가 '已'의 형태로 되어있다.
221) 審의 이체자. 머리 '宀' 아랫부분의 '番'이 '畨'의 형태로 되어있다.
222) 國의 이체자. '口' 안의 '或'이 '戜'의 형태로 되어있다. 이번 단락의 아래에서는 정자와 이 이체자를 혼용하였다.
223) 勢의 이체자. 윗부분 왼쪽의 '坴'이 '幸'의 형태로 되어있다.
224) 禄의 이체자. 오른쪽부분의 '彔'이 '록'의 형태로 되어있다.
225) 達의 이체자. '辶' 윗부분의 '㚏'이 '幸'의 형태로 되어있다.
226) 歳의 이체자. 머리의 '止'가 '山'의 형태로 되어있다.
227) 踐의 이체자. 오른쪽의 '戔'이 윗부분은 그대로 '戈'로 썼으며 아랫부분 '戈'에는 'ヽ'이 빠진 '戋'의 형태로 되어있다.
228) 或의 이체자. 왼쪽 가운데부분의 '口'가 '厶'의 형태로 되어있다.
229) 異의 이체자. 아랫부분의 '共'이 가운데에 세로획 하나가 첨가된 '共'의 형태로 되어있다.
230) 蠡의 이체자. 맨 윗부분의 '彑'가 'ㅋ'의 형태로 되어있다.
231) 弟의 이체자. 윗부분의 'ㅛ'의 형태가 '八'의 형태로 되어있다.
232) 皆의 이체자. 아랫부분의 '白'이 '日'로 되어있다.
233) 遠의 이체자. 오른쪽 아랫부분의 '㐀'의 형태가 '衣'의 형태로 되어있다.
234) 微의 이체자. 가운데 아랫부분의 '兀'의 형태가 '干'의 형태로 되어있다.

而仁能去冨235)**勢**，以避萌生之禍者也。夫暴236)亂237)之君，孰238)能離勢以役其身，而與于患乎哉？故賢者非畏死避害而已也，為殺239)身無益，而明主之暴也。比干死紂而不飭正其行，子胥死吳而不飭存其國。二子者強諫240)而死，適241)足明主之暴耳。未始有益如秋毫之端也。是以賢人閉其智，塞其飭，待得其人然後合。故言無不聴242)，行無見疑243)，君臣兩與，終身無患。今244)非得其時，又無其人，直私意不飭已，閔世之亂，憂主之危。以無貲之身，涉245)蔽塞之路。経246)乎讒247)人之前，造無量{第28面}之主，犯不測之罪。傷其天性，豈不惑哉？故文信侯、李斯，天下所謂賢248)也，為國計，揣微射隱249)，所250)謂無過策251)也。

---

235) 冨의 이체자. 머리의 ‘宀’이 ‘冖’의 형태로 되어있다.

236) 暴의 이체자. 윗부분이 ‘異’의 형태로 되어있고, 발의 ‘氺’가 ‘小’으로 되어있다.

237) 亂의 이체자. 왼쪽부분의 ‘𤔔’의 형태가 ‘𠃛’의 형태로 되어있다. 이번 단락의 앞에서는 다른 형태의 이체자 ‘乱’을 사용하였는데, 이번 단락의 뒤에서는 여기서 사용한 이체자를 사용하였다.

238) 孰의 이체자. 왼쪽부분의 ‘享’이 ‘享’의 형태로 되어있고, 오른쪽부분의 ‘丸’이 ‘九’의 형태로 되어있다.

239) 殺의 이체자. 왼쪽 윗부분의 ‘乂’의 형태가 ‘又’의 형태로 되어있고 우부방의 ‘殳’가 ‘𠬶’의 형태로 되어있다.

240) 諫의 이체자. 오른쪽부분의 ‘柬’의 형태가 ‘東’의 형태로 되어있다.

241) 適의 이체자. ‘辶’ 윗부분의 ‘啇’이 ‘商’의 형태로 되어있다.

242) 聽의 이체자. 왼쪽부분 ‘耳’의 아래 ‘王’이 빠져있으며, 오른쪽부분의 ‘悳’의 형태가 가운데 가로획이 빠진 ‘惪’의 형태로 되어있다.

243) 疑의 이체자. 왼쪽 윗부분의 ‘匕’가 ‘上’의 형태로 되어있고 아랫부분의 ‘矢’가 ‘天’의 형태로 되어있다.

244) 今의 이체자. 머리 ‘人’ 아랫부분의 ‘一’이 ‘丶’의 형태로 되어있고, 그 아랫부분의 ‘フ’의 형태가 ‘丁’의 형태로 되어있다.

245) 涉의 이체자. 오른쪽 아랫부분의 ‘少’의 형태가 ‘少’의 형태로 되어있다.

246) 經의 이체자. 오른쪽부분의 ‘巠’이 ‘�巠’의 형태로 되어있다.

247) 讒의 이체자. 오른쪽 윗부분의 ‘毚’이 ‘免’의 형태로 되어있으며, 그 아랫부분의 ‘兔’도 ‘免’의 형태로 되어있다.

248) 賢의 이체자. 윗부분 왼쪽의 ‘臣’이 ‘目’의 형태로 되어있다. 이번 단락의 앞에서는 모두 정자를 사용하였고, 여기와 이번 단락의 뒤에서는 이 이체자를 사용하였다.

249) 隱의 이체자. 오른쪽 윗부분의 ‘㤅’의 형태가 ‘正’의 형태로 되어있다.

250) 所의 이체자. 이번 단락의 앞과 뒤에서는 모두 정자를 사용하였다.

251) 策의 이체자. 머리 ‘竹’ 아래의 ‘朿’가 ‘束’의 형태로 되어있다.

戰[252]勝攻取, 所謂無強敵也。積功甚大, **勢**利甚高。賢人不用, 讒[253]人用事。自知不用, 其仁不飴去。制敵積功, 不失秋毫。避患去害, 不見丘山。積其所欲, 以至其所惡, 豈不爲**勢**利惑哉？《詩》云：「人知其一, 莫知其佗[254]。」此之謂也。

子石登吳山而四望, 喟然而嘆息曰：「嗚呼, 悲哉！世有明於事情, 不合於人心者[255]。有合於人心, 不明於事情者。」弟子問曰：「何謂也？」子石曰：「昔者, 吳王夫差不聽[256]伍子胥盡忠極諫, 抉目而辜。太宰{第29面}嚭[257]、公孫雒偸合苟容, 以順夫差之志而伐吳。二子沉身江湖, 頭懸越旗。昔者, 費仲、惡来革, 長鼻決耳, 崇侯[258]虎順紂之心, 欲以合於意。武王伐紂, 四子身死牧之野, 頭足異所。比干盡忠剖心而死。今欲明[259]事情, 恐[260]有抉目剖心之禍, 欲合人心, 恐有頭足異所之患。由是觀之, 君子道狹耳。誠不逢其明主, 狹道之中, 又將險危閉塞, 無可從[261]出者。」

---

252) 戰의 이체자. 왼쪽부분의 '單'이 '單'의 형태로 되어있다.

253) 讒의 이체자. 오른쪽 윗부분의 '毚'이 '毚'의 형태로 되어있으며, 그 아랫부분의 '兔'는 '免'의 형태로 되어있다. 여기서는 이번 단락의 앞에서 사용한 이체자 '讒'과는 다른 형태의 이체자를 사용하였다.

254) 欽定四庫全書本은 조선간본과 다르게 '嚭'로 되어있고, 《說苑校證》·《說苑全譯》·《설원4》도 모두 '嚭'로 되어있다. 여기서 '太宰嚭'는 '吳王 夫差의 신하로 伯嚭'(劉向 原著, 王鍈·王天海 譯註, 《說苑全譯》, 貴州人民出版社, 1991. 672쪽)이다. '嚭'와 조선간본의 '嚭'는 뜻이 같지만, '嚭'는 인명이기 때문에 조선간본의 '嚭'는 오류로 보인다.

255) 者의 이체자. 윗부분의 '土'의 형태가 '土'의 형태로 되어있다. 이번 단락의 아래에서는 모두 정자를 사용하였기 때문에 필자는 판목의 훼손을 의심하였으나, 영남대와 후조당 소장본 모두 이 형태의 이체자로 되어있다.

256) 聽의 이체자. '耳'의 아래 '王'이 '丄'의 형태로 되어있으며, 오른쪽부분의 '悳'의 형태가 가운데 가로획이 빠진 '悳'의 형태로 되어있다.

257) 欽定四庫全書本은 조선간본과 동일하게 '佗'로 되어있지만, 《說苑校證》·《說苑全譯》·《설원4》는 조선간본·欽定四庫全書本과 다르게 '他'로 되어있다. 여기서는 '다른 것'(劉向 原著, 王鍈·王天海 譯註, 《說苑全譯》, 貴州人民出版社, 1991. 672쪽)이라는 의미이기 때문에 조선간본의 '佗'도 뜻이 통한다.

258) 侯의 이체자. 오른쪽 아랫부분의 '矢'가 '夫'의 형태로 되어있다.

259) 明의 이체자. 좌부변의 '日'이 '目'의 형태로 되어있다. 이번 단락의 아래에서는 정자를 사용하였다.

260) 恐의 이체자. 윗부분 오른쪽의 '凡'이 안쪽의 'ヽ'이 빠진 '几'의 형태로 되어있다.

祁射子見秦惠[262]王, 惠王說之, 於是唐姑讒之。復見惠王, 懷[263]怒以待之。非其說[264]異也, 所聽者易也。故以徵[265]為羽, 非弦之罪也。以甘為苦, 非味之過{第30面}也。

彌子瑕愛於衛君。衛國之法, 竊[266]駕君車罪刖。彌子瑕之母疾, 人聞, 夜往[267]告之。彌子瑕擅[268]駕君車而出, 君聞之, 賢之, 曰:「孝哉!為母之故, 犯刖罪哉!」君遊[269]果園, 彌子瑕食桃而甘, 不盡而奉君。君曰:「愛我而忘其口味。」及彌子瑕色衰而愛弛, 得罪於君。君曰:「是故嘗[270]矯吾車, 又嘗食我以餘桃。」故子瑕之行未必變初也。前見賢後獲罪者, 愛憎[271]之生變也。

舜耕之時, 不飭利其都[272]人, 及為天子, 天下戴[273]之。故君子窮則善其身, 達則利於天下。{第31面}

孔子曰:「自季孫之賜我千鍾而友[274]益親。自南宮項[275]叔之乘[276]我車也,

---

261) 從의 이체자. 오른쪽부분의 '龰'의 형태가 '乇'의 형태로 되어있다.

262) 惠의 이체자. 윗부분의 '叀'의 형태가 '宙'의 형태로 되어있다.

263) 懷의 이체자. 오른쪽 가운데부분의 '龰'의 형태가 빠져있으며, 그 아랫부분이 '衣'의 형태로 되어있다.

264) 說의 이체자. 오른쪽부분의 '兌'가 '兊'의 형태로 되어있다. 제목에서는 다른 형태의 이체자 '說'을 사용하였는데, 여기서는 다른 형태의 이체자를 사용하였다.

265) 徵의 이체자. 가운데부분의 '山'과 '王'의 사이에 가로획 'ㅡ'이 빠져있다.

266) 竊의 이체자. 머리의 '穴' 아래 오른쪽부분의 '离'의 형태가 '㡰'의 형태로 되어있다.

267) 往의 俗字. 오른쪽부분의 '主'가 '生'의 형태로 되어있다.

268) 擅의 이체자. 오른쪽 윗부분의 '亩'이 '面'의 형태로 되어있고, 그 아랫부분의 '旦'이 '므'의 형태로 되어있다.

269) 遊의 이체자. '辶' 위의 왼쪽부분의 '方'이 '忄'의 형태로 되어있다.

270) 嘗의 이체자. 아랫부분의 '旨'가 '甘'의 형태로 되어있다.

271) 憎의 이체자. 오른쪽부분의 '曾'이 '曽'의 형태로 되어있다.

272) 欽定四庫全書本은 조선간본과 동일하게 '都'로 되어있고,《說苑校證》과《설원4》에는 '鄰'으로 되어있으며《說苑全譯》에는 간체자 '邻'으로 되어있다. 그런데《說苑校證》에서는 이전에는 '都'로 되어있으나, 宋本과 明鈔本에는 '鄰'으로 되어있다(劉向 撰, 向宗魯 校證,《說苑校證》, 北京:中華書局, 1987(2017 重印), 413쪽)라고 하였다.

273) 戴의 이체자. 왼쪽 아랫부분의 '異'가 '異'의 형태로 되어있다.

274) 欽定四庫全書本은 조선간본과 다르게 '友'로 되어있고,《說苑校證》·《說苑全譯》·《설원4》에도 모두 '友'로 되어있다. 조선간본의 '友'은 원래 '友'의 이체자이지만 여기서는 '友'의

而道加行。故道有時而後重, 有執²⁷⁷⁾而後行。微夫二子之賜, 丘之道幾²⁷⁸⁾於廢也。」

太公田不足以償種, 漁不足以償網, 治天下有餘智。文公種米, 曾子架²⁷⁹⁾羊。孫叔敖相楚三年, 不知軶在衡²⁸⁰⁾後, 務大者固忘小。智伯厨²⁸¹⁾人亡炙²⁸²⁾簁而知之, 韓魏反而不知。邯鄲²⁸³⁾子陽圍人亡桃而知之, 其亡也不知。務小者亦忘大也。

이체자로 보인다. 영남대 소장본은 위의 이체자로 되어있고, 후조당 소장본은 글자가 뭉그러져 판독할 수 없다.

275) 欽定四庫全書本과 《설원4》에는 조선간본과 다르게 '敬'으로 되어있고, 《說苑校證》과 《說苑全譯》에는 '頃'으로 되어있다. 《설원4》에서는 '南宮敬叔'은 '당시 魯나라의 大夫인 듯하다'(劉向 撰, 林東錫 譯註, 《설원4》, 동서문화사, 2009. 1901쪽)라고 하였고, 《說苑全譯》에서는 '南宮頃叔'은 '魯나라의 신하로 "南宮敬叔"이다'(劉向 原著, 王鍈 · 王天海 譯註, 《說苑全譯》, 貴州人民出版社, 1991. 713쪽)라고 하였다. 조선간본의 '項'은 '頃'의 오자로 보인다.

276) 乘의 이체자. 가운데부분의 '北'이 'ᅲ'의 형태로 되어있다.

277) 欽定四庫全書本은 조선간본과 다르게 '執'로 되어있고, 《說苑校證》과 《설원4》에는 '勢'로 되어있고 《說苑全譯》에는 간체자 '势'로 되어있다. 그런데 《說苑校證》에서는 '이전에는 "執"로 되어있으나, 宋本과 明鈔本에는 "勢"로 되어있으며, "執"는 "勢"와 동의인데 "執"은 "執"의 오자이다'(劉向 撰, 向宗魯 校證, 《說苑校證》, 北京:中華書局, 1987(2017 重印), 414쪽)라고 하였다. 그러므로 조선간본의 '執'은 '執'의 오자이지만, 조선간본은 '勢'를 판본 전체적으로 이체자 '勢'로 사용하였기 때문에 '執'은 '執'의 이체자로 볼 수도 있다.

278) 幾의 이체자. 아랫부분 왼쪽의 '人'의 형태가 'ㅓ'의 형태로 되어있고, 아랫부분의 오른쪽에 'ㆍ'과 'ノ'이 빠져있다.

279) 欽定四庫全書本은 조선간본과 다르게 '駕'로 되어있고, 《說苑校證》과 《설원4》에도 '駕'로 되어있다. 《說苑全譯》에는 조선간본과 동일하게 '架'로 되어있다. 《설원4》에서 '駕'는 '타다'(劉向 撰, 林東錫 譯註, 《설원4》, 동서문화사, 2009. 1903쪽)라고 하였는데, 《說苑全譯》에서 '架'는 '枷'와 통하며 '씌우다'(劉向 原著, 王鍈 · 王天海 譯註, 《說苑全譯》, 貴州人民出版社, 1991. 714쪽)라고 하였다. 그런데 《說苑校證》에서는 이전에는 '駕'로 되어있으나, 宋本과 明鈔本 등에는 '架'로 되어있다(劉向 撰, 向宗魯 校證, 《說苑校證》, 北京:中華書局, 1987(2017 重印), 414쪽)라고 하였다. 조선간본의 '架'는 宋本과 明鈔本 등을 따른 것이다.

280) 衡의 이체자. 가운데부분의 '奐'가 '魚'의 형태로 되어있다.

281) 厨의 이체자. '广'이 '厂'의 형태로 되어있고, 그 안의 왼쪽 윗부분의 '土'가 'ㅡ'의 형태로 되어있다.

282) 炙의 이체자. 윗부분 왼쪽의 '夕'이 '夕'의 형태로 되어있다.

283) 鄲의 이체자. 왼쪽부분의 '單'이 '單'의 형태로 되어있다.

　　淳[284]于髡謂孟子曰：「先名實者，為人者也。後名實者，自為者也。夫子在
三卿[285]之中，名實未加上下而去之，仁者固如此乎？」孟子曰：「居下位，不以賢
{第32面}事不肖者，伯夷也。五就湯，五就桀者，伊尹也。不惡汙君，不辭[286]小官
者，柳[287]下惠也。三子者不同道，其趣一也。一者何也？曰：仁也。君子亦仁而
已，何必同？」曰：「魯穆[288]公之時，公儀子為政，子思、子庚為臣，魯之削也滋
甚。若是乎賢者之無益扵國也。」曰：「虞不用百里奚而亡，秦穆[289]公用之而霸，
故不用賢則亡，削何可得也。」曰：「昔者王豹處[290]扵淇，而河西[291]善謳。綿駒處
扵髙唐，而齊右善歌。華舟、杞[292]梁[293]之妻善哭[294]其夫，而變國俗。有諸內必
形於外。為其事，無其功，髡未睹也。是故無賢者也，有則髡必識之矣。」曰：「孔
子為魯司寇[295]而不用，從[296]祭[297]、膰[298]{第33面}肉不至，不脫[299]冕而行。其不
善者以為為肉也，其善者以為為禮也。乃孔子欲以微罪行，不欲為苟去，故君子

---

284) 淳의 이체자. 오른쪽부분의 '享'이 '享'의 형태로 되어있다.

285) 卿의 이체자. 왼쪽의 '夕'의 형태가 '夕'의 형태로 되어있고 가운데 부분의 '皀'의 형태가 '艮'의 형태로 되어있다.

286) 辭의 이체자. 왼쪽부분의 '𤔔'가 '𢆶'의 형태로 되어있으며, 우부방의 '辛'이 아랫부분에 가로획 하나가 더 있는 '辜'의 형태로 되어있다.

287) 柳의 이체자. 가운데부분의 '夕'의 형태가 '夕'의 형태로 되어있다.

288) 穆의 이체자. 오른쪽 가운데부분의 '小'가 '一'의 형태로 되어있다.

289) 穆의 이체자. 이번 단락의 앞에서 사용한 이체자 '穆'과는 다르게 오른쪽 가운데부분의 '小'가 아예 빠져있다.

290) 處의 이체자. 머리의 '虍'가 '虍'의 형태로 되어있다.

291) 西의 이체자. 'ロ'위의 '兀'의 형태가 'ㅠ'의 형태로 되어있으며, 양쪽의 세로획이 'ロ'의 맨 아랫부분에 붙어 있다.

292) 杞의 이체자. 오른쪽 부분의 '己'가 '巳'의 형태로 되어있다.

293) 梁의 이체자. 윗부분 오른쪽의 '刃'의 형태가 '刃'의 형태로 되어있다.

294) 哭의 이체자. 아랫부분의 '犬'이 'ヽ'이 빠진 '大'의 형태로 되어있다.

295) 寇의 이체자. 머리의 '宀'이 '冖'의 형태로 되어있고, 그 오른쪽부분의 '攴'이 '攵'의 형태로 되어있다.

296) 從의 이체자. 오른쪽부분의 '㐱'의 형태가 '芝'의 형태로 되어있다.

297) 祭의 이체자. 윗부분의 '夕'의 형태가 '夕'의 형태로 되어있다.

298) 膰의 이체자. 오른쪽부분의 '番'이 '番'의 형태로 되어있다.

299) 脫의 이체자. 오른쪽부분의 '兌'가 '兊'의 형태로 되어있다.

之所爲, 衆人固不得識也。」

　　梁相死, 惠子欲之**梁**。渡河而遽[300]堕[301]水中, 船人救[302]之。船人曰：「子欲何之而遽[303]也？」曰：「**梁**無相, 吾欲徃相之。」船人曰：「子居船檝[304]之間而困。無我則子死矣。子何骺相**梁**乎？」惠子曰：「子居艘[305]楫之間, 則吾不如子。至於安國家, 全社稷, 子之比我, 蒙蒙如未視之狗耳。」

　　西閭過東渡河, 中流[306]而溺, 船人接而出之, 問曰：「今者子欲安之？」西閭過曰：「欲東說諸侯王。」船人**{第34面}**掩口而笑[307], 曰：「子渡河中流而溺, 不骺自救, 安骺說諸侯[308]乎？」西閭過曰：「無以子之所骺相傷爲也。子獨不聞和氏之璧乎？價重千金, 然以之間紡, 曾不如瓦[309]塼[310]。随[311]侯之珠, 國之**寶**[312]也, 然用之弹[313], 曾不如泥丸。騏驥[314]騄[315]駬, 倚衡負軛而趨, 一日千里, 此

---

300) 遽의 이체자. 오른쪽 윗부분의 *虎*가 '虍'의 형태로 되어있고, 그 아랫부분의 '豕'이 '勿'의 형태로 되어있다.

301) 堕의 이체자. 윗부분 오른쪽의 '育'의 형태가 '有'의 형태로 되어있다.

302) 救의 이체자. 왼쪽의 '求'에서 윗부분의 'ヽ'이 빠져있다.

303) 遽의 이체자. 오른쪽 윗부분의 *虎*가 '虍'의 형태로 되어있다. 여기서는 이번 단락의 앞에서 사용한 이체자 '遽'와는 다른 형태의 이체자를 사용하였다.

304) 欽定四庫全書本은 조선간본과 다르게 '楫'으로 되어있고,《說苑校證》·《說苑全譯》·《설원4》에도 모두 '楫'으로 되어있다. 조선간본의 '檝'은 '楫' 동자이지만, 위의 판본들과는 다른 글자를 썼다.

305) 艘의 이체자. 오른쪽 윗부분의 '臼'가 '曰'의 형태로 되어있고, 그 아랫부분의 '又'가 '夂'의 형태로 되어있다.

306) 流의 이체자. 오른쪽 윗부분의 '厺'의 형태가 '厶'의 형태로 되어있다.

307) 笑의 이체자. 아랫부분의 '夭'가 '犬'의 형태로 되어있다.

308) 侯의 이체자. 오른쪽 아랫부분의 '矢'가 '夫'의 형태로 되어있다. 이번 단락의 앞에서는 정자를 사용하였는데, 여기서와 이번 단락의 아래에서는 모두 이 이체자를 사용하였다.

309) 瓦의 이체자.

310) 塼의 이체자. 오른쪽 윗부분의 '車'의 형태가 '宙'의 형태로 되어있다.

311) 随의 略字. 오른쪽부분 '辶' 위의 '育'의 형태가 '有'의 형태로 되어있다.

312) 寶의 이체자. '宀'의 아랫부분 오른쪽의 '缶'가 '尔'로 되어있다.

313) 彈의 이체자. 오른쪽 윗부분의 '吅'의 형태가 '厸'의 형태로 되어있고, 그 아랫부분의 '甲'의 형태가 '甲'의 형태로 되어있다.

314) 驥의 이체자. 오른쪽 아랫부분의 '異'가 '異'의 형태로 되어있다.

至疾也, 然使捕鼠316), 曽不如百錢317)之狸。干將鏌鋣, 拂鐘不錚, 試物不知揚
刃, 離金斬羽契鐵斧, 此至利也, 然以之補318)履319), 曽不如兩錢之錐。今子持楫
乗扁舟, 處320)廣水之中, 當陽侯之波, 而臨淵321)流, 適子所骹耳。若322)誠與子
東說諸侯王, 見一國之主, 子之蒙蒙, 無異夫未視之狗耳。」【第35面】

甘戊使於齊, 渡大河。船人曰：「河水間耳, 君不骹自渡, 骹為王者之說
乎？」甘戊曰：「不然, 汝不知也。物各有短長, 謹323)愿324)敦厚, 可事主, 不施用
兵。騏驥325)騄駬, 足及千里, 置之宮室, 使之捕鼠, 曽不如小狸。干將為利, 名
聞天下, 匠以治木, 不如斤斧。今持楫而上下随流, 吾不如子。說千乗之君, 萬
乗之主, 子亦不如戊矣。」

今夫世異則事變, 事變則時移, 時移則俗易。是以君子先相其土地而裁其
器326), 觀其俗而和其風, 揔327)衆議而定其教。愚人有學遠射者, 參矢而發328),

---

315) 騄의 이체자. 오른쪽부분의 '彔'이 '录'의 형태로 되어있다.
316) 鼠의 이체자. '臼'의 아랫부분이 '甩'의 형태로 되어있다.
317) 錢의 이체자. 오른쪽의 '戔'이 윗부분은 그대로 '戈'로 되어있고 아랫부분 '戈'에 'ヽ'이 빠진 '㦮'의 형태로 되어있다.
318) 補의 이체자. 좌부변의 'ネ'가 '衤'의 형태로 되어있다.
319) 履의 이체자. '尸'의 아랫부분 왼쪽의 '彳'이 '冫'의 형태로 되어있다.
320) 處의 이체자. 머리의 '虍'가 '虎'의 형태로 되어있다.
321) 淵의 이체자. 오른쪽부분의 '開'이 '開'의 형태로 되어있다. 이번 단락 아래에서는 모두 정자를 사용하였다.
322) 若의 이체자. 머리의 '艹'가 '亠'의 형태로 되어있고, 그 아랫부분의 '右'가 '石'의 형태로 되어있다.
323) 謹의 이체자. 오른쪽부분 '堇'이 윗부분의 '廿'이 '艹'의 형태로 되어있고 그 아랫부분에는 가로획 하나가 빠진 '堇'의 형태로 되어있다.
324) 愿의 이체자. 윗부분의 '原'이 '原'의 형태로 되어있다.
325) 驥의 이체자. 오른쪽 윗부분의 '北'이 '艹'의 형태로 되어있고, 그 아랫부분의 '異'가 '異'의 형태로 되어있다. 이번 단락에서는 바로 앞 단락에서 사용한 이체자 '驥'와는 다른 형태의 이체자를 사용하였다.
326) 器의 이체자. 가운데부분의 '犬'이 'ヽ'이 빠진 '大'의 형태로 되어있다.
327) 欽定四庫全書本은 조선간본과 다르게 '總'으로 되어있고,《說苑校證》과《설원4》에도 모두 '總'으로 되어있으며《說苑全譯》에는 간체자 '总'로 되어있다. 조선간본의 '揔'은 '總'과 의미가 통하지만, 위의 판본들과는 다른 글자를 썼다.

已射五步³²⁹⁾之内，又復參矢而裁。世以易矣，不{**第36面**}更其儀，譬如愚人之學遠射。目察³³⁰⁾秋毫³³¹⁾之末者，視不眎見太山。耳聴³³²⁾清濁之調者，不聞雷霆之聲。何也？唯其意有所移也。百人操觿，不可為固結。千人謗獄，不可為直辭³³³⁾，萬人比非，不可為顯士。

麋鹿成群，虎豹避之。飛鳥成列，鷹鷲不撃。衆人成聚，聖人不犯。騰虵³³⁴⁾遊於霧露，乗於風雨而行，非千里不止。然則暮託**宿**³³⁵⁾於鯂鱣之穴³³⁶⁾，所以然者何也？用心不一也。夫蚯蚓内無筋骨之強，外無爪³³⁷⁾牙之利。然下飲黄泉，上墾晞土。所以然者何也？用心一也。聰³³⁸⁾者耳聞，明者目見。聰明形則{**第37面**}仁愛著，廉³³⁹⁾耻分矣。故非其道而行之，雖勞不至。非其有而求之，雖強不得。智者不為非其事，廉者不求非其有。是以遠容而名章也。《詩》云：「不忮不求，何用不臧³⁴⁰⁾」。此之謂也。

---

328) 發의 이체자. 머리의 '癶'이 '业'의 형태로 되어있고, 아랫부분 오른쪽의 '殳'가 '攵'의 형태로 되어있다.

329) 步의 이체자. 머리의 '止'가 '山'의 형태로 되어있고, 그 아랫부분의 '少'의 형태가 '少'의 형태로 되어있다.

330) 察의 이체자. 머리 '宀' 아랫부분의 '癶'의 형태가 '癶'의 형태로 되어있다.

331) 毫의 이체자. 윗부분의 '毛'의 형태가 '旨'의 형태로 되어있다.

332) 聽의 이체자. '耳'의 아래 '王'이 '丄'의 형태로 되어있으며, 오른쪽부분의 '悳'의 형태가 가운데 가로획이 빠진 '悳'의 형태로 되어있다.

333) 辭의 이체자. 왼쪽부분의 '䜌'가 '𤔔'의 형태로 되어있으며, 우부방의 '辛'이 아랫부분에 가로획 하나가 더 있는 '𨐌'의 형태로 되어있다.

334) 蛇의 이체자. 오른쪽부분의 '它'가 '也'의 형태로 되어있다. 欽定四庫全書本은 조선간본과 다르게 정자 '蛇'로 되어있다.

335) 宿의 이체자. 머리 '宀' 아랫부분의 오른쪽 '百'이 '白'의 형태로 되어있다.

336) 穴의 이체자. '宀' 아랫부분의 '八'이 '儿'의 형태로 되어있다.

337) 瓜의 이체자. 가운데 아랫부분에 'ㆍ'이 빠져있다. 영남대 소장본은 위의 이체자로 되어있고, 후조당 소장본은 판목이 훼손되어 '爪'로 되어있다. 그런데 欽定四庫全書本은 조선간본과 다르게 '爪'로 되어있고,《說苑校證》·《說苑全譯》·《설원4》에도 모두 '爪'로 되어있다. 조선간본의 '爪'나 '爪'는 모두 '瓜'의 이체자이기 때문에 '爪'의 오자로 보인다.

338) 聰의 이체자. 오른쪽 윗부분의 '囪'이 '囱'의 형태로 되어있다.

339) 廉의 이체자. '广' 안의 '兼'에서 아랫부분이 '灬'의 형태로 되어있다.

340) 臧의 이체자. 가운데부분의 '臣'이 '目'의 형태로 되어있다.

楚昭王召孔子, 將使執政, 而封以書社七百。子㾞謂楚王曰：「王之臣用兵有如子路者乎？使諸侯有如宰予者乎？長官五官有如子貢者乎？昔文王處酆, 武王處鎬, 酆、鎬之間, 百乗之地, 伐上殺[341]主, 立為天子, 世皆曰聖王。仐以孔子之賢, 而有書社七百里之地, 而三子佐之, 非楚之利也。」楚王遂止。夫善惡之難分也, 聖人獨見疑[342], 而况 **{第38面}** 於賢者乎！是以賢聖罕合, 諂諛[343]常興[344]也。故有千歲之亂, 而無百歲之治。孔子之見疑, 豈不痛[345]哉！

魯哀公問於孔子曰：「有智者壽[346]乎？」孔子曰：「然。人有三死而非命也者, 人自取之。夫寢處不時, 飲食不節, 佚勞過度者, 疾共殺之。居下位而上忤其君, 嗜[347]慾無厭, 而求不止者, 刑共殺之。少以犯衆, 弱以侮強, 忿怒不量力者, 兵共殺之。此三死者非命也, 人自取之。《詩》云：『人而無儀, 不死何為？』此之謂也。」

孔子遭難陳、蔡之境, 絶粮。弟子皆有飢[348]色[349], 孔子歌兩柱之間。子路入見曰：「夫子之歌禮乎？」孔子 **{第39面}** 不應, 曲終而曰：「由, 君子好樂為無驕也, 小人好樂為無懾[350]也。其誰知之？子不我知而従我者乎？」子路不悅, 授[351]

---

341) 殺의 이체자. 왼쪽 윗부분의 'ㄨ'의 형태가 '又'의 형태로 되어있다.

342) 疑의 이체자. 왼쪽 윗부분의 'ㅄ'가 '上'의 형태로 되어있고 아랫부분의 '矢'가 '天'의 형태로 되어있으며, 오른쪽 윗부분의 'ㄱ'의 형태가 '口'의 형태로 되어있다. 이번 단락의 아래에서는 정자를 사용하였다.

343) 諛의 이체자. 오른쪽부분의 '臾'가 '史'의 형태로 되어있다.

344) 興의 이체자. 윗부분 가운데의 '同'의 형태가 '月'의 형태로 되어있다.

345) 痛의 이체자. '疒' 안의 윗부분의 'ㄱ'의 형태가 'ㄱ'의 형태로 되어있다.

346) 壽의 이체자. 가운데 부분의 '工'이 '口'의 형태로 되어있고, 그 가운데 세로획이 윗부분 모두를 관통하고 있다.

347) 嗜의 이체자. 오른쪽 아랫부분의 '日'이 '目'의 형태로 되어있다.

348) 飢의 이체자. 오른쪽부분의 '几'가 '凡'의 형태로 되어있다.

349) 色의 이체자. 'ㄱ'의 아랫부분의 '巴'가 '巳'의 형태로 되어있다.

350) 懾의 이체자. 오른쪽부분의 '聶'이 '聶'의 형태로 되어있다.

351) 欽定四庫全書本은 조선간본과 다르게 '援'으로 되어있고, 《說苑校證》·《說苑全譯》·《설원4》에도 모두 '援'으로 되어있다. 《說苑校證》에는 이전에는 '授'로 되어있었으나 '援'의 오류(劉向 撰, 向宗魯 校證, 《說苑校證》, 北京:中華書局, 1987(2017 重印), 421쪽)라고 하였고, 《說苑全譯》과 《설원4》의 주석에서도 《說苑校證》을 따랐다고 하였다. 그러므로 조선간본

干而舞, 三終而出。及至七日, 孔子脩樂不休。子路慍見曰:「夫子之脩樂時
乎?」孔子不應, 樂終而曰:「由, 昔者, 齊桓覇心生于莒, 勾踐³⁵²⁾覇心生於
會³⁵³⁾稽³⁵⁴⁾, 晉文覇心生于驪³⁵⁵⁾氏。故居不幽則思不遠, 身不約則智不廣。庸³⁵⁶⁾
知而不遇之?」於是興。明日免於厄。子貢執轡曰:「二三子從夫子而遇此難也,
其不可忘已!」孔子曰:「惡, 是何也?語不云乎?三折肱而成良醫。夫陳、蔡之
間, 丘之幸也。二三子從丘者, 皆幸人也。吾聞人君不困不{第40面}成王, 列士不
困不成行。昔者, 湯困於呂, 文王困於羑³⁵⁷⁾里, 秦穆公困於敨, 齊桓困於長勺,
勾踐困於會稽³⁵⁸⁾, 晉文困於驪氏。夫困之為道, 從寒之及煖, 煖之及寒也, 唯賢
者獨知, 而難言之也。《易》曰:『困, 亨, 貞, 大人吉, 無咎。有言不信。』聖人所
與人難言, 信也。」

　　孔子困於陳、蔡之間, 居環³⁵⁹⁾堵之内, 席三経³⁶⁰⁾之席, 七日不食, 藜³⁶¹⁾羹
不糝。弟子皆有飢色。讀《詩》、《書》治禮不休。子路進諫曰:「凡³⁶²⁾人為善者,
天報以福;為不善者, 天報以禍。今先生積德行, 為善久矣。意者尚有遺行乎?

의 '授'는 오류이다.

352) 踐의 이체자. 오른쪽의 '戔'이 판본 전체적으로 자주 사용하는 형태 '戔'과는 다르게 윗부분과
　　아랫부분의 '戈'에서 'ヽ'이 모두 빠져있다. 이번 단락의 아래에서는 다른 형태의 이체자 '踐'을
　　사용하였다.
353) 會의 이체자. 가운데부분의 '㬒'의 형태가 '甶'의 형태로 되어있다.
354) 稽의 이체자. 오른쪽 윗부분의 '尤'가 '太'의 형태로 되어있고 그 아랫부분의 '匕'가 '一'의 형태로
　　되어있다.
355) 驪의 이체자. 오른쪽 윗부분의 '丽'가 '丽'의 형태로 되어있다.
356) 庸의 이체자. 맨 오른쪽 가운데부분에 'ヽ'이 첨가되어있다.
357) 羑의 이체자. 아랫부분의 '久'가 '夂'의 형태로 되어있다.
358) 稽의 이체자. 오른쪽 윗부분의 '尤'가 '九'의 형태로 되어있고 그 아랫부분의 '匕'가 '一'의
　　형태로 되어있다. 여기서는 이번 단락의 앞에서 사용한 이체자 '稽'와는 다른 형태의 이체자를
　　사용하였다.
359) 環의 이체자. 오른쪽 아랫부분의 '㐄'의 형태가 '糸'의 형태로 되어있다.
360) 經의 이체자. 오른쪽부분의 '巠'이 '坙'의 형태로 되어있다.
361) 藜의 이체자. 맨 아랫부분의 '氺'가 '小'의 형태로 되어있다.
362) 凡의 이체자. '几' 안쪽의 'ヽ'이 직선 형태로 되어있으며 그 가로획이 오른쪽 'ㄟ'획의 밖으로
　　삐져나와 있다.

奚居隱363)也！」孔子曰：「由，来，汝不知{第41面}。坐，吾語汝。子以夫知者為
無不知乎？則王子比干何為剖心而死？以諫者為必聽耶？伍子胥何為抉目於吳
東門？子以廉者為必用乎？伯夷、叔364)齊何為餓死於首陽山之下？子以忠者為
必用乎？則鮑莊365)何為而肉枯？荊公子高終身不顯，鮑焦抱木而立枯，介子推
登山焚死。故夫君子博366)學深謀，不遇時者眾矣，豈獨丘哉！賢不肖者才也，為
不為者人也，遇不遇者時也，死生者命也。有其才不遇其時，雖才不用，苟遇其
時，何難之有！故舜耕歷367)山，而逃於河畔，立為天子，則其遇堯也。傳368)說負
壤土、釋板築369)，而立佐天子，則其遇{第42面}武丁也。伊尹，有莘氏媵臣也，
負鼎370)俎371)，調五味，而佐天子，則其遇成湯也。呂望行年五十，賣食於棘372)
津，行年七十，屠牛朝歌，行年九十，為天子師，則其遇文王也。管夷吾束縛373)
膠374)目，居檻375)車中，自車中起為仲父，則其遇齊桓公也。百里奚自賣取五羊
皮，伯氏牧羊，以為卿大夫，則其遇秦穆376)公也。沈尹名聞天下，以為令尹，而
讓377)孫叔敖，則其遇楚莊王也。伍子胥前多功，後戮死，非其智益衰378)也，前遇

---

363) 隱의 이체자. 오른쪽 맨 윗부분의 ‘⺈’의 아래 ‘工’이 빠져있다.

364) 叔의 이체자. 왼쪽 윗부분의 ‘上’이 ‘土’의 형태로 되어있다.

365) 莊의 이체자. ‘艹’ 아래 오른쪽부분이 ‘丶’이 첨가된 ‘土’의 형태로 되어있다.

366) 博의 이체자. 오른쪽 윗부분의 ‘甫’가 ‘宙’의 형태로 되어있다.

367) 歷의 이체자. ‘厂’의 안쪽 윗부분의 ‘秝’이 ‘林’의 형태로 되어있다.

368) 傳의 이체자. 오른쪽 윗부분의 ‘甫’의 형태가 ‘宙’의 형태로 되어있다.

369) 築의 이체자. ‘竹’ 아래 오른쪽부분의 ‘凡’이 ‘丶’이 빠진 ‘几’의 형태로 되어있다.

370) 鼎의 이체자. 아랫부분의 ‘鼐’의 형태가 ‘鼒’의 형태로 되어있다.

371) 俎의 이체자. 왼쪽부분의 ‘仌’이 ‘爻’의 형태로 되어있다.

372) 棘의 이체자. 양쪽의 ‘朿’의 형태가 모두 ‘束’의 형태로 되어있다.

373) 縛의 이체자. 오른쪽 윗부분의 ‘甫’가 ‘宙’의 형태로 되어있다.

374) 膠의 이체자. 오른쪽 윗부분의 ‘羽’가 ‘玨’의 형태로 되어있다

375) 檻의 이체자. 맨 오른쪽 윗부분의 ‘⺈’의 형태가 ‘𠂉’의 형태로 되어있다.

376) 穆의 이체자. 오른쪽 가운데부분의 ‘小’가 ‘一’의 형태로 되어있고, 그 아랫부분의 ‘彡’이 ‘丷’의
　　　형태로 되어있다. 영남대 소장본은 판목이 조금 훼손되어 있어서 ‘丿’의 한 획이 떨어져나간
　　　것으로 보인다. 후조당 소장본은 글자가 깨져서 판독할 수가 없다.

377) 讓의 이체자. 오른쪽부분 ‘亠’의 아랫부분 ‘吅’가 ‘厸’의 형태로 되어있다.

378) 衰의 이체자. 윗부분의 ‘亠’ 아래 ‘⊞’의 형태가 ‘丗’의 형태로 되어있다.

闔廬, 後遇夫差也。夫驥379)厄罷鹽380)車, 非無驥狀也, 夫世莫能知也。使驥得
王良、造父, 驥無千里之足乎？芝蘭381)生深林, 非為無人而不{第43面}香。故學
者非為逼也, 為窮而不困也, 憂不衰也, 此知禍福之始而心不惑也。聖人之深
念, 獨知獨見。舜亦賢聖矣, 南面382)治天下, 唯其遇堯也。使舜居桀、紂之世,
能自免刑戮固可也, 又何宮383)得治乎？夫桀殺關龍逢384), 而紂殺王子比干。當
是時, 豈關龍逢無知, 而比干無惠哉？此桀、紂無道之世然也。故君子疾學, 脩
身端行, 以須其時也。」

孔子之宋, 匡385)簡子將殺陽虎, 孔子似之。甲士以圍孔子之舍, 子路怒,
奮386)戟387)將下鬪。孔子止之曰：「何仁義之不免俗也？夫《詩》、《書》之不
習388), 《禮》、《樂》之不脩也, 是丘之過也。若似陽虎, 則非丘之罪也, 命{第44
面}也夫。由歌, 予和汝。」子路歌, 孔子和之, 三終而甲罷。

孔子曰：「不觀於高岸, 何以知顛墜之患？不臨於深淵389), 何以知没溺之
患？不觀於海上, 何以知風波之患？失之者其不在此乎？士慎三者, 無累於人。」

曾子曰：「響390)不辭391)聲, 鑑392)不辭393)形, 君子正一, 而萬物皆成。夫行

---

379) 驥의 이체자. 오른쪽 아랫부분의 '異'가 '異'의 형태로 되어있다. 이번 단락의 아래에서는 모두
    이 이체자를 사용하였다.
380) 鹽의 이체자. 윗부분 오른쪽의 맨 위쪽의 '⺈'의 형태가 빠져있다.
381) 蘭의 이체자. 아랫부분 '門' 안의 '柬'이 '東'의 형태로 되어있다.
382) 面의 이체자. 맨 윗부분 '丆'의 아랫부분의 '囬'가 '回'의 형태로 되어있다.
383) 欽定四庫全書本은 조선간본과 다르게 '官'으로 되어있고, 《說苑校證》·《說苑全譯》·《설
    원4》에도 모두 '官'으로 되어있다. 여기서는 '관직'(劉向 撰, 林東錫 譯註, 《설원4》, 동서문화
    사, 2009. 1941쪽)이라는 뜻이기 때문에 조선간본의 '宮'은 오자이다. 판목의 훼손이 의심되지
    만 영남대와 후조당 소장본 모두 '宮'으로 되어있다.
384) 逢의 이체자. 오른쪽 아랫부분의 '丰'의 형태가 'ヰ'의 형태로 되어있다.
385) 匡의 이체자. 부수 '匚'의 맨 아래 가로획은 빠져있고, 그 안쪽의 '王'이 '王'의 형태로 되어있다.
    영남대와 후조당 소장본은 모두 위의 형태로 되어있는데, 판목의 훼손 때문에 가운데 왼쪽부분
    이 떨어져나간 것으로 보인다.
386) 奮의 이체자. 맨 아랫부분의 '田'이 '旧'의 형태로 되어있다.
387) 戟의 이체자. 왼쪽부분의 '卓'의 형태가 '卓'의 형태로 되어있다.
388) 習의 이체자. 머리의 '羽'가 '⺕'의 형태로 되어있으며, 아랫부분의 '白'이 '日'로 되어있다.
389) 淵의 이체자. 오른쪽부분의 '쒦'이 가운데 가로획이 빠진 '쌔'의 형태로 되어있다.

非為影也，而影隨之。呼非為響也，而響和之。故君子功先成而名隨之。」

子夏問仲尼曰：「顏淵之為人也，何若？」曰：「回之信，賢於丘也。」曰：「子貢之為人也，何若？」曰：「賜之敏，賢394){第45面}於丘也。」曰：「子路之為人也，何若？」曰：「由之勇，賢於丘也。」曰：「子張之為人，何若？」曰：「師之莊，賢於丘也。」於是子夏避席而問曰：「然則四者何為事先生？」曰：「坐，吾語汝。回能信而不能395)反，賜能敏而不能屈，由能勇而不能怯，師能莊而不能同。兼396)此四子者，丘不為也。夫所謂至聖之士，必見進退之利，屈伸之用者也。」

東郭子惠問於子貢曰：「夫子之門何其雜397)也？」子貢曰：「夫隱括之旁多枉木，良醫398)之門多疾人，砥礪之旁多頑鈍。夫子脩道以俟399)天下，來者不止，是以雜也。《詩》云：『菀彼柳斯，鳴蜩嘒嘒。有漼者淵400){第46面}，莞葦淠401)淠。』言大者之旁無所不容。」

昔者，南瑕子過程太子，太子為烹鯢魚。南瑕子曰：「吾聞君子不食鯢魚。」程

---

390) 響의 이체자. 윗부분의 ‘鄕’이 ‘鄊’의 형태로 되어있다.

391) 辭의 이체자. 왼쪽부분의 ‘𤔔’가 ‘畾’의 형태로 되어있으며, 우부방의 ‘辛’이 아랫부분에 가로획 두 개가 더 있는 ‘𦍌’의 형태로 되어있다.

392) 鑑의 이체자. 오른쪽 윗부분 왼쪽의 ‘臣’이 ‘目’의 형태로 되어있고, 그 오른쪽의 ‘⺈’의 형태가 ‘⺈’의 형태로 되어있다.

393) 辭의 이체자. 왼쪽부분의 ‘𤔔’가 ‘𥁕’의 형태로 되어있으며, 우부방의 ‘辛’이 아랫부분에 가로획 하나가 더 있는 ‘𦍌’의 형태로 되어있다. 여기서는 이번 단락의 앞에서 사용한 이체자 ‘辝’와는 다른 형태의 이체자를 사용하였다.

394) 賢의 이체자. 윗부분 왼쪽의 ‘臣’이 ‘目’의 형태로 되어있다. 이번 단락의 앞에서는 정자를 사용하였는데, 여기와 이번 단락의 뒤에서는 이 이체자를 사용하였다.

395) 能의 이체자. 오른쪽부분의 ‘ヒ’의 형태가 ‘去’의 형태로 되어있다. 이번 단락의 앞에서는 정자를 사용하였는데, 여기와 이번 단락의 뒤에서는 모두 이 이체자를 사용하였다.

396) 兼의 이체자. 맨 아랫부분이 ‘灬’의 형태로 되어있다.

397) 雜의 이체자. 왼쪽부분의 ‘𣏟’의 형태가 ‘亲’의 형태로 되어있다.

398) 醫의 이체자. 윗부분 오른쪽의 ‘殳’가 ‘𠬶’의 형태로 되어있다.

399) 俟의 이체자. 오른쪽 아랫부분의 ‘矢’가 ‘夫’의 형태로 되어있다.

400) 淵의 이체자. 오른쪽부분의 ‘𣶒’이 ‘𣶒’의 형태로 되어있다. 이번 단락에서는 앞의 단락에서 사용한 이체자 ‘淵’과는 다른 형태의 이체자를 사용하였다.

401) 淠의 이체자. 오른쪽 아랫부분의 ‘丌’가 ‘廾’의 형태로 되어있다.

太子曰 :「乃君子否 ? 子何事焉[402] ? 」南瑕子曰 :「吾聞君子上比, 所以廣德也, 下比, 所以狹行也, 於惡自退之原也。《詩》云 :『高山仰止, 景行行止。』吾豈敢自以為君子哉[403] ? 志向之而已。」孔子曰 :「見賢思齊焉, 見不賢而內自省。」

孔子觀於呂**梁**, 懸水四十仞, 環流九十里, 魚鱉[404]不能過, 黿[405]鼉[406]不敢居。有一丈夫, 方將涉[407]之。孔子使人並崖而止之曰 :「此懸水四十仞, 圜[408]流九十里, 魚鱉不敢過, 黿鼉不敢居。意者難可濟也 ! 」丈**{第47面}**夫不以錯意, 遂渡而出。孔子問 :「子巧乎 ? 且有道術[409]乎 ? 所以能入而出者何也 ? 」丈夫對曰 :「始吾入, 先以忠信, 吾之出也, 又從以忠信。忠信錯吾軀於波流, 而吾不敢用私。吾所以能入而復出也。」孔子謂弟子曰 :「水而尚可以忠信義久[410]而身親之, 況於人乎 ? 」

子路盛服而見孔子。孔子曰 :「由, 是襜[411]襜者何也 ? 昔者江水出於岷山, 其始也, 大足以濫[412]觴。及至江之津也, 不方舟, 不避[413]風, 不可渡也。非唯下流衆川之多乎 ? 今若衣服甚盛, 顏色充[414]盈[415], 天下誰肯加若者哉 ? 」子路趨而

---

402) 焉의 이체자. 윗부분의 '正'이 '匸'의 형태로 되어있다. 이번 단락의 아래에서는 정자를 사용하였다.

403) 哉의 이체자. 왼쪽 아랫부분의 '口'가 'ク'의 형태로 되어있다.

404) 鱉의 이체자. 윗부분 왼쪽의 '㡀'가 '尚'의 형태로 되어있다.

405) 黿의 이체자. 발의 '黽'이 '龜'의 형태로 되어있다.

406) 鼉의 이체자. 발의 '黽'이 '龜'의 형태로 되어있다.

407) 涉의 이체자. 오른쪽 아랫부분의 '少'의 형태가 '少'의 형태로 되어있다.

408) 圜의 이체자. 오른쪽 아랫부분의 '艮'의 형태가 '衣'의 형태로 되어있다.

409) 術의 이체자. 가운데부분의 '朮'이 위쪽의 '丶'이 빠진 '木'으로 되어있다.

410) 久의 이체자. 여기서는 판본 전체적으로 거의 사용하는 이체자 '乆'와는 다른 형태의 이체자를 사용하였다.

411) 襜의 이체자. 오른쪽 맨 윗부분의 'ク'의 형태가 '丷'의 형태로 되어있으며, 아랫부분의 '言'이 '古'의 형태로 되어있다.

412) 濫의 이체자. 오른쪽 윗부분 왼쪽의 '臣'이 '目'의 형태로 되어있고, 그 오른쪽의 '𠂉'의 형태가 '亡'의 형태로 되어있다.

413) 避의 이체자. 맨 오른쪽부분의 '辛'이 '𠀃'의 형태로 되어있다.

414) 充의 이체자. '亠'의 아랫부분의 '允'이 '九'의 형태로 되어있다.

415) 盈의 이체자. 윗부분 '乃' 안의 '又'의 형태가 '夫'의 형태로 되어있다.

出，改[416]服而入，盖自如也{**第48面**}。孔子曰：「由，記之，吾語若。貴於言者，
華也；奮於行者，伐也。夫色智而有餝者，小人也。故君子知之爲知之，不知爲
不知，言之要也。餝之爲餝，不餝爲不餝，行之至也。言要則知，行要則仁。既知
且仁，夫有何加矣哉？由，《詩》云：『湯降不遲[417]，聖敎[418]日躋』。此之謂也。」

　　子路問孔子曰：「君子亦有憂乎？」孔子曰：「無也。君子之脩其行，未得，則
樂其意。**旣**[419]已得，又樂其知。是以有終身之樂，無一日之憂。小人則不然，其
未之得，則憂不得。**旣**已得之，又恐失之。是以有終身之憂，無一日之樂。」{**第49
面**}

　　孔子見榮啓期，衣鹿皮裘，皷[420]瑟而歌。孔子問曰：「先生何樂也？」對曰：
「吾樂甚多。天生萬物，唯人爲貴，吾**旣**已得爲人，是一樂也。人以男爲貴，吾**旣**
已得爲男，是爲二樂也。人生不免襁[421]褓[422]，吾年已九十五，是三樂也。夫貧者
士之常也，死者民之終也。處常待終，當何憂乎？」

　　曾[423]子曰：「吾聞夫子之三言，未之餝行也。夫子見人之一**善**，而忘[424]其百
非，是夫子之易事也。夫子見人有**善**，若[425]己有之，是夫子之不爭也。聞**善**必躬
親行之，然後道之，是夫子之餝勞也。夫子之餝勞也，夫子之不爭也，夫子之易
事也，吾學夫{**第50面**}子之三言而未餝行。」

　　孔子曰：「回，若有君子之道四，强於行己，弱於受諫，怵於待禄[426]，愼於持

---

416) 改의 이체자. 왼쪽부분의 '己'가 '巳'의 형태로 되어있다.
417) 遲의 이체자. 오른쪽 '尸'의 아랫부분이 '辛'의 형태로 되어있다.
418) 敎의 이체자. 왼쪽 아랫부분의 '子'이 '同'의 형태로 되어있다.
419) 旣의 경우, 조선간본은 판본 전체적으로 '既'의 형태를 사용하였는데, 이번 단락과 다음 단락에
　　 서는 모두 '旣'의 형태를 사용하였다.
420) 鼓의 이체자. 오른쪽부분의 '支'가 '皮'의 형태로 되어있다.
421) 襁의 이체자. 좌부변의 'ネ'가 'ネ'의 형태로 되어있고, 오른쪽부분의 '虽'가 '虽'의 형태로 되어
　　 있다.
422) 褓의 이체자. 좌부변의 'ネ'가 'ネ'의 형태로 되어있다.
423) 曾의 이체자. 맨 윗부분의 '八' 아랫부분 '四'의 형태가 '田'의 형태로 되어있다.
424) 忘의 이체자. 윗부분의 '亡'이 '𠃊'의 형태로 되어있다.
425) 若의 이체자. 머리의 '艹'가 '屮'의 형태로 되어있고, 그 아랫부분의 '右'가 '右'의 형태로
　　 되어있다.

身。」

仲尼曰：「史鰌有君子之道三，不仕而敬上，不祀而敬鬼，直骸曲於人。」

孔子曰：「丘死之後，商也日益，賜也日損427)。商也好與賢己者處，賜也好說不如己者。」

孔子將行，無盖。弟子曰：「子夏有盖，可以行。」孔子曰：「商之為人也，甚短於財。吾聞與人交者，推其長者，違其短者，故骸久長矣。」

子路行，辭於仲尼，曰：「敢問新交耽親若何？言寡[第51面]可行若何？長為善士而無犯若何？」仲尼曰：「新交耽親，其忠乎！言寡可行，其信乎！長為善士而無犯，其禮乎！」

子路將行，辭於仲尼，曰：「贈汝以車乎？以言乎？」子路曰：「請以言。」仲尼曰：「不強不達，不勞無功，不忠無親，不信無復，不恭無禮。慎此五者，可以長久矣。」

曾子從孔子於齊，齊景公以下卿禮聘曾428)子，曾子固辭。將行，晏子送之，曰：「吾聞君子贈人以財，不若以言。今夫蘭本三年，湛之以鹿醢，既成則易以匹馬，非蘭本美也，願子詳其所湛，既得所[第52面]湛，亦求所湛。吾聞君子居必擇處，遊必擇士。居必擇處，所以求士也。遊必擇士，所以脩道也。吾聞反常移性者欲也，故不可不慎也。」

孔子曰：「中人之情，有餘則侈，不足則儉，無禁則淫429)，無度則失，縱430)欲則敗。飲食有量，衣服有節，宮室有度，畜聚有數431)，車器432)有限，以防亂433)之源也。故夫度量不可不明也，善欲不可不聽也。」

---

426) 祿의 이체자. 오른쪽부분의 '彔'이 '录'의 형태로 되어있다.

427) 捐의 이체자. 오른쪽 윗부분의 '口'가 'ム'의 형태로 되어있다.

428) 曾의 이체자. 맨 윗부분의 '八'이 '〃'의 형태로 되어있고 그 아래 '㘽'의 형태가 '田'의 형태로 되어있다. 이번 단락의 앞에서는 다른 형태의 이체자 '曾'을 사용하였는데, 여기와 이번 단락의 뒤에서는 이 이체자를 사용하였다.

429) 淫의 이체자. 오른쪽 아랫부분의 '壬'이 '舌'의 형태로 되어있다.

430) 縱의 이체자. 맨 오른쪽부분의 '龰'의 형태가 '辵'의 형태로 되어있다.

431) 數의 이체자. 왼쪽부분의 '婁'가 '娄'의 형태로 되어있다.

432) 器의 이체자. 가운데부분의 '犬'이 'ㆍ'이 빠진 '大'의 형태로 되어있다.

孔子曰：「巧而好度必工，勇而好同必勝，知而好謀必成。愚者反是，夫處重擅⁴³⁴⁾寵⁴³⁵⁾，專事妬賢，愚者之情也。志驕傲而輕舊⁴³⁶⁾怨，是以尊位則必危，任重則必崩，擅⁴³⁷⁾寵則必辱⁴³⁸⁾。」{第53面}

孔子曰：「鞭扑之子，不從⁴³⁹⁾父⁴⁴⁰⁾之教。刑戮之民，不從⁴⁴¹⁾君之政，言疾之難行。故君子不急斷⁴⁴²⁾，不意使，以為亂源。」

孔子曰：「終日言，不遺己之憂，終日行，不遺己之患，唯智者有之。故恐懼所以除患也，恭敬所⁴⁴³⁾以越難也。終身為之，一言敗之，可不慎乎！」

孔子曰：「以富⁴⁴⁴⁾貴為人下者，何人不與？以富貴敬愛人者，何人不親？衆言不逆，可謂知言矣。衆嚮之，可謂知時矣。」

孔子曰：「夫富而骯富人者，欲貧而不可得也。貴而骯貴人者，欲賤而不可得也。達⁴⁴⁵⁾而骯達人者{第54面}，欲窮而不可得也。」

仲尼曰：「非其地而樹⁴⁴⁶⁾之，不生也；非其人而語之，弗聽也。得其人，如

---

433) 亂의 이체자. 왼쪽부분의 '𤔔'의 형태가 '𥝃'의 형태로 되어있다.

434) 擅의 이체자. 오른쪽 윗부분의 '㐭'이 '面'의 형태로 되어있고, 그 아랫부분의 '旦'이 '且'의 형태로 되어있다.

435) 寵의 이체자. 머리 '宀' 아래 오른쪽부분의 '𦥑'의 형태가 '𦥔'의 형태로 되어있다.

436) 舊의 이체자. '艹' 아랫부분에 '吅'의 형태가 첨가되어있고, 아랫부분의 '臼'가 '旧'의 형태로 되어있다.

437) 擅의 이체자. 이번 단락의 앞에서 사용한 이체자 '擅'과는 다르게 오른쪽 윗부분의 '㐭'이 '面'의 형태로 되어있다.

438) 辱의 이체자. 윗부분의 '辰'이 '辰'의 형태로 되어있다.

439) 從의 이체자. 오른쪽부분의 '㐄'의 형태가 '芝'의 형태로 되어있다.

440) 父의 이체자. 아랫부분의 '乂'의 형태가 '又'의 형태로 되어있다.

441) 從의 이체자. 오른쪽부분의 '㐄'의 형태가 '芝'의 형태로 되어있다. 이번 단락의 앞에서는 다른 형태의 이체자 '從'을 사용하였다.

442) 斷의 속자. 왼쪽부분의 '㡭'의 형태가 '迷'의 형태로 되어있다.

443) 所의 이체자. 좌부변의 '戶'가 '戸'의 형태로 되어있다. 이번 단락의 앞에서는 다른 형태의 '所'를 사용하였다.

444) 富의 이체자. 머리의 '宀'이 '一'의 형태로 되어있다.

445) 達의 이체자. '辶' 윗부분의 '幸'이 '幸'의 형태로 되어있다.

446) 樹의 이체자. 가운데 맨 아랫부분의 '𭕄'의 형태가 '土'의 형태로 되어있다.

聚沙而雨之；非其人, 如聚聾而鼓之。」

孔子曰：「船非水不可行。水入船中, 則其没也。故曰：君子不可不嚴也, 小人不可不閉也！」

孔子曰：「依賢固不困, 依富固不窮。馬跒斬而復行者何？以輔足衆也。」

孔子曰：「不知其子, 視其所友。不知其君, 視其所使。」又曰：「與善人居, 如入蘭芷之室, 久而不聞其香, 則與之化矣。與惡人居, 如入鮑魚之肆, 久而{第55面}不聞其臭, 亦與之化矣。故曰：丹447)之所448)藏者赤, 烏之所藏者黑。君子慎所藏。」

子貢問曰：「君子見大水必觀焉, 何也？」孔子曰：「夫水者, 君子比德焉。遍予而無私, 似德。所及者生, 似仁。其流449)甲450)下句倨, 皆循其理, 似義。淺者流行, 深者不測, 似智。其赴百仞之谷不疑451), 似勇。綿弱而微達, 似察452)。受惡不讓, 似包蒙453)。不清以入, 鮮潔454)以出, 似善化。至量必平, 似正。盈455)不求槪, 似度。其萬折必東, 似意。是以君子見大水觀焉爾也。」

夫智者何以樂水也？曰：「泉源潰潰, 不釋456)晝夜, 其似力者。循理而行, 不遺小間, 其似持平者。動而{第56面}之下, 其似有禮者。赴千仞之壑457)而不疑458), 其似勇者。障459)防而清, 其似知命者。不清以入, 鮮潔460)而出, 其似善

---

447) 丹의 이체자. 가운데 아랫부분에 'ㅣ'의 형태가 첨가되어있다.
448) 所의 이체자. '所'를 이번 단락의 앞에서는 2번 뒤에서는 1번 사용하였고, 여기와 이번 단락의 뒤에서 1번은 이 이체자를 사용하였다.
449) 流의 이체자. 오른쪽 윗부분의 '厼'의 형태가 '厽'의 형태로 되어있다.
450) 卑의 이체자. 맨 윗부분의 'ㅡ'이 빠져있다.
451) 疑의 이체자. 왼쪽 윗부분의 'ヒ'가 '上'의 형태로 되어있으며, 오른쪽부분의 '辵'이 '殳'의 형태로 되어있다.
452) 察의 이체자. 머리 'ㅗ' 아랫부분의 '㚟'의 형태가 '欠'의 형태로 되어있다.
453) 蒙의 이체자. 머리의 '++'가 '⺮'의 형태로 되어있다.
454) 潔의 이체자. 윗부분 오른쪽의 '刀'가 '刃'의 형태로 되어있다.
455) 盈의 이체자. 윗부분 '乃' 안의 '又'의 형태가 '夕'의 형태로 되어있다.
456) 釋의 이체자. 오른쪽 아랫부분의 '幸'이 '㚔'의 형태로 되어있다. 이번 단락의 앞과 뒤에서는 모두 정자를 사용하였는데 여기서만 이체자를 사용하였다.
457) 壑의 이체자. 윗부분 왼쪽의 '睿'가 가운데 가로획이 빠진 '睿'의 형태로 되어있다.

化者。衆人取平品類461)以正，萬物得之則生，失之則死，其似有德者。淑淑淵462)
淵，深不可測，其似聖者。通潤天地之間，國家以成，是知之所以樂水也。《詩》
云：『思樂泮水，薄463)採其茆464)。魯侯戾止，在泮飲酒。』樂水之謂也。」夫仁者何
以樂山也？曰：「夫山龍嵸纍崔，萬民之所觀仰。草木生焉，衆物立焉，飛禽萃
焉，走獸休焉，寶465)藏殖焉，奇466)夫息焉，育群物而不倦焉，四方並取而不限
焉。出雲風，通氣于天地之間，國家以成，是仁者所以樂山{第57面}也。《詩》曰：
『太山巖467)巖，魯侯是瞻。』樂山之謂矣。」

　　玉有六美，君子貴之。望之溫潤，近之栗理，聲近徐而聞遠，折而不撓468)，
闕469)而不荏，廉而不劌，有瑕必示之於外，是以貴之。望之溫潤者，君子比德
焉，近之栗理者，君子比智焉。聲近徐而聞遠者，君子比義焉。折而不撓，闕而
不荏者，君子比勇470)焉。廉471)而不劌者，君子比仁焉。有瑕必見於外者，君子比
情焉。

　　道吾問之夫子：「多所知，無所知，其身孰善者乎？」對曰：「無知者，死人

---

458) 疑의 이체자. 왼쪽 윗부분의 ‘匕’가 ‘上’의 형태로 되어있고 아랫부분의 ‘矢’가 ‘天’의 형태로
　　되어있다. 여기서는 앞의 단락에서 사용한 이체자 ‘疑’와는 다른 이체자를 사용하였다.
459) 障의 이체자. 오른쪽 아랫부분의 ‘早’가 ‘甲’의 형태로 되어있다.
460) 潔의 이체자. 좌부변의 ‘氵’가 ‘冫’의 형태로 되어있으며, 윗부분 오른쪽의 ‘刀’가 ‘刃’의 형태로
　　되어있다. 앞의 단락에서는 좌부변이 ‘氵’로 된 이체자 ‘潔’을 사용하였다.
461) 類의 이체자. 왼쪽 아랫부분의 ‘犬’이 ‘丶’이 빠진 ‘大’의 형태로 되어있다.
462) 淵의 이체자. 오른쪽부분의 ‘開’이 ‘開’의 형태로 되어있다.
463) 薄의 이체자. 머리 ‘艹’ 아래 오른쪽부분의 ‘專’가 ‘專’의 형태로 되어있다.
464) 茆의 이체자. 머리 ‘艹’ 아래 왼쪽부분의 ‘卩’의 형태가 ‘夕’의 형태로 되어있다.
465) 寶의 이체자. ‘宀’의 아랫부분 오른쪽의 ‘缶’가 ‘尒’로 되어있다.
466) 奇의 이체자. 머리의 ‘大’가 ‘亣’으로 되어있다.
467) 巖의 이체자. 머리 ‘山’ 아랫부분의 ‘吅’가 ‘厸’의 형태로 되어있다.
468) 撓의 이체자. 오른쪽부분의 ‘堯’가 ‘尭’의 형태로 되어있다.
469) 闕의 이체자. ‘門’ 안의 왼쪽부분의 ‘屰’이 ‘丰’의 형태로 되어있고, 그 오른쪽부분의 ‘欠’이
　　‘尺’의 형태로 되어있다.
470) 勇의 이체자. 윗부분의 ‘マ’의 형태가 ‘ㄱ’의 형태로 되어있다.
471) 廉의 이체자. ‘广’ 안의 ‘兼’에서 아랫부분이 ‘灬’의 형태로 되어있다. 이번 단락의 앞에서는
　　‘廉’을 사용하였는데, 여기서는 이체자를 사용하였다.

属[472]也。雖不死，累人者必衆甚矣。然多所知者，好其用心也。多所知者出於利**{第58面}**人即善矣，出於害人即不善也。」道吾曰：「善哉！」

越石父曰：「不肖人，自賢也。愚者，自多也。佞[473]人者，皆莫能相其心，口以出之，又謂人勿言也。譬之猶渴[474]而穿井，臨難而後鑄[475]兵，雖疾從[476]而不及也。」

夫臨財忘貧，臨生忘死，可以遠罪矣。夫君子愛口，孔雀愛羽，虎豹愛爪，此皆所以治身法也。上交者不失其禄，下交者不離於患，是以君子擇人與交，農[477]人擇田而田。君子樹人，農夫樹田。田者擇種而種之，豐年必得粟。士擇人而樹之，豐時必得禄矣。

天下失道，而後仁義生焉，國家不治，而後孝子**{第59面}**生焉，民爭不分，而後慈惠生焉。道逆時反，而後權謀生焉。凡[478]善之生也，皆學之所由。一室之中，必有主道焉，父母之謂也。故君正則百姓治，父母正則子孫孝慈。是以孔子家兒不知罵，曾子家兒不知路。所以然者，生而善教也。夫仁者好合人，不仁者好離人，故君子居人間則治，小人居人間則亂。君子欲和人，譬猶水火不相能然也，而鼎[479]在其間，水火不亂，乃和百味。是以君子不可不慎擇人在其間！」

齊景公問晏子曰：「寡人自以坐地，二三子皆坐地。吾子獨搴草而坐之，何也？」晏子對曰：「嬰聞之**{第60面}**，唯喪[480]與獄坐於地。今不敢以喪獄之事侍於君矣。」

---

472) 屬의 이체자. '尸' 아랫부분이 '禹'의 형태로 되어있다.
473) 佞의 이체자. 오른쪽 윗부분의 '二'의 형태가 '亠'의 형태로 되어있다.
474) 渴의 이체자. 오른쪽부분의 '曷'이 '曷'의 형태로 되어있다.
475) 鑄의 이체자. 오른쪽부분의 '壽'가 '夀'의 형태로 되어있다.
476) 從의 이체자. 오른쪽부분의 '从'의 형태가 '之'의 형태로 되어있다.
477) 農의 이체자. 아랫부분의 '辰'이 '辰'의 형태로 되어있다.
478) 凡의 이체자. '几' 안쪽의 '丶'이 직선 형태로 되어있으며 그 가로획이 오른쪽 '乁'획의 밖으로 삐져나와 있다.
479) 鼎의 이체자. 아랫부분의 '爿'의 형태가 '卌'의 형태로 되어있으며, 윗부분의 '目'을 감싸지 않고 아랫부분에 놓여 있다.
480) 喪의 이체자. 가운데부분의 '吅'가 '从'의 형태로 되어있다.

　　齊髙廷[481]問於孔子曰:「廷不曠山, 不直地, 衣蓑, 提執, 精氣以問事君之道, 願夫子告之。」孔子曰:「貞以幹之, 敬以輔之。待人無倦。見君子則舉之, 見小人則退之。去爾惡心, 而忠與之, 敏其行, 脩其禮, 千里之外, 親如兄弟。若行不敏, 禮不合, 對[482]門不通矣。」

劉[483]向說苑卷第十七{第61面}[484]

　　{第62面}[485]

---

481) 廷의 이체자. '廴' 위의 '壬'이 '丬'의 형태로 되어있다.
482) 對의 이체자. 왼쪽부분의 '丵'의 형태가 '莖'의 형태로 되어있다. 여기서는 판본 전체적으로 주로 사용하는 이체자 '對'와는 다른 형태의 이체자를 사용하였다.
483) 劉의 이체자. 왼쪽 윗부분이 '吅'의 형태로 되어있다.
484) 이 卷尾의 제목은 마지막 제11행에 해당한다. 이번 면은 제8행에서 글이 끝나고, 나머지 2행은 빈칸으로 되어있다.
485) 제17권은 이전 면인 제61면에서 끝났는데, 각 권은 홀수 면에서 시작하기 때문에 짝수 면인 이번 제62면은 계선만 인쇄되어있고 한 면이 모두 비어 있다.

劉向說苑卷第⁴⁸⁶⁾十⁴⁸⁷⁾

　　　辨⁴⁸⁸⁾物

　　顏淵⁴⁸⁹⁾問於仲尼曰：「成人之行何若⁴⁹⁰⁾？」子曰：「成人之行，達⁴⁹¹⁾乎情性之理，通乎物類⁴⁹²⁾之變，知幽明之故，睹遊氣之源⁴⁹³⁾，若此而可謂成人。旣知天道，行躬以仁義，飭身以禮樂。夫仁義禮樂，成人之行也。窮⁴⁹⁴⁾神知化，德⁴⁹⁵⁾之盛也。」

　　《易》曰：「仰以觀於天文，俯以察於地理。」是故知幽明之故。夫天文地理、人情之效存於心，則聖智之府。是故古者聖王旣臨天下，必變四時，定⁴⁹⁶⁾律歷⁴⁹⁷⁾，考天文，揆⁴⁹⁸⁾時變，登靈⁴⁹⁹⁾臺⁵⁰⁰⁾，以望氣氛，故堯⁵⁰¹⁾曰：「咨{第63面}爾舜，天

---

486) 第의 이체자. 머리 '⺮' 아랫부분의 '弟'의 형태가 '弔'의 형태로 되어있다.

487) 이번 卷首의 제목은 원래는 '卷十八'에 해당하는데, '八'이 빠져있어서 이는 탈자이다. 원래 탈자인지 아니면 판목이 훼손된 것인지는 판단하기 어렵지만, 영남대와 후조당 소장본 모두 '八'이 빠져있다.

488) 辯의 이체자. '言'의 양쪽 옆에 있는 '辛'이 아랫부분에 가로획 하나가 더 있는 '辜'의 형태로 되어있다.

489) 淵의 이체자. 오른쪽부분의 '𣶒'이 '𣶒'의 형태로 되어있다. 이번 단락 아래에서는 모두 정자를 사용하였다.

490) 若의 이체자. 머리의 '艹' 아랫부분의 '右'가 '石'의 형태로 되어있고, 머리의 '艹'가 아랫부분의 '石'에 붙어 있다.

491) 達의 이체자. '辶' 윗부분의 '𡕨'이 '幸'의 형태로 되어있다.

492) 類의 이체자. 왼쪽 아랫부분의 '犬'이 'ㆍ'이 빠진 '大'의 형태로 되어있다.

493) 源의 이체자. 오른쪽부분의 '原'이 '𠀤'의 형태로 되어있다.

494) 窮의 이체자. 머리 '穴' 아래 왼쪽부분의 '身'이 맨 위에 'ㆍ'이 빠진 '身'의 형태로 되어있다. 필자는 판목의 훼손을 의심하였으나, 영남대와 후조당 소장본 모두 이 이체자로 되어있고, 또한 다음 단락에서도 이 이체자를 사용하였다.

495) 德의 이체자. 오른쪽부분의 '悳'의 형태가 가운데 가로획이 빠진 '悳'의 형태로 되어있다.

496) 定의 이체자. 머리 '宀' 아랫부분의 '疋'이 '之'의 형태로 되어있다.

497) 歷의 이체자. '厂'의 안쪽 윗부분의 '秝'이 '林'의 형태로 되어있다.

498) 揆의 이체자. 오른쪽 아랫부분의 '天'이 '矢'의 형태로 되어있다.

499) 靈의 이체자. 맨 아랫부분의 '巫'가 '𡉏'의 형태로 되어있다.

500) 欽定四庫全書本은 조선간본과 다르게 '臺'로 되어있고,《說苑校證》과《설원5》에도 '臺'로 되어있으며《說苑全譯》에는 간체자 '台'로 되어있다. 조선간본의 '臺'는 '臺'와 뜻은 같다.

之歷數[502]在爾躬，允執其中，四海困窮。」《書》曰：「在璿璣[503]玉衡[504]，以齊[505]七政。」璿璣謂北辰[506]勾陳樞星也。以其魁[507]杓之所[508]指[509]二十八宿[510]為吉凶[511]禍福。天文列[512]舍，盈[513]縮之占，各以類為驗。夫占變之道，二而已矣。二者，陰[514]陽之數也，故《易》曰：「一陰一陽之謂道。」道也者，物之動莫不由道也。是故發[515]於一，成於二，備於三，周於四，行於五。是故玄象[516]著明，莫大於日月。察[517]變之動，莫著於五星。天之五星運氣於五行，其初猶發[518]於陰陽，而化極[519]萬一千五百二十。所謂二十八星者，東方曰角、亢、氐、房、心、尾、箕，北方曰斗、牛、須女、虛、危、營室、東壁，西{第64面}方曰奎、婁[520]、

---

501) 堯의 이체자. 맨 윗부분의 '土'가 '十'의 형태로 되어있고 그 아랫부분이 '艹'의 형태로 되어있으며, 맨 아랫부분의 '兀'이 '儿'의 형태로 되어있다.

502) 數의 이체자. 왼쪽부분의 '婁'가 '婁'의 형태로 되어있다.

503) 璣의 이체자. 오른쪽부분의 '幾'가 아랫부분 왼쪽의 '人'의 형태가 '勹'의 형태로 되어있고, 그 오른쪽부분은 '丶'과 'ノ'의 획이 빠진 '幾'의 형태로 되어있다.

504) 衡의 이체자. 가운데부분의 '奐'가 '魚'의 형태로 되어있다.

505) 齊의 이체자. '亠'의 아래 가운데부분의 'Y'가 '了'의 형태로 되어있다.

506) 辰의 이체자.

507) 魁의 이체자. 좌부변의 '鬼'가 맨 위의 '丿'과 오른쪽 아랫부분의 '厶'가 빠진 '鬼'의 형태로 되어있다.

508) 所의 이체자. 여기를 제외하고 이번 단락의 아래에서는 모두 '所'를 사용하였다.

509) 指의 이체자. 오른쪽 윗부분의 '匕'가 '亠'의 형태로 되어있다.

510) 宿의 이체자. 머리 '宀' 아랫부분의 오른쪽 '百'이 '白'의 형태로 되어있다.

511) 凶의 속자. 윗부분에 '亠'의 형태가 첨가되어있다.

512) 列의 이체자. 왼쪽부분의 '歹'이 '歹'의 형태로 되어있다.

513) 盈의 이체자. 윗부분 '乃' 안의 '又'의 형태가 '夕'의 형태로 되어있다. 이번 단락의 아래에서는 정자를 사용하였다.

514) 陰의 이체자. 오른쪽부분의 '侌'이 '侌'의 형태로 되어있다.

515) 發의 이체자. 아랫부분 오른쪽의 '殳'가 '攵'의 형태로 되어있다.

516) 象의 이체자. 윗부분의 '⺈'의 형태가 '⺈'의 형태로 되어있다.

517) 察의 이체자. 머리 '宀' 아랫부분의 '癶'의 형태가 '癶'의 형태로 되어있다.

518) 發의 이체자. 머리의 '癶'이 '业'의 형태로 되어있고, 아랫부분 오른쪽의 '殳'가 '攵'의 형태로 되어있다. 이번 단락의 앞과 뒤에서 다른 형태의 이체자 '發'을 사용하였다.

519) 極의 이체자. 오른쪽 가운데부분의 '丂'가 '了'의 형태로 되어있다.

胃、昂521)、畢522)、觜、參, 南方曰東井、輿鬼、桺523)、七星、張、翼524)、軫。所
謂**宿**者, 日月五星之**所宿**也。其在**宿**運外内者, 以官名別。其根荄**皆**525)發於地, 而
華形於天。所謂五星者, 一曰歲星, 二曰熒惑, 三曰鎮星, 四曰太白, 五曰**辰**星。
欃526)槍、彗孛、旬始、枉矢、蚩527)尤之旗, 皆五星盈縮之**所**生也。五星之所犯,
各以金木水火土為占。春秋冬夏, 伏見有時, 失其常, 離其時, 則為變**異**528), 得
其時, 居其常, 是謂吉祥。古者有主四時者, 主春者張, 昬529)而中, 可以種
穀530)。上告于天子, 下布之民。主夏者大火, 昏而中, 可以種黍531)菽。上告于天
子, 下布之民。主秋者虛532){**第65面**}, 昏而中, 可以種麥。上告于天子, 下布之
民。主冬者昴, 昏而中, 可以斬伐田獵533)盖藏534)。上告之天子, 下布之民。故天
子南**面**535)視四星之中, 知民之緩急, 急利不賦籍, 不舉力役。《書》曰:「敬授民
時。」《詩》曰:「物其有矣, 維其時矣。」物之**所**以有而不絶者, 以其動之時也。

---

520) 婁의 이체자. 윗부분의 '毌'의 형태가 '由'의 형태로 되어있다.
521) 昴의 이체자. 아랫부분 왼쪽의 'ク'의 형태가 'ㅁ'의 형태로 되어있다. 이번 단락의 아래에서는
   정자를 사용하였다.
522) 畢의 이체자. 맨 아래의 가로획 하나가 빠져있다.
523) 柳의 이체자. 가운데부분의 'ㅁ'의 형태가 'ク'의 형태로 되어있다.
524) 翼의 이체자. 머리 '羽' 아랫부분의 '異'가 '異'의 형태로 되어있다.
525) 皆의 이체자. 아랫부분의 '白'이 '日'로 되어있다.
526) 欃의 이체자. 오른쪽 윗부분의 '毚'이 '免'의 형태로 되어있으며, 그 아랫부분의 '兔'도 '免'의
   형태로 되어있다.
527) 蚩의 이체자. 윗부분의 '㞢'가 '山'의 형태로 되어있다.
528) 異의 이체자. 아랫부분의 '共'이 가운데에 세로획 하나가 첨가된 '卄'의 형태로 되어있다.
529) 昏의 이체자. 윗부분의 '氏'가 '民'의 이체자인 '民'의 형태로 되어있다. 이번 단락의 아래에서는
   모두 정자를 사용하였다.
530) 穀의 이체자. 왼쪽 아랫부분의 '禾'의 위에 가로획이 빠져있다.
531) 黍의 이체자. 가운데 부분의 '人'의 형태가 빠져있고, 그 아랫부분의 '氺'가 '米'의 형태로
   되어있다.
532) 虛의 이체자. 머리의 '虍'가 '严'의 형태로 되어있다.
533) 獵의 이체자. 오른쪽부분의 '巤'이 '甾'의 형태로 되어있다.
534) 藏의 이체자. 머리 '艹' 아랫부분 가운데의 '臣'이 '目'의 형태로 되어있다.
535) 面의 이체자. 맨 윗부분 'ㄱ'의 아랫부분의 '囬'가 '回'의 형태로 되어있다.

《易》曰：「天垂[536]象，見吉凶，聖人則之。」昔者高[537]宗、成王感於雊雉、暴[538]風之變，脩身自改[539]，而享豐昌之福也。逮秦皇帝即位，彗星四見，蝗蟲蔽天，冬雷夏凍，石隕[540]東郡，大人出臨洮，妖孽並見，熒惑守心，星茀太角，太角以亡，終不能[541]改。二世[542]立，又重其【第66面】惡。及即位，日月薄[543]蝕，山林淪亡，辰星出於四孟，太白經[544]天而行，無雲而雷，枉矢夜光，熒惑襲[545]月，孽火燒[546]宮，野[547]禽戲庭[548]，都門内崩。天變動於上，群臣昏於朝，百姓亂[549]於下，遂不察，是以亡也。

八荒[550]之内有四海，四海之内有九州。天子處中州而制八方耳。兩[551]河間曰冀[552]州，河南曰豫[553]州，河西曰雍州，漢南曰荊州，江南曰楊[554]州，濟河間

---

536) 垂의 이체자. 맨 아랫부분의 가로획 ‘一’이 ‘凵’의 형태로 되어있다.

537) 高의 이체자. 윗부분의 ‘占’의 형태가 ‘甴’의 형태로 되어있다.

538) 暴의 이체자. 발의 ‘氺’가 ‘小’의 형태로 되어있다.

539) 改의 이체자. 왼쪽부분의 ‘己’가 ‘巳’의 형태로 되어있다.

540) 隕의 이체자. 오른쪽 윗부분의 ‘口’가 ‘厶’의 형태로 되어있다.

541) 能의 이체자. 오른쪽부분의 ‘㔾’의 형태가 ‘长’의 형태로 되어있다.

542) 世의 이체자. ‘乚’ 윗부분의 ‘廿’의 형태가 ‘卄’의 형태로 되어있으며, ‘卄’의 아랫부분이 맨 아래 가로획에 붙어있다.

543) 薄의 이체자. 머리 ‘卄’ 아래 오른쪽부분의 ‘竰’가 ‘専’의 형태로 되어있다.

544) 經의 이체자. 오른쪽부분의 ‘巠’이 ‘조’의 형태로 되어있다.

545) 襲의 이체자. 윗부분 오른쪽의 ‘㔾’의 형태가 ‘㔾’의 형태로 되어있다.

546) 燒의 이체자. 오른쪽부분의 ‘堯’가 ‘尭’의 형태로 되어있다.

547) 野의 이체자. 오른쪽 윗부분의 ‘マ’의 형태가 ‘コ’의 형태로 되어있다.

548) 庭의 이체자. ‘广’ 안의 ‘廷’에서 ‘廴’ 위의 ‘壬’이 ‘千’의 형태로 되어있다.

549) 亂의 이체자. 왼쪽부분의 ‘𤔔’의 형태가 ‘𤔔’의 형태로 되어있다.

550) 荒의 이체자. 가운데부분의 ‘亡’이 ‘匸’의 형태로 되어있다.

551) 兩의 이체자. 바깥부분 ‘帀’의 안쪽의 ‘入’이 ‘人’의 형태로 되어있으며 그것의 윗부분이 ‘帀’의 밖으로 튀어나와 있다.

552) 冀의 이체자. 윗부분의 ‘北’이 ‘圠’의 형태로 되어있고, 아랫부분의 ‘異’가 ‘異’의 형태로 되어 있다.

553) 豫의 이체자. 왼쪽 윗부분의 ‘マ’의 형태가 ‘コ’의 형태로 되어있고, 오른쪽 윗부분의 ‘㐁’의 형태가 ‘𠃊’의 형태로 되어있다.

554) 欽定四庫全書本은 조선간본과 다르게 ‘揚’으로 되어있고, 《說苑校證》과 《설원5》에도 ‘揚’으

曰交555)州, 濟東曰徐州, 燕曰幽州, 齊曰青州。山川汙澤, 陵陸丘阜, 五土之
宜556), 聖王就其勢557), 因其便, 不失其性。髙者黍, 中者稷, 下者秔。蒲葦菅蒯
之用不乏, 麻麥黍梁558)亦不盡, 山林禽獸、川澤魚鼈559)滋{第67面}殖560), 王者京
師四通而致之。

周幽王二年, 西周三川皆震。伯陽父曰：「周將亡矣。夫天地之氣, 不失其
序。若過其序, 民亂之也。陽伏而不能出, 陰迫而不能烝, 於是有地震。今561)三
川震, 是陽失其所而填陰也。陽溢而壯562)陰, 源必塞, 國必亡。夫水土演而民用
足也, 土無所演, 民乏財用, 不亡何待？昔伊雒竭563)而夏亡, 河竭而商亡, 今周
德如二代之季矣。其川源塞, 塞必竭。夫國必依山川, 山崩川竭, 亡之徵564)也。
川竭山必崩, 若國亡不過十年, 數之紀565)也。天之所棄不過紀。」是歲566)也, 三川
竭, 岐山崩。十一年, 幽王乃滅, 周{第68面}乃東遷。

五嶽者, 何謂也？泰山, 東嶽也。霍山, 南嶽也。華山, 西嶽也。常山, 北嶽
也。嵩髙山, 中嶽也。五嶽何以視三公？能大布雲雨焉, 能大歛567)雲雨焉。雲觸

로 되어있으며《說苑全譯》에는 간체자 '扬'으로 되어있다. 여기서 '揚州'는 '지금의 江蘇・安
徽・江西・浙江 일대'(劉向 撰, 林東錫 譯註,《설원5》, 동서문화사, 2009. 2096쪽)이기 때
문에 조선간본의 '楊(楊의 이체자)'은 오자이다.

555) 兗의 이체자. 'ㅗ'의 아랫부분의 '兌'가 '父'의 형태로 되어있다.

556) 宜의 이체자. 머리의 '宀'이 '一'의 형태로 되어있다.

557) 勢의 이체자. 윗부분 왼쪽의 '坴'이 '幸'의 형태로 되어있다.

558) 梁의 이체자. 윗부분 오른쪽의 '刅'의 형태가 '刃'의 형태로 되어있다.

559) 鼈의 이체자. 발의 '黽'이 '㲺'의 형태로 되어있다.

560) 殖의 이체자. 왼쪽부분의 '歹'이 '歺'의 형태로 되어있다.

561) 今의 이체자. 머리 '人' 아랫부분의 '一'이 'ヽ'의 형태로 되어있고, 그 아랫부분의 'フ'의 형태가
'乁'의 형태로 되어있다.

562) 壯의 이체자. 오른쪽부분의 '爿'이 'ㅓ'의 형태로 되어있다.

563) 竭의 이체자. 오른쪽부분의 '曷'이 '曷'의 형태로 되어있다.

564) 徵의 이체자. 가운데부분의 '山'과 '王'의 사이에 가로획 '一'이 빠져있다.

565) 紀의 이체자. 오른쪽부분의 '己'가 '巳'의 형태로 되어있다.

566) 歲의 이체자. 머리의 '止'가 '山'의 형태로 되어있다.

567) 欽定四庫全書本은 조선간본과 다르게 '斂'으로 되어있고,《說苑校證》・《說苑全譯》・《설
원5》에서도 모두 '斂'으로 되어있다. 여기서 '斂'은 '거두다'(劉向 撰, 林東錫 譯註,《설원5》,

石而出, 膚568)寸而合, 不崇朝而雨天下。施德愽569)大, 故視三公也。

四瀆者, 何謂也？江、河、淮、濟也。四瀆何以視諸矦570)？骹蕩滌垢濁焉, 骹通百川於海焉, 骹出雲雨千里焉。為施甚大, 故視諸侯也。

山川何以視子男也？骹出物焉, 骹潤澤物焉, 骹生雲雨, 為恩多。然品類以百數, 故視子男也。《書》{第69面}曰：「禋于六宗, 望秩于山川, 徧于群神矣。」

齊景公為露寢之臺, 成而不通571)焉。栢572)常騫曰：「為墓573)甚急, 臺成, 君何為不通焉？」公曰：「然。梟昔者鳴, 其聲574)無不為也。吾惡之甚, 是以不通焉。」栢常騫曰：「臣請禳而去之！」公曰：「何具？」對曰：「築575)新室, 為置白茅576)焉。」公使為室, 成, 置白茅焉577)。栢常騫夜用事。明日問公曰：「今昔聞梟聲乎？」公曰：「一鳴而不復聞。」使人徃578)視之, 梟當陛布翼, 伏地而死。公曰：「子之道若此其明也！亦骹益寡人壽579)乎？」對曰：「骹。」公曰：「骹益幾580)

동서문화사, 2009. 2096쪽)라는 의미이고, 조선간본의 '歟'은 '바라다'라는 의미이기 때문에 오류이다. 그런데 조선간본에는 이런 예가 여러 차례 등장하기 때문에 '歟'은 '斂'의 이체자로 사용한 것으로 보인다.

568) 膚의 이체자. 윗부분의 '虍'가 '严'의 형태로 되어있다.

569) 愽의 이체자. 오른쪽 윗부분의 '甫'가 '宙'의 형태로 되어있다.

570) 矦의 이체자. 오른쪽 아랫부분의 '矢'가 '夫'의 형태로 되어있다.

571) 通의 이체자. 오른쪽 윗부분의 'マ'의 형태가 'コ'의 형태로 되어있다.

572) 柏의 속자. 오른쪽부분의 '白'이 '百'의 형태로 되어있다. 欽定四庫全書本은 조선간본과 다르게 '柏'으로 되어있고,《說苑校證》·《說苑全譯》·《설원5》에도 모두 '柏'으로 되어있다. 이번 단락의 아래에서는 모두 '栢'을 사용하였다.

573) 欽定四庫全書本은 조선간본과 다르게 '臺'로 되어있고,《說苑校證》과《설원5》에도 '臺'로 되어있으며《說苑全譯》에는 간체자 '台'로 되어있다. 조선간본의 '墓'는 '臺'와 뜻은 같은데, 이번 단락의 앞과 뒤에서는 '臺'를 사용하였고 여기서만 '墓'를 사용하였다.

574) 聲의 이체자. 윗부분 오른쪽의 '殳'가 '叏'의 형태로 되어있다.

575) 築의 이체자. '竹' 아래 오른쪽부분의 '凡'이 'ヽ'이 빠진 '几'의 형태로 되어있다.

576) 茅의 이체자. 머리 '++' 아랫부분의 'マ'의 형태가 'コ'의 형태로 되어있다.

577) 焉의 이체자. 윗부분의 '正'이 '匹'의 형태로 되어있다. 이번 단락의 앞에서는 모두 정자를 사용하였는데, 여기서는 이체자를 사용하였다.

578) 往의 俗字. 오른쪽부분의 '主'가 '生'의 형태로 되어있다.

579) 壽의 이체자. 가운데 부분의 '工'이 '口'의 형태로 되어있고, 그 가운데 세로획이 윗부분 모두를 관통하고 있다.

何？」對曰：「天子九，諸侯七，大夫五。」公曰：「亦有徵兆之見乎？」對曰：「得壽，地且動。」公喜，令百**{第70面}**官趣具[581]騫之所求。栢常騫出，遭晏子於塗，拜馬前，辭[582]曰：「騫為君禳[583]梟而殺[584]之。君謂騫曰：『子之道若此其明也，亦能益寡人壽乎？』騫曰：『能。』今且大**祭**[585]，為君請壽，故將往以聞。」晏子曰：「嘻，亦善矣！能為君請壽也。雖然，吾聞之，惟以政與德順乎神，為可以益壽。今徒祭可以益壽乎？然則福名有見乎？」對曰：「得壽地將動。」晏子曰：「騫，昔吾見維星絶，樞星散，地其動。汝以是乎？」栢常騫俯有間，仰而對曰：「然。」晏子曰：「為之無益，不為無損[586]也。薄賦歛[587]，無費民，且令君知之！」

夫水旱俱天下陰陽所為也。大旱則雩**祭**而請**{第71面}**雨，大水則鳴鼓而刼[588]社。何也？曰：陽者，陰之長也。其在鳥，則雄為陽，雌為陰。其在獸，則牡為陽，而牝為陰。其在民則夫為陽，而婦為陰。其在家，則父為陽，而子為陰。其在國，則君為陽，而臣為陰。故陽貴而陰賤[589]，陽尊而陰卑[590]，天之道也。今大旱者，陽氣太盛，以厭於陰，陰厭陽固，陽其填也。惟填厭之太甚，使陰不能起也，

---

580) 幾의 이체자. 아랫부분 왼쪽의 '人'의 형태가 '勹'의 형태로 되어있고, 아랫부분의 오른쪽에 '丶'과 'ノ'이 빠져있다.

581) 具의 이체자. 윗부분의 '且'의 형태가 가로획 하나가 적은 '旦'의 형태로 되어있다.

582) 辭의 이체자. 왼쪽부분의 '𤔔'가 '爫'의 형태로 되어있으며, 우부방의 '辛'이 아랫부분에 가로획 하나가 더 있는 '辛'의 형태로 되어있다.

583) 禳의 이체자. 오른쪽부분 '亠'의 아랫부분 '吅'가 '从'의 형태로 되어있다. 이번 단락의 앞에서는 정자를 사용하였는데, 여기서는 이체자를 사용하였다.

584) 殺의 이체자. 우부방의 '殳'가 '殳'의 형태로 되어있다.

585) 祭의 이체자. 윗부분의 '癶'의 형태가 '癶'의 형태로 되어있다. 이번 단락의 아래에서는 정자를 사용하였다.

586) 損의 이체자. 오른쪽 윗부분의 '口'가 '厶'의 형태로 되어있다.

587) 欽定四庫全書本은 조선간본과 다르게 '斂'으로 되어있고, 《說苑校證》·《說苑全譯》·《설원5》에서도 모두 '斂'으로 되어있다. 조선간본의 '歛'은 앞의 단락과 마찬가지로 '斂'의 이체자로 사용한 것으로 보인다.

588) 劫의 이체자. 우부방의 '力'이 '刃'의 형태로 되어있다.

589) 賤의 이체자. 오른쪽의 '戔'이 윗부분은 그대로 '戈'로 되어있고 아랫부분 '戈'에 '丶'이 빠진 '戔'의 형태로 되어있다.

590) 卑의 이체자. 맨 윗부분의 '丿'이 빠져있다.

亦雩祭拜591)請而已, 無敢加也。至於大水及日蝕者, 皆陰氣太盛, 而上減陽精, 以賤乘592)貴, 以甲陵593)尊, 大逆不義, 故鳴鼓而懾594)之, 朱絲縈而刦之。由此595)觀之,《春秋》乃正天下之位, 徵陰陽之失。直責逆者, 不避其難, 是{第72面}亦《春秋》之不畏強禦也。故刦596)嚴社而不為驚靈, 出天王而不為不尊上, 辭597)蒯瞶之命不為不聴其父, 絶文姜之屬而不為不愛其母, 其義之盡598)耶！其義之盡耶！

　　齊大旱之時, 景公召群臣問曰：「天不雨久矣, 民且有飢色。吾使人卜之, 崇在高山廣水。寡人欲少賦斂599)以祠靈山, 可乎？」群臣莫600)對。晏子進曰：「不可, 祠此無益也。夫靈山固以石為身, 以草601)木為髮602)。天久不雨, 髮將焦, 身將熱603), 彼獨不欲雨乎？祠之無益。」景公曰：「不然, 吾欲祠河伯, 可乎？」晏子曰：「不可, 祠此無益也。夫河伯以水為國, 以魚鼈604)為{第73面}民。天久不雨, 水泉將下, 百川竭, 國將亡, 民將滅矣, 彼獨不用雨乎？祠之何益？」景公曰：

---

591) 拜의 이체자. 오른쪽부분의 맨 아래에 ‘ヽ’이 첨가되어있다.

592) 乘의 이체자. 가운데부분의 ‘北’이 ‘卅’의 형태로 되어있다.

593) 陵의 이체자. 오른쪽부분의 ‘夌’이 ‘麦’의 형태로 되어있다.

594) 懾의 이체자. 오른쪽부분의 ‘聶’이 ‘聶’의 형태로 되어있다.

595) 此의 이체자. 좌부변의 ‘止’가 ‘山’의 형태로 되어있다.

596) 刦의 이체자. 우부방의 ‘力’이 ‘刀’의 형태로 되어있다. 이번 단락의 앞에서 2번은 모두 이체자 ‘刦’을 사용하였는데, 여기서는 다른 형태의 이체자를 사용하였다.

597) 辭의 이체자. 왼쪽부분의 ‘𤔔’가 ‘𤔔’의 형태로 되어있으며, 우부방의 ‘辛’이 아랫부분에 가로획 하나가 더 있는 ‘𨐌’의 형태로 되어있다.

598) 盡의 이체자. 가운데부분의 ‘灬’가 가운데 세로획에 이어져있고 그 양쪽이 ‘ヽヽ’의 형태로 되어있다. 이번 단락의 바로 뒤에서는 정자를 사용하였다.

599) 斂의 이체자. 좌부변의 아랫부분의 ‘从’이 ‘灬’로 되어있다. 欽定四庫全書本은 조선간본과 다르게 ‘斂’으로 되어있고,《說苑校證》·《說苑全譯》·《설원5》에서도 모두 ‘斂’으로 되어있다. 조선간본의 ‘斂(斂)’은 앞의 단락과 마찬가지로 ‘斂’의 이체자로 사용한 것으로 보인다.

600) 莫의 이체자. 머리의 ‘艹’가 ‘㞢’의 형태로 되어있다.

601) 草의 이체자. 머리의 ‘艹’가 ‘㞢’의 형태로 되어있다.

602) 髮의 이체자. 아랫부분의 ‘犮’이 ‘友’의 형태로 되어있다.

603) 熱의 이체자. 윗부분 왼쪽의 ‘坴’이 ‘幸’의 형태로 되어있다.

604) 鼈의 이체자. 발의 ‘黽’이 ‘𪓐’의 형태로 되어있다.

「今為之奈何？」晏子曰：「君誠避宮殿暴露，與靈山河伯共憂。其幸而雨乎！」於是景公出野暴露，三日，天果大雨，民盡得種樹。景公曰：「**善**哉！晏子之言可無用乎？其惟有德也！」

　夫天地有德，合則生氣有精矣。陰陽消息，則變化有時矣。時得而治矣，時得而化矣，時失而亂[605]矣。是故人生而不具者五。目無見，不餘食，不餘行，不餘言，不餘施化。故三月達眼，而後餘見，七月生齒，而後餘食。期年生臏[606]，而後餘行。三年顱{第74面}合，而後餘言。十六精通，而後餘施化。陰窮反陽，陽窮反陰，故陰以陽變，陽以陰變。故男八月而生齒，八歲而毀齒，二八十六而精小通。女七月而生齒，七歲而毀齒，二七十四[607]而精化小通。不肖者精化始至矣，而生氣感動，觸情縱欲，故反施亂[608]化。故《詩》云：「乃如之人，懷[609]婚姻也。大無信也，不知命也。」賢[610]者不然，精化填盈[611]，後傷時[612]之不可遇也。不見道端，乃陳情欲以歌。《詩》曰：「靜女其姝，俟我乎城隅。愛而不見，搔[613]首踟躕。」「瞻[614]彼日月，遥[615]遥我思。道之云遠，曷[616]云餘来？」急時之辭[617]

---

605) 亂의 이체자. 왼쪽부분의 '𤔔'의 형태가 '𤰜'의 형태로 되어있다.
606) 臏의 이체자. 오른쪽부분 '宀'의 아랫부분 '乃'의 형태가 '尸'의 형태로 되어있다.
607) 四의 이체자. '口' 안의 '儿'이 직선 형태로 되어있으며 그 아랫부분이 '口'의 맨 아래 가로획에 닿아있다.
608) 亂의 이체자. 이번 단락의 앞에서 사용한 이체자 '亂'과는 다르게 왼쪽부분의 '𤔔'의 형태가 '𪜋'의 형태로 되어있다.
609) 懷의 이체자. 오른쪽 가운데부분의 '土'의 형태가 빠져있으며, 그 아랫부분이 '衣'의 형태로 되어있다.
610) 賢의 이체자. 윗부분 왼쪽의 '臣'이 '𠃋'의 형태로 되어있다.
611) 盈의 이체자. 윗부분 '乃' 안의 '又'의 형태가 '𠂇'의 형태로 되어있다.
612) 時의 이체자. 좌부변의 '日'이 '目'의 형태로 되어있다.
613) 搔의 이체자. 오른쪽 윗부분의 '叉'의 형태가 '𠬢'의 형태로 되어있다.
614) 瞻의 이체자. 오른쪽 아랫부분의 '言'이 '吾'의 형태로 되어있다.
615) 遙의 이체자. 오른쪽 윗부분의 '夕'의 형태가 '⺈'의 형태로 되어있고, 아랫부분의 '缶'가 '𦈢'의 형태로 되어있다.
616) 曷의 이체자. 아랫부분의 '匃'가 '匂'의 형태로 되어있다.
617) 辭의 이체자. 왼쪽부분의 '𤔔'가 '𪜋'의 형태로 되어있으며, 우부방의 '辛'이 아랫부분에 가로획 하나가 더 있는 '𡴂'의 형태로 되어있다.

也。甚焉, 故稱日月也。{第75面}

度量權衡, 以粟生之, 為一分, 十分為一寸, 十寸為一尺, 十尺為一丈。十六粟為一豆, 六豆為一銖, 二十四銖重一兩, 十六兩為一斤, 三十斤為一鈞, 四鈞重一石。千二百粟為一龠[618], 十龠為一合, 十合為一升, 十升為一斗, 十斗為一石。

凡[619]六經帝王之所著, 莫不致四靈焉[620]。德盛則以為畜, 治平則時氣至矣。故麒麟、麏[621]身、牛尾, 圓頂一角。合仁懷義, 音中律呂, 行步[622]中規, 折旋中矩[623], 擇土而踐, 位平然後處[624], 不群居, 不旅行, 紛兮[625]其有質文也, 幽間[626]則循循如也, 動則有容儀。黃帝即位, 惟聖恩承天, 明道一脩[627], 惟仁是行, 宇內和{第76面}平。未見鳳凰, 維思影像, 夙夜晨興[628], 於是乃問天老曰 : 「鳳像[629]何如？」天老曰 :「夫鳳, 鴻前麟後, 蛇頸魚尾, 鸛植鴛鴦, 思麗[630]化枯

---

618) 龠의 이체자. 가운데부분의 '㗊'의 형태가 'ロ'가 하나 적은 '叩'의 형태로 되어있다.

619) 凡의 이체자. '几' 안쪽의 'ヽ'이 직선 형태로 되어있으며 그 가로획이 오른쪽 '乙'획의 밖으로 삐져나와 있다.

620) 焉의 이체자. 윗부분의 '正'이 '𠃊'의 형태로 되어있다.

621) 麕의 이체자. 아랫부분의 '囷'이 '困'의 형태로 되어있다.

622) 步의 이체자. 아랫부분의 '少'의 형태가 'ヽ'이 첨가된 '少'의 형태로 되어있다.

623) 秬의 이체자. 오른쪽부분의 '巨'가 '臣'의 형태로 되어있다.

624) 處의 이체자. '虍' 아랫부분의 '処'가 '勿'의 형태로 되어있다.

625) 兮의 이체자. 머리의 '八'이 방향이 위쪽을 향하도록 된 'ヽ'의 형태로 되어있다.

626) 欽定四庫全書本은 조선간본과 동일하게 '間'으로 되어있는데,《說苑校證》과《설원5》에는 '閒'으로 되어있으며《說苑全譯》에는 '閑'의 간체자 '闲'으로 되어있다. 조선간본의 '間'은 '閒'의 속자로도 쓰기 때문에 오자는 아니다.

627) 脩의 이체자. 왼쪽부분의 '亻'의 형태가 '丨'의 형태로 되어있다. 필자는 판목의 훼손을 의심하였으나 영남대와 후조당 소장본 모두 같은 형태로 되어있다.

628) 興의 이체자. 윗부분 가운데의 '同'의 형태가 '月'의 형태로 되어있다.

629) 像의 이체자. 오른쪽 가운데부분의 '口'의 형태가 '㘈'의 형태로 되어있다. 그런데 欽定四庫全書本은 조선간본과 다르게 '儀'로 되어있고《설원5》에도 '儀'로 되어있으나,《說苑校證》과《說苑全譯》에는 '像'으로 되어있다. 그런데《說苑校證》에서는 宋本과 明鈔本 등에는 '像'으로 되어있다고 하였다.(劉向 撰, 向宗魯 校證,《說苑校證》, 北京:中華書局, 1987(2017 重印), 455쪽) 조선간본의 '像'은 '모양'이라는 뜻이고 '儀'는 '의태'라는 뜻이기 때문에 둘은 뜻이 통한다.

折所志, 龍文龜[631]身, 燕喙[632]雞喙, 駢翼[633]而中注。首戴[634]德, 頂揭義, 背
負[635]仁, 心信智。食則有質, 飲則有儀。徃則有文, 來則有嘉。晨鳴曰發明, 晝
鳴曰保長, 飛鳴曰上翔, 集鳴曰歸[636]昌。翼[637]挾義, 裹[638]抱忠, 足履[639]正, 尾
繫武。小聲合金, 大音合鼓。延頸奮[640]翼, 五光備[641]舉。光興八風, 氣降時雨。
此[642]謂鳳像。夫惟鳳為能究萬物, 随天祉, 象百狀, 達于道。去則有災, 見則有
福。覽[643]九州, 觀八極, 備[644]文武, 正王國。嚴照四方, 仁聖皆伏。故得鳳之{第
77面}像一者鳳過之, 得二者鳳下之, 得三者則春秋下之, 得四者則四時下之, 得
五者則終身居之。」黃帝曰：「於戲[645], 盛哉！」於是乃備黃冕, 帶[646]黃紳, 齋[647]

---

630) 麗의 이체자. 윗부분의 '丽'가 '丽'의 형태로 되어있다.

631) 龜의 이체자. 가운데부분의 '黽'의 형태가 '龟'의 형태로 되어있고, 오른쪽부분의 '刄'의 형태가 '貝'의 형태로 되어있다.

632) 喙의 이체자. 오른쪽부분의 '彖'이 '豖'의 형태로 되어있다.

633) 翼의 이체자. 머리의 '羽'가 '羽'의 형태로 되어있고, 그 아랫부분의 '異'가 '異'의 형태로 되어있다.

634) 戴의 이체자. 왼쪽 아랫부분의 '異'가 '異'의 형태로 되어있다.

635) 負의 이체자. 윗부분의 '勹'가 '刀'의 형태로 되어있다.

636) 歸의 이체자. 왼쪽 맨 윗부분의 'ㆍ'이 빠져있고, 아랫부분의 '止'가 'ㄴ'의 형태로 되어있다.

637) 翼의 이체자. 머리의 '羽'가 '羽'의 형태로 되어있다. 이번 단락의 앞에서와 뒤에서는 다른 형태의 이체자 '翼'을 사용하였다.

638) 裹의 이체자. 맨 윗부분에 'ノ'의 획이 첨가되어있다.

639) 履의 이체자. '尸'의 아랫부분 왼쪽의 '彳'이 'ㄱ'의 형태로 되어있다.

640) 奮의 이체자. 맨 아랫부분의 '田'이 '旧'의 형태로 되어있다.

641) 備의 이체자. 오른쪽부분의 '甫'의 형태가 '㒼'의 형태로 되어있다.

642) 此의 이체자. 좌부변의 '止'가 '山'의 형태로 되어있다. 이번 단락의 아래에서는 정자와 이체자를 각각 1번씩 사용하였다.

643) 覽의 이체자. 왼쪽 윗부분의 '廿'이 '++'의 형태로 되어있고, '口'의 아랫부분에는 가로획 하나가 빠져있다.

644) 備의 이체자. 오른쪽부분의 '甫'의 형태가 '备'의 형태로 되어있다. 이번 단락의 앞에서와 뒤에서는 다른 형태의 이체자 '備'를 사용하였다.

645) 戲의 이체자. 왼쪽부분의 '虛'가 '虗'의 형태로 되어있다.

646) 帶의 이체자. 윗부분 '卌'의 형태가 '卌'의 형태로 되어있다.

647) 齋의 이체자. 'ㅗ'의 아래 가운데부분의 '丫'가 '了'의 형태로 되어있다.

于中宮。鳳乃蔽日而降。黃帝降自東階, 西面啓首曰：「皇天降兹, 敢不承命？」
於是鳳乃遂集東囿, 食帝竹實, 棲帝梧樹, 終身不去。《詩》云：「鳳皇鳴矣, 于彼
高岡。梧桐生矣, 于彼朝陽。菶菶萋萋, 雍雍喈喈。」此之謂也。靈龜⁶⁴⁸⁾文五色,
似玉似金, 背陰向陽。上隆⁶⁴⁹⁾象天, 下平法地, 槃衍象山。四趾轉⁶⁵⁰⁾運應四時,
文著象二十八宿。虵頭龍翅, 左精象日, 右精象月。千歲之化, 下氣上通, 能知存
亡吉凶⁶⁵¹⁾之變{第78面}。寧則信信如也, 動則著矣。神龍⁶⁵²⁾能爲高, 能爲下, 能
爲大, 能爲小, 能爲幽, 能爲明, 能爲短, 能爲長。昭乎其高也, 淵乎其下也, 薄
乎天光, 高乎其著也。一有一亡, 忽微哉⁶⁵³⁾, 斐然成章。虛⁶⁵⁴⁾無則精以和, 動作
者靈以化。於戲, 允⁶⁵⁵⁾哉！君子辟⁶⁵⁶⁾神也, 觀彼威儀, 遊燕幽閒, 有似鳳也。
《書》曰：「鳥獸鶬鶬, 鳳皇来儀。」此之謂也。

　　成王時有三苗貫桑而生, 同爲一秀, 大幾盈車, 民得而上之成王。成王問周
公：「此何也？」周公曰：「三苗同秀爲一, 意天下其和而爲一乎？」後三年, 則越
裳氏重譯而朝, 曰：「道路悠遠, 山川阻深, 恐{第79面}一使之不逼, 故重三譯而
来朝也。」周公曰：「德澤不加, 則君子不饗其質。政令不施, 則君子不臣其人。」譯
曰：「吾受命於吾國⁶⁵⁷⁾之黃髮夂矣, 天之無烈風澇⁶⁵⁸⁾雨, 意中國有聖人耶？有則

---

648) 龜의 이체자. 가운데부분의 '亀'의 형태가 '龟'의 형태로 되어있고, 오른쪽부분의 '刉'의 형태가 '囷'의 형태로 되어있다.

649) 隆의 이체자. 오른쪽 아랫부분의 '生'의 형태가 '舌'의 형태로 되어있다.

650) 轉의 이체자. 오른쪽부분의 '專'이 '專'의 형태로 되어있다.

651) 欽定四庫全書本은 조선간본과 다르게 '吉凶存亡'으로 되어있고《설원5》에도 '吉凶存亡'으로 되어있으나,《說苑校證》과《說苑全譯》에는 '存亡吉凶'으로 되어있다. 그런데《說苑校證》에서는 宋本·元本·明鈔本 등에는 '存亡吉凶'으로 되어있다고 하였다.(劉向 撰, 向宗魯 校證,《說苑校證》, 北京:中華書局, 1987(2017 重印), 457쪽)

652) 龍의 이체자. 오른쪽부분의 '⺫'의 형태가 '⺫'의 형태로 되어있다. 이번 단락의 앞에서는 정자를 사용하였는데, 여기서는 이체자를 사용하였다.

653) 哉의 이체자. 왼쪽 아랫부분의 'ㅁ'가 'ㄅ'의 형태로 되어있고, 우부방의 '戈'가 '弋'의 형태로 되어있다. 이번 단락의 아래에서는 정자를 사용하였다.

654) 虛의 이체자. '虍' 아랫부분의 '业'의 형태가 '丘'의 형태로 되어있다.

655) 允의 이체자.

656) 辟의 이체자. 우부방의 '辛'이 아랫부분에 가로획 하나가 더 있는 '辜'의 형태로 되어있다.

盍朝之。」然後周公敬受其所以來矣。

周惠王十五年, 有神降于莘。王問於内史過曰:「是何故, 有之乎?」對曰:「有之。國將興, 其君齋明中正, 精潔659)惠和。其德足以昭其馨香, 其惠足以同其民人。神饗而民聽, 民神無怨, 故明神降焉, 觀其政德而均布福焉。國將亡, 其君貧660)冒涺僻, 邪伕荒怠, 蕪穢暴虐661)。其政腥臊, 馨香不登。其刑矯[第80面]誣, 百姓携貳。明神不蠲, 而民有遠意。民神痛怨, 無所依懷, 故神亦往焉, 觀其苛慝而降之禍。是以或見神而興, 亦有以亡。昔夏之興也, 祝融662)降于崇山。其亡也, 回禄信於亭663)隧。商之興也, 檮664)杌次於丕山。其亡也, 夷羊在牧。周之興也, 鷟鸑鳴於岐山。其衰也, 杜伯射宣王於鎬665)。是皆明神之紀者也。」王曰:「今是何神也?」對曰:「昔昭王娶于房曰房后, 是有爽666)德, 恊于丹朱, 丹朱馮身以儀之, 生穆667)王焉。是監668)燭周之子孫而福禍之。夫一神不遠徙遷, 若由是觀之, 其丹朱耶?」王曰:「其誰受之?」對曰:「在虢669)。」王曰:

---

657) 國의 이체자. '囗' 안의 '或'이 '戓'의 형태로 되어있다. 이번 단락의 아래에서는 정자를 사용하였다.

658) 淫의 이체자. 오른쪽 아랫부분의 '壬'이 '舌'의 형태로 되어있다.

659) 潔의 이체자. 좌부변의 '氵'가 '冫'의 형태로 되어있으며, 윗부분 오른쪽의 '刀'가 '刃'의 형태로 되어있다.

660) 欽定四庫全書本은 조선간본과 다르게 '貪'으로 되어있고, 《說苑校證》과 《설원5》에도 '貪'으로 되어있으며 《說苑全譯》에는 '貪'의 간체자 '贪'으로 되어있다. 여기서는 '貪冒'라는 의미이기 때문에 조선간본의 '貧'은 오자이다.

661) 虐의 이체자. 머리의 '虍'가 '严'의 형태로 되어있다.

662) 融의 이체자. 왼쪽부분의 '鬲'이 '萬'의 형태로 되어있고, 우부방의 '虫'이 '虵'의 형태로 되어있다.

663) 亭의 이체자. 윗부분의 '占'의 형태가 '甘'의 형태로 되어있다.

664) 檮의 이체자. 오른쪽부분의 '壽'가 '壽'의 형태로 되어있다.

665) 鎬의 이체자. 오른쪽부분의 '高'가 '髙'의 형태로 되어있다.

666) 爽의 이체자. 가운데부분 '大'의 아래 가로획이 첨가된 '夫'의 형태로 되어있다.

667) 穆의 이체자. 오른쪽 가운데부분의 '小'가 '一'의 형태로 되어있다.

668) 監의 이체자. 윗부분 왼쪽의 '臣'이 '目'의 형태로 되어있고, 그 오른쪽의 '㇀'의 형태가 '彐'의 형태로 되어있다.

669) 虢의 이체자. 왼쪽 아랫부분의 '寸'이 '亐'의 형태로 되어있다.

「然則何為？」對曰：「臣聞之，道而{第81面}得神，是謂豐福。淫而得神，是謂貪
禍。今虢少荒，其亡也。」王曰：「吾其奈何？」對曰：「使太宰[670]以祝史率狸姓，
奉犧牲粢盛玉帛往獻[671]焉，無有祈也。」王曰：「虢其幾[672]何？」對曰：「昔堯臨
民以五，今其冑見。鬼[673]神之見也，不失其物。若[674]由是觀之，不過五年。」王使
太宰己父率傅氏及祝，奉犧牲玉鬯往獻焉。內史過從至虢，虢公亦使祝史請土
焉。內史過歸告王曰：「虢必亡矣。不禋於神，而求福焉，神必禍之。不親於民，
而求用焉，民必違之。精意以享，禋也。慈保庶民，親也。今虢公動匱百姓，以
盈其違，離民怒神怨，而求利焉，不亦難乎？」十九年，晉[675]取{第82面}虢也。

齊桓公北征孤[676]竹，未至卑耳谿中十里，闖[677]然而止，瞠然而視，有頃，奉
矢未敢發也。喟然歎曰：「事其不濟乎！有人長尺，冠晃[678]，大人物具焉。左袪
衣，走馬前者。」管仲曰：「事必濟。此人，知道之神也。走馬前者，導也。左袪[679]
衣者，前有水也。」從左方渡，行十里，果有水，曰遼[680]水。表之，從左方渡至踝，
從右方渡至膝。已渡，事果濟。桓公再拜管仲馬前曰：「仲父之聖至如是，寡人
得罪久矣。」管仲曰：「夷吾聞之，聖人先知無形。今已有形乃知之，是夷吾善承
教，非聖也。」{第83面}

吳伐越，墮[681]會[682]稽[683]，得骨專[684]車，使使問孔子曰：「骨何者最大？」孔

---

670) 宰의 이체자. 머리 '宀'의 아랫부분의 '辛'이 아랫부분에 가로획 하나가 더 있는 '𠨍'의 형태로
되어있다.
671) 獻의 이체자. 왼쪽 아랫부분의 '鬲'이 '鬲'의 형태로 되어있다.
672) 幾의 이체자. 아랫부분 왼쪽의 '人'의 형태가 'ㅅ'의 형태로 되어있고, 아랫부분의 오른쪽에
'丿'이 빠져있다.
673) 鬼의 이체자. 맨 위의 'ㄱ'이 빠져있고, 오른쪽 아랫부분의 '厶'가 '丶'의 형태로 되어있다.
674) 若의 이체자. 머리의 '艹'가 'ㅛ'의 형태로 되어있다.
675) 晉의 이체자. 윗부분의 '𠈇'의 형태가 '卝'의 형태로 되어있다.
676) 孤의 이체자. 오른쪽부분의 '瓜'가 가운데 아랫부분에 '丶'이 빠진 '爪'의 형태로 되어있다.
677) 闖의 이체자. 맨 아랫부분의 '羽'가 '𦏩'의 형태로 되어있다.
678) 冕의 이체자. 아랫부분 '免'에서 맨 위의 'ㄱ'의 형태가 빠져있다.
679) 袪의 이체자. 좌부변의 '衤'가 '礻'로 되어있다. 원래 '祛'자가 따로 있으나 여기서는 이체자로
사용하였다. 이번 단락의 앞에서는 정자를 사용하였는데, 여기서는 이체자를 사용하였다.
680) 遼의 이체자. 오른쪽 윗부분의 '𢨪'의 형태가 '大'의 형태로 되어있다.

子曰：「禹致群臣會稽山，防風氏後至，禹殺而戮之，其骨節專車，此為大矣。」使者曰：「誰為神？」孔子曰：「山川之靈，足以紀綱天下者，其守為神。社稷為公侯，山川之祀為諸侯，皆屬(685)於王者。」曰：「防風氏何守？」孔子曰：「汪芒氏之君守封嵎之山者也。其神為釐(686)姓，在虞夏為防風氏，商為汪芒氏，於周為長狄氏，今謂之大人。」使者曰：「人長幾何？」孔子曰：「僬僥氏三尺，短之至也。長者不過十，數之極也。」使者曰：「善哉！聖人也。」

　　仲尼在陳，有隼集于陳侯之廷而死。楛矢貫之{第84面}，石砮，矢長尺而咫。陳侯使問孔子。孔子曰：「隼之來也遠矣，此肅(687)慎氏之矢也。昔武王克商，通道九夷百蠻，使各以其方賄来(688)貢，思無忘職業。於是肅慎氏貢楛矢，石砮，長尺而咫。先王欲昭其令德之致，故銘其栝曰：『肅慎氏貢楛矢。』以勞大姬(689)，配虞(690)胡公而封諸陳。分同姓以珍(691)玉，展親也。分別姓以遠方職貢，使無忘服也。故分陳以肅慎氏之矢。」試求之故府，果得焉。

　　季桓子穿井得土缶，中有羊，以問孔子，言得狗。孔子曰：「以吾所聞，非狗，乃羊也。木之怪夔(692)、罔(693)兩，水之怪龍、罔象，土之怪羵(694)羊也，非狗

---

681) 隳의 이체자. 윗부분 오른쪽의 '育'의 형태가 '有'의 형태로 되어있다.
682) 會의 이체자. 가운데부분의 '囪'의 형태가 '宙'의 형태로 되어있다.
683) 稽의 이체자. 오른쪽 윗부분의 '尤'가 '九'의 형태로 되어있고, 그 아랫부분의 '旨'가 'ᅩ'의 형태로 되어있다.
684) 專의 이체자. 윗부분 '叀'의 형태가 '宙'의 형태로 되어있다.
685) 屬의 이체자. '尸' 아래의 '⺀'의 형태가 가운데 세로획이 빠진 '⺀'의 형태로 되어있다.
686) 釐의 이체자. 윗부분 왼쪽의 '未'가 '牙'의 형태로 되어있다.
687) 肅의 이체자. 아랫부분의 '淵'이 '淵'의 형태로 되어있다.
688) 來의 속자. 이번 단락의 앞에서는 정자를 사용하였는데, 여기서는 속자를 사용하였다.
689) 姬의 이체자. 오른쪽부분의 '臣'의 형태가 '臣'의 형태로 되어있으며, '臣'의 왼쪽부분에 세로획 'ㅣ'이 첨가되어있다.
690) 虞의 이체자. 머리의 '虍'가 '严'의 형태로 되어있고, 아랫부분의 '吳'가 '䒭'의 형태로 되어있다.
691) 珍의 이체자. 오른쪽부분의 '彡'이 '尓'의 형태로 되어있다.
692) 夔의 이체자. 가운데 오른쪽부분의 '巳'가 '匕'의 형태로 되어있다.
693) 罔의 이체자. '冂' 안의 아랫부분의 '亡'이 '匕'의 형태로 되어있다.
694) 羵의 이체자. 오른쪽 윗부분의 '卉'의 형태가 '卅'의 형태로 되어있다.

也。」桓子曰{第85面}：「善哉！」

楚昭王渡江，有物大如斗，直觸王舟，止於舟中。昭王大怪之，使聘問孔子。孔子曰：「屺名萍實。令剖而食之，惟霸者能獲之，屺吉祥也。」其後齊有〖飛鳥，一足，来下，止于殿前，舒翅而跳[695]。齊侯大怪之〗[696]，又使聘問孔子。孔子曰：「屺名商羊，急告民，趣治溝[697]渠，天將大雨。」於是如之。天果大雨，諸國皆水，齊獨以安。孔子歸，弟子請問。孔子曰：「異時[698]小兒謠[699]曰：『楚王渡江，得萍實，大如拳，赤如日，剖而食之，美如蜜[700]。』屺楚[701]之應也。兒又有兩兩相牽，屈一足而跳，曰：『天將大雨，商羊起舞。』今齊獲之，亦其{第86面}應也。夫謠之後，未嘗[702]不有應隨者也，故聖人非獨守道而已也，睹物記也，即得其應矣。」

鄭簡公使公孫成子來聘於晉。平公有疾，韓宣子贊，授舘[703]客，客問君疾。對曰：「君之疾久矣，上下神祇，無不遍諭也，而無除。今夢黃熊[704]入於寢門，

---

695) 跳의 이체자. 오른쪽부분의 ‘兆’가 ‘㐬’의 형태로 되어있다. 이번 단락의 아래에서는 정자를 사용하였다.

696) ‘〖~〗’ 이 부호는 한 행을 뜻한다. 본 판본은 1행에 18자로 되어있는데, ‘〖~〗’로 표시한 이번 면(제86면)의 제5행은 한 글자가 많은 19자로 되어있다.

697) 溝의 이체자. 오른쪽 아랫부분의 ‘冉’이 ‘开’의 형태로 되어있다.

698) 欽定四庫全書本은 조선간본과 다르게 ‘哉’로 되어있고《說苑校證》과《설원5》에도 ‘哉’로 되어있으나，《說苑全譯》에는 조선간본과 동일하게 ‘時’의 간체자 ‘时’로 되어있다. ‘異哉’의 경우는 ‘이상하구나’(劉向 撰, 林東錫 譯註，《설원5》, 동서문화사, 2009. 2153쪽)처럼 감탄조사로 쓰였고, ‘異時’는 ‘이전(다른 때)’(劉向 原著, 王鍈・王天海 譯註，《說苑全譯》, 貴州人民出版社, 1991. 791쪽)이란 의미로 쓰였다. ‘哉’나 ‘時’나 모두 문맥이 통하기 때문에 조선간본의 ‘時’는 오자가 아니다.

699) 謠의 이체자. 오른쪽 윗부분의 ‘夕’의 형태가 ‘⺈’의 형태로 되어있고, 아랫부분의 ‘缶’가 ‘岳’의 형태로 되어있다.

700) 蜜의 이체자. 가운데부분의 ‘必’이 ‘夂’의 형태로 되어있다.

701) 楚의 이체자. 아랫부분의 ‘疋’이 ‘之’의 형태로 되어있다. 이번 단락의 앞에서는 2번 모두 정자를 사용하였는데, 여기서는 이체자를 사용하였다.

702) 嘗의 이체자. 아랫부분의 ‘旨’가 ‘甘’의 형태로 되어있다.

703) 館의 속자. ‘舘’의 이체자로 좌부변의 ‘舍’가 ‘舍’의 형태로 되어있다.

704) 熊의 이체자. 윗부분 오른쪽의 ‘㠯’의 형태가 ‘長’의 형태로 되어있다.

不知人鬼耶？意厲鬼也？」子産曰：「君之明，子為政，其何厲之有？僑聞之，昔鯀違帝命，殛[705]之于羽山，化為黃熊，以入于羽淵[706]。是為夏郊，三代舉之。夫鬼神之所及，非其族類，則紹其同位。是故天子祠上帝，公侯祠百神，自**卿**[707]已下，不過其族。今周室少卑，晉實繼[708]之。其或[709]者未舉夏郊也？」宣子以**{第87面}**[710]告，祀夏郊，董伯為尸，五日瘳。公見子産，賜之莒鼎[711]。

虢[712]公夢[713]在廟，有神人面白毛，虎瓜[714]執鉞，立在西[715]阿。公懼而走，神曰：「無走！帝今日使晉襲于[716]爾門。」公拜頓首。覺[717]，召史嚚占之。嚚曰：「如君之言，則蓐[718]收[719]也，天之罰神也。天事官成。」公使囚之，且使國人賀夢。舟之僑告其諸侯曰：「虢不久矣，吾乃今知之。君不度而嘉，大國之襲於己也，何瘳？吾聞之曰：大國無道，小國襲焉，曰服。小國傲，大國襲焉，曰誅。民疾君之侈也，是以由於逆命。今嘉其夢，侈必展。是天奪之鑑，而益其疾也。民疾其

---

705) 殛의 이체자. 오른쪽 가운데부분의 '丂'가 '了'의 형태로 되어있다.

706) 淵의 이체자. 오른쪽부분의 '𣶒'이 '𣶒'의 형태로 되어있다.

707) 卿의 이체자. 왼쪽의 '卯'의 형태가 '夕'의 형태로 되어있고 가운데 부분의 '皀'의 형태가 '艮'의 형태로 되어있다.

708) 繼의 이체자. 오른쪽부분의 '㡭'의 형태가 '㡭'의 형태로 되어있다.

709) 或의 이체자. 왼쪽 아랫부분이 '幺'의 형태로 되어있다.

710) 후조당 소장본은 이번 면인 제87면이 일실되어있다.

711) 鼎의 이체자. 아랫부분의 '鼎'의 형태가 '鼎'의 형태로 되어있으며, 윗부분의 '目'을 감싸지 않고 아랫부분에 놓여 있다.

712) 虢의 이체자. 왼쪽 아랫부분의 '寸'이 '亏'의 형태로 되어있다.

713) 夢의 이체자. 윗부분의 '++'가 '丷'의 형태로 되어있다.

714) 瓜의 이체자. 가운데 아랫부분에 '丶'이 빠져있다. 그런데 欽定四庫全書本은 조선간본과 다르게 '爪'로 되어있고, 《說苑校證》·《說苑全譯》·《설원5》에도 모두 '爪'로 되어있다. 조선간본의 '瓜'는 모두 '瓜'의 이체자이기 때문에 '爪'의 오자로 보인다.

715) 西의 이체자. '口'위의 '兀'의 형태가 'ㅠ'의 형태로 되어있으며, 양쪽의 세로획이 '口'의 맨 아랫부분에 붙어 있다.

716) 襲의 이체자. 윗부분 오른쪽의 '㡿'의 형태가 '巳'의 형태로 되어있고, 발의 '衣'가 그 아래 놓여있다.

717) 覺의 이체자. 윗부분의 '𦥯'의 형태가 '𦥯'의 형태로 되어있다.

718) 蓐의 이체자. 가운데부분의 '辰'이 '辰'의 형태로 되어있다.

719) 收의 이체자. 왼쪽부분의 '丩'가 '丬'의 형태로 되어있다.

態{第88面}[720]，天又誑之。大國来誅，出令而逆。宗國旣旲，諸侯遠己，外内無親，其誰云救之？吾不忍俟，將行。」以其族適晉，三年，虢乃亡。

晉平公築[721]虒祁之室，石有言者。平公問於師曠曰：「石何故言？」對曰：「石不能言，有神馮焉。不然，民聽之濫也。臣聞之，作事不時，怨讟動于民，則有非言之物而言。今宮室崇侈，民力屈盡[722]，百姓疾怨，莫[723]安其性。石言不亦可乎？」

晉平公出畋，見乳虎伏而不動，顧謂師[724]曠曰：「吾聞之也，覇[725]王之主出，則猛獸伏不敢起。今者寡[726]人出，見乳虎伏而不動，此其猛獸乎？」師曠曰：「鵲{第89面}食蝟，蝟食駿蟻，駿蟻食豹，豹食駮，駮食虎。夫駮之狀有似駮馬，今者君之出，必驂駮馬而出畋乎？」公曰：「然。」師曠曰：「臣聞之，一自誣者窮[727]，再自誣者辱，三自誣者死。今夫虎所以不動者，為駮馬也，固非主君之德義也。君奈何一自誣乎？」平公異日出朝，有鳥環[728]平公不去，平公顧謂師曠曰：「吾聞之也，覇王之主，鳳下之。今者出朝，有鳥環寡人，終朝不去，是其鳳鳥乎？」師曠曰：「東方有鳥名諫[729]珂，其為鳥也，文身而朱足，憎[730]鳥而愛狐。今者吾君必衣狐裘，以出朝乎？」平公曰：「然。」師曠曰：「臣已嘗言之矣，一自誣者窮，再自誣者辱，三自誣{第90面}者死。今鳥為狐裘之故，非吾君之德義也。君奈[731]何而再自誣乎？」平公不說。異[732]日，置酒虎[733]祁之臺，使郎中馬章布

---

720) 후조당 소장본은 이전 면인 제87면에 이어 이번 면인 제88면도 일실되어있다.
721) 築의 이체자. '竹' 아래 오른쪽부분의 '凡'이 'ㆍ'이 빠진 '几'의 형태로 되어있다.
722) 盡의 이체자. 가운데부분의 'ㅆㅆ'가 가운데 세로획에 이어져있고 그 양쪽이 'ㆍㆍ'의 형태로 되어있다.
723) 莫의 이체자. 머리의 '++'가 'ㅛ'의 형태로 되어있다.
724) 師의 이체자. 왼쪽 맨 윗부분의 'ㆍ'의 형태가 빠져있다. 이번 단락의 아래에서는 정자와 이체자를 혼용하였다.
725) 覇의 이체자. 아랫부분 왼쪽의 '革'이 '草'의 형태로 되어있다.
726) 寡의 이체자. 아랫부분의 '分'의 형태가 'ㅆㅆ'의 형태로 되어있다.
727) 窮의 이체자. 머리 '穴' 아래 왼쪽부분의 '身'이 맨 위에 'ㆍ'이 빠진 '身'의 형태로 되어있다.
728) 環의 이체자. 오른쪽 아랫부분의 '衣'의 형태가 '농'의 형태로 되어있다.
729) 諫의 이체자. 오른쪽부분의 '柬'의 형태가 '東'의 형태로 되어있다.
730) 憎의 이체자. 오른쪽부분의 '曾'이 '曽'의 형태로 되어있다.

蒺蔾[734]於階上，令人名師曠。師曠至，履而上堂。平公曰：「安有人臣履而上人主堂者乎？」師曠解履刺[735]足，伏刺膝，仰天而歎。公起引之，曰：「今者與叟[736]戲，叟遽[737]憂乎？」對曰：「憂。夫肉自生蟲，而還自失也。木自生蠹，而還自刻也。人自興妖，而還自賊也。五鼎之具不當生藜藿。人主堂廟不當生蒺梨[738]。」平公曰：「今為之奈何？」師曠曰：「妖已在前，無可奈何。入來月八日，脩百官，立太子，君將死矣。」至來月八日平旦，謂師曠曰：「叟以今**{第91面}**日為期，寡人如何？」師曠不樂，謁[739]歸。歸未幾而平公死，乃知師曠神明矣。

趙簡子問於翟封荼曰：「吾聞翟雨穀三日，信乎？」曰：「信。」「又聞雨血三日，信乎！」曰：「信。」「又聞馬生牛，牛生馬，信乎？」曰：「信。」簡子曰：「大哉，妖亦足以亡國[740]矣！」對曰：「雨穀三日，虻風之所飄也。雨血三日，鷙鳥擊於上也。馬生牛，牛生馬，雜牧也。此非翟之妖也。」簡子曰：「然則翟之妖奚也？」對[741]曰：「其國**數**散，其君幼[742]弱，其諸**卿**貨，其大夫比黨[743]以求祿爵，其百官

---

731) 이번 단락의 앞과 뒤에서는 '奈'를 사용하였는데, 여기서만 '柰'를 사용하였다.

732) 異의 이체자. 아랫부분의 '共'이 가운데에 세로획 하나가 첨가된 '共'의 형태로 되어있다. 이번 단락의 앞에서는 모두 정자를 사용하였는데, 여기서는 이체자를 사용하였다.

733) 虒의 이체자. 맨 윗부분의 '厂'의 형태가 '广'의 형태로 되어있다. 바로 앞의 단락에서는 정자를 사용하였는데, 여기서는 이체자를 사용하였다.

734) 藜의 이체자. 맨 아랫부분의 '氺'가 '小'의 형태로 되어있다.

735) 刺의 이체자. 왼쪽부분의 '朿'의 형태가 '朿'의 형태로 되어있다.

736) 叟의 이체자. 윗부분의 '臼'의 형태가 '臼'의 형태로 되어있다.

737) 遽의 이체자. 오른쪽 윗부분의 '虍'가 '声'의 형태로 되어있고, 그 아랫부분의 '豕'가 '㣊'의 형태로 되어있다.

738) 棃의 이체자. 가운데 오른쪽부분의 '勿'가 'リ'의 형태로 되어있다. 그런데 欽定四庫全書本은 조선간본과 다르게 '藜'로 되어있고, 《說苑校證》·《說苑全譯》·《설원5》에서도 모두 '藜'로 되어있다. 조선간본도 이번 단락의 앞에서는 모두 '藜'의 이체자 '蔾'를 사용하였는데, 여기서는 다른 형태의 이체자를 사용하였다.

739) 謁의 이체자. 오른쪽부분의 '曷'이 '曷'의 형태로 되어있다.

740) 國의 이체자. '口' 안의 '或'이 '戓'의 형태로 되어있다. 이번 단락의 아래에서는 정자를 사용하였다.

741) 對의 이체자. 왼쪽부분의 '丵'의 형태가 '丵'의 형태로 되어있다. 이번 단락의 앞에서는 판본 전체적으로 자주 사용하는 이체자 '對'를 사용하였는데, 여기서는 다른 형태의 이체자를 사용하

肆斷744)而無告，其政令不竟而數化，其士巧貪而有怨745)。此其妖也。」{第92面}

　　哀公射而中稷，其口疾，不肉食。祠稷而善，卜之巫官。巫官變曰：「稷負746)五種，託株而從747)天下，未至於地而株絶，獵748)谷之老人張衽以受之。何不告祀之？」公從749)之，而疾去。

　　扁鵲過趙，趙王太子暴疾而死。鵲造宮門曰：「吾聞國中卒有壞土之事，得無有急乎？」中庶子之好方者應之曰：「然。王太子暴疾而死。」扁鵲曰：「入言鄭醫750)秦越人能活太子。」中庶子難之曰：「吾聞上古之為醫者曰苗父，苗父之為醫也，以菅為席，以芻為狗，北面而祝，發十言耳。諸扶而來者，舉而來者，皆平復如故。子之方能如此乎？」扁751)鵲{第93面}曰：「不能。」又曰：「吾聞中古之為醫者曰俞柎752)，俞柎之為醫也，搦腦753)髓，束盲754)莫，炊灼九竅而定經絡，死人

　　였다.

742) 幼의 이체자. 오른쪽부분의 '力'이 '刀'의 형태로 되어있다.

743) 黨의 이체자. 아랫부분의 '黑'이 '黒'의 형태로 되어있다.

744) 斷의 이체자. 왼쪽부분의 '䍙'의 형태가 '㒱'의 형태로 되어있다.

745) 怨의 이체자. 윗부분 오른쪽의 '巳'이 'ヒ'의 형태로 되어있다.

746) 負의 이체자. 윗부분의 'ク'가 '力'의 형태로 되어있다.

747) 從의 이체자. 오른쪽부분의 '㐷'의 형태가 '芝'의 형태로 되어있다.

748) 獵의 이체자. 오른쪽부분의 '巤'이 '𤰠'의 형태로 되어있다.

749) 從의 이체자. 오른쪽부분의 '㐷'의 형태가 '芝'의 형태로 되어있다. 이번 단락의 앞에서는 다른 형태의 이체자 '従'을 사용하였다.

750) 醫의 이체자. 발의 '酉'가 '巫'의 형태로 되어있다.

751) 扁의 이체자. 윗부분의 '戶'가 '戸'의 형태로 되어있다. 이번 단락의 앞과 뒤에서는 다른 형태의 '扁'을 사용하였다.

752) 欽定四庫全書本은 조선간본과 다르게 '柎'로 되어있고,《說苑校證》·《說苑全譯》·《설원5》에서도 모두 '柎'로 되어있다. 여기서 '俞柎'는《史記》正義에 黃帝 시대의 大將이라고 하였다(劉向 撰, 林東錫 譯註,《설원5》, 동서문화사, 2009. 2177쪽)라고 하였고, 혹은 '전설에 따르면 黃帝 시대의 良醫'(劉向 原著, 王鍈·王天海 譯註,《說苑全譯》, 貴州人民出版社, 1991. 802쪽)라고도 하였다. '俞柎'는 인명이기 때문에 조선간본의 '柎'는 좌부변의 '木'을 '礻'로 잘못 쓴 오자이다. 이번 단락의 아래에서도 조선간본은 동일한 오류를 범하고 있다.

753) 腦의 이체자. 오른쪽 아랫부분의 '囟'이 '凶'의 형태로 되어있다.

754) 欽定四庫全書本은 조선간본과 동일하게 '盲'으로 되어있으나,《說苑校證》·《說苑全譯》·《설원5》에서는 모두 조선간본과 다르게 '肓'으로 되어있다. 여기서 '肓莫'은 '肓膜'으로 '횡격막

復為生人, 故曰俞跗。子之方骸若是乎?」扁鵲曰:「不骸。」中庶子曰:「子之方
如㘝, 譬若以管窺天, 以錐刺地。所窺者甚大, 所[755)]見者甚少。鈞若子之方, 豈
足以變駭童子哉?」扁鵲曰:「不然。物故有昧揥而中蛟頭, 掩目而別[756)]白黑[757)]
者。太子之疾, 所謂尸厥者也。以為不然, 入診[758)]之, 太子股陰當溫, 耳中焦焦
如有嘯者聲, 然者皆可治也。」中庶子入報趙王, 趙王跣而趨出門, 曰:「先生遠
辱[759)]幸臨寡人, 先生幸而有之, 則糞土之息, 得蒙[760)]天履地{第94面}, 而長為人
矣。先生不有之, 則先犬馬, 塡溝壑[761)]矣。」言未已, 涕泣沾襟[762)]。扁鵲遂為診
之, 先造軒光之竈[763)], 八成之湯, 砥鍼礪石, 取三陽五輸。子容禱[764)]藥, 子明吹
耳, 陽儀反神, 子越扶形, 子游[765)]矯摩。太子遂得復生。天下聞之, 皆曰:「扁鵲
骸生死人。」鵲辭[766)]曰:「予非骸生死人也, 特使夫當生者活耳, 夫死者猶不可藥
而生也。」悲夫, 亂君之治不可藥而息也。《詩》曰:「多將熇熇, 不可救[767)]藥!」甚

부위'이며 '肓'은 '肓'의 오기이다.(劉向 撰, 林東錫 譯註,《설원5》, 동서문화사, 2009. 2177쪽)
또한《說苑校證》과《說苑全譯》에서도 모두 오류라고 주석을 달아놓았기 때문에 조선간본의
'肓'은 오자이다.

755) 所의 이체자. 이번 단락의 앞과 뒤에서는 거의 '所'를 사용하였고, '所'도 1번 사용하였다.

756) 別의 이체자. 왼쪽 아랫부분의 'ㄅ'의 형태가 '力'의 형태로 되어있다.

757) 黑의 이체자. '灬'의 윗부분이 '里'의 형태로 되어있다.

758) 診의 이체자. 오른쪽부분의 '㐱'이 '尒'의 형태로 되어있다.

759) 辱의 이체자. 윗부분의 '辰'이 '辰'의 형태로 되어있다. 판본 전체적으로는 그 부분이 '辰'의
형태로 된 이체자 '辱'을 주로 사용하였는데, 여기서는 다른 형태의 이체자를 사용하였다.

760) 蒙의 이체자. 머리의 '艹'가 '⺅'의 형태로 되어있다.

761) 壑의 이체자. 윗부분 왼쪽의 '叡'가 가운데 가로획이 빠진 '叡'의 형태로 되어있다.

762) 襟의 이체자. 좌부변의 'ネ'가 '礻'로 되어있다.

763) 竈의 이체자. 아랫부분의 '黽'이 '罨'의 형태로 되어있다.

764) 禱의 이체자. 오른쪽부분의 '壽'가 '壽'의 형태로 되어있다. 그런데 欽定四庫全書本은 조선간
본과 동일하게 '禱'로 되어있으나,《說苑校證》과《설원5》에는 조선간본과 다르게 '擣'로 되어
있고《說苑全譯》에는 '捣(搗)'로 되어있다. 여기서 '擣藥'은 '약을 찧다'라는 뜻이기 때문에
조선간본의 '禱'는 문맥에 어울리지 않는다.

765) 游의 이체자. 가운데부분의 '方'이 '扌'의 형태로 되어있다.

766) 辭의 이체자. 왼쪽부분의 '𤔔'가 '𤔔'의 형태로 되어있으며, 우부방의 '辛'이 아랫부분에 가로획
하나가 더 있는 '辛'의 형태로 되어있다.

767) 救의 이체자. 왼쪽의 '求'에서 윗부분의 'ㆍ'이 빠져있다.

之之辭也。

孔子晨[768]立堂上, 聞哭者聲音甚悲, 孔子援琴而鼓之, 其音同也。孔子出, 而弟子有吒者, 問:「誰也?」曰:「回也。」孔子曰:「回何為而吒?」回曰:「今者有哭者{第95面}, 其音甚悲, 非獨哭[769]死, 又哭生離者。」孔子曰:「何以知之?」回曰:「似完山之鳥。」孔子曰:「何如?」回曰:「完山之鳥生四子, 羽翼已成, 乃離四海, 哀鳴送之, 為是往而不復返也。」孔子使人問哭者, 哭者曰:「父死家貧, 賣子以葬[770]之, 將與其別也。」孔子曰:「善哉, 聖人也!」

景公敗於梧丘, 夜猶蚤[771], 公姑坐睡[772], 而夢有五丈[773]夫, 北面儳[774]盧[775], 稱無罪焉。公覺, 召晏子而告其所夢, 公曰:「我其嘗殺不辜而誅無罪耶?」晏子對曰:「昔者先君靈[776]公敗, 五丈夫罟[777]而駭獸, 故殺之。斷其首而葬之, 曰:『五丈夫之丘。』其此耶?」公令人掘{第96面}而求之, 則五頭同穴[778]而存焉。公曰:「嘻。」令吏葬之。國人不知其夢也, 曰:「君憫白骨, 而況於生者乎?」不遺餘力矣, 不釋餘智矣, 故曰人君之為善易矣。

子貢問孔子:「死人有知無知也?」孔子曰:「吾欲言死者有知也, 恐[779]孝子順孫妨生以送死也。欲言無知, 恐不孝子孫棄不葬也。賜欲知死人有知將無知也?死徐自知之, 猶未晚也!」

---

768) 晨의 이체자. 아랫부분의 '辰'이 '辰'의 형태로 되어있다.

769) 哭의 이체자. 아랫부분의 '犬'이 'ヽ'이 빠진 '大'의 형태로 되어있다. 이번 단락의 앞에서는 정자를 사용하였고, 이번 단락의 뒤에서는 정자와 이체자를 혼용하였다.

770) 葬의 이체자. 가운데부분의 '死'가 '夗'의 형태로 되어있다.

771) 蚤의 이체자. 윗부분의 '叉'의 형태가 '㕛'의 형태로 되어있다.

772) 睡의 이체자. 오른쪽부분의 '垂'가 '垂'의 형태로 되어있다.

773) 丈의 이체자. 윗부분 오른쪽에 'ヽ'이 첨가되어있다. 이번 단락의 아래에서는 정자를 사용하였다.

774) 倖의 이체자. 오른쪽부분 '幸'이 '㚔'의 형태로 되어있으며, 위의 '土'와 아래 '羊'이 겹쳐져있다.

775) 盧의 이체자. 윗부분의 '虍'가 '严'의 형태로 되어있다.

776) 靈의 이체자. 맨 아랫부분의 '巫'가 '𡈼'의 형태로 되어있다.

777) 罟의 이체자. 머리의 '罒'이 '冈'의 형태로 되어있다.

778) 穴의 이체자. 아랫부분의 '八'이 '儿'의 형태로 되어있다.

779) 恐의 이체자. 윗부분 오른쪽의 '凡'이 '口'의 형태로 되어있다.

王子建出守於城父, 與成公乾遇於疇[780]中, 問曰：「是何也？」成公乾曰：
「疇也。」「疇也者何也？」「所以為麻也。」「麻也者何也？」曰：「所以為衣也。」成公
乾曰：「昔者{第97面}莊王伐陳, 舍於有蕭氏, 謂路室之人曰：『巷其不善乎！何
溝之不浚也？』莊王猶知巷之不善, 溝之不浚。今吾子不知疇之為麻, 麻之為衣,
吾子其不主社稷乎？」王子果不立。

劉向說苑卷第十八{第98面}[781]

---

780) 疇의 이체자. 오른쪽부분의 '壽'가 '壽'의 형태로 되어있다.
781) 이 卷尾의 제목은 마지막 제11행에 해당한다. 이번 면은 제4행에서 글이 끝나고, 나머지 6행은
　　　빈칸으로 되어있다.

劉向說苑卷第十九

脩文

天下有道, 則禮樂征伐自天子出。夫功成制禮, 治定作樂。禮樂者, 行化之大者也。孔子曰:「移風易俗, 莫**善**於樂。安上治民, 莫**善**於禮。」是故聖王脩禮文, 設782)庠序783), 陳鍾鼓。天子辟784)雍, 諸侯785)泮宮, 所以行德786)化。《詩》云:「鎬787)京辟雍, 自西788)自東, 自南自北, 無思不服789)。」此之謂也。

積恩為愛, 積愛為仁, 積仁為靈。靈臺之所以為靈者, 積仁也。神靈者, 天地之本, 而為萬物之始也。是故文王始接民以仁, 而天下莫不仁焉。文{第99面}德之至也。德不至則不骹790)文。商者, 常也。常者質, 質主天。夏者, 大也。大者, 文也。文主地。故王者一商一夏, **再**而復者也。正色, 三而復者也。味尚甘, **聲**尚宮, 一而復者。故三王術791)如循**環**792), 故夏后氏教以忠, 而君子忠矣793)。小人之失野794), 救795)野莫如敬, 故殷人教以敬, 而君子敬矣。小人之失鬼796), 救鬼莫如文, 故周人教以文, 而君子文矣。小人之失薄797), 救薄莫如忠, 故聖人之

---

782) 設의 이체자. 오른쪽부분의 '殳'가 '殳'의 형태로 되어있다.

783) 序의 이체자. '广' 아래 윗부분의 'マ'의 형태가 'コ'의 형태로 되어있다.

784) 辟의 이체자. 우부방의 '辛'이 아랫부분에 가로획 하나가 더 있는 '辛'의 형태로 되어있다.

785) 侯의 이체자. 오른쪽 아랫부분의 '矢'가 '夫'의 형태로 되어있다.

786) 德의 이체자. 오른쪽부분의 '悳'의 형태가 가운데 가로획이 빠진 '悳'의 형태로 되어있다.

787) 鎬의 이체자. 오른쪽부분의 '高'가 '髙'의 형태로 되어있다.

788) 西의 이체자. 'ㅁ'위의 '兀'의 형태가 'ㅠ'의 형태로 되어있으며, 양쪽의 세로획이 'ㅁ'의 맨 아랫부분에 붙어 있다.

789) 服의 이체자. 오른쪽 아랫부분의 '又'가 'く'의 형태로 되어있다.

790) 能의 이체자. 오른쪽부분의 '눈'의 형태가 '去'의 형태로 되어있다.

791) 術의 이체자. 가운데부분의 '朮'이 위쪽의 'ヽ'이 빠진 '木'으로 되어있다.

792) 環의 이체자. 오른쪽 아랫부분의 '吡'의 형태가 '长'의 형태로 되어있다.

793) 矣의 이체자. 'ㅿ'의 아랫부분의 '矢'가 '失'의 형태로 되어있다.

794) 野의 이체자. 오른쪽 윗부분의 'マ'의 형태가 'コ'의 형태로 되어있다. 이번 단락의 바로 아래에서는 정자를 사용하였다.

795) 救의 이체자. 왼쪽의 '求'에서 윗부분의 'ヽ'이 빠져있다.

796) 鬼의 이체자. 맨 위의 'ノ'이 빠져있다.

與聖也, 如矩之三雜⁷⁹⁸⁾。規之三雜, 周則又始, 窮則反本也。《詩》曰：「彫琢⁷⁹⁹⁾其章⁸⁰⁰⁾, 金玉其相。」言文質美也。

　　《傳》曰：「觸情從⁸⁰¹⁾欲, 謂之禽獸。苟可而行, 謂之野人{**第100面**}。安故重遷, 謂之衆庶⁸⁰²⁾。辨⁸⁰³⁾然通古今之道, 謂之士。進賢達⁸⁰⁴⁾能, 謂之大夫。敬上愛下, 謂之諸侯。天覆地載, 謂之天子。是故士服黻⁸⁰⁵⁾, 大夫黼, 諸侯火, 天子山龍。德彌盛者文彌縟, 中彌理者文彌章也。」

　　《詩》曰：「左之左之, 君子宜⁸⁰⁶⁾之。右之右之, 君子有之。」《傳》曰：「君子者, 無所不宜也。是故韠⁸⁰⁷⁾冕厲戒, 立于廟堂之上, 有司執事, 無不敬者。斬衰裳, 苴経杖, 立于喪⁸⁰⁸⁾次⁸⁰⁹⁾, 賓⁸¹⁰⁾客弔唁, 無不哀者⁸¹¹⁾。被⁸¹²⁾甲纓冑, 立于桴皷⁸¹³⁾之間, 士卒莫不勇者。故仁足以懷⁸¹⁴⁾百姓, 勇足以安危國, 信足以結諸侯,

---

797) 薄의 이체자. 머리 '艹' 아래 오른쪽부분의 '專'가 '専'의 형태로 되어있다.
798) 雜의 이체자. 왼쪽 아랫부분의 '木'이 '末'의 형태로 되어있다. 이번 단락의 바로 아래에서는 정자를 사용하였다.
799) 琢의 이체자. 오른쪽부분의 '豕'이 왼쪽부분에 'ㆍ'이 빠진 '豕'의 형태로 되어있다.
800) 章의 이체자. 머리 '立'의 아랫부분의 '早'가 '甲'의 형태로 되어있다. 바로 다음 단락에서는 정자를 사용하였다.
801) 從의 이체자. 오른쪽부분의 '㐱'의 형태가 '㐱'의 형태로 되어있다.
802) 庶의 이체자. '广' 안의 윗부분 '廿'이 '卄'의 형태로 되어있고, 그 아랫부분의 '灬'가 '从'의 형태로 되어있다.
803) 辨의 이체자. 맨 오른쪽부분의 '辛'이 아랫부분에 가로획 하나가 더 있는 '𮛞'의 형태로 되어있다.
804) 達의 이체자. '辶' 윗부분의 '幸'이 '幸'의 형태로 되어있다.
805) 黻의 이체자. 오른쪽부분의 '犮'이 '发'의 형태로 되어있다.
806) 宜의 이체자. 머리의 '宀'이 '冖'의 형태로 되어있다.
807) 韠의 이체자. 오른쪽부분의 '畢'이 맨 아래의 가로획 하나가 빠진 '畢'의 형태로 되어있다.
808) 喪의 이체자. 가운데부분의 '吅'의 형태가 '㕛'의 형태로 되어있다.
809) 次의 이체자. 좌부변의 'ㆀ'이 'ㆀ'의 형태로 되어있다.
810) 賓의 이체자. 머리 '宀'의 아랫부분의 '歩'의 형태가 '尸'의 형태로 되어있다.
811) 者의 이체자. 윗부분의 '土'의 형태가 '上'의 형태로 되어있다.
812) 被의 이체자. 좌부변의 'ネ'가 'ㅊ'의 형태로 되어있다.
813) 鼓의 이체자. 오른쪽부분의 '支'가 '皮'의 형태로 되어있다.
814) 懷의 이체자. 오른쪽 가운데부분의 '土'의 형태가 빠져있으며, 그 아랫부분이 '衣'의 형태로

強足以拒患難[815]), 威足以率三軍。故曰：爲[816)左亦宜, 爲右亦宜, 爲君子{**第101面**}無不宜者。此之謂也。」

　　齊[817)景公登[818)射, 晏子脩禮而待。公曰：「選射之禮, 寡[819)人厭之矣。吾欲得天下勇士, 與[820)之圖國。」晏子對曰：「君子無禮, 是**庶**人也。**庶**人無禮, 是禽獸也。夫臣勇多則弒[821)其君, 子力多則弒其長。然而不敢者, 惟禮之謂也。禮者所以御民也, 轡者所以御馬也。無禮而能治國家者, 嬰末之聞也。」景公曰：「**善**。」乃飭射更席, 以爲上客, 終日問禮。

　　《書》曰：「五事：一曰貌。」貌若[822)男子之所以恭敬, 婦人之所以姣好也。行步中矩, 折旋中規。立則磬折, 拱則抱鼓。其以入君朝, 尊以嚴；其以入宗廟, 敬{**第102面**}以忠；其以入鄉[823)曲, 和以順；其以入州里族[824)黨[825)之中, 和以**親**[826)。《詩》曰：「温温恭人, 惟德之基。」孔子曰：「恭近於禮, 遠[827)恥辱[828)也。」

되어있다.

815) 難의 이체자. 왼쪽 윗부분의 '廿'이 '丱'의 형태로 되어있고, 그 아랫부분의 '口'가 관통된 형태가 아니라 빈 형태로 되어있다.

816) 조선간본은 판본 전체적으로 '為'자를 주로 사용하였으며, '爲'자도 혼용하였다. 그런데 이번 제19권에서는 앞 단락에서 '為'자를 사용하였으나, 여기부터는 거의 '爲'자만 사용하였다.

817) 齊의 이체자. 'ㅗ'의 아래 가운데부분의 'Y'가 '了'의 형태로 되어있다.

818) 登의 이체자. 머리의 '癶'의 형태가 '夶'의 형태로 되어있다.

819) 寡의 이체자. 발의 '刀'가 '力'으로 되어있다.

820) 與의 이체자. 몸통부분의 '𦥯'의 형태가 '𦥑'의 형태로 되어있다.

821) 弒의 이체자. 오른쪽 윗부분의 '弋'이 '戈'의 형태로 되어있다. 이번 단락의 바로 아래에서는 정자를 사용하였다.

822) 若의 이체자. 머리의 '艹' 아랫부분의 '右'가 '石'의 형태로 되어있고, 머리의 '艹'가 아랫부분의 '石'에 붙어 있다. 그런데 欽定四庫全書本은 조선간본과 동일하게 '若'으로 되어있지만,《說苑校證》·《說苑全譯》·《설원5》에는 조선간본과 다르게 '者'로 되어있다.《說苑校證》에서는 舊本과 明鈔本에는 '若'으로 되어있다(劉向 撰, 向宗魯 校證,《說苑校證》, 北京:中華書局, 1987(2017 重印), 480쪽)라고 하였다.

823) 鄉의 이체자. 가운데부분의 '皀'이 '艮'의 형태로 되어있다.

824) 族의 이체자. 오른쪽 아랫부분의 '矢'가 '夫'의 형태로 되어있다.

825) 黨의 이체자. 아랫부분의 '黑'이 '黒'의 형태로 되어있다.

826) 親의 이체자. 왼쪽 아랫부분의 '木'이 '未'의 형태로 되어있다.

827) 遠의 이체자. 오른쪽 아랫부분의 '𧘇'의 형태가 '𧘇'의 형태로 되어있다.

衣服容貌者, 所以悅[829]目也。聲音應對[830]者, 所以悅耳也。嗜慾好惡者, 所以悅心也。君子衣服中, 容貌得[831], 則民之目悅矣。言語順, 應對給, 則民之耳悅矣。就仁去不仁, 則民之心悅矣。三者存乎心, 暢乎體, 形乎動静, 雖不在位, 謂之素行。故忠心好善而日新之, 獨居樂德, 内悅而形。《詩》曰:「何其處也? 必有與也。何其久[832]也? 必有以也。」惟有以者, 爲能長生久視, 而無累於物也。

{第103面}

知天道者冠鉥, 知地道者履蹻[833], 能治煩决亂[834]者佩觿, 能射御[835]者佩韘[836], 能正三軍者揖笏。衣必荷規而承[837]矩, 負繩[838]而準下。故君子衣服中而容貌得, 接其服而象[839]其德, 故望玉貌而行能, 有所定矣。《詩》曰:「芄[840]蘭[841]

---

828) 辱의 이체자. 윗부분의 '辰'이 '𨑃'의 형태로 되어있다.

829) 悅의 이체자. 오른쪽부분의 '兌'가 '兊'의 형태로 되어있다.

830) 對의 이체자. 왼쪽부분의 '丵'의 형태가 '𦍡'의 형태로 되어있다. 이번 단락의 아래에서는 판본 전체적으로 주로 사용하는 이체자 '對'를 사용하였다.

831) 貌의 이체자. 오른쪽 아랫부분의 '儿'이 'ハ'의 형태로 되어있다.

832) 久의 이체자.

833) 蹻의 이체자. 오른쪽부분 '夭' 아래 '口'가 '一'의 형태로 되어있다.

834) 亂의 이체자. 왼쪽부분의 '𡿪'의 형태가 '𠧟'의 형태로 되어있다.

835) 御의 이체자. 가운데부분의 '缶'의 형태가 '缶'의 형태로 되어있다.

836) 韘의 이체자. 오른쪽 윗부분의 '世'가 '丗'의 형태로 되어있다. 그런데 欽定四庫全書本은 조선간본과 다르게 '韘'으로 되어있고,《說苑校證》·《說苑全譯》·《설원5》에도 모두 '韘'으로 되어있다. 여기서 '韘'은 '깍지, 활을 쏠 때 시위를 잡아당기는 엄지손가락에 끼우는 골무'(劉向 撰, 林東錫 譯註,《설원5》, 동서문화사, 2009. 2209쪽. 劉向 原著, 王鍈·王天海 譯註,《說苑全譯》, 貴州人民出版社, 1991. 818쪽)이다. 조선간본의 '韘'은 '언치, 안장 밑에 깔아 등을 덮어 주는 방석'이라는 의미도 있지만, '韘'과 같이 '깍지'라는 의미도 있기 때문에 오자는 아니다.

837) 承의 이체자. 가운데 부분에 가로획 하나가 빠져있다.

838) 繩의 이체자. 오른쪽부분의 '黽'이 '䪡'의 형태로 되어있다.

839) 象의 이체자. 윗부분의 '⺈'의 형태가 '𠂆'의 형태로 되어있다.

840) 欽定四庫全書本은 조선간본과 다르게 '芄'으로 되어있고,《說苑校證》·《說苑全譯》·《설원5》에도 모두 '芄'으로 되어있다. 여기서 '芄蘭'은《詩經》〈衛風〉의 篇名이기 때문에 조선간본의 '芄'는 오자이다.

841) 蘭의 이체자. 아랫부분 '門' 안의 '柬'이 '東'의 형태로 되어있다.

之枝, 童子佩觿。」說行能者也。

　　冠者, 所以別成人也。脩徳束躬, 以自申餙, 所以檢其邪心, 守其正意也。君子始冠必祝, 成禮加冠, 以屬其心, 故君子成人必冠帶[842]以行事, 棄幼少嬉戲憚[843]慢之心, 而衍衍於進徳脩業之志。是故服不成象[844], 而内心不變。内心脩徳, 外被禮文, 所以成顯令之名也。是故皮弁素積, 百王不易{第104面}, 既以脩徳, 又以正容。孔子曰 :「正其衣冠, 尊其瞻視, 儼然人望而畏之, 不亦威而不猛乎 ?」

　　成王將冠, 周公使祝雍祝王, 曰 :「達而勿多也。」祝雍曰 :「使王近於民, 遠於佞[845], 嗇於時, 恵[846]於財, 任賢[847]使能。」於此始成之時, 祝辭四加而後退。公冠, 自以爲主, 卿爲賓, 饗[848]之以三獻[849]之禮。公始加玄端與皮弁, 皆必朝服玄冕, 四加。諸侯太子、庶子冠公爲主, 其禮與上同。冠於祖廟, 曰 :「令月吉日, 加子元服。去爾幼志, 順爾成徳。」冠禮, 十九見正而冠, 古之通禮也。

　　「夏, 公如齊逆女, 何以書 ? 親迎, 禮也。」其禮奈何 ? 曰{第105面} :「諸侯以屨二兩加琮, 大夫、庶人以屨[850]二兩加束脩二。」曰 :「某[851]國寡小君, 使寡人奉

---

842) 帶의 이체자. 윗부분 '㠯'의 형태가 '卌'의 형태로 되어있다.

843) 欽定四庫全書本은 조선간본과 다르게 '惰'로 되어있고,《說苑校證》·《說苑全譯》·《설원5》에도 모두 '惰'로 되어있다. 여기서는 '게으르다'(劉向 撰, 林東錫 譯註,《설원5》, 동서문화사, 2009. 2210쪽. 劉向 原著, 王鍈·王天海 譯註,《說苑全譯》, 貴州人民出版社, 1991. 820쪽)라는 의미인데, 조선간본의 '憚'에도 '게으르다'라는 의미가 있기 때문에 여기서는 '惰'의 이체자로 사용하였다.

844) 象의 이체자. 윗부분의 '𠂊'의 형태가 '𠁵'의 형태로 되어있다. 여기서는 바로 앞의 단락에서 사용한 '象'과는 다른 형태의 이체자를 사용하였다.

845) 佞의 이체자. 오른쪽 윗부분의 '二'의 형태가 '亠'의 형태로 되어있다.

846) 惠의 이체자. 윗부분의 '叀'의 형태가 '宙'의 형태로 되어있다.

847) 賢의 이체자. 윗부분 왼쪽의 '臣'이 '目'의 형태로 되어있다.

848) 饗의 이체자. 윗부분의 '鄉'에서 가운데부분의 '皀'이 '㐁'의 형태로 되어있다.

849) 獻의 이체자. 머리의 '虍' 아랫부분의 '鬲'이 '膈'의 형태로 되어있으며 우부방의 '犬'이 '丈'의 형태로 되어있다.

850) 屨의 이체자. '尸' 아랫부분 오른쪽의 '婁'가 '婁'의 형태로 되어있다.

851) 某의 이체자. 윗부분의 '甘'이 '廿'의 형태로 되어있고, 발의 '木'이 '不'의 형태로 되어있다.

不珍之琮, 不珍之屨, 禮夫人貞女。」夫人曰：「有幽室數辱之産, 未諭於傅母之
教, 得承執衣裳之事, 敢不敬拜祝。」祝荅[852]拜。夫人受琮取一兩, 屨以履女, 正
笄衣裳而命之, 曰：「徃[853]矣, 善事爾舅姑, 以順爲宮室, 無二爾心, 無敢回也。」
女拜, 乃親引其手, 授夫乎户, 夫引手出户。夫行, 女從, 拜辭[854]父于堂, 拜諸
母於大門。夫先升輿執轡, 女乃升輿, 轂三轉[855], 然後夫下, 先行。大夫、士、
庶人稱其父, 曰：「某之父, 某之師友, 使某執不珍之屨, 不珍之束脩, 敢不敬禮
某氏{第106面}貞女。」母曰：「有草茅之産, 未習[856]於織絍紡績之事, 得奉執箕箒
之事, 敢不敬拜？」

　　《春秋》曰：「壬申, 公薨于髙[857]寢。」《傳[858]》曰：「髙寢者何？正寢也。曷[859]
爲或言髙寢, 或言路寢？曰：諸侯正寢三：一曰髙寢, 二曰左路寢, 三曰右路寢。
髙寢者, 始封君之寢也。二路寢者, 繼體之君寢也。其二何？曰：子不居父[860]之
寢, 故二寢。繼體君世世不可居髙祖之寢, 故有髙寢, 名曰髙也。路寢其立奈
何？髙寢立中, 路寢左右。」《春秋》曰：「天王入于成周。」《傳[861]》曰：「成周者何？
東周也。」然則天子之寢奈何？曰：亦三。承明繼體守文之君之寢, 曰左右
之太^{一作}[862]路寢。謂{第107面}之承明何？曰：承乎明堂之後者也。故天子諸侯三

---

852)　欽定四庫全書本은 조선간본과 다르게 '荅'으로 되어있고, 《說苑校證》·《說苑全譯》·《설
　　　원5》에도 모두 '荅'으로 되어있다. 여기서는 '荅拜하다'라는 의미이기 때문에 조선간본의 '荅'은
　　　'荅'의 이체자로 사용되었다.
853)　徃의 俗字. 오른쪽부분의 '主'가 '生'의 형태로 되어있다.
854)　辭의 이체자. 왼쪽부분의 '䛐'가 '𩞋'의 형태로 되어있으며, 우부방의 '辛'이 아랫부분에 가로획
　　　하나가 더 있는 '𢆷'의 형태로 되어있다.
855)　轉의 이체자. 오른쪽 윗부분의 '吏'의 형태가 '宙'의 형태로 되어있다.
856)　習의 이체자. 머리의 '羽'가 '𦏲'의 형태로 되어있으며, 아랫부분의 '白'이 '日'로 되어있다.
857)　高의 이체자. 윗부분의 '亠'의 형태가 '甘'의 형태로 되어있다.
858)　傳의 이체자. 오른쪽 윗부분의 '吏'의 형태가 '宙'의 형태로 되어있다.
859)　曷의 이체자. 아랫부분의 '匃'가 '匂'의 형태로 되어있다.
860)　父의 이체자. 아랫부분의 '乂'의 형태가 '又'의 형태로 되어있다.
861)　傳의 이체자. 오른쪽 윗부분의 '吏'의 형태가 '吏'의 형태로 되어있다. 여기서는 이번 단락의
　　　앞에서 사용한 이체자 '傳'과는 다른 형태의 이체자를 사용하였다.
862)　이것은 원문에 달린 주석인데 이번 면(제107면) 제11행의 제15자 해당하는 부분을 차지하며,

寢立而名實正, 父子之義章, 尊卑[863]之事別, 大小之德異[864]矣。

　天子以鬯爲贄。鬯者, 百香[一作][865]草之本也。上暢於天, 下暢於地, 無所不暢, 故天子以鬯爲贄。諸侯以圭爲贄, 圭者, 玉也, 薄而不撓[866], 廉而不劌, 有瑕[867]於中, 必見於外, 故諸侯以玉爲贄。卿以羔爲贄, 羔者, 羊也, 羊群而不黨, 故卿以爲贄。大夫以鴈[868]爲贄, 鴈者, 行列有長幼之禮, 故大夫以爲贄。士以雉爲贄, 雉者, 不可指[869]食籠狎而服之, 故士以雉爲贄。庶人以鶩爲贄, 鶩者, 鶩鶩也, 鶩鶩無他心{第108面}, 故庶[870]人以鶩爲贄。贄者, 所以質也。

　諸侯三年一貢士, 士, 一適謂之好德, 再適謂之尊賢[871], 三適謂之有功。有功者, 天子一賜[872]以輿服弓矢, 再賜[873]以鬯, 三賜以虎賁百人, 號曰命諸侯。命諸侯者, 鄰國有臣弑其君, 孽弑其宗, 雖不請乎天子, 而征之可也, 已征而歸其地于天子。諸侯貢士, 一不適謂之過, 再不適謂之傲[874], 三不適謂之誣。誣者, 天子黜之, 一黜以爵, 再黜以地, 三黜[875]而地畢[876]。諸侯有不貢士, 謂之不率

正, 不率正者, 天子黜之, 一黜以爵, **再**黜以地, 三黜而地畢。然後天子比年秩官之無文者而黜之, 以諸侯**{第109面}**之所貢士代之。《詩》云：「濟濟多士, 文王以**寧**。」此之謂也。

古者必有命民, 命民能敬長憐孤[877], 取舍好讓, 居事力者, 命於其君。命然後得乘[878]飭輿駢馬, 未得命者不得乘, 乘者皆有罰。故其民雖有餘財侈物, 而無仁義功德, 則無所用其餘財侈物。故其民皆典[879]仁義而賤[880]財利, 賤財利則不爭, 不爭則強不凌弱, 衆不暴[881]寡, 是**唐虞[882]**所以典象刑, 而民莫敢犯法, 而亂[883]斯止矣。《詩》云：「告爾民人, 謹[884]爾侯度, 用戒不虞[885]。」此之謂也。

天子曰巡[886]狩, 諸侯曰述職。巡狩者, 巡其所守也**{第110面}**。述職者, 述其所職也。春省耕, 助不給也。秋省斂, 助不足也。天子五年一巡狩, 歲二月, 東巡狩, 至于東嶽, 柴, 而望祀山川, 見諸侯, 問百年者, 命太師陳詩以觀民風, 命市納賈以觀民之所好惡。志滛[887]好僻者, 命典禮, 考時月, 定日, 同律禮樂制度衣服, 正之。山川神祇有不擧者爲不敬, 不敬者君黜以爵。宗廟有不順者爲不孝,

---

875) 黜의 이체자. 좌부변의 ‘黑’이 ‘黒’의 형태로 되어있고, 오른쪽부분의 ‘出’이 ‘灬’의 위에 있다.
876) 畢의 이체자. 맨 아래의 가로획 하나가 빠져있다.
877) 孤의 이체자. 오른쪽부분의 ‘瓜’가 가운데 아랫부분에 ‘丶’이 빠진 ‘瓜’의 형태로 되어있다.
878) 乘의 이체자. 가운데부분의 ‘北’이 ‘卄’의 형태로 되어있다.
879) 興의 이체자. 윗부분 가운데의 ‘同’의 형태가 ‘ᄇ’의 형태로 되어있다.
880) 賤의 이체자. 오른쪽의 ‘戔’이 윗부분은 그대로 ‘戈’로 되어있고 아랫부분 ‘戈’에 ‘丶’이 빠진 ‘戔’의 형태로 되어있다.
881) 暴의 이체자. 발의 ‘氺’가 ‘小’의 형태로 되어있다.
882) 虞의 이체자. 머리의 ‘虍’가 ‘严’의 형태로 되어있고, 아랫부분의 ‘吳’가 ‘呉’의 형태로 되어있다.
883) 亂의 이체자. 왼쪽부분의 ‘𤔔’의 형태가 ‘𠭌’의 형태로 되어있다.
884) 謹의 이체자. 오른쪽부분 ‘堇’이 윗부분의 ‘廿’이 ‘卄’의 형태로 되어있고 그 아랫부분에는 가로획 하나가 빠진 ‘堇’의 형태로 되어있다.
885) 虞의 이체자. 머리의 ‘虍’ 아랫부분의 ‘吳’가 ‘呉’의 형태로 되어있다. 여기서는 이번 단락의 앞에서 사용한 이체자 ‘虞’와는 다른 형태의 이체자를 사용하였다.
886) 巡의 이체자. ‘巛’ 아랫부분의 ‘辶’이 ‘辷’의 형태로 되어있다. 이번 단락의 이번 면(제110면)에서는 모두 이 이체자를 사용하였고, 이번 단락의 제111면~제112면에서는 모두 정자를 사용하였다.
887) 淫의 이체자. 오른쪽 아랫부분의 ‘壬’이 ‘舌’의 형태로 되어있다.

不孝者君削其地。有功澤於民者，然後加地。入其境，土地辟除，敬老尊賢，則有慶，益其地。入其境，土地**荒**[888]穢，遺老失賢，掊克在位，則有讓，削其地。一不朝者黜其爵，**再**不朝者黜其地，三不朝者以六師{**第111面**}移之。歲五月，南巡狩，至于南嶽，如東巡狩之禮。歲八月，西巡狩，至于西嶽，如南巡狩之禮。歲十一月，比巡狩，至于比嶽，如西巡狩之禮。歸格于祖禰，用特。

《春秋》曰：「正月，公狩於郎。」《傳》曰：「春曰蒐[889]，夏曰苗，秋曰獮，冬曰狩。」苗者奈何？曰：苗者，毛也。取之不圍澤，不掜羣[890]，取禽不麛卵[891]，不殺[892]孕重者。春蒐[893]者，不殺[894]小麛及孕重者。冬狩皆取之，百姓皆出，不失其馳，不抵禽[895]，不詭遇，逐不出防，此苗、獮、蒐、狩之義也。故苗、獮、蒐、狩之禮，簡其戎事也。故苗者毛取之，蒐者搜索之，狩者守留之。夏不田，何也？曰{**第112面**}：天地陰[896]陽盛長之時，猛獸不攫，鷙鳥不搏[897]，蝮蠆不螫，鳥獸蟲蛇且知應天，而况人乎哉？是以古者必有豢牢。其謂之畋何？聖人舉事必反本，五穀[898]者，以奉宗廟，養[899]萬民也。去禽獸害稼穡者，故以田言之。聖人作名[900]號而事義可知也。

---

888) 荒의 이체자. 가운데부분의 '亡'이 '𠃓'의 형태로 되어있다.

889) 蒐의 이체자. 머리의 '++'가 '䒑'의 형태로 되어있고, 그 아랫부분의 '鬼'가 맨 위의 'ノ'이 빠진 '鬼'의 형태로 되어있다.

890) 羣의 이체자. 발의 '羊'이 '羍'의 형태로 되어있다.

891) 卵의 이체자. 왼쪽부분의 '卯'의 형태가 'ㆍ'이 빠진 '卯'의 형태로 되어있다.

892) 殺의 이체자. 우부방의 '殳'가 '㲋'의 형태로 되어있다.

893) 蒐의 이체자. 머리의 '++' 아랫부분의 '鬼'가 '鬼'의 형태로 되어있다. 이번 단락의 앞에서는 '蒐'를 사용하였는데, 이번 단락의 아래에서는 모두 이 이체자를 사용하였다.

894) 殺의 이체자. 우부방의 '殳'가 '殳'의 형태로 되어있다. 여기서는 이번 단락의 앞에서 사용한 이체자 '殺'과는 다른 형태의 이체자를 사용하였다.

895) 禽의 이체자. 발의 '内'가 '内'의 형태로 되어있다. 이번 단락의 앞과 뒤에서는 모두 정자를 사용하였다.

896) 陰의 이체자. 오른쪽부분의 '侌'이 '㑒'의 형태로 되어있다.

897) 搏의 이체자. 오른쪽 윗부분의 '甫'가 '宙'의 형태로 되어있다.

898) 穀의 이체자. 왼쪽 아랫부분의 '禾' 위에 가로획이 없고, 우부방의 '殳'가 '㲋'의 형태로 되어있다.

899) 養의 이체자. 윗부분의 '关'의 형태가 '关'의 형태로 되어있다.

　　天子諸侯無事則歲三田, 一爲乾豆, 二爲賓客, 三爲充軍901)之庖。無事而不田, 曰不敬。田不以禮, 曰暴天物。天子不合圍, 諸侯不揜羣。天子殺則下大綏, 諸侯殺則下小綏, 大夫殺902)則止佐轝, 佐轝903)止則百姓畋獵。獺904)祭905)魚, 然後漁人入澤梁906)。鳩化爲鷹, 然後設罝羅。草木零落, 然後入山林。昆{第113面} 虫不蟄, 不以火田, 不麑907)不卵, 不夭妖908), 不覆巢。此皆聖人在上, 君子在位, 能者在職, 大德之發909)者也。是故皐陶910)爲大理, 平民各服得其實。伯夷主禮, 上下皆讓。倕911)爲工師, 百工致功。益主虞, 山澤辟912)成。棄主稷, 百穀時

---

900)　名의 이체자. 윗부분의 '夕'의 형태가 '夕'의 형태로 되어있다.

901)　欽定四庫全書本은 조선간본과 다르게 '君'으로 되어있고, 《說苑校證》·《說苑全譯》·《설원5》에도 모두 '君'으로 되어있다. 여기서는 '임금'(劉向 撰, 林東錫 譯註, 《설원5》, 동서문화사, 2009. 2234쪽. 劉向 原著, 王鍈 · 王天海 譯註, 《說苑全譯》, 貴州人民出版社, 1991. 834쪽)라는 의미이기 때문에 조선간본의 '軍'은 오자이다.

902)　殺의 이체자. 우부방의 '殳'가 '殳'의 형태로 되어있다. 이번 단락의 앞에서는 모두 정자를 사용하였는데, 여기서는 이체자를 사용하였다.

903)　轝의 이체자. 윗부분의 '與'가 '輿'의 형태로 되어있다.

904)　獺의 이체자. 오른쪽부분의 '賴'가 '頼'의 형태로 되어있다.

905)　祭의 이체자. 윗부분의 '癶'의 형태가 '癶'의 형태로 되어있다.

906)　梁의 이체자. 윗부분 오른쪽의 '刅'의 형태가 '刃'의 형태로 되어있다.

907)　欽定四庫全書本은 조선간본과 다르게 '麛'로 되어있고, 《說苑校證》·《說苑全譯》·《설원5》에도 모두 '麛'로 되어있다. 欽定四庫全書本의 '麛'와 조선간본의 '麑'는 모두 '사슴 새끼'라는 의미가 있다.

908)　欽定四庫全書本은 조선간본과 동일하게 '夭妖'로 되어있지만, 《說苑校證》과 《說苑全譯》은 조선간본과 다르게 '妖夭'로 되어있다. 《설원5》에는 '夭妖'로 되어있지만, 《說苑校證》에서 순서가 바뀐 '妖夭'로 되어있다고 주석을 달았다. 《說苑全譯》에서 '妖夭'는 '아직 다 자라지 않은 동물을 죽이는 것'(劉向 原著, 王鍈 · 王天海 譯註, 《說苑全譯》, 貴州人民出版社, 1991. 834쪽)이라고 하였고, 《설원5》에서도 '夭妖'는 '어린것을 죽이다'(劉向 撰, 林東錫 譯註, 《설원5》, 동서문화사, 2009. 2234쪽)라고 번역하였다. 여기서 '妖'는 '죽이다'라는 의미이기 때문에 단어의 순서를 차치하고라도 조선간본의 '妖'는 오자이다.

909)　發의 이체자. 아랫부분 오른쪽의 '殳'가 '攵'의 형태로 되어있다. 이번 단락의 아래에서는 정자를 사용하였다.

910)　陶의 이체자. 오른쪽 아랫부분의 '缶'가 '缶'의 형태로 되어있다.

911)　倕의 이체자. 오른쪽부분의 '垂'가 '乗'의 형태로 되어있다.

912)　辟의 이체자. 우부방의 '辛'이 아랫부분에 가로획 하나가 더 있는 '幸'의 형태로 되어있다.

茂。契主司徒，百姓親和。龍主賓客，遠人至。十二牧行，而九州莫敢僻違。禹陂九澤，通九道，定九州，各以其職來貢，不失厥宜。方五千里，至于荒913)服，南撫交趾、大發，西析支、渠搜、氏、羌914)，比至山戎、肅慎，東至長夷、島夷。四海之内，皆戴帝舜之功。於是禹乃興915)九韶之樂，致異物，鳳皇來翔，天下明德也。{第114面}

　　射者必心平體正，持弓矢，審916)固，然後射者，能以中。《詩》云：「大侯既抗，弓矢斯張。射夫既同，獻爾發功。」此之謂也。弧之爲言豫917)也，豫者豫吾意也。故古者兒生三日，桑弧蓬918)矢六，射天地四方，天地四方者，男子之所有事也。必有意其所有事，然後敢食穀，故曰：「不素飱兮919)。」此之謂也。

　　生而相與交通，故曰留920)賓。自天子至士，各有次。贈921)死不及柩922)尸，弔生不及悲哀，非禮也。故古者吉行五十里，奔喪百里。贈賵923)及事之謂時。時，禮之大者也。《春秋》曰：「天王使宰924)咺來歸惠公、仲子之賵。」賵者何？喪事有賵者，蓋以乘馬束帛。輿馬{第115面}曰賵，貨財曰賻925)，衣被曰襚926)，口實

---

913) 荒의 이체자. 가운데부분의 '亡'이 '云'의 형태로 되어있다.

914) 羌의 이체자. 아랫부분 오른쪽에 'ㅿ'가 첨가되어있다. 그런데 欽定四庫全書本은 조선간본과 다르게 '羌'으로 되어있고，《說苑校證》·《說苑全譯》·《설원5》에도 모두 '羌'으로 되어있다. 조선간본의 '羌'은 '羌'과 동자이다.

915) 興의 이체자. 윗부분 가운데의 '同'의 형태가 '日'의 형태로 되어있다.

916) 審의 이체자. 머리 'ㅗ' 아랫부분의 '番'이 '畨'의 형태로 되어있다.

917) 豫의 이체자. 오른쪽 윗부분의 '夲'의 형태가 '夙'의 형태로 되어있다.

918) 蓬의 이체자. 머리 '++' 아랫부분의 '逢'이 '逢'의 형태로 되어있다.

919) 兮의 이체자. 머리의 '八'이 방향이 위쪽을 향하도록 된 'ㅄ'의 형태로 되어있다.

920) 留의 이체자. '田'의 윗부분이 '吅'의 형태로 되어있다.

921) 贈의 이체자. 오른쪽부분의 '曾'에서 맨 윗부분의 '八'이 'ㅅ'의 형태로 되어있고 그 아래 '囬'의 형태가 '田'의 형태로 되어있다. 이번 단락의 아래에서는 이 이체자와 '贈'자를 혼용하였다.

922) 柩의 이체자. 오른쪽부분 '匚' 안의 '久'가 '夊'의 형태로 되어있다.

923) 賵의 이체자. 오른쪽부분의 '冒'가 '冐'의 형태로 되어있다.

924) 宰의 이체자. 머리 'ㅗ'의 아랫부분의 '辛'이 아랫부분에 가로획 하나가 더 있는 '幸'의 형태로 되어있다.

925) 賻의 이체자. 오른쪽 윗부분의 '甫'가 '宙'의 형태로 되어있다.

926) 襚의 이체자. 좌부변의 'ネ'가 'ネ'의 형태로 되어있다.

曰唅[927], 玩好曰贈。知生者賻、賵, 知死者贈、襚。贈、襚**所**以送死也, 賻、賵**所**以佐生也。輿馬、束帛、貨財、衣被、玩好, 其**數**柰何？曰：天子乘馬六匹；諸侯四匹；大夫三匹；元士二匹；下士一匹。天子束帛五匹, 玄三、纁[928]二, 各五十尺；諸侯玄三、纁二, 各三十尺；大夫玄一、纁二, 各三十尺；元士玄一、纁一, 各二丈[929]；下士綵縵各一匹；**庶**人布帛各一匹。天子之賵, 乘馬六匹, 乘車；諸侯四匹乘輿；大夫曰參輿；元士、下士不用輿。天子文繡衣各一襲, 到地；諸侯覆跗；大夫到踝；士到髀[930]。天子唅實以珠；諸侯以王[931]；大夫以**{第116面}**璣[932]；士以貝；**庶**人以穀實。位尊德厚及親者, 賻、賵、唅、襚厚, 貧富[933]亦有差。二、三、四、五之**數**, 取之天地, 而制奇[934]偶, 度人情而出節文, 謂之有因。禮之大宗也。

《春秋》曰：「庚戌, 天王崩。」《**傳**》曰：「天王何以不書葬[935]？天子記, 崩不記葬, 必其時也。諸侯記卒, 記葬[936], 有天子在, 不必其時也。」必其時[937]柰何？天

---

927) 唅의 이체자. 오른쪽 윗부분의 '今'이 '令'의 형태로 되어있다.

928) 纁의 이체자. 오른쪽부분의 '熏'이 '熏'의 형태로 되어있다.

929) 丈의 이체자. 윗부분 오른쪽에 '丶'이 첨가되어있다.

930) 髀의 이체자. 왼쪽 윗부분의 '冎'의 형태가 '四'의 형태로 되어있다. 그런데 欽定四庫全書本은 조선간본과 다르게 '髀'로 되어있고,《說苑校證》·《說苑全譯》·《설원5》에도 모두 '髀'로 되어있다. 여기서는 '넓적다리'라는 의미이기 때문에 조선간본의 '髀'와 '髀'는 같은 의미를 가지고 있다.

931) 欽定四庫全書本은 조선간본과 다르게 '玉'으로 되어있고,《說苑校證》·《說苑全譯》·《설원5》에도 모두 '玉'으로 되어있다. 여기서는 '옥(구슬)'이라는 의미이기 때문에 조선간본의 '王'은 오자이다. 이 오자는 판목의 훼손이 의심스럽지만 영남대와 후조당 소장본 모두 '王'으로 되어있다.

932) 璣의 이체자. 오른쪽부분의 '幾'가 아랫부분 왼쪽의 '人'의 형태가 'ㄅ'의 형태로 되어있으며 그 오른쪽부분은 '丶'과 'ノ'의 획이 빠진 '幾'의 형태로 되어있다.

933) 富의 이체자. 머리의 '宀'이 '冖'의 형태로 되어있다.

934) 奇의 이체자. 머리의 '大'가 '立'으로 되어있다.

935) 葬의 이체자. 가운데부분의 '死'가 '死'의 형태로 되어있고, 그 아랫부분의 '廾'이 '大'의 형태로 되어있다.

936) 葬의 이체자. 가운데부분의 '死'가 '死'의 형태로 되어있다. 이번 단락의 아래에서는 앞에서 사용한 이체자 '葬'과 여기서 사용한 이체자를 혼용하였다.

子七日而殯[938)], 七月而葬。諸侯五日而殯, 五月而葬。大夫三日而殯, 三月而葬。士庶人二日而殯, 二月而葬。皆何以然？曰：禮不豫凶事, 死而後治凶服。衣衰飾, 脩棺椁[939)], 作穿窆宅兆, 然後喪文成, 外親畢至, 葬{第117面}墳集。孝子忠臣之恩厚備盡矣。故天子七月而葬, 同軌畢至。諸侯五月而葬, 同會畢至。大夫三月而葬, 同朝畢至。士庶人二月而葬, 外姻畢至也。

延陵季子適齊, 於其反也, 其長子死於嬴[940)]博[941)]之間, 因葬焉。孔子聞之, 曰：「延陵季子, 吳之習於禮者也。」使子貢往而觀之, 其穿, 深不至泉。其斂, 以時服。既葬, 封墳墳掩坎, 其高可隱[942)]也。既封, 左袒[943)]右旋其封, 且號者三。言曰：「骨肉歸復于土[944)], 命也。若魂氣則無不之也！無不之也！」而遂行。孔子曰：「延陵季子於禮其合矣。」{第118面}

子生三年, 然後免於父母之懷[945)], 故制喪三年, 所以報父母之恩也。期年之喪通乎諸侯, 三年之喪通乎天子, 禮之經也。

子夏三年之喪畢, 見於孔子。孔子與之琴, 使之弦, 援琴而弦, 衎衎而樂, 作而曰：「先王制禮, 不敢不及也。」子曰：「君子也。」閔子騫三年之喪畢, 見於孔子。孔子與之琴, 使之弦, 援琴而弦, 切切[946)]而悲, 作而曰：「先王制禮, 不敢過也。」孔子曰：「君子也。」子貢問曰：「閔子哀不盡, 子曰『君子也』。子夏哀已盡[947)], 子

---

937) 時의 이체자. 좌부변의 '日'이 '目'의 형태로 되어있다.

938) 殯의 이체자. 오른쪽부분의 '賓'이 '賓'의 형태로 되어있다.

939) 椁의 이체자. 오른쪽 윗부분의 '占'의 형태가 '甘'의 형태로 되어있다.

940) 嬴의 이체자. 윗부분의 '亡'이 '云'의 형태로 되어있고, 아랫부분의 '口'가 '皿'의 형태로 되어있다.

941) 博의 이체자. 오른쪽 윗부분의 '甫'가 '宙'의 형태로 되어있다. 欽定四庫全書本에는 '博'으로 되어있다.

942) 隱의 이체자. 오른쪽 윗부분의 '爫'의 형태가 '丆'의 형태로 되어있다.

943) 袒의 이체자. 좌부변의 '衤'가 '礻'의 형태로 되어있다.

944) 土의 이체자. 오른쪽 윗부분에 'ヽ'이 첨가되어있다.

945) 懷의 이체자. 오른쪽 가운데부분의 '士'의 형태가 빠져있으며, 그 아랫부분이 '衣'의 형태로 되어있다.

946) 切의 이체자. 왼쪽부분의 '七'의 형태가 '土'의 형태로 되어있다. 바로 앞의 글자는 정자를 사용하였다.

曰『君子也』。賜也惑，敢問何謂？」孔子曰：「閔子哀未盡，能斷之以禮，故曰君子也。子夏哀已盡，能{第119面}引而致之，故曰君子也。夫三年之喪，固優者之所屈，劣者之所勉。」

　　齊宣王謂田過曰：「吾聞儒者喪親三年，喪君三年。君與父孰[948]重？」田過對曰：「殆不如父重。」王忿然怒曰：「然則何爲去親[949]而事君？」田過對曰：「非君之土地，無以處[950]吾親，非君之祿[951]，無以養吾親，非君之爵位，無以尊顯吾親。受之君，致之親。几[952]事君，所以爲親也。」宣王邑邑無以應。

　　古者有菑者謂之厲。君一時素服，使有司弔死問疾，憂以巫醫，匍匐以救之，湯粥以方之。**善**者必先乎鰥寡孤獨，及病不能相養，死無以葬[953]埋{第120面}，則葬埋之。有親喪者，不呼其門。有齊哀大功，五月，不服力役之征。有小功之喪者，未葬，不服力役之征。其有重尸多死者，急則有聚衆，童子擊鼓[954]苣火，入官宮里用之。各擊鼓苣火，逐官宮里。家之主人，冠，立于阼。事畢，出乎里門，出乎邑門，至野外。此匍匐救厲之道也。師大敗亦然。

　　齋[955]者，思其居處也，思其笑[956]語也，思其所爲也。齋三日，乃見其所爲齋

947) 盡의 이체자. 윗부분의 아래쪽에 가로획 하나가 더 첨가된 '畫'의 형태로 되어있다. 이번 단락의 앞과 뒤에서는 모두 정자를 사용하였다.

948) 孰의 이체자. 왼쪽 윗부분의 '口'의 형태가 '甘'의 형태로 되어있다.

949) 親의 이체자. 왼쪽 아랫부분의 '木'이 '未'의 형태로 되어있다. 이번 단락의 아래에서는 모두 정자를 사용하였다.

950) 處의 이체자. 머리의 '虍'가 '严'의 형태로 되어있다.

951) 祿의 이체자. 오른쪽부분의 '彔'이 '彖'의 형태로 되어있다.

952) 欽定四庫全書本은 조선간본과 다르게 '凡'으로 되어있고,《說苑校證》·《說苑全譯》·《설원5》에도 모두 '凡'으로 되어있다. 여기서 '凡'은 발어사로 쓰였기 때문에 조선간본의 '几'는 오자이다. 그런데 영남대 소장본의 이번 면(제120면)은 군데군데 글자가 떨어져나간 부분들이 있어서 판목의 훼손이 의심스럽다. 후조당 소장본은 글자가 뭉그러져서 해당 글자를 판독할 수 없다.

953) 葬의 이체자. 가운데부분의 '死'가 '処'의 형태로 되어있다. 이번 단락의 아래에서는 모두 앞의 단락에서 사용한 이체자 '葬'을 사용하였다.

954) 鼓의 이체자. 오른쪽부분의 '支'가 '支'의 형태로 되어있다. 이번 단락의 아래에서는 정자를 사용하였다.

955) 齋의 이체자. '亠'의 아래 가운데부분의 '丫'가 '了'의 형태로 되어있다.

者。祭[957]之日，將入户，僾然若有見乎其容。盤旋出户，喟然若有聞乎歎息之聲。先人之色，不絶於目。聲音咳唾[958]，不絶於耳。嗜欲好惡，不忘於心。是則孝子之齋也。**{第121面}**

春祭[959]曰祠，夏**祭**[960]曰禴，秋祭曰**嘗**[961]，冬**祭**曰烝。春薦韭夘[962]，夏薦麥魚，秋薦黍[963]豚，冬薦稻鴈。三歲一祫，五年一禘。祫者，合也。禘者，諦也。祫者，大合**祭**於祖廟也。禘者，諦其德而差優劣也。聖主將**祭**，必潔齋精思，若親之在。方興[964]未登，慲慲憧憧。專一想親之容皃[965]貌彷彿，此孝子之誠也。四方之助**祭**，空而來者蒲[966]而反，虛而至者實而還，**皆**取法則焉。

韓褐[967]子濟於河，津人告曰：「夫人過於此者，未有不快用者也。而子不用乎？」韓褐子曰：「天子**祭**海内之神，諸侯**祭**封域[968]之内，大夫祭其親，士**祭**其**{第122面}**祖禰。褐也，未得事河伯也。」津人申楫，舟中水而運。津人曰：「向也，役人固已告矣，夫子不聽[969]役人之言也。今舟中水而運，甚殆。治裝[970]衣而下

---

956) 笑의 이체자. 아랫부분의 '夭'가 '大'의 형태로 되어있다.

957) 祭의 이체자. 윗부분의 '癶'의 형태가 '夗'의 형태로 되어있다.

958) 唾의 이체자. 오른쪽부분의 '垂'가 '垂'의 형태로 되어있다.

959) 祭의 이체자. 윗부분의 '癶'의 형태가 '癶'의 형태로 되어있다. 여기서는 바로 앞의 단락에서 사용한 이체자 '祭'와는 다른 형태의 이체자를 사용하였다.

960) 祭의 이체자. 윗부분의 '癶'의 형태가 '癶'의 형태로 되어있다. 여기서는 이번 단락의 앞에서 사용한 이체자 '祭'와는 다른 형태의 이체자를 사용하였는데, 이번 단락의 아래에서는 여기서 사용한 '祭'와 앞에서 사용한 '祭'를 혼용하였다.

961) 嘗의 이체자. 가운데부분의 '匕'가 'ㅗ'의 형태로 되어있다.

962) 卯의 이체자. 왼쪽부분의 '卯'의 형태가 '夕'의 형태로 되어있다.

963) 黍의 이체자. 맨 아랫부분의 '氺'가 '小'의 형태로 되어있다.

964) 輿의 이체자. 윗부분 가운데의 '同'의 형태가 '目'의 형태로 되어있다.

965) 欽定四庫全書本은 조선간본과 다르게 '貌'로 되어있고,《說苑校證》·《說苑全譯》·《설원 5》에도 모두 '貌'로 되어있다. 조선간본의 '皃'는 '貌'와 동자이다.

966) 滿의 이체자. 오른쪽 윗부분의 '廿'이 '++'의 형태로 되어있고 이것이 아랫부분의 전체 위에 있으며, 오른쪽 아랫부분의 '兩'이 '雨'의 형태로 되어있다.

967) 褐의 이체자. 좌부변의 '衤'가 'ネ'의 형태로 되어있으며, '曷'이 '曷'의 형태로 되어있다.

968) 域의 이체자. 오른쪽부분의 '或'이 '戓'의 형태로 되어있다.

969) 聽의 이체자. '耳'의 아래 '王'이 '土'의 형태로 되어있으며, 오른쪽부분의 '悳'의 형태가 가운데

遊乎！」韓子曰：「吾不爲人之惡⁹⁷¹⁾我而攺⁹⁷²⁾吾志, 不爲我將死而攺吾義。」言未已, 舟洴然行。韓褐子曰：「《詩》云：『莫莫葛藟, 施于條枚。愷悌⁹⁷³⁾君子, 求福不回。』鬼神且不回, 況於人乎？」

孔子曰：「無體之禮, 敬也。無服之喪, 憂也。無聲之樂, 懽也。不言而信, 不動而威, 不施而仁, 志也。鍾鼓之聲, 怒而擊之則武, 憂而擊之則悲, 喜而擊之則樂。其志變, 其聲亦變。其志誠, 通乎金石, 而{第123面}況人乎？」

公孟子高見頡孫子莫曰：「敢問君子之禮何如？」頡孫子莫曰：「去爾外厲, 與爾内色勝, 而心自取之。去三者而可矣。」公孟不知, 以告曾子。曽子愀然逡巡曰：「大哉言乎！夫外厲者必内折, 色勝而心自取之者必爲人役。是故君子徳行成而容不知, 聞識博⁹⁷⁴⁾而辭⁹⁷⁵⁾不爭, 知慮微達⁹⁷⁶⁾而能不愚。」

曾⁹⁷⁷⁾子有疾, 孟儀往問之。曽子曰：「鳥之將死, 必有悲聲。君子集大辟, 必有順辭。禮有三, 儀知之乎？」對曰：「不識也。」曾子曰：「坐, 吾語汝。君子脩禮以立志, 則貪欲之心不來。君子思禮以脩身, 則怠嫷⁹⁷⁸⁾{第124面}慢⁹⁷⁹⁾易之節不至。君子脩禮以仁義, 則忿爭暴亂之辭⁹⁸⁰⁾遠。若夫置鐏⁹⁸¹⁾俎⁹⁸²⁾、列邉⁹⁸³⁾豆, 此

가로획이 빠진 '恶'의 형태로 되어있다.

970) 裝의 이체자. 윗부분 오른쪽의 '士'가 '土'의 형태로 되어있다.

971) 惡의 이체자. 윗부분부분의 '亞'가 '표'의 형태로 되어있다.

972) 改의 이체자. 왼쪽부분의 '己'가 '巳'의 형태로 되어있다.

973) 悌의 이체자. 오른쪽 윗부분의 'ヽ'의 형태가 '八'의 형태로 되어있다.

974) 博의 이체자. 오른쪽 윗부분의 '甫'가 '宙'의 형태로 되어있다.

975) 辭의 이체자. 왼쪽부분의 '屬'가 '鬲'의 형태로 되어있으며, 우부방의 '辛'이 아랫부분에 가로획 하나가 더 있는 '幸'의 형태로 되어있다.

976) 達의 이체자. '辶' 윗부분의 '幸'이 '幸'의 형태로 되어있다.

977) 曾의 이체자. 가운데부분의 '囧'의 형태가 '田'의 형태로 되어있다. 이번 단락의 아래에서는 모두 다른 형태의 이체자 '曽'을 사용하였다.

978) 欽定四庫全書本은 조선간본과 다르게 '惰'로 되어있고, 《說苑校證》·《說苑全譯》·《설원 5》에도 모두 '惰'로 되어있다. 여기서는 '게으르다'라는 의미인데, 조선간본의 '嫷'에도 '게으르다'라는 의미가 있기 때문에 여기서는 '惰'의 이체자로 사용하였다.

979) 慢의 이체자. 좌부변의 '忄'이 '十'의 형태로 되어있다.

980) 辭의 이체자. 왼쪽부분의 '屬'가 '扁'의 형태로 되어있으며, 우부방의 '辛'이 아랫부분에 가로획 하나가 더 있는 '幸'의 형태로 되어있다. 이번 단락의 앞에서는 앞의 단락에서 사용한 이체자

有司之事也, 君子雖勿骹可也。」

　孔子曰:「可也, 簡。」簡者, 易野也。易野者, 無禮文也。孔子見子桑伯子, 子桑伯子不衣冠而處。弟子曰:「夫子何為見此人乎？」曰:「其質羙[984]而無文, 吾欲說[985]而文之。」孔子去, 子桑伯子門人不說, 曰:「何為見孔子乎？」曰:「其質美而文繁, 吾欲說而去其文。」故曰文質脩者謂之君子, 有質而無文謂之易野。子桑伯子易野, 欲同人道扵[986]牛馬, 故仲弓曰太簡。上無明天子, 下無賢方伯。天下爲無道, 臣{第125面}弑其君, 子弑其父, 力骹討之, 討之可也。當孔子之時, 上無明天子也, 故言「雍也可使南面[987]」, 南面者, 天子也。雍之所以得稱南面者, 問子桑伯子扵孔子, 孔子曰:「可也, 簡。」仲弓曰:「居敬而行簡, 以道民, 不亦可乎？居簡而行簡, 無乃太簡乎？」子曰:「雍之言然！」仲弓通[988]扵化術, 孔子明扵王道, 而無以加仲弓之言。

　孔子至齊耶[989]門之外, 遇一嬰兒, 挈[990]一壷[991], 相與俱行。其視精, 其心正, 其行端。孔子謂御[992]曰:「趣驅之, 趣驅之。」韶樂方作, 孔子至彼, 聞韶, 三月不知肉味。故樂非獨以自樂也, 又以樂人。非獨以自正{第126面}也, 又以正人矣哉！於此樂者, 不圖[993]爲樂至於此。

　　'辭'를 사용하였는데, 여기서는 다른 형태의 이체자를 사용하였다.
981) 罇의 이체자. 좌부변의 '缶'가 '𦈢'의 형태로 되어있다.
982) 俎의 이체자. 왼쪽부분의 '仌'이 '爻'의 형태로 되어있다.
983) 邊의 이체자. 머리 '艹' 아랫부분의 '邊'이 '邉'의 형태로 되어있다.
984) 美의 이체자. 아랫부분의 '大'가 '火'의 형태로 되어있다. 이번 단락의 아래에서는 정자를 사용하였다.
985) 說의 이체자. 오른쪽부분의 '兌'가 '兖'의 형태로 되어있다.
986) 於의 이체자. 좌부변의 '方'이 '扌'의 형태로 되어있다.
987) 面의 이체자. 맨 윗부분 'ㅜ'의 아랫부분의 '囬'가 '回'의 형태로 되어있다.
988) 通의 이체자. 오른쪽 윗부분의 'マ'의 형태가 'ㄱ'의 형태로 되어있다.
989) 郭의 이체자. 윗부분의 '古'의 형태가 '甘'의 형태로 되어있다. 판본 전체적으로 이 이체자를 사용하지 않아서 판목의 훼손 가능성이 있다.
990) 挈의 이체자. 윗부분 오른쪽의 '刀'가 '刃'의 형태로 되어있다.
991) 壺의 이체자. 아랫부분의 '亞'가 '亜'의 형태로 되어있다.
992) 御의 이체자. 가운데부분의 '缶'의 형태가 '缶'의 형태로 되어있다.

黃帝詔伶倫作為[994]音律, 伶倫[995]自大夏之西[996], 乃之崑崙之陰[997], 取竹於嶰[998]谷, 以生竅厚薄[999]均者, 斳[1000]兩節間, 其長九寸而吹之, 以為黃鍾之宮, 曰[1001]含少。次制十二管, 以崑崙之下, 聴鳳之鳴, 以別十二律, 其雄鳴為六, 雌鳴亦六, 以比[1002]黃鍾之宮, 適合黃鍾之宮。皆可生之, 而律之本也。故曰黃鍾微[1003]而均, 鮮全而不傷。其為宮獨尊, 象[1004]大聖之德, 可以明至賢[1005]之功, 故奉而薦之于宗廟, 以歌迎功德, 世世不忘。是故黃鍾生林鍾, 林鍾生大呂, 大呂生夷則, 夷則生太簇, 太簇生南呂, 南呂生夾{第127面}鍾, 夾鍾生無射, 無射生姑洗, 姑洗生應鍾, 應鍾生蕤[1006]賓。三分所生, 益之以一分以上生。三分所生, 去其一分以下生。黃鍾、大呂、太簇、夾鍾、姑洗、仲呂、蕤賓為上;林鍾、夷則、南呂、無射、應鍾為下。大聖至治之世, 天地之氣, 合以生風。日至則日行其風, 以生十二律。故仲冬短至則生黃鍾, 季冬生大呂, 孟春生大[1007]簇, 仲春

---

993) 圖의 이체자. '口' 안의 아랫부분의 '回'가 '囬'의 형태로 되어있다.

994) 爲의 이체자. 이번 단락의 앞에서는 정자를 사용하였는데, 여기와 이번 단락의 뒤에서는 모두 이 이체자를 사용하였다.

995) 倫의 이체자. 오른쪽부분의 '侖'이 '侖'의 형태로 되어있다. 이번 단락의 앞에서는 정자를 사용하였는데, 여기서는 이체자를 사용하였다.

996) 西의 이체자. '囗'위의 '兀'의 형태가 'ㅠ'의 형태로 되어있으며, 양쪽의 세로획이 '囗'의 맨 아랫부분에 붙어 있다.

997) 陰의 이체자. 오른쪽부분의 '솔'이 '套'의 형태로 되어있다.

998) 嶰의 이체자. 오른쪽부분의 '解'가 '鮮'의 형태로 되어있다.

999) 薄의 이체자. 머리 '++' 아래 오른쪽부분의 '專'가 '專'의 형태로 되어있다.

1000) 斷의 이체자. 왼쪽부분의 '㡭'의 형태가 '㡭'의 형태로 되어있다.

1001) 欽定四庫全書本은 조선간본과 다르게 '曰'로 되어있고, 《說苑校證》과 《說苑全譯》에도 '曰'로 되어있다. 《설원5》에는 조선간본과 동일하게 '日'로 되어있으나 '~라고 한다'(劉向 撰, 林東錫 譯註, 《설원5》, 동서문화사, 2009. 2277쪽)라고 번역하였기 때문에 '曰'을 번역한 것이다. 여기서는 '~라고 한다'라는 의미이기 때문에 조선간본의 '日'은 오자이다.

1002) 比의 이체자. 양쪽 모두 '上'의 형태로 되어있다.

1003) 微의 이체자. 가운데 아랫부분의 '兀'의 형태가 '千'의 형태로 되어있다.

1004) 象의 이체자. 가운데부분의 '囗'의 형태가 '罒'의 형태로 되어있다.

1005) 賢의 이체자. 윗부분 왼쪽의 '臣'이 '目'의 형태로 되어있다.

1006) 蕤의 이체자. 머리의 '++'가 '⺌'의 형태로 되어있으며, 그것이 '豕'의 위에 붙어있다.

1007) 欽定四庫全書本은 조선간본과 다르게 '太'로 되어있고, 《說苑校證》·《說苑全譯》·《설원

生夾鍾, 季春生姑洗；孟夏生仲呂, 仲夏生蕤賓, 季夏生林鍾；孟秋生夷則, 仲秋生南呂, 季秋生無射；孟冬生應鍾。天地之風氣正, 十二律至也。

　　聖人作為鞉[1008]、鼓、控[1009]、揭[1010]、塤、箎, 此六者德音之音。然{第128面}後鍾、磬、竽、瑟以和之, 然後干戚、旄狄以舞之。此所以祭先王之廟也, 此所以獻[1011]酢酳酬也, 所以官序貴賤[1012]各得其宜[1013]也, 此可以[1014]示後世有尊卑長幼之序也。

　　鍾聲鏗, 鏗以立號, 號以立橫, 橫以立武。君子聽鍾聲則思武臣。石聲磬, 磬以立辯[1015], 辯以致死。君子聽磬聲則思死封疆之臣。絲[1016]聲哀, 哀以立廉, 廉以立志。君子聽琴瑟之聲則思志義之臣。竹聲濫, 濫以立會[1017], 會以聚衆。君

5》에도 모두 '太'로 되어있다. 여기서 '太蔟'은 '열두 가지 音(十二律) 중의 하나'(劉向 撰, 林東錫 譯註,《설원5》, 동서문화사, 2009. 2279쪽)로 고유명사이기 때문에 조선간본의 '大'는 오자이다. 조선간본도 앞에서는 모두 '太蔟'이라고 하였기 때문에 필자는 판목의 훼손을 의심하였는데, 영남대와 후조당 소장본 모두 '大'로 되어있다.

1008) 鞉의 이체자. 좌부변의 '革'이 '𠦄'의 형태로 되어있다.

1009) 欽定四庫全書本은 조선간본과 다르게 '椌'으로 되어있고,《說苑校證》과《說苑全譯》에도 '椌'으로 되어있다.《설원5》에는 조선간본과 동일하게 '控'로 되어있다. 그런데《禮記》〈樂記〉에는 '椌'으로 되어있다(劉向 原著, 王鍈・王天海 譯註,《說苑全譯》, 貴州人民出版社, 1991. 856쪽)라고 하였기 때문에 조선간본의 '控'은 오류이다.

1010) 欽定四庫全書本은 조선간본과 다르게 '楬'로 되어있고,《說苑校證》과《說苑全譯》에도 '楬'로 되어있다.《설원5》에는 조선간본과 동일하게 '揭'로 되어있다. 그런데《禮記》〈樂記〉에는 '楬'로 되어있다(劉向 原著, 王鍈・王天海 譯註,《說苑全譯》, 貴州人民出版社, 1991. 856쪽)라고 하였기 때문에 조선간본의 '揭'는 오류이다.

1011) 獻의 이체자. 머리의 '虍' 아랫부분의 '鬲'이 '鬲'의 형태로 되어있으며 우부방의 '犬'이 '丈'의 형태로 되어있다.

1012) 賤의 이체자. 오른쪽의 '戔'이 윗부분은 그대로 '戈'로 되어있고 아랫부분 '戈'에 'ㆍ'이 빠진 '戋'의 형태로 되어있다.

1013) 宜의 이체자. 머리의 'ㅗ'이 'ㅡ'의 형태로 되어있다.

1014) 以의 이체자. 왼쪽부분이 '山'이 기울어진 형태로 되어있다.

1015) 辯의 이체자. '言'의 양쪽 옆에 있는 '辛'이 아랫부분에 가로획 하나가 더 있는 '𨐌'의 형태로 되어있다.

1016) 絲의 이체자. 오른쪽부분의 '糸'가 '系'의 형태로 되어있다.

1017) 會의 이체자. 가운데부분의 '𡇒'의 형태가 '宙'의 형태로 되어있다.

子聽竽笙簫管之聲則思畜聚之臣。鼓鞞之聲懽, 懽以立動, 動以進衆。君子聽鼓
鞞[1018]之聲則思將帥之臣。君子之{第129面}聽音, 非聽其鏗鏘而已, 彼亦有所合
之也。

　　樂者, 聖人之所樂也, 而可以**善**民心, 其感人深, 其移風易俗, 故先王[1019]著
其教焉[1020]。夫民有血氣心知之性, 而無哀樂喜怒之常, 應感起物而動, 然後心
術形焉。是故感激憔悴之音作, 而民思憂。嘽奔慢易繁文簡節之音作, 而民康樂。
粗厲猛奮廣賁之音作, 而民剛毅。廉[1021]直勁正莊誠之音作, 而民肅敬。寬**裕**[1022]
肉好順成和動之音作, 而民慈愛。流[1023]僻邪散狄成滌濫之音作, 而民淫[1024]亂。
是故先王本之情性, 稽[1025]之度**數**, 制之禮義。含生氣之和, 道五常之行, 使陽而
不散, 陰而不密[1026], 剛氣{第130面}不怒, 柔氣不攝[1027]。四暢交於中, 而發作於
外, 皆安其位, 不相奪也。然後立之**學**[1028]等, 廣其節[1029]奏, 省其文彩, 以

1018) 鞞의 이체자. 좌부변의 '革'이 '革'의 형태로 되어있으며, 오른쪽부분의 '卑'가 '甲'의 형태로
　　　되어있다.

1019) 판목이 훼손된 것으로 보이는데, 영남대와 후조당 소장본 모두 위의 이체자로 되어있다.

1020) 焉의 이체자. 윗부분의 '正'이 '疋'의 형태로 되어있다. 이번 단락의 아래에서는 이 이체자와
　　　정자를 혼용하였다.

1021) 廉의 이체자. '广' 안의 '兼'에서 맨 아랫부분이 '灬'의 형태로 되어있다.

1022) 裕의 이체자. 좌부변의 '衤'가 '礻'의 형태로 되어있다.

1023) 流의 이체자. 오른쪽 윗부분의 '厶'의 형태가 '云'의 형태로 되어있다.

1024) 淫의 이체자. 오른쪽 아랫부분의 '壬'이 '舌'의 형태로 되어있다.

1025) 稽의 이체자. 오른쪽 윗부분의 '尤'가 '尤'의 형태로 되어있고 그 아랫부분의 '匕'가 '厶'의
　　　형태로 되어있다.

1026) 密의 이체자. 가운데부분의 '必'이 '双'의 형태로 되어있다.

1027) 攝의 이체자. 오른쪽부분의 '聶'이 '聑'의 형태로 되어있다. 그런데 欽定四庫全書本은 조선간
　　　본과 다르게 '懾'으로 되어있고, 《說苑校證》·《說苑全譯》·《설원5》에도 모두 '懾'으로 되
　　　어있다. 여기서는 '겁먹다'(劉向 撰, 林東錫 譯註, 《설원5》, 동서문화사, 2009. 2285쪽)라는
　　　의미이기 때문에 조선간본의 '攝'은 오자이다. 《說苑校證》에서는 舊本에는 '攝'으로 되어있
　　　으나 明鈔本 등에는 '懾'으로 되어있다(劉向 撰, 向宗魯 校證, 《說苑校證》, 北京:中華書
　　　局, 1987(2017 重印), 504쪽)라고 하였다.

1028) 學의 이체자. 윗부분의 '𦥯'의 형태가 '𦥯'의 형태로 되어있다.

1029) 節의 이체자. 머리의 '竹'이 '艹'의 형태로 되어있고, 아랫부분 왼쪽의 '皀'이 '𦣻'의 형태로
　　　되어있으며 '艹'가 그 위에 붙어있다. 이번 단락의 앞과 뒤에서는 모두 다른 형태의 이체자

繩[1030]德厚。律[1031]小大之稱，比終始之序，以象事行，使親疏[1032]貴賤長幼男女之理，皆形見於樂。故曰：樂觀其深矣。土弊則草木不長，水煩則魚鼈[1033]不大，氣衰則生物不遂，世亂[1034]則禮慝而樂淫。是故其聲哀而不莊，樂而不安。慢易以犯節，流漫以忘本。廣則容姦，狹則思欲。感滌蕩之氣，而滅平和之德，是以君子賤之也。凡[1035]姦聲感人，而逆氣應之。逆氣成象，而淫樂興[1036]焉。正聲感人，而順氣應之。順氣成象，而和樂興焉。唱和有應，回{**第131面**}邪曲直，各歸其分，而萬物之理，以類[1037]相動也。是故君子反情以和其志，比類以成其行。姦聲亂色，不留[1038]於聽。淫樂慝禮，不接心術。惰[1039]慢邪僻之氣，不設於身體。使耳目鼻口心知百體，皆由順正，以行其義。，然後發以聲音，文以琴瑟，動以干戚，飾以羽旄，從以簫管。奮至德之光，動四氣之和，以著萬物之理。是故清明象天，廣大象地，終始象四時，周旋象風雨。五色成文而不亂，八風從律而不姦，百度得數[1040]而有常。小大相成，終始相生，唱和清濁，代相爲經，故樂行而倫清。耳目聰[1041]明，血氣和平，移風易俗，天下皆寧，故曰：樂者{**第132面**}，

'節'을 사용하였다.

1030) 繩의 이체자. 오른쪽부분의 '黽'이 '黾'의 형태로 되어있다.

1031) 律의 이체자. 오른쪽부분의 '聿'에 오른쪽 아랫부분의 'ㆍ'이 첨가되어있다. 이번 단락의 아래에서는 정자를 사용하였다.

1032) 疏의 이체자. 좌부변의 '疋'의 형태가 '龰'의 형태로 되어있다.

1033) 鼈의 이체자. 발의 '黽'이 '黾'의 형태로 되어있다.

1034) 亂의 이체자. 왼쪽부분의 '𤔔'의 형태가 '𤔒'의 형태로 되어있고, 우부방의 'ㄴ'이 'ㄥ'의 형태로 되어있다.

1035) 凡의 이체자. '几' 안쪽의 'ㆍ'이 직선 형태로 되어있으며 그 가로획이 오른쪽 'ㄥ'획의 밖으로 삐져나와 있다.

1036) 興의 이체자. 윗부분 가운데의 '同'의 형태가 '𦥑'의 형태로 되어있다.

1037) 類의 이체자. 왼쪽 아랫부분의 '犬'이 'ㆍ'이 빠진 '大'의 형태로 되어있다.

1038) 習의 이체자. 머리의 '羽'가 '⺜'의 형태로 되어있으며, 아랫부분의 '白'이 '日'로 되어있다.

1039) 欽定四庫全書本은 조선간본과 다르게 '惰'로 되어있고,《說苑校證》·《說苑全譯》·《설원 5》에도 모두 '惰'로 되어있다. 여기서는 '게으르다'라는 의미인데, 조선간본의 '憜'에도 '게으르다'라는 의미가 있기 때문에 여기서는 '惰'의 이체자로 사용하였다.

1040) 數의 이체자. 왼쪽부분의 '婁'가 '婁'의 형태로 되어있다.

1041) 總의 이체자. 오른쪽 윗부분의 '囪'이 '囱'의 형태로 되어있다.

樂也。君子樂得其道, 小人樂得其欲。以道制欲, 則樂而不亂[1042]。以欲忘道, 則惑而不樂。是故君子反情以和其意, 廣樂以成其教, 故樂行而民向方, 可以觀德矣。德者, 性之端也。樂者, 德之華[1043]也。金石絲[1044]竹, 樂之器[1045]也。詩言其志, 歌詠其聲, 舞動其容, 三者本於心, 然後樂氣從之。是故情深而文明, 氣盛而化神, 和順積中, 而英華菱[1046]外, 惟樂不可以爲僞。樂者, 心之動也。聲者, 樂之象也。文彩節奏, 聲之飾也。君子之動本, 樂其象也, 後治其飾。是故先鼓以警戒, 三步[1047]以見方, 再始以著往, 復亂以飭歸。奮[1048]疾而不拔[1049], 極幽而不隱[1050]。獨樂{第133面}其志, 不厭其道, 備擧[1051]其道, 不私其欲。是故情見而義立, 樂終而德尊。君子以好善, 小人以飭聽過。故曰:生民之道, 樂爲大焉。

樂之可密[1052]者, 琴最宜焉。君子以其可脩德, 故近之。凡音之起, 由人心生也。人心之動, 物使之然也。感於物而後動, 故形於聲[1053]。聲相應, 故生變。變

1042) 亂의 이체자. 왼쪽부분의 '𤔔'의 형태가 '𤔎'의 형태로 되어있다. 이번 단락의 앞에서는 다른 형태의 이체자 '亂'과 '亂'을 사용하였는데, 여기와 이번 단락 아래에서는 이 이체자를 사용하였다.

1043) 華의 이체자. 아랫부분에 가로획 하나가 첨가되어있다. 이번 단락의 아래에서는 정자를 사용하였다.

1044) 絲의 이체자. 아랫부분이 '灬'의 형태로 되어있다.

1045) 器의 이체자. 가운데부분의 '犬'이 'ヽ'이 빠진 '大'의 형태로 되어있다.

1046) 發의 이체자. 머리의 '癶'이 '艹'의 형태로 되어있고, 아랫부분 오른쪽의 '殳'가 '攵'의 형태로 되어있다. 이번 단락의 앞에서는 이체자 '發'과 정자를 사용하였는데, 여기서는 이체자를 사용하였다.

1047) 步의 이체자. 아랫부분의 '少'의 형태가 'ヽ'이 첨가된 '少'의 형태로 되어있다.

1048) 奮의 이체자. 아랫부분의 '田'이 '旧'의 형태로 되어있다.

1049) 拔의 이체자. 오른쪽부분의 '犮'이 '友'의 형태로 되어있다.

1050) 隱의 이체자. 오른쪽 윗부분의 '𢀜'의 형태가 '𠀐'의 형태로 되어있다.

1051) 擧의 이체자. 윗부분의 '與'가 윗부분 맨 왼쪽에 세로획이 첨가된 '興'의 형태로 되어있다.

1052) 密의 이체자. 가운데부분의 '必'이 '夊'의 형태로 되어있다. 여기서는 바로 앞의 단락에서 사용한 '密'과는 다른 형태의 이체자를 사용하였다.

1053) 聲의 이체자. 윗부분 오른쪽의 '殳'가 '殳'의 형태로 되어있다. 이번 단락의 아래에서는 이 이체자와 정자를 혼용하였다.

成方, 謂之音。比音而樂之, 及干戚羽旄, 謂之樂。樂者, 音之所由生也。其本在人心之感於物。是故其哀心感者, 其聲嘄以殺。其樂心感者, 其聲嘽[1054]以緩。其喜心感者, 其聲發以散。其怒心感者, 其聲壯以厲。其敬心感者, 其聲直以廉。其愛心{第134面}感者, 其聲和以調。人之善惡, 非性也, 感於物而後動, 是故先王慎所以感之。故禮以定其意, 樂以和其性, 政以一其行, 刑以防其姦。禮樂刑政, 其極一也。所以同民心而立治道也。凡音, 生人心者也。情動於中, 而形於聲。聲成文, 謂之音。是故治世之音安以樂, 其政和。亂世之音怨以怒, 其政乖[1055]。亡國之音哀以思, 其民困。聲音之道, 與政通矣。宮爲君, 商[1056]爲臣, 角爲民, 徵[1057]爲事, 羽爲物。五音亂則無法。無法之音, 宮亂則荒[1058], 其君驕。商亂則陂, 其官壞[1059]。角亂則憂, 其民怨。徵亂則哀, 其事勤[1060]。羽亂則危, 其財匱。五者皆亂, 代{第135面}相凌, 謂之慢。如比[1061], 則國之滅亡無日矣。鄭、衛之音, 亂[1062]世之音也, 比於慢矣。桑間、濮上之音, 亡國之音也。其政散, 其民流, 誣上行私, 而不可止也。

　　凡人之有患禍者, 生於湎泆暴[1063]慢。湎泆暴慢之本, 生於飮酒。故古者慎

1054) 嘽의 이체자. 오른쪽 아랫부분의 가로획 왼쪽에 점이 첨가된 '𤰞'의 형태로 되어있다.

1055) 乖의 이체자. 아랫부분의 '北'이 '北'의 형태로 되어있다.

1056) 商의 이체자. 아랫부분이 '古'의 형태로 되어있다. 원래 '啇'은 '밑동'이란 의미의 글자인데 여기서는 '商'의 이체자로 쓰였다. 이번 단락의 아래에서도 '商'의 이체자로 '啇'을 사용하였다.

1057) 徵의 이체자. 가운데부분의 '山'과 '王'의 사이에 가로획 '一'이 빠져있다.

1058) 荒의 이체자. 가운데부분의 '亡'이 '𠃑'의 형태로 되어있다.

1059) 壞의 이체자. 오른쪽 가운데부분의 '𡈼'의 형태가 빠져있으며, 그 아랫부분은 '衣'의 형태로 되어있다.

1060) 勤의 이체자. 왼쪽부분 '堇'이 윗부분의 '廿'이 '𦥑'의 형태로 되어있고 그 아랫부분에는 가로획 하나가 빠진 '堇'의 형태로 되어있다.

1061) 欽定四庫全書本은 조선간본과 다르게 '此'로 되어있고, 《說苑校證》·《說苑全譯》·《설원 5》에도 모두 '此'로 되어있다. 여기서는 지시대명사 '이'의 의미이기 때문에 조선간본의 '比'는 오자이다. 필자는 판목의 훼손을 의심하였는데, 영남대와 후조당 소장본 모두 '比'로 되어있다.

1062) 亂의 이체자. 왼쪽부분의 '𤔔'의 형태가 '𤔲'의 형태로 되어있고, 우부방의 'ㄴ'이 '乚'의 형태로 되어있다. 이번 단락의 앞에서는 모두 다른 형태의 이체자 '亂'을 사용하였다.

1063) 暴의 이체자. 머리의 '日'이 '田'의 형태로 되어있다. 이번 단락의 아래에서는 정자를 사용하였다.

其飲酒之禮, 使耳聽[1064]雅音, 目視正儀, 足行正容, 心論正道。故終日飲酒而無
過失。近者數日, 遠者數月, 皆人有德焉以益善[1065]。《詩》云：「既[1066]醉以酒,
既飽以德。」此之謂也。凡從外入者, 莫深於聲音, 變人最極。故聖人因而成之以
德, 曰樂。樂者, 德之風。《詩》曰：「威儀抑抑, 德音秩秩。」謂禮樂也。故君子以
禮正外, 以樂正內。內{第136面}須史[1067]離樂, 則邪氣生矣。, 外須史離禮, 則慢
行起矣。故古者天子諸侯聽鍾聲, 未嘗[1068]離於庭[1069], 卿[1070]大夫聽琴瑟, 未嘗
離於前。所以養正心而滅滛氣也。樂之動於內, 使人易道而好良。樂之動於外,
使人溫恭而文雅。雅頌之聲動人, 而正氣應之。和成容好之聲動人, 而和氣應之。
粗厲猛賁之聲動人, 而怒氣應之。鄭衛之聲動人, 而滛氣應之。是以君子慎其
所以動人也。

　　子路鼓瑟, 有北鄙[1071]之聲。孔子聞之曰：「信矣, 由之不才也！」冉有侍, 孔
子曰：「求, 來, 爾奚不謂由, 夫先王之制音也？奏中聲, 爲中節。流入於南, 不
歸於{第137面}北。南者, 生育之鄉[1072]；北者, 殺伐之域。故君子執[1073]中以爲
本, 務生以爲基。故其音溫和而居中, 以象[1074]生育之氣。憂哀悲痛之感不加乎

1064)　聽의 이체자. '耳'의 아래 '王'이 'ノ'의 형태로 되어있으며, 오른쪽부분의 '悳'의 형태가 가운데
　　　가로획이 빠진 '悳'의 형태로 되어있다. 이번 단락의 아래에서는 모두 다른 형태의 이체자
　　　'聽'을 사용하였다.

1065)　善의 이체자. 윗부분의 'ンノ'의 형태가 '八'의 형태로 되어있다.

1066)　既의 이체자. 왼쪽부분의 '皀'이 '艮'의 형태로 되어있다.

1067)　臾의 이체자. 부수 '臼'가 '曰'의 형태로 되어있으며 오른쪽 아래 '乀'획이 어긋나 있다.

1068)　嘗의 이체자. 가운데부분의 '匕'가 'ㄴ'의 형태로 되어있다.

1069)　庭의 이체자. '广' 안의 '廷'에서 '廴' 위의 '壬'이 '手'의 형태로 되어있다.

1070)　卿의 이체자. 왼쪽의 '夕'의 형태가 '夕'의 형태로 되어있고 가운데 부분의 '皀'의 형태가 '艮'의
　　　형태로 되어있다.

1071)　鄙의 이체자. 왼쪽 윗부분의 '口'가 'ㅿ'의 형태로 되어있고, 그 맨 아랫부분의 '回'가 '囬'의
　　　형태로 되어있다.

1072)　鄉의 이체자. 가운데부분의 '皀'이 '艮'의 형태로 되어있다.

1073)　執의 이체자. 오른쪽부분의 '丸'이 '九'의 형태로 되어있다. 이번 단락의 아래에서는 정자를
　　　사용하였다.

1074)　象의 이체자. 윗부분의 '쓰'의 형태가 '台'의 형태로 되어있고, 그 아랫부분의 '豕'의 형태가
　　　'冡'의 형태로 되어있다. 이번 단락의 아랫부분에서는 다른 형태의 이체자 '象'을 사용하였다.

心, 暴厲滛**荒**之動不在乎體。夫然者, 乃治存之風, 安樂之爲也。彼小人則不
然, 執末以論本, 務剛以爲基。故其音湫厲而微[1075]末, 以**象**殺伐之氣。和節中
正之感不加乎心, 温儼恭莊之動不存乎體。夫殺者, 乃亂亡之風, 奔北之爲也。
昔舜造南風之聲, 其興也勃焉。至今王公述而不釋。紂爲北鄙之聲, 其廢也忽焉。
至今王公以爲**笑**[1076]。彼舜以匹夫, 積正合仁, 履中行**善**, 而卒以興。紂以天子,
好慢滛{**第138面**}**荒**, 剛厲暴[1077]賊, 而卒以滅。今由也, 匹夫之徒, 布衣之**醜**也。
旣無意乎先王之制, 而又有亡國之聲, 豈能保七尺之身哉？」冉有以告子路。子
路曰：「由之罪也！小人不能, 耳陷而入於斯。宜矣, 夫子之言也！」遂自悔, 不
食七日而骨立焉。孔子曰：「由之改, 過矣。」

劉向說苑卷之[1078]十九{**第139面**}[1079]

　　　　{**第140面**}[1080]

1075) 微의 이체자. 가운데 맨 아랫부분의 '兀'의 형태가 '丘'의 형태로 되어있다.

1076) 笑의 이체자. 아랫부분의 '夭'가 '犬'의 형태로 되어있다.

1077) 暴의 이체자. 발의 '氺'가 '小'의 형태로 되어있다.

1078) 조선간본의 卷尾의 제목은 '劉向說苑卷第○'의 형태로 되어있는데, 여기서는 '第'를 '之'로 사용하였다.

1079) 이 卷尾의 제목은 마지막 제11행에 해당한다. 이번 면은 제6행에서 글이 끝나고, 나머지 4행은 빈칸으로 되어있다.

1080) 제17권은 이전 면인 제61면에서 끝났는데, 각 권은 홀수 면에서 시작하기 때문에 짝수 면인 이번 제62면은 계선만 인쇄되어있고 한 면이 모두 비어 있다.

劉向說苑卷第二十

　　　反質

　　孔子卦得賁, 喟然仰而嘆息, 意不平。子張進, 舉手而問曰 :「師聞賁者 吉[1081]卦, 而歡之乎?」孔子曰 :「賁非正色也, 是以歡之。吾思夫質素, 白當正 白, 黑[1082]當正黑。夫質又何也?吾亦聞之, 丹[1083]漆[1084]不文, 白玉不雕, 寶[1085] 珠不飾, 何也?質有餘者, 不受飾也。」

　　信鬼[1086]神者失謀[1087], 信日者失時。何以知其然?夫賢[1088]聖周知, 能不時 日而事利。敬法令, 貴功勞, 不卜筮而身吉。謹[1089]仁義, 順道理, 不禱祠而福。 故卜數[1090]擇日, 潔齊[1091]戒, 肥犧[1092]牲, 飾珪[1093]璧, 精祠祀, 而終不能[第141 面]除悖逆之禍。以神明有知而事之, 乃欲背道妄行, 而以祠祀求福, 神明必違之 矣。天子祭[1094]天地、五嶽[1095]、四瀆, 諸侯祭[1096]社稷, 大夫祭五祀, 士祭門

1081)　吉의 이체자. 윗부분의 '士'가 '土'의 형태로 되어있다. 다음 단락에서는 정자를 사용하였다.
1082)　黑의 이체자. '灬'의 윗부분이 '里'의 형태로 되어있다.
1083)　丹의 이체자. 가운데 아랫부분에 'ㅣ'의 형태가 첨가되어있다.
1084)　漆의 이체자. 오른쪽 윗부분의 '夾'의 형태로 되어있고, 그 아랫부분의 '氺'가 '小'의 형태로 되어있다.
1085)　寶의 이체자. 'ᄼ'의 아랫부분 오른쪽의 '缶'가 '尒'로 되어있다.
1086)　鬼의 이체자. 맨 위의 'ノ'이 빠져있다.
1087)　謀의 이체자. 오른쪽부분의 '某'가 '某'의 형태로 되어있다.
1088)　賢의 이체자. 윗부분 왼쪽의 '臣'이 '目'의 형태로 되어있다.
1089)　謹의 이체자. 오른쪽부분 '堇'이 윗부분의 '廿'이 '艹'의 형태로 되어있고 그 아랫부분에는 가로획 하나가 빠진 '堇'의 형태로 되어있다.
1090)　數의 이체자. 왼쪽부분의 '婁'가 '婁'의 형태로 되어있다.
1091)　齊의 이체자. 'ㅗ'의 아래 가운데부분의 'Ｙ'가 '了'의 형태로 되어있다. 그런데 欽定四庫全書 本은 조선간본과 다르게 '齋'로 되어있고,《說苑校證》과《설원5》에도 모두 '齊'로 되어있으며 《說苑全譯》은 간체자 '斋'로 되어있다. 여기서는 '齋戒하다'라는 뜻인데 이때는 조선간본처 럼 '齊戒'라고도 쓴다.
1092)　犧의 이체자. 오른쪽부분의 '羲'가 '羲'의 형태로 되어있는데, 아랫부분 왼쪽의 '禾' 아랫부분의 '丂'가 '乃'의 형태로 되어있는 것이다.
1093)　珪의 이체자. 오른쪽 아랫부분에 'ㅏ'이 첨가되어 있다.
1094)　祭의 이체자. 윗부분의 '夕'의 형태가 '夕'의 형태로 되어있다.

户, 庶人祭其先祖。聖王承天心, 制禮分也。凢[1097]古之卜日者, 將以輔[1098]道稽[1099]疑, 示有所先, 而不敢專自[1100]也。非欲以顚[1101]倒之惡, 而幸安之全。孔子曰 :「非其鬼而祭之, 諂也。」是以泰山終不享[1102]季氏之旅, 《易》稱 :「東隣殺牛, 不如西隣之禴祭」, 盖重禮不貴牲也, 敬實而不貴華。誠有其德[1103]而推之, 則安往而不可。是以聖人見人之文, 必考其質。歷[1104]山之田者善侵畔, 而舜耕焉。雷澤之漁者善爭陂, 而舜**{第142面}**漁焉。東夷[1105]之陶[1106]器[1107]窳[1108], 而舜陶[1109]焉。故耕漁與陶, 非舜之事, 而舜爲之, 以救[1110]敗也。民之性皆[1111]不

1095) 嶽의 이체자. 머리 '山' 아랫부분 맨 오른쪽의 '犬'이 '攵'의 형태로 되어있다.

1096) 祭의 이체자. 윗부분의 '夕'의 형태가 '夕'의 형태로 되어있다. 여기서는 이번 단락의 앞에서 사용한 이체자 '祭'와는 다른 형태의 이체자를 사용하였는데, 이번 단락의 아래에서는 여기서 사용한 '祭'와 앞에서 사용한 '祭'를 혼용하였다.

1097) 凡의 이체자. '几' 안의 '丶'이 안쪽이 아닌 위쪽에 붙어 있다.

1098) 輔의 이체자. 오른쪽의 '甫'에서 '丶'이 빠져있다.

1099) 稽의 이체자. 오른쪽 윗부분의 '尤'가 '尢'의 형태로 되어있고 그 아랫부분의 '匕'가 '亠'의 형태로 되어있다.

1100) 欽定四庫全書本은 조선간본과 동일하게 '專自'로 되어있고, 《說苑校證》과 《설원5》에는 조선간본과 '自專'으로 되어있으며 《說苑全譯》은 간체자 '自专'으로 되어있다. 여기서 '自專'은 '제멋대로 하다'(劉向 撰, 林東錫 譯註, 《설원5》, 동서문화사, 2009. 2312쪽)라는 의미인데, 조선간본처럼 순서를 바꿔 '專自'라고도 쓴다.

1101) 顚의 이체자. 왼쪽부분의 '眞'이 '真'의 형태로 되어있고, 우부방의 '頁'도 '真'의 형태로 되어있다.

1102) 享의 이체자. 윗부분의 '古'의 형태가 '亩'의 형태로 되어있다.

1103) 德의 이체자. 오른쪽부분의 '悳'의 형태가 가운데 가로획이 빠진 '悳'의 형태로 되어있다.

1104) 歷의 이체자. '厂'의 안쪽 윗부분의 '秝'이 '林'의 형태로 되어있다.

1105) 夷의 이체자. 가운데부분의 '弓'이 '弓'의 형태로 되어있다.

1106) 陶의 이체자. 오른쪽부분의 '勹' 안의 '缶'가 '击'의 형태로 되어있다.

1107) 器의 이체자. 가운데부분의 '犬'이 '丶'이 빠진 '大'의 형태로 되어있다.

1108) 窳의 이체자. 머리 '穴' 아랫부분 양쪽의 '瓜'가 모두 가운데 아랫부분에 '丶'이 빠진 '瓜'의 형태로 되어있다.

1109) 陶의 이체자. 오른쪽부분의 '勹' 안의 '缶'가 '缶'의 형태로 되어있다. 여기서는 이번 단락의 앞에서 사용한 이체자 '陶'와는 다른 형태의 이체자를 사용하였다.

1110) 救의 이체자. 왼쪽의 '求'에서 윗부분의 '丶'이 빠져있다.

1111) 皆의 이체자. 아랫부분의 '白'이 '日'로 되어있다.

勝其欲。去其實而歸[1112]之華，是以苦窳之器，爭鬪之患起。爭鬪之患起，則所以偸也。所以然者何也？由離誠就詐，棄樸[1113]而取僞也。追逐其末而無所休止。　聖人抑其文而抗其質，則天下反矣。《詩》云：「尸鳩在桑，其子七兮[1114]。淑人君子，其儀一兮。」《傳[1115]》曰：「尸鳩之所以養七子者，一心也。君子所以理萬物者，一儀也。以一儀理物，天心也。五者不離，合而爲一，謂之天心。在我能因自深結其意於一。故一心可以事百君，百心不可以事一君。是故{第143面}誠不遠[1116]也。夫誠者一也，一者質也。君子雖[1117]有外文，必不離内質矣。」

　　衛有五丈夫，俱[1118]負[1119]缶而入井，灌韭，終日一區。鄧析過，下車爲教之，曰：「爲機[1120]，重其後，輕其前，命曰橋。終日溉[1121]韭百區，不倦。」五丈夫曰：「吾師言曰：『有機[1122]知之巧，必有機知之敗。』我非不知也，不欲爲也。子其徃[1123]矣，我一心溉之，不知改[1124]已！」鄧析去，行數十里，顏色不悅[1125]懌，自病。弟子曰：「是何人也？而恨我君，請爲君殺[1126]之。」鄧祈曰：「釋之，是所謂真人者也。可令守國。」

1112) 歸의 이체자. 왼쪽 아랫부분의 '止'가 'ㄴ'의 형태로 되어있다.
1113) 樸의 이체자. 오른쪽부분의 '丵'이 '業'의 형태로 되어있다.
1114) 兮의 이체자. 머리의 '八'이 방향이 위쪽을 향하도록 된 'ㅅ'의 형태로 되어있다.
1115) 傳의 이체자. 오른쪽 윗부분의 '叀'의 형태가 '宙'의 형태로 되어있다.
1116) 遠의 이체자. '辶'의 윗부분에서 '土'의 아랫부분의 '㘀'의 형태가 '尔'의 형태로 되어있다.
1117) 雖의 이체자. 왼쪽 윗부분의 '口'가 'ㅿ'의 형태로 되어있다.
1118) 俱의 이체자. 오른쪽부분의 '具'가 한 획이 적은 '具'의 형태로 되어있다.
1119) 負의 이체자. 윗부분의 'ㄱ'가 '刀'의 형태로 되어있다.
1120) 機의 이체자. 오른쪽부분의 '幾'가 아랫부분 왼쪽의 '人'의 형태가 'ㄱ'의 형태로 되어있으며 그 오른쪽에는 'ノ'의 획이 빠진 '幺'의 형태로 되어있다.
1121) 溉의 이체자. 가운데 아랫부분의 'ヒ'가 'ㄴ'의 형태로 되어있다.
1122) 機의 이체자. 오른쪽부분의 '幾'가 아랫부분 왼쪽의 '人'의 형태가 'ㄱ'의 형태로 되어있으며 그 오른쪽에는 'ノ'의 획이 빠지고 'ヽ'이 그 자리에 찍힌 '幺'의 형태로 되어있다. 이번 단락의 아래에서는 앞에서 사용한 이체자 '機'를 사용하였다.
1123) 往의 俗字. 오른쪽부분의 '主'가 '生'의 형태로 되어있다.
1124) 改의 이체자. 왼쪽부분의 '己'가 '巳'의 형태로 되어있다.
1125) 悅의 이체자. 오른쪽부분의 '兌'가 '兊'의 형태로 되어있다.
1126) 殺의 이체자. 우부방의 '殳'가 '旻'의 형태로 되어있다.

禽[1127]滑釐[1128]問於墨[1129]子曰：「錦繡絺紵, 將安用之？」墨子**{第144面}**曰：「惡, 是非吾用務也。古有無文者得之矣。夏禹是也。甲[1130]小宮室, 損[1131]薄[1132]飲食, 土階三等, 衣裳細布。當此之時, 黻[1133]無所用, 而務在於完堅[1134]。殷之盤庚, 大其先王之室, 而改遷於殷。茅茨不剪, 采[1135]椽[1136]不斲[1137], 以變天下之視。當此之時, 文采之帛, 將安所施？夫品庶非有心也。以人主爲心, 苟上不爲, 下惡用之？二王者以化身先于天下, 故化隆[1138]於其時, 成名於今[1139]世也。且夫錦綉[1140]絺紵, 亂[1141]君之所造也。其本皆興[1142]於齊, 景公喜奢而忘儉[1143], 幸有晏子, 以儉鐫之。然猶幾不能勝。夫奢安可窮[1144]哉？紂爲[1145]鹿

1127) 禽의 이체자. 발의 '內'가 '内'의 형태로 되어있다. 이번 단락의 앞과 뒤에서는 모두 정자를 사용하였다.

1128) 釐의 이체자. 윗부분 왼쪽의 '未'가 '牙'의 형태로 되어있다.

1129) 墨의 이체자. 윗부분의 '黑'이 '黒'의 형태로 되어있다.

1130) 卑의 이체자. 맨 윗부분의 'ノ'이 빠져있다.

1131) 捐의 이체자. 오른쪽 윗부분의 '口'가 'ㅿ'의 형태로 되어있다.

1132) 薄의 이체자. 머리 '艹' 아래 오른쪽부분의 '尃'가 '専'의 형태로 되어있다.

1133) 黻의 이체자. 오른쪽부분의 '犮'이 '叐'의 형태로 되어있다.

1134) 堅의 이체자. 윗부분 왼쪽의 '臣'이 '目'의 형태로 되어있다.

1135) 采의 이체자.

1136) 椽의 이체자. 오른쪽부분의 '彖'이 '豕'의 형태로 되어있다.

1137) 斲의 이체자. 왼쪽부분의 '瑟'의 형태가 '显'의 형태로 되어있다.

1138) 隆의 이체자. 오른쪽 아랫부분의 '率'이 '㐄'의 형태로 되어있다.

1139) 今의 이체자. 머리 '人' 아랫부분의 '一'이 'ヽ'의 형태로 되어있고, 그 아랫부분의 'ㄱ'의 형태가 'ㅜ'의 형태로 되어있다.

1140) 繡의 속자. 오른쪽부분의 '肅'이 '秀'의 형태로 되어있다. 이번 단락의 앞에서는 정자를 사용하였고, 이번 단락의 뒤에서는 정자와 속자를 각각 1번씩 사용하였다.

1141) 亂의 이체자. 왼쪽부분의 '髙'의 형태가 '滴'의 형태로 되어있다.

1142) 興의 이체자. 윗부분 가운데의 '同'의 형태가 '目'의 형태로 되어있다.

1143) 儉의 이체자. 오른쪽 맨 아랫부분의 '从'이 'ハ'의 형태로 되어있다.

1144) 窮의 이체자. 머리 '穴' 아래 왼쪽부분의 '身'이 맨 위에 'ノ'이 빠진 '身'의 형태로 되어있다. 이번 단락의 아래에서는 정자를 사용하였다.

1145) 爲의 이체자. 발의 '灬'가 '一'의 형태로 되어있다. 이번 단락의 아래에서는 정자와 이 이체자를 혼용하였다.

臺、糟丘、酒池、肉林, 宮墻[1146]文畫, 彫琢[1147]刻鏤[1148], 錦繡{第145面}被[1149]
堂, 金玉珎[1150]瑋, 婦女優倡, 鐘鼓[1151]管絃, 流漫不禁, 而天下愈竭[1152], 故卒身
死[1153]國亡, 爲天下戮[1154]。非惟錦綉絺紵之用耶？今當凶年, 有欲予子隨矦[1155]
之珠者, 不得賣也, 珎寶而以爲餙[1156]。又欲予[1157]子一鍾粟者, 得珠者不得粟,
得粟者不得珠。子將何擇？」禽滑釐曰：「吾取粟耳, 可以救窮。」墨子曰：「誠然,
則惡在事夫奢也？長無用, 好末淫[1158], 非聖人所急也。故食必常飽, 然後求
美[1159]。衣必常暖, 然後求麗[1160]。居必常安, 然後求樂。為可長, 行可久[1161],
先質而後文, 此聖人之務。」禽滑釐曰：「善。」

秦始皇旣兼天下, 大侈靡。即[1162]位三十五年, 猶不{第146面}息。治大馳道,
從九原抵雲陽, 塹山堙谷, 直通之。厭[1163]先王宮室之小, 乃於豐、鎬[1164]之間,

1146) 墻의 이체자. 오른쪽 아랫부분의 '回'가 '面'의 형태로 되어있다.
1147) 琢의 이체자. 오른쪽부분의 '豖'이 왼쪽부분에 'ヽ'이 빠진 '豕'의 형태로 되어있다.
1148) 鏤의 이체자. 오른쪽부분의 '婁'가 '婁'의 형태로 되어있다.
1149) 被의 이체자. 좌부변의 'ネ'가 'ネ'의 형태로 되어있다.
1150) 珍의 이체자. 오른쪽부분의 '㐱'이 '尓'의 형태로 되어있다.
1151) 鼓의 이체자. 오른쪽부분의 '支'가 '攴'의 형태로 되어있다.
1152) 竭의 이체자. 오른쪽부분의 '曷'이 '曷'의 형태로 되어있다.
1153) 死의 이체자. 오른쪽부분의 'ヒ'가 '巳'의 형태로 되어있다.
1154) 戮의 이체자. 왼쪽 윗부분의 '羽'가 'ヨ'의 형태로 되어있다.
1155) 矦의 이체자. 오른쪽 윗부분의 'ㄱ'의 형태가 'ㅗ'의 형태로 되어있다.
1156) 餙의 이체자. 오른쪽 윗부분의 '宀'의 형태가 '厂'의 형태로 되어있고, 그 아랫부분의 '巾'이 '帀'의 형태로 되어있다.
1157) 予의 이체자. 윗부분의 'マ'의 형태가 'ㄱ'의 형태로 되어있다. 이번 단락의 앞에서는 정자를 사용하였는데 여기서는 이체자를 사용하였다.
1158) 淫의 이체자. 오른쪽 아랫부분의 '壬'이 '舌'의 형태로 되어있다.
1159) 美의 이체자. 아랫부분의 '大'가 '火'의 형태로 되어있다.
1160) 麗의 이체자. 윗부분의 '丽'가 '㒼'의 형태로 되어있다.
1161) 久의 이체자.
1162) 即의 이체자. 오른쪽부분의 '卩'이 'ß'의 형태로 되어있다. 이번 단락의 아래에서는 정자를 사용하였다.
1163) 厭의 이체자. '厂' 아래 오른쪽의 '犬'이 '大'의 형태로 되어있다.
1164) 鎬의 이체자. 오른쪽부분의 '高'가 '髙'의 형태로 되어있다.

文武之處，營作朝宮渭南山林苑中，作前殿阿房，東西五百步[1165]，南北五十丈[1166]。上可坐萬人，下可建五丈旗。周爲閣道，自殿直抵南山之□[1167]以爲闕。，爲複[1168]道，自阿房度渭水，屬[1169]咸陽，以象[1170]天極[1171]閣道，絶漢抵營室也。又興驪[1172]山之役，錮三泉之底[1173]。，關中離宮三百所，關外四百所，皆有鍾磬帷帳，婦女倡優。立石闕東海上朐山界中，以爲秦東門。於是有方士韓客侯生、齊客盧[1174]生，相與謀曰：「當今時不可以居。上樂以刑殺爲威，天下畏罪持祿[1175]，莫敢**{第147面}**[1176]盡忠。上不聞過而日驕，下懾伏以慢欺而取容。諫[1177]者不用，而失道滋甚。吾黨[1178]久居，且爲所害。」乃相與亡去。始皇聞之，大怒，曰：「吾異日厚盧生，尊爵而事之，今乃誹謗我。吾聞諸生多爲妖言，以亂[1179]黔首。」乃使御史悉上諸生。諸生傳相告，犯法者四百六十餘人，皆坑之。盧生不得，而侯生後得。始皇聞之，召而見之。升阿東之臺，臨四通之街，將[1180]數而車裂之。始皇望見侯生，大怒，曰：「老虜[1181]不良，誹謗而主，迺[1182]敢復

1165) 步의 이체자. 아랫부분의 '少'의 형태가 '丶'이 첨가된 '少'의 형태로 되어있다.

1166) 丈의 이체자. 윗부분에 '丶'이 첨가되어있다.

1167) 영남대 소장본은 하얀 빈칸으로 되어있는데, 이번 면(제147면) 제5행 제12자에 해당한다. 欽定四庫全書本에는 '嶺'으로 되어있다. 그런데 후조당 소장본은 이번 면이 일실되어 있어서 빈칸으로 되어있는지 확인할 수 없다.

1168) 複의 이체자. 좌부변의 '衤'가 '礻'의 형태로 되어있다.

1169) 屬의 이체자. '尸' 아래의 '㇐'의 형태가 가운데 세로획이 빠진 '⺀'의 형태로 되어있다.

1170) 象의 이체자. 윗부분의 '⺈'의 형태가 '⺈'의 형태로 되어있다.

1171) 極의 이체자. 오른쪽 가운데부분의 '丂'가 '了'의 형태로 되어있다.

1172) 驪의 이체자. 오른쪽 윗부분의 '丽'가 '丽'의 형태로 되어있다.

1173) 底의 이체자. 맨 아랫부분의 가로획 '一'이 빠져있다.

1174) 盧의 이체자. 윗부분의 '虍'가 '声'의 형태로 되어있다.

1175) 祿의 이체자. 오른쪽부분의 '彔'이 '录'의 형태로 되어있다.

1176) 후조당 소장본은 이번 면인 제147면이 일실되어있다.

1177) 諫의 이체자. 오른쪽부분의 '柬'의 형태가 '東'의 형태로 되어있다.

1178) 黨의 이체자. 아랫부분의 '黑'이 '黒'의 형태로 되어있다.

1179) 亂의 이체자. 왼쪽부분의 '𤔔'의 형태가 '𤔔'의 형태로 되어있다.

1180) 將의 이체자. 왼쪽부분의 '爿'이 '丬'의 형태로 되어있고, 오른쪽 윗부분의 '夕'의 형태가 '⺤'의 형태로 되어있다.

見我！」侯生至, 仰臺而言曰：「臣聞知死必勇[1183]。陛下肯聽[1184]臣一言乎？」始
皇曰：「㕥[1185]欲何言？言之！」侯生曰：「臣聞禹立誹謗之木, 欲{第148面}[1186]以
知過也。今陛下奢侈失本, 淫[1187]泆趨[1188]末。宮室臺閣, 連属[1189]增[1190]累, 珠
玉重寶, 積襲[1191]成山, 錦繡文綵, 消[1192]府有餘, 婦女倡優, **數**巨萬人, 鐘鼓之
樂, 流漫無窮, 酒食珎味, 盤錯於前, 衣服輕暖, 輿馬文飾, 所以自奉, 麗[1193]靡
爛[1194]漫, 不可勝極。黔首匱竭, 民力單[1195]盡, 尚不自知。又急誹謗, 嚴威克下。
下暗上聾, 臣等故[1196]去。臣等不惜臣之身, 惜陛下國之亡耳。聞古之明王, 食
足以飽, 衣足以暖, 宮室足以處, 輿馬足以行。故上不見棄於天, 下不見棄於黔
首。堯茅茨不剪, 采椽不斲[1197], 土陛[1198]三等, 而樂終身者, 以其文采之少, 而

1181) 虜의 이체자. 머리의 '虍'가 '严'의 형태로 되어있다.
1182) 酒의 이체자. '辶' 위의 '酉'가 '襾'의 형태로 되어있다.
1183) 勇의 이체자. 윗부분의 'マ'의 형태가 'ヽ'의 형태로 되어있다.
1184) 聽의 이체자. '耳'의 아래 '王'이 '土'의 형태로 되어있으며, 오른쪽부분의 '悳'의 형태가 가운데 가로획이 빠진 '悳'의 형태로 되어있다.
1185) 若의 이체자. 머리의 '艹'가 '厶'의 형태로 되어있다.
1186) 후조당 소장본은 이전 면인 제147면에 이어 이번 면인 제148면도 일실되어있다.
1187) 淫의 이체자. 오른쪽 아랫부분의 '壬'이 '壬'의 형태로 되어있다. 이번 단락의 아래에서는 앞의 단락에서 사용한 이체자 '滛'과 여기서 사용한 이체자를 혼용하였다.
1188) 趨의 이체자. 오른쪽부분의 '芻'가 '㑒'의 형태로 되어있다.
1189) 屬의 속자. '尸' 아랫부분이 '禹'의 형태로 되어있다. 여기서는 이번 단락의 앞에서 사용한 이체자 '屬'과는 다른 글자를 사용하였다.
1190) 增의 이체자. 오른쪽부분의 '曾'이 '曽'의 형태로 되어있다.
1191) 襲의 이체자. 윗부분 오른쪽의 '䶴'의 형태가 '㠯'의 형태로 되어있다.
1192) 滿의 이체자. 오른쪽 윗부분의 '廿'이 '丱'의 형태로 되어있고 그 아랫부분의 '兩'이 '用'의 형태로 되어있다.
1193) 麗의 이체자. 윗부분의 '丽'가 '帀'의 형태로 되어있다.
1194) 爛의 이체자. 오른쪽부분 '門' 안의 '柬'이 '東'의 형태로 되어있다.
1195) 單의 이체자. 아랫부분의 '甲'의 형태가 '甲'의 형태로 되어있다.
1196) 故의 이체자. 오른쪽부분의 '攵'이 '欠'의 형태로 되어있다.
1197) 欽定四庫全書本은 조선간본과 다르게 '斲(斲의 이체자)'으로 되어있고,《說苑校證》과《설원5》에도 모두 '斲'으로 되어있으며《說苑全譯》은 간체자 '斫'으로 되어있다. 조선간본의 '斲'과 '斲'은 모두 '자르다'라는 의미를 가지고 있다.

質素之多也。丹朱傲虐，好慢{第149面}淫，不脩理化，遂以不升。今陛下之淫，
万[1199]丹朱而千昆吾、桀、紂，臣恐[1200]陛下之十亡也，而曾[1201]不一存。」始皇黙
然久之，曰：「汝何不早言？」侯生曰：「陛下之意，方乘[1202]青雲，飄揺[1203]於文
章[1204]之觀。自賢自健，上侮五常[1205]，下凌三王，棄素樸[1206]，就末技。陛下亡
徵[1207]見久矣。臣等恐言之無益也，而自取死，故逃而不敢言。今臣必死，故爲
陛下陳之。雖不能使陛下不亡，欲使陛下自知也。」始皇曰：「吾可以變乎？」侯生
曰：「形已成矣，陛下坐而待亡耳！若陛下欲更之，能若[1208]堯與禹乎？不然，無
異[1209]也。陛下之佐又非也。臣恐變之不能存也。」始皇喟然而嘆，遂釋不誅{第

1198) 欽定四庫全書本은 조선간본과 다르게 '階'로 되어있고, 《說苑校證》과 《설원5》에도 모두
'階'로 되어있으며 《說苑全譯》은 간체자 '阶'로 되어있다. 조선간본의 '陛'와 '階'는 모두 '계단'
이라는 의미를 가지고 있다.

1199) 萬의 속자. 판본 전체적으로 속자는 거의 사용하지 않았는데, 여기서는 속자를 사용하였다.

1200) 恐의 이체자. 윗부분 오른쪽의 '凡'이 안쪽의 'ㆍ'이 빠진 '几'의 형태로 되어있다.

1201) 曾의 이체자. 맨 윗부분의 '八'이 'ㆍㆍ'의 형태로 되어있고 그 아래 'ㅁㅁ'의 형태가 '田'의 형태로
되어있다.

1202) 乘의 이체자. 가운데부분의 '北'이 '卅'의 형태로 되어있다.

1203) 搖의 이체자. 오른쪽 윗부분의 '夕'의 형태가 'ㅡ'의 형태로 되어있고, 그 아랫부분의 '壬'이
'疋'의 형태로 되어있다.

1204) 章의 이체자. 머리 '立'의 아랫부분의 '早'가 '甲'의 형태로 되어있다.

1205) 欽定四庫全書本은 조선간본과 다르게 '帝'로 되어있고, 《說苑校證》·《說苑全譯》·《설원
5》에도 모두 '帝'로 되어있다. 여기서 '五帝'는 상고 시대 중국의 다섯 임금으로 《說苑全譯》
에서는 '여러 가지 설이 있는데, 일반적으로는 伏羲·神農·皇帝·堯·舜을 가리킨다. 원본
(明鈔本)에는 "常"으로 잘못되어있다'(劉向 原著, 王鍈·王天海 譯註, 《說苑全譯》, 貴州
人民出版社, 1991. 881쪽)라고 하였고, 《설원5》에서는 《四部備要本》에는 "五常"으로 되
어있다'(劉向 撰, 林東錫 譯註, 《설원5》, 동서문화사, 2009. 2334쪽)라고 하였다. 조선간본
의 '五常'은 '仁·義·禮·智·信'이라는 다섯 덕목을 가리키기 때문에 문맥에 맞지 않는
오류이다.

1206) 樸의 이체자. 오른쪽부분의 '業'이 '業'의 형태로 되어있다. 이번 단락의 아래에서는 정자를
사용하였다.

1207) 徵의 이체자. 가운데부분의 '山'과 '王'의 사이에 가로획 'ㅡ'이 빠져있다.

1208) 若의 이체자. 머리의 '++' 아랫부분의 '右'가 '石'의 형태로 되어있고, 머리의 '++'가 아랫부분의
'石'에 붙어 있다. 이번 단락의 앞에서는 모두 이체자 '若'을 사용하였는데, 여기서는 다른
형태의 이체자를 사용하였다.

150面}。後三年，始皇崩。二世即位，三年而秦亡。

魏文侯問李克曰：「刑罰之源安生？」李克曰：「生於奸邪淫佚之行。凡奸邪之心，飢寒而起。淫佚者，久飢之詭也。彫文刻鏤[1210]，害農[1211]事者也。錦繡纂[1212]組，傷[1213]女工者也。農事害，則飢之本也。女工傷，則寒之原[1214]也。飢寒並至，而能不爲奸邪者，未之有也。男[1215]女飾美以相矜[1216]，而能無淫佚者，未嘗[1217]有也。故上不禁[1218]技巧，則國貧民侈。國貧窮者爲奸邪，而富足者爲淫佚，則驅民而爲邪也。民以爲邪，因以法隨誅之，不赦其罪，則是爲民設陷也。刑罰[1219]之起有原，人主不塞其本而替其末，傷[1220]國之道**{第151面}**乎？」文侯曰：「善。」以爲法服也。

秦穆[1221]公閑，問由余[1222]曰：「古者明王聖帝，得國失國，當何以也？」由余

1209) 異의 이체자. 아랫부분의 '共'이 가운데에 세로획 하나가 첨가된 '共'의 형태로 되어있다. 이번 단락의 앞에서는 정자를 사용하였는데, 여기서는 이체자를 사용하였다. 그런데 欽定四庫全書本은 조선간본과 동일하게 '異'로 되어있고, 《說苑校證》·《說苑全譯》·《설원5》에는 모두 조선간본과 다르게 '冀'로 되어있다. 《說苑全譯》에서는 '희망이 없다'(劉向 原著, 王鍈·王天海 譯註, 《說苑全譯》, 貴州人民出版社, 1991. 884쪽)라고 하였고, 《설원5》에서는 '冀'로 되어있으나 번역은 '다름이 없다'(劉向 撰, 林東錫 譯註, 《설원5》, 동서문화사, 2009. 2331쪽)라고 하였다. 《說苑校證》에서는 宋本과 明鈔本 등에는 '冀'의 속자인 '兾'로 되어있다(劉向 撰, 向宗魯 校證, 《說苑校證》, 北京:中華書局, 1987(2017 重印), 504쪽)라고 하였다. 조선간본의 '異(異)'는 문맥에 어울리지 않는다.

1210) 鏤의 이체자. 오른쪽부분의 '婁'가 '婁'의 형태로 되어있다.

1211) 農의 이체자. 아랫부분의 '辰'이 '辰'의 형태로 되어있다.

1212) 纂의 이체자. '⺮'의 아랫부분의 '目'이 '日'의 형태로 되어있다.

1213) 傷의 이체자. 오른쪽 아랫부분의 '昜'이 '易'의 형태로 되어있다.

1214) 原의 이체자. '厂' 안쪽 윗부분의 '白'이 '日'의 형태로 되어있다.

1215) 男의 이체자. 아랫부분의 '力'이 '𠂊'의 형태로 되어있다. 필자는 판목의 훼손을 의심하였으나 영남대와 후조당 소장본 모두 위의 이체자로 되어있다.

1216) 矜의 이체자. 오른쪽부분의 '今'이 '令'의 형태로 되어있다.

1217) 嘗의 이체자. 아랫부분의 '旨'가 '甘'의 형태로 되어있다.

1218) 禁의 이체자. 발의 '示'가 '木'의 형태로 되어있다.

1219) 罰의 이체자. 머리의 '罒'이 '曰'의 형태로 되어있다.

1220) 傷의 이체자. 오른쪽 아랫부분의 '昜'이 '易'의 형태로 되어있다. 이번 단락의 앞에서는 이체자 '傷'을 사용하였는데, 여기서는 다른 형태의 이체자를 사용하였다.

曰：「臣聞之，當以儉得之，以奢失之。」穆公曰：「願1223)聞奢儉之節1224)。」由余
曰：「臣聞堯有天下，飯於土簋，啜於土瓶1225)，其地南至交阯，北至幽都，東西
至日所出入，莫不賓1226)服。堯釋天下，舜受之，作爲食器，斬木而裁之，銷銅
鐵，脩其刃，猶漆黑之以爲器1227)。諸侯侈，國之不服者十有三。舜釋天下，而禹
受之，作爲祭器，漆其外，而朱畫其內，繒1228)帛爲茵褥，觴勺有彩，爲飾彌侈，
而國之不服者三十有二。夏后氏以没，殷、周受之，作爲大器{第152面}而建九
傲，食器彫琢，觴1229)勺刻鏤。四壁四帷，茵席雕文，此彌侈矣，而國之不服者五
十有二。君好文章，而服者彌侈。故曰：儉其道也。」由余出，穆公召內史廖1230)
而告之，曰：「寡1231)人聞鄰國有聖人，敵國之憂也。今由余聖人也，寡人患之。

1221) 穆의 이체자. 오른쪽 가운데부분의 '小'가 '厂'의 형태로 되어있다.

1222) 余의 이체자. 머리 아랫부분의 '禾'의 형태가 '未'의 형태로 되어있다.

1223) 願의 이체자. 왼쪽부분의 '原'이 '原'의 형태로 되어있다.

1224) 節의 이체자. 머리 '⺮' 아랫부분 왼쪽의 '皀'이 '艮'의 형태로 되어있고 '⺮'이 그 위에 붙어있으며, 그 오른쪽부분의 '卩'이 'ㅏ'의 형태로 되어있다.

1225) 瓶의 이체자. 우부방의 '瓦'가 '无'의 형태로 되어있다. 그런데 欽定四庫全書本은 조선간본과 동일하게 '瓶'으로 되어있지만, 《說苑校證》・《說苑全譯》・《설원5》에는 모두 조선간본과 다른 글자를 사용하였다. 또한 세 문헌은 모두 서로 다른 글자를 사용하였는데, 《說苑校證》에는 '瓶'으로 되어있고, 《설원5》에는 '鈃(銒의 속자)'으로 되어있으며, 《說苑全譯》에는 '鉶'의 간체자 '铏'으로 되어있다. 《說苑校證》에서는 '"瓶"은 "鉶"과 같으며 … 明鈔本에는 "鉶"으로 되어있다(劉向 撰, 向宗魯 校證, 《說苑校證》, 北京:中華書局, 1987(2017 重印), 519쪽) 라고 하였는데, '瓶'은 왼쪽부분이 '幵'가 아니라 '幵'의 형태로 되어있다. 《說苑全譯》에는 '鉶'은 '국을 담는 그릇'(劉向 原著, 王鍈・王天海 譯註, 《說苑全譯》, 貴州人民出版社, 1991. 881쪽)이라고 하였고, 《설원5》에는 '鈃'이 '술그릇의 일종'(劉向 撰, 林東錫 譯註, 《설원5》, 동서문화사, 2009. 2342쪽)이라고 하였다. 여기서는 堯임금 때는 원시적인 그릇을 사용하였다는 의미이기 때문에 조선간본의 '瓶(瓶)'은 문맥에 어울리지 않는다.

1226) 賓의 이체자. 머리 '宀'의 아랫부분의 '少'의 형태가 '尸'의 형태로 되어있다.

1227) 器의 이체자. 가운데부분의 '犬'이 'ㆍ'이 빠진 '大'의 형태로 되어있다. 이번 단락의 앞과 뒤에서는 모두 정자를 사용하였다.

1228) 繒의 이체자. 오른쪽부분의 '曾'이 '曽'의 형태로 되어있다.

1229) 觴의 이체자. 오른쪽 아랫부분의 '昜'이 '易'의 형태로 되어있다.

1230) 廖의 이체자. 머리의 '羽'가 '⺽'의 형태로 되어있으며, 그 맨 아랫부분의 '彡'이 '小'의 형태로 되어있다.

吾將奈何？」内史廖曰：「夫戎辟而逖[1232]逺[1233]，未聞中國之聲也。君其遺□[1234]女樂，以亂其政，而厚爲由余請期，以疎[1235]其間。彼君臣有間，然後可圖[1236]。」君曰：「諾[1237]。」乃以女樂三九遺戎王，因爲由余請期。戎王果見女樂而好之，設酒聽樂，終年不遷，馬牛羊半死。由余歸諫，諫不聽，遂去，入秦。，穆公迎而拜爲上卿[1238]。問其兵{第153面}執[1239]，與其地利，既以得矣，擧兵而伐之，兼國十二，開[1240]地千里。穆王[1241]奢主，能聽賢納諫，故霸西戎。西戎淫於樂，誘於利，以亡其國，由離質樸也。

經侯徃適[1242]魏太子，左帶[1243]羽玉具劔[1244]，右帶環[1245]佩，左光照右，右光

1231) 寡의 이체자. 맨 아랫부분의 '刀'가 '力'의 형태로 되어있다.

1232) 遼의 이체자. 오른쪽 윗부분의 '夾'의 형태가 '大'의 형태로 되어있다.

1233) 遠의 이체자. 오른쪽 아랫부분의 '氺'의 형태가 '糹'의 형태로 되어있다.

1234) 영남대와 후조당 소장본은 모두 하얀 빈칸으로 되어있는데, 이번 면(제153면) 제7행 제2자에 해당한다. 欽定四庫全書本에는 '之'로 되어있다.

1235) 疎의 이체자. 좌부변의 '疋'의 형태가 '𤴐'의 형태로 되어있다.

1236) 圖의 이체자. '囗' 안쪽 윗부분의 '口'가 '厶'의 형태로 되어있고, 그 맨 아랫부분의 '回'가 '囬'의 형태로 되어있다.

1237) 諾의 이체자. 오른쪽부분의 '若'이 '𠮩'의 형태로 되어있다.

1238) 卿의 이체자. 왼쪽의 '夘'의 형태가 '夕'의 형태로 되어있고, 가운데 부분의 '皀'의 형태가 '艮'의 형태로 되어있으며, 오른쪽부분의 '卩'이 '阝'의 형태로 되어있다.

1239) 欽定四庫全書本은 조선간본과 다르게 '埶'로 되어있고,《說苑校證》도 '埶'로 되어있다. 그리고《설원4》에는 '勢'로 되어있고,《說苑全譯》에는 간체자 '势'로 되어있다. 그런데《說苑校證》에서는 '舊本에는 "執"로 되어있으나 오류이고 … "埶"는 "勢"와 동자이다'(劉向 撰, 向宗魯 校證,《說苑校證》, 北京:中華書局, 1987(2017 重印), 521쪽)라고 하였다. 그러므로 조선간본의 '執'은 '埶'의 오자이지만, 조선간본은 '勢'를 판본 전체적으로 이체자 '勢'로 사용하였기 때문에 '執'은 '埶'의 이체자로 볼 수도 있다.

1240) 開의 이체자. '門' 안쪽의 '开'가 '井'의 형태로 되어있다.

1241) 欽定四庫全書本은 조선간본과 다르게 '公'으로 되어있고,《說苑校證》·《說苑全譯》·《설원5》에도 모두 '公'으로 되어있다. '秦穆公'은 특정인물이고 또한 조선간본도 이번 단락에서 여기를 제외하고는 '穆(穆)公'이라고 썼기 때문에 '王'은 오류이다.

1242) 適의 이체자. '辶' 위의 '啇'이 '商'의 형태로 되어있다.

1243) 帶의 이체자. 윗부분 '丗'의 형태가 '卌'의 형태로 되어있다.

1244) 劍의 이체자. 왼쪽 맨 아랫부분의 '从'이 '灬'의 형태로 되어있고, 우부방의 '刂'가 '刃'의 형태로 되어있다.

照左。坐有頃, 太子不視也, 又不問也。經侯曰:「魏國亦有**寶**乎?」太子曰:
「有。」經侯曰:「其**寶**何如?」太子曰:「主信臣忠, 百姓上戴。此魏之**寶**也。」經侯
曰:「吾所問者, 非是之謂也。乃問其**器**而已。」太子曰:「有。徒師沼治魏, 而市
無預賈。郄辛治陽, 而道不拾遺。芒卯在朝, 而四鄰賢士無不相因而見。此三大
夫乃魏國之大**寶**。」於是經侯黙{**第154面**}然不應, 左解玉具, 右解環佩, 委之坐,
愆然[1246]而起, 黙然不謝, 趨而出, 上車驅去。魏太子使騎[1247]操劒佩逐與[1248]經
侯, 使告經侯曰:「吾無德**所寶**, 不能爲珠玉所守。此寒不可衣, 飢不可食, 無爲
遺我賊。」於是經侯杜門不出, **傳**死。

晋[1249]平公爲馳逐之車, 龍旌衆色, 挂之以犀象, 錯之以羽芝。車成, 題金千
鎰, 立之於殿下, 令羣臣得觀焉。田差三過而不一顧, 平公作色大怒, 問田差:
「爾三過而不一顧, 何爲也?」田差對曰:「臣聞說天子者以天下, 說諸侯者以
國, 說大夫者以官, 說士者以事, 說農夫者[1250]以食, 說婦姑者以織{**第155面**}。桀
以奢亡, 紂以淫敗, 是以不敢顧也。」平公曰:「**善**。」乃命左右曰:「去車!」

魏文侯御廩[1251]災, 文侯素服辟正殿五日。羣[1252]臣皆素服而弔, 公子成父獨
不弔。文侯復[1253]殿, 公子成父趨而入賀, 曰:「甚大**善**矣! 夫御廩之災也。」文侯

1245) 環의 이체자. 오른쪽 아랫부분의 '𧾷'의 형태가 '衣'의 형태로 되어있다.

1246) 然의 이체자. 윗부분 오른쪽의 '犬'이 'ヽ'이 빠진 '大'의 형태로 되어있다. 이번 단락의 앞과
　　　뒤에서는 정자를 사용하였기 때문에 필자는 판목의 훼손을 의심하였으나, 영남대와 후조당
　　　소장본 모두 이 이체자로 되어있다.

1247) 騎의 이체자. 오른쪽부분의 '奇'가 '竒'의 형태로 되어있다.

1248) 與의 이체자. 몸통부분의 '𦥑'의 형태가 '𦥯'의 형태로 되어있다.

1249) 晉의 이체자. 윗부분의 '𡈼'의 형태가 '皿'의 형태로 되어있다.

1250) 者의 이체자. 윗부분의 '土'의 형태가 '上'의 형태로 되어있다. 이번 단락의 앞 뒤에서는
　　　정자를 사용하였기 때문에 필자는 판목의 훼손을 의심하였으나, 영남대와 후조당 소장본 모두
　　　이 이체자로 되어있다.

1251) 廩의 이체자. '广'의 아랫부분의 '㐭'이 '面'의 형태로 되어있다.

1252) 羣의 이체자. 발의 '羊'이 '牟'의 형태로 되어있다. 바로 앞의 단락에서는 정자를 사용하였는데,
　　　이번 단락에서는 모두 이 이체자를 사용하였다.

1253) 復의 이체자. 오른쪽 맨 윗부분의 '𠂉'의 형태가 'ㅗ'의 형태로 되어있고, 그 아랫부분의 '日'이
　　　'目'의 형태로 되어있다. 이번 단락의 아래에서는 정자를 사용하였다.

作色不悅, 曰 :「夫御廩者, 寡人寶之所藏[1254]也。今火災, 寡人素服辟正殿, 羣臣皆素服而吊[1255]。至於子, 大夫而不弔。今已復辟矣, 猶入賀, 何爲？」公子成父曰 :「臣聞之, 天子藏於四海之內, 諸侯藏於境內, 大夫藏於其家, 士庶人藏於篋櫝。非其所藏者, 不有天災, 必有人患。今幸無人患, 乃有天災{第156面}, 不亦善乎！」文侯喟然歎[1256]曰 :「善！」

　　齊桓公謂管仲曰 :「吾國甚小, 而財用甚少, 而羣臣衣服輿馬甚汰, 吾欲禁之, 可乎？」莞[1257]仲曰 :「臣聞之, 君嘗[1258]之, 臣食之。君好之, 臣服之。今君之食也, 必桂之漿, 衣練[1259]紫之衣, 狐[1260]白之裘。此羣臣之所奢大也。《詩》云 :『不躬不親, 庶民不信。』君欲禁之, 胡不自親乎？」桓公曰 :「善。」於是更制練帛之衣, 太白之冠[1261], 朝一年, 而齊國儉也。

　　季文子相魯, 妾不衣帛, 馬不食粟。仲孫他[1262]諫曰 :「子爲魯上卿[1263], 妾不衣帛, 馬不食粟, 人其以子爲愛, 且不華國也。」文子曰 :「然乎？吾觀國人之父母{第157面}衣麤食蔬[1264], 吾是以不敢。且吾聞君子以德華國, 不聞以妾與馬。

1254) 藏의 이체자. 아랫부분 가운데의 '臣'이 '目'의 형태로 되어있다.

1255) 이번 단락의 앞과 뒤에서는 모두 '弔'자를 사용하였는데, 여기서만 다른 형태의 글자를 사용하였다.

1256) 歎의 이체자. 왼쪽 윗부분의 '廿'이 '艹'의 형태로 되어있고, 아랫부분이 '哭'의 형태로 되어있다.

1257) 이번 단락의 앞에서는 '管'자를 사용하였는데, 여기서는 다른 형태의 글자를 사용하였다.

1258) 嘗의 이체자. 가운데부분의 '匕'가 'ㄴ'의 형태로 되어있다.

1259) 練의 이체자. 오른쪽부분의 '柬'의 형태가 '東'의 형태로 되어있다.

1260) 狐의 이체자. 오른쪽부분의 '瓜'가 가운데 아랫부분에 'ㆍ'이 빠진 '瓜'의 형태로 되어있다.

1261) 冠의 이체자. 머리의 '冖'이 '宀'의 형태로 되어있다.

1262) 欽定四庫全書本은 조선간본과 다르게 '它'로 되어있고,《說苑校證》·《說苑全譯》·《설원 5》에도 모두 '它'로 되어있다. '仲孫它'는 춘추시대 노라의 대부 孟獻子의 아들이다.(劉向 原著, 王鍈·王天海 譯註,《說苑全譯》, 貴州人民出版社, 1991. 894쪽) 여기서는 '仲孫 它'는 人名이고, 조선간본은 이번 단락의 아래에서 '仲孫它'라고 썼기 때문에 '他'는 오자이다.

1263) 卿의 이체자. 왼쪽의 '夕'의 형태가 'ㅋ'의 형태로 되어있고, 가운데 부분의 '皀'의 형태가 '艮'의 형태로 되어있다.

1264) 蔬의 이체자. 머리의 '艹'가 '⺍'의 형태로 되어있고, 아랫부분 왼쪽의 '疋'의 형태가 '๋疋'의 형태로 되어있다.

夫德者得於我，又得於彼，故可行。若淫於奢侈，沈[1265]於文章，不能自反，何以守國？」仲孫它一本作忌[1266]慙而退。

趙簡子乘弊車腴[1267]馬，衣羖羊裘[1268]。其宰進諫曰：「車新則安，馬肥則往來疾，狐白之裘溫且輕。」簡子曰：「吾非不知也。吾聞之，君子服善則益恭，細人服善則益倨。我以自備，恐有細人之心也。《傳》曰：『周公位尊愈卑，勝敵[1269]愈懼，家富愈儉。』故周氏八百餘年，此之謂也。」

魯築[1270]郎囿，季平子欲速成。叔孫昭子曰：「安用其**{第158面}**速成也？以虐其民，其可乎？無囿尚可乎，惡聞嬉戲[1271]之游，罷其所治之民乎？」

衛叔孫文子問於王孫夏曰：「吾先君之廟小，吾欲更之，可乎？」對曰：「古之君子，以儉爲禮。今之君子，以汰易之。夫衛國雖貧，豈無文履一奇[1272]，以易十稷之繡哉？以[1273]爲非禮也。」文子乃止。

晉文公合諸侯而盟[1274]曰：「吾聞國之昏，不由聲色，必由姦利。好樂聲色者，淫也。貪姦者，惑也。夫淫惑之國，不亡必殘[1275]。自今以來，無以美妾疑[1276]妻，無以聲樂妨正，無以姦情害公，無以貨利示下。其有之者，是謂伐其根素，流於華葉[1277]。若此者，有患**{第159面}**無憂，有寇[1278]勿弭。不如言者，盟示

1265) 沈의 이체자. 오른쪽부분 '冘'의 오른쪽에 '丶'이 첨가되어있다.

1266) 이것은 원문에 달린 주석인데 이번 면(제158면) 제4행의 제4자 해당하는 부분을 차지하며, 그 부분에 위와 같이 본문보다 작은 글자의 주가 雙行으로 달려 있다.

1267) 腴의 이체자. 윗부분의 '臼'가 '曰'의 형태도 되어있다.

1268) 裘의 이체자. 윗부분의 '求'에 '丶'이 빠져있다.

1269) 敵의 이체자. 왼쪽부분의 '商'이 '啇'의 형태로 되어있다.

1270) 築의 이체자. '⺮' 아래 오른쪽부분의 '凡'이 '丶'이 빠진 '几'의 형태로 되어있다.

1271) 戲의 이체자. 왼쪽부분의 '虛'가 '虚'의 형태로 되어있다.

1272) 奇의 이체자. 머리의 '大'가 '立'으로 되어있다.

1273) 以의 이체자. 왼쪽부분이 '山'이 기울어진 형태로 되어있다.

1274) 盟의 이체자. '皿'의 윗부분의 '明'이 '朙'의 형태로 되어있다.

1275) 殘의 이체자. 오른쪽의 '戔'이 윗부분은 그대로 '戈'로 되어있고 아랫부분 '戈'에 '丶'이 빠진 '戋'의 형태로 되어있다.

1276) 疑의 이체자. 왼쪽 윗부분의 '匕'가 '上'의 형태로 되어있다.

1277) 葉의 이체자. 머리의 '艹' 아래 '世'가 '丗'의 형태로 되어있다.

之。」於是君子聞之曰：「文公其知道乎？其不王者，猶無佐也。」

　　晏子飲景公酒，日暮，公呼具火。晏子辭曰：「《詩》曰：『側弁之俄。』言失德也。『屢[1279]舞傞傞。』言失容也。『既醉以酒，既飽以德。』『既醉而出，並受其福。』賓主之禮也。『醉而不出，是謂伐德。』賓主之罪也。嬰已卜其日，未卜其夜。」公曰：「**善**。」舉酒而桀之，**再**拜而出，曰：「豈過我哉？吾託國於晏子也。以其家貧**善**寡人，不欲其淫侈也，而況與寡人謀國乎？」

　　楊王孫病且死，令其子曰：「吾死欲倮葬[1280]，以反吾貞[1281]，必無易吾意。」祁侯聞之，徃諫曰：「竊[1282]聞王孫令{第160面}[1283]葬[1284]必倮而入地，必若所聞，愚以爲不可。令死人無知則已矣，若死有知也，是戮尸於地下也。将[1285]何以見先人？愚以爲不可！」王孫曰：「吾將以矯世也。夫**厚**[1286]葬誠無益於死者，而世競[1287]以相高[1288]，靡財殫[1289]幣，而腐之於地下。或乃今日入而明日出，此真與暴[1290]骸於中野何異？且夫死者，終生之化而物之歸者。歸者得至，而化者得變，是物各反其貞。其貞冥[1291]冥，視之無形，聴之無聲，乃合道之情。夫飾外

1278) 寇의 이체자. 머리 ‘宀’ 아랫부분 오른쪽의 ‘攴’이 ‘攵’의 형태로 되어있다.

1279) 屢의 이체자. ‘尸’의 아랫부분의 ‘婁’가 ‘娄’의 형태로 되어있다.

1280) 葬의 이체자. 가운데부분의 ‘死’가 ‘宛’의 형태로 되어있고, 그 아랫부분의 ‘廾’이 ‘大’의 형태로 되어있다.

1281) 眞의 이체자. 윗부분의 ‘匕’가 ‘上’의 형태로 되어있고 아랫부분은 ‘具’의 형태로 되어있다. 이번 단락의 아래에서는 ‘真’과 이 이체자를 혼용하였다.

1282) 竊의 이체자. 머리의 ‘穴’ 아래 오른쪽부분의 ‘禼’의 형태가 ‘㕚’의 형태로 되어있다.

1283) 영남대학교 소장본은 이번 면인 제160면부터 맨 마지막 면인 166면까지 모두 일실되어있다.

1284) 葬의 이체자. 가운데부분의 ‘死’가 ‘宛’의 형태로 되어있고, 그 아랫부분의 ‘廾’이 ‘土’의 형태로 되어있다. 이번 단락의 앞에서는 이체자 ‘葬’을 사용하였는데, 여기와 이번 단락의 아래에서는 모두 이 이체자를 사용하였다.

1285) 將의 이체자. 왼쪽부분의 ‘爿’이 ‘冫’의 형태로 되어있고, 오른쪽 윗부분의 ‘夕’의 형태가 ‘⺍’의 형태로 되어있다. 이번 단락의 아래에서는 정자를 사용하였다.

1286) 厚의 이체자. ‘厂’ 안의 윗부분의 ‘日’이 ‘白’의 형태로 되어있다.

1287) 競의 이체자. 좌우의 ‘竟’이 모두 ‘竟’의 형태로 되어있다.

1288) 高의 이체자. 윗부분의 ‘亠’의 형태가 ‘吂’의 형태로 되어있다.

1289) 殫의 이체자. 오른쪽 아랫부분의 ‘甲’의 형태가 ‘甲’의 형태로 되어있다.

1290) 暴의 이체자. 발의 ‘氺’가 ‘小’의 형태로 되어있다.

以誇1292)衆, **厚**蓞以矯眞, 使歸者不得至, 化者不得變, 是使物各失其也。且吾聞之, 精神者, 天之有也。形骸者, 地之有也。精神離形, 而各{**第161面**}歸其眞, 故謂之鬼。鬼之爲言歸也, 其尸塊然獨**處**1293), 豈有知哉？**厚**裹1294)之以幣帛, 多送之以財貨, 以奪生者財用。古聖人緣1295)人情, 不忍其親, 故爲之制禮。今則越之, 吾是以欲倮蓞以矯之也。昔堯之蓞者, 空木爲櫝, **葛**1296)藟爲緘。其穿地也, 下不亂1297)泉, 上不泄臭。故聖人生易尚, 死易蓞, 不加於無用, 不損於無益, 謂今費財而**厚**蓞, 死者不知, 生者不得用, 謬1298)哉！可謂重惑矣。」祁侯曰：「**善**。」遂倮蓞也。

魯有儉者, 瓦1299)鬲1300)煮1301)食, 食之而美, 盛之土鉶之**器**, 以進孔子。孔子受之, 歡然而悅, 如受大1302)牢之饋{**第162面**}。弟子曰：「瓦甂1303), 陋器也。

1291) 冥의 이체자. 머리의 '冖'이 '宀'의 형태로 되어있다.
1292) 誇의 이체자. 오른쪽 윗부분의 '大'가 '𠂉'의 형태로 되어있다.
1293) 處의 이체자. 머리의 '虍'가 '严'의 형태로 되어있다.
1294) 裹의 이체자. 맨 윗부분의 '亠'가 빠져있다.
1295) 緣의 이체자. 오른쪽부분의 '彖'이 '㣇'의 형태로 되어있다.
1296) 葛의 이체자. 머리 '艹' 아랫부분의 '曷'이 '葛'의 형태로 되어있다.
1297) 亂의 이체자. 앞에서 사용한 이체자 '乿'과는 다르게 왼쪽부분의 '𤔔'의 형태가 '𤔲'의 형태로 되어있고 우부방의 'ㄴ'이 '乚'의 형태로 되어있다.
1298) 謬의 이체자. 오른쪽 윗부분의 '羽'가 '𦐃'의 형태로 되어있다.
1299) 瓦의 이체자.
1300) 鬲의 이체자. 윗부분의 '口'의 형태가 '耳'의 형태로 되어있고, 그 아랫부분의 '爲'의 형태가 '爯'의 형태로 되어있다.
1301) 煮의 이체자. 발의 '灬'가 '火'의 형태로 되어있다.
1302) 欽定四庫全書本은 조선간본과 다르게 '太'로 되어있고,《說苑校證》·《說苑全譯》·《설원5》에도 모두 '太'로 되어있다. 여기서 '太牢'는 '天子가 지내는 가장 큰 제사'(劉向 撰, 林東錫 譯註,《설원5》, 동서문화사, 2009. 2373쪽) 혹은 '제사 때 소·양·돼지를 제물로 바치는 것'(劉向 原著, 王鍈·王天海 譯註,《說苑全譯》, 貴州人民出版社, 1991. 901쪽)이다. 조선간본의 '大牢'는 '제사 때 소를 통째로 제물로 바치는 일'이란 의미이기 때문에 '太牢'와 뜻이 통한다. 하지만 앞의 문헌들과 다른 글자를 사용하였고 또한 후조당 소장본은 인쇄상태가 나쁘기 때문에 필자는 판목의 훼손도 의심하였지만 영남대 소장본은 일실되어있어서 대조를 통해 확인할 수 없다.
1303) 甂의 이체자. 우부방의 '瓦'가 '瓦'의 형태로 되어있다.

袁食, 薄膳也。而先生何喜如此乎？」孔子曰：「吾聞好諫者思其君, 食美者念[1304]其親, 吾非以饌爲厚也, 以其食美而思我親也。」

晏子病, 將死, 斷楹[1305]内書焉, 謂其妻曰：「楹也語, 子壯而視之！」及壯發書, 書之言曰：「布帛不窮, 窮不可飾。牛馬不窮, 窮不可服。士不可窮, 窮不可任。窮乎？窮乎？窮也！」

仲尼[1306]問老聃曰：「甚矣！道之於今難行也！吾比執道委質以當世[1307]之君, 而不我受也。道之於今難行也。」老子曰：「夫說者流於聽, 言者亂於辭[1308]。如此二者, 則道不可委矣。」{第163面}

子貢問子石：「子不學[1309]《詩》乎？」子石曰：「吾暇[1310]乎哉？父[1311]母求吾孝, 兄弟求吾悌, 朋友求吾信。吾暇乎哉？」子貢曰：「請投吾師[1312], 以學於子。」

公明宣學於曾子, 三年, 不讀書。曾子曰：「宣而居參之門, 三年不學, 何也？」公明宣曰：「安敢不學？宣見夫子居宫庭, 親在, 叱咤之聲未嘗至於犬馬, 宣說之, 學而未能。宣見夫子之應賓客, 恭儉而不懈惰, 宣說之, 學而未能。宣見夫子之居朝廷[1313], 嚴臨下而不致[1314]傷。宣說之, 學而未能。宣說此三者, 學

1304) 念의 이체자. 윗부분의 '今'이 '亼'의 형태로 되어있다.

1305) 楹의 이체자. 오른쪽 윗부분 '乃' 안의 '又'의 형태가 '夫'의 형태로 되어있다.

1306) 尼의 이체자. '尸'의 아랫부분의 '匕'가 '工'의 형태로 되어있다.

1307) 世의 이체자.

1308) 辭의 이체자. 왼쪽부분의 '𤔔'가 '𤔡'의 형태로 되어있다.

1309) 學의 이체자. 윗부분의 '𦥯'의 형태가 '𦥸'의 형태로 되어있다. 이번 단락의 아래에서는 정자를 사용하였는데, 후조당 소장본의 이 글자는 가필한 듯하다. 앞의 주석에서 밝혔듯이 영남대 소장본은 제160~166면이 일실되어 있어서 대조할 수 없다.

1310) 暇의 이체자. 맨 오른쪽부분의 '叚'가 '叟'의 형태로 되어있다. 이번 단락의 아래에서는 정자를 사용한 듯하다.

1311) 父의 이체자. 아랫부분의 '乂'의 형태가 '又'의 형태로 되어있다.

1312) 欽定四庫全書本은 조선간본과 동일하게 '師'로 되어있지만,《說苑校證》·《說苑全譯》·《설원5》에는 모두 조선간본과 다르게 '詩'로 되어있다. 그런데《說苑校證》에서는 舊本에서는 '師'로 되어있지만 宋本과 明鈔本에는 '詩'로 되어있다(劉向 撰, 向宗魯 校證,《說苑校證》, 北京:中華書局, 1987(2017 重印), 529쪽)라고 하였다.

1313) 廷의 이체자. '廴' 위의 '壬'이 '手'의 형태로 되어있다.

1314) 毁의 이체자. 우부방의 '殳'가 '攵'의 형태로 되어있다.

而未能。宣安敢不學, 而居夫子之門乎？」曾[1315]參[1316]子避席謝之, 曰：「參不及宣, 其學而已。」{第164面}

　　魯人身善織屨[1317], 妻善[1318]織縞[1319], 而徙於越。或謂之曰：「子必窮！」魯人曰：「何也？」曰：「屨爲履, 縞爲冠[1320]也。而越人徒跣翦髮[1321]。遊不用之國, 欲無窮, 可得乎？」

劉向說苑卷第二十終{第165面}[1322]

{第166面}[1323]

1315) 曾의 이체자. 맨 윗부분의 '八'이 'ˇ'의 형태로 되어있고 그 아래 '⊞'의 형태가 '田'의 형태로 되어있다. 이번 단락의 앞에서는 모두 이체자 '曽'을 사용하였는데, 후조당 소장본의 이 글자는 가필한 듯하다.

1316) 欽定四庫全書本은 조선간본과 동일하게 '參'로 되어있지만,《說苑校證》·《說苑全譯》·《설원5》에는 모두 조선간본과 다르게 '子'로 되어있다. 曾子의 이름이 '曾參'이기 때문에 조선간본의 '參'은 오자가 아니다. 그런데《說苑校證》에서는 舊本에서는 '曾參'로 되어있지만 明鈔本에는 '曾子'로 되어있다(劉向 撰, 向宗魯 校證,《說苑校證》, 北京:中華書局, 1987(2017 重印), 530쪽)라고 하였다.

1317) 屨의 이체자. '尸' 아랫부분 오른쪽의 '婁'가 '婁'의 형태로 되어있다.

1318) 善의 이체자. 윗부분의 'ˇ'의 형태가 '八'의 형태로 되어있다.

1319) 縞의 이체자. 오른쪽부분의 '高'가 '髙'의 형태로 되어있다.

1320) 冠의 이체자. 머리 '冖' 아래 오른쪽부분의 '寸'이 '刂'의 형태로 되어있다.

1321) 髮의 이체자. 아랫부분의 '犮'이 '友'의 형태로 되어있다.

1322) 이 卷尾의 제목은 마지막 제11행에 해당한다. 이번 면은 제3행에서 글이 끝나고, 나머지 7행은 빈칸으로 되어있다.

1323) 제20권은 이전 면인 제165면에서 끝났는데, 각 권은 홀수 면에서 시작하기 때문에 짝수 면인 이번 제166면은 계선만 인쇄되어있고 한 면이 모두 비어 있다.

第三部
朝鮮刊本 劉向《說苑》의 原版本

《第三冊》

1

표지

3

2

5

右復賜父老無傜役父老皆拜桓公亦
拜王曰拜者去不種者前曰募人今日來觀父
老韋而勞之故賜父老田不租父老皆拜
獨不拜寡人自以為少故賜父老無傜役父老
皆拜先生又獨不拜寡人得無有過乎閭丘先
生對曰惟聞大王來遊所以為勞大正望壽
於大王望得壽富貴於大王無以壽先生禀
雖賣以備苗者無以富壽先生禀
賤賣以貴先生對曰此非人臣所敢
望也願大王還食富家子有脩行者以為吏平

4

王曰父老苦矣謂左右賜父老田不租父老
皆拜閭立先生不拜王曰父老皆拜先生獨立
自傷於民
齊宣王出獵於社山杜山父老十三人相與勞
政之弊不又雖子是崔封之臺以
可奪也桓公曰善乃謂管仲政則卒歸之臺以
其信乎內政委外事斷焉歸之是亦
吾者入門而左有中門而立者桓公問曰
桓公立仲父致大夫曰善吾者入門而右不善
荊也糊之適泉介日之有陳懷欲之

7

於周公德澤上洞天下漏泉無所不通上天報
始產于后稷長於公劉大於大王成於文武顯
應鼎為周出故名曰周今漢自高祖繼周亦
貽德顯行至德施惠六合和同至陛下之身逾
盛而不能得鼎非周鼎也上曰善群臣皆稱萬歲
城而賜蠙丘壽王黃金十斤
予漢乃漢鼎非周鼎也上曰善群臣皆稱萬歲
是日賜蠙丘壽王黃金十斤
晉獻公之時東郭民祖朝願請聞國家之計使
出告之曰肉食者已應之矣藿食者尚何與焉

6

其法度如此臣少可以得壽焉春秋冬夏振之
以時無煩擾百姓如是匡可少得以壽焉願大
王出令今少者敬長者敬老如是臣可少得
以貴焉大王賜臣田不租然則君廩虛
以賜臣無傜役則臣壽焉此臣所以為少
也賜臣望也齊桓公同善閭丘先生對
之所敢望也齊宣王同善閭丘先生對
臣賀上壽時汾陰得寶鼎以獻之於甘泉宮群
非周鼎而壽曰陛下得周鼎群臣皆以為
為周鼎而壽何也對曰臣壽王獨曰
無說則死對曰臣壽王安敢無說則生
孝武皇帝時汾陰得周鼎以獻之於甘泉宮群

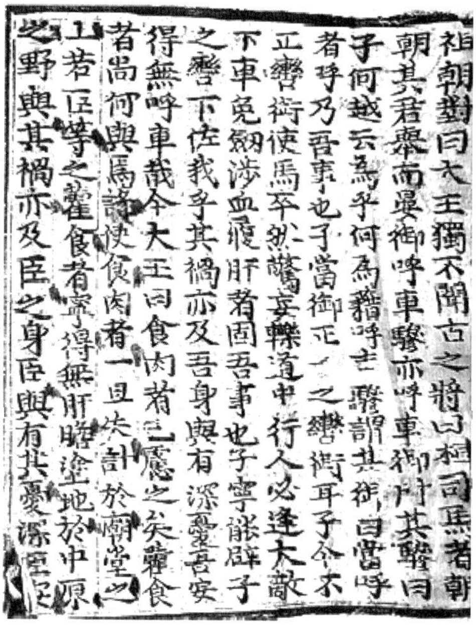

祖朝對曰大王獨不聞古之將曰桓司馬者朝
朝其君舉而晏御呼車驂亦呼車御附其驂曰
子何越云爲乎何爲藉呼驂謂其御曰當呼
者呼乃吾事也子當御正子之轡銜耳子今不
正轡銜使馬卒然驚妄轢道中行人必逢大敵
下車免劍涉血履肝者固吾事也子寧能辟子
之轡下佐我乎其禍亦及吾身與有深憂吾安
得無呼車哉今大王曰食肉者已慮之矣藿食
者尚何與焉設使食肉者一旦失計於廟堂之
上若臣等之藿食者寧得無肝膽塗地於中原
之野與其禍亦及臣之身臣與有其憂深臣之

8

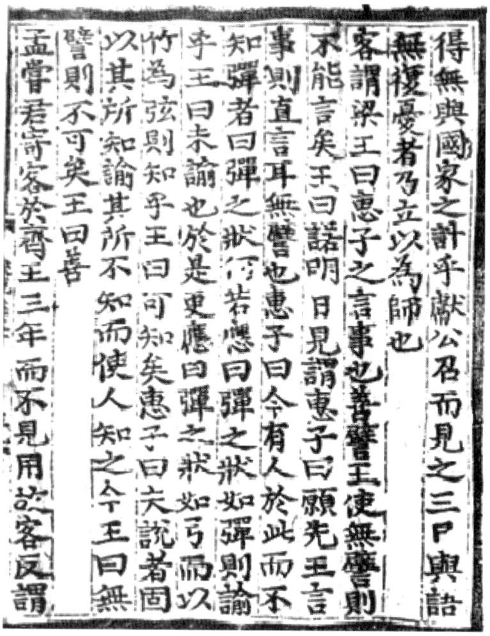

得無與國家之計乎獻公召而見之三日與語
無復憂者乃立以爲師也
客謂梁王曰惠子之言事也善譬王使無譬則
不能言矣王曰諾明日見謂惠子曰願先生言
事則直言耳無譬也惠子曰今有人於此而不
知彈者曰彈之狀何若應曰彈之狀如彈則諭
乎王曰未諭也於是更應曰彈之狀如弓而以
竹爲弦則知乎王曰可知矣惠子曰夫說者固
以其所知諭其所不知而使人知之今王曰無
譬則不可矣王曰善
孟嘗君寄客於齊王三年而不見用故客反謂

9

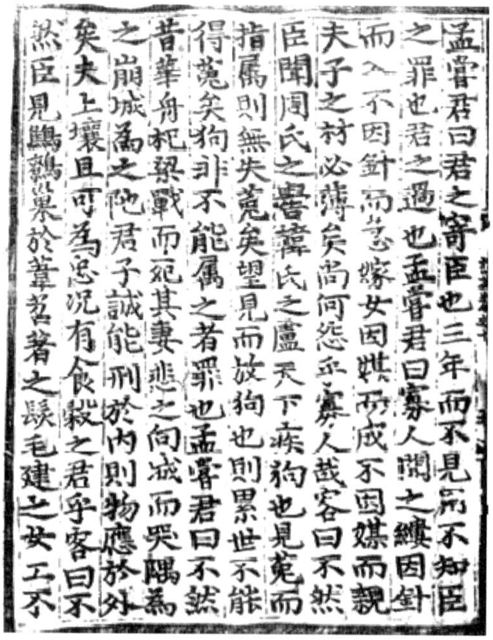

孟嘗君曰君之寄臣也三年而不見用不知臣
之罪也君之過也孟嘗君曰寡人聞之縷因針
而入不因針而急嫁女因媒而成不因媒而親
夫子之材必薄矣尚何怨乎寡人哉客曰不然
臣聞周氏之嚳韓氏之盧天下疾狗也見菟而
指屬則無失菟矣望見而放狗也則累世不能
得菟矣狗非不能屬之者罪也孟嘗君曰不然
昔華舟杞梁戰而死其妻悲之向城而哭隅爲
之崩城爲之阤君子誠能刑於內則物應於外
矣夫土壤且可爲忠況有食穀之君乎客曰不
然臣見鷦鷯巢於葦苕著之髮毛建之女工不

10

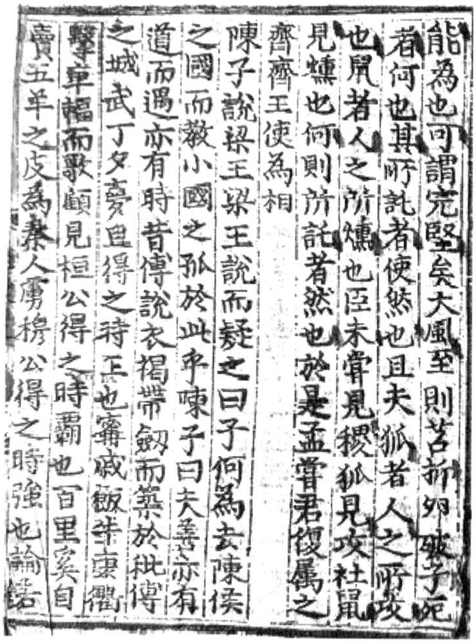

能爲也可謂完堅矣大風至則苕折卵破子死
者何也其所託者使然也且夫狐者人之所攻
也鼠者人之所燻也臣未嘗見稷狐見攻社鼠
見燻也何則所託者然也於是孟嘗君復屬之
齊齊王使爲相
陳子說梁王梁王說而疑之曰子何爲去陳侯
之國而教小國之孤於此乎陳子曰夫善亦有
道而遇亦有時昔傅說衣褐帶劍而築於秕傅
之城武丁夕夢旦得之時王也甯戚飯牛康衢
擊車輻而歌顧見桓公得之時霸也百里奚自
賣五羊之皮爲秦人虜穆公得之時強也論語

11

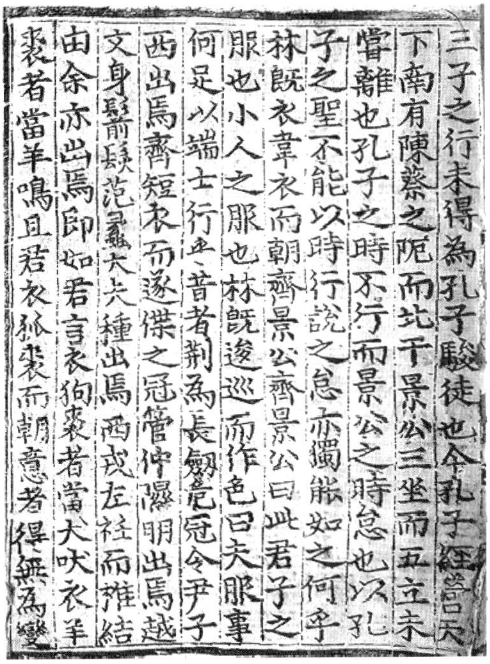
三子之行未得為孔子駿徒也今孔子經營天
下南有陳蔡之阨而北干景公三坐而五立未
嘗離也孔子之時不行而景公之時怠也以孔
子之聖不能以時行說之怠亦獨能如之何乎
林既衣韋衣而朝齊景公齊景公曰此君子之
服也小人之服也林既逡巡而作色曰夫服事
何足以端士行乎昔者荊為長劍危冠令尹子
西出焉齊短衣而遂偞之冠管仲隰朋出焉越
文身剪髮范蠡大夫種出焉西戎左衽而椎結
由余亦出焉即如君言衣狗裘者當犬吠衣羊
裘者當羊鳴且君衣狐裘而朝意者得無為變

12

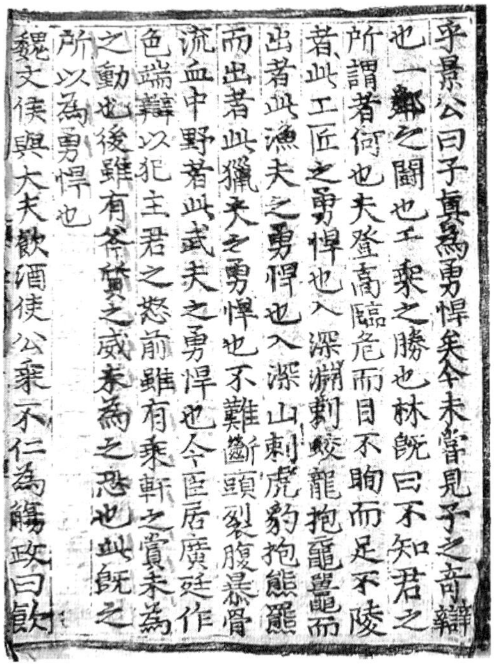
乎景公曰子真為勇悍矣今未嘗見子之奇辯
也一鄰之鬪也千乘之勝也林既曰不知君之
所謂者何也夫登高臨危而目不眴而足不陵
者此工匠之勇悍也入深淵刺蛟龍抱黿鼉而
出者此漁夫之勇悍也入深山刺虎豹抱熊羆
而出者此獵夫之勇悍也不難斷頭裂腹暴骨
流血中野者此武夫之勇悍也今臣居廣廷作
色端辯以犯主君之怒前雖有乘軒之賞未為
之動也後雖有斧質之威未為之恐也此既之
所以為勇悍也
魏文侯與大夫飲酒使公乘不仁為觴政曰飲

13

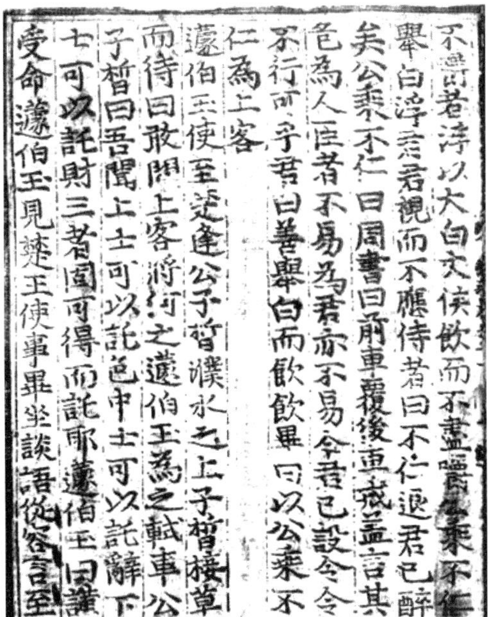
不釂者浮以大白文侯飲而不盡釂公乘不仁
舉白浮君君視而不應侍者曰不仁退君已醉
矣公乘不仁曰周書曰前車覆後車戒蓋言其
危為人臣者不易為君亦不易今君已設令令
不行可乎君曰善舉白而飲飲畢曰以公乘不
仁為上客
蘧伯玉使至楚逢公子晳濮水之上子晳接草
而待曰敢問上客將何之蘧伯玉為之軾車公
子晳曰吾聞上士可以託色中士可以託辭下
士可以託財三者固可得而託耶蘧伯玉曰謹
受命蘧伯玉見楚王使事畢坐談語從容言至

14

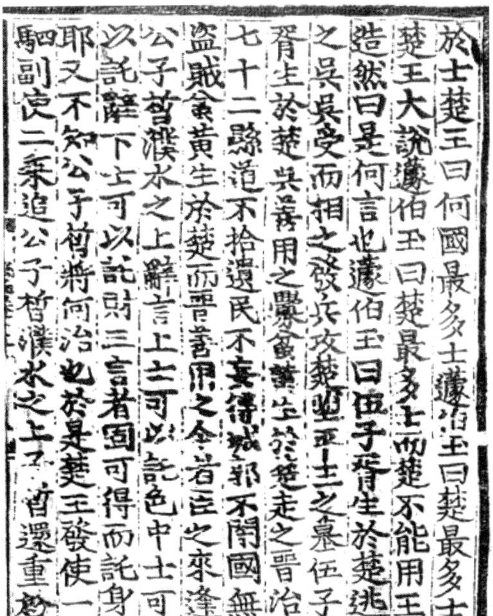
於士楚王曰何國最多士蘧伯玉曰楚最多士
楚王大說蘧伯玉曰楚最多士而楚不能用王
造然曰是何言也蘧伯玉曰伍子胥生於楚逃
之吳吳受而相之發兵攻楚墮平王之墓伍子
胥生於楚吳善用之釁蚡黃生於楚走之晉治
七十二縣道不拾遺民不妄得城郭不閉國無
盜賊蚡黃生於楚而晉善用之今者臣之來逢
公子晳濮水之上辭言上士可以託色中士可
以託辭下士可以託財三言者固可得而託身
耶又不知公子晳將何治也於是楚王發使一
駟副使二乘追公子晳濮水之上子晳還重於

15

楚靈伯王之方也故詩曰誰能亨魚漑之釜鬵
孰將西歸懷之好音此之謂也物之相得固微
甚矣
叔向之弟羊舌虎善欒達達有罪於晉晉誅羊
舌虎叔向為之奴既而祁奚曰吾聞小人得位
不爭不義君子於憂不救不祥乃往見范桓子
而說之曰聞善為國者賞不過刑不濫賞過則
懼及淫人刑濫則懼及君子與不幸而過寧過
而賞淫人無過而刑君子故堯之刑也殛鯀於
羽山而用禹周之刑也僇管蔡而相周公不濫
刑也桓子乃命吏出叔向救人之患者行危苦

16

而不避煩辱猶不能免今祁奚論先王之德而
叔向得免焉學豈可已哉
張祿掌門見孟嘗君曰衣新而不舊倉庾盈而
不虛為之有道君亦知之乎孟嘗君曰衣新而
不舊則是脩也倉庾盈而不虛則是富也為之
奈何其說可得聞乎張祿曰願君貴則舉賢富
則振貧若是則衣新而不舊倉庾盈而不虛矣
孟嘗君以其言為然說其意辯其辭明日使人
奉黃金百斤文織百純進之張先生先生辭而
不受後先生復見孟嘗君孟嘗君曰前先生幸
教文曰衣新而不舊倉庾盈而不虛為之有說

17

後亦知之乎文竊說教故使人奉黃金百斤文
織百純進之先生以補門內之不贍者先生曷
為辭而不受乎張祿曰君將掘君之偶錢發君
之庾粟以補士則衣弊履穿而不贍耳何暇衣
新而不舊倉庾盈而不虛乎孟嘗君曰然則為
之奈何張祿曰夫秦者四塞國也遊宦者不得
入焉願君為吾丈尺之書寄我與秦王我往而
遇乎因君之人也往而不遇乎雖人求間謀固
不遇臣矣孟嘗君曰敬聞命矣因為之書寄之
秦王往而大遇謂秦王曰自祿之來入大王之
境田疇益辟吏民益治然而大王有一不得者

18

大王知之乎王曰不知曰夫山東有相所謂孟
嘗君者貴人賢人天下無急則已有急則能收
天下英雄俊之士與之合交連友者疑獨此
耳然則大王胡不為我友之乎秦王曰敬受命
奉千金以遺孟嘗君孟嘗君輟食察之而寤曰
此張生之所謂衣新而不舊倉庾盈而不虛者
也
莊周貧者往貸粟於魏文侯曰待吾邑粟之來
而獻之周曰乃今者周之來見道傍牛蹄中有
鮒魚焉大息謂周曰我尚可活也周曰須我為
汝南見楚王決江淮以溉汝鮒魚曰今吾命在

19

21

20

23

22

[25]

色非無愧也自裁也事所射也君非不貞也知
權也召忽死之管子未死也召忽非無仁也召忽者人
臣之材也不死則三軍之虜也不死則名聞天
下夫何為不死哉管子者天子之佐諸侯之相
也死之則不免為溝中之瘠不死則功復用於
天下夫何為不死之哉由彼不知也
晉平公閒於師曠曰咎犯與趙襄對曰陽
處父欲臣文公因咎犯三年不達智而不言之而不忠也
而達智之而不聽不言不忠也
欲言之而不敢無勇也此者賢大夫也
趙簡子問於成摶曰吾聞夫羊殖者賢大夫也

[24]

（此面字跡漫漶難辨）
子路曰⋯⋯子路⋯⋯管子不死⋯⋯
襄公⋯⋯子糾⋯⋯無怨⋯⋯知命也⋯⋯

[27]

劉向說苑卷第十二

奉使

春秋之辭有相反者四既曰大夫無遂事不得
擅生事矣又曰出境可以安社稷利國家者則
專之可也既曰大夫以君命出進退在大夫矣
又曰以君命出聞喪徐行而不反者何也曰此
義者各止其科不轉移也不得擅生事者謂平
生常經也專之可者謂救危除患也進退在大
夫者謂將帥用兵也徐行而不反者謂出使道
聞君親之喪也公子結擅生事春秋譏之以為
為救莊公危也公子遂擅生事春秋議之以為

[26]

劉向說苑卷第十

是行篆然對曰臣搏不知也簡子曰吾聞之子
與友親子而不知何也搏曰其為人也數變其
十五年也廬以不慶其二十也仁以喜義
其三十也為晉中軍尉勇以喜仁其年五十也
為邊城將遠者復親今臣不見五年以恐其變
是以死敢知之簡子曰果賢大夫也每變益上矣

29

可伐也乃求壯士得霍人解揚字子虎往命宋
母降道過鄭鄭新與楚親乃執解揚而獻之楚
楚王厚賜與約使反其言令宋趣降三要解揚
乃許於是楚乘揚以樓車令呼宋使降遂倍楚
約而致其晉君命晉君命曰爾為
急慎毋降楚君怒將殺之楚君命
解揚曰君能制命為義臣能承命為信受吾君
命以出雖死無二王曰汝以許我已而倍之其
信安在解揚曰臣所以許王欲以成吾君命臣不
恨也顧謂楚君曰為人臣無忘盡忠而得死者

28

僑公無危事也故君有危而不專救是不患也
君無危而擅生事是不臣也傳曰詩無通故易
無通吉春秋無通義此之謂也
趙王遣使者之楚方鼓瑟而遣之
吾言使者曰王之鼓瑟未嘗悲若此也王曰宮
天有燥濕絃有緩急宮商
商回方調矢調則何不書其悲也今往之以事不書也知猶
以辭遣吉凶憂患不可豫知也往之以事不書知
餘里吉凶函憂患不可豫知趙相去王曰宮有
云莘莘征夫每懷靡及楚莊王舉兵伐宋宋告

31

孝為人父末三年不聞子不可謂慈君何不遣人
使大國乎末子曰顧之父矣未得可使者倉唐
曰臣願奉使侯何嗜好太子曰侯嗜晨鳧好北
犬於是乃遣倉唐繼北犬奉晨鳧獻於文侯倉
唐至於上謁曰孽子擊之使者不敢當大夫之朝
請以燕間奉晨鳧敬獻庖廚繼北犬敬上涓人
文侯悅曰擊愛我知吾所嗜晨鳧好北犬倉唐
而見之曰擊無恙乎倉唐曰唯唯如是者三乃
曰君出太子而封之國君名之非禮也文侯怵
然為之變容問曰子之君無恙乎倉唐曰臣來
時拜送書於庭文侯顧指左右曰子之君長孰

30

楚王諸弟皆諫王弗聽於是莊王卒鼓解揚而
歸之晉爵之為上卿故後世言霍虎
齊攻魯子貢見哀公請求救於吳公曰諾先君
寶之用於是子貢曰使吾師是不
百邾賦三百不識使周公之後五
王懼乃興師救魯諸侯曰齊伐周公之後而吳
救之遂朝於吳
魏文侯封太子擊於中山三年使不往來舍人
趙倉唐稱曰為人子三年不聞父問不可謂

33　32

35　34

32

於是倉唐曰禮諸侯人必奉其倫諸侯無偶無所
擬之曰是大執與寡人倉唐曰君賜之外府之
裘則臣服勝之賜也則不更其造文侯曰子
之君何業倉唐曰業詩文侯曰於好風黍離
曰好晨風黍離文侯自讀晨風詩何好倉唐
彼址林木未見君子憂心欽欽如何如何忘我實
多支文侯曰君以我忘之乎倉唐曰彼遠之苗行
邁靡靡中心搖搖知我者謂我心憂不知我者
謂我何求悠悠蒼天此何人哉於是遣倉唐賜
思耳文侯復讀黍離彼黍離離彼稷之苗行
怨乎倉唐曰不敢時惠耳文侯於是遣倉唐賜

33

太子衣一襲新者唯以雞鳴時至太子起拜受
賜發篋視家盡顛倒太子曰遲早駕君侯召
也君唐曰臣來時承受命賜與太子以雞鳴
不以為褻也欲召擊與謀故勅子以雞鳴
時至詩曰東方未明顛倒衣裳之倒之自公
召之遂西至謂文侯大喜乃置酒而稱之曰夫
賢而近所愛非社稷之長策也乃出少子擊封
中山而復太子故文侯視其所使擊乃援詩曰鳳凰于飛歲歲其羽
其君視其所使擊乃援詩曰鳳凰于飛歲歲其羽
亦集爰止謂謂王多吉士維君子使媚于天子

34

舍人之謂也
楚莊王欲伐晉使豚尹觀焉反曰不可伐也其
憂在上其樂在下且賢臣在焉曰沈駒明年又
使豚尹觀反曰可矣初之賢人死矣諂諛多在
君之廬者其君好樂而無禮其下危處以怨
上下離心興師伐之其民必先反莊王從之果
如其言矣
梁王魏嬰觴諸侯於範臺反曰不可伐也其
國廣以大民堅而眾國中無賢人辯士乎任座
用賢人辯士乎任座曰不然昔者齊無故起兵

35

攻魯魯君患之召其相曰為之奈何相對曰夫
柳下惠少好學長而嘉智主君試召使於齊魯君
曰吾千乘之主也身自使於齊齊不聽夫柳下
惠將布衣韋帶之士也使之又何益乎柳下惠
臣聞之乞大不得不望其炮失本使柳下惠於
齊縱不解於齊兵猶不至於魯君乃
曰然乎相即使人召柳下惠來柳下惠
魯君遊齊而立齊人所謂飢而求八門枯衣不趨
穿井者未嘗能以歡喜兒子令國事患百姓恐
懼願藉子大夫使柳下惠柳下惠曰臣君不懼齊侯
齊侯曰魯君將肆手柳下惠曰臣君不懼齊侯

36

恍然怒曰吾望而魯敵之若類失亡國百姓矣
屢伐未必破郭之若蓋吾親若類吾國子不
懼何也物曰臣之懼也魯君之先君亦出周門削草
茅而約之君之先君亦以不懼者以其先
人出周封於魯君之先君亦以不懼者以其先
令其罪若此削草而約之自後子孫破有相交者
牙然百姓非不急也齊桓侯乃解兵曾之難茶同
下車持布衣章冊之立至解齊桓曾之難夫抑
無賢主聖人乎

陸賈從高祖定天下名為有口辯士居左右常
使諸侯及高祖時中國初定尉佗平南越
因王之

37

之高祖使陸賈賜尉佗印為南越王陸生至尉
佗魋結箕踞見陸生陸生因說佗曰足下中國
人親戚昆弟墳墓在真定今足下反天性
棄冠帶欲以區區之越與天子抗衡為敵國禍且
及身矣且夫秦失其政諸侯豪桀並起惟漢
王起巴蜀鞭笞天下劫略諸侯遂誅項羽滅之
五年之間海內平定此非人力天之所建也天子
聞君王王南越不助天下誅暴逆將相欲移兵而
誅王天子憐百姓新勞苦且休之遣臣授君王印剖符通使君王宜

38

郊迎北面稱臣乃欲以新造未集之越屈彊於
此漢誠聞之掘燒君王先人冢墓夷種宗族使
一偏將將十萬眾臨越則越殺王降漢如反
覆手耳於是尉佗乃蹶然起坐謝陸生曰居蠻
夷中久殊失禮義因問陸生曰我孰與蕭何曹
參韓信賢陸生曰王似賢復問我孰與皇帝賢
陸曰皇帝起豐沛討暴秦誅彊楚為天下興
利除害繼五帝三王之業統理中國中國之人
以億計地方萬里居天下之膏腴人眾車輿萬
物殷富政由一家自天地剖判未嘗有也今王
眾不過數十萬皆蠻夷踦嶇山海之間譬若漢

39

一郡何可乃比於漢王尉佗大笑曰吾不起中
國故王此使我居中國何遽不若漢乃大悅陸
生與留飲數月曰越中無足與語至生來令我
日聞所不聞賜陸生橐中裝直千金佗送亦千
金陸生拜尉佗為南越王令稱臣奉漢約歸報
高祖大悅拜為太中大夫
晉楚之君相與為好會於宛立之上宋之上
之晉大夫曰二冠雖獎宜加其上宋新冠
見子為使者曰習以見天子禮見於上帝升宋城
其下周室雖微諸侯未之熊易也師升宋城雖
猶不更臣之眼也揖而去之諸大夫瞿然遂以

諸侯之禮見之
越使諸發執一枝梅遺梁王梁王之臣曰韓子
顧謂左右惡有以一枝梅遺列國之君者
乎請為二三子慼之出諸發曰彼越亦天子之
封也不得冀兗之州乃處海垂之際屏外蕃以
為居而蛟龍又與我爭焉是以剪髮文身爛然
成章以像龍子者將避水神也今大國之使時過幣邑
之君亦有命矣曰客必婜然文身然後見
則見以禮不冠則否諸發曰假令大國之使過
幣邑之君亦將曜衣裳被髮文身而後見之
之於大國何如意而安之顧假冠以見意如不

40

安顧無變國俗梁王聞之披衣出以見諸發
遂韓子詩六維君子使媚于天子若此之謂也
晏子使吳王謂行人曰吾聞晏嬰盍北方之
辯於辭習於禮者也命儐者曰客見則稱天子明
日晏子有事行人曰天子請見晏子憱然者三
曰臣受命弊邑之君將使於吳王之所不佞而
迷惑入于天子之朝敢問吳王惡乎存然後吳
王曰夫差請見晏子見之以諸侯之禮
景公使晏子於楚楚王進橘置削晏子不削
而幷食之楚王曰橘當去剖令晏子對曰臣聞之
賜人主前者瓜桃不削橘柚不剖今萬乘無教

41

臣不敢剖然臣非不知也
晏子將使荊王聞之謂左右曰晏子賢人也
今方來欲辱之何以也左右對曰為其來也
請縛一人過王而行王曰何為者也對曰齊人也
王曰何坐曰坐盜晏子至楚王賜晏子酒
酒酣吏二縛一人詣王王曰縛者曷為者也
對曰齊人也坐盜王視晏子曰齊人固善盜乎
晏子避席對曰嬰聞之橘生江南則為橘
生於淮北則為枳葉徒相似其實味不同所以然者何
水土異也今民生長於齊不盜入楚則盜得無楚
之水土使民善盜耶王笑曰聖人非所與熙也
寡人反取病焉

42

延晏子晏子不入曰使至狗國者從狗門入今
臣使楚不當從此門入見楚王楚王曰齊無人耶
使子來對曰齊之臨淄三百閭張
袂成帷揮汗成雨比肩繼踵而在何為無人
王曰然則何為使子曰齊命使各有所主
其賢者使使賢主不肖者使使不肖主嬰最不肖故
直使楚矣
秦楚轂兵秦王使人使楚楚王使人戲之曰子
來亦卜之乎對曰然卜之也王曰卜之謂何對曰吉秦楚
轂兵吾王使我先窺我死

43

45

格苑苌龍門飲馬𣲰涖逷平瓘平邪王與人
后奔于莒逃於城陽之山當此之時則悟之大
何如乎王曰陳先生對之刀敎曰使者閽悟之
王曰刀先生對之刀敎曰使者閽悟之年邪昔
若荊平王為無道加諸申氏殺子胥父與其兄
子胥被讒亡食於吳市闔閭以為將相三年將吳
其復讎於郢軍入郢雲行乎郢之都子胥親
兵襄戰勝乎郢軍級頭百萬襄老乎子胥親
王復讎於隨引師入郢雲行乎郢之都子胥奔鄭
射宮門之都乎殺之上也人加百萬於後止當若此
無罪而子殺之人加百萬於後止當若此
時悟可以為其樹矣

44

而元遷前吾三知鮑枝聲其以聲走走君也
請吉也是使死者而無知則臺無知錯又又苑著
而有知也兵盡錯使死者之非古埋君
無難從詿設使則斮葽死之絕人之謀以
夫殺人之臺使絕人之謀非古之其主而謂
夫左而虛其右王歌絕頸而死於杜公孫
楚建博齊樂之建官六歲悟
子三曰江蘇舟大圓樹沿巨何怪
馬使者曰晉路渡搖彼雍門擊
連命

47

佐多賢矣簡子按兵而不動耳
魏文侯使舍人毋擇獻鵠於齊侯母擇行道失
之徒獻空籠見齊侯曰寡君使臣毋擇獻鵠道
飢渴臣出而飲食之而鵠飛沖天遂不復反念
思非無錢以買鵠也惡有為其君買鵠者乎念
思非不能拔劍刎頭腐肉暴骨於中野也為吾
君貴鵠而賤士也念思非不敢走陳蔡之閒也
惡絕兩君之使故不敢愛身逃死來念思恐傷吾君
之閒也惡絕兩君之誅齊侯大悅曰寡人今者
得茲言三賢於鵠遠矣寡人有都郊地百里毋
獻子大夫以為湯沐邑毋擇對曰惡有為其君

46

蔡使師彊王堅使於楚聞之曰人名多童
童者獨為師彊王堅趨平而見之無以次視其人
狀疑其名而覩其聲又惡其形楚王大怒曰今
蔡無人乎而使子為使子誠寡人可伐也有人
不遣子國可伐也端
以此人誠寡人可伐也故蔡二使見
伐使者象也元吉者賢
貢使令於君前甚聽易曰渙其群元吉渙者賢
也群者眾也元者吉之始也渙其群元吉者其
趙簡子將襲衛使史默往視之期以一月六日
而後反簡子曰何其久也史默曰謀利而得害
猶弗察也今覩伯玉為相史鰌佐焉孔子為客子

劉向說苑卷第十三

權謀

聖王之舉事必先諦之於謀慮而後考之於著
龜白屋之士皆關其謀蓍龜之役咸盡其心故
萬舉而無遺籌失兼傳曰眾人之智可以測天
燕聽獨斷惟在一人此大謀之術也謀有二端
上謀知命其次知事知命者預見存亡禍福之
原早矢盛衰廢興之始防事之未萌避難於無
形若此人者居亂世則不害於其身在乎大平
之世則必得天下之權彼知事者亦尚矣見事
而知得失成敗之分而究其所終極故無敗業

49

劉向說苑卷第十二

更而輕易其權謀利諸侯之地乎遠出□公乎

48

廢功孔子曰可與適道未可與權也夫雖知命
知事者孰能行權謀之術夫權謀有正有邪君
子之權謀正小人之權謀邪夫正者其權謀公
故其為百姓盡心也誠彼邪者好私尚利故其
為百姓詐其心也誠則亂誠則平是故堯之九
誠而能興於朝其四臣詐而誅於野誠者隆至
後世詐者當身而滅知命知事而能於權謀者
必察誅詐之原而以處身則恬然而靜則應
也夫知者舉事也滿則應平則應險安則應
危曲則應直由重其豫惟恐不及是以百舉而
不陷也

50

楊子曰事之可以之貧可以之富者其傷行也
事之可以之生可以之死者其傷勇也
子曰楊子智而不知命故其知多疑語曰知命
者不惑晏嬰是也
趙簡子曰晉有澤鳴犢犨有孔子
觀□□水洋洋爭立之不濟於此命也夫
人則天下可圖也於是乃召孔子至河臨水而
政而殺之使人聘孔子孔子至於魯曰
路趨進曰敢問奚謂也趙簡子之未得志也與之
國之賢大夫也及其得志也殺之而後從政故
見及其得志也殺之而後從政故丘聞之刺胎

51

52

楚�`次`則謀講`　`不至於澤而漁`　`龍不`　`近`　`藪`　`　`
`卯`則鳳凰不翔丘罔之君子`　`在位者也
孔子與齊景公坐左右白曰周`　`使`　`口周廟也
齊景公出問曰河廟也孔子曰是皇`　`王`　`景
公曰何以知之孔子曰皇室與馬`　`不可振也故
武之制而作`　`廟`　`有德`　`如之大夫`　`不
感天之制而作`　`廟以章其過也左右入`　`曰善哉
天殃其`　`廟`　`是以知之`　`公曰天何不殃其身
曰天以文王之祀無乃`　`　`
王廟也景公大驚起辟拜曰善哉聖人之智豈

53

不大乎

齊桓公與管仲謀伐莒未發而聞于國桓公
怪之以問管仲管仲曰國必有聖人也桓公歎
曰歇日之役者有執柘杵而上視者意其是耶
乃令復役無得相代少焉管仲曰此必是也
乃令儐者延而進之分級而立管仲曰子邪言
伐莒者對曰然管仲曰我不言伐莒子何故言
伐莒對曰臣聞君子善謀小人善意臣竊意之
也管仲曰我不言伐莒子何以意之對曰臣聞
君子有三色優然喜樂者鍾鼓之色也
然清靜者縗絰之色也勃然充滿者此兵革之色也

54

也曰者臣望君之在臺上也勃然充滿`　`兵革
之色君呼而不吟所言者莒也君舉臂而指所
當者莒也臣竊意小諸侯之未服者其唯莒乎
臣故言之君子曰凡耳之聞以聲也今不聞其
聲而以其容與臂是`　`東郭`　`不以耳聽而聞
桓公管仲雖善謀不能隱聖人之聽於無聲
視於無形東郭`　`之`　`也故桓公乃尊禮而無
聲而以`　`其說晉平公之驕而無禮
晉太史屠餘見晉國之亂見晉平公之驕而無
德義也以其國法歸周威公見而問焉曰天下
之國孰先亡對曰晉先亡`　`威公問其說對
曰臣不敢直言示晉公以天妖曰月星辰之行

55

威公問請屠餘曰君次之威公懼`　`來國之長者
多不當日是何能然示以人事多不義百姓多
怨曰是何傷示以鄰國不服賢良不興曰是何
害是下知所以亡故臣曰晉先亡居三
`　`晉果亡威公又見屠餘而問焉曰孰次之對
曰中山次之威公問其故對曰天生民也君上
下所以立也所以異於禽獸麋鹿也君臣上
有辨人之義也中山之俗以晝為夜以夜繼
日男女切`　`固無休息淫康歌謳好悲其主弗
知惡此亡國之風也臣故曰中山次之居二年中山
果亡威公又見屠餘而問曰孰次之對
威公懼

得鑄疇田邑而禮之又得史理趙巽以為諫臣
去苛令三十九物以告屠餘屠餘曰其尚終君
之身臣聞國之興也天遺之賢人與之極諫之
士國之亡也天與之亂人與善諛者威公薨九
月不得葬周乃分而為二故有道者言不可不
重也
齊侯問於晏子曰當今之時諸侯孰危對曰莒
其亡乎公曰奚故對曰地侵於齊貨竭於晉是
以亡也
智伯從韓魏之兵以攻趙圍晉陽之城而溉之
城不浸者三板絺疵謂智伯曰韓魏之君必反

56

矣智伯曰何以知之對曰夫勝趙而三分其地
今城未沒者三板臼竈生鼃人馬相食城降有
日矣而韓魏之君無喜志而有憂色是非反何
也明日智伯謂韓魏之君曰疵言君之反也韓
魏之君曰必勝趙而三分其地今城將勝矣夫
二家雖愚不棄美利而背約為難不可成之事
其勢可見也是疵必為趙說君且使君疑二主
之心而解於攻趙也今君聽讒臣之言而離二
主之交為君惜之智伯出欲殺絺疵絺疵逃韓
魏之君果反
魯公索氏將祭而亡其牲孔子聞之曰公索氏

57

比及三年必亡矣後一年而亡弟子問曰昔公
索氏亡牲夫子曰比及三年必亡矣今期年而
亡夫子何以知其將亡也孔子曰祭之為言索
也索也者盡也乃孝子所以自盡於親也至祭
而亡其牲則餘所亡者多矣吾以此知其將亡
也
蔡侯宋公鄭伯朝於晉蔡侯謂叔向曰子亦奚
以語我對曰蔡言地計衆不若宋鄭其車馬衣
裘侈於二國諸侯其有圖蔡者乎處期年荊伐
蔡而殘之
白圭之中山中山王欲留之固辭而去又之齊

58

齊王亦欲留之又辭而去人問其辭白圭曰二
國將亡矣所學者國有五盡故莫之必忠則言
盡矣莫之必譽則名盡矣莫之必愛則親盡矣
行者無糧居者無食則財盡矣不能用人又不
能自用則功盡矣國有此五者毋幸必亡中山
與齊皆當此若使中山之與齊也聞五盡而更
之則必不亡也其患在不聞也雖聞又不信也
然則人主之務在乎善聽而已矣
下蔡威公閉門而哭三日三夜泣盡而繼以血
旁鄰窺牆而問之曰子何故而哭悲若此乎對
曰吾國且亡曰何以知之應之曰吾聞病之將

59

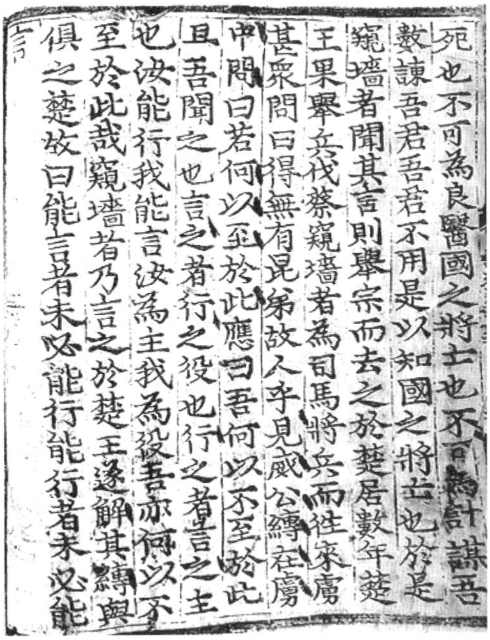

61

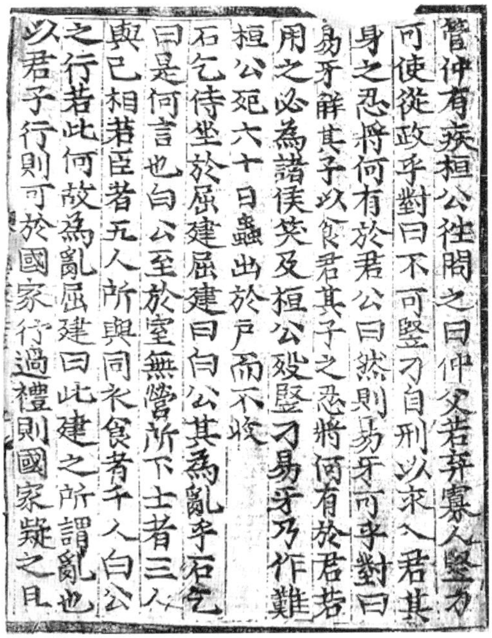

60

63

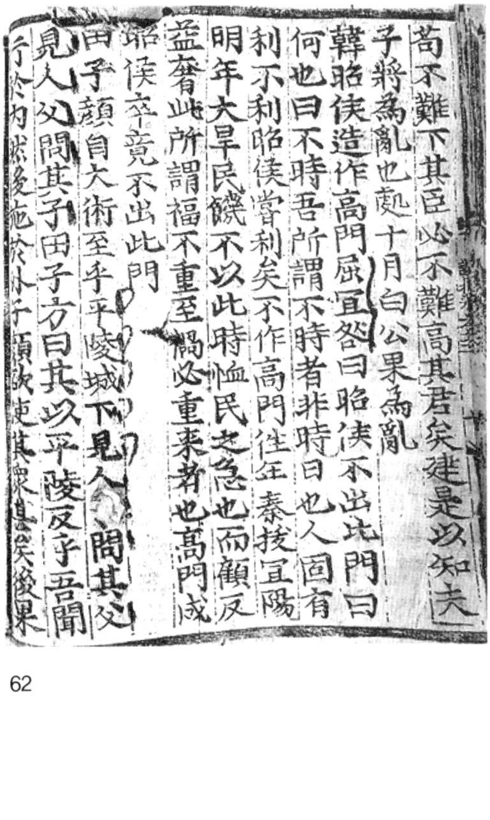

62

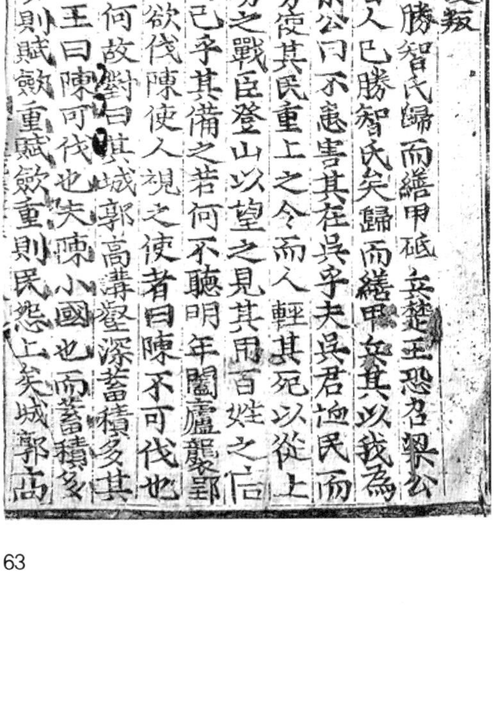

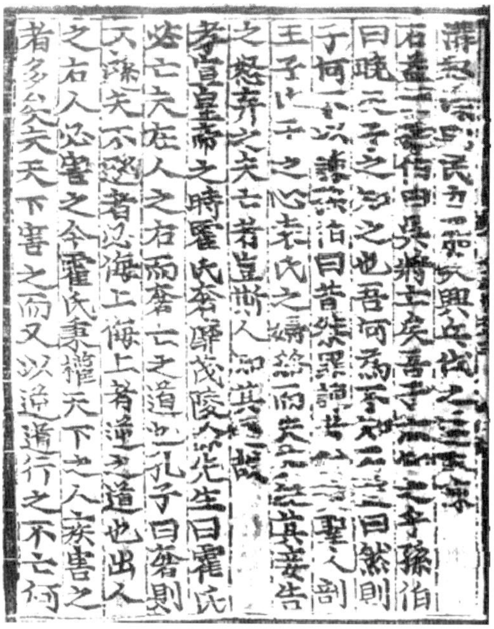

64

65

66

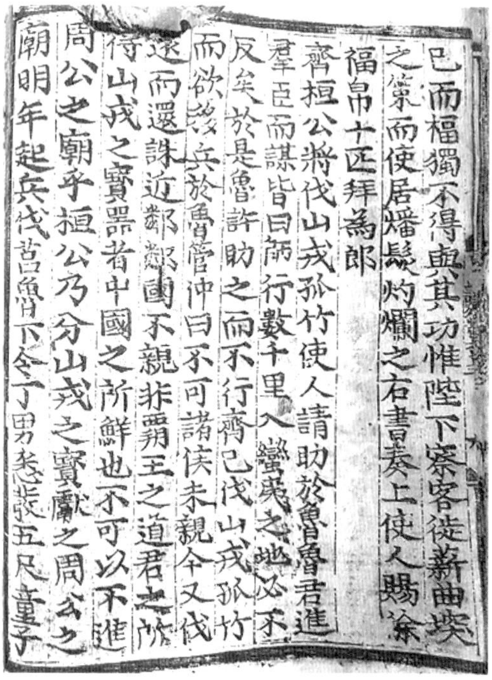

67

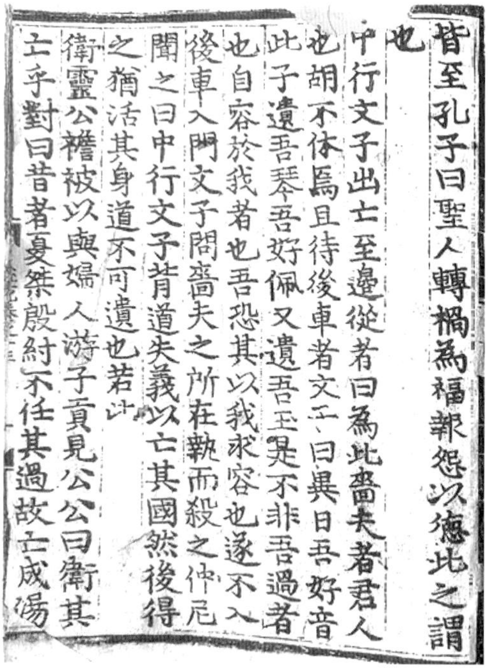

〔68〕

文武知正其此政故興衛桑其立也
智伯請地於魏宣子宣子不予任增曰何為不
予宣子曰彼無故而請地無故而請地吾之重
彼無故而彼無故而請地吾之重誅無厭也
彼喜必又請地諸侯不與必怒而必
宣子曰善遂與地智伯喜又請地於趙趙不與
智伯怒圍晉陽韓魏合趙遂滅之臺
楚莊王與晉戰勝之懼諸侯之歸己乃築為臺我
濟德之人也諸侯請為觴請約乃訖而曰將來
五伺之臺臺成而觴諸侯諸侯之畏已也
百嘗其謀我言而不當諸侯伐之於是遠者來

〔69〕

朝近者入實
生王夫差破越又將伐陳楚大夫皆懼曰普國
雖能用其眾故破我於柏舉今闔閭死而夫差
于西曰二三子恤不相睦也無慝今夫
差欲有臺榭陂池焉宿有妃嬙御焉一日之
藏孛困而供之故在軍席不暖在國天有災
者卒乘必與焉為是以民食不重味處不重席
食不盂味處不重席不相睦也無慝今夫
行所欲必成玩好必從珍異是聚夫差先自敗
已焉能敗我
越破吳請師於楚以伐晉楚王與火夫皆懼將許

〔70〕

之左史倚相曰此趙吾羡已故示我不病請為長
戰千乘卒三萬與之分吳地也莊三聘歸取東國
陽虎為蓴於齊是之齊請師以臨魯齊侯許之鱗
文子曰不可也魯陽虎欲齊師破魯師破大圍必
多死於是欲盡其讒謀其求焉今君雪言於季氏而將
發季孫於是欲盡其讒謀求焉今君雪言於季
起九夷之師以伐之伊尹曰未可彼尚猶能起
湯欲伐桀伊尹曰請阻乏貢職以觀其動桀怒
而君又收之母乃宗乎齊君乃執之免其疾
民而大欲於魯國茲陽虎所欲傾覆也魯君免其疾
九夷之師不起湯乃謝罪請服復入貢

〔71〕

晉文公與荊人戰於城濮君問於咎犯咎犯對
紂於牧野其所獨見者精也
以戰其殆是燔之已故武王順天地犯三妖而禽
風霽而乘以大而水平此天酒乾出卜而龜熸
散宜生諫曰此其妖孰也熟武王曰不利以禱桐利
災兼示民無返志也至於有戎之隧大風折旆
山王伐過隧斬岸過水折舟過谷發梁過山
伊尹曰可矣湯乃興師伐而殘之遷桀南巢氏焉
職明年又不共貢職桀怒起九夷之師九夷之師不

曰服義之君不足於信服戰之君不足於詐詐
之而已矣君問於雍季雍季對曰焚林而田得
獸雖多而明年無復也乾澤而漁得魚雖多而
明年無復也詐猶可以偷利而後無報遂與荊
軍戰大敗之及賞先雍季而後咎犯侍者曰城
濮之戰咎犯之謀也君曰雍季之言百世之謀
也咎犯之言一時之權也寡人既行之矣
城濮之戰文公謂咎犯曰吾卜戰而龜熸我迎
歲彼背歲彗星見彼操其柄我操其標吾又夢
與荊王搏彼在上我在下吾欲無戰子以為何
如咎犯對曰卜戰龜熸是荊人也我迎歲彼背

72

歲彼去我從之也彗星見彼操其柄我操其標
以掃則彼利以擊則我利君夢與荊王搏彼在
上君在下則君見天而荊王伏其罪也且吾以
宋衛為主齊秦輔我我合天道獨以人事固將
勝之矣文公從之荊人大敗
越饑句踐懼四水進諫曰夫饑越之福也而吳
之禍也夫吳國甚富而財有餘其君好名而不
思後患若我卑辭重幣以請糴於吳吳必與我
與我則吳可取也越王從之吳將與之子胥諫
曰不可夫吳越接地鄰境道易通仇讎敵戰之
國也非吳有越越必有吳矣夫齊晉不能越三

73

江五湖以亡吳避不如因而攻之是吾先王闔
廬之所以霸也且夫饑何哉亦猶淵也敗伐之
事誰國無有君若不攻而輸之糴則利去而凶
至財匱而民怨悔無及也吳王曰吾聞義兵不
服仁人不以饑饉而攻之雖得十越吾不為也
遂與糴三年吳亦饑請糴於越越王不與而攻
之遂破吳
趙簡子使成何涉他與衛靈公盟於剸澤靈公
未喋盟成何涉他捘靈公之手而撙之靈公怒
欲反趙王孫商曰君欲反趙不如與百姓同惡
之公曰若何對曰請命臣令於國曰有姑姊妹

74

女者家一人質於趙百姓必怨君因反之矣君
曰善乃令之三日遂徵之五日而令畢國人悲
哭君乃召國大夫而謀曰趙為無道反之可乎
大夫皆曰可乃出西門閉東門趙王聞之縛涉
他而斬之以謝於衛成何走燕子貢曰王孫商
可謂善謀矣憎人而能害之有患而能處之欲
用民而能附之一舉而三物俱至可謂善謀矣
楚成王贊諸屬諸侯使魯君為僕魯君致大夫而
謀曰我雖小亦周之建國也今成王以我為僕可
乎大夫皆曰不可公儀休曰不可不聽楚王身死
國亡君之臣乃君之有也為民君遂為僕

75

〔76〕

齊景公以其子妻闔廬送諸郊泣曰余死不汝見矣高夢子曰齊
大國也君盍以一女妻公而與之立於海而鄰山是亦齊之福也夫
下誰不我接公子又大榮聽馬主亂也君乃收人聞之不
能令則莫若蔽常氏氏不亦善乎主亂於我遠
則不靜余恐諸侯毒我族救此也遂妻之
而救齊大敗戎師於濟欲妻之太子忽辭人問
其故對曰無事於齊吾猶不敢今以君命救齊
人各有偶齊大非吾偶也詩云自求多福在我
而已矣後戎伐齊齊請師于鄭鄭太子忽率師
救齊大有功齊又欲妻之太子忽固辭人問
之則曰余狃弟毒族救此也

〔77〕

之意愛臣以歸人 其以我為師遂子欲辭之
孔子問漆雕馬人曰子事臧文仲武仲孺子容
三大夫者孰賢漆雕馬人對曰臧氏家有龜
焉名曰蔡文仲立三年為一兆武仲立三年
為二兆孺子容立三年為三兆馬人見之
矣若夫三大夫之賢不賢人之美也隱而顯其
君子哉漆雕馬人也見之賢不識也隱而顯其
言人之過也微而著故智不能及明不能見得
無厭下乎
太子商臣恐念父尹子上知商臣之怨子上也固謂子上
水而軍陽處父

〔78〕

日少知此非正而從子子上知國奇晉軍曰甚遁
矣使人使於晉而告晉曰子上受晉賄而辟晉師訴
之成王信之殺子上矣三逃彼
酬酒諸大夫智伯戲康子而侮段規
智伯謂趙襄子曰晉國先吳之甲兵衣
日大國禮卑而子獨一舉而有喪人臣
之禮無乃不可乎我未有以使來
是以憂也南文子曰無方
間辭於正境上乃還
彼襲我勞而乃活此其大夫叔向迎奇謂南文子

〔79〕

日太子頹之為其妻子必且愛非有大罪也而
士之必有宿故然人二而一受二個死生二也日
車戰五乘慎勿為退智伯聞之乃正
叔向之殺甚也數見荊岡曰予此豈晉
氏弘謂叔向曰子甚弘國之言久矣而叔
莒公子午涉於蔡侯之所叔向曰此善莒之暴也
向叔立罷平公曰何不減莒立莒蓋乃止難
城昔舉莒公子午以止蔡羡立之暴立莒
向 楚公子午涉於蔡侯之所
公孫午使之買晉馬人殘城去歸晉賦三百車
公孫午使之買晉馬人殘城去歸晉賦三百車

81

劉向説苑卷第十三

之叟從外來曰客將焉之曰會封於鄭進旅之
叟曰吾聞之時難得而易失也今客之寢安於
非封也鄭桓公聞之摻轡自駕其僕摻㦸而載
之行一日夜而至躧何與之爭封故久鄭桓公
之賢歟旅之叟然不曾對也

80

趙簡子使人以明□之乘六先□一璧書遺於
衛叔文子曰今我未以事之而先以幣來必有故於
是斬林除圍聚斂蓄積其後簡使者來曰吾
舉也為不可如也今飲已之矣乃毀
其名姓擇鄶之良臣而與之為官爵之名而書之
因為設壇場郭門之外而埋之釁之以雞豭若盟狀
鄶君以為內難也而盡殺其良臣桓公因襲之遂
取鄶
鄭桓公東會封於鄭葉舍於宋東之逆旅
逆旅

83

劉向説苑卷第十四
　　　至公
書曰不偏不黨王道蕩蕩言至公也古有行大
公者帝堯是也貴為天子富有天下得舜而傳
之不私於其子孫也去天下若遺躧於天下猶
然況其細於天下乎非帝堯孰能行之孔子曰
巍巍乎惟天為大惟堯則之易曰無首吉此蓋
人君之至公也夫以公與天下其德大矣推之於
此刑之於彼萬姓之所載後世之所則也彼
人臣之公治官事則不營私家在公門則不言貨
利當公法則不阿親戚奉公舉賢則不避仇讎

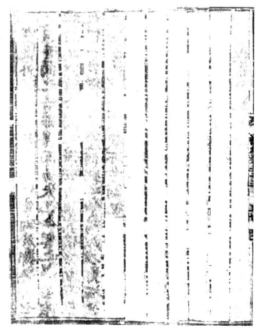

82

〔85〕

冤餘祭章餘死夷昧立夷昧死次及李子季
可時使行不在庶見察曰我亦乃自立為
吳王李子使還復事如故謁子光曰以吾父
意則國當屬李子使李以雛嗣之法則我適也當代
之君僚何為也乃使專諸刺僚殺之以位
讓李子季子曰爾殺吾君吾受汝國是吾與爾為
君則國當屬李子爾殺吾兄吾又殺汝則是父子兄弟
相殺無已時也李子去之延陵終身不入吳君之
以其不殺為仁以其不取國為義夫不以國私
身捐千乘而不恨弃尊位而無怨可以庶幾矣
諸侯之義死矣樓太王委國而去何也夫聖人

〔84〕

忠枝事君仁於推之以慈道仁之以不當
伊呂是也故顯之一存於令是之謂公詩云周道
如砥其直如矢君子所復小人所視此之謂也
夫公生明偏生暗端愨生達詐偽生塞誠信生
神幸誕生此六者君子之所慎也詩云上帝臨女
所以分也詩云次日李子最賢三兄皆知之於
吳王壽慶有四子長曰謁次曰餘祭次及李子季
是曰李子礼號曰延陵李子季子終不肯當謁死
為約曰李子賢使國及李子則吳可以興乃
尹相繼飲食必祝曰使吾早死令國及李子謁

〔87〕

太公擇地而封營立爵土等其地不植營丘之
之民不如營丘之眾不如徒若是營丘又有
普周成王一卜居成周也其命龜曰予南宮邊子
彼公具以辛櫟之言語南宮邊子南宮邊子
彼公心慼不能應也辛櫟趨而出南宮邊子
四方伐就百姓敢無中土乎使予有罪則
作邑乎山之陽賢則戎昌不賢則速亡天
父之戒室也曰吾欲室之俠於兩社之間也
兼有天下不辟則吾後世有不能事上者
使曰賢則茂昌不賢則速亡安在擇地而封哉

〔86〕

不欲強暴侵陵百姓故使諸侯死國守其民太
王有至仁之恩不忍戰百姓故事勳育戎氏以
犬馬珠玉幣帛而伐不止問其所欲者土地也於是
屬其耆老而告之曰土地者所以養人也
不以所以養害所養也吾將去之遂居岐山之
下邠人負幼扶老從之如歸父母三遷而民
五倍其初者官興仁義而已矣君子之守國安
民非特鬥一二戰殺士眾而已不私其身惟民
用保其民蓋曰萬國之義也是顧聖公所
辛櫟見魯穆公曰周公與太公孰賢公曰大公之賢也
曰子何以言之辛櫟封曰周公擇地而封曲阜

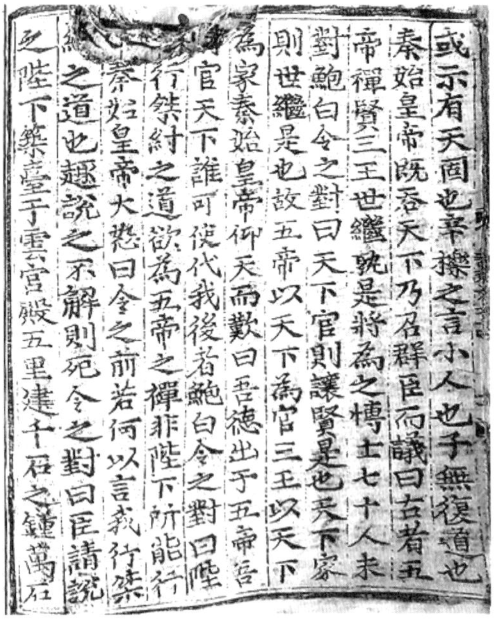
或示有天固也辛操之言小人也子無復道也
秦始皇帝既吞天下乃召群臣而議曰古者五
帝禪賢三王世繼孰是將為之博士七十人未
對鮑白令之對曰天下官則讓賢是也天下家
則世繼是也故五帝以天下為官三王以天下
為家秦始皇帝仰天而歎曰吾德出于五帝吾
將官天下誰可使代我後者鮑白令之對曰陛
下行桀紂之道欲為五帝之禪非陛下所能行
秦始皇帝大怒曰令之前若何以言我行桀
紂之道也趣說之不解則死令之對曰臣請說
之陛下築臺于雲宮殿五里建千石之鐘萬石

88

之虡婦女連百倡優累千興作驪山宮室至雍
相繼不絕所以自奉者殫天下竭民力偏駮自
私不能以及人陛下所謂自營僅存之主也何
暇比德五帝欲官天下哉始皇闇然無以應之
面有慚色久之曰令之之言乃令衆醜我遂罷
謀無禪意也
齊景公嘗賞賜及後宮文繡被臺榭菽粟食鳧
鴈出而見殣謂晏子曰此何為死晏子對曰此
餧而死公曰嘻寡人之無德也何甚矣晏子對
曰君之德著而彰何為無德也景公曰何謂也
對曰君之德及後宮與臺榭君之玩物衣以文

89

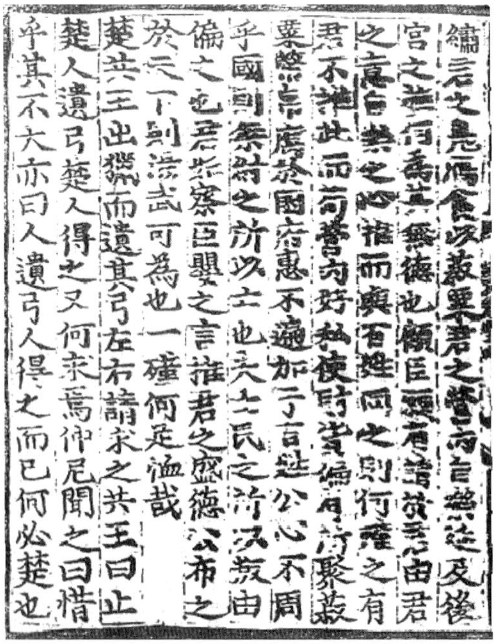
繡君之鳧鴈食以菽粟君之營內自樂延及後
宮之族何為其無德也顧臣願有請於君由君
之意自樂之心推而與百姓同之則何殣之有
君不推此而苟營內好私使財貨偏有所聚菽
粟幣帛腐於囷府惠不遍加于百姓公心不周
乎國則桀紂之所以亡也夫士民之所以叛由
偏之也君如察臣嬰之言推君之盛德公布之
於天下則湯武可為也一殣何足恤哉
楚共王出獵而遺其弓左右請求之共王曰止
楚人遺弓楚人得之又何求焉仲尼聞之曰惜
乎其不大亦曰人遺弓人得之而已何必楚也

90

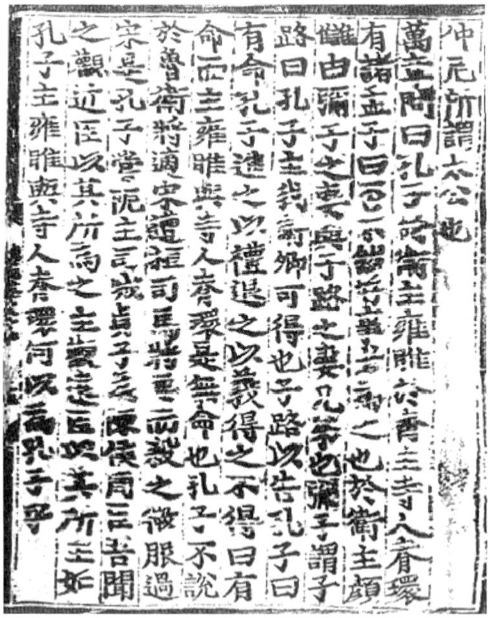
仲尼所謂大公也
萬章問曰孔子於衛主雍睢於齊主寺人脊環
有諸孟子曰否不然好事者為之也於衛主顏
讎由彌子之妻與子路之妻兄弟也彌子謂子
路曰孔子主我衛卿可得也子路以告孔子曰
有命孔子進之以禮退之以義得之不得曰有
命而主雍睢與寺人脊環是無命也孔子不說
於魯衛將適宋遭桓司馬將要而殺之微服過
宋是孔子嘗阨主司城貞子為陳侯周臣吾聞
之觀近臣以其所為之主觀遠臣以其所主如
孔子主雍睢與寺人脊環何以為孔子乎

91

夫子行說七十諸侯無定處意欲使天下之民
各得其所而道不行退而脩春秋采毫毛之善
貶纖介之惡人事浹王道備精和聖制上通於
天而麟至此天之知夫子也於是喟然而嘆曰
天以至明為不可蔽乎日何為而食地以至安
為不可危乎地何為而動天地而尚有動蔽是
故賢聖說於世而不得行其道故災異並作也
夫子曰不怨天不尤人下學而上達知我者其
天乎
孔子生於亂世莫之能容也故言行於君澤加
於民然後仕言不行於君澤不加於民則處

92

子懷天覆之心挾仁聖之德憫時俗之汙泥傷
紀綱之廢壞服重歷遠周流應聘乃俾幸施道
以子百姓而當世諸侯莫能任而是以德積而
不肆大道屈而不伸海內不蒙其化群生不被
其恩故喟然歎曰而有用我者則吾其為東周
乎故孔子行說非欲私身運德於一城將欲舒
之於天下而建之於群生者耳
秦晉戰交敵秦使人謂晉將軍曰三軍之士皆
未息明日請復戰臾駢曰使者目動而言肆懼
我將遁矣迫之河必敗之趙盾曰死傷未收而
棄之不惠也不待期而迫人於險無勇也請待

93

秦人夜遁
子胥將之吳辭其友申包胥曰後三年楚不亡
吾不見子矣申包胥曰子其勉之吾未可以助
子助子是伐宗廟也止子是無以為友雖然子
亡之我存之於是乎觀楚一存一亡也後三年
吳師伐楚昭王出走申包胥不受命西見秦伯
曰吳無道兵強人衆將征天下始於楚寡君出
走居雲夢使下臣告急哀公曰諾固將圖之申
包胥不罷朝立於秦庭晝夜哭七日七夜不絕
聲哀公曰有臣如此可不救乎興師救楚吳人
聞之引兵而還昭王反復欲封申包胥申包胥

94

辭曰救亡非為名也功成受賜是賣勇也辭不
受遂退隱終身不見詩云凡民有喪匍匐救之
楚令尹虞丘子復於莊王曰臣聞奉公行法可
以得榮能淺行薄無望上位不名仁智無求顯
榮才之所不著無當其處臣為令尹十年矣國
不加治獄訟不息處士不升淫禍不討久踐高
位妨群賢路尸祿素餐貪欲無厭臣之罪當稽
於理臣竊選國俊下里之士曰孫叔敖秀羸多
能其性無欲君舉而授之政則國可使治而士
民可使附莊王曰子輔寡人寡人得以長於中
國令行於絶域遂霸諸侯非子如何虞丘子曰

95

父曰祿位者貪也不進賢達能者詎也不讓以
位者不廉也不能三者不忠也為人臣不忠君
王又何以為忠臣願固辭莊王從之賜虞丘子藥
地三百號曰國老以孫叔教執而殺之虞丘子薦
子家千法孫叔教果為令尹少為虞人見於
王曰臣言孫叔教而殺之虞丘子薦孫叔教而不
賞施刑戮而不亂臨死不恐可使持國政奉國法而不
亂臨死不恐可謂公平莊王曰夫子之賜
也已

趙宣子言韓獻子於晉侯曰其為人不黨治眾
不亂臨死不恐可謂公平莊王曰夫子之賜
宣子之言韓獻子於晉侯曰其為人不黨治眾
行韓獻子殺其僕人皆曰韓獻子

97

能苑灸其主朝界之而蘇戮其僕誰能待少行
罷趙宣子輯三夫爵三行曰二三子可以賀我
二三子口不知所賀宣子曰我言韓厥於君言
之而不黨是吾言當公文京刑今吾車夫次而殺
之僕是吾言當公文京刑今吾車夫次而殺
僕不黨是吾言當公言之二三子冊拜稽首曰不
僕晉國之韓厥乃廉殺是顆之孰不冊青稽首
晉文公問於咎犯曰誰可使為西河守者答
對曰虞子羔可文公曰非汝之讐也見樂昣二而
可乎對曰君問可為西河守者非問臣之讐也昣二曰

97

軍門之外耳
楚令尹子文之族有干法者廷理拘之問其令
尹之族也而釋之廷理而責之曰凡立
廷理者將以司犯王令而蘂彊國法也夫直士
持法柔而不挾剛而不折令弃法而釋
犯法者是為理不端懷心不公也豈吾營私之
意邪何廷理之駁於法也吾在上位以率士民
士民或怨而吾不能免之於法今廷理因緣吾
明而使廷理因緣吾心而以私聞吾生不
明者於國也執一國之柄而以私聞吾生不
以義不若吾死也遂致其族人於廷理曰不是

99

子若公也犯之二三者不以數事害公義子
其言之歟我君子死乃曰不以數事害公義子
老非先以伥國也文人舍之矣
見之曰請有言而後死也豈不以伥國也伥彊
殺之非其罪也君之令也今吾生之非舍二子
令吾拘二子獻之六吾藥曰吾韓獻子殺人
之非其罪也君之令也今吾生之非舍二子
二子獻之行

98

101

100

劉向說苑卷第十四

103

102

劉向說苑卷第十三

指武

司馬法曰國雖大好戰必亡天下雖安忘戰必
危易曰君子以除戎器戒不虞天兵不可玩玩
則無威兵不廢武亦滅故明王之制國也上不
玩兵下不廢武易曰存不忘亡是以身安而國
家可保也
秦昭王中朝而歎曰夫楚劍利倡優拙夫劍利
則士多慓悍倡優拙則思慮遠拙夫慮遠而兵
秦也此謂醫者吉凶由而存不忘亡也卒以成霸

105

104

王孫厲謂楚文王曰徐偃王好行仁義之道漢
東諸侯三十二國盡服矣王若不伐楚必事徐
王曰若信有道不可伐也對曰大之伐小強之
伐弱猶大魚之吞小魚也若虎之食豚也惡有
其不得理文王興師伐徐偃王將死曰吾賴於
文德而不明武備好行仁義之道而不知詐人
之心以至於此夫古之王者其有備
不肯以為苑守行縣適息問屈宜咎曰
吳起為苑守行縣適息先生將何以教之屈居

106

一年王以為令尹行縣適息問屈宜咎曰趨問
先生先生不教令王不知起不肯以為令尹先
主武觀起為之也且屈公奈何吳起曰將奈何
均楚國之爵而平其祿損其有餘而繼其不足
厲甲兵以時爭於天下屈公曰吾聞昔善治國
家者不變故不易常今子將均楚國之爵而平
其祿損其有餘而繼其不足是變其故而易其
常也且吾聞兵者凶器也爭者逆德也今子陰
謀逆德好用凶器殆人所棄逆之至也迕暴好
事也且子用魯兵不宜得志於齊而得志焉子
用魏兵不宜得志於秦而得志焉吾聞之非禍
人不能成禍吾固怪吾主之數逆天道至今無

107

109

108

111

110

田將軍之謂乎
晉智伯伐鄭齊田恒救之有登蓋必身立焉車
徒有不進者必令助之壘合而後敢處井竈成
而後敢食智伯曰吾聞田恒新得國而愛其民
內同其財外同其勤勞治軍若此其得眾也不
可待也乃去之耳
太公兵法曰致慈愛之心立武威之戰以卑其
眾練其精銳砥礪其節以高其氣分為五選異
其旗章勿使冒亂堅其行陣連其什伍以禁淫
非壘陣之次車騎之處勤兵之勢軍之法令賞
罰之數使士赴火蹈刃陷陳取將死不旋踵者

112

多異於今之將者也
孝昭皇帝時北軍監御史為姦穿北門垣以為
賈區胡建守北軍尉貧無車馬常步與走卒起
居所以慰愛走卒甚厚建欲誅監御史乃約其
走卒曰我欲與公有所誅吾言取之則取之斬
之則斬之於是當選士馬日護軍諸校列坐堂
皇上監御史亦坐建從走卒趨至堂下拜謁因
上堂走卒皆上建趨指監御史曰取彼走卒前
拽下堂建曰斬之遂斬監御史護軍及諸校皆
愕驚不知所以建亦已有成奏在其懷遂上奏
以聞曰臣聞軍法立武以威眾誅惡以禁邪今

113

北軍監御史公穿軍垣以求賈利買賣以與士
市不立剛武之心勇猛之意以率先士大夫尤
失理不公臣聞黃帝理法曰壘壁已具行不由
路謂之姦人姦人者殺臣謹以斬之昧死以聞
制曰司馬法曰國容不入軍軍容不入國也建
有何疑焉建由是名興後至渭城令死至今渭
城有其祠也
魯石公劍迫則能應感則能動昒穆無窮變無
形像復柔委從如影與響如尨之守戶如輪之
逐馬響之應聲影之像形也閶不及鞈呼不及
吸足舉不及集相離若蟬翼尚在肱北眉睫之

114

微曾不可以大息小以小況大用兵之道其猶
然乎此善當敵者也未及夫折衝於未形之前
者揖讓乎廟堂之上而施惠乎百萬之民故居
則無變動戰則不血刃其湯武之兵與
孔子北遊東上農山子路子貢顏淵從焉孔子
喟然歎曰登高望下使人心悲二三子者各言
爾志丘將聽之子路曰願得白羽若月赤羽若
日鍾鼓之音上聞乎天旌旗翩翻下蟠於地由
且舉兵而擊之必也攘地千里獨由能耳使夫
二子為我從焉孔子曰勇哉士乎憤憤者乎子
貢曰賜也願齊楚合戰於莽洋之野兩壘相當

115

117

116

119

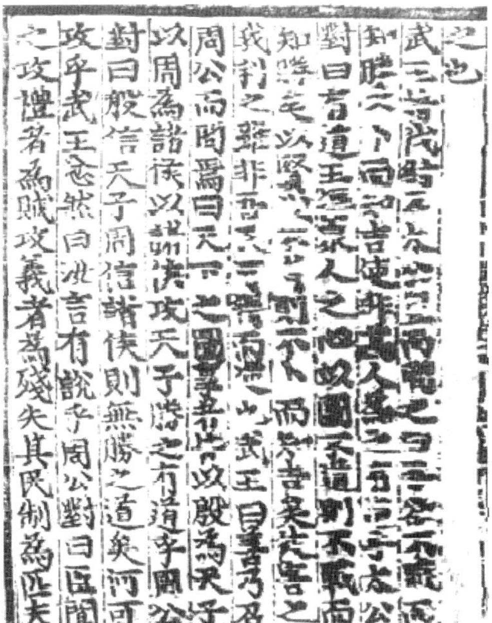

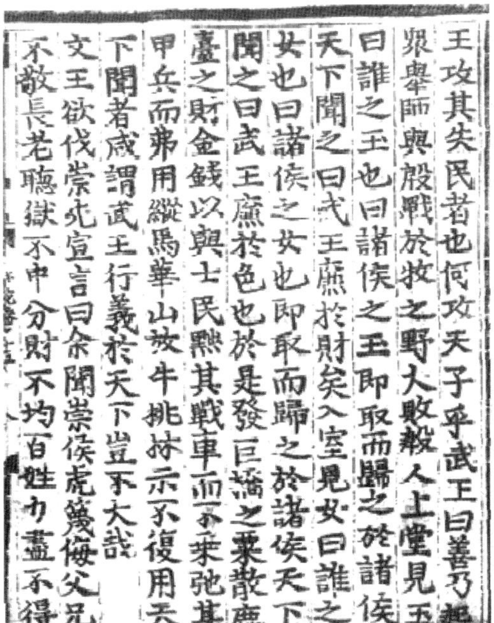

118

120

衣食余將來征之唯為民乃此崇令母殺人母
壞室母填井母伐樹木母動六畜有不如令者
死無赦崇人聞之因請降

楚莊王伐陳吳救之雨十日十夜晴左史倚相
曰吳晝夜至甲列塗而待之彼見我倦罷必退我何待焉
出待之吳師至楚而後恕薄我何不行列鼓
之吳行六十里而無功王罷卒寢果爲子之大敗
吳師

齊桓公之時霖雨十旬桓公欲伐漅陵其城之
值雨也未合管仲隰朋以卒徒造於門桓公曰
徒衆何以爲善仲對曰臣聞之雨則有事夫濮

121

陵不能服而雨未請攻之公曰善與師伐之既至
大夫一開終之以任內矣桓公曰共刑要人乎乃還

宋圍曹不拔夜司馬子無謂君子曰文伐興師伐之既至
其城三旬而後降而猶請攻之西擧而降今
君德無乃有所隔乎而猶不退蕃德無聞而後動今
吳敗荆人閭廬與荆人軍於五將之至於郢郊越
五敗荆人聞廬之臣五人進諫七六遠入之速報
非王之司也三吳越子五將越閭廬末之應
五人去頭誰於馬前聞廬懼而問焉爲
子胥曰三臣者懼也大吳取之人者共懼其矣

122

主姑少遲之鄒南至江北方城方三千里
皆服於吳矣
田成子常居於魯我象兵伐我侵兵子皮聞之
告田成子曰不見旌節安起鴟英將以攻田成
于令亥六中曰不刑址方諸侯矣子皮聞之
攻之遂殺之也
齊桓公北伐山戎氏諸侯兵於魯桓公恐
將攻之管仲曰不可我已刑址於魯矣今又
攻魯無乃不可乎桓公必事楚是我一舉而失兩
次魯公曰善乃輟故魯矣
聖人之治天下也先文德而後武力之卒以

123

為不服也文化不攺然後加誅大下愚才效純
德之所不能化而後武力加焉
昔堯誅四凶以懲惡周公殺管蔡以弭亂孔子
殺鄧析以感後孔子斬少正卯以變衆安怏賊之
人而不誅亂之道也易曰不威小不懲大此小
人之福也
五帝三王教以仁義而天下變也孔子曰何
仁義而天下不從者何也昔明王有綾晃以尊
賢有斧鉞以誅惡故其賞至重而刑至深而天
下變孔子千賞顏淵無以賞之戰儒無以罰之
故天下以是故道非權不立非勢不行是道

孔子為魯司寇七日而誅少正卯於東觀之下
門人聞之趨而進至者不言其意皆一也子貢
後至趨而進曰夫少正卯者魯國之聞人矣夫
子始為政何以先誅之孔子曰賜也非爾所及
也夫王者之誅有五而盜竊不與焉一曰心辨
而險二曰言偽而辯三曰行辟而堅四曰志愚
而博五曰順非而澤此五者皆有辯知聰達之
名而非其真也苟行此五者則不免於君子之
是以獨立此眾人之雄也不可不誅也是以誅
之一則不免於誅少正卯兼之是以先誅之

124

也昔者湯誅蠋沐太公誅潘阯管仲誅史附里
子產誅鄧析此五子者皆有不誅也所謂誅之者
非為其書則穿窬盜竊也作倾覆之徒也
於外今言內事乎言外事乎周公導入王滿生
此固君子之所誅也詩云憂心悄悄
慍于群小此之謂矣
齊人王滿生見周公周公出見之曰巳生遠辱
何以教之王滿生曰言內事者於內言外事者
曰敬從命席周公不導坐王滿生曰言大事者
坐言小事者倚今言大事乎言小事乎周公導
坐王滿生坐周公曰先生何以教之王滿生

125

臣聞聖人不言而知非聖人者雖言不知今欲
言乎無言乎周公俛念有頃不對王滿生籍筆
牘書之曰社稷且危傅之於膺周公仰視見書
曰唯唯謹聞命矣明日誅管蔡

劉向說苑卷第十五

池內莊

126

《第四冊》

劉向說苑第十六
談叢

王者知所以醉下而治衆則群臣畏
以聽言受事則不敢欺矣知所
海內必定是非所以以悲者知事上則臣子之行備
矣凡所以知救者不知道術以御其臣下也几
夷事亂則書戒也
浮勝其職則吏治利生不勝其職則事
百方之事高拙者出或行或舍或為飄其持實或好
亂遊或好識浴或行海卸或為飄其持實或好
天下不可一聖正臨天下而能一之

1

표지

材是任哉盖所居要也
夫小快害義小慧害道小辨害治苟心傷德太
政不險蛟龍雄雉不能以白日安其倫飄風雉
疾不能以陰雨揚其塵
邑名勝母曾子不入水第盜泉孔子不飲醜其
聲也婦人之口可以出走婦人之喙可以砲敗
不修其身求之於人是謂失倫不治其內而修
其外是謂大廢重載而危之操策而隨之非所
以為全也
士橫道而徑四支不掩非士之過有士之盖也
郭君將昌天遺其道大夫將昌天遺之士

3

意不盂說事示兩路盛於彼盛者必妾於此戶
左者必短於右慧夜卧者不戒責成謂之爐不能飛走也
則敢不裁而誅謂之虐不戒責成謂之爐
篤設於錐和設於載馬動而鸞鳴鳥之示音應
行之節也
不富無以為大不平無以合親陳顯則窒失衆
夫水出於山而入於海稼生於田而藏於庫聖
人見所生則知所歸矣
天道布順人事取予多藏不用是謂鉝府故物
不可聚也
一圍之木持千釣之屋五寸之鍵而制開闔堂

2

將昌必有良子

賢師良友在其側詩書禮樂陳於前棄而為不
善者鮮矣義士不欺心仁人不害生謀泄則無
功計不設則事不成賢士不事非其事非所事
愚者行無隱而不明至神無不化而
不聞行間而益固鄙人飾詐而益野聲無細而
枚也上不信下不忠上下不和雖安必危求以
時不至不可強生也事不究不可強成也貞良
其道則無不得為以其時則無不成
而亡先人餘殃猖蹶而活先人餘烈權取重澤
良社賢佐輕劉書名不善士之身死名廢

士不以利移不為患改孝敬忠信之事立雖死
而不悔智而用私不如愚而用公故曰巧偽不
如拙誠學問不倦所以治已也教誨不厭所以
治人也所以貴虛無者得以應變而合時也冠
雖敝必加於首履雖新必關於足上下有分
故必加於首履雖新必關於足上下有分
可相信一心可以事百君百心不可以事一君
故曰正而心又少而言
萬物得其本者生百事得其道者成道之所在
天下歸之德之所在天下貴之仁之所在天下
愛之義之所在天下畏之屋漏者民去之水淺
者魚逃之樹高者鳥宿之德厚者士趨之有禮

者民畏之忠信者士死之衣雖弊行必修頭雖
亂言必治時在應之為在因之所伐其福雖
五之所伐不當其禍十之
必貴之賤為本必高以下為基天將與之必先
苦之天將毀之必有禍
十步之澤必有香草十室之邑必有忠士草木
秋苑松柏獨在水浮萬物玉石留止飢渴得食
誰能不喜賤窮放急何患無視其所以觀其
所使斯可知已秉燭之明孰行莫大於無悔也制
游於江海行莫大於無悔也
宅名子足以觀士利不無賞不悟忽忽之謀不

天與不取反受其咎時至不迎反受其殃天地
無親常與善人天道有常不為堯存不為桀亡
積善之家必有餘慶積惡之家必有餘殃一嚬
之故絕穀不食一蹴之故卻不行心如天地
者明行如繩墨者章
位高道大者從事大道小者凶言疑者無犯事
疑者無從蜜蜂仆柱梁蚊蝱走牛羊
調問秋辭勿應怪言虛說勿稱謀先事則昌
先謀則亡
無以漁淫棄業無以貧賤自輕無以所好害身

[8]

無以嗜欲妨生無以[　]者後為名無以貴富驕妻

喜怒不當是謂不明暴寡不得反受其賊[　]生

不報禍生於福

一言而非四馬不能追一言而急四馬不能及

無不為者無不能成也無不欲者無不[　]得也

眾正之積福無不[　]眾邪之積禍無不逮也

不休亦[　]福[　]

時乎時不間不及謀至時之極閒不容息勞而[　]

鏡以精明美惡自服衡以平[　]輕重自得遷生

[　]中不[　]自直白砂入泥與之皆黑

順風而[　]氣力[　]銜葭而翔以備矰弋

[9]

力勝貧謹勝禍慎勝害戒勝災[　]

德為[　]不善者天報以禍君子得時如水小人得時如火

謗道已者心之罪也[　]非吾子也

子不孝非吾子也

[　]百節肥瀦其本而枝葉茂者根深也

苟言不留耳務偽一不長善虛不久義士不妄[　]

廉士不妄取以財為[　]身後[　]以[　]

[　]者老[　]不謢命曰金城常避危殆命曰不

悔富必念貧壯必念老年雖幼少憲之必早夫

[10]

有禮者相為死無禮者亦相為死無[　]

驕自來驕不與亡期[　]期

育人不志視不與亡期一[　]

[　]於高山仰止景行行止力雖不[　]心必務

[　]知者始於樂[　]賢者之治故[　]與眾異

好[　]人之[　]莫如[　]安靜其[　]事必

[　]食足知榮辱[　]賢[　]實[　]之[　]不過

[　]三日飄風暴雨須臾而畢

福生於微禍生於忽[　]唯忍不[　]

已[　]已[　]還反於[　]物之相反復歸於本循流

[11]

而下易以至信固而毗易以遠兵不豫定無[　]

待敵計不先慮無以應卒中不方名不章[　]

[　]園牆之門直而不能徑不可與大任方而不能[　]

[　]圓不可與長存慎之於身無曰云云狂夫之言

聖人擇焉能忍恥者安能忍辱者存故[　]

吳其於樂毀智者莫甚於酒留事者反已於弱

寒河水崩其懷在山毒智者存乎[　]剛者反已於弱

富在知足貴在求退先憂事者後樂先敵事者

後憂福在受諫存之[　]由也恭敬遜讓精廉照

謗慈仁愛人必受其賞諫之不聽後無與爭舉

事不當為百姓謗悔在於妄患在於先唱

13

絕難承繳則捍矢徹人骸則逆人骨
下上得官以蛇士得官以蛇禍非從地中
出非從天上來己自生之
窮鄉多曲學小辯害大知巧言使信廢小惠妨
大義不困在擾早慮不豫在於早故在於早
非所言勿言非所爲勿爲以避其危
莫若勿爲欲人勿知
非所取勿取以避其患非所爭勿爭以避其聲
明者視於冥冥謀於未形聰者聽於無聲
戒於未成世之綢繆而我獨清衆人皆醉而我
獨醒

12

蒲且脩繳見鳶非逆而能逆其飛也嚔不河以
委蛇故能逶迤山以陵遲故能高道以夷故能
化德以純故能厚故能豪言人之善澤於膏沐言人
之惡痛於矛戟或爲善不直必絕其曲爲醜
必終其惡
坎井無黿鼉者隘也園中無脩林者小也小忠
之感交情乃見一浮一沒交情乃出仕義在於前
之將不可言勇亡國之臣不可言智
一死一生乃知交態一貧一富乃知交情一貴
用兵在後初謀者必拭冠新浴者必振衣敗軍
者且崩直如夫死直如繩者隘也小利大利之殘也小利大利之殘也自請絕易請人

15

欲賢者莫如下人貪財者莫如全身財不如義
高勢不如德尊父不能愛無益之子君不能愛
不軌之民君不能賞無功之臣臣不能死無德
之君問善者莫如馬問善治者莫如民以甲
爲尊以屈爲伸聖人所因上法於天
君子行德以全其身小人行貪以亡其身相勸
以禮相強以仁得道於身得譽於人
知命者不怨天知己者不怨人人而不愛則不
能仁佞而不巧則不能信言善姦及身言惡
及人上清而無欲則下正而民樸求事可遲也
往事不可及無思慮之心則浹達無談說之辭

14

乘離之咎無不生也毀敗之端從此興也江河
大潰從蟻穴山以小阤而大崩潴亂之漸其變
爲興永火金木轉相勝甲而大崩潴亂之漸其變
見霜知冰
禍生於欲得福生於自禁聖人以心導耳目小
人以耳目導心
爲人上者患在不明爲人下者患在不忠人知
襄田莫知黃心端身正行全以至今見止知
廣大在好利恭敬在事親因時易以爲仁固道
易以達人譽於利者多患輕諾者寡信

16

則不樂
善不可以為惡惡不可以為善
無野鳩非仁義剛武無以定天下
水倍源則川竭人倍信則名不達義倍信則名不
惠倍義則滅五聖之謗不如逢時辯智明慧不
如遇世有鄙心者不可授便勢有愚賢者不可
予利器多易多敗多言多失
冠履不同藏賢不肖不同位尊者慶深祿多
著責六畜德無細積怨無大多少必報固其勢
梟逢鳩鳩曰子將安之梟曰我將東徙鳩曰何
也

17

故梟曰鄉人皆惡我鳴以故東徙鳩曰子能更
鳴可矣不能更鳴東徙猶惡子之聲
聖人之衣亡便體以安身其食也安於腹適衣
御食不聽口目
曾子曰體寬為容入久為山為卑而壤巢其上龜黿魚鼈以得者餌也
子苟不求利祿則不憂其貧
以淵為淺而穿究其中莊則不親是故君子
之狎足以交懽莊言信以成禮而已
曾子曰狎其則相簡也莊甚則不親是故君子
子羣臣則仕可也澤施乎百姓則安可也

18

口者關也舌者機也出言不當四馬不能追也
口者關也舌者兵也出言不當反自傷也言出
於己不可止於人行發於邇不可止於遠夫言
行者君子之樞機之發榮辱之主也可不
慎乎故君子之摳機不可
悔焉不可徒而追已詩曰白珪之玷尚可磨也
斯言之玷不可為也
蝎欲類蠶蠶欲類蛇蛇欲見蝎莫不自安
工偽揉蟲漁者持蟬不惡何也欲得錢也逐魚者
濡逐獸者趨非樂之也事之權也
登高使人欲望臨淵使人欲窺何也處地然也

19

御者使人慈惠行者使人端河也其形便也
民有五死聖人能去其三不能除其二飢死
者可去也凍寒死者可去也罹兵死者可去
也壽命死者不可去也罹疾死者可去也
渴死者中不充也凍寒死者外勝中也飢死
者德不忠也故曰中不正外淫作外淫作者多怨
血氣窮也故曰疾病生故清淨無為血氣乃平
怪多怨者疾壽命死者歲數終也
百行之本一言也一言而適可以却敵一言而
得可以保國響不能獨為聲影不能倍曲為直
物必以其類及故君子慎言出已莫石赴淵行

以老為程
君子之言寡而實小人之言多而虛君子之學
也入於耳藏於心行之以身君子之治也始於
不足見終於不可及也君子慮福弗及慮禍百
之君子擇人而取不擇人而與君子實如虛有
如無
君子有其備則無事君子不以愧食不以辱得
君子樂得其志小人樂得其重君子不以其所
不愛及其所愛也
君子有終身之憂而無一朝之患順道而行循
理而言亹亹不加易怒不加難

21

之難者也然申屠狄狁為之君子不貴之也盜跖
閔貪名如日月與舜禹並傳而不息而君子不
貴
君子有五恥朝不坐燕不議君子恥之居其位
無其言君子恥之有其言無其行君子恥之既
得之又失之君子恥之地有餘而民不足君子
恥之
君子雖窮不處亡國之執雖貧不食亂君之祿
尊乎亂世同乎暴君之有辱也衆人以為養名
為恥君子以毀義為辱衆人以重利為重君子不
明君之制賞從重罰從輕食人以壯為量事人

20

高山之巔無美木傷於多陽也大樹之下無美
草傷於多陰也
鐘子期死而伯牙絶絃破琴知世莫可為鼓也
惠施卒而莊子深瞑不言見世莫可與語也
脩身者智之府也愛施者仁之端也取子者義
之符也耳辱者勇之決也立名者行之極也
進賢受上賞蔽賢蒙顯戮古之通義也
朝論人於市古之通法也
道徳受明淡而有功非道而得非時而生是謂
妄成得而失之定而復傾
福者禍之門也是者非之等也治者亂之先也

23

君子之過猶日月之蝕也何害於明小人可也
猶狗之吠盜狸之夜見伺益於善矣智者不妄
為勇者不妄殺
君子比義農夫比穀事君不得進其言則辭其
爵不得行其義則辭其祿人皆知取之為取也
不知與之為取之政有抱冤行有抱恥弗為而
自至天下未有猛獸狐疑不若蜂蠆之致螫也
國亡故王者之治天下在於行法不在於信同
姓
高議而不可及不若卑論之有功也
秦信同姓以亡至其衰也非易同姓也而身死
國亡

22

其知而知之
之道也此言貴因人知而加知之不貴獨自用
君子不羞學不羞問問訊者知之本念慮者知
能行之患其不能以辯也
結子博學而患其不習既習之患其不能行之
吾也
螣龍乘雲而舉猿得水而攙處地
猴失木禽於狐貉者非其處也騰蛇遊霧而升
吞舟之魚蕩而失水制於螻蟻者離其居也也
為智曲辯難為慧
夫量徑而穿穴愚不及者未之聞也
其知而知之

24
事無終始而患不及者未之聞也
技無患其根德薄而志淺見利啗念言身故君
子留精神寄心於三者吉祥及子孫矣
可雙六重容同變冷各
兩高不可重兩大不可容兩勢不可同兩貴不
守其善是乃能說父也即涕而聽諫然而勿慢
使能而勿疑為人君能行此三者其國必強大
默無過言懸無過事未為不能行亦不貴食騏
驥日馳千里駑馬亦不六散矣
寸而廢之至大必差速而稱之至石必搖

27
劉向說苑卷第十七
雜言
賢人君子者通乎盛衰之時明乎成敗之端察
乎治亂之紀審乎人情去就之故雖窮不處
亡國之勢雖貧不受汙君之祿是以太公年七
十而不自達孫叔敖三去相而不自悔何則不
以物傷己也故自居楚南封十世大夫種五越
勾踐賜死前李斯積功於秦而被五刑所
忠憂吾危身安國其功一也或以賜死而被刑所
或以賜死而被刑所慕所由異也故君子棄國

26
劉向說苑卷第十六
天地之道極則反盈則損五采曜眼有時而渝
茂木豐草有時而落物有盛衰安得自若
民苦則不仁勞則詐生安平則教成得謀措則
反諸則損故君子節慾措也

而偉狂范蠡去越而易名智過去君第而更姓
皆見遠識深而任能去高節以避萌生之禍者
也夫暴亂之君亦能離縶以汚其身而干患
乎哉故賢者非畏死避害而已也為殺身無益
而明主之暴也此干死紂而不能正其行子胥
死吳而不能存其國二子者強諫而死適足以明
主之暴耳未始有益如秋毫之端也是以賢
死吳而不能存其國二子者強諫而死適足以明
閔其智蔽其能待得其人然後合故無不聽
行無見疑君臣兩與終身無患今非得其時又
無其人直私意不能已問世之亂變人之前造
無賢之身涉讒諛之路經不讒人之前造無量

28

之主犯不測之罪傷其天性豈不惑哉故文信
侯李斯天下所謂賢也為國計揣摩射隱所謂
無過蒙恬也戰勝攻取所謂無強敵也積功甚大
勢刑甚高賢人不用讒人用罪自知不用其仁
不能去制敵積功不共秋毫避患安害不見立
山積其身欲以至其所惡豈不為惑刺戴詩
云入知其一莫知其佗此之謂也
子石登吳山而四望喟然而嘆息曰嗚呼悲哉
世有明於事情不合於人心者有合於人心
明於事情者弟子問曰何謂也子石曰吾昔者吳
王夫差不聽伍子胥盡忠極諫決目而辜太宰

29

也
弥子瑕愛於衛君國之法竊駕君車者罪刖弥
子瑕之母疾人聞夜往告之弥子瑕矯駕君車
而出君聞之賢之曰孝哉為母之故犯刖罪哉
君遊果園弥子瑕食桃而甘不盡而奉君曰
愛我而忘其口味及弥子瑕色衰愛弛得罪
於君君曰是故嘗矯駕吾車又嘗啗我以餘桃
子瑕之行未甞變初如前見賢後獲罪者愛憎
之生變也
舜耕之時一不能自食其力及為天子天下戴之
故君子窮則善其身自遊則濟制濟天下

31

話公孫維諭合高容以順夫差之志而伐吳二
子沈身於江湖頭懸越旗晉者雲涕菜羹長鼻
決目崇侯虎頡紂之心欲以含恕重武王戮紂
四子身死毕之野頭是異所比干盡忠刳心而
死令盛明事情恐有抉目刳心主禍家合人心
悲有頭是異所之患而是飄之君子通俠耳誠
不逢其明主於道之中又時飄兔闌寒無可投
出者
祁射子見泰惠王德王說之矣墨唐蹻說之復
見惠王懷變以為不說而弗聽蹻者易也
故以飄飄為弥非弦之罪過也以昔為若菲味之過

30

33

亮必識之矣曰孔子爲賢同退而不用逯祭膰
爲其事無其善哭其未暗也是故無賢而不用賢者也則
梁之妻善謳綿駒處於高唐而齊右善歌華舟杞
河西墨誕綿駒處於高唐而齊右善歌華舟杞
臣虞不用百里奚而亡秦穆公用之而霸故不
曰虞不用百里奚而亡秦穆公用之而霸故不
必同曰孔子擢公之亡時公家牛爲政子陽子戻爲
其趣一也一者何此何可得也曰孔子戻爲
惡行君子不屑小官者柳下惠也三子者不同道
墨行君子不屑小官者柳下惠也三子者不同道
畢不肯爲者伯夷也五就湯五就桀者伊尹也不

32

孔子自衛反魯之賴我千乘同之孟嘗君曰用宮
頊叔之棄戎半也而道加二失之道曰時而反重
有執而後行微夫二卜之兩立之道乘六啟也
太公田不足以懷德済禾足以致富調治也
餘智文公種禾曾子鶴乎孫子陽國之亡挑而
而輙在衡後小賢人曰曰之禮
知之其亡也不知孫小賢亦志六已
而知自爲者也夫子曰宛在三郷之中名實者義人者也通名實而
者自爲者也夫子曰宛在三郷之中名實亦志六已
而去之行者固如此少孟子居下
而去之行者固如此少孟子居下以賢

35

之主于之家蒙無與夫未視之洵耳
持榜乘扁舟能耳豈誠與二東說諸侯王見一國
流遍子济能耳豈誠與二東說諸侯王見一國
此至刳也然以之補麗魯不如兩錢之錐今子
此至病也然使捕風氣曾不如百錢之狸干將鏌
鄒拂鐘不鐸試扚不知揚及濉金斬羽契鐵等
子彌不開和氏之璧於濱重千金然以之間紡
曾不敗无琕國侯之珠國之賣也然用之彈曾
不如泥丸驥騄駬駕驥馸一日千里
掩口而笑曰子渡河中流而溺不能自救安能
說諸侯于西間過曰無以子之所能相傷爲也

34

而不至不能是而行其不善者矣爲爲肉也其
善者以爲禮也乃以爲禁而孔子欲以微罪行不欲
苟去故君子之辟也乃爲禁而孔子欲以微罪行不欲
梁宛思子欲渡河而渡坐求中船之人也
之船人曰子欲居船裸而之在遠也曰梁無我吾宛
相之船人曰子欲居船裸褌而之間而則吾宛
矣子何飽相梁乎惠子曰子居船裸而之間而則吾宛
不如子至於欲安國家全社稷子之此義蒙如
西間過東濰河中流而船人之接而出之間曰
夫視之洵耳
今者子欲安國家全社稷說諸侯王船人

甘戊使於齊渡大河船人曰河水閒耳君不能
自渡能為王者之說乎曰戊不然汝不知也
物各有短長謹愿敦厚可事主不施用兵騏驥
騄駬足及千里置之宮室使之捕鼠曾不如小
狸干將為利名聞天下匠以治木不如斤斧今
持楫而上下隨流吾不如子說千乘之君萬乘
之主子亦不如戊矣
今夫世異則事變事變則時移時移則俗易是
以君子先相其土地而裁其器觀其俗而和其
民
持矛戟而發矢而殺世以易矣不

37

更其議壁而如鄉人之不學遠相其調者不知逼罷之
視不能已太山之高崇所渴之調者不熟逼罷之
成聚斯人不距為地逆於霧露蒙法得而行
非千里下土然則臬光於蟎螳之皂所以然
者何也雖用心不一也夫蚯螳內無筋骨之強外
結千人夢羞不可畫邏解焉人之失非不可為顯
士
糜鹿成議亮飛豹之遊之飛為成列鳳凰之不擊眾
賢问也唯是意二有所移也日入探稿不可為固
聲问也唯是意二有所移也日入探稿不可為固
何也用心一之而能豐一年閒明者目見聰明形則

36

仁愛善詩所以不為非其軍庶不至
非立其有而言其道而行也雖事不至
者不求問用下藏此之謂也
不求問用非甚有是以遠窘而名章也諸
者不求問下藏此之謂也
楚脂玉召孔子將欲執政而封之
西謂楚王曰三之臣所用兵有如孔子之賢者
楚玉召孔子將欲執政而封之
殺生為天子世嘗曰聖王卒以諸
有書社七百里之地而三子佐之非楚之賢也
文王亂鄭武王慮編之間有宋之地方七百里上
侯有如宰予者為長官五官有如子貢者
楚王遂止夫喜惡之難分如此聖人獨見疑而況

38

於賢者子是以賢聖卒合諸侯嘗與也故有千
歲之亂而無百歲之治孔子之見疑豈不痛哉
曾衰公問於孔子曰有智者壽乎孔子曰然人
有三死而非命也者自取之夫寢處不時飲
食不節佚勞過度者疾共殺之居下位而上
干其君嗜欲無歇而求不止者刑共殺之少以
犯眾弱以侮強忿怒不量力者兵共殺之此三
者非命也人自取之也
孔子遭難陳蔡之間絕糧七日夫子見田夫子
此北明也
孔子還社之間子路又見曰夫子連歌禮乎孔子

39

41

成王列士不困不成行昔者湯困於呂文王困
於羑里秦穆公困於殽齊桓困於長勺勾踐困
於會稽晉文困於驪氏夫困之為道従寒之及
煖煖之及寒也唯賢者獨知而難言之也易曰
困其貞大人吉無咎有言不信聖人所與人難
言信也
孔子困於陳蔡之間居環堵之內席三經之席
七日不食藜羹不糝弟子皆有飢色讀詩書治
禮不休子路進諫曰凡人為善者天報以福為
不善者天報以禍今先生積德行為善久矣意
者尚有遺行乎奚居隱也孔子曰由來汝不知

40

不應曲終而曰由君子好樂為無驕也小人好
樂為無憫也其誰知之子不我知者乎
子路不悅授干而舞三終而出及至七日孔子
脩樂不休而曰由昔者齊桓霸心生于莒勾踐
不應樂終而曰由昔者齊桓霸心生于驪氏故居不
霸心生於會稽晉文霸心生于驪氏故居不遇之於
是興明日免於厄子貢執轡曰二三子從夫子
則思不遠身不約則智不廣庸知而不遇之於
而遇此難也其不已乎已忘是已孔子曰是何也語
也二三子從立者皆人也吾聞人君不困不
不云乎三折肱而成良醫夫陳蔡之間丘之幸

43

武丁也伊尹有莘氏媵臣也負鼎俎調五味而
佐天子則其遇成湯也呂望行年七十賣食於
棘津行年七十屠牛朝歌行年九十為天子師
則其遇文王也管夷吾束縛膠目居檻車中自
車中起為仲父則其遇齊桓公也百里奚自賣
取五羊皮伯氏牧羊以為卿大夫則其遇秦穆
公也沈尹名聞天下以為令尹而讓孫叔敖則
其遇楚莊王也伍子胥前遇闔廬後遇夫差也
益蓋也前遇閭廬後遇夫差也夫世莫能知也
非無賢狀也夫驥唯得王良造父
驥無千里之足乎芝蘭生深林非為無人而不

42

坐吾語汝子以知者為無不知乎則王子比
干何為刳而死以諫者為必聽耶伍子胥何
為抉目於東門子以廉者為必用耶伯夷叔
齊何為餓死於首陽山之下子以忠者為必用
乎則鮑莊何為肉枯荊公子高終身不顯鮑
焦抱木而立枯介子推登山焚死故比干非不
智而不遇時也子胥非不忠而不遇時也賢不
肖者才也遇不遇者時也今無有時也
學深謀不遇時者何可勝道哉泉矣豈獨丘
也為不為人也不遇者時也才不才者命也
有其才不遇其時雖才不用苟遇其時何難之
有故舜耕歷山而逃於河畔立為天子則其遇
堯也傅說負壤土釋板築而立佐天子則其遇

香故學者非為通也為窮而不困也憂不衰也
此知禍福之焉而心不惑也聖人之深念遠知
獨見舜亦聖矣南面而治天下唯其遇堯也使
舜居桀紂之世能自免於刑戮固可也又何官得
治乎夫桀殺關龍逢比干此時王子比干似夫
豈關龍逢無知而比干無惠哉此桀紂無道之
世然也故君子疾學脩身端行以須其時也
孔子之宋匡簡子將殺陽虎孔子似之甲士以
圍孔子之舍子路怒奮戟將下闘孔子止之曰
何仁義之不免俗也夫詩書之不習禮樂之不
脩也是丘之過也若似陽虎則非丘之罪也命

44

罷
孔子曰不觀於高岸何以知顛墜之患不臨於
深淵何以知沒溺之患不觀於海上何以知風
波之患失之者其不在此守士慎三者無累於
人
曾子曰響不辭聲鑑不辭形君子正一而萬物
皆成夫行非為影而影隨之呼非為響而
響和之故君子功先成而名隨之
子夏問仲尼曰顔淵之為人也何若曰賜之信
賢於丘也曰子貢之為人也何若曰

45

於立也曰子路之為人也何若曰由之勇賢於
立也曰子張之為人也何若曰師之莊賢於立也
於是子夏避席而問曰然則四者何為事先生
曰坐吾語汝回能信而不能反賜能敏而不能
詘由能勇而不能怯師能莊而不能同兼四
子者之長不為也夫所謂至聖之士必見進退之
利屈神之用者也
東郭子惠問於子貢曰夫子之門何其雜也子
貢曰夫隱括之旁多枉木良醫之門多病人砥
礪之旁多頑鈍夫子脩道以俟天下來者不止
是以雜也詩云菀彼柳斯鳴蜩嘒嘒有漼者淵

46

萑葦淠淠言大者之旁無所不容
昔者南瑕子過程太子太子為烹鯢魚南瑕子
曰吾聞君子不食鯢魚南瑕子曰吾聞君子上比
所以廣德也下比所以狹行也
孔子觀於呂梁懸水四十仞環流九十里魚鱉
不能過黿鼉不敢居有一丈夫方將涉之孔子
使人並崖而止之曰此懸水四十仞環流九十
里魚鱉不敢過黿鼉不敢居意者難可濟也丈

47

夫不以錯意遂渡而出孔子問之巧乎且有道
術乎所以能入而出者何也夫大夫對曰始吾入
先以忠信吾之出也又從以忠信錯吾軀
於波流而吾不敢用私吾所以能入而後身出也
孔子謂弟子全若孔子宗而尚可以忠信義久而身親
之況於人乎
子路盛服而見孔子孔子曰由是倨倨者何也
昔者江水出於岷山其始也大足以濫觴及至
江之津也不方舟不避風不可渡也非唯下流
衆川之多乎今若全衣服甚盛顏色充盈天下誰
肯加若者哉子路趨而出改服而入蓋自如也

48

孔子曰由記之吾語若貴於言者華也貴於行
者伐也夫色智而有能者小人也故君子知之
為知之不知為不知言之要也能之為能不能
為不能行之至也言要則知知行要則仁既知且
仁夫有何加矣哉由詩云湯降不遲聖敬日躋
此之謂也
子路問孔子曰君子亦有憂乎孔子曰無也君
子之脩其行未得則樂其意既得則又樂其知
是以有終身之樂無一日之憂小人則不然其
為未之得則憂不得既已得之又恐失之是以有
終身之憂無一日之樂

49

孔子見榮啟期衣鹿皮裘鼓瑟而歌孔子問曰
先生何樂也對曰吾樂甚多天生萬物唯人為
貴也吾既已得為人是一樂也人生不免襁褓吾年已
九十五是三樂也夫貧者士之常也死者民之
終也處常待終當何憂乎
曾子曰吾聞夫子之三言未之能行也夫子見
人之一善而忘其百非是夫子之易事也聞善必
躬親行之然後道之是夫子之能勞也夫子之
不爭也夫子之能勞也夫子之
不爭也夫子之易事也吾學夫

50

子之三言而未能行
孔子曰回若有君子之道四強於行已弱於
諫休於待祿慎於持身
仲尼曰吏鰌有君子之道三不仕而敬上不
而敬見直能曲於入
孔子曰立死之後商也日益賜也日損兩也好
與賢已者處商也好說不如已者
孔子將行無蓋弟子曰子夏有蓋可以行孔子
曰商之為人也其短於財吾聞與人交者推其
長者違其短者故能久長矣
子路行辭於仲尼曰敢問新交取親若何言曰

51

可行君何長為善士而無犯若君何仲尼曰新交
取親其忠乎子言寡可行其情事長為善士而無
犯其禮乎
子路將行辭於仲尼曰贈汝以車乎以言乎
子曰請以言仲尼曰不強不達不勞無功不忠
無親不信無復不恭無禮慎此五者可以長久
矣
曾子從孔子於齊齊景公以下卿禮聘曾子
子固辭將行晏子送之曰吾聞君子贈人以財
不若以言今夫蘭本美也顧子詳其所湛既得所

52

涑赤求所湛吾聞君子居必擇處遊必擇士居
必擇處所以求士也遊必擇士所以脩道也吾
聞反常接性若欲此故不可不慎也
孔子曰中人之情有餘則侈不足則儉無禁則
淫無度則失縱欲則敗食有量衣服有節宮
室有度畜聚有數車器有限以防亂之源也故
夫度量不可不明也善欲不可不騶也
孔子曰巧而好度必工勇而好同必勝知而好
謀必成愚者反是夫處重擅寵專事妬賢者
之情也志驕傲而輕舊怨是以尊位則必危任
重則必崩擅寵則必辱

53

孔子曰鞭扑之子不從父之教刑戮之民不從
君之令此言疾之難行也故君子不急斷不意使以
為亂源
孔子曰終日言不遺己之憂終日行不遺己之
患唯智者有之故恐懼所以除患也恭敬所以
越難也敬事為人下者何人不與以富貴人下
之可謂知矣
孔子曰以富貴為人下者何人不與富貴而下
愛人者何人不親眾言不逆可謂知言矣眾向
之可謂知時矣
孔子曰夫富而能富貧者欲貧而不可得也貴
而能貴人者欲賤而不可得也達人者

54

欲窮而不可得也
仲尼曰非其地而樹之不生也非其人而語之
弗聽也得其人如聚沙而雨之非其人如聚聾
而鼓之
孔子曰船非水不可行水入船則沒也故曰君
子不可不嚴小人不可不閉也
孔子曰不知其子視其所友不知其君視其所
使也
孔子曰與善人居如入蘭芷之室久而不聞其
香則與之化矣與惡人居如入鮑魚之肆久而

55

不聞其臭亦與之化矣故曰丹之所藏者赤烏
之所藏者黑君子慎所藏
子貢問曰君子見大水必觀焉何也孔子曰夫
水者君子比德焉徧予而無私似德所及者生
似仁其流卑下句倨皆循其理似義淺者流行
深者不測似智其赴百仞之谷不疑似勇綿弱
而微達似察受惡不讓似包蒙不清以入鮮潔
以出似善化至量必平似正盈不求槩似度其
萬折必東似意是以君子見大水觀焉爾也
夫智者何以樂水也曰泉源潰潰不釋晝夜其
似力者循理而行不遺小間其似持平者動而

56

之下其似有禮者赴千仞之壑而不疑其似勇
者障防而清其似知命者不清以入鮮潔而出
其似善化者衆人取平品類以正萬物得之則
生失之則死其似有德者淑淑淵淵深不可測
其似聖者通潤天地之間國家以成是知之所
以樂水也詩云思樂泮水薄採其茆魯侯戾止
在泮飲酒樂水之謂也夫仁者何以樂山也曰
夫山巃嵸䃌嶵萬民之所觀仰草木生焉衆物
立焉飛禽萃焉走獸休焉寶藏殖焉奇夫息焉
育群物而不倦焉四方並取而不限焉出雲風
通氣于天地之間國家以成是仁者所以樂山

57

也詩曰太山巖巖魯侯是瞻樂山之謂矣
玉有六美君子貴之望之溫潤近之栗理聲近
徐而聞遠折而不撓闕而不荏廉而不劌有瑕
必示之於外是以貴之望之溫潤者君子比德
焉近之栗理者君子比智焉聲近徐而聞遠者
君子比義焉折而不撓闕而不荏者君子比勇
焉廉而不劌者君子比仁焉有瑕必見之於外
者君子比情焉
道吾問之夫子多所知無所知其身孰善者乎
對曰無知者死人屬也雖不死累人者必衆甚
矣然多所知者好其用心也多所知者出於利

58

人即善矣出於害人即不善也道吾曰善哉
越石父曰不肖人自賢也愚者自多也佞人者
皆莫能相其心口以出之又謂人勿言也譬之
猶渴而穿井臨難而後鑄兵雖疾從而不及也
夫臨財忘貧臨生忘死可以遠罪矣夫君子愛
口孔雀愛羽虎豹愛爪此皆所以治身法也上
交者不失其祿下交者不離於患是以君子擇
人與交農人擇田而田君子樹人農夫樹田田
者擇種而種之豐年必得粟士擇人而樹之豐
時必得祿矣
天下失道而後仁義生焉國家不和而後孝子

59

齊高廷問於孔子曰連不曠山不直地衣襄提
執精氣以問事悲之道顏夫子告之孔子曰貞
以幹之敬以輔之待人無倦見君子則舉之見
小人則退之去爾惡心而忠與之敏其行脩其
禮千里之外親如兄弟若行不敏禮不合對門
不通矣

唯喪與獄坐於地今不敢以喪獄之事侍於君
矣

劉向說苑卷第十七

61

坐為民事不分而後慈惠產焉逆時反而後
相謀生為凡善之生也皆學之所由一室之中
必有主道焉父正則子孫孝慈是以孔子家兒
不知罵曾子母正則百姓治父
家見不知子孫孝慈是以孔子家兒不知罵曾子
合人不仁者好離人故君子居人間則亂君子
欲和人譬猶水火不相能然
居人間則亂君子欲和人譬猶水火不亂乃和
也而鼎在其間水火不亂乃和百味是以君子
不可不慎擇人在其間

齊景公問晏子曰寡人自以坐地二三子皆坐
地吾子獨搴草而坐之何也晏子對曰嬰聞之

60

劉向說苑卷第十八

辨物

顏淵問於仲尼曰成人之行何若子曰成人之
行達乎情性之理通乎物類之變知幽明之故
睹遊氣之源若此而可謂成人既知天道行躬
以仁義飭身以禮樂夫仁義禮樂成人之行也
窮神知化德之盛也

易曰仰以觀於天文俯以察於地理是故知幽
明之故夫天文地理人情之效存於心則聖智
之府是故古者聖王既臨天下必變四時定律
歷考天文揆時變登靈臺以望氣氛故堯曰咨

63

62

65

方曰奎婁胃昴畢參南方曰東井與鬼柳
星張翼軫所謂宿者日月五星之所在其在
宿運於內者以官名別其根荄皆發於地而莘
形於天所謂五星者一曰歲星二曰熒惑三曰
鎮星四曰太白五曰辰星擾橈彗孛旬始枉矢
蚩尤之旗皆五星盈縮之所生也五星之所居
各以金木水火土為變得其時則為變異見有時失
其常雖有生四時者主春者張蠡而口可以種
祥古者有生四時者主夏者大火咨而中可以種
穀上告于天子下布之民主秋者虚
可以種麥菽上告于天子下布之民主

64

爾辟天之歷數在爾躬允執其中四海困窮書
日在璿璣玉衡以齊七政璿璣謂北辰句陳樞
星也以其魁杓之所指二十八宿為驗夫占變之道
天文列舍盈縮之占各以類為驗夫占變之道
二而已矣二者陰陽之動也故曰一陰一陽
之謂道道也者物之動莫不由道也是故發於
一成於二備於三周於四行於五是故玄豪者
明矣大於二者日月察變之動莫著於陰陽而化
星運氣於五行其初猶發於陰陽而化萬一
十五百二十所謂二十八星者東方曰角亢氐
房心尾箕其北方曰斗牛須女虛危營室東壁西

67

惡及即位日月薄蝕山林淪亡辰星出於四孟
太白經天而行無雲而雷枉矢夜光熒惑襲月
薜火燒宮野禽戲庭門內崩天變動於上群
臣昏於朝四見於下遂不察是以亡也
八荒之內有四海四海之內有九州天子處中
州而制八方耳兩河間曰冀州河南曰豫州河
西曰雍州漢南曰荊州江南曰揚州濟河曰兗
兗州濟東曰徐州燕曰幽州齊曰青州山川汙
澤陵陸丘阜五土之宜聖王就其勢因其便不
夫其性高者黍下者稷蒲葦菅蒯之用
不乏蔴麥菽粟亦不盡山林禽獸川澤魚鱉滋

66

昏而中可以種麥上告于天子下布之民主冬
者昜而中可以斬伐田獵蓋藏上告之天子
下布之民故天子南面視四星之中知民之緩
急急則不賦籍不舉力役書曰歌授民時詩曰
物其有矣維其時矣物之所以有而不絕者以
易曰天垂象見吉凶聖人則之昔者為宗成王
惑於讙誰暴風之變懼而自改而事豐昌之福
也速秦皇帝即位彗星四見蝗蟲蔽天冬雷夏
凍石隕東郡大人出臨洮妖孽並見熒惑守心
星蒂太角太角以亡終不能改二世立又重其
其動之時也

乃東巽

五嶽者何謂也泰山東嶽也霍山南嶽也華山
西嶽也常山北嶽也嵩高山中嶽也五嶽何以
視三公能大布雲雨焉能大斂雲雨雲觸石
而出膚寸而合不崇朝而雨天下施溥博大故
視三公也
四瀆者何謂也江河淮濟也四瀆何以視諸侯
能蕩滌垢濁焉能通百川於海焉能出雲雨千
里焉為施甚大故視諸侯也
山川何以視子男也能出物焉能潤澤物焉能
生雲雨焉為恩者然品類以百數故視子男也書

69

殖王考禀百川四瀆而殺之
周幽王二年西周三川皆震伯陽父
矣夫天地之氣不失其序若過其序民亂之也
陽伏而不能出陰迫而不能烝於是有地震今
三川實震是陽失其所而填陰也陽源而
必塞國必亡夫水土演而民用也水土無所演
民乏財用不亡何待昔伊雒竭而夏亡河竭而
商亡今周德如二代之季矣其川源又塞塞必竭
夫國必依山川山崩川竭亡之徵也天之所棄不過
紀是歲也三川竭岐山崩十一年幽王乃滅周

68

曰禳子六宗埋狄于山川徧于群神矣
齊景公為露寢之臺盧成而不通焉不通為
柏常騫急臺成為不通焉君何為此
其聲無不為也吾惡之甚是以不通焉柏常
曰臣請禳而去之公曰何具對曰築新室為置
白茅焉公使為室成置白茅焉柏常騫夜用事
明日問公曰今昔聞柏常之聲乎公曰一鳴而不復
聞使人往視之臺陛布幣伏地而死公曰子
之道若此其明也亦能益寡人壽乎對曰能公
曰能益幾何對曰天子九諸侯七大夫五公曰
亦有徵兆之見乎對曰得壽地且動公喜令百

70

官趨具臺下柏常騫出遭晏子於塗拜馬
前辭歸晏子為君相長矣而視之不能善矣能
若此其明也亦能益臺乎為君祝延之道
祭為君新置室矣以晏子曰柏常之作以又巳
而對曰然昌子曰亦見維星乎晏子曰吾見維星
絕搖里救地六動而吾雖禱亦不能令維星復
見子以是壽君亦可壽乎晏子曰為福者有間仰
欲無靈亦不能令地且動天下昌陽新昌亦大旱
夫水旱供天下嗇陽新昌亦大旱興雲祭而請

71

73

72

75

74

[76]

權衡以秉生之為一分十分為一寸十寸
為一尺十尺為一丈十六黍為一豆六豆為
銖二十四銖為一兩十六兩為一斤三十斤
為一鈞四鈞重一石千二百黍為十二斗十升
合十合為一升十升為一斗十斗為一石
六經治帝王之所著莫不致四靈為德盛則
為畜治平則時氣至矣故麒麟庵身牛尾圓頂
有質安也幽閒則循循如也動則有容儀黄帝
澤土而戲位平然後慶不群居不旅行紀号為其
即徒惟聖恩淨天明道一循惟仁是行孚内知

[77]

平未見鳳凰維思影像鳳夜晨興於是乃問天
老曰鳳像何如天老曰夫鳳鴻前蛇後
尾鶴植智為鶑思麗化林折所志龍文龜身燕喙
難鶾駢翼而中注首戴德頂揭義背負仁信
智食則有質飲則有儀生則有文來則有嘉晨
鳴曰發明畫鳴曰保長飛鳴曰上翔集鳴曰歸
昌翼挾義襄把忠足履正尾繫武小聲合金大
音合鼓延頸奮翼五光備興八風氣降時
雨此謂鳳像夫惟鳳為能究萬物隨天祉身時
狀連于道去則有炎見則有福覽九州觀八極
偹文武正王國嚴照四方仁聖皆伏故得鳳之

[78]

像一者鳳過之得二者鳳下之得三者到春秋
下之得四者則四時下之得五者則拱身居之
黄高曰於戲盛哉於是乃洛陽黄見繫黄紳齋于
中宮鳳乃戲廠曰而降黄帝降自東階西面容首
曰皇天降茲敢不承命於是鳳乃逸集東囿食
帝竹實棲帝梧桐終身不去詩云鳳皇于飛矣于
彼高岡梧桐生矣于彼朝陽菶菶萋萋雝雝喈
喈此之謂也靈龜文五色似玉似金背陰向陽
上隆法地下平法地頸頭龍形左精象日右精
時文著象二十八宿地頭通徹知存亡吉凶之變
象月千歲之化下絡上通徹知存亡吉凶之變

[79]

寧則信信如也動則著矣神龍能為高能為下
能為大能為小能為幽能為明能為短能為長
昭乎其高也淵乎其下也薄乎天光高乎其著
也一有一亡忽微哉斐然成章虛神也觀彼蔵
動作則靈以化於戲君子碎神也觀彼蔵
儀遊燕幽閒有似鳳也書曰鳥獸鶬鶬鳳皇來
儀此之謂也
成王時有三苗貫桑而生同為一秀大幾盈車
民得而上之成王問周公曰此何也周公曰
三苗同秀為一意天下其和而為一乎後三年
則越裳氏重譯而朝曰道路悠遠山川阻深恐

一使之不通故重三譯而來朝也周公曰德澤
不加則君子不饗其質政令不施則君子不臣
烈風淫雨意中國有聖人耶有則盍朝之然後
其人譯曰吾受命於吾國之黃髮父老天之無
正精潔惠和其德足以昭其馨香以同
是何故有之乎對曰有之國將亡其君亡聽
周惠王十五年有神降于莘王問於內史過曰
周公敬受其所以來矣
其民人神饗而民聽民神無怨故明神降焉觀
其政德而均布福焉國將亡
伊虩怠燕暴虐腥臊馨香不登其州

80

誣百姓攜貳明神不蠲而民有遠意民神痛怨
無所依懷故神亦往焉觀其苛慝而降之禍是
以或見神而興或見亡昔夏之興也祝融降
于崇山其亡也回祿信於聆隧商之興也檮杌
次於丕山其亡也夷羊在牧周之興也鸑鷟鳴
於岐山其亡也杜伯射宣王於鎬是皆明神之
紀者也王曰今是何神也對曰昔昭王娶于房
曰房后是有爽德協于丹朱丹朱馮身以儀之
生穆王焉是監照周之子孫而禍福之夫一神
不遠徙遷若由是觀之其丹朱耶王曰其誰受
之對曰在虢王曰然則何為對曰臣聞之道而

81

得神是謂豐福淫而得神是謂貪禍今虢少荒
其亡也王曰吾其奈何對曰使太宰率
狸姓奉犠牲粢盛玉帛往獻焉無有祈也王曰
虢其幾何對曰昔堯臨民以五今其胄見神
之見也不失其物若由是觀之不過五年王使
史過從至虢虢公亦使祝史請土焉內史過歸
告王曰虢必亡矣不禋於神而求福焉神必禍
之不親於民而求用焉民必違之精意以享禋
也慈保庶民親也今虢公動匱百姓以逞其違
離民怒神怨而求利焉不亦難乎十九年晉取

82

虢也
齊桓公北征孤竹未至卑耳谿中十里閹然而
止瞠然而視有頃奉矢未敢發也喟然歎曰事
其不濟乎有人長尺冠冕大人物具左袪衣走
馬前者導也左祛衣者前有水也從左方渡行
十里果有水曰遼水表之從左方渡至踝從右
方渡至膝已渡事果濟桓公再拜管仲曰臣聞
聞之聖人先知無形今已有形乃知之是豈素
仲父之聖至如是寡人得罪父矣管仲曰夷吾
聞登摩敢教非聖也

83

[85]

弓弩矢長尺而咫陳侯使問孔子孔子曰隼之
來也遠矣此肅慎氏之矢也昔武王克商通道
九夷百蠻使各以其方賄來貢思無忘職業於
是肅慎氏貢楛矢石砮長尺而咫先王欲昭其
令德之致故銘其栝曰肅慎氏貢楛矢以分大
姬配虞胡公而封諸陳分同姓以珍玉展親也
分別姓以遠方職貢使無忘服也故分陳以肅
慎氏之矢試求之故府果得焉
孔子曰以吾前聞非狗乃羊池水之怪龍罔兩
水之怪罔象閒柰土之怪羵羊也非狗也桓子曰

[84]

吳伐越墮會稽得骨專車使使問孔子曰骨何
者最大孔子曰禹致羣臣會稽之山防風氏
禹殺而戮之其骨節專車此為大矣客曰誰
為神社孔子曰山川之靈足以紀綱天下者公侯
若曰防風何守孔子曰汪芒氏之君守封嵎之山
者在虞夏商為汪芒氏於周為長狄今為大人
過十數之迂也使者曰善哉聖人也
仲尾在陳有隼集于陳侯之廷而死楛矢貫之

[87]

應也夫譏之後未嘗不有應隨者也故聖人非
獨守道而已也睹物記也即得其應矣
鄭簡公使公孫成子來聘於晉平公有疾韓宣
子贊授館客問君疾對曰君之疾久矣上下
神祇無不遍諭也而無除今夢黃熊入於寢門
不知人鬼耶意厲鬼也子產曰以君之明子為政
其何厲鬼之有僑聞之昔堯殛鯀之于羽山
化為黃熊以入于羽淵是為夏郊三代舉之夫
祠上帝郊以稷以百神自郊已下不過其族今周
室少昊晉實繼之其或者未舉夏郊也宣子以

[86]

昭王渡江江中有物大如斗圓而赤直觸王舟
止於舟中昭王大怪之使聘問孔子孔子曰此名萍實令
剖而食之吉祥也其後齊有飛鳥一足來下於殿前舒翅而跳
齊侯大怪之又使聘問孔子孔子曰此名商羊急告民治
溝渠天將大雨於是如之天果大雨諸國皆水
宋有景時小兒屈一
足而舞者齊嬰兒
之而作之亦其

88

號公夢在廟有神人面白毛虎爪執鉞立在西
阿公懼而走神曰無走帝令使晉襲于爾門
公拜頓首而覺召史嚚占之嚚曰如君之言則蓐
收也天之罰神也天事官成焉日脤小國微大國嚴
知之君不度而嘉大國之襲於已也何瘝之有
人賀夢民疾君之侈也是以由於迎命令嘉其
侈曰誅民疾君之侈而益其疾也民疾其態
夢侈必展是天奪之鑒而益其疾也民疾其態

89

告祀夏郊董伯為尸五日瘝公見子莲賜之其鼎
天又誅之六國來誅出令而逆宗國旣畔諸侯
遠巳外而內無親其諸云妖之吾不忍侯將行以
其族遂適晉三年號乃亡
晉平公築虎祁之室石有言者平公問於師曠
曰石何故言對曰石不能言有神馮焉不然民
聽之濫也故言聞之作事不時怨讟動于民則有
非言之物而言今宮室崇侈民力屈盡百姓疾
怨莫安其性石言不亦可乎
晉平公出畋見乳虎伏而不動顧謂師曠曰吾
聞之也霸王之主出則猛獸伏不敢起今者寡
人出見乳虎伏而不動此其猛獸乎師曠曰鵲

90

食獼猴…（생략）
…吾君必衰猢袤以出朝有鳥名
…平公學師曠曰東方有鳥名
…異日此朝有鳥環寡君之車而
…師曠曰臣聞一國將興
…君之主廟而還自戰也已不得也具
…吾嘗言之矣一自誣者寡再自誣者晉三自誣

91

者死今鳥為孤衰之故非吾君之德義也君奈
何而再自誣求乎平公不說異日置酒虎祁之臺
使郎中馬章布蒺蔾於階上令人名師曠師曠
至履而上堂有人臣覆君而上堂者乎師曠
曰安有人臣履而上堂者乎師曠曰
者與句盛焚變孚對曰憂夫肉
之曰今者與由盛變乎對曰
蟲而還自戰也已木白夕蟲而
妖而還自戰也已不得也具不當生蟲雀人主堂
廟不當生蟲何師曠立太子
已在前無可奈何乎君
君將已之矣八月旦平旦謂師曠曰

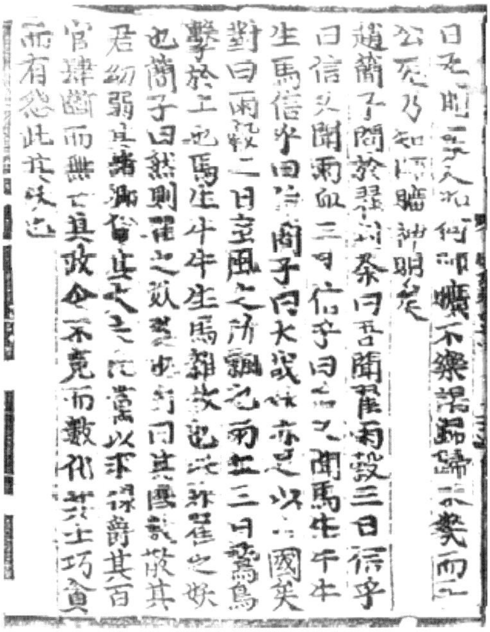

93

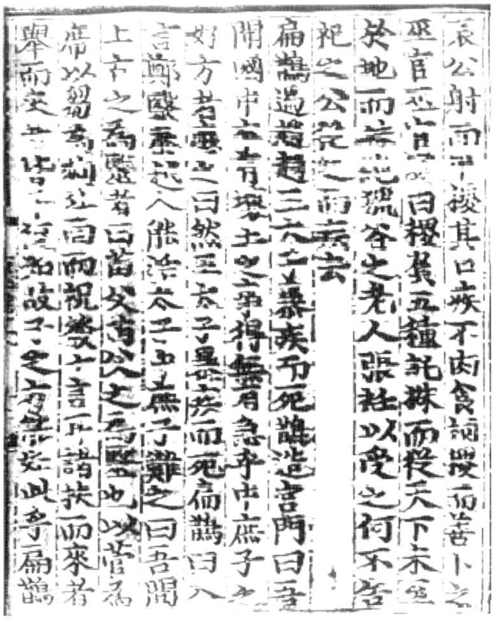

92

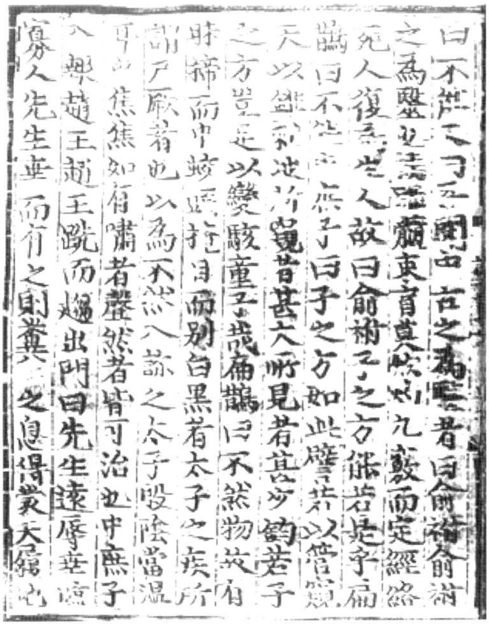

95

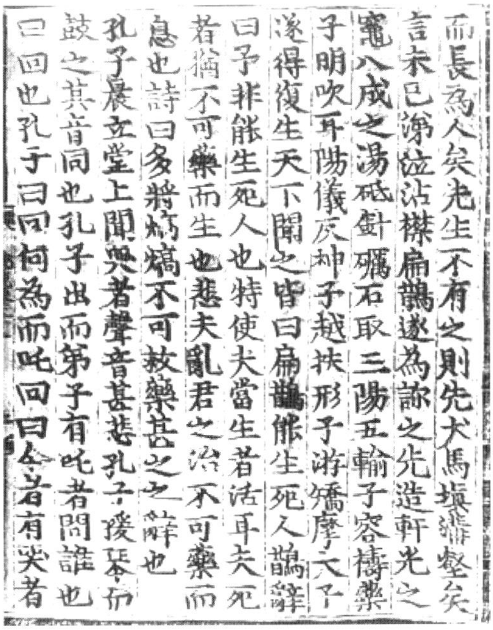

94

96

其音甚悲非獨哭死又哭生離者孔子曰何以
知之回曰似完山之鳥孔子曰何如回曰完山
之鳥生四子羽翼已成乃離四海其母悲鳴送之
是往而不復返也孔子使人問哭者若曰父
死家貧賣子以葬之將與其別也孔子曰善哉
聖人也

景公畋於梧丘夜猶蚤公姑坐睡而夢有五
夫北面僂蘆稱無罪焉公覺召晏子而告其所
夢晏子曰先君靈公畋五丈夫罝罔獸故殺之
昔者先君靈公畋五丈夫之立五丈夫之立其所
夢者而葬之曰五丈夫之立其而

97

而求之則五頭同宛而存焉公曰嘻令更葬之
國人不知其愛也曰君惛白骨而況於生者乎
不遺餘力矣不辭餘智矣故曰人君之為善易
矣
子貢問孔子死人有知無知也孔子曰吾欲言
死者有知也恐孝子順孫妨生以送死也欲言
無知恐不孝子孫棄不葬也賜欲知死人有知
將無知也死徐自知之猶未晚也
王子建出守於城父與成公乾遇於疇中問曰
是何也成公乾曰疇也王子建曰疇也者何也
也麻也者何也曰所以為衰也成公乾曰昔者

98

劉向說苑卷第十八

莊王伐陳舍於有蕭氏謂路室之人曰巷其不
浚乎曰浚矣今吾子不知嘗之為麻麻之為衣吾子其
不主社稷乎王子果不立

99

劉向說苑卷第十九

　　脩文

天下有道則禮樂征伐自天子出夫功成制禮
治定作樂樂者所以之大者也孔子曰移風
易俗莫善於樂安上治民莫善於禮是故聖王
脩禮文設庠序陳鍾鼓天子辟雍諸侯泮宮所
以行德化詩云鎬京辟雍自西自東自南自北
無思不服此之謂也
積恩為愛積愛為仁積仁為靈靈臺之所以為
靈者積仁也神靈者天地之本而為萬物之始
也是故文王始接民以仁而天下莫不仁焉文

德之至也德不至則不能文商者常也常者質
質主天夏者大也大者文也文主地故王者一
商一夏再而復者也正色三而復者也味尚甘
聲尚宮一而復者故三王術如循環故夏后氏
教以忠而君子忠矣小人之失野救野莫如敬
故殷人教以敬而君子敬矣小人之失鬼救鬼
莫如文故周人教以文而君子文矣小人之失
薄救薄莫如忠故聖人之與聖也如矩之三雜
規之三雜周則又始窮則反本也詩曰彫琢其
章金玉其相言文質美也
傳曰觸情從欲謂之禽獸苟可而行謂之野人

100

安故重累謂之衆庶雖然通古今之道謂之士
進賢達能謂之大夫敬上愛下謂之諸侯天覆
地載謂之天子是故士服黻大夫黼諸侯火天
子山龍德彌盛者文彌縟中彌理者文彌章也
詩曰左之左之君子宜之右之右之君子有之
傳曰君子者無所不宜也是故韠冕厲戒立于
廟堂之上有司執事無不敬者斬衰裳苴絰杖
立于喪次賓客弔唁無不哀者被甲纓冑立于
桴鼓之間士卒莫不勇者故仁足以懷百姓勇
足以安危國信足以結諸侯強足以拒患難威
足以率三軍故曰為左亦宜為右亦宜為君子

101

無不宜者此之謂也
齊景公登射晏子脩禮而侍公曰選射之禮寡
人厭之矣吾欲得天下勇士與之圖國晏子對
曰君子無禮是庶人也庶人無禮是禽獸也夫
臣勇多則弒其君子力多則殺其長然而不敢
者惟禮之謂也禮者所以御民也轡者所以御
馬也無禮而能治國家者嬰未之聞也景公曰
善乃飭射更席以為上客終日問禮
書曰五事一曰貌貌若男子之所以恭敬婦人
之所以姣好也行步中矩折旋中規立則磬折
拱則抱鼓其以入君朝尊以嚴其以入宗廟敬

102

以忠其以入鄉曲和以順其以入州里族黨之
中和以親詩曰溫溫恭人惟德之基孔子曰恭
近於禮遠恥辱也
衣服容貌者所以悅目也聲音應對者所以悅
耳也嗜慾好惡者所以悅心也君子衣服中容
貌得則民之目悅矣言語順應對給則民之耳
悅矣就仁去不仁則民之心悅矣三者存乎心
暢乎體形乎動靜雖不在位謂之素行故忠心
好善而日新之獨居樂德內悅而形詩曰何其
處也必有與也何其久也必有以也惟有以者
為能長生久視而無累於物也

103

105

既以脩德又以正容孔子曰正其衣冠尊其瞻
視儼然人望而畏之不亦威而不猛乎
成王將冠周公使祝雍祝王曰達而勿多也祝
雍曰使王近於民遠於佞嗇於時惠於財任賢
使能於此始也祝辭四加而後退公冠自以卿
與皮弁皆朝服玄冕四加諸侯太子庶子冠禮
以為主其禮與上同冠於祖廟曰令月吉日加
公為主其禮與上同冠於祖廟曰令月吉日加
子元服如齊逆女何以書親迎禮也
冠古之通禮也
夏公如齊逆女何以書親迎禮也其禮奈何曰

104

知天道者冠鍫知地道者履㠌能治煩決亂者
佩鞢能射御者佩鞢能正三軍者㠌衣必荷
規而承矩負紸而卒下故君子衣服中而容貌
得接其服而象其德故望王貌而行能有所定
矣詩曰芄蘭之枝童子佩鞢叶行能者也
冠者所以别成人也修德束躬以自申飭所以
檢其邪心守其正意也君子始冠必祝成禮加
冠以厲其心故君子成人必冠帶以行事棄幼
少嬉戲惰慢之心而衎衎於進德修業之志是
故服不虧而内心脩德外被禮文
所以成顯令之名也是故皮弁素積百王不易

107

貞女之母曰有草茅之産未習於織紝紡績之事
得奉敬敬其箒帚事敢不敬慇
春秋曰壬申公薨于高寢傳曰高寢者何正寢
也曷為或言高寢或言路寢三曰右路寢二曰
曰高寢二曰左路寢三曰右路寢高寢者始封
君之寢也故曰高寢世世不可居高
祖之寢故有高寢繼體君繼體也其二何曰
寢立中路寢左右春秋曰高此路寢者繼體
成周者何惠周北此則天子之寢日左右之
承明繼體守文之君之寢曰左右之太路巖謂

106

諸侯以辱三兩加嫁夫共西人少尒三兩加宗
脩二曰某國寡小君使某不珍
之後禮夫人貞女夫人□□□□□厚之産未
諭若傳母之教得承執衣裳之事敢不敬拜祝
若拜夫人受琮取一兩以順為股貞正箒衣裳
而命之曰徃矣善事爾男姑以順為婦宮室無二
兩心無敢回也女拜乃親引其手授夫乎户夫
門夫先出少夫行女從年辭少于堂拜諸母於大
引手出少夫行女從年辭行于堂拜諸母於大
先行人夫主庶人揮其父曰某之父之師友
使某執不珍之後不珍之束脩敢不敬禮其氏

之承明何曰承子明堂之後者也故天子諸侯
三朝立而名實正父子之義童尊卑之事別大
小之德異矣
天子以鬯為贄鬯者百草之本也上暢於天
下暢於地無所不暢故天子以鬯為贄諸侯以
圭為贄圭者玉也無所不薄而不撓廉而不劌有瑕於
中必見於外故諸侯以玉為贄卿以羔為贄羔
者羊也羊群而不黨故卿以羔為贄大夫以鴈為
贄鴈者行列有長幼之禮故大夫以鴈為贄士以雉為
贄雉者不可指食龍狎而服之故士以雉為
贄庶人以鶩為贄鶩者不飛躍為鶩也無他心

109

諸侯二年一貢士士一適謂之好德再適謂之
尊賢三適謂之有功有功者天子一賜以輿服
弓矢再賜以秬鬯三賜以虎賁百人號曰命諸侯
命諸侯者鄰國有臣弒其君孽弒其宗雖不請
乎天子而征之可也已征而歸其地于天子諸
侯貢士一不適謂之過再不適謂之傲三不適
謂之誣誣者天子黜之一黜以爵再黜以地三
黜而地畢諸侯有不貢士謂之不率不率正不
率則不貢士之不貢士一則黜以爵再黜以地三黜而地畢
故庶人以鶩為贄贄者所以質也
然後天子比年秩官之無文者而黜之以諸侯

之所秉士代之詩去濟濟多士文王以寧此之
謂也
古者必有命民命民者能敬長憐孤取舍好讓居
事力者必有命於君命然後得乘輿駢馬未得
命者不得乘乘者皆有罰故其民雖有餘財侈
物而無仁義功德則無所用其餘財侈
民皆興仁義而賤財利財利則不貪不爭則
強不凌弱眾不暴寡是唐虞所以興象刑而民
莫敢犯法而亂斯止矣詩去告爾民人謹爾侯
度用戒不虞此之謂也
天子曰巡狩諸侯曰述職巡狩者巡其所守也

111

述職者述其所職也春省耕助不給也秋省斂
助不足也天子五年一巡狩歲二月東巡狩至
于東嶽柴而望祀山川見諸侯問百年者命太
師陳詩以觀民風命市納賈以觀民之所好惡
志淫好辟者命典禮考時月定日同律禮樂制
度衣服正之山川神祇有不舉者為不敬不敬
者君削以爵宗廟有不順者為不孝不孝者君
絀以爵有功澤於民者然後加地其地荒
辟田野敬老尊賢則有慶益其地其境土地
藏遺老失賢掊克在位則有讓削其地一不朝
者黜其爵再不朝者削其地三不朝者以六師
移之

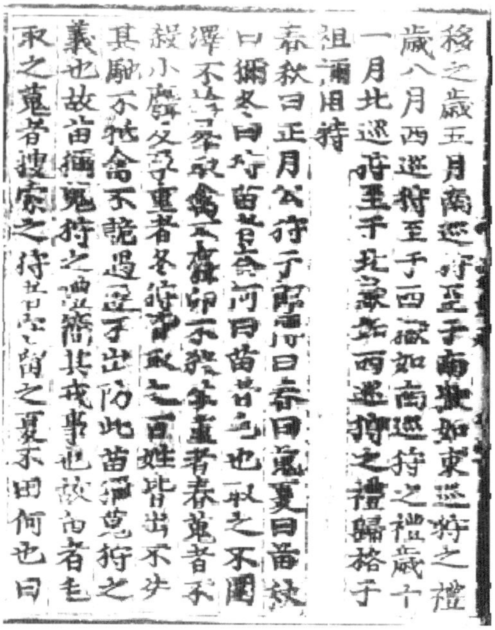

移之歲五月南巡狩至于南嶽如東巡狩之禮
歲八月西巡狩至于西嶽如南巡狩之禮歲十
一月北巡狩至于北嶽如西巡狩之禮歸格于
祖禰用特
春秋曰正月公狩于郎傳曰春曰蒐夏曰苗秋
曰獮冬曰狩苗者奈何曰苗者毛也取之不圍
澤不揜羣取禽不麛卵不殺孕重者春蒐者不
殺小麛及孕重者冬狩皆取之百姓皆出不失
其馳不抵禽不詭遇逐不出防此苗獮蒐狩之
義也故苗獮蒐狩之禮簡其戎事也故苗者毛
取之蒐者搜索之狩者守留之夏不田何也曰

112

天地陰陽盛長之時猛獸不攫鷙鳥不搏蝮蠆
不螫鳥獸蟲蛇且知應天而況人乎哉是以古
者必有豢牢其謂之畋何聖人舉事必反本五
穀者以奉宗廟養萬民也去禽獸害稼穡者故
以田言之聖人作名號而事義可知也
天子諸侯無事則歲三田一為乾豆二為賓客
三為充君之庖無事而不田曰不敬田不以禮
曰暴天物天子不合圍諸侯不掩羣天子殺則
下大綏諸侯殺則下小綏大夫殺則止佐車佐
車止則百姓畋獵獺祭魚然後漁人入澤梁鳩
化為鷹然後設罻羅草木零落然後入山林昆

113

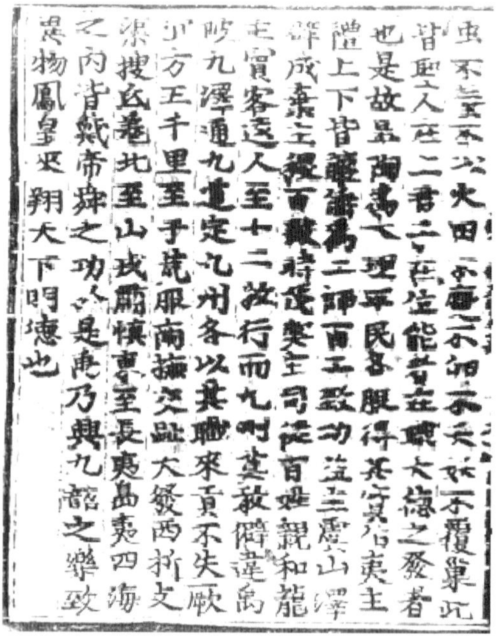

蟲不蟄不以火田不麛不卵不殀夭不覆巢此
皆聖人在上君子在位能者在職大德之發者
也是故皋陶為大理平民各服得其實伯夷主
禮上下皆讓倕為工師百工致功益主虞山澤
辟成棄主稷百穀時茂契主司徒百姓親和龍
主賓客遠人至十二牧行而九州莫敢辟違禹
陂九澤通九道定九州各以其職來貢不失厥
宜方五千里至于荒服南撫交阯大發西析支
渠搜氐羌北至山戎肅慎東至長夷島夷四海
之內皆戴帝舜之功於是禹乃興九韶之樂致
異物鳳皇來翔天下明德也

114

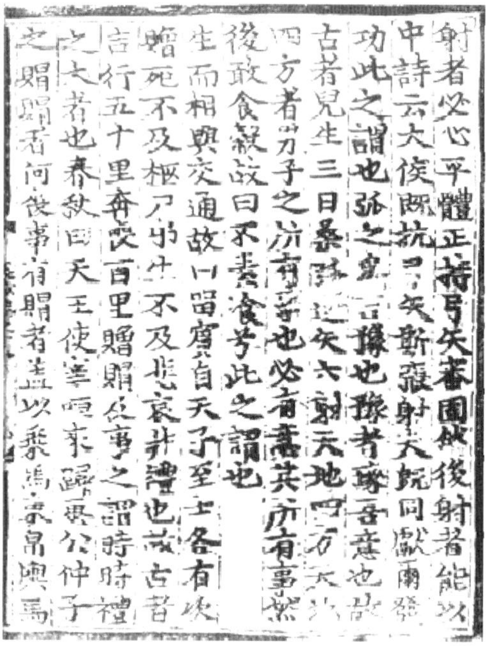

射者必心平體正持弓矢審固然後射者能以
中詩云大侯既抗弓矢斯張射夫既同獻爾發
功此之謂也弧之為言豫也豫者豫吾意也故
古者兒生三日桑弧蓬矢六射天地四方天地
四方者男子之所有事也必有其所有事然
後敢食穀故曰不素餐兮此之謂也
生而相與交通故曰留賓自天子至士各有次
贈死不及柩尸弔生不及悲哀非禮也故古者
吉行五十里奔喪百里賵賻及事之謂時時禮
之大者也春秋曰天王使宰咺來歸惠公仲子
之賵賵者何喪事有賵者蓋以乘馬束帛輿馬

115

117

璞士以貝庶人以穀天王崩傳曰天王何以不書葬云
喪禮厚實宜尊德及親者賻賵
而制奇偶度人情而出節文謂之有因禮之大
宗也
春秋曰庚戌天王崩傳曰天王何以不書葬云
子記崩不記葬必其時也諸侯記卒記葬有天
子在不必其時也必其時葬柰何天子七日而殯
七月而葬諸侯五日而殯五月而葬大夫三日
而殯三月而葬士二日而殯二月而葬士皆
何以然曰庶然後衰麻成外親畢至衰飾
脩擴掉作穿窆宅兆然後衰麻成外親畢至衰

116

曰贈貨財曰賻衣被曰禭口實曰含玩好曰贈
知生者賻賵知死者贈襚贈襚所以送死也賻
賵所以佐生也輿馬曰賵貨財曰賻衣被曰禭其數
士二匹下士一匹天子乘馬六匹諸侯四匹大夫三匹元
五十尺諸侯玄三纁二各三十尺大夫下卿士玄
二匹庶人布帛各一匹元纁一各二丈下士玄纁
各一匹庶人四匹乘輿大夫曰參輿先士不
東帛諸侯四匹乘輿大夫曰參諸侯四匹大夫三匹元
用輿天子文繡衣各一襲到地諸侯以王大夫
到褓士到髀天子哈實以珠諸侯以玉大夫少

119

子生三年然後免於父母之懷故制喪三年所
以報父母之恩也期年之喪通乎諸侯三年之
喪通乎天子禮之經也
子夏三年之喪畢見於孔子孔子與之琴使之
弦援琴而弦切切而悲作而曰先王制禮不敢
不及也子曰君子也閔子騫三年之喪畢見於
孔子孔子與之琴使之弦援琴而弦衎衎而樂
作而曰先王制禮不敢過也孔子曰君子也子
貢問曰閔子哀不盡子曰君子也賜也敢問何謂
孔子曰閔子哀盡能斷之以禮故曰君子也子
未盡能斷之以禮故曰君子也子夏哀已盡能

118

墳集孝子忠臣之恩厚備盡矣故天子七月而
葬同軌畢至諸侯五月而葬同會畢至卿大夫三
月而葬同朝畢至士庶人二月而葬外姻畢至
也
延陵季子適齊於其反也其長子死葬於嬴博之
間因藁焉孔子聞之曰延陵季子吳之習於禮
者也往觀其葬焉其穿深不至於泉其斂以
時服既葬其封廣輪掩坎其高可隱也既封左
右旋其封曰骨肉歸復於土命也
若魂氣則無不之也無不之也而遂行孔子曰
延陵季子於禮其合矣

[120]

引而致之故曰君子也夫三年之喪固優者之
所屈勞者口之所處
齊宣王謂田過曰吾聞儒者喪親三年喪君三
年君與父孰重田過對曰殆不如父也宣王忿然
曰曷為去親而事君田過對曰非君之土地
無以處吾親非君之祿無以養吾親非君
之爵位無以尊顯吾親受之君致之親凡事君
所以為親也宣王悒悒而無以應
古者有常疾者首也有司弗死
必先乎鰥寡孤獨及病不能相養死無以葬理

121

[121]

則葬理之有親疾者不呼其門有齊衰大功五
月不服力役之征其有重尸多死者急則有聚眾童子擊
鼓苜火入官宮里用之各擊鼓苜火逐官宮里
家之主人冠立于作事畢出乎里門出乎邑門
至野外此徇徇救厲之道也師大敗亦然
醫者思其居處也思其所為喬者祭之日將入戶懼然若
有見乎其容盤旋出戶謂然若有聞乎歡息之
二日乃見其所為喬者祭之日謂然若
聲先人之色不絕於目聲音咳唾不絕於耳嘗
欲好惡不忘於心是則孝子之齋也

120

[122]

春祭曰祠夏祭曰礿秋祭曰嘗冬祭曰烝
韭卵薦麥魚薦黍肫薦稻雁
五年一禘三歲一祫
祖朝也禘者大祭也祫者大合祭天子祭海
內之神諸侯祭封域之內大夫祭其親土祭其
韓褐子濟於河津人告曰夫人過於此者未嘗
不快用者也而子不用乎韓褐子曰天子祭海

122

[123]

祖禰褐也未得事河伯也淑人申揣舟中水而
運澆人曰向也從人圉已告笑夭子不聽役人
之言也公朾中水而運甚殆治裝衣而一遊子
韓子曰吾不為入之惡我而改吾志不為我將
死而改吾義言未已舟決行轄駕鳩子曰詩云
莫莫葛藟施於條枚愷悌君子求福不回邑神
且不回況於人乎
孔子曰無體之禮敬也無服之喪
夫無聲之樂志氣不違無體之禮威儀遲遲無服之喪
之則樂其志變其聲亦變其志誠通乎金石而

123

況人乎

公孟子高見顓孫子莫曰敢問君子之禮何如顓孫子莫曰去爾外厲與爾內色勝而心自取之云三者而可矣乎夫公孟與爾言者必以告曾子曾子愀然遂巡曰夫子言乎曾子曰然志則貪欲之心不來君子脩禮以倘身則意愈不知聞識沛而辭不爭知應違而能不愚曾子有疾孟儀生問之曾子曰鳥之將死悲聲君子脩禮有三儀知之乎對曰不與此魯大夫之禮吾語汝曾子脩禮以倘身則意愈

　　124

懷易之節不至君子脩禮以仁義則念事暴亂之辭遠若夫置尊俎列籩豆此有司之事也君子雖勿能可也

孔子曰可也功間簡者易野易野者無禮無禮者簡而文之之文也而文文之文吾嫌其野故見孔子子桑伯子門人不說而去孔子門人不說而去孔子曰其質美而無文吾欲說而去說而文之孔子去子桑伯子曰見孔子謂門人不說其見人野故曰野

野見同人道牛馬故許弓曰其質而無之謂之易故孔子上無明天子下無賢方伯天下爲無道臣

　　125

試其君子從其之力能討之討之可也當孔子之時上無明天子也故言雍也可使南面南面者天子之席也言若雍之德可使南面而行天子之事於是孔子曰雍也可使南面仲弓曰居敬而行簡以臨其民不亦可乎居簡而行簡無乃太簡乎仲弓曰雍之言然於是仲弓明於二道而無

孔子至齊郭門之外遇一嬰兒挈一壺相與俱行其視精其心正其行端孔子謂御曰趣驅之趣驅之韶樂方作孔子聞韶三月不知肉味非獨以自樂也此又以樂人非獨以自正

　　126

也又以正人夫哉於此樂者不圖爲樂至於此

黃帝詔伶倫作爲音律伶倫自大夏之西乃之崑崙之陰取竹於嶰谷以生竅厚薄均者斷兩節間其長九寸而吹之以爲黃鐘之宮曰含少次制十二管以崑崙之下聽鳳之鳴以別十二律其雄鳴爲六雌鳴亦六以比黃鐘之宮適合黃鐘之宮皆可生之而生之本也故曰黃鐘之宮律呂之本

黃鐘生林鐘林鐘生大簇大簇生南呂南呂生

節間其長九寸而吹之以爲黃鐘之宮曰含少

律其雄鳴爲六雌鳴亦六以比黃鐘之宮適合

崑崙之陰取竹於嶰谷以生竅厚薄均者斷兩

以明至賢之功故奉其禮獨尊象大呂之德可

而均解全而不湯其孔官獨轉於于宗廟以歌迎功

德世世不志忠於黃鐘此律轉功在大簇生

呂生蕤賓蕤賓生大呂大呂生夾鐘夾鐘生

　　127

128

鍾衣鍾生無射無射生姑洗姑洗生應鍾
生蕤賓三分所生益之一分以上生三分所生
去其一分以下生黃鍾大呂太簇夾鍾姑洗仲
呂蕤賓為上林鍾夷則南呂無射應鍾為下大
聖至治之世天地之氣合以生風日至則生大
其風以生十二律故仲春生夾鍾季夏生林鍾
生大呂生仲呂仲夏生蕤賓季夏生黃鍾孟秋
孟夏生仲秋生南呂季秋生無射應鍾孟冬生
夷則仲秋生南呂季秋生無射應鍾天
地之風氣正十二律至也
聖人作為鼗鼓椌楬壎箎此六者德音之音然

129

後鍾磬竽瑟以和之然後干戚旄狄以舞之此
所以祭先王之廟也此所以獻酬酳酢也所以
官序貴賤各得其宜也此可以示後世有尊卑
長幼之序也
鍾聲鏗鏗以立號號以立橫橫以立武君子聽
鍾聲則思武臣石聲磬磬以立辯辯以致死君
子聽磬聲則思死封疆之臣絲聲哀哀以立廉
廉以立志君子聽琴瑟之聲則思志義之臣竹
聲濫濫以立會會以聚眾君子聽竽笙簫管之
聲則思畜聚之臣鼓鼙之聲讙讙以立動動以
進眾君子聽鼓鼙之聲則思將師之臣君子之

130

聽音非聽其鏗鏘而已彼亦有所合之也
樂者聖人之所樂也而可以善民心其感人深
其移風易俗故先王著其教焉夫民有血氣心
知之性而無哀樂喜怒之常應感起物而動然
後心術形焉是故志微焦衰之音作而民思憂
噍而民剛毅嘽諧慢易繁文簡節之音作而民康樂
奮廣音之音作而民康樂粗厲猛
怒愛流辟邪散狄成滌濫之音作而民淫亂是
故先王本之情性稽之度數制之禮義合生氣
之和道五常之行使陽而不散陰而不密剛氣

131

不怒柔氣不懾四暢交於中而發作於外皆安
其位不相奪也然後立之學等廣其節奏省其
文彩以繩德厚律小大之稱比終始之序以象
事行使親疏貴賤長幼男女之理皆形見於樂
故曰樂觀其深矣土敝則草木不長水煩則魚
鱉不大氣衰則生物不遂世亂則禮慝而樂淫
是故其聲哀而不莊樂而不安慢易以犯節流
漫以忘本廣則容姦狹則思欲感條暢之氣而
滅平和之德是以君子賤之也凡姦聲感人而
逆氣應之逆氣成象而淫樂興焉正聲感人而
順氣應之順氣成象而和樂興焉唱和有應回

邪曲直各歸其分而萬物之理以類相動也是
故君子反情以和其志比類以成其行姦聲亂
色不留聰明淫樂慝禮不接心術惰慢邪辟之
氣不設於身體使耳目心知百體皆由順
正以行其義然後發以聲音文以琴瑟動以干戚
飾以羽旄從以簫管奮至德之光動四氣之
和以著萬物之理是故清明象天廣大象地終
始象四時周旋象風雨五色成文而不亂八風
從律而不姦百度得數而有常小大相成終始
相生倡和清濁代相為經故樂行而倫清耳目
聰明血氣和平移風易俗天下皆寧故曰樂者

132

樂也君子樂得其道小人樂得其欲以道制
則樂而不亂以欲忘道則惑而不樂是故君子
反情以和其志廣樂以成其教樂行而民鄉
方可以觀德矣德者性之端也樂者德之華也
金石絲竹樂之器也詩言其志也歌詠其聲也
其容三者本於心然後樂氣從之是故情深而
文明氣盛而化神和順積中而英華發外唯樂
不可以為偽樂者心之動也聲者樂之象也文
采節奏聲之飾也君子動其本樂其象然後治
其飾是故先鼓以警戒三步以見方再始以著
往復亂以飾歸奮疾而不拔極幽而不隱獨樂

133

其志不厭其道備舉其道不私其欲是故情見
而義立樂終而德尊君子以好善小人以飾聽
過故曰生民之道樂為大焉
樂者音之所由生也其本在人心之感於物也
是故其哀心感者其聲噍以殺其樂心感者其
聲嘽以緩其喜心感者其聲發以散其怒心感
者其聲粗以厲其敬心感者其聲直以廉其愛

134

感者其聲和以調人之善惡非性也感於物而
後動是故先王慎所以感之者故禮以道其志
樂以和其聲政以一其行刑以防其姦禮樂刑政
其極一也所以同民心而立治道也
凡音者生人心者也情動於中而形於聲聲成
文謂之音是故治世之音安以樂其政和亂世之
音怨以怒其政乖亡國之音哀以思其民困聲
音之道與政通矣宮為君商為臣角為民徵為
事羽為物五者不亂則無怗懘之音矣宮亂則荒
其君驕商亂則陂其官壞角亂則憂其民怨徵
亂則哀其事勤羽亂則危其財匱五者皆亂迭
相陵謂之慢如此則國之滅亡無日矣

135

137

136

139

138

説苑卷第二十

反質

孔子卦得賁，喟然仰而嘆息，意不平。子張進舉手而問曰：師聞賁者吉卦，而歎之乎？孔子曰：賁非正色也，是以歎之。吾思夫質素，白當正白，黑當正黑，夫質又何也。吾亦聞之，丹漆不文，白玉不雕，寶珠不飾，何也？質有餘者不受飾也……聖人韞知能不時，何以知其然……夫賢信鬼神者失謀，信日者失時，何以知其然……卜墓而身葬臧，令貴功勞不卜數……擇日潔齊戒，肥犧牲，飾珪璧，精祠祀，而終不能……

141

140

除悖逆之禍，以神明有知而事之，乃欲賢道安。行而以禍祀求福，神明必違之矣。天子祭天地，五嶽四瀆，諸侯祭社稷，大夫祭五祀，士祭門戶，庶人祭其先祖。聖王承天心制禮，分也，九古之……卜日者將以輔道稽疑，示有所先，而不敢專。此非欲以顛倒之，惡而祭之諂也。是以泰山不享季氏之旅……思而祭之諂也……西鄰之禴祭……孔子曰：非其鬼而祭之，諂也……敬實而不貴華，誠有其德，而推之則安往而不可。是以聖人見人之文，必考其質。歷山之田者善侵畔，而舜耕焉；雷澤之漁者善……爭陂，而舜……

142

漁為事，雷澤之陶器窳，而舜陶焉，故耕漁與陶非舜之事，而舜為之，以救敗也。民之悷皆不勝其……節去其實而歸之華……苦窳之器，爭鬭之患……起象翼之患起則折，近以偷苟……雖誠此非葉……止聖人……鳩在桑，其子七……鳩之所以養七子者一心也，君子所……物者一底也，以一儀理物，天心也……而我能因自然萬……故一心可以事百君，百心不可以事一君，是故……

143

誠不遠也夫詩者一也一者質也言一雖有外
文必不離六質矣
衛有五丈夫俱負缶而入井灌韭終日一區鄧
析過下車爲教之曰爲機重其後輕其前命曰
橋終日溉韭百區不倦五丈夫曰吾師言曰有
機知之巧必有機知之敗我非不知也不欲爲
也子其往矣我一心溉之不知改已鄧析去行
數十里顔色不悅懌自病弟子曰是何人也而
恨我君請爲君殺之鄧析曰釋之是所謂眞人
者也可令守國
禽滑釐問於墨子曰錦繡絺紵將安用之墨子

144

曰惡是非吾用務也古有無文者得之矣夏禹
是也卑小宮室損薄飲食土階三等衣裳細布
當此之時黻無所用而務在於完堅殷之盤庚
大其先王之室而改遷於殷茅茨不翦采椽不
斲以變天下之視當此之時文采之帛將安所
施夫品庶非有心也以人主爲心苟上不爲下
惡用之二王者以化身先于天下故化隆於其
時成名於今世也且夫錦繡絺紵亂君之所造
也其本皆興於齊景公喜奢而忘儉幸有晏子
以儉鐫之然猶幾不能勝夫奢安可窮哉紂爲
鹿臺糟丘酒池肉林宮牆文畫雕琢刻鏤錦繡

145

被堂金玉珍瑋婦女優倡鐘鼓管絃流漫不禁
而天下愈竭故卒身死國亡爲天下笑非惟錦
繡絺紵之用邪今當凶年有欲予子隨侯之珠
者不得賣也珍寶而以爲飾又欲予子一鍾粟
者得珠者不得粟得粟者不得珠子將何擇禽
滑釐曰吾取粟耳可以救窮墨子曰誠然則惡
在事夫奢也長無用好末淫非聖人之所急也
故食必常飽然後求美衣必常暖然後求麗居
必常安然後求樂爲可長行可久先質而後文
此聖人之務禽滑釐曰善
秦始皇既兼天下大侈靡即位三十五年猶不

146

息治大馳道從九原抵雲陽塹山堙谷直通之
厭先王宮室之小乃於豐鎬之間文武之處營
作朝宮渭南山林苑中作前殿阿房東西五百
步南北五十丈上可以坐萬人下可建五丈旗
周爲閣道自殿直抵南山之 以爲闕爲複道
自阿房度渭水屬咸陽以象天極閣道絶漢抵
營室也又興驪山之役錮三泉之底關中離宮
三百所關外四百所皆有鍾磬帷帳婦女倡優
立石闕東海上朐山界中以爲秦東門於是有
方士韓客侯生齊客盧生相與謀曰當今時不
可以居上樂以刑殺爲威天下畏罪持祿莫敢

147

盡忠上不聞過而日驕下懾伏以慢欺而取容諫者不用而失道滋甚吾黨久居且為所害乃相與亡去始皇聞之大怒曰吾異日厚盧生尊爵而事之今乃誹謗我吾聞諸生多為妖言以亂黔首乃使御史悉上諸生諸生傳相告犯法者四百六十餘人皆阬之盧生不得而侯生後得始皇聞之召而見之升阿東之臺臨四通之街將數而車裂之始皇望見侯生大怒曰老虜不良誹謗而主迺敢復見我侯生至仰臺而言曰臣聞知死必勇陛下肯聽臣一言乎始皇曰若欲何言言之侯生曰臣聞禹立誹謗之木欲

148

以知過也今陛下奢侈失本淫泆趨末宮室臺閣連屬增累珠玉重寶積襲成山錦繡文采滿府有餘婦女倡優數巨萬人鐘鼓之樂流漫無窮酒食珍味盤錯於前衣服輕煖輿馬文飾所以自奉麗靡爛漫不可勝極黔首匱竭民力單盡尚不自知又急誹謗嚴威克下下喑上聾臣等故去臣等不惜臣之身惜陛下國之亡耳聞古之明王食足以飽衣足以煖宮室足以處輿馬足以行故上不見棄於天下不見棄於黔首堯茅茨不翦采椽不斲土階三等而樂終身者以其文采之少而質素之多也丹朱傲虐好慢

149

淫不脩理化遂以亡今陛下之淫萬丹朱而千昆吾桀紂臣恐陛下之十亡也而曾不一存始皇默然久之曰汝何不早言侯生曰陛下之意方乘青雲飄搖於文章之觀自賢自健上侮五帝下凌三王棄素樸就末技陛下亡徵見久矣臣等恐言之無益也而自取死故逃而不敢言今臣必死故為陛下陳之雖不能使陛下不亡欲使陛下自知也始皇曰吾可以變乎侯生曰形已成矣陛下坐而待亡耳若陛下欲更之能若堯與禹乎不然無冀也陛下之佐又非也臣恐變之不能存也始皇喟然而嘆遂釋不誅

150

後三年始皇崩二世即位三年而秦亡

魏文侯問李克曰刑罰之源安生李克曰生於姦邪淫泆之行凡姦邪之心飢寒而起淫泆者久飢之詭也雕文刻鏤害農事者也錦繡纂組傷女工者也農事害則飢之本也女工傷則寒之原也飢寒並至而能不為姦邪者未之有也男女飾美以相矜而能無淫泆者未嘗有也故上不禁技巧則國貧民侈國貧窮者為姦邪而富足者為淫泆則驅民而為邪也民以為邪因以法隨誅之不赦其罪則是為民設陷也刑罰之起有原人主不塞其本而督其末傷國之道

151

李文侯曰善以爲法服也
秦穆公閑問由余曰古者明王聖帝得國失國
當何以也由余曰臣聞之當以儉得之以奢失
之穆公曰願聞奢儉之節由余曰臣聞堯有天
下飯於土簋啜於土瓶其地南至交趾北至幽
都東西至日所出入莫不賓服堯釋天下舜受
之作爲食器斬木而裁之銷銅鐵脩其刃猶漆
黑之以爲器諸侯侈國之不服者十有三舜釋
天下而禹受之作爲祭器漆其外而朱畫其內
縵帛爲茵褥觴勺有彩爲飾彌侈而國之不服
者三十有二夏后氏以沒殷周受之作爲大器

152

而建九傲食器彫琢觴勺刻鏤四壁四帷茵席
雕文此彌侈矣而國之不服者五十有二君好
文章而服者彌侈故曰儉其道也由余出穆公
召內史廖而告之曰寡人聞鄰國有聖人敵國
之憂也今由余聖人也寡人患之吾將奈何內
史廖曰夫戎辟而遼遠未聞中國之聲也君其
遺之女樂以亂其政而厚爲由余請期以疏其
間彼君臣有間然後可圖君曰諾乃以女樂三
九遺戎王因爲由余請期戎王果見女樂而好
之設酒聽樂終年不遷馬牛羊半死由余歸諫
諫不聽遂去入秦穆公迎而拜爲上卿問其兵

153

埶與其地利既以得矣舉兵而伐之兼國十二
闢地千里穆王奢主能聽賢納諫故霸西戎西
戎淫於樂誘於利以亡其國由離質樸也
經侯往適魏太子左帶羽玉具劍右帶環佩左
光照右右光照左坐有頃太子不視也又不問
也經侯曰魏國亦有寶乎太子曰有經侯曰其
寶何如太子曰主信臣忠百姓上戴此魏之寶
也經侯曰吾所問者非是之謂也乃問其器而
已太子曰有徒師沼治魏而市無豫賈郄辛治
陽而道不拾遺芒卯在朝而四鄰賢士無不相
因而見此三大夫乃魏國之大寶於是經侯默

154

然不應左解玉具右解環佩委之坐愀然而起
默然不謝趨而出上車驅去魏太子使騎操劍
佩逐與經侯使告經侯曰吾無德所寶不能爲
珠玉所以寒不可衣飢不可食無爲遺我賊
於是經侯杜門不出傳死
晉平公爲馳逐之車龍旌衆色挂之以犀象錯
之以羽芝車成題金千鎰立之於殿下令群臣
得觀焉田差三過而不一顧平公作色大怒問
田差爾三過而不一顧何爲也田差對曰臣聞
說天子者以天下說諸侯者以國說大夫者以
官說士者以事說農夫者以食說婦姑者以織

155

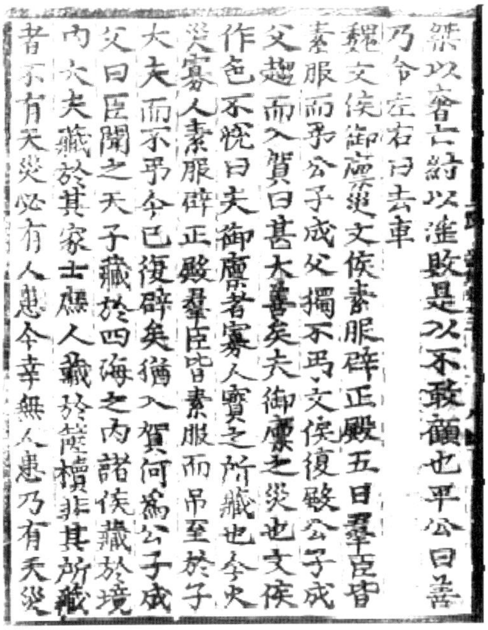
紂以奢亡紂以淫敗是以不敢顧也平公曰善
乃令左右曰去車
魏文侯御廩災文侯素服辟正殿五日羣臣皆
素服而弔公子成父獨不弔文侯復殿公子成
父趨而入賀曰甚大善矣夫御廩之災也文侯
作色不悅曰夫御廩者寡人寶之所藏也今火
災寡人素服辟正殿羣臣皆素服而弔至於子
大夫而不弔今已復辟矣猶入賀何爲公子成
父曰臣聞之天子藏於四海之內諸侯藏於境
內大夫藏於其家士庶人藏於篋櫝非其所藏
者不有天災必有人患今幸無人患乃有天災

156

不亦善乎[illegible]
齊桓公謂管仲曰吾國甚小而財用甚少而羣
臣衣服輿馬甚汰吾欲禁之可乎管仲曰臣聞
之君嘗之臣食之君好之臣服之今君之食也
必桂之漿衣練紫之衣狐白之裘此羣臣之所
奢大也詩云不躬不親庶民不信君欲禁之胡
不自親乎桓公曰善於是更制練帛之衣大白
之冠朝一年而齊國儉也
季文子相魯妾不衣帛馬不食粟仲孫它諫曰
子爲魯上卿相二君矣妾不衣帛馬不食粟人其以子爲
愛且不華國也文子曰然乎吾觀國人之父母

157

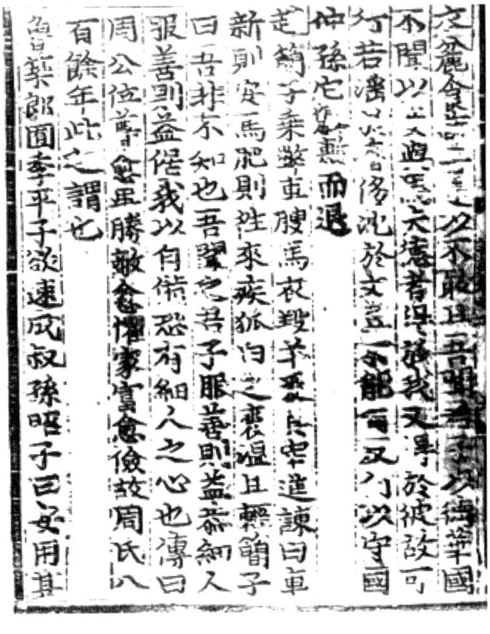
衣麤食蔬吾是以不敢且吾聞君子以德華國
不聞以妾與馬夫德者得於我又得於彼故可
行若淫於奢侈沈於文章不能自反何以守國
仲孫它慚而退
趙簡子乘弊車瘦馬衣羖羊裘其宰進諫曰車
新則安馬肥則往來疾狐白之裘溫且輕簡子
曰吾非不知也吾聞之君子服善則益恭細人
服善則益倨我以自備恐有細人之心也傳曰
周公位尊愈卑勝敵愈懼家富愈儉故周氏八
百餘年此之謂也
魯築郎囿季平子欲速成叔孫昭子曰安用其

158

速成也以虐其民其可乎無囿尚可乎惡聞嬉
戲之游罷其所治之民乎
衛叔孫文子問於王孫夏曰吾先君之廟小吾
欲更之可乎對曰古之君子以儉爲禮今之君
子以汰易之夫衛國雖貧豈無文履一奇以易
十稷之繡哉以爲非禮也文子乃止
晉文公合諸侯而盟曰吾聞國之昏不由聲色
必由姦利好樂聲色者淫也貪姦者惑也夫淫
惑之國不亡必殘自今以來無以美妾疑妻無
以聲樂妨正無以姦情害公無以貨利示下其
有之者是謂伐其根素流於華[illegible]若有患

159

無憂有寇勿殆言有顯示之於是君子聞
之曰文公其知道乎其不王者猶無佐也
晏子飮景公酒日暮公呼具火晏子辭曰詩曰
側弁之俄言失德也屢舞傞傞言失容也既醉
以酒既飽以德既醉而出並受其福賓主之禮
也醉而不出是謂伐德賓主之罪也嬰以卜其
日未卜其夜公曰善舉酒而祭之再拜而出曰
豈過我哉吾託國於晏子也以其家貧善寡人
不欲其淫侈也而況與寡人謀國乎
楊王孫病且死令其子曰吾死欲倮葬以反吾
眞必無易吾意祁侯聞之往諫曰竊聞王孫令

160

葬必倮而入地必若所聞愚以爲不可令死人
無知則已矣若死有知也是戮尸於地下也將
何以見先人愚以爲不可王孫曰吾將以矯世
也夫厚葬誠無益於死者而世競以相高靡財
殫幣而腐之於地下或乃今日入而明日出此
眞與暴骸於中野何異且夫死者終生之化而
物之歸者歸者得至而化者得變是物各反其
眞其眞冥冥視之無形聽之無聲乃合道之情
夫飾外以誇衆厚葬以矯眞使歸者不得至化
者不得變是使物各失其然也且吾聞之精神
者天之有也形骸者地之有也精神離形而各

161

歸其眞故謂之鬼鬼之爲言歸也其尸塊然獨
處豈有知哉厚裹之以幣帛多送之以財貨以
奪生者財用古聖人緣人情不忍其親故爲之
制禮今則越之吾是以欲倮葬以矯之也昔堯
之葬者空木爲櫝葛藟爲緘其穿地也下不亂
泉上不泄臭故聖人生易尚死易葬不加於無
用不損於無益謂今費財而厚葬死者不知生
者不得用謬哉可謂重惑矣祁侯曰善遂倮葬
也
魯有儉者瓦鬲煮食食之而美盛之土鉶之器
以進孔子孔子受之歡然而悅如受大牢之饋

162

弟子曰瓦甂陋器也煮食薄膳也而先生何喜
如此乎孔子曰吾聞好諫者思其君食美者念
其親吾非以饌爲厚也以其食美而思我親也
晏子病將死斷楹內書焉謂其妻曰楹也語子
壯而視之及壯發書之言曰布帛不可窮窮不
可飾牛馬不可窮窮不可服士不可窮窮不可任
窮乎窮乎窮也
仲尼問老聃曰甚矣道之於今難行也吾比執
道委質以當世之君而不我受也道之於今難
行也老子曰夫說者流於聽言者亂於辭如此
二者則道不可委矣

163

165　　　164

166

| 저자 소개 |

민관동 閔寬東, kdmin@khu.ac.kr
• 忠南 天安 出生.
• 慶熙大 중국어학과 졸업.
• 대만 文化大學 文學博士.
• 前 : 경희대학교 외국어대학 학장. 韓國中國小說學會 會長. 경희대 比較文化研究所 所長.
• 現 : 慶熙大 중국어학과 敎授. 동아시아 書誌文獻 研究所 所長

著作
• 《中國古典小說在韓國之傳播》, 中國 上海學林出版社, 1998.
• 《中國古典小說史料叢考》, 亞細亞文化社, 2001.
• 《中國古典小說批評資料叢考》(共著), 學古房, 2003.
• 《中國古典小說의 傳播와 受容》, 亞細亞文化社, 2007.
• 《中國古典小說의 出版과 研究資料 集成》, 亞細亞文化社, 2008.
• 《中國古典小說在韓國的研究》, 中國 上海學林出版社, 2010.
• 《韓國所見中國古代小說史料》(共著), 中國 武漢大學校出版社, 2011.
• 《中國古典小說 及 戲曲研究資料總集》(共著), 학고방, 2011.
• 《中國古典小說의 國內出版本 整理 및 解題》(共著), 학고방, 2012.
• 《韓國 所藏 中國古典戲曲(彈詞·鼓詞) 版本과 解題》(共著), 학고방, 2013.
• 《韓國 所藏 中國文言小說 版本과 解題》(共著), 학고방, 2013.
• 《韓國 所藏 中國通俗小說 版本과 解題》(共著), 학고방, 2013.
• 《韓國 所藏 中國古典小說 版本目錄》(共著), 학고방, 2013.
• 《朝鮮時代 中國古典小說 出版本과 飜譯本 研究》(共著), 학고방, 2013.
• 《국내 소장 희귀본 중국문언소설 소개와 연구》(共著), 학고방, 2014.
• 《중국 통속소설의 유입과 수용》(共著), 학고방, 2014.
• 《중국 희곡의 유입과 수용》(共著), 학고방, 2014.
• 《韓國 所藏 中國文言小說 版本目錄》(共著), 中國 武漢大學出版社, 2015.
• 《韓國 所藏 中國通俗小說 版本目錄》(共著), 中國 武漢大學出版社, 2015.
• 《中國古代小說在韓國研究之綜考》, 中國 武漢大學出版社, 2016.
• 《삼국지 인문학》, 학고방, 2018. 외 다수.

飜譯
• 《中國通俗小說總目提要》(第4卷 - 第5卷) (共譯), 蔚山大出版部, 1999.

論文
• 〈在韓的中國古典小說翻譯情況研究〉, 《明清小說研究》(中國) 2009年 4期, 總第94期.
• 〈中國古典小說의 出版文化 研究〉, 《中國語文論譯叢刊》第30輯, 2012.1.

- 〈朝鮮出版本 中國古典小說의 서지학적 考察〉, 《中國小說論叢》第39輯, 2013.
- 〈한·일 양국 중국고전소설 및 문화특징〉, 《河北學刊》, 중국 하북성 사회과학원, 2016.
- 〈중국고전소설의 書名과 異名小說 연구〉, 《중어중문학》제73집, 2018.
- 〈中國禁書小說의 目錄分析과 국내 수용〉, 《중국소설논총》제56집, 2018. 외 다수

유승현 劉承炫, xuan71@hanmail.net

- 서울 출생
- 檀國大學校 중문학과 졸업
- 台灣 中國文化大學 문학박사
- 前 : 慶熙大學校 비교문화연구소 한국연구재단 토대연구팀 학술연구교수
- 現 : 慶熙大學校 동아시아 서지문헌 연구소 한국연구재단 공동연구팀 학술연구교수

著作
- 《小說理論與作品評析》(공저), 台北 問津出版社, 2003.
- 《中國古典小說戲曲研究資料總集》(공저), 學古房, 2011.
- 《韓國 所藏 中國古典戲曲(彈詞·鼓詞) 版本과 解題》(공저), 學古房, 2012.
- 《中國古典戲曲(彈詞·鼓詞)의 流入과 受容》(공저), 學古房, 2014.
- 《朝鮮刊本 劉向 新序의 복원과 문헌 연구》(공저), 學古房, 2018.
- 《봉화 닭실마을의 문화유산 – 沖齋博物館 所藏 古書 目錄과 解題》(공저), 學古房, 2019.

論文
- 〈朝鮮의 中國古典小說 수용과 전파의 주체들〉, 《中國小說論叢》제33집, 2011.4.
- 〈《西廂記》曲文 번역본 고찰과 각종 필사본 출현의 문화적 배경 연구〉, 《中國學論叢》제42집, 2013.11.
- 〈〈鷰子賦〉의 민중적 웃음〉, 《中國小說論叢》제45집, 2015.4.
- 〈敦煌講唱의 민중적 웃음-〈晏子賦〉와 〈唐太宗入冥記〉를 중심으로〉, 《中國小說論叢》제48집, 2016.4.
- 〈朝鮮刊本 《劉向新序》의 서지·문헌 연구〉, 《비교문화연구》제51집, 2018.6.
- 〈16세기 관료 權橃의 朝鮮·明刊本 수집 경로 탐색-충재박물관 소장 장서를 중심으로〉, 《東아시아 古代學》제54집, 2019.6. 외 다수.

경희대학교 글로벌 인문학술원 동아시아 서지문헌 연구소 서지문헌 연구총서 03

朝鮮刊本 劉向 說苑의 복원과 문헌 연구 下

초판 인쇄 2020년 4월 20일
초판 발행 2020년 4월 29일

지 은 이 | 민관동·유승현
펴 낸 이 | 하운근
펴 낸 곳 | 學古房

주   소 | 경기도 고양시 덕양구 통일로 140 삼송테크노밸리 A동 B224
전   화 | (02)353-9908 편집부(02)356-9903
팩   스 | (02)6959-8234
홈페이지 | www.hakgobang.co.kr
전자우편 | hakgobang@naver.com, hakgobang@chol.com
등록번호 | 제311-1994-000001호

ISBN   978-89-6071-956-9 94810
        978-89-6071-904-0 (세트)

값 : 28,000원

■ 파본은 교환해 드립니다.